Monika Felten

Die Hüterin des Elfenfeuers

SERIE PIPER

Zu diesem Buch

Nur knapp vermag die Nebelelfe Naemy dem finsteren Herrscher An-Rukhbar zu entkommen. Daraufhin trägt die Gütige Göttin ihr auf, in die Vergangenheit zu reisen und ihr Volk aus den Fängen des Bösen zu retten. Die Mission ist heikel: Sollte sie scheitern, wäre Nimrod unwiederbringlich verloren. Naemy zögert, doch dann erfährt sie, daß ihre Schwester Shari zu den Überlebenden zählen könnte, wenn die Geschichte der Nebelelfen neu geschrieben wird. Wagemutig tritt Naemy den Weg in die Zeit an. Und schon bald werden Naemy und Shari Zeuge, wie Dörfer im friedlichen Grasland überfallen und die Einwohner verschleppt werden. Shari begehrt auf und weigert sich, tatenlos mit anzusehen, wie die düsteren Krieger des Meistermagiers Asco-Bahrran die ahnungslosen Dörfler niedermetzeln. Doch damit bringt sie sich und ihre Welt in höchste Gefahr … »Die Hüterin des Elfenfeuers« ist der dramatische Abschluss einer Trilogie voller Spannung, Abenteuer und Magie.

Monika Felten, geboren 1965, lebt mit ihrer Familie in der Holsteinischen Schweiz, wo zwischen Wäldern, Seen und Hügelgräbern Elfen und Feen zu wandeln scheinen. Monika Feltens Romane um die »Saga von Thale« knüpfen bei den Mythen und Legenden ihrer Kindheit an und begeisterten auf Anhieb Leser und Kritiker. Die Trägerin des Deutschen Phantastik Preises hat sich mit ihrem neuen Zyklus »Das Erbe der Runen« den Rang als eine der erfolgreichsten deutschen Fantasy-Autorinnen gesichert. Weiteres zur Autorin: www.monikafelten.de

Monika Felten

Die Hüterin des Elfenfeuers

DIE SAGA VON THALE 3

Piper München Zürich

Von Monika Felten liegen in der Serie Piper vor:
Elfenfeuer. Die Saga von Thale 1 (6501)
Die Macht des Elfenfeuers. Die Saga von Thale 2 (6530)
Die Hüterin des Elfenfeuers. Die Saga von Thale 3 (6574)
Die Nebelsängerin. Das Erbe der Runen 1 (6613)

Als Hardcover bei Piper außerdem:
Die Feuerpriesterin. Das Erbe der Runen 2

FSC

Dieses Taschenbuch wurde auf FSC-zertifiziertem Papier gedruckt. FSC (Forest Stewardship Council) ist eine nichtstaatliche, gemeinnützige Organisation, die sich für eine ökologische und sozialverantwortliche Nutzung der Wälder unserer Erde einsetzt (vgl. Logo auf der Umschlagrückseite).

Ungekürzte Taschenbuchausgabe
1. Auflage April 2005
2. Auflage März 2006

Umschlagkonzept: Büro Hamburg
Umschlaggestaltung: Nele Schütz Design, München
Umschlagabbildung: Simon Marsden, England
Karte: Erhard Ringer
Autorenfoto: Thorsten Eichhorst, Berlin
Satz: KCS GmbH, Buchholz/Hamburg
Papier: Munken Print von Arctic Paper Munkedals AB, Schweden
Druck und Bindung: Clausen & Bosse, Leck
Printed in Germany
ISBN-13: 978-3-492-26574-4
ISBN-10: 3-492-26574-X

www.piper.de

Das Lied der Winde

Ir i ngelaidh pen-anor
Û-chirathach 'waloth
Ir i meigol bem-meigor
Û-ortherithach i 'oth
I suil degir nîr gelib
I suil û-degir siniath
Tiro, im naer a im ereb

Ir ivor a galad 'evedir
Si Lachatha ninniach
Ir i naw a i ôl 'evedir
Tar i ven istathach
Ir i lû a i amarth erthar
I 'linnor hiratha lind
Os said bain en amar
I ven dôg na vîl a na nin[1]

[1] Übersetzung des Sindaringedichts auf Seite 458

Prolog

Es war kalt.

So kalt, wie Naemy es nie zuvor gespürt hatte. Die Kälte lastete bleiern und unheilvoll und trug den Atem des Todes in sich. Auch das allgegenwärtige grünliche Licht glomm frostig, und der tosende Wind schnitt mit beißenden Krallen in die ungeschützte Haut der hoch gewachsenen Nebelelfe, die in dieser abweisenden Welt gefangen war. Weit unter sich erkannte Naemy die kreisrunde Öffnung, durch die der Sog des Windes sie gerissen hatte, und dahinter die kauernde Gestalt eines Mädchens auf einer schwarzen Obsidianplatte. Kiany!

Ich muss zurück, schoss es ihr durch den Kopf. Das Tor muss geschlossen werden! Verzweifelt umklammerte die Nebelelfe das in Silber gefasste Amulett mit dem orangefarbenen Stein, das einst der Auserwählten Sunnivah gehört hatte, während sie schwerelos inmitten des grünen Leuchtens dahinglitt. Der Wind zerrte an ihren langen blaugrauen Haaren und drang mühelos durch die Nähte der hellen Lederkleidung, die sie nur dürftig schützte.

Verzweifelt ruderte sie mit den Armen, doch so sehr sie sich auch mühte, all ihre Anstrengungen blieben vergebens, das Tor unerreichbar. Naemys Herz raste. Sie musste an die Öffnung gelangen und das Tor schließen, sonst wäre alles verloren.

Unvermittelt schoss ein dünner orangefarbener Strahl aus ihrer geballten Faust und traf den Rand des Durchlasses. Ein greller Blitz, der mit einem gewaltigen Donnerschlag einherging, erfüllte die lichtdurchflutete Weite des Raums, und Naemy schloss geblendet die Augen. Licht und Lärm peinigten ihre empfindlichen Sinne, doch das war nebensächlich: Ihre Sorge galt dem Amulett. Was auch geschah, sie durfte es nicht loslassen. Irgendwo hinter dem Getöse lauerte An-Rukhbar, jener finstere, grausame Herrscher, der Thale viele Sommer lang geknechtet hatte und in dessen Namen ihr Volk dahingemetzelt worden war.

Als der Donner verebbte und Naemy die Augen wieder öffnete, waren die Gestalt des Mädchens und die kreisrunde Öffnung verschwunden. Das Tor war geschlossen!

Das Erste, was sie spürte, war Erleichterung: Sie hatte es vollbracht. Der grausame Tyrann würde nicht noch einmal in ihre Welt eindringen können. Doch auch für sie gab es kein Zurück. Ihr Schicksal war besiegelt. Ein paar Herzschläge lang blieb ihr noch Zeit, sich darüber zu wundern, wie wenig Angst ihr der Gedanke einflößte, dass ihr Leben hier und jetzt enden würde; dann schob sich ein gewaltiger schwarzer Schatten aus den Tiefen des Raums auf sie zu und verdrängte alles Denken. An-Rukhbar nahte!

Die Elfe machte sich bereit für den letzten Kampf. Sie hörte das wütende Brüllen und Toben des Dämonenfürsten über das Tosen des Sturms hinweg, der nun mit unbändiger Wut gegen das geschlossene Tor brandete, als reichte die zerstörerische Kraft allein aus, um es wieder zu öffnen.

»GIB … ES … MIR!« Die dröhnenden Worte hallten durch Naemys Gedanken. Sie klangen fremd und gebrochen, als bereiteten sie dem Sprechenden große Mühe. Doch es lag eine machtvoll befehlende Magie in ihnen, der sich die Nebelelfe nur mit enormer Willensanstrengung zu widersetzen vermochte.

»GIB … ES … MIR!«, forderte die dröhnende Stimme erneut.

Naemy umklammerte das Amulett fester. »Niemals!«, rief sie dem Schatten entgegen. Die hellgrauen Augen zu schmalen Schlitzen verengt, blickte sie sich um in der Hoffnung, irgendwo einen Fluchtweg auszumachen. Doch die Helligkeit ringsumher machte es ihr unmöglich, weiter als drei Längen zu sehen; die Welt, deren Gefangene sie war, gab nichts von sich preis.

»DAS AMULETT … IST MEIN!«, dröhnte An-Rukhbars Stimme durch den Raum. Die finstere Gestalt des Dämonenfürsten war inzwischen ganz nah und ragte wie die Ausgeburt alles Bösen vor Naemy auf. Einzelheiten waren kaum zu erkennen, nur dort, wo sich der Kopf befand, leuchteten zwei blutrote Ovale wie glühende Kohlenstücke in der wogenden Schwärze der Furcht einflößenden Gestalt.

»MEIN!«, wiederholte er, und Naemy fühlte, dass sie die Hand wie unter Zwang öffnete.

Nein, dachte sie entsetzt und wollte das Amulett festhalten, doch die Finger gehorchten ihr nicht länger. Hilflos musste sie mit ansehen, wie sie sich langsam öffneten und das Kleinod zum Vorschein kam. Gleichzeitig spürte sie, dass sie nur noch mühsam atmen konnte. Luft schien es in dieser lebensfeindlichen Dimension nicht zu geben, und das bisschen, das durch die Öffnung aus ihrer Welt eingedrungen war, war inzwischen fast aufgebraucht.

Dies ist also der Tod, den das Schicksal für mich vorgesehen hat, dachte Naemy benommen. Kampflos und allein. An-Rukhbar muss mich nicht einmal selbst töten. Er braucht nur abzuwarten.

Die Gedanken schwebten wie Nebelschleier durch das gemarterte Bewusstsein der Elfe. Sie spürte keine Furcht vor dem Tod. Einzig der Gedanke, dass das Amulett – der Schlüssel zum Tor – An-Rukhbar in die Hände fallen würde, hinderte sie daran, aufzugeben. Der orangefarbene Stein lag offen in ihrer Hand, aber noch zögerte An-Rukhbar, danach zu greifen.

Das gab den Ausschlag. Obwohl inzwischen jeder Muskel ihres Körpers schmerzte und sie kaum noch klar denken konnte, sammelte Naemy ein letztes Mal ihre Kräfte. »Du bekommst es nicht!«, rief sie zornig und schleuderte das Amulett in das gleißende Licht hinaus.

Darauf ging alles sehr schnell. An-Rukhbar brüllte zornig auf, und sein Schatten kam bedrohlich nahe, doch die Nebelelfe spürte nichts davon. Ihre Kraftreserven waren aufgezehrt, der letzte Atemzug getan. Ermattet schloss sie die Augen. An der Schwelle des Todes tat sich ein langer dunkler Tunnel vor ihr auf, an dessen Ende ein goldenes Licht Wärme und Frieden verhieß. Ein winziges orangefarbenes Flämmchen bewegte sich inmitten des Tunnels auf dieses Licht zu, doch Naemy beachtete es nicht. Sie wollte nichts als schlafen. Schlafen und vergessen. Und so bemerkte sie nicht, wie ein milder Luftstrom ihren Körper anhob und sie mit sanftem Wiegen durch den Tunnel trug; sie hörte nicht das zornige Brüllen des Dämonenfürsten, das von unten in den Tunnel drang, und auch nicht die liebliche Melodie, die aus den Tiefen des Tunnels leise auf sie zuschwebte. Ohne die Augen zu öffnen, strebte sie dem Ende des Tunnels entgegen, während eine wispernde Stimme ihr zuflüsterte, dass sie nun endlich ihre verlorenen Brüder und Schwestern wiedersehen würde.

Wärme und Helligkeit umfingen Naemy, als sie das Ende des Tunnels erreichte. Vorsichtig hielt sie die Augen geschlossen, doch das Licht war sanft und gütig, und die feinen Elfensinne sagten ihr, dass hier keine Gefahr drohte. Dennoch wollte sie die Lider noch nicht aufschlagen, um das wohlige Gefühl von Geborgenheit, das sie umfing, ein wenig länger zu genießen.

Schon oft in ihrem langen Leben hatte sie sich gefragt, wie es sein würde, den letzten Weg zu gehen. Als sie noch jung gewesen war, hatte sie sich davor gefürchtet, doch mit jedem Sommer, der verstrichen war, hatte der Gedanke, was sie wohl nach dem Tod erwartete, weiter an Schrecken verloren, und jetzt, wo sie seine Nähe spürte, konnte sie sogar die leise Sehnsucht der Alten nach den Ewigen Gärten des Lebens verstehen.

Sie kehrte heim!

Nicht nach Caira-Dan, in die Hauptstadt der Nebelelfen, die in den letzten zweihundertfünfzig Sommern ihre Heimat gewesen war und in der sie ihren Sohn Tabor zur Welt gebracht hatte, nein! Sie kehrte wahrhaft heim. Heim zu den Wurzeln allen Lebens. In den Schoß der Gütigen Göttin. An jenen geheimnisumwobenen Ort, der Anfang und Ende zugleich war und den die Elfen in ihren Gebeten die »Gärten des Lebens« nannten.

Sie kehrte heim und war glücklich. Der Kreis hatte sich geschlossen. Alles war gut und richtig. Ganz kurz flackerte der Gedanke in ihr auf, dass es schön wäre, wenn Tabor wüsste, wie es hier sei. Doch Naemy fühlte sich viel zu glücklich, um länger darüber nachzudenken, und der Gedanke trieb davon, bevor sie ihn fassen konnte.

»Ich grüße dich, Naemy. Meine Tochter, mein Kind … meine getreue Dienerin.« Aus dem Licht erhob sich sanft eine körperlose

Stimme. Naemy erschauerte. Sie wusste, dass es nur die Gütige Göttin selbst sein konnte, die sie hier an der Schwelle des Totenreichs ansprach. Ehrfürchtig sank sie auf die Knie und blickte sich um. Das Licht war noch immer allgegenwärtig, doch es hatte an Kraft verloren. Im Hintergrund konnte Naemy undeutlich eine Wand mit gewölbten Fensteröffnungen erkennen. Ihr blieb jedoch nicht die Zeit, sich genauer umzuschauen, denn inmitten des Lichts sah sie eine hoch gewachsene Frau auf sich zukommen, die anmutige Gestalt in ein helles, fließendes Gewand gehüllt. Das fein geschnittene Gesicht wurde von kunstvoll hochgesteckten goldenen Haaren eingerahmt, und die Haut war so blass wie die Farbe des Gewandes.

»Meine Tochter«, sagte sie noch einmal mit warmer Stimme und lächelte milde.

»Heilige Mutter allen Lebens«, murmelte Naemy und senkte ehrfürchtig den Blick. Ihr fehlten die Worte; auf eine Begegnung mit der Gütigen Göttin war sie nicht vorbereitet.

»Heilige Mutter, vergebt mir«, hob sie schließlich mit leiser Stimme an. »Der Kreis hat sich geschlossen. Ich bin bereit. Vergebt mir all das, was ich getan habe und nicht hätte tun dürfen, und jenes, was ich gesagt habe und nicht hätte sagen dürfen. Aber auch all die Male, wo ich versäumt habe zu handeln, und wo ich geschwiegen habe, statt meine Stimme zu erheben.«

»Das alles ist dir längst vergeben.« Die Göttin kam noch ein wenig näher. »Nur wenige haben mir so treu gedient wie du, Naemy«, hörte sie die Gütige Göttin sagen. »Sowohl im Kampf gegen An-Rukhbar als auch gegen Asco-Bahrran hast du stets unerschütterlich auf der Seite des Lichts gestanden und mit Mut und Tapferkeit dazu beigetragen, dass die Finsternis besiegt werden konnte.« Die Göttin legte die schlanken Finger sanft unter Naemys Kinn. »Und nun erhebe dich und sieh mich an, meine Tochter«, forderte sie die Nebelelfe auf.

Die Elfe spürte die sanfte Berührung, hob den Kopf und blickte in das leuchtende Antlitz der Göttin, die ihr freundlich zulächelte. »Der Kreis hat sich geschlossen«, wiederholte sie Naemys Worte.

Dabei streckte sie die Hand aus und zeigte der Nebelelfe, was sich darin befand: ein in Silber gefasster, orangefarbener Stein. »Er ist zu mir zurückgekehrt«, sagte sie mit einem nachdenklichen Blick auf das magische Kleinod. »Vor fast dreihundert Sommern habe ich dieses Amulett in deine Welt gebracht, auf dass es Menschen und Elfen im Kampf gegen das Böse beistehen möge.« Da huschte ein Schatten über ihr Gesicht, und sie sah Naemy traurig an. »Es grämt mich, dass es deinem Volk in der Stunde der Not nicht zu helfen vermochte; dennoch trug es entscheidend zum Sieg des Lichts über die Finsternis bei.«

»Ohne das Amulett hätte Sunnivah ihre Aufgabe niemals erfüllen können.« Naemy nickte. »Außerdem hat es das Dimensionentor verschlossen und somit An-Rukhbar die Rückkehr verwehrt.« Die Nebelelfe richtete sich auf und erwiderte den Blick der Göttin. »Es war der letzte Dienst, den ich meinem Land erweisen konnte«, erklärte sie gefasst. »Ich bin stolz und glücklich, dass es mir gelungen ist.«

»So bist du bereit, den Weg in die Ewigen Gärten des Lebens anzutreten?«, fragte die Göttin leise.

»Ja, das bin ich.«

Die Göttin lächelte. »Nun, meine Tochter, ich hatte auch nichts anderes von dir erwartet. Aber es ist noch nicht an der Zeit, diesen Weg zu gehen.«

»Noch nicht an der Zeit?«, wiederholte Naemy erstaunt und setzte zu einer Frage an, doch eine gebieterische Geste der Göttin ließ sie verstummen. Diese machte erneut ein Zeichen in die Luft und deutete nach links. Dort wurde das allgegenwärtige Leuchten schwächer, und Naemys Blick fiel auf einen mannshohen Spiegel mit kunstvoll verziertem Rahmen, auf dessen dunkler Oberfläche sich das Licht wie an den Wassern eines tiefen, ruhigen Sees brach.

»Komm!«, forderte die Göttin sie auf und schwebte lautlos darauf zu.

Naemy folgte ihr zögernd. Die Worte der Göttin verwirrten sie. Warum war es nicht an der Zeit, die Ewigen Gärten des Lebens zu betreten? Was hatte das zu bedeuten?

Aufmerksam beobachtete sie, wie sich die Göttin vor den Spiegel stellte und mit dem Stab der Weisheit, der wie aus dem Nichts in ihren Händen erschien, eine kreisende Bewegung über dessen Oberfläche vollführte. Das dunkle Bild im Spiegel verschwamm, wurde heller und zeigte schließlich die schneebedeckten Gipfel einer hoch aufragenden Gebirgskette im Sonnenschein.

»Das Ylmazur-Gebirge!«, stieß Naemy hervor. Der vertraute Anblick weckte das Heimweh in ihr und rief ihr Bilder in Erinnerung, die sie schon vergessen geglaubt hatte: Bilder aus glücklichen Tagen, in denen sie mit Zahir, Chantu und Leilith, den jungen Riesenalpen, ausgedehnte Flüge an der Ostseite des Gebirges unternommen hatte.

»Warum zeigt Ihr mir das?«, fragte sie. Doch die Göttin legte nur schweigend den Finger auf die Lippen und machte erneut eine Handbewegung. Augenblicklich begann sich das Bild im Spiegel zu bewegen. Als säße Naemy auf dem Rücken eines aufsteigenden Riesenalps, blieb der Boden unter ihr zurück, und ihr Blick wanderte höher, bis sie über Gletscher und Eisflächen hinweg nach Westen schauen konnte, wo sich die andere Seite der Berge hinter einer dichten Wolkendecke verbarg. Der unsichtbare Vogel glitt über die ersten Bergspitzen hinweg und hielt auf einen kleinen schwarzen Fleck zu, der sich vor dem Hintergrund eines riesigen Schneefelds bewegte. Naemy dachte zunächst, es handle sich um einen der großen Temelin-Adler, die im Hochgebirge lebten, doch dann erkannte sie den Irrtum. Der große Vogel, der dort im Sonnenschein seine Kreise zog, war kein Adler, sondern Leilith, das Riesenalpweibchen, das sie eigenhändig großgezogen hatte – und Leilith war nicht allein. In ihrem Nacken kauerte ein in dicke Pelze gehüllter junger Elf. Den Körper nach vorn gebeugt, hing er schlaff in den Ledergurten, die ihm als Reitgeschirr dienten, und war offensichtlich bewusstlos. Naemy erstarrte. Obwohl sie das Gesicht des Elfen nicht sehen konnte, erkannte sie ihn sofort.

»Tabor!«, keuchte sie erschrocken und fügte besorgt hinzu: »Bei den Toren, was ist mit ihm?«

Doch statt zu antworten, schüttelte die Göttin nur stumm den

Kopf, hob den Stab, und das Bild des bewusstlosen Tabors wich dem einer felsigen, von kleinen Schneeflecken bedeckten Klamm, an deren Flanke ein einsames Feuer die sternenklare Nacht erhellte. Naemys Blick wanderte sogleich zu dem heimeligen Licht, und wiederum sah sie Tabor, der, in seinen Mantel gehüllt, fröstelnd am wärmenden Feuer saß und suchend zum Himmel aufblickte.

»Tabor!«, hauchte sie leise. Unzählige Fragen brannten ihr auf der Zunge, doch sie spürte, dass die Göttin ihr noch mehr zeigen wollte, und schwieg.

Ein letztes Mal wechselte das Bild, und wieder war es Naemy, als flöge sie auf dem Rücken eines Riesenalps. Diesmal erstreckte sich unter ihr ein gewaltiger Gletscher, an dessen Flanken schroffe Felswände viele hundert Längen emporragten. Und inmitten dieser Wände klaffte die gewaltigste Höhle, die Naemy jemals gesehen hatte. Etwas bewegte sich in der Höhlenöffnung, und die Elfe trat näher an den Spiegel heran, um es besser erkennen zu können. Doch die Höhle war zu weit entfernt. Erst als der unsichtbare Vogel dichter heranflog, sah Naemy, was sich in den Schatten verbarg. Vor Erstaunen sog sie scharf die Luft ein.

Riesenalpe!

Dutzende der lange als ausgestorben geltenden Vögel drängten sich im Höhleneingang und blickten nach oben, als warteten sie auf etwas.

»Unglaublich, das sind ja mindestens …« Weiter kam Naemy nicht, denn in diesem Augenblick teilte sich die Menge der Vögel, um Platz für drei weitere Riesenalpe zu machen, die soeben im Anflug waren. Einer der Neuankömmlinge war Leilith mit Tabor auf dem Rücken. Und plötzlich wusste Naemy, was die Göttin ihr zeigte: Die Bilder im Spiegel kündeten von Tabors Ankunft in Tun-Amrad, dem sagenumwobenen Riesenalpfriedhof jenseits des Ylmazur-Gebirges. Er hatte es tatsächlich geschafft! Ein heißes Glücksgefühl durchflutete die Nebelelfe, und sie wischte sich verstohlen eine Träne aus den Augenwinkeln. Der Augenblick des Abschieds kam ihr in den Sinn, jener schmerzliche Morgen, als Tabor mit Leilith von Nimrod aus aufgebrochen war, um sich auf die Suche nach dem legendären Ort zu machen, an dessen Bestehen kaum jemand glaubte. Bereit, sein Leben aufs Spiel zu setzen, hatte er sich gegen Naemys Willen auf den Weg gemacht, in der Hoffnung, jenseits der Berge Überreste von Riesenalpkrallen zu finden, aus denen ein mächtiges magisches Pulver gewonnen werden konnte. Ein Pulver, das für die bedrängten Menschen in Thale, deren Land Opfer eines verheerenden Angriffs finsterer Mächte geworden war, die letzte Hoffnung darstellte.

Zu gern hätte Naemy gesehen, wie es ihrem Sohn weiter erging, doch die Göttin machte eine kreisende Bewegung, und der Spiegel wurde wieder so dunkel wie zuvor.

»Du weißt, was die Bilder zeigen?«, fragte sie.

»Ich denke schon.« Naemy nickte voller Stolz. »Wie es aussieht, ist es Tabor und Leilith tatsächlich gelungen, nach Tun-Amrad zu fliegen. Dort scheint es sogar noch eine Kolonie lebender Riesenalpe zu geben, von denen selbst wir Nebelelfen nichts wussten.«

»Nicht nur Riesenalpe ...« Die Göttin verstummte, als hätte sie damit schon zu viel gesagt, doch Naemy hing ganz anderen Gedanken nach und bemerkte es nicht.

»Wird er es schaffen?«, fragte sie hoffnungsvoll. »Wird er dort genügend Krallen für das magische Pulver finden? Wird er Nimrod retten können?«

»Ja, es gibt dort genügend Krallen«, erwiderte die Göttin ausweichend. »Doch die Herrscher in Nimrod haben nicht alles bedacht. Sie ahnen nicht, dass es viel zu lange dauern würde, die Krallen zu Pulver zu zermahlen. So viel Zeit bleibt ihnen nicht mehr. Wenn Tabor die Höhle erreicht, wartet das Heer der Cha-Gurrlinen-Krieger bereits vor den Toren der Festungsstadt. Der Angriff steht unmittelbar bevor.«

»Dann war alles vergebens?«, fragte Naemy bestürzt. »Nimrod wird fallen, bevor Tabor den Menschen helfen kann?«

Die Göttin maß die Elfe mit einem schwer zu deutenden Blick. Für eine kurze Zeit hing die bange Frage wie ein unheilvoller Schatten zwischen ihnen, dann brach sie das Schweigen. »Das liegt allein an dir«, sagte sie knapp.

»An mir?«, fragte Naemy ungläubig. »Aber was soll ich tun? Ich bin fort. Die Welt der Lebenden ist für mich unerreichbar.« Sie schüttelte betrübt den Kopf. »Es ist vorbei. Ich kann niemandem mehr helfen.«

Die Göttin lächelte milde. »Du irrst dich, Naemy. Du bist nicht tot«, sagte sie leise. »Noch nicht. Du stehst vor den Toren der Gärten des Lebens, bereit, auch das letzte Stück des Wegs zu gehen. Doch du solltest deine Entscheidung nicht vorschnell treffen, denn wenn du gehst, ist deine Heimat verloren.«

»Heißt das, ich bin nicht tot?« Naemy schaute misstrauisch an sich herab, als wollte sie sich vergewissern, dass jeder Teil ihres Körpers noch am rechten Platz war. »Ich kann selbst entscheiden, ob ich zu meinen Brüdern und Schwestern in die Gärten des Lebens gehe oder nicht?«

Die Göttin lächelte und nickte. »So ist es«, sagte sie leise. »Ich habe noch eine Aufgabe für dich, Naemy, doch ich kann dich nicht zwingen, sie anzunehmen. Die Entscheidung liegt allein bei dir.«

»Aber wenn ich es nicht tue, wird Tabor scheitern und Nimrod fallen«, hakte Naemy nach.

»Ja.« Ein Schatten huschte über das Gesicht der Göttin. »Du allein hast es in der Hand, ob Nimrod zu widerstehen vermag oder den Horden der Cha-Gurrlinen zum Opfer fällt.«

Naemy warf einen nachdenklichen Blick auf den Spiegel und schwieg. Ihr Gesicht blieb unbewegt. Schließlich straffte sie sich und antwortete: »Wenn dem so ist, bin ich bereit. Was erwartet Ihr von mir?«

Die Göttin lächelte erfreut. »Ich wusste, du würdest mich nicht enttäuschen«, sagte sie. »Doch ich will ehrlich zu dir sein. Allein dadurch, dass du die Aufgabe annimmst, ist noch nichts gewonnen. Du hast einen langen und gefährlichen Weg vor dir. Jederzeit besteht die Möglichkeit, dass du scheiterst – und was das bedeutet, brauche ich dir kaum zu sagen.« Sie deutete mit einem Kopfnicken auf den Spiegel. »Und nun höre gut zu. Ich will dir sagen, was ich von dir erwarte …«

Die Worte der Göttin schwebten durch die Halle, bis sie, begleitet von winzigen Echos, durch die Fensteröffnungen in den Garten schlüpften. Hin und wieder unterstrich sie die Ausführungen mit einem Bild, das kurz im Spiegel erschien und wieder verblasste, und je länger sie sprach, desto mehr verstand Naemy, welch ungeheuerliche Aufgabe sie erwartete. »Ich soll ganz allein zwei Dutzend Nebelelfen vor dem sicheren Tod retten und sie auf die andere Seite des Ylmazur-Gebirges führen?«, fragte sie fassungslos, als die Göttin geendet hatte. »Und das, ohne dabei auch nur einen einzigen Gegner zu töten?«

»Nun, ich gebe zu, es wird nicht leicht für dich werden«, antwortete die Göttin »Doch ich vertraue auf deinen Mut und deine Erfahrung. Wenn jemand dieser Aufgabe gewachsen ist, dann bist du es.« Sie schaute Naemy ernst an, und die Nebelelfe erwiderte den Blick gefasst. Nur eine leichte Falte auf der Stirn verriet, dass sie längst nicht so gelassen war, wie es den Anschein hatte.

Das endgültige Schicksal Thales entschied sich also weder vor den Mauern der Festungsstadt noch in der Höhle, in der sie Kiany zurückgelassen hatte. Es entschied sich in einer Zeit, die lange zurücklag und die für die meisten Menschen lediglich Geschichte war, obgleich Naemy sich noch gut daran erinnerte – jene Zeit, in der An-Rukhbar das Land in einem blutigen Feldzug unterworfen hatte! Und sie war diejenige, in deren Händen es lag, ob Tabors verzweifelter Rettungsversuch zweihundertfünfzig Sommer später erfolgreich oder zum Scheitern verurteilt sein würde.

»Wie verworren und unberechenbar die Wege doch sind, die das Schicksal für uns gewoben hat«, meinte sie nachdenklich. Dann gab sie sich einen Ruck und sagte mit fester Stimme: »Ich gehe. Und bei den Toren, ich werde nicht aufgeben, bis ich dafür gesorgt habe, dass Tabors Flug Erfolg beschieden ist.«

Die Göttin nickte zufrieden. »Ich vertraue dir, Naemy«, meinte sie und trat vor den Spiegel, wo sie mit dem Stab der Weisheit wiederum eine kreisende Bewegung vollführte. »Es steht nicht in meiner Macht, ungeschehen zu machen, was deinem Volk angetan wurde, aber ich möchte dir zum Dank zumindest die Möglichkeit geben, etwas wiederzubekommen, das du vor langer Zeit verloren hast.« Sie hob den Stab und murmelte Worte, die Naemy nicht verstand. Auf dem Spiegel erschien eine Spirale aus abertausend winzigen Lichtern, die langsam auf einen dunklen Mittelpunkt zustrebten, wo sie verloschen. Dann dehnte sich die dunkle Mitte überraschend aus, wuchs immer weiter und war schließlich so groß, dass sie nur noch von einem dünnen Ring aus Lichtern eingefasst wurde.

»Sieh genau hin«, forderte die Göttin Naemy auf. »Dies ist der Ort, an dem deine Aufgabe beginnt.« Sie machte eine knappe Handbewegung, und in dem Fenster erschien das Bild einer nächtlichen Ebene, die von unzähligen Feuern erhellt wurde. Auf einem flachen Hügel am Rand dieser Ebene bewegte sich etwas. Neugierig trat Naemy näher an den Spiegel heran, doch erst als sie genau hinsah, begriff sie, was der Spiegel ihr zeigte und welch ungeheuerliche Gabe die Göttin ihr bot. »*Muinthel* – Schwester«, flüsterte sie und hob die Hand, als wollte sie das Bild berühren. Dann aber hielt sie ehrfürchtig inne, ließ die Hand sinken und starrte gebannt auf die zierliche Gestalt mit den hellen Haaren, die im Schatten des Hügels kauerte. »*Muinthel*«, hauchte sie noch einmal mit Tränen in den Augen, wandte sich der Gütigen Göttin zu und sagte mit erstickter Stimme: »Ich bin bereit.«

Erstes Buch

Shari

1

»Bei den Toren, warum gelingt es mir nicht?« Enttäuscht öffnete Fedeon die Augen und blickte über die weite, grasbewachsene Ebene, an deren Ende sich die imposanten Mauern Nimrods vor dem Hintergrund der schneebedeckten Valdor-Berge in die Höhe reckten.

Der junge Skalde trug die lange dunkelbraune Weste seiner Zunft und darunter ein grob gewebtes weißes Leinenhemd, das auf der Brust mit einem schmalen Lederbändchen geschlossen wurde. Fedeons auf Kinnhöhe gestutzten Haare waren vom gleichen warmen Farbton wie die Weste und die haselnussbraunen Augen. Mit Pergament, Feder und Tintenfass gerüstet, saß er wie so oft im ersten Licht der aufgehenden Sonne auf einem flachen Hügel in der Nähe der Festungsstadt und wartete auf eine poetische Eingebung.

Nimrod war das Herz von Thale, einem friedlichen Land, in dem es neben der zweitgrößten Stadt Daran nur Dörfer und vereinzelte Gehöfte gab. Doch die Festungsstadt war nicht nur ein Ort blühender Künste und Sitz des herrschenden Druidenrates, sie beherbergte auch den Tempel der Gütigen Göttin, das größte religiöse Heiligtum des Landes. Zweimal im Jahr nahmen unzählige Bewohner Thales eine weite Reise auf sich, um den eindrucksvollen Zeremonien beiwohnen zu können, die zur Feier der Tagundnachtgleiche in Nimrod abgehalten wurden.

Fedeon seufzte. In zwanzig Sonnenläufen würde es wieder so weit sein. Das Erntefest zu Ehren der Gütigen Göttin stand dicht bevor, und ihm war noch immer keine einzige Zeile für das Dankesgebet eingefallen, das der oberste Druide zu diesem Anlass zu sprechen pflegte. Missmutig las Fedeon einen kleinen Stein vom Boden auf, schleuderte ihn den flachen Abhang hinunter und starrte noch eine Weile auf die Stelle, wo er im kniehohen Gras verschwunden war. Die langen Halme waren braun und vertrocknet und erinnerten Fedeon daran, dass sich ein langer, regenarmer Sommer dem Ende zu neigte. Die prall gefüllten Ähren aber zeugten davon, wie das Frühjahr mit feuchtwarmer Witterung dafür gesorgt hatte, dass die Bauern eine gute Ernte einbringen konnten.

Drei Wochen früher als im Sommer zuvor hatten die Bauern das Getreide einfahren können, und dem anhaltenden Sonnenschein war es zu verdanken, dass auch das letzte Korn trocken in den Speichern lagerte.

Dort, wo die Sonnenstrahlen den Boden erwärmten, dampfte die frisch aufgebrochene Krume der abgeernteten Felder in der Morgenkühle. Ein leichter Wind trug Fedeon den würzigen Geruch der dunklen, feuchten Erde zu. Von seinem erhöhten Platz aus konnte er sehen, dass die Bauern ringsumher bereits damit beschäftigt waren, die winterharte Saat für die kommende Ernte auszubringen. Der junge Skalde seufzte. Alle hatten längst mit ihrem Tagewerk begonnen, nur er hatte noch nicht einmal eine Zeile ersonnen, mit der das Dankgebet beginnen konnte. Betrübt schloss er die Augen und versuchte erneut, sich zu sammeln. Der Rückblick auf den vergangenen Sommer bereitete ihm keine Schwierigkeiten, schließlich gab es nur Gutes zu berichten. Der Ausblick auf das kommende Jahr war es, der ihn plagte.

Wie viele in seiner Familie besaß er eine angeborene Sehergabe. Sie war nur schwach ausgeprägt und reichte nicht dazu, sich in der Kunst des Sehens schulen zu lassen. Doch Fedeon, der zudem auch eine große musische Begabung aufwies, nutzte sie seit frühester Jugend dazu, einfache Weissagungen in seine Lieder und Texte einfließen zu lassen. Damit hatte er im Lauf der Sommer so viel Erfolg gehabt, dass man ihm vor zwei Mondläufen die ehrenvolle Aufgabe übertragen hatte, Lieder und Gebete für die bevorstehende Erntefeier zu verfassen.

Fedeon war überglücklich und fühlte sich am Ziel seiner Träume. Bisher waren die Gesänge zu den Festen nur von den erfahrenen Skalden in Nimrod komponiert worden. Er war der jüngste seiner Zunft, der jemals mit einer solch wichtigen Aufgabe betraut worden war, und fest entschlossen, die Druiden nicht zu enttäuschen. So hatte er sich denn auch sogleich ans Werk gemacht und in nächtelanger Arbeit verschiedene Lieder niedergeschrieben, aus denen der Druidenrat bereits zwei für den Festakt ausgewählt hatte. Das Einzige, was jetzt noch fehlte, war die Abfassung des Dankgebetes. Dessen Wortlaut sollte im Gegensatz zu den Liedern nicht nur ein Licht auf die vergangenen Mondläufe werfen, sondern gleichzeitig auch einen Ausblick auf kommende Ereignisse geben.

Und genau da wurde es schwierig.

Jedes Mal, wenn Fedeon sich in die leichte Entrücktheit versetzte, die nötig war, um Visionen zukünftiger Ereignisse zu empfangen, geschah nichts. Zunächst hatte er noch geglaubt, die Leere sei eine Folge seiner ungeschulten Sinne; immerhin war es schon häufiger vorgekommen, dass er nicht auf Anhieb Bilder der Zukunft hatte sehen können. Doch als es ihm nach drei Sonnenläufen immer noch nicht gelungen war, hatte er angefangen, sich Sorgen zu machen. Jetzt, nach fünf Sonnenläufen vergeblicher Versuche, war er nur mehr ratlos.

»Bist du noch immer nicht weitergekommen?« Paira hatte sich lautlos von hinten an Fedeon herangeschlichen und schlang ihm die Arme um die Schultern. »Gräme dich nicht«, sagte sie tröstend und vergrub ihr Gesicht in Fedeons Haar. »Die Bilder werden kommen, du wirst sehen.« Sie pflückte einen Grashalm ab und kitzelte ihn damit neckend am Ohr.

»Paira, wie oft habe ich dir schon gesagt, du sollst mich nicht stören, wenn ich arbeite.« Fedeon drehte sich um und fasste seine Gefährtin bei den Schultern. Doch der Versuch, die Worte durch einen strengen Blick zu untersteichen, misslang. In Wahrheit freute er sich nämlich sehr, das hübsche Mädchen zu sehen, dessen schwarze Locken offen über die Schulter fielen und bis zu den Hüften hinabreichten. Paira war jung, bezaubernd und immer fröhlich. Ihr fein geschnittenes Gesicht mit der kleinen spitzen Nase und einer Haut, die selbst im Winter noch sonnengebräunt wirkte, hatte Fedeon schon zu so manchem feurigen Liebesgedicht verleitet, und die jadegrünen Augen verströmten einen Liebreiz, den selbst er kaum in Worte kleiden konnte. Ihre Schönheit betörte ihn immer wieder, doch was noch wichtiger war: Paira war genau so unsterblich in ihn verliebt wie er in sie. Zur Wintersonnenwende, so war es besprochen, würden sie den Bund eingehen, und

Fedeon wünschte sich nichts sehnlicher, als sie für den Rest des Lebens an seiner Seite zu wissen.

»Ach, Meisterbarde, jetzt hab dich nicht so gestreng.« Paira lachte, strich sich die widerspenstigen Locken aus der Stirn und schob die Lippen näher an Fedeons Mund heran. »Ich hatte solche Sehnsucht nach dir«, hauchte sie leise, während sie ihm mit dem Zeigefinger sanft über den sorgfältig gestutzten Kinnbart strich. »Drei Sonnenläufe habe ich dich nicht gesehen. Drei scheußlich lange Sonnenläufe. Und alles nur wegen dieser unsäglichen Visionen, die nicht kommen wollen«, sagte sie gekränkt und fügte schmollend hinzu: »Die Frauen auf dem Markt behaupten schon, du würdest einer anderen schöne Augen machen.«

»So, tun sie das?« Fedeon umfasste zärtlich ihr Gesicht und zog sie zu sich heran. Das Gerede der geschwätzigen Marktweiber war blanker Unsinn und kümmerte ihn wenig. Für ihn gab es nur eine Frau, und das war Paira. Doch seine Gefährtin hatte Recht. In dem Ärger über die ausbleibenden Visionen hatte er sie sträflich vernachlässigt. »Du weißt, dass es nicht stimmt«, murmelte er sanft und schloss die Augen. Wie weich ihre Haut war, wie ihr Haar duftete ... Wie hatte er nur so lange ohne sie sein können? In einem Anfall von Zärtlichkeit nahm er Paira in die Arme und zog sie fest an sich.

»Ich ... ich habe dir etwas zu essen mitgebracht«, flüsterte sie atemlos und versuchte halbherzig, sich aus der Umarmung zu befreien. »Käse, Brot und etwas frisches ...« Weiter kam sie nicht, denn Fedeons Lippen verschlossen die ihren mit einem leidenschaftlichen Kuss. Eng umschlungen sanken die beiden ins Gras, und die Zeit verflog in einem Ansturm von Gefühlen, der Fedeon alles andere vergessen ließ.

»Was wünschst du dir für die Zukunft?«, fragte Fedeon später und strich Paira zärtlich über die Wange.

»Kinder!«, murmelte sie mit geschlossenen Augen und seufzte zufrieden. »Eine ganze Schar.« Plötzlich setzte sie sich auf und sah ihren Gefährten ernst an. »Kannst du es sehen?«, fragte sie hoffnungsvoll. »Siehst du unsere Zukunft?«

»Nein!« Fedeon schüttelte betrübt den Kopf. »Ich sehe nichts. Weder für uns noch für die Ernte im kommenden Jahr. So sehr ich mich auch mühe, nirgends finde ich einen Hinweis darauf, was geschehen wird. Alles, was ich sehe, sind undeutliche weiße Bilder, die mich an tief verschneite Landschaften erinnern.«

»Dann wird es wohl einen strengen Winter geben«, vermutete Paira und lachte. »Ich werde meiner Mutter sagen, sie soll genügend Brennholz bevorraten.« Sie setzte sich auf und schaute zum Himmel hinauf, wo die Sonne hoch über den Gipfeln der Valdor-Berge stand. »Ich muss los«, sagte sie. »Mutter ist gewiss schon längst auf dem Markt und wartet, dass ich zurückkomme, um ihr zu helfen.« Eilends glättete sie das efeufarbene Schürzenkleid, richtete das verrutschte Untergewand aus hellem Leinen und stand behände auf.

»Ach, bleib doch noch ein wenig.« Fedeon ergriff ihre Hand und hielt sie fest. »Es ist viel schöner, hier mit dir zu sitzen, als allein.« Er zog sie noch einmal zu sich herab und küsste sie leidenschaftlich lang.

»Nein, es geht nicht … Ich muss … du musst«, murmelte Paira zwischen zwei Küssen. »… ich würde dich nur ablenken. Die Visionen …«

»Ach, vergiss die Visionen«, sagte Fedeon lachend. »Du bist mir wichtiger als alle Lieder und Gebete dieser Welt.«

»Aber von Luft und Liebe können unsere Kinder nicht leben.« Entschlossen löste sich Paira aus Fedeons Armen. »Die Erntefeier ist eine wunderbare Gelegenheit für dich. Wenn die Druiden mit deiner Arbeit zufrieden sind, wirst du sicher eine Anstellung als Skalde in der Inneren Festung bekommen.«

»Ich weiß.« Fedeon nickte. »Anthork, der oberste Druide, hat mir erst gestern mitteilen lassen, dass er meine Lieder für wahre Meisterwerke hält. Es ist nur dieses verflixte Gebet, das …«

»Du solltest nicht so viel grübeln oder gar an deinen Fähigkeiten zweifeln«, meinte Paira. »Es könnte gut sein, dass du dir damit selbst im Weg stehst.« Sie hob den leeren Weidenkorb vom Boden auf, in dem sich Speis und Trank für Fedeon befunden hatten, und lächelte ihm aufmunternd zu. »Entspann dich«, riet sie. »Du bist ein begnadeter Skalde und wirst ein hervorragendes Dankgebet verfassen, dessen bin ich mir ganz sicher. Außerdem hast du noch fast zehn Sonnenläufe Zeit, um das Gebet niederzuschreiben. Da fällt dir bestimmt etwas ein.« Sie bückte sich und hauchte ihrem Gefährten zum Abschied einen Kuss auf die Wange. »Ich muss mich beeilen«, sagte sie. »Mutter wird zu Recht ärgerlich, wenn sie den Marktstand ganz allein bedienen muss.« Sie hob das Kleid mit der freien Hand ein wenig an und lief leichtfüßig den Hügel hinunter. Nach zwanzig Längen blieb sie noch einmal stehen und winkte Fedeon zu. »Sehen wir uns heute Abend?«, fragte sie hoffnungsvoll.

»Ich hole dich nach Sonnenuntergang ab.« Fedeon lächelte und warf Paira eine Kusshand zu. Diese stieß einen leisen Freudenschrei aus und wandte sich um, um mit wehenden Gewändern auf Nimrod zuzueilen. Das riesige zweiflügelige Holztor inmitten der Festungsmauer stand wie immer weit offen und wurde von einem nicht enden wollenden Strom von Menschen passiert. Fedeon blickte Paira nach, bis er ihre schlanke Gestalt in dem Gedränge nicht mehr ausmachen konnte. Dann griff er nach dem duftenden Brotlaib, den sie ihm mitgebracht hatte, schnitt sich eine dicke Scheibe davon ab und beobachtete kauend das rastlose Treiben vor den Toren der Festungsstadt, auf deren Zinnen unzählige farbenprächtige Wimpel und Flaggen im Licht der Morgensonne erstrahlten.

Auf dem gepflasterten Marktplatz vor der Inneren Festung Nimrods herrschte ein dichtes Gedränge. Hunderte von Menschen schoben sich durch die schmalen Gassen zwischen den Ständen der Händler und Bauern, die ihre Waren lautstark feilboten. Überall wurde gehandelt, gefeilscht und verkauft, denn der Sommer neigte sich dem Ende zu, und viele Bewohner der Stadt deckten sich bereits mit Vorräten für den Winter ein.

Paira hockte auf einem Kistenstapel hinter dem Marktstand ihrer Mutter und langweilte sich. Auf dem Tisch warteten unzählige Rüben und Kohlköpfe darauf, den Besitzer zu wechseln, doch das Geschäft lief nicht besonders gut. Nur wenige waren bereit, sich jetzt schon mit dem schweren Gemüse abzuschleppen, zumal die frostharten Sorten noch mindestens zwei Mondläufe auf dem Markt erhältlich sein würden.

Paira ärgerte sich, dass sie nicht bei Fedeon geblieben war. Die wenigen Kunden hätte ihre Mutter ohne weiteres allein bedienen können. So blickte Paira ohne rechte Anteilnahme auf die vorbeiströmenden Menschen, während sie den Worten eines Geschichtenerzählers lauschte, der ganz in der Nähe auf einem leeren Händlerkarren saß. In der Hoffnung auf ein paar Kupferstücke erzählte er den Kindern eine abenteuerliche Geschichte, die er selbst am Rande der Finstermark erlebt haben wollte. Paira schmunzelte. Die Worte, mit denen der Mann sein Abenteuer beschrieb, waren gut gewählt und geeignet, die Leute in ihren Bann zu ziehen. Doch selbst wenn die Geschichte einen Funken Wahrheit in sich trug, war sie doch zweifellos übertrieben und so unglaubwürdig, dass Paira belustigt den Kopf schüttelte. Dennoch hörte sie weiter zu; schließlich kam es nicht oft vor, dass sich ein Geschichtenerzähler in unmittelbarer Nähe befand, und seinen Worten zu lauschen war ein angenehmer Zeitvertreib.

Unvermittelt wurde die Stimme des Geschichtenerzählers laut und bedrohlich.

»… da sah ich, wie sich der Monghul aus den Schatten der Finstermark erhob und mit stampfenden Schritten auf mich zustürmte.« Der erdfarbene Umhang des Geschichtenerzählers bauschte sich, als er vom Karren sprang und sich den zwei Dutzend Kindern zuwandte, die seinen Worten gebannt gelauscht hatten. Die Arme zu einer dämonischen Geste erhoben, die er mit drohendem Knurren und Zähnefletschen unterstrich, schritt er langsam auf die Jungen und Mädchen zu, als wäre er selbst zu der reißenden Bestie geworden.

Die Kinder kreischten entsetzt auf. In ihren Gesichtern spiegelten sich abwechselnd Furcht und Neugier, als wüssten sie nicht, ob sie fortlaufen oder bleiben sollten. Die Mädchen schlugen ängstlich die Hände vor den Mund, und die Jungen vermochten vor Anspannung kaum noch still zu sitzen. Der Geschichtenerzähler stand jetzt unmittelbar vor ihnen, schnaubte wie ein wild gewordener Monghul und schlug mit zu Klauen gekrümmten Händen um sich. Dann brüllte er plötzlich auf und beugte sich mit gebleckten Zähnen über ein kleines Mädchen, als wollte er es fressen.

Das war zu viel.

Schreiend sprangen die Kinder auf und brachten sich in Sicherheit. Das kleine Mädchen floh weinend in die Arme seiner Mutter, die an einem nahe gelegenen Marktstand Einkäufe tätigte, und verbarg das Gesicht in deren Gewändern, während die anderen Kinder das Gebaren des Geschichtenerzählers aus einiger Entfernung misstrauisch beobachteten.

Nur ein Junge von ungefähr elf Jahren zeigte keinerlei Furcht. Mit einer geschmeidigen Bewegung sprang er auf, zog das kurze Holzschwert, das er im Gürtel bei sich trug, und streckte es dem Geschichtenerzähler mutig entgegen.

»Keinen Schritt weiter, du Ungeheuer«, rief er mit fester Stimme. »Wenn du mir zu nahe kommst, töte ich dich.«

Der Geschichtenerzähler grunzte wie der gefürchtete Monghul, jenes schauderhafte, blutrünstige Wesen, das den Legenden Thales nach in der Finstermark lebte, für dessen Dasein es aber keine Beweise gab. Misstrauisch beäugte er die Gestalt des Jungen, der sich ihm, obwohl um mehr als drei Köpfe kleiner, wagemutig in den Weg gestellt hatte. Dabei machte er mit den Armen unnatürlich schlenkernde Bewegungen, grunzte und schnaubte und neigte den Kopf hin und her wie eine verwirrte Bestie, die sich in einer völlig ungewohnten Lage befindet.

Die Menschen auf dem Marktplatz hatten innegehalten. Niemand kümmerte sich mehr um die Waren an den Ständen. Groß und Klein, ja sogar die Händler selbst beobachteten gebannt das seltsame Schauspiel, das ihnen geboten wurde. Die Geräusche ringsumher verstummten, und nur das bösartige Schnauben des Geschichtenerzählers, der seine Rolle als Ungetüm auch weiterhin spielte, war noch zu hören.

»Fort mit dir, du hässliches Ungeheuer«, rief der Junge und fuchtelte drohend mit dem Schwert, während er mutig einen Schritt auf den Geschichtenerzähler zumachte. »Was fällt dir ein, den anderen solche Angst einzujagen? Verschwinde, sonst spieße ich dich auf.« Die Worte des Jungen ließen keinen Zweifel daran, dass er es ernst meinte. Ihm schien nicht bewusst zu sein, dass alles nur ein Spiel war und er mit dem kleinen, stumpfen Schwert nicht mal ein Kaninchen töten könnte.

Der Geschichtenerzähler war zutiefst verwirrt. Er reiste schon viele Sommer durch Thale, um sich mit den alten Legenden des Landes und den Geschichten, die er selbst erfunden hatte, seinen Lebensunterhalt zu verdienen, doch nirgends war er auf ein so mutiges und angriffslustiges Kind gestoßen wie diesen Jungen. Die Lage war überaus unangenehm. Der Geschichtenerzähler spürte die Blicke der Menschen, die ihn anstarrten und neugierig darauf warteten, wie er sich verhalten würde.

Er konnte den Worten des Jungen unmöglich Folge leisten, denn wenn er das täte, würde er statt Münzen nur Spott und Gelächter ernten. So entschloss er sich anzugreifen.

»Rrrrroaaaaarrr!«, brüllte er wie ein tobsüchtiger Monghul, hob die Arme und stürzte sich auf den Jungen. Die Menge schrie entsetzt auf und wich zurück. Nur der Junge blieb standhaft. Irgendetwas in seinem Blick sagte dem Geschichtenerzähler, dass der Angriff ein Fehler war, doch für einen Rückzug war es zu spät. Er hatte das Spiel begonnen und musste bis zum Ende durchhalten, wenn er sein Gesicht wahren wollte.

Das Ende kam schneller als erwartet. Noch bevor er den Jungen erreichte, sprang dieser vor und rammte ihm das Holzschwert mit voller Wucht in die Magengrube. Der Geschichtenerzähler verdrehte die Augen und stieß einen dumpfen, pfeifenden Laut aus. Dann krümmte er sich, sackte zusammen und blieb besinnungslos auf dem harten Pflaster liegen.

Auf dem Marktplatz bereitete sich betretenes Schweigen aus. Alle starrten auf den Jungen, der mit dem Schwert in der Hand vor dem Geschichtenerzähler stand und zufrieden lächelte.

»Tarek! Was tust du da?« Die ärgerliche Stimme einer Frau ertönte über die Köpfe der Umstehenden hinweg. Dann teilte sich die Menge, und eine kleinwüchsige, rundliche Frau mit einem großen Korb in den Händen zwängte sich schnaufend hindurch. Sie trug einen dunkelbraunen Umhang über dem schlichten grauen Arbeitskittel; ihr Haar wurde von einem grob gewebten braunen Kopftuch bedeckt. In der Eile war es verrutscht, so dass ein paar dunkle Haarsträhnen darunter hervorschauten. Unmittelbar vor dem Jungen blieb sie stehen und starrte ihn erbost an. Doch die erwartete Strafpredigt blieb zunächst aus, denn die Frau kniete neben dem Geschichtenerzähler nieder, um ihn auf Verletzungen zu untersuchen. »Bei der Göttin, warst du das?«, herrschte sie den Jungen an, während sie aus ihrem Umhang eine Rolle formte und den Kopf des Mannes darauf bettete.

»Er hat die Kinder angegriffen«, verteidigte sich der Junge knapp. In seinem Gesicht zeigte sich nicht mal eine Spur von Reue.

»Aber Tarek, Junge.« Die Frau war sichtlich ungehalten. »Das war doch nur ein Spiel. Er wollte ihnen doch nichts Böses.«

»Wenn er so ein Spiel beginnt, muss er auch damit rechnen, dass jemand mitspielt«, erwiderte Tarek kühl. Die Frau, die offensichtlich seine Mutter war, seufzte kopfschüttelnd. Dann blickte sie auf und herrschte die Schaulustigen ärgerlich an. »Was ist los? Was steht ihr hier herum und glotzt? Will denn niemand frisches Wasser holen, damit wir den armen Mann wieder zur Besinnung bringen können?« Sie streifte Tarek mit einem unverhohlen wütenden Blick. »So etwas wird nicht noch einmal vorkommen«, prophezeite sie ihm. »Darauf kannst du …«

»Hier ist kühles Wasser und ein sauberes Tuch.« Paira, deren Marktstand sich in unmittelbarer Nähe des Geschehens befand, schlüpfte durch die sich zerstreuende Menschenmenge. »Ist er schwer verletzt?«, fragte sie besorgt, während sie der Frau ein feuchtes Tuch reichte und beobachtete, wie diese die Stirn des Geschichtenerzählers damit kühlte.

»Äußerlich ist nichts zu sehen«, erhielt sie zur Antwort. »Wäre auch sehr ungewöhnlich, schließlich hat mein Sohn ja nur ein

Holzschwert. Aber Tarek ist sehr viel kräftiger, als man es ihm ansieht. Ich hoffe, der Mann hat keine inneren Verletzungen davongetragen.«

Der Geschichtenerzähler bewegte sich stöhnend. Seine Augenlider flackerten.

»Er kommt zu sich«, sagte Paira erleichtert. Sie hob den Blick und sah Tarek, der sich nicht vom Fleck gerührt hatte, vorwurfsvoll an. »Deine Mutter hat Recht«, meinte sie. »So etwas tut man nicht. Der Mann hat doch nur ... «

»Er hat die Kinder angegriffen«, beharrte Tarek uneinsichtig. »Das wird ihn lehren, so etwas in Zukunft nicht noch einmal zu machen.«

»Du willst später wohl mal Richter werden, wie?«, fragte Paria, die sich ärgerte, dass der Junge so kaltschnäuzig war.

»Nein. Ich werde Krieger«, erklärte der Junge selbstsicher und fügte hinzu: »Ein mutiger, heldenhafter Krieger, der ein ganzes Heer befehligt.«

Paira lächelte über diesen naiven Wunsch. »Aber wir haben in Thale kein Heer«, gab sie zu bedenken.

»Nein, das haben wir nicht«, stimmte Tarek zu. »Aber wir sollten eines haben. Wenn wir ein Heer hätten, könnten die Krieger in die Finstermark reiten und alle Wesen vernichten, die dort hausen. Diese verweichlichten Druiden haben doch nicht die leiseste Ahnung, was ... «

»Tarek!« Die ältere Frau sah ihren Sohn erbost an. »Ich habe dir verboten, solche Sachen zu sagen. Wir sind ein friedliches Land und brauchen keine Krieger. Wo Krieger sind, ist der Krieg nicht fern. Es ist sehr weise und einsichtsvoll von den Druiden, auf ein Heer zu verzichten.«

»Pah!« Tarek trat ärgerlich einen kleinen Stein fort. »Ich werde ein Krieger, Mutter. Du wirst schon sehen.« Mit diesen Worten drehte er sich um und stapfte davon.

»Tarek, halt ein!«, rief seine Mutter ihm nach. »Der Geschichtenerzähler kommt zu sich. Ich erwarte, dass du dich bei ihm sofort entschuldigst.«

»Er ist selbst schuld an dem, was ihm geschehen ist«, rief Tarek. »Das nächste Mal sollte er besser aufpassen, wen er bedroht.«

»Tarek! Komm sofort zurück!«

Doch der Junge gehorchte nicht. Ohne sich noch einmal umzublicken, verschwand er in der Menge.

»Oh, dieses Kind … « Die Frau war den Tränen nahe. »Seit sein Vater nicht mehr lebt, hat er sich verändert. Er ist so … stur und verbittert. Ich komme einfach nicht an ihn heran.« Sie schluckte schwer und seufzte. Paira hob die Hand und legte sie der Frau tröstend auf den Arm. »Er wird darüber hinwegkommen«, sagte sie leise und dachte an ihren eigenen Vater, der vor fünf Sommern einer schweren Krankheit erlegen war. »Die Zeit wird die Wunden heilen.«

»Bei der Göttin, ich hoffe, du hast Recht.« Die Frau wischte sich eine Träne von der Wange. Dann atmete sie so tief durch, als könnte die frische Luft alle trüben Gedanken vertreiben, und wandte sich wieder dem Geschichtenerzähler zu, der stöhnend die Augen öffnete.

»Wie geht es Euch?«, erkundigte sie sich mit besorgter Miene.

»Schrecklich«, presste der junge Mann mit zusammengebissenen Zähnen hervor, während er versuchte, sich aufzurichten. »Bei den Toren, ich fühle mich … « Er hustete und krümmte sich. Erst nach ein paar Atemzügen konnte er weitersprechen. »… als ob mich ein Steppenbüffel auf die Hörner genommen hätte.«

»Das tut mir furchtbar Leid«, entschuldigte sich Tareks Mutter. Da sie keinen Becher zur Hand hatte, reichte sie dem jungen Mann den Krug mit Wasser, damit er daraus trinken konnte. »Mein Sohn hat es nicht böse gemeint. Er fühlte sich angegriffen und hat sehr unüberlegt gehandelt.«

»Ich hatte nicht den Eindruck, dass es gedankenlos von ihm war«, meinte der Geschichtenerzähler, nachdem er einen großen Schluck getrunken und den Krug abgestellt hatte. »Aber ich nehme Eure Entschuldigung an und danke Euch für die freundliche Hilfe.« Er nickte Paira zu, versuchte ein Lächeln und sagte: »Und Euch natürlich auch, schöne Jungfer.«

»Das was doch selbstverständlich.« Paira spürte, wie ihr die Röte in die Wangen schoss, und senkte hastig den Blick. Außer von Fedeon hatte sie noch nicht viele Komplimente bekommen. Etwas in dem Blick des Geschichtenerzählers, der sie mit unverhohlener Neugierde musterte, machte sie verlegen. »Ich … ich muss jetzt wieder zu meiner Mutter«, stammelte sie entschuldigend. »Heute ist viel los, und ich habe sie nun schon lange genug allein gelassen.« Sie erhob sich und griff nach dem Wasserkrug.

»Wartet!« Die Hand des Geschichtenerzählers legte sich auf die ihre und hielt sie fest. »Verratet Ihr mir Euren Namen?«, fragte er bittend.

»Paira«, murmelte die junge Frau, die sich plötzlich völlig hilflos fühlte. Die Berührung hatte eine heiße Welle von Gefühlen in ihr ausgelöst, die sie schwindelig machte.

Fedeon … Der Name ihres Gefährten strich wie eine stumme Mahnung durch ihre Gedanken, und eine leise Stimme flüsterte ihr zu, sie müsse die Hand wegziehen, doch sie tat es nicht. Das Gefühl war so einzigartig – wundervoll und beängstigend zugleich. Nie zuvor hatte sie etwas Ähnliches gespürt. Sie wusste, dass es nicht sein durfte, dennoch wagte sie nicht, den Zauber des Augenblicks zu zerstören. Der Boden unter ihren Füßen schien plötzlich nicht mehr fest zu sein, und in ihrem Bauch tummelten sich hundert Schmetterlinge. Der sanfte Blick des fremden jungen Mannes hielt sie gefangen, und sie starrte zurück, atemlos und ängstlich zugleich, als fürchtete sie, in den unendlichen Tiefen der blauen Augen zu ertrinken.

»Ich bin Yovan«, hörte sie ihn wie von weit her sagen. »Es wäre mir eine große Ehre, wenn ich Euch heute Abend wieder sehen könnte.«

Nein! Auf einmal hatte Paira Angst. Obwohl sie sich nichts sehnlicher wünschte, als dem Geschichtenerzähler wieder zu begegnen, wusste sie, dass es nicht sein durfte. Der Mann war eine Gefahr. Eine wundervolle, verführerische Gefahr, die ihr Herz höher schlagen ließ. Doch der Verstand sagte ihr, dass die blauen Augen zu einer Bedrohung für ihr weiteres Leben werden konnten. Ein

Leben, von dem sie bisher geglaubt hatte, dass es ihr nichts Schöneres bieten konnte, als an Fedeons Seite alt und grau zu werden. Und jetzt dies.

»Das … das geht nicht«, stammelte sie unbeholfen und befreite ihre Hand ruckartig aus dem Griff des Fremden. Fort, dachte sie. Ich muss hier fort. Fahrig wandte sie sich in die Richtung, in der sie den Marktstand ihrer Mutter vermutete, und stürmte davon. Sie blickte nicht nach links und nicht nach rechts, und obwohl sie über das Rauschen des Blutes in den Ohren hinweg hörte, dass der Geschichtenerzähler ihr etwas hinterherrief, drehte sie sich nicht um. Blindlings hastete sie voran, den Krug, aus dem das Wasser schwappte, wie einen kostbaren Schatz an sich gepresst. Sie spürte, dass ihr die Tränen kamen, denn während die Schmetterlinge in ihrem Bauch verstummten und die Wärme verschwand, breitete sich in ihrem Innern eine dumpfe Trauer aus, die ihr das Herz zu zerreißen drohte.

Überstürzt bahnte sich Paira einen Weg durch die Menschenmenge, die Tareks irrtümlichen Kampf gegen den Geschichtenerzähler beobachtet hatte und sich im Schwatzen auflöste. Viel zu spät bemerkte sie den kleinwüchsigen feisten Mann in edlen roten Gewändern und dessen jungen Pagen, die ihren Weg kreuzten.

»Mädchen, pass auf!«, rief ihr eine Frau erschrocken zu, doch die Warnung kam zu spät. Ohne innezuhalten, rannte Paira gegen den Pagen. Der Aufprall riss dem Knaben den schweren Korb mit den Einkäufen aus den Händen. Er fiel zu Boden, und der Inhalt ergoss sich über das Pflaster. Eier, Brot und Äpfel kullerten heraus und verteilten sich überall auf dem Boden, wo sie von achtlosen Füßen zertreten wurden.

Paira ließ vor Schreck den Krug fallen, der mit einem Bersten in tausend Stücke sprang. Das Wasser benässte das bodenlange Gewand des feisten Mannes, und eine Scherbe traf seinen Fuß.

»Ungeschicktes Weib!«, rief er erbost und musterte Paira mit einem vernichtenden Blick aus kleinen Schweinsäugelein. Sein fleischiges Gesicht hatte eine puterrote Farbe angenommen, und er schnaubte wie ein zorniger Eber. »Was glotzt du so dämlich«, fuhr er den Pagen an, der mit gesenktem Kopf neben ihm stand und seinen Herrn ängstlich anblickte. Der Junge war mehr als einen Kopf kleiner als Paira. Er hatte kurzes rotes Haar und sehr blasse, fast durchscheinende Haut. Obwohl er kaum älter als zwölf Sommer sein konnte, hatte er nichts Kindliches mehr an sich. Sein Körper wirkte ausgemergelt und seine Haltung furchtsam. »Siehst du nicht, dass die teure Ware zertrampelt wird?« Die fette Hand des Rotgewandeten schoss vor, packte den Pagen im Genick und drückte ihn zu Boden. Der Junge winselte qualvoll, wehrte sich aber nicht. »Heb sofort die Sachen auf«, fauchte der Dicke und fügte Unheil verkündend hinzu: »Und, bei den Toren, wenn auch nur ein einziges Ei zerbrochen ist, wirst du dafür büßen.« Der Junge zuckte wie unter einem Peitschenhieb zusammen und schluchzte auf. In demütiger Haltung kroch er auf Knien über das Pflaster und sammelte ein, was den Füßen der Marktbesucher entgangen war. Dabei zitterte er am ganzen Leib, denn die glitschige, gelbliche Masse, die das Pflaster schlüpfrig machte, war ein untrügliches Zeichen dafür, dass nicht ein einziges der zwei Dutzend Eier heil geblieben war.

Paira, die sich eilig gebückt hatte, um die Scherben des tönernen Krugs aufzusammeln, entging nicht, wie es um den Jungen stand. Er tat ihr Leid. Es war nicht recht, dass er für ihre Unachtsamkeit büßen sollte, schließlich konnte er nichts dafür, dass sie ihn umgerannt hatte.

In der Hoffnung, den Knaben vor der bevorstehenden Züchtigung zu bewahren, stand sie auf und sagte mit fester Stimme: »Den Jungen trifft keine Schuld.«

»Was geht dich das an?«, knurrte der Dicke. »Er steht in meinen Diensten. Ich bestrafe ihn, wann immer ich es für richtig halte.« Die Stimme klang erstaunlich jung. Paira vermutete, dass der Mann kaum mehr als zwanzig Sommer gesehen hatte, wenngleich die Fettleibigkeit ihn weitaus älter erscheinen ließ.

»Aber ich bin schuld daran, dass er den Korb hat fallen lassen.« Pairas Stimme wankte nicht. »Sagt mir, was ich Euch schulde. Ich werde Euch die Ware ersetzen.« Sie ahnte, dass der Wert der verdorbenen Ware die Tageseinnahmen des Marktstandes ihrer Mutter überstieg, aber sie wollte für den Schaden aufkommen. Sie würde sich das Geld irgendwo leihen und es wieder abarbeiten.

Das Angebot gefiel dem Dicken. Plötzlich schien er allen Ärger vergessen zu haben. »Ja, was schuldest du mir, Weib?«, fragte er mit anzüglichem Lächeln und musterte Paira auf eine Weise, die ihr die Schamröte ins Gesicht trieb. »Womit könnte ein so hübsches Kind wie du seine Schuld für dieses Missgeschick wohl am besten abtragen?« Er grinste unverschämt und fuhr sich mit den dicken Fingern sinnend über die wulstigen, feucht glänzenden Lippen. »Du schuldest mir …«

»Sie schuldet Euch zwei Dutzend Eier und fünf Äpfel!« Die Menge der Umstehenden, die die Auseinandersetzung mit angehaltenem Atem verfolgten, teilte sich, und ein hoch gewachsener Nebelelf in heller lederner Jagdkleidung trat neben Paira. Er war fast einen Kopf größer als sie und hatte langes hellgraues Haar, das, wie bei den Elfen üblich, im Nacken mit einem Lederband zusammengehalten wurde, so dass die spitz zulaufenden Ohren seiner Rasse gut zu sehen waren.

Paira staunte. Es kam häufig vor, dass die Bewohner der Sümpfe von Numark den Markt in Nimrod besuchten, um hier Geschäfte zu tätigen, doch Paira hatte sie stets als äußerst zurückhaltend erlebt. Sie waren immer freundlich und zuvorkommend, gingen jedem Streit aus dem Weg und mischten sich schon gar nicht in Dinge ein, die andere betrafen. Deshalb wunderte es sie umso mehr, dass sich ein Angehöriger des langlebigen Volkes in den Streit einmischte und Partei für sie ergriff.

Das plötzliche Auftauchen des Nebelelfen schien den Dicken zu verärgern. »Du musst es ja wissen, Elf«, schnaubte er. »Ihr Nebelelfen glaubt ja immer, alles zu wissen. Ihr haltet euch für so unendlich weise, dass einem davon übel werden kann.« Er spuckte verächtlich auf den Boden.

»Sie schuldet Euch zwei Dutzend Eier und fünf Äpfel«, wiederholte der Elf ungerührt, als hätte er die Beleidigungen nicht gehört. »Und dieser Knabe«, fuhr er fort, während er neben den Pagen trat und ihm beim Aufstehen half, »ist Euer Bediensteter, nicht aber Euer Eigentum. Er hat ein Recht auf anständige Behandlung und wird von Euch doch nicht etwa für ein Missgeschick bestraft werden, an dem er keine Schuld trägt.« Die letzten Worte unterstrich er mit einem so schulmeisterlichen Ton, dass der Dicke mürrisch das Gesicht verzog. Sein Blick huschte nervös über die Gesichter der Umstehenden, die die Szene gespannt beobachteten. Alle wussten, dass der Elf Recht hatte, und der Dicke spürte, dass er sich jetzt keine Blöße geben durfte. »Selbstverständlich werde ich ihn nicht bestrafen«, erwiderte er mit aufgesetztem Lächeln, doch die Worte tröpfelten ihm so mühsam aus dem Mund, als müsste er sich dazu zwingen, sie auszusprechen.

»Nun, dann ist ja alles geregelt.« Der Elf hob den Korb auf und reichte ihm den Pagen. »Ich bin sicher, Ihr werdet Euren Verlust umgehend ersetzt bekommen.« Er zwinkerte Paira zu.

»Das Weib soll die Sachen bis Sonnenuntergang zum *Haus der Sinne* bringen«, raunzte der Dicke unwirsch und fügte nicht ohne Stolz hinzu: »Es gehört meinem Vater.« Er packte den Jungen am Arm und schob ihn grob vor sich her. Als er an dem Nebelelf vorbeiging, reckte er sich in die Höhe und zischte so leise, dass nur dieser es hören konnte: »Wir treffen uns wieder, Bastard.« Dann versetzte er dem Jungen einen kräftigen Stoß und verschwand in der Menge.

2

Naemy war fort, doch die Gütige Göttin dachte nicht daran, das Bild der nächtlichen, von unzähligen Feuern erhellten Ebene zu löschen.

Schweigend betrachtete sie das gewaltige Heerlager längst vergangener Zeiten und fragte sich, wieso sie damals so blind gewesen war. Doch der Mangel an Wachsamkeit war nur der erste einer ganzen Reihe von Fehlern gewesen, die ihr seinerzeit unterlaufen waren. Fehler, die viele – zu viele – Bewohner von Thale mit dem Leben bezahlt hatten. Die Nebelelfen und Riesenalpe waren fast ausgerottet worden, und das Volk der Menschen hatte lange in Knechtschaft und Unterdrückung leben müssen.

Die Göttin seufzte und schob die bitteren Erinnerungen energisch bei Seite. Was geschehen war, konnte nicht mehr geändert werden. Aber die Irrtümer und Unterlassungen der Vergangenheit waren dazu angetan, die richtigen Lehren daraus zu ziehen, und gerade jetzt, da das Schicksal Thales allein auf den Schultern der Nebelelfe ruhte, durfte sie sich keinen einzigen Fehler erlauben.

Naemy besaß ihr vollstes Vertrauen. Nie zuvor hatte die Göttin einem sterblichen Bewohner Thales eine so wichtige Aufgabe anvertraut. Dennoch war die Nebelelfe nur ein vergängliches Wesen mit allen Schwächen und Stärken ihrer Rasse. Sie hatte die Aufgabe angenommen, und die Göttin zweifelte nicht daran, dass sie ihre ganze Kraft darauf verwenden würde; dennoch plagten sie Zweifel, die sich noch verstärkten, als sie an die letzten Worte zurückdachte, die sie mit Naemy gewechselt hatte.

»Und vergiss niemals: Die Gruppe muss zusammenbleiben, bis ihr die Berge überwunden habt«, hatte sie Naemy unmittelbar vor dem Aufbruch noch einmal ermahnt. Die Nebelelfe hatte zunächst genickt, doch dann waren ihr Bedenken gekommen. »Das ist mir wohl bewusst, aber was ist, wenn einer der Geretteten die Gruppe verlassen will?«

»Dann musst du ihn davon überzeugen, dass eine Umkehr unmöglich ist.«

»Und wenn er sich nicht umstimmen lässt?«

»Dann musst du ihn töten!« Die Göttin hatte bemerkt, wie Naemy erbleicht war, und hinzugefügt: »Die Geretteten dürfen den anderen Bewohnern Thales keinesfalls begegnen. Die Heimat zu verlassen ist der Preis, den sie für ihre Rettung zu zahlen haben. Sie müssen fort aus Thale – für immer. Entfernt sich nur ein Einziger aus der Gruppe, so kann das für die Zukunft des Landes unabsehbare Folgen haben.«

»Ich verstehe.« Naemy hatte genickt.

»Und – wirst du es tun?«, hatte die Göttin gefragt.

Darauf hatte die Elfe lange geschwiegen. Es war ihr deutlich anzusehen gewesen, wie sie mit sich gerungen hatte, und schließlich hatte sie nur ausweichend geantwortet: »Niemand wird die Gruppe verlassen. Darauf habt Ihr mein Wort.«

Die Göttin hatte es dabei bewenden lassen, doch zufrieden war sie mit der Antwort nicht. Zu groß war die Gefahr, dass Naemy versagte, wenn es darauf ankam. Gewiss, sie war eine treue Dienerin, aber würde sie es wirklich fertig bringen, notfalls gar einen Angehörigen ihres Volkes zu töten? Die Göttin wusste es nicht. Sie vertraute Naemy, aber diesmal durfte sie kein Wagnis eingehen. Die Rettung von zwei Dutzend Nebelelfen und deren Reise in das Land jenseits des Ylmazur-Gebirges waren für die Zukunft Thales von größter Wichtigkeit. Wenn Naemy scheiterte, würde die zukünftige Geschichte Thales neu geschrieben werden: Nimrod würde dem Wüten des Feuerdämons und den Horden der Cha-Gurrlinen zum Opfer fallen.

Schweigend sandte die Göttin einen Gedanken durch die Halle der Träume. Der lautlose Ruf schwebte hinaus in die Gärten des Lebens, und jene, die gerufen wurde, erschien nur wenige Augenblicke später.

»Ihr habt nach mir verlangt?« Eine dunkelhaarige Frau schwebte auf die Göttin zu, faltete die Hände vor dem Gesicht und verneigte sich ehrfürchtig. Ihr langes dunkles Haar, das über die Schultern bis zu den Hüften hinabfloss, schimmerte seidig; es bildete einen starken Kontrast zu der elfenbeinfarbenen Haut und dem fließenden hellgrünen Gewand der Frau, das um die Taille von einem dünnen silbernen Gürtel gehalten wurde und duftig die Füße umspielte. Als sie sich aufrichtete, wanderte ihr Blick zu dem Bild der vielen Lagerfeuer, das den großen Spiegel noch immer ausfüllte. »Hat die Elfe die Aufgabe angenommen?«, fragte sie mit heller, wohlklingender Stimme.

»Ja, das hat sie.«

»Dennoch wirkt Ihr bedrückt.«

»Du kennst mich gut.« Die Gütige Göttin lächelte.

»Fürchtet Ihr, dass sie scheitert?«

»Ich zweifle nicht daran, dass sie alles daransetzen wird, die Aufgabe zu erfüllen.«

»Aber …?«

»… sie ist eine Sterbliche. Als Elfe ist sie zwar nicht so beeinflussbar und wankelmütig wie die Menschen, aber auch das Volk der Nebelelfen hat Schwächen, und ich fürchte, sie wird es nicht fertig bringen, jene zu töten, die die Gruppe verlassen wollen – wenn es dazu kommt.«

»Ich verstehe.« Die junge Frau trat vor den Spiegel. »Wenn Ihr es wünscht, werde ich ihr folgen und über sie wachen.«

»… und ausführen, wozu sie nicht im Stande ist?«

»Seid unbesorgt. Wer nicht über die Berge reist, gelangt nirgendwo hin.«

Als Naemy die Augen öffnete, war es dunkel. Eine nahezu vollkommene Finsternis hüllte alles ein, was mehr als drei Längen von ihr entfernt war; selbst die Dinge in unmittelbarer Nähe waren nur als schattenhafte Umrisse zu erkennen. Doch es bestand kein Zweifel, dass sie sich unter freiem Himmel befand. Die Luft war erfüllt vom würzigen Duft trockener Gräser und den typischen Gerüchen des Waldes. Ein leichter Wind wehte den Rauch eines Lagerfeuers herbei, dessen Ursprung sie jedoch nicht ausmachen konnte. Naemy runzelte die Stirn, horchte, spähte und lauschte. Es musste Spätsommer sein. Die Luft war noch mild, trug aber schon die Vorboten der kühlen, feuchten Herbstnebel in sich.

Unwillkürlich wanderte ihr Blick zum Himmel, doch sie fand keinen einzigen Stern. Selbst die beiden Monde To und Yu, die Thale des Nachts – wenn es denn Nacht war – erhellten, vermochten das undurchdringliche Schwarz, das den Himmel gleich einem dicken Mantel bedeckte, nicht mit ihrem silbernen Licht zu durchdringen.

Wo bin ich? Mit einem tiefen Seufzer setzte sich Naemy auf und stützte den Kopf in die Hände. Doch so sehr sie ihre Gedanken auch durchforschte, nirgends fand sie einen Hinweis darauf, wo sie sich befinden mochte. Dafür brachte ihr der Versuch, sich zu erinnern, so heftige Kopfschmerzen ein, dass sie innehielt.

Nachdem sie sich einen Augenblick Ruhe gegönnt hatte, versuchte sie es erneut. Es gab einen wichtigen Grund dafür, dass sie hier war, das spürte sie genau. Nur welchen?

Naemy schloss die Augen und sammelte sich. Lange geschah nichts, doch dann kehrten die Erinnerungen zögernd und bruchstückhaft zurück. Da war ein helles Licht gewesen, ein Spiegel, der seltsame Bilder gezeigt hatte, und eine Stimme. Mühsam kämpfte Naemy gegen den rasenden Schmerz hinter ihrer Stirn an, der inzwischen so stark hämmerte, als wollte er mit aller Kraft verhindern, dass sie das Vergessene zurückholte.

Die Stimme! Ich muss mich an die Worte erinnern, dachte Naemy und biss die Zähne zusammen. Die Worte waren wichtig. Doch sosehr sie sich auch bemühte: alles, was geschehen war, bevor sie hier wieder zu Bewusstsein gekommen war, verbarg sich wie ein flüchtiger Traum hinter undurchdringlichen Nebelschleiern. Als sie die Kopfschmerzen nicht mehr aushalten konnte, gab sie es auf.

»O Göttin, hilf mir!«, murmelte sie niedergeschlagen und sandte einen flehenden Blick zum Himmel. »Ich fühle, dass ich eine Aufgabe zu erfüllen habe, doch ich kann mich an nichts erinnern. Ich weiß nicht, wo ich bin und wie viel Zeit vergangen ist, seit ich das Dimensionentor betreten habe.«

Nie zuvor hatte sich Naemy so hilflos gefühlt. Die fehlenden Erinnerungen verwirrten sie so sehr, dass sie nicht wusste, was sie tun sollte. Mutlos zog sie die Knie an den Körper und schlang die Arme herum. »Bitte«, flehte sie leise. »Bitte hilf mir.«

Shari

Der geflüsterte Name wehte wie ein feines Nebelgespinst durch ihre Gedanken, kam und verstrich, noch bevor sie ihn fassen konnte.

Shari – ein Name aus den Tiefen der Vergangenheit, bitter und voll quälender Erinnerungen. Nicht einmal in den vielen hundert Jahreszeiten, die vergangen waren, seit sie ihn das letzte Mal ausgesprochen hatte, hatte sie die Trauer und den Schmerz über den tragischen Tod ihrer Schwester verwinden können. Doch diesmal war es anders. Diesmal verspürte sie so etwas wie Hoffnung, als sie an Shari dachte – und plötzlich wusste sie wieder, was geschehen war, was sie zu tun hatte und wo sie sich befand.

Mit klopfendem Herzen sprang Naemy auf und blickte sich um. Es war noch immer stockfinster, doch die Dunkelheit hatte ihren Schrecken verloren. Unwillkürlich tastete sie am Gürtel nach dem kurzen Schwert und dem Messer und stellte erleichtert fest, dass sich beide noch an ihrem Platz befanden. Für einen Moment bedauerte sie, keinen Langbogen mitzuführen; die weit reichende Waffe wäre für sie ein enormer Vorteil. Doch es war unsinnig, weiter darüber nachzudenken. Sie musste eine wichtige Aufgabe erfüllen und würde das auch tun – mit oder ohne Bogen.

Lautlos wie eine Katze suchte sich Naemy einen Weg über die von dornigem Gebüsch und hohen Bäumen bewachsenen Hügel, die das Grasland von der Finstermark trennten. In der Dunkelheit konnte sie ihr Ziel nicht erkennen, doch sie folgte dem Brandgeruch, überzeugt, dass sie in die richtige Richtung lief – nach Norden nämlich.

Dort, jenseits der letzten Hügelkette, die die nördliche Grenze von Thale bildete, begann die Finstermark, jene unbewohnte und lebensfeindliche Gegend, deren Boden nie von einem Sonnenstrahl berührt worden war und an deren Grenze der Leben spendende Einfluss der Gütigen Göttin endete. Weder Menschen noch Nebelelfen wagten es, einen Fuß auf die staubige rote Erde der kargen Einöde zu setzen, denn dort lauerte der Tod. Aber Naemy hatte auch nicht vor, die Finstermark zu betreten. Sie suchte nach Shari, die sich irgendwo hier in den Hügeln befinden musste.

Wenig später erreichte sie den letzten Hügel vor der Grenze. Der Brandgeruch war inzwischen so stark geworden, dass er nicht von einem einzelnen Feuer stammen konnte, und es lag noch etwas anderes in der Luft, etwas, das Naemy stark an die Ausdünstungen von Raubtieren erinnerte. Um unbemerkt auf die Kuppe zu gelangen, legte sie sich flach auf den Bauch und kroch vorsichtig zwischen den Büschen hindurch, bis sie einen Blick auf die Finstermark werfen konnte.

Was sie sah, ähnelte dem Bild, das der Spiegel der Gütigen Göttin ihr gezeigt hatte, doch es übertraf selbst ihre kühnsten Erwartungen. Lagerfeuer! Nicht eines und nicht ein Dutzend, sondern Hunderte von Feuerstellen erstreckten sich so weit das Auge reichte. Der schwarze Himmel über der Finstermark wurde von einem unheimlichen roten Schein erhellt, und die Rauchschwaden krochen wie Vorboten des Grauens in die Mulden zwischen den Hügeln. Dumpfes Gemurmel aus vielen tausend Kehlen erfüllte die Luft und vereinigte sich mit dem metallischen Klirren von Rüstungen und Waffen zu einer bizarren Weise, während sich schattenhafte Gestalten schwer bewaffneter Krieger im Schein der Flammen bewegten.

Naemy klopfte das Herz bis zum Hals. Das war es also, was ihre kleine Schwester Shari fast dreihundert Sommer zuvor in der Finstermark entdeckt und wofür sie mit dem Leben bezahlt hatte. Die Nebelelfe erschauerte. Die ungeheure Anzahl von Kriegern, die sich hier völlig unbemerkt hatten versammeln können, jagte ihr einen eisigen Schauer über den Rücken. Sie wusste, dass es keine Menschen waren, die dort unten um die Feuer saßen. Das Heer in der Finstermark bestand einzig und allein aus Cha-Gurrlinen, jenen hünenhaften schwarzen Kriegern, die An-Rukhbar aus einer fernen Dimension nach Thale gerufen hatte, auf dass sie das Land in seinem Namen eroberten. Sie fürchteten nichts, waren gnadenlos und grausam und würden mit ihren gewaltigen Äxten und Schwertern Tod und Verderben nach Nimrod tragen.

»Bei der Göttin. So viele«, murmelte Naemy erschüttert. »Und wir dachten wirklich, wir könnten sie abwehren.« Niedergeschlagen schüttelte sie den Kopf und erinnerte sich daran, wie der Angriff der schwarzen Krieger, der für sie bereits dreihundert Sommer zurücklag, völlig überraschend über Thale hereingebrochen war. Sie gedachte der Furcht, in der Menschen und Elfen sich hinter den Toren Nimrods verschanzt hatten, um dem übermächtigen

Feind zu trotzen, und daran, wie sie in der blutigen und gnadenlos geführten Schlacht alles verloren hatten.

Hätte Shari das verhindern können? Wäre die Schlacht anders verlaufen, wenn Naemys kleine Schwester, die das Heer in der Finstermark als Erste entdeckt hatte, ihr Volk mittels Gedankensprache hätte warnen können? Hätten Menschen und Elfen dann hoffen dürfen, die Schlacht für sich zu entscheiden? Wären ihnen die vielen Sommer der Unterdrückung erspart geblieben?

Hätte, wäre, wenn ... Naemy seufzte. Solche Gedanken führten zu nichts. Was sie dort unten vor sich sah, war längst Vergangenheit, der Beginn des dunkelsten Kapitels in der Geschichte Thales, eines Kapitels voll Tod und Zerstörung. Und so verlockend der Gedanke auch war, dass sie hier und jetzt die einmalige Gelegenheit hätte, die Geschichte des Landes neu – besser – zu schreiben, so gefährlich war es auch, in vergangene Ereignisse einzugreifen. Betrübt ließ die Nebelelfe den Blick über die Lagerfeuer schweifen. Sie konnte nichts für die Bewohner Thales tun. Das Wissen um den tausendfachen Tod, den das gewaltige schwarze Heer ins Land tragen würde, zerriss ihr fast das Herz. Alles in ihr schrie danach, die Ahnungslosen zu warnen, doch die Vernunft sagte ihr, dass sie es nicht durfte.

Die Weisungen, die sie erhalten hatte, waren eindeutig. Niemand – nicht einmal ein Cha-Gurrlin – durfte durch ihre Hand den Tod finden, sofern er nicht ohnehin dem Tod geweiht war. Unterliefe ihr nur ein einziger Fehler, so konnte das für die Zukunft Thales weit reichende Folgen haben. Menschen, die später einmal eine wichtige Rolle spielen sollten, würden womöglich nie geboren werden, weil einer ihrer Ahnen durch Naemys Hand den Tod gefunden hatte. Oder es würden völlig neue Geschlechter heranwachsen und die künftigen Geschicke des Landes beeinflussen, weil sie einem der Urahnen das Leben rettete. Das durfte auf keinen Fall geschehen. Das Rad des Schicksals musste sich weiterdrehen, als wäre sie niemals zurückgekehrt. Persönliche Gefühle und Wünsche spielten in dem großen Plan keine Rolle.

Naemy seufzte erneut und schob sich rückwärts so weit hinter die Hügelkuppe, dass sie von der Ebene aus nicht entdeckt werden konnte. Sie hatte geahnt, dass es keine leichte Aufgabe für sie werden würde, doch erst jetzt begriff sie das wahre Ausmaß der Prüfung. Den Gefahren, die auf ihrem Weg lauerten, fühlte sie sich gewachsen, aber untätig zusehen zu müssen, wie ihre geliebte Heimat und deren Bewohner – Elfen, Menschen und Riesenalpe – zu Tausenden abgeschlachtet wurden, war mehr, als sie ertragen konnte.

»*Barad!*« Sie ballte die rechte Hand zur Faust und schlug heftig auf den Boden. Kleine nadelspitze Steine schnitten ihr in die Haut, doch sie spürte den Schmerz kaum. Verzweiflung wütete in ihr wie ein wildes Tier und suchte nach einem Ausweg. Was die Göttin von ihr verlangte, war unmenschlich und grausam. »Heilige Mutter allen Lebens, gib mir die Kraft, es durchzustehen«, flehte Naemy, während sie mit der Faust wieder und wieder auf die harte Erde hieb und den Tränen freien Lauf ließ. »Gib mir die Kraft, der Versuchung zu widerstehen, mein Volk zu warnen. Ich bin nicht ...«

Ein roter pulsierender Lichtschein riss Naemy aus ihren Gedanken. Verwundert hielt sie inne und hob, ohne die blutende Hand weiter zu beachten, den Blick zum Himmel. Inmitten der undurchdringlichen Schwärze hatte sich ein schmaler, feuriger Riss über dem Heerlager gebildet, der sich langsam vergrößerte. Dahinter pochte dieses rot glühende Leuchten, das wie flüssiges Magma vom Himmel zu rinnen schien. Schon stimmten die Cha-Gurrlinen-Krieger am Boden in ihrer gutturalen Sprache einen eintönigen, stampfenden Gesang an, der wie eine machtvolle magische Beschwörung von der Finstermark zum Himmel emporstieg.

Hastig wischte Naemy die Tränen fort, huschte auf die Hügelkuppe und wagte einen vorsichtigen Blick auf die Ebene, wo sich die Krieger erhoben hatten. Die massigen Köpfe in den Nacken gelegt, starrten sie wie gebannt auf die feurige Öffnung am Himmel. Ihr Gesang beschleunigte sich und wurde abgehackter und fordernd, gerade so, als warteten sie in freudiger Erregung auf etwas. Schon zuckten glühende Blitze aus der Öffnung zur Erde hinab, die das Gestein zischend verdampfen ließen, wo immer sie in den Boden einschlugen. Naemy sah, wie ein Cha-Gurrlin vom Blitz getroffen lautlos in sich zusammensackte. Doch die Krieger kümmerten sich nicht um ihn. Das ganze Heerlager schien in eine Art Trance gefallen zu sein, berauscht von dem feurigen Spektakel am Himmel und dem primitiven Rhythmus des Gesangs.

Plötzlich zerriss ein gewaltiger, Funken sprühender Blitz die Luft, dem ein ohrenbetäubender Donnerschlag folgte. Instinktiv schloss Naemy die Augen und hielt sich die Ohren zu. Aber selbst das konnte nicht verhindern, dass ihre empfindlichen Elfensinne mit Schwindel und Übelkeit auf die unerwartete Flut an Reizen antworteten. Bunte Lichtflecken tanzten vor ihren Augen, und ihr dröhnte der Kopf. Unfähig, sich zu bewegen, lag sie in gekrümmter Haltung am Boden und zitterte am ganzen Körper. Es dauerte eine Weile, bis sie die Muskeln ihres Körpers wieder beherrschte und aus dem panikartigen Zustand herausfand, doch am Ende siegte die Erfahrung über die Furcht.

Das Erste, was ihr auffiel, war die lastende Stille, die sich über das Heerlager in der Finstermark gesenkt hatte – und der beißende, schwefelartige Geruch, der ihre Nase peinigte. Es war kalt geworden. Mit der seltsamen Himmelserscheinung war die milde Luft des späten Sommers schlagartig auf winterliche Temperaturen abgekühlt; Naemy sah den eigenen Atem in kleinen weißen Wölkchen vor sich aufsteigen. Fröstelnd schlang sie die Arme um die Schultern. Die dünne Lederkleidung bot ihr kaum Schutz vor solcher Kälte, und sie konnte nur hoffen, dass sie nicht lange anhielte. Mit steifen Gliedern schob sie sich langsam voran, spähte in die Finstermark hinunter und sah – nichts. Ein dichter Nebel, den selbst die Lichter der Lagerfeuer nicht zu durchdringen vermochten, hatte sich dick und dämpfend über die Ebene gebreitet und verbarg das Geschehen im Heerlager vor ihren Blicken.

»Also gut!« Entschlossen drehte sich Naemy um und ließ den Blick über die dicht bewaldete Hügelkette schweifen, die sich am Rand der Finstermark dahinzog. Irgendwo in diesen Hügeln befand sich Shari. Ein unbestimmtes Gefühl drängte Naemy zur Eile und flüsterte ihr zu, dass sie ihre Schwester so schnell wie möglich finden musste, denn sie war nie in die Sümpfe von Numark zurückgekehrt, und das konnte nur eines bedeuten.

Als sich die Sonne dem Horizont zuneigte, machte sich Paira mit einem flauen Gefühl in der Magengegend auf den Weg durch die engen Gassen der Festungsstadt. Es gab tausend Dinge, die sie in diesem Augenblick lieber getan hätte, doch die vierundzwanzig Eier und fünf Äpfel, die sie unter schützendem Stroh verborgen in dem Weidenkorb mit sich führte, mussten dem rechtmäßigen Besitzer gebracht werden, um den Schaden, den sie am Morgen angerichtet hatte, zu begleichen.

Paira kniff die Lippen zusammen und zwang sich weiterzugehen. Ohne auf die Auslagen der Händler zu achten, die ihre Waren noch immer auf hölzernen Tischen vor den Häusern feilboten, hastete sie durch die Straßen Nimrods. Am liebsten wäre sie umgekehrt, doch das durfte sie nicht, und so beeilte sie sich, um die unangenehme Angelegenheit so schnell wie möglich hinter sich zu bringen. Voll Widerwillen dachte sie an den Ort, an den sie die Waren liefern sollte, ein verrufenes Haus in einer schmalen, schmutzigen Gasse, die sie nie zuvor betreten hatte.

Das *Haus der Sinne* befand sich im »Sumpf«, einer der übelsten Gegenden der Festungsstadt, die zu betreten jedem anständigen Mädchen streng verboten war. Dort, so hieß es, wimmle es nur von Dieben, Straßenräubern und Huren, die ihre sündigen und zweifelhaften Dienste anboten. Allein das *Haus der Sinne* beherbergte über zwanzig Frauen, die ihren Körper gegen Bezahlung an Männer verkauften. Der Gedanke ließ Paira trotz der milden Abendluft frösteln. Zu gern hätte sie ihren drei Jahre älteren Bruder Bevan gebeten, sie zu begleiten, doch der musste ein Rad am Marktkarren reparieren. Ihre zaghaften Versuche, ihn zu überreden, waren kläglich gescheitert; zudem hatte sie niemandem verraten wollen, wohin sie gehen musste. Ihre Mutter wusste zwar von dem Schaden, den sie angerichtet hatte, und auch, dass sie die Entschädigung bis Sonnenuntergang zu begleichen hatte, doch aus Scham hatte Paira ihr verschwiegen, wohin sie die Sachen bringen sollte.

Es war schon ärgerlich genug, dass sie den gesamten Lohn der vergangenen zwei Sonnenläufe dafür verwenden musste, die Äpfel und Eier zu bezahlen; da wollte sie sich wenigstens die Rügen und Ermahnungen der Mutter ersparen, weil sie in das verbotene Viertel ging.

Bis zuletzt hatte Paira gehofft, dass Fedeon, der sie am Abend besuchen wollte, früher kommen werde, doch vergebens. So hatte sie sich gezwungen gesehen, allein zu gehen.

Viel schneller, als ihr lieb war, näherte sie sich dem Ziel. Die Sonne war im Westen bereits hinter den hohen Häusern der Stadt verschwunden, und die düsteren Schatten der hoch aufragenden Fassaden hatten von den Straßen und Gassen Besitz ergriffen, weil die Öllampen im Freien noch nicht entzündet waren.

Über die Köpfe der Menschen hinweg, die sich allmählich auf den Heimweg machten, erkannte Paira das windschiefe Schild der *Barriere*, einer heruntergekommenen Taverne, deren beschädigtes Mauerwerk und blinde Fensterscheiben einen nicht gerade einladenden Eindruck machten. Die *Barriere* bildete das Tor zum »Sumpf«, wohin sich die ausgestoßenen und geächteten Kreaturen Nimrods flüchteten. Der »Sumpf« bot entflohenen Gefangenen Schutz und gewährte selbst dem größten Abschaum der Stadt Unterschlupf, bis ein heimtückisch geführter Dolchstoß wieder ein Leben dahinraffte. Es war eine Gegend mit eigenen Gesetzen, die selbst die Stadtwache nur selten betrat.

Paira war froh, dass sie nicht allzu weit in den »Sumpf« hineingehen musste. Die Gassen waren mit Unrat verdreckt, stanken erbärmlich, und bei dem schwindenden Licht war kaum zu erkennen, wohin man die Füße setzte. Die meisten Freudenhäuser befanden sich wegen der vorwiegend gutbürgerlichen Kundschaft am äußeren Rand des »Sumpfes«, und das *Haus der Sinne*, das größte Freudenhaus der Stadt, lag in unmittelbarer Nachbarschaft zur *Barriere*.

Als Paira die schmale Gasse betrat, bemerkte sie zwei finstere Gestalten, die sich im Schatten der Taverne bewegten und gerade damit beschäftigt waren, zwei Pferde an den rostigen Eisenringen an der Hauswand festzubinden. Dunkle Umhänge, deren Kapuzen tief ins Gesicht gezogen waren, verhüllten die beiden Männer fast vollständig; dennoch sah Paira kurz die blanke Klinge eines langen Schwertes aufblitzen. Sie erschrak und wich vorsichtshalber an die gegenüberliegende Hauswand zurück. Außer der Stadtwache war es in Nimrod jedem streng verboten, Schwerter und andere große Waffen zu tragen. Reisende mussten diese meist schon am Tor in großen Waffenkammern zurücklassen und erhielten sie erst zurück, wenn sie Nimrod wieder verließen. Doch die beiden vermummten Gestalten vor der *Barriere* hielten scheinbar nichts davon, sich von den Waffen zu trennen. Paira beobachtete, wie sie die Tür zur Schankstube öffneten und, nachdem sie sich prüfend umgesehen hatten, eilig hineinhuschten.

Als das knarrende Geräusch der rostigen Türscharniere verklungen war, setzte Paira ihren Weg fort. Bis zum *Haus der Sinne* waren es nur noch ein paar Längen, doch ihre Beine fühlten sich mit einem Mal an, als wären sie mit Blei beschwert. Sie musste sich zwingen, einen Fuß vor den anderen zu setzen. »Ich bleibe ja nicht lange dort. Ich gebe die Sachen an der Tür ab und verschwinde sofort wieder«, murmelte sie leise vor sich hin, um sich Mut zu machen, doch das half nicht viel. Immer wieder sah sie die Augen des Dicken vor sich, der sie am Morgen so ungeniert gemustert hatte, dass sie am liebsten vor Scham im Boden versunken wäre. Ihm hier und jetzt im Halbdunkel zu begegnen war nicht gerade ein erfreulicher Gedanke, und Paira betete im Stillen darum, dass nicht er es sein würde, der ihr die Tür öffnete.

Zögernd näherte sie sich dem stadtbekannten Freudenhaus, dessen Fenster mit schwerem Samt verhängt waren. Neben der kleinen, niedrigen Eingangstür, die an dem großen Haus fast lächerlich wirkte, brannte bereits das Licht einer Laterne, deren Flamme tanzende Schatten auf die Hauswand warf. Aus einem halb geöffneten Fenster drang gedämpftes Gemurmel auf die Straße. Eine Frau lachte schrill und laut, doch ein Geräusch, als schlüge jemand mit der Faust auf den Tisch, ließ sie jäh verstummen.

Paira hielt inne und lauschte. Geh schon!, spornte sie sich in

Gedanken an, aber die Füße wollten nicht gehorchen. Wie angewurzelt stand sie mitten auf dem holprigen Pflaster und starrte auf die Tür. Nicht einmal fünf Längen trennten sie davon, die Schuld vom Vormittag zu begleichen. Sie brauchte nur zur Tür zu gehen, anzuklopfen und demjenigen, der ihr öffnete, den Korb in die Hand zu drücken. Es schien so einfach – aber sie konnte es nicht.

Plötzlich ging die Tür auf, und der feiste junge Mann vom Vormittag trat heraus. Obwohl er statt des prächtigen roten Gewandes nur einen einfachen dunkelbraunen Umhang trug, erkannte Paira ihn sofort. Das rundliche, leicht gerötete Gesicht mit den bösartigen Schweinsäuglein hätte sie unter Tausenden wieder erkannt.

»Ah, da kommt sie, um ihre Schulden zu bezahlen«, sagte er anzüglich und näherte sich Paira wiegenden Schrittes. Ein durchdringender Geruch von Steppenbüffelmoschus eilte ihm voraus, und das Mädchen rümpfte missfallend die Nase. »Wie schön zu sehen, dass es noch Mädchen in Nimrod gibt, die wissen, was sich gehört«, säuselte er grinsend, drehte sich um und rief mit herrischer Stimme in Richtung der geöffneten Tür: »Miro, bei den Toren, wo steckst du? Hier gibt es Arbeit für dich.«

So schnell, als hätte er hinter der Tür gewartet, kam der rothaarige Junge, den Paira schon auf dem Markt gesehen hatte, aus dem Haus gehuscht. »Ich … Ich k… k… komme schon, M… M… Meister«, stammelte er, den Blick so fest auf den Boden geheftet, als gäbe es dort etwas Wichtiges zu sehen. Er humpelte, und obwohl er den Kopf gesenkt hielt, konnte Paira erkennen, dass seine rechte Gesichtshälfte bläulich verfärbt und geschwollen war.

»Beeil dich, ich hab nicht ewig Zeit«, raunzte der Dicke unwirsch. »Los, nimm dem Mädchen den Korb ab und sieh zu, dass du wieder in die Küche kommst.« Um seine Worte zu unterstreichen, versetzte er dem Jungen einen so heftigen Tritt, dass dieser stürzte und mit dem Kopf hart auf das Pflaster schlug. Wimmernd krümmte er sich am Boden zusammen, doch das scherte den Dicken nicht. Mit den Worten »Aufstehen, sonst setzt es was« stieß er den Jungen rücksichtslos mit dem Stiefel an. Der Knabe heulte vor Schmerzen auf und rollte ein Stück über den Boden, wo er für ein paar Herzschläge reglos liegen blieb. Als er schließlich aufblickte, blutete seine Nase so stark, dass sich auf dem Boden bereits eine kleine Lache gebildet hatte. Hände, Mund und Wangen waren blutverschmiert, doch der Junge war so verängstigt, dass er nicht darauf achtete. In blinder Furcht rappelte er sich auf, taumelte auf Paira zu, riss ihr den Korb aus den Händen und humpelte, so schnell er konnte, zum Haus zurück.

»Was seid Ihr nur für ein Unmensch!« Paira war wegen der grausamen Behandlung des Jungen außer sich vor Wut. Die Not und das Elend des Knabens empörten sie so sehr, dass sie die eigenen Ängste völlig vergaß. »Wieso misshandelt Ihr den Jungen? Er hat Euch doch nichts getan.«

»Nichts getan?« Der Dicke kam näher und spuckte auf die Straße. »Was weiß du schon, Mädchen«, sagte er von oben herab. »Er ist schuld daran, dass die beste Hure im Haus meines Vaters starb. Und du sagst, er hätte nichts getan? Seine Mutter war die hübscheste Frau in Nimrod. Eine wahre Goldgrube, deren Künste uns noch viele Jahre ein hübsches Sümmchen eingebracht hätten, wenn sie nicht bei der Geburt dieses Bastards gestorben wäre. Dafür hätte er den Tod verdient gehabt, doch mein Vater hat ein gutes Herz; er ließ ihn am Leben, damit er seine Schuld abarbeiten kann.«

»Aber er kann doch nichts dafür, dass seine Mutter gestorben ist«, rief Paira entrüstet. »Er ist noch ein Kind, und Ihr behandelt ihn wie ein Stück Dreck.«

»Wir behandeln ihn so, wie er es verdient hat.« Der Dicke stand nun unmittelbar vor Paira, die ihn zornig anfunkelte. »Und ich rate dir dringend, dich nicht einzumischen«, zischte er drohend, hob die Hand und deutete zum *Haus der Sinne* hinüber. »Was hinter dieser Tür geschieht, geht niemanden etwas an, verstanden? Dort gelten allein die Gesetze meines Vaters.« Seine Hand schoss vor und packte Paira am Kinn. »Ist das klar?«

Der Moschusgeruch, der von der Kleidung des Dicken ausging, ließ Paira schwindeln. Angewidert schlug sie die Hand fort und wich zwei Schritte zurück. »Nie zuvor habe ich jemanden getroffen, der so widerlich und barbarisch ist«, stieß sie atemlos hervor. »Ich verabscheue Euch!«

»Tu, was du für richtig hältst.« Der Dicke winkte geringschätzig ab. »Es schert mich nicht, was andere von mir denken. Verschwinde! Ich habe Wichtigeres zu tun, als meine kostbare Zeit an eine einfältige Marktfrau zu verschwenden.« Das Wort »Marktfrau« betonte er dabei so abfällig, als wäre es ein Schimpfwort. »Und hüte deine Zunge. Mein Vater ist sehr einflussreich. Schon so manches anmaßende Mädchen ist am Ende zu uns gekommen, weil es für seine urplötzlich verarmte Familie den Lebensunterhalt verdienen musste.« Er grinste breit. »Du bist sehr hübsch«, murmelte er. »Wer weiß, was die Zukunft noch bringt.«

»Ich würde lieber sterben, als hier mein Geld zu verdienen«, sagte Paira, hob stolz den Kopf und wandte sich um. »Dies war das erste und letzte Mal, dass ich an diesen abscheulichen Ort gekommen bin. Verlasst Euch darauf.«

Düsternis hüllte die Welt ein wie ein dunkler Mantel, als Shari erwachte. Der grelle Blitz, der vom Himmel mitten in das Heerlager gefahren war, und das krachende Dröhnen des Donners hatten sie völlig unvorbereitet getroffen und ihren feinen Elfensinnen so stark zugesetzt, dass sie sich kaum noch auf den Beinen halten konnte. Mit letzter Kraft war es ihr gelungen, sich in den Schutz ihres Verstecks auf einem der dicht bewaldeten Hügel am Rand der Finstermark zurückzuziehen, bevor ihr Bewusstsein von einer dunklen Flut mitgerissen worden war.

Sie hatte keine Ahnung, wie viel Zeit seitdem vergangen war, spürte aber, dass sich etwas verändert hatte. Das unheilvolle Gefühl drohender Gefahr hing fast greifbar in der Luft, und die Elfe wagte nicht, sich zu rühren. Mit angehaltenem Atem und geschlossenen Augen lag sie am Boden und überlegte fieberhaft, wie sie sich verhalten sollte. Doch bevor sie einen Entschluss fassen konnte, verriet ihr ein leise scharrendes Geräusch in unmittelbarer Nähe, dass sie nicht allein war. Eine namenlose Furcht umklammerte Sharis Herz mit eisigem Griff. Wer immer dort neben ihr stand und darauf wartete, dass sie erwachte, konnte kein Freund sein.

Als sie endlich den Mut aufbrachte, die Augen zu öffnen, wünschte sie sich sogleich, es nicht getan zu haben. Weniger als drei Schritte von ihr entfernt saß ein hünenhafter schwarzer Krieger auf einem Felsen. Der unheimliche Blick seiner rot glühenden Augen ruhte mit tödlicher Gelassenheit auf ihr. Er wusste, dass sie erwacht war, rührte sich aber nicht.

Schlagartig wurde Shari klar, wie sehr sie die Gefahr unterschätzt hatte, in der sie sich befand, und wie unendlich dumm es von ihr gewesen war, nicht sofort zurückgekehrt zu sein, um ihr Volk zu warnen. Doch dem Elfenmädchen blieb keine Zeit, über seine Fehler nachzudenken.

Unvermittelt entrang sich ein triumphierender Laut, der nichts Menschliches an sich hatte, der Kehle des Kriegers. Die Eisenringe der schwarzen Rüstung klirrten, und hartes Leder knarrte, als er sich erhob. Langsam kam er auf Shari zu, während er mit einer gewaltigen zweischneidigen Axt zu einem tödlichen Hieb ausholte.

Unfähig, sich zu bewegen, lag die junge Nebelelfe am Boden und starrte mit angstgeweiteten Augen auf die Klinge, die sich unerbittlich auf sie herabsenkte. Die Zeit verlor jegliche Bedeutung; Augenblicke dehnten sich zu Minuten, in denen Shari alle Eindrücke überdeutlich wahrnahm. Sie hörte das Sirren, mit dem das blitzende Metall die Luft durchschnitt, und bemerkte den hasserfüllten Ausdruck in den Augen des Kriegers. Seltsam verzerrt und ungewöhnlich langsam sah sie die messerscharfe Schneide auf ihre ungeschützte Kehle zurasen, während die Bilder all derer, die sie ins Herz geschlossen hatte und nun niemals wiedersehen würde, in hastiger Folge in ihren Gedanken auftauchten. Aus ihrer Kehle löste sich ein letzter verzweifelter Schrei, doch es gab niemanden, der ihr jetzt noch hätte helfen können.

In Erwartung des Todes schloss sie die Augen, aber der Schmerz blieb aus. Mit einem berstenden Laut fuhr die Klinge der Axt kaum eine Hand breit von ihrem Kopf entfernt in den Boden, spaltete Äste und Gestein und bohrte sich tief in die Erde. Es folgte ein dumpfer gurgelnder Laut, und der Boden erbebte unter einer gewaltigen Erschütterung. Dann wurde es ruhig; kein Laut durchbrach die lastende Stille, selbst der Wind schien den Atem anzuhalten. Obwohl Shari ahnte, dass sie dem Tod knapp entronnen war, wagte sie nicht, sich zu bewegen. Insgeheim rechnete sie jeden Augenblick mit einem neuen, todbringenden Angriff, doch nichts geschah. Dafür vernahm sie vor sich in der Dunkelheit plötzlich leise huschende Schritte. Lautlos wie eine Katze näherte sich jemand mit vorsichtigen Bewegungen – ein Elf?

Sharis Herz tat vor Freude einen Satz, doch die ausgestandenen Todesängste hielten sie noch immer fest im Griff und lähmten sie. Wer immer dort herumschlich, war jetzt ganz nahe. Reglos verharrte sie am Boden, die Augen fest geschlossen, während Hoffen und Bangen in ihrem Innern einen heftigen Streit ausfochten.

»*Muinthel!*« Eine warme, schlanke Hand schob sich sanft unter ihren Kopf, und eine zweite streichelte ihr liebevoll über die Wange. »*Mail, nibin muinthel.*«

»Naemy?« Shari hatte die Stimme ihrer Schwester sogleich erkannt, doch so gern sie auch daran glauben wollte, dass diese wirklich an ihrer Seite war, so unglaublich erschien es ihr. Vorsichtig öffnete sie die Augen, setzte sich auf und blickte zweifelnd in das vertraute Gesicht. »Bist du es wirklich?«, fragte sie so zaghaft, als fürchtete sie, jedes zu laut gesprochene Wort könne die Gestalt an ihrer Seite verschwinden lassen.

»Ja ...« Naemys Augen füllten sich mit Tränen. »Ja, ich bin es, kleine Schwester. Ich bin gekommen, um dir zu helfen und dich zu beschützen.« Sie schluckte schwer, schlang die Arme um Sharis Schultern und presste die geliebte Schwester an sich. »Vergib mir«, bat sie unter Tränen. »Ich hätte dich niemals allein ins Grasland gehen lassen dürfen. Aber wir konnten damals ja nicht wissen, welches Unheil sich in der Finstermark zusammenbraute. Niemand wusste das.« Sie verstummte, wischte die Tränen fort und sah ihre Schwester ernst an. »Aber genug davon. Das Einzige, was zählt, ist, dass wir wieder zusammen sind. Nach all den Jahren ...

O Shari, ich habe mir solche Vorwürfe gemacht und bin so glücklich, dass …«

»Wovon redest du?« Shari blinzelte verwirrt. »Damals … nach all den Jahren? Ich bin doch gerade erst einen Mondlauf aus Numark fort.«

»Entschuldige. Ich wollte dich nicht verwirren.« Naemy machte eine wegwerfende Handbewegung. »Ach Shari, es gibt so vieles, was ich dir erzählen muss. Aber nicht hier.« Sie deutete mit einem Kopfnicken zum Heerlager und dem schwarzen Krieger, der sich stöhnend bewegte. »Der Cha-Gurrlin wird bald erwachen«, flüsterte sie und rieb sich mit schmerzverzerrter Miene die rechte Hand. »Diese Burschen sind verdammt zäh. Ich fürchtete schon, mein Kre-An-Sor-Hieb könne ihm nichts anhaben.«

»Dann ist er gar nicht tot?«, fragte Shari mit einem besorgten Seitenblick auf den massigen Körper des Kriegers. Der Gedanke, dass er sich schon bald wieder erheben und sie verfolgen könnte, jagte ihr einen eisigen Schauer über den Rücken.

»Nein, er schläft nur.«

»Aber er wollte mich umbringen!«

»Ja, das wollte er.« Naemy lächelte gequält. »Und glaube mir, könnte ich frei entscheiden, so hätte ich nicht gezögert, ihn zu töten. Doch mir sind die Hände gebunden. Der Krieger muss leben.« Ein Schatten huschte über ihr Gesicht, während sie einen tiefen Atemzug tat und kaum hörbar hinzufügte: »Er muss leben, selbst wenn durch seine Hand viele Freunde ihr Leben verlieren werden.«

»Du meinst, all diese Krieger werden Thale angreifen?«, fragte Shari entsetzt.

»Ja, das werden sie«, erwiderte Naemy betrübt. »Das und noch viel mehr. Aber davon werde ich dir …«

»Dann müssen wir sofort zurück und unser Volk warnen!« Plötzlich hatte es Shari sehr eilig. »Wenn wir uns beeilen, können Nebelelfen und Menschen sich auf den Angriff vorbereiten und sich einen Plan zur Verteidigung überlegen. Los, wir dürfen keine Zeit verlieren.« Sie wollte aufspringen, aber Naemy hielt sie zurück. »Shari, so warte. Das können wir nicht«, sagte sie tonlos.

»Können wir nicht? Was soll das heißen?«, fragte Shari verwirrt. »Natürlich können wir. Wenn du uns ein Pentagramm zeichnest, sind wir bald in Numark, um dem Elfenkönig von unserer Entdeckung zu berichten. Wir müssen …«

»Zunächst einmal müssen wir schleunigst von hier verschwinden«, beendete Naemy den Satz für ihre Schwester. »Sobald wir einen sicheren Ort gefunden haben, werde ich dir alles erklären.« Sie erhob sich, warf einen prüfenden Blick auf den besinnungslosen Cha-Gurrlin und reichte ihrer Schwester die Hand. »Komm mit«, sagte sie leise. »Je schneller wir hier weg sind, desto besser.«

3

Bald nachdem Paira aus dem »Sumpf« zurückgekehrt war, klopfte es an der Tür des Hauses, in dem sie mit ihrer Mutter und den beiden Geschwistern lebte. Maite, mit sechs Sommern das Nesthäkchen der Familie, stürmte zur Tür, doch Paira war schneller. Mit den Worten »Das ist für mich!« schob sie die Schwester beiseite, worauf sich die Kleine maulend in die Küche verzog. Paira sah ihr kopfschüttelnd nach, sagte aber nichts. Sie war froh, dass Fedeon so pünktlich war. Obwohl sie es nach außen nicht zeigte, war sie von den Vorfällen des Abends immer noch sehr aufgewühlt. Das unerfreuliche Zusammentreffen mit dem Sohn des Freudenhausbesitzers und vor allem das Schicksal des rothaarigen Jungen gingen ihr nicht aus dem Kopf, und es drängte sie, endlich mit jemandem darüber zu reden. Doch als sie die Tür öffnete und Fedeon stürmisch begrüßte, fühlte sie, dass auch er ihr etwas zu sagen hatte. Seine Haltung zeugte von einer Anspannung, die sie nie zuvor bei ihm gespürt hatte, und obwohl er sie herzlich umarmte, lag ein dunkler Schatten über seinem Blick, der nichts Gutes verhieß.

»Was ist mit dir?«, fragte Paira und ergriff Fedeons Hand. »Ist etwas geschehen?«

Der junge Skalde seufzte und lächelte dünn. »Lass uns ein wenig spazieren gehen«, erwiderte er ausweichend. »Es gibt etwas, das ich mit dir besprechen muss.«

Wenig später schlenderten sie Hand in Hand durch die Gassen Nimrods. Die Sonne war längst untergegangen, doch die zahlreichen Öllampen in den Straßen spendeten ihnen genügend Licht. Hin und wieder begegneten sie Reitern, deren Pferde mit klackenden Hufen über das steinige Pflaster schritten, oder sie trafen auf Männer, die auf dem Weg zu einem der Wirtshäuser an ihnen vorübereilten, während am Himmel die ersten Riesenalpe, die den Druiden als Kuriervögel dienten, zur nächtlichen Jagd in die Valdor-Berge aufbrachen.

Schweigend gingen Paira und Fedeon nebeneinander her. Obwohl beiden etwas auf dem Herzen lag, wagte keiner von ihnen die Stimme zu erheben. Paira wartete. Zu gern hätte sie ihrem Gefährten von dem Erlebnis im »Sumpf« berichtet, doch solange sie nicht wusste, was ihn bedrückte, wollte sie nicht über sich reden. Seit sie das Haus verlassen hatten, grübelte sie darüber nach, was wohl am Nachmittag geschehen sein mochte, das Fedeon so bedrückte, denn am Morgen hatte sie noch nichts dergleichen gespürt. Aber der Skalde hüllte sich weiter in Schweigen, als wüsste er nicht, wie er beginnen sollte. Schließlich hielt Paira es nicht länger aus. Was immer hinter Fedeons Schweigen steckte, konnte kaum so schlimm sein wie diese quälende Ungewissheit. Deshalb nahm sie ihren ganzen Mut zusammen und fragte: »Nun sag schon, was ist los? Was willst du mit mir besprechen?«

»Ich werde fortgehen!« Fedeon stieß die Worte hervor, als hätten sie ihm wie eine Last auf der Zunge gelegen.

»Fortgehen? Wohin? Und warum?« Paira hatte innegehalten und starrte ihren Gefährten ungläubig an. »Warum?«, hauchte sie noch einmal.

»Wegen des Dankgebetes«, erwiderte Fedeon knapp. Seine Stimme klang ein wenig traurig, aber entschlossen, und Paira spürte, dass sie ihn durch nichts von der Entscheidung würde abbringen können.

»Das verstehe ich nicht.« Verwirrt schüttelte sie den Kopf.

»Es ist … ich kann … Ja, wie soll ich es dir erklären?« Fedeon kaute nachdenklich auf der Unterlippe. »Ich kann hier nichts sehen, finde keine Worte für das Gebet, weil mir die Visionen versagt bleiben.«

»Das hast du heute Morgen schon erwähnt.« Paira nickte.

»Ja, aber da hatte ich noch die Hoffnung, dass sich etwas ändern werde.« Fedeon legte die Hände auf Pairas Wangen und küsste sie zärtlich. »Es hat nichts mit uns beiden zu tun, das schwöre ich«, murmelte er zwischen zwei Küssen. »Es ist nur so, dass ich mich am Nachmittag mit anderen Sehern unterhalten und ihnen meine Schwierigkeiten geschildert habe. Sie waren einhellig der Meinung, dass das hektische Treiben in der Stadt meine Kräfte ungünstig beeinflusse, und gaben mir den Rat, mich für ein paar Sonnenläufe in die Einsamkeit zurückzuziehen, damit ich wieder zu mir selbst finden kann.« Er seufzte und sah Paira tief in die Augen. »Ich lasse dich nur ungern allein, glaub mir. Aber ich habe darüber nachgedacht und bin zu der Überzeugung gelangt, dass sie Recht haben. Die Gelegenheit, eine Anstellung als Skalde in der Inneren Festung zu bekommen, ist einmalig – auch im Hinblick auf uns und unsere Zukunft. Ich darf nicht versagen. Verstehst du das?«

Paira nickte betreten. »Wirst du sehr lange fort sein?«, fragte sie traurig.

»Das kann ich noch nicht sagen.« Fedeon zog bedauernd die Schultern in die Höhe. »Wenn es gut wirkt, vier oder fünf Sonnenläufe. Aber wenn es mir selbst in der Einsamkeit schwer fällt, beeindruckende Verse von außergewöhnlicher Harmonie zu schaffen, mag es durchaus bis zur Erntefeier dauern, ehe ich zurückkehre.«

»Oh!« In Pairas Augen glitzerten Tränen. »Kann ich dich nicht begleiten?«, fragte sie zaghaft.

»Nein.« Fedeon schloss seine Gefährtin sanft in die Arme. »So gern ich dich an meiner Seite habe: Dieses Mal muss ich allein gehen. Meine Gabe des Sehens ist nicht sehr stark entwickelt. Sie kommt und geht, ohne dass ich darauf einen Einfluss habe. Mir läuft die Zeit davon, und dein Liebreiz würde mich nur von der Arbeit ablenken – wenn auch auf sehr angenehme Weise.« Er lächelte, strich ihr liebevoll über das lockige Haar und presste sie leidenschaftlich an sich. »Ich liebe dich, Paira«, flüsterte er atemlos. »Ich liebe dich, wie ich nie zuvor geliebt habe, doch um unserer Zukunft willen muss ich allein gehen.«

»Wann?«

»Schon morgen. Es ist alles vorbereitet. Sobald die Sonne aufgeht, werde ich in die Valdor-Berge reiten, um dort in einer Hütte nahe des großen Gießbaches zu meditieren und auf eine Vision zu warten.« Er fasste Paira an den Schultern, schob sie ein Stück von sich und sah sie bittend an. »Ich tue es für uns, Paira«, erklärte er ernst. »Für dich und mich – und für unsere Kinder.«

»Ich verstehe dich ja.« Paira wischte sich eine Träne von der Wange, ließ betrübt den Kopf hängen und schwieg. Dann aber straffte sie sich und bemühte sich um ein zuversichtliches Lächeln. »Ach was«, sagte sie betont fröhlich. »Die paar Sonnenläufe sind ja keine Ewigkeit. Und selbst wenn du länger fortbleiben solltest – was ist das schon? Schließlich haben wir noch unser ganzes Leben vor uns, nicht wahr?«

»Ich bin froh, dass du so denkst.« Fedeon atmete erleichtert auf. »Wir kennen und lieben uns schon so lange, dass die kurze Trennung uns gewiss nicht schaden wird.« Er lachte und fügte augenzwinkernd hinzu: »Ich vertraue dir und bin sicher, dass du in der Zeit keinem anderen Mann schöne Augen machen wirst.«

Bei diesen Worten zuckte Paira erschrocken zusammen. Yovan … Der Name huschte wie eine fast vergessene Erinnerung durch ihre Gedanken. Das schicksalhafte Zusammentreffen mit dem Geschichtenerzähler am Vormittag und die seltsame Erregung, die sie dabei erfasst hatte, kamen ihr wieder in den Sinn. Wie schon am Morgen durchflutete sie aufs Neue eine wohlige Hitze, doch diesmal schämte sie sich für die Gefühle und kämpfte dagegen an. Sie gehörte zu Fedeon, und kein Mann würde daran je etwas ändern.

»O Paira. Entschuldige, ich wollte dich nicht kränken«, deutete Fedeon ihr abweisendes Verhalten falsch. »Das war doch nur ein Scherz. Ich würde niemals an deiner Treue zweifeln.«

»Ist schon gut.« Paira räusperte sich. Schluss damit! Energisch schob sie die schwärmerischen Gedanken an Yovan beiseite. Um sich abzulenken, ergriff sie Fedeons Hand und zog ihn zu einem mit Stroh und Heu gefüllten Lagerschuppen in der Nähe der Festungsmauer. »Wenn das wirklich unser letzter gemeinsamer Abend für so viele Sonnenläufe ist«, erklärte sie munter, »sollten wir die kostbare Zeit nicht mit trüben Gedanken verschwenden, findest du nicht?« Mit einer Hand schob sie das hölzerne Tor zur Seite und bedeutete dem Skalden mit einem Kopfnicken, ihr zu folgen. Der »Sumpf« und die unerfreulichen Ereignisse des Abends waren vergessen, und auch wenn sich das Bild des Geschichtenerzählers nicht völlig aus ihren Gedanken verbannen ließ, war Paira fest entschlossen, sich nichts anmerken zu lassen. »Komm«, flüsterte sie verheißungsvoll. »Wir machen es uns ein wenig gemütlich.«

Naemy und Shari verließen die Hügel am Rande der Finstermark in südlicher Richtung, um so schnell wie möglich von dem gewaltigen Heer fortzukommen. Nur einmal nahmen sie einen kurzen Umweg in Kauf, um Sharis alten Lagerplatz aufzusuchen. Die prall gefüllten Beutel mit den gesammelten Kräutern ließen sie achtlos liegen, doch Naemy, die nur ein Kurzschwert bei sich trug, war froh, als sie Sharis Langbogen und den Köcher mit Pfeilen unversehrt vorfand. Während sie die Waffe schulterte, holte Shari wärmende Decken, verstaute Vorräte in einem Rucksack und suchte eilig alles zusammen, was sich als nützlich erweisen mochte. Bald nachdem sie das Lager erreicht hatten, waren die beiden Nebelelfen mit dem Gepäck schon wieder unterwegs und setzten den Weg ins Grasland fort.

Erst als das Licht der Morgensonne den Horizont über den fernen Gipfeln der Valdor-Berge grau färbte und die Hügelkette im Norden nicht mehr zu sehen war, gönnten sich Naemy und Shari eine Rast. Im Schutz einer verwitterten Hütte, die den Jägern der

Graslandbewohner als Zuflucht bei Unwettern diente, setzten sich die Schwestern in das weiche, taufeuchte Steppengras und verzehrten schweigend ein Mahl aus getrocknetem Obst, Nüssen und hartem Brot.

Danach hob Naemy an zu erzählen. In Kürze versuchte sie Shari zu erklären, was geschehen war, seit sie sich vor nahezu dreihundert Sommern zum letzten Mal gesehen hatten. Das war nicht leicht. Zu viel hatte sich in der langen Zeit ereignet, Freudiges und Trauriges, Schreckliches, Grausames. Begebenheiten, die Shari zutiefst erschütterten, wechselten ab mit Ereignissen, denen sie staunend lauschte. Naemy hätte zwei Sonnenläufe reden und doch nur die Hälfte berichten können. Aber sie hatte nicht die Zeit, auf jede Einzelheit einzugehen, und beschränkte sich deshalb zunächst auf das Wichtigste. Shari lauschte schweigend, und obwohl sie ihre Schwester nicht ein einziges Mal unterbrach, spürte Naemy, wie sehr es sie drängte, Einzelheiten zu erfahren.

Aber Naemy wollte nicht mehr erzählen – jedenfalls nicht zu dieser Zeit. Dazu würde später noch Gelegenheit sein. Fürs Erste war es nur wichtig, dass Shari um den Auftrag wusste und – soweit das möglich war – einen Einblick in das ganze verzwickte Ausmaß ihrer Lage erhielt. Sie musste verstehen, warum Naemy den Cha-Gurrlin-Krieger nicht getötet hatte und warum sie nicht in die Sümpfe von Numark zurückkehren konnten, um ihr Volk vor dem Angriff zu warnen.

»… jetzt weißt du, warum ich hier bin.« Von dem langen Reden war Naemys Mund trocken, und die Stimme klang rau. Durstig griff sie nach der Wasserflasche, tat einen tiefen Schluck und blickte zu Shari hinüber, die schweigend auf einen großen Stein am Boden starrte, während sie versuchte, das Gehörte zu verarbeiten. Auf der Stirn der jungen Elfe hatte sich eine steile, nachdenkliche Falte gebildet; schließlich seufzte sie tief und lehnte sich mit dem Rücken an die hölzerne Wand der Jagdhütte. Es dauerte eine Weile, bis sie das Wort an Naemy richtete. »Das … das klingt alles so unglaublich«, sagte sie kopfschüttelnd, zog die Beine dicht an den Körper, schlang die Arme um die Knie und blickte gedankenverloren auf die schroffen Gipfel der Valdor-Berge, die noch in tiefen Schatten lagen, obwohl es bereits dämmerte. Das Morgengrauen hatte den Himmel in ein zartes Hellblau getaucht, das im Osten bereits in leuchtendes Rosa überging. Nicht mehr lange, und die Sonne würde das Antlitz über die Berggipfel erheben und Thale einen schönen Spätsommertag schenken.

Naemy wartete geduldig. Sie wusste, dass Shari weitersprechen würde, sobald sie dazu bereit wäre, und drängte sie nicht.

»Dann werde ich niemals nach Numark zurückkehren – niemals?« Nur zögernd gelang es Shari, die Worte auszusprechen, und die Art, wie sie es sagte, war mehr eine Feststellung denn eine Frage.

»Nicht in den kommenden dreihundert Sommern.« Naemy nickte.

»Dreihundert Sommer!« Sharis Stimme bebte. »Und wir können gar nichts dagegen tun?«

»Gar nichts.« Naemy schämte sich für den herzlosen Klang der Worte. Das Leid ihrer Schwester zerriss ihr fast das Herz und nährte den eigenen sehnlichen Wunsch, die Gelegenheit zu nutzen, um das Leben geliebter Freunde und Angehöriger zu retten. Doch es durfte nicht sein. »Uns wurde eine Gunst zuteil, die niemandem zuvor gewährt wurde«, hob sie an, um ihre Schwester zu trösten. »Doch ebendiese Gunst dient allein dem Zweck, eine kleine Gruppe unseres Volkes vor dem sicheren Tod zu bewahren und sie über die Berge zu führen. Auf keinen Fall dürfen wir sie dazu missbrauchen, in den Lauf des Schicksals einzugreifen.« Sie schüttelte traurig den Kopf. »Die Göttin hat mir Anweisungen erteilt, und ich habe geschworen, mich daran zu halten.«

»Dann hast du unser Volk verraten«, zischte Shari und schlug wütend mit der Faust auf den Boden. »Du hättest es in der Hand, sie alle zu retten. Jetzt und hier. Du müsstest nur ein Pentagramm zeichnen und nach Numark gehen. Der König würde dir glauben. Er könnte eine Botschaft nach Nimrod schicken und die Menschen warnen.« Ihre Stimme bebte, und auf ihren Wangen glitzerten Tränen. »Dann gäbe es wenigstens eine kleine Hoffnung«, schluchzte sie. »Dann … dann hätten Glamouron, Chaim, Muire und alle anderen zumindest die Möglichkeit, sich auf den Angriff vorzubereiten. Dann könnte … würde … Aber du … du willst es ja nicht. Du … du hast …« Sie brach ab und vergrub das Gesicht in den Händen. Ihre Schultern bebten. Sie weinte.

Glamouron! Der Name ließ tief in Naemy eine helle Saite erklingen und weckte bittere Erinnerungen, die sie längst verdrängt zu haben glaubte. Wie lange hatte sie den vertrauten Namen des geliebten Elfen nicht mehr gehört, ihn nicht mehr ausgesprochen? Glamouron war einer der Kuriere, die mit ihren Riesenalpen in den Diensten des Druidenrats standen und eine ständige Verbindung zwischen dem Hof des Elfenkönigs und dem Rat in Nimrod bildeten. Er war fast sechzig Sommer älter als Naemy, und sie hatte für ihn geschwärmt, seit sie ihm das erste Mal begegnet war – damals, als sie noch jung, das Land noch friedlich und die Zeit der Finsternis noch fern gewesen waren. Zunächst hatte er sie nicht beachtet, doch im Lauf der Zeit waren sie sich näher gekommen, und schließlich war zwischen ihnen jenes zarte Band entstanden, das die Menschen Liebe nannten.

Aber Glamouron hatte sich nicht binden wollen. Er empfand große Zuneigung für Naemy, doch er liebte auch seine Freiheit und war nicht bereit gewesen, das Fliegen und den Kurierdienst dafür aufzugeben. Naemy hatte anfangs sehr darunter gelitten, aber sie hatte es hingenommen aus Furcht, ihn sonst ganz zu verlieren. Um zu verhindern, dass er sich zwischen ihr und seiner Berufung entschied, hatte sie die Liebe zu Glamouron geheim gehalten und die vielen einsamen Mondläufe, die er nicht in Numark geweilt hatte, in stummem Leid ertragen.

Der Angriff An-Rukhbars hatte ihrer Liebe schließlich ein grausames Ende bereitet. Wie so viele andere Angehörige des Volkes der Nebelelfen war Glamouron in der verlustreichen Schlacht um Nimrod getötet worden. Der Schmerz über den Verlust des geliebten Gefährten hatte Naemy endlose Sommer lang wie ein düsterer Schatten begleitet.

Als die Finsternis durch Sunnivah besiegt worden war und die überlebenden Elfen in die Sümpfe von Numark zurückgekehrt waren, hatte sie sich keinen Gefährten mehr gesucht, gerade so, als wäre ihre Fähigkeit zu lieben zusammen mit Glamouron gestorben. Ganz bewusst hatte sie viele Sommer später einen Elfen als Vater für Tabor gewählt, der nicht in den Sümpfen von Numark gelebt, sondern ein ungebundenes Leben geführt hatte. Er hatte um ihr Verlangen nach einem Kind gewusst, und auch, dass Naemy ihn nicht als Lebensgefährten für sich hatte haben wollen, und so hatte er eingewilligt, so lange ihr Lager zu teilen, bis sich ihr Wunsch erfüllt hatte. Nach Tabors Geburt waren er und Naemy eigene Wege gegangen und sich nur noch selten begegnet …

Shari schluchzte laut auf, und das Geräusch brachte Naemy in die Gegenwart zurück. Sie holte tief Luft und versuchte das traurige Gefühl abzuschütteln, das die schmerzlichen Erinnerungen hinterlassen hatten. Obgleich es ihr nicht ganz gelang, erhob sie sich und trat zu ihrer Schwester. Schweigend kniete sie sich neben Shari ins Gras, legte ihr tröstend den Arm um die Schultern und hielt sie fest, bis die ärgsten Tränen versiegten. Als das Schluchzen leiser wurde, legte sie ihr sanft die Hand unter das Kinn und bedachte sie mit einem langen, traurigen Blick. »Glaub mir, ich weiß genau, wie du dich jetzt fühlst«, sagte sie leise. »Mir erging es nicht anders, als die Göttin mir die Aufgabe erklärte. Doch wenn du ehrlich bist, weißt auch du, dass wir nicht eingreifen können. Du und ich dürften nicht einmal hier sein. Wir sind jetzt Fremde in dieser Welt und gehören nicht hierher. Dass wir trotzdem da sind, ist eine Gelegenheit, die wir nutzen müssen, um möglichst vielen Nebelelfen das Leben zu retten. So, wie ich dein Leben gerettet habe. Aber alle, die wir retten, dürfen nicht zurückkehren – niemals!« Naemy fasste Shari an den Schultern und sah ihr fest in die Augen. »Unsere Aufgabe ist es, einige der Brüder und Schwestern vor dem sicheren Tod zu bewahren. Allein diese Elfen sind es, die wir retten können. Nur wenn wir diese Regel beachten, kann sich das Rad des Schicksals ungestört weiterdrehen, und die Zukunft ist nicht in Gefahr. Ich verrate die Elfen nicht, bei den Toren, nein. Ich bin lediglich gekommen, um einige von ihnen zu retten, und nur wenn es uns gelingt, mit diesen wenigen Auserwählten das Ylmazur-Gebirge zu überqueren, gibt es Hoffnung für unser Volk – und für Thale.«

»Das Ylmazur-Gebirge ist unbezwingbar, das weißt du so gut wie ich«, erwiderte Shari trotzig. »Noch nie ist es einem Elfen gelungen, auf die andere Seite zu gelangen. Im ewigen Eis der Gipfelregionen sollen so niedrige Temperaturen herrschen, dass wir jämmerlich erfrieren würden, sobald wir eine Rast einlegten. Selbst die Riesenalpe suchen diese lebensfeindliche Gegend nur dann auf, wenn sich ihre Zeit dem Ende zuneigt und sie spüren, dass sie bald sterben werden.« Sie lachte bitter. »Wie kannst du nur glauben, dass wir die Berge bezwingen werden? Das Einzige, was wir dort finden werden, ist der Tod.« Mit einer raschen Bewegung ergriff sie den Arm ihrer Schwester und hielt ihn fest. »Naemy, was du vorhast, ist verrückt«, sagte sie eindringlich. »Sei endlich vernünftig. Lass uns nach Numark gehen und die anderen warnen, bevor es zu spät ist – bitte!«

»Nein!« Naemys Stimme klang härter und gefühlskälter, als ihr lieb war, doch sie wusste, was auf den Spiel stand, und war entschlossen, sich nicht umstimmen zu lassen. Dennoch konnte sie es Shari nicht verübeln, dass sie anders dachte. Ihre Schwester war noch sehr jung und unerfahren, und der Trotz der Jugend stand häufig der Vernunft im Weg. Insgeheim aber war Naemy froh, dass Shari so jung und weder der Gedankensprache mächtig noch in der Lage war, selbst ein Pentagramm zu zeichnen, um nach Numark zu reisen. So bestand wenigstens nicht die Gefahr, dass sie irgendwelche Dummheiten machte – Dummheiten, die sie, Naemy, dazu zwingen würden, die eigene Schwester ... Nein!

Naemy erschauerte und schob den entsetzlichen Gedanken hastig beiseite. So weit durfte es auf keinen Fall kommen. Dreihundert Sommer hatte sie um Shari getrauert, und jetzt, da sie wieder vereint waren, würde sie nichts mehr trennen.

»O Shari«, sagte sie bekümmert und schloss ihre Schwester fest in die Arme. »Ich bin so froh, dass wir wieder zusammen sind. Du ahnst nicht, wie sehr ich all die Sommer gelitten und welche Vorwürfe ich mir gemacht habe, weil ich dich nicht in die Finstermark begleitet habe. Ich … ich … Es gibt keine Worte, die ausdrücken könnten, wie sehr ich dich vermisst habe. Glaube mir, ich kann deine Gefühle gut verstehen. Auch ich will nicht, dass unser Volk leidet. Doch was hier geschieht, ist längst Geschichte. Das Rad des Schicksals hat sich bereits weitergedreht – dreihundert Sommer lang! Und obwohl wir in dem großen Plan des Lebens nur zwei unbedeutende Randfiguren sind, so können unsere Taten doch weit reichende Folgen nach sich ziehen. Deshalb dürfen wir nicht auf das hören, was uns unser Herz sagt – auch wenn es wehtut.«

»Aber das ist grausam!« Shari entwand sich Naemys Griff, warf sich bäuchlings auf den Boden und vergrub das Gesicht in der Armbeuge.

»Ja, das ist es.« Naemy seufzte und setzte sich. »Es ist grausam. Doch es ist auch eine Gnade, welche die Göttin nie zuvor jemandem gewährt hat.«

»Eine *Gnade*«, rief Shari verächtlich aus. »Welche denn? Die Gnade, tatenlos zuzusehen, wie das eigene Volk in den Tod geht?« Sie schnaubte. »Auf eine solche Gnade kann ich nun aber wirklich verzichten.«

»Die Gnade, jenen das Leben zu retten, die sonst des Todes wären«, erklärte Naemy ruhig und fügte hinzu: »So, wie ich dich gerettet habe.«

»Das ist doch etwas anderes.«

»Nein, es ist das Gleiche. Hätte ich die Aufgabe nicht angenommen, wärst du der Klinge des Cha-Gurrlin zum Opfer gefallen und weiltest jetzt bei den Ahnen in den Ewigen Gärten des Lebens.«

Shari antwortete nicht. Reglos lag sie im Gras, das Gesicht in den Armen verborgen, während sich die feurige Sonnenscheibe langsam über die Gipfel der Valdor-Berge schob und das Grasland in goldenes Licht tauchte. Ganz in der Nähe begrüßte eine Grauammer den Tag mit verhaltenem Gesang, und im Süden zogen zwei mächtige Riesenalpe ihre Kreise am Morgenhimmel. Die nächtlichen Jäger waren spät dran, und Naemy vermutete, dass sie schon bald in ihre Höhlen zurückkehren würden. Der friedliche Anblick der beiden großen Vögel erfüllte sie jäh mit so tiefer Trauer, dass sie darüber sogar den Streit mit Shari vergaß. Auch die Rasse der außergewöhnlichen Vögel würde schon bald ein tragisches Schicksal ereilen. Naemy ballte die Fäuste und fluchte leise, während sie den majestätischen Gleitflug der Riesenalpe beobachtete, die sich langsam in südlicher Richtung entfernten.

Zahir! Der Name schlich sich wie von selbst in ihre Gedanken, und ihr Herz krampfte sich zusammen. Obwohl sie sich dagegen wehrte, drängten sich ihr die traurigen Bilder auf – Bilder voller schmerzlicher Erinnerungen, die den Moment des Abschieds von dem geliebten Riesenalp zeigten. Von unzähligen schwarzen Pfeilen durchbohrt, hatte der treue Vogel sein Leben hier im Grasland ausgehaucht. Zuvor hatte er Naemy das Leben gerettet, indem er sie trotz seiner schweren Verletzungen von dem Heer der Cha-Gurrlinen fort und in Sicherheit gebracht hatte. Zahir, mein treuer Freund und Gefährte, dachte Naemy traurig, du warst mir wie ein Sohn. Warum konnte ich dir nicht helfen?

4

In den Kerkergewölben tief unter der Inneren Festung Nimrods war es dunkel und kühl. Die langen kahlen Gänge aus grob behauenem Gestein wurden nur spärlich vom Licht rußender Fackeln erleuchtet, und die wenigen Menschen, die hier anzutreffen waren, beeilten sich, in behaglichere Teile der Festungsstadt zu gelangen.

Es gab nicht viele, die hier unten Dienst verrichteten, denn von den fünfunddreißig Zellen waren nur zwei besetzt. Thale war ein friedliches Land, das unter der Führung Anthorks, des obersten Druiden, gerecht und weise regiert wurde. Alle Zwistigkeiten, die nicht von den Bewohnern selbst beigelegt werden konnten, wurden an Schlichter übergeben, die meist rasch eine gütliche Einigung fanden. Nur die wenigsten Auseinandersetzungen wurden den

Druiden selbst vorgetragen, und noch seltener geschah es, dass über jemanden Gericht gehalten werden musste.

Einsam und unheimlich hallten die Schritte des feisten jungen Mannes durch die Gewölbe, der, in einen weiten dunklen Mantel gehüllt, zielstrebig durch die feuchten Gänge hastete. Nur wenige begegneten ihm auf seinem Weg, und niemand sprach ihn an. Vor einer eisenbeschlagenen Tür, hinter der sich die Wachstube des Kerkerwärters befand, hielt er inne und klopfte dreimal mit dem rostigen Ring gegen das moosbewachsene Holz.

»Wer da?«, ertönte eine matte Stimme von innen.

»Okowan, der Jüngere!«

»Oh … Okowan.« Hinter der Tür erklang ein Geräusch, als würden Stühle gerückt. Jemand fluchte leise. Ein Schlüsselbund klapperte, und das quietschende Geräusch eines metallenen Riegels drang aus der Wachstube in den Gang. Endlich wurde die Tür geöffnet. »Tretet ein, Herr. Tretet ein.« Der Wachhabende verneigte sich ehrfürchtig. Er war ein hagerer Mann fortgeschrittenen Alters, dessen unzählige graue Haarsträhnen keinen Zweifel daran ließen, dass er schon viele Sommer lang in den Diensten der Stadtwache stand. Mit fahrigen Bewegungen zog er einen Stuhl heran und bedeutete dem Besucher, sich zu setzen. »Sagt, was führt Euch zu dieser frühen Morgenstunde hierher?«

»Auf jeden Fall bin ich nicht gekommen, um mit dir zu plaudern, Bran«, erwiderte Okowan unwirsch und verdrehte gereizt die Augen. »Streng dein vom Wein zerfressenes Hirn mal ein bisschen an. Kannst du es dir nicht denken?«

Der Alte zuckte unter dem scharfen Tonfall zusammen. »Wollt … wollt Ihr den Magier besuchen?«, fragte er zaghaft.

»Na siehst du, es geht doch.« Okowan grinste breit.

»Aber … wir haben Anweisungen. Wir dürfen …«

»… niemanden zu dem Gefangenen lassen?«, fiel Okowan, der die Vorschriften genau kannte, dem Wärter ins Wort. »Bei den Toren, Bran, das weiß ich so gut wie du. Und genau wie du weiß ich auch, dass du mich trotzdem gehen lassen wirst, nicht wahr?« Seine Stimme hatte einen lauernden Ton angenommen, der den

Wächter erröten ließ. »Sonst könnte es nämlich passieren, dass ich zufällig ein kleines Geheimnis ausplaudere, das eine gewisse Frau sicher nicht gern ...«

»O nein, Herr! Bitte, tut das nicht.« In Brans Augen flackerte Furcht.

»Nun, es hängt ganz davon ab, ob du mich zu Asco-Bahrran lässt«, säuselte Okowan listig.

»Na ... natürlich, Herr«, murmelte der Wärter verlegen und kratzte sich den schütteren Haarschopf. »Selbstverständlich. Ihr wisst ja, dass ich ... also ich ... ich möchte auf keinen Fall, dass ... dass ...«

»... deine Alte erfährt, dass du deinen Sold heimlich im *Haus der Sinne* für ausgelassene Vergnügungen verprasst?« Okowan hob die dicken, mit funkelnden Ringen besetzten Finger und tätschelte dem älteren Mann väterlich die Wange. »Das wollen wir doch beide nicht«, sagte er gönnerhaft. »Und solange wir uns gut verstehen, wird es ihr auch gewiss nicht zu Ohren kommen – keine Sorge.« Er lächelte kalt. »Und jetzt wirst du dir einen guten Grund ausdenken, den Wärter vor der Zelle fortzuschicken, damit ich meinem Freund einen Besuch abstatten kann.« Obwohl er fast flüsterte, schwang in seiner Stimme ein strenger Befehlston mit, der keinen Widerspruch duldete.

»Ja ... ja, natürlich.« Bran deutete mehrere untertänige Verbeugungen an und bewegte sich rückwärts auf eine Tür im hinteren Teil der Wachkammer zu. »Einen Augenblick Geduld, Herr. Ich bin gleich zurück.« Er drehte sich um, schob den schweren Riegel zurück, öffnete die Tür einen Spaltbreit und verschwand in der Dunkelheit.

Okowan seufzte zufrieden und lehnte sich schwerfällig auf dem Stuhl zurück. Das altersschwache Holz ächzte und knirschte, während er mit den Fingern ungeduldig auf die Tischplatte trommelte, als könnte das rhythmische Klopfen die Wartezeit verkürzen.

Schließlich vernahm er hinter der Tür schwere Schritte und hörte eine polternde Stimme fragen: »Warum muss ich denn ausgerechnet jetzt in die Küche hinaufgehen? Es ist doch viel zu früh.

Die haben das Morgenmahl bestimmt noch nicht fertig und ...« In diesem Augenblick wurde die Tür geöffnet, und ein großer, breitschultriger Krieger mit dümmlichem Gesichtsausdruck betrat die Wachstube. Er musste sich bücken, um sich nicht den Kopf am hölzernen Rahmen zu stoßen, und hatte sichtlich Mühe, den massigen Körper durch die schmale Tür zu zwängen. »... ich muss die ganze Zeit bei den kichernden Küchenmägden hocken, bis es so weit ist.«

»Ein wenig Abwechslung schadet dir gar nichts«, meinte Bran augenzwinkernd und schlug seinem Kameraden auf die Schulter. »Ist nicht gut, tagein, tagaus allein hier unten im Kerker zu hocken, glaube mir. Ein wenig Gesellschaft kann dir nicht schaden. Außerdem habe ich großen Hunger und kann nicht selbst in die Küche gehen.« Er deutete auf Okowan, der den einfältigen Zellenwärter grußlos anstarrte. »Wie du siehst, habe ich wichtigen Besuch. Und jetzt beeil dich und besorg mir etwas zu essen.«

»Schon gut, ich gehe ja schon«, brummte der tölpelhafte Wärter, fuhr sich mit der riesigen Hand über die Augen und gähnte ausgiebig. Dann öffnete er die Tür zur Inneren Festung so heftig, dass sie krachend gegen das Mauerwerk schlug, und stapfte mit den Worten »Immer ich!« missmutig auf den Gang hinaus.

Mit schnellen Schritten war Bran an der Tür, verschloss sie sorgfältig und schob den Riegel vor. »Der kommt so schnell nicht wieder«, meinte er selbstzufrieden.

»Na, worauf warten wir dann noch?« Okowan erhob sich schwerfällig und wedelte ungeduldig mit der Hand. »Geh voraus, und bei den Toren, beeil dich. Ich hab keine Lust, hier Wurzeln zu schlagen.« Er wartete, bis Bran das Kerkergewölbe betreten hatte, und schob sich dann ebenfalls durch die kleine Tür. Der Gang dahinter war kaum beleuchtet. Es roch nach Moder und Fäulnis, und die feucht glänzenden Stellen an den nackten Felswänden zeugten davon, dass das Gestein von Wasseradern durchzogen war. Hin und wieder fielen eisige Tropfen von der Decke herab und sammelten sich auf dem unebenen Boden in kleinen Pfützen, worin sich das Licht der wenigen Fackeln widerspiegelte.

»Welch ein abscheulicher Ort«, murmelte Okowan angewidert.

»Ein abscheulicher Ort für Menschen, denen Abscheuliches zur Last gelegt wird«, rechtfertigte der Wärter den schlimmen Zustand des Kerkergewölbes und fügte hinzu: »Der Göttin sei Dank, dass es davon kaum noch welche gibt.«

»Hüte deine Zunge, Bran«, drohte Okowan, dem die unterschwellige Anspielung auf die Vergehen seines Freundes nicht entgangen war. Asco-Bahrran war ein überaus talentierter Magier, dem seine Lehrmeister eine großartige Zukunft vorausgesagt hatten. Glaubte man den Altmeistern, so hatte es in Nimrod nie zuvor jemanden mit solch überragenden Fähigkeiten gegeben. Sein sicheres Gespür für alles, was den Rahmen der geltenden Naturgesetze sprengte, war einzigartig. Doch die sanfte Magie der Alten war ihm schnell langweilig geworden. Schon mit sechzehn Sommern hatte Asco-Bahrran heimlich die Wirkung der verbotenen dunklen Magie erprobt, deren Wirkung auf der Kraft des Blutes und lebender Opfer gründete und die wegen der oft grausamen Rituale von den Druiden vor mehr als zweihundert Sommern verboten worden war. Die alten Lehrbücher waren damals jedoch nicht vernichtet worden, und Asco-Bahrran hatte allzu bald erkannt, welch außergewöhnliche Dinge er mit der dunklen Magie zu vollbringen vermochte.

Vor fünf Sommern hatte er in einem abgeschiedenen Gewölbe unter der Inneren Festung zum ersten Mal heimlich verschiedene verbotene Zauber gewirkt und erfahren, welche Macht sie ihm verliehen. Von jenem Augenblick an hatte ihn die dunkle Magie unaufhaltsam in ihren Bann gezogen. Irgendwann hatte es ihm nicht mehr genügt, Ratten, Hunde oder Katzen für die Versuche herzunehmen, denn die wirklich bedeutenden Zauber verlangten reineres Blut als das von Tieren.

So war es gekommen, dass Asco-Bahrran in den vergangenen drei Sommern häufig zu Gast im *Haus der Sinne* gewesen war. Nicht, weil er sich mit den Huren hatte vergnügen wollen, die ihm bereitwillig ihre Dienste angeboten hatten, sondern weil ihn seit frühester Kindheit eine enge Freundschaft mit Okowan verband.

Gemeinsam hatten sie grausame magische Streiche erdacht, die andere Kinder wie ein plötzliches Unheil heimsuchten, oder sie hatten die ehrenwerten Bürger Nimrods beobachtet, die sich im Schutz der Dunkelheit heimlich in den »Sumpf« schlichen, um sich dort zu vergnügen. Dieses Beobachten hatte sich für die beiden bald zu einem einträglichen Geschäft entwickelt, das sie im Verlauf der folgenden Sommer noch enger miteinander verbunden hatte.

Daraus hatte sich eine rege Geschäftsbeziehung der besonderen Art entwickelt, die darin gipfelte, dass Okowan seinen Freund heimlich mit geeigneten Opfern für dessen verbotene Rituale versorgt hatte. Dies hatte ein jähes Ende gefunden, als Asco-Bahrrans verbotenes Treiben durch einen unglücklichen Zufall entdeckt worden war. Der junge Magier war umgehend eingekerkert worden und harrte seit nunmehr vierzehn Sonnenläufen des Urteils, das unmittelbar nach den Erntefeierlichkeiten verkündet werden sollte. Der Schuldspruch schien allerdings schon festzustehen, denn obwohl sich die Druiden darüber in Schweigen hüllten, war es in Nimrod ein offenes Geheimnis, dass Asco-Bahrran die Verbannung in die Finstermark drohte. Das kam einem Todesurteil gleich, denn niemand, der dorthin geschickt worden war, war je wieder lebend gesehen worden. Okowan war indessen fest entschlossen zu verhindern, dass seinen Freund ein solches Schicksal ereilte. Dafür hatte er all seine Beziehungen – die seines Vaters eingeschlossen – spielen lassen und zahlreiche Pläne verfolgt, Asco-Bahrran zu befreien.

Die Umsetzung der Pläne gestaltete sich jedoch schwierig, denn in Nimrod hatte er zunächst weder mit der Bitte um Gnade für den Magier noch mit der Suche nach Helfern Erfolg gehabt. Verbotene Magie auszuüben war das schlimmste Vergehen, dessen sich ein Magier schuldig machen konnte, und zudem eine Schande für die ganze Zunft. Niemand zeigte für Okowans Gnadengesuch Verständnis, und obwohl die Altmeister zutiefst bedauerten, einen so talentierten Magier zu verlieren, ließen sie sich nicht in ihrer Entscheidung beirren. Asco-Bahrran war schuldig und musste verurteilt werden.

Schließlich hatte Okowan es aufgegeben, die rechtschaffenen Bürger von der Unschuld seines Freundes zu überzeugen, und unter den zwielichtigen Geschöpfen des »Sumpfes« die Nachricht verbreiten lassen, dass er nach zwei fähigen Männern suche, die bereit seien, für einen ansehnlichen Lohn eine gefahrvolle Aufgabe zu übernehmen. Die Aussicht auf Gold hatte viele Halunken angelockt, doch es waren keine unter ihnen gewesen, die Okowan geeignet erschienen.

Hingegen entsprachen die beiden unehrenhaft entlassenen Krieger der Daraner Stadtwache, die er am Vorabend in der *Barriere* angetroffen hatte, genau seinen Vorstellungen. Wie zufällig war er mit ihnen ins Gespräch gekommen, und als der Morgen gegraut hatte, war der Plan zur Befreiung Asco-Bahrrans mit Handschlag besiegelt worden.

Dass der alte Bran im Kerker Wache hatte, war ein glücklicher Zufall, der Okowan die Sache sehr erleichterte. Insgeheim hatte er befürchtet, hier auf größere Schwierigkeiten zu stoßen, doch mit Bran, der schon seit Jahren ein ausschweifendes Doppelleben führte, hatte er leichtes Spiel.

»Schließ auf«, befahl er dem Wärter, als dieser vor der dicken eichenen Zellentür Halt machte, hinter der Asco-Bahrran auf den Prozess wartete.

»Das … das kann ich nicht, Herr«, erwiderte Bran und hob ein dickes Bündel in die Höhe, an dem zwei Dutzend Schlüssel klirrend aneinander schlugen. »Um die Tür zu öffnen, braucht es zwei Schlüssel«, erklärte er. »Ich habe einen davon, den anderen hat …«

»… der stumpfsinnige Tollpatsch, den du fortgeschickt hast?«, ergänzte Okowan und knurrte verärgert. »Bei den Toren, warum hast du das nicht gleich gesagt? Wie soll ich mit Asco-Bahrran reden, wenn ich nicht hinein kann?«

»Wartet!« Mit zitternden Fingern zog Bran einen Schlüssel hervor und schob ihn in ein Vorhängeschloss, das auf Augenhöhe an der Tür befestigt war. Der Riegel öffnete sich mit einem schnappenden Geräusch, worauf der Wärter eine Holzplatte beiseite schob. Dahinter kam ein kleines vergittertes Fenster zum Vorschein, durch das ein Übelkeit erregender Gestank nach modrigem Stroh, vergorenem Essen und faulenden Exkrementen in den Gang strömte. Okowan hustete und presste angewidert die Hand vor den Mund. »Ah, verdammt. Das ist eines Magiers wahrhaft unwürdig«, stieß er angeekelt hervor, während er sich reckte und in die Dunkelheit hinter den rostigen Gitterstäben spähte.

»Wir machen keinen Unterschied zwischen den Gefangenen«, rechtfertigte sich der Wärter. »Wer hierher kommt, hat großes Unheil angerichtet und verdient keine bessere Behandlung.«

Okowan schien ihm gar nicht zuzuhören. »Asco-Bahrran?«, rief er mit gedämpfter Stimme in die Zelle hinein. »Hörst du mich, mein Freund? Ich bin es, Okowan. Ich bringe gute Neuigkeiten.« In der Dunkelheit raschelte es leise, und eine eiserne Kette klirrte. Jemand hustete. Dann ertönten schlurfende Schritte, und hinter den Gitterstäben tauchte das schmutzige Gesicht des Magiers auf. Die Augen waren von dunklen Ringen umschattet und lagen Besorgnis erregend tief in den Höhlen. Die Haut war grau und faltig, und an dem ungepflegten dunklen Bart hingen noch die Reste verschiedener Mahlzeiten. Misstrauisch blinzelte er in den Gang hinaus, doch als er den Besucher erkannte, leuchteten seine Augen erleichtert auf.

»Okowan, mein Freund«, stieß er heiser hervor, während er die Gitterstäbe mit den knochigen Händen so fest umklammerte, dass die Knöchel weiß hervortraten. »Du … du bist es wirklich. Wie schön, dich zu sehen. Ich fürchtete schon, auch du hättest mich im Stich gelassen.«

»Aber, aber. Das würde ich doch nie tun«, erwiderte Okowan. »Im Gegenteil. Ich habe gute Neuigkeiten, die …« Er verstummte, weil ihm einfiel, dass der Wärter noch immer hinter ihm stand. »Worauf wartest du noch, Bran?«, fauchte er ihn an. »Was wir zu besprechen haben, geht dich nichts an. Also verschwinde.« Der Wärter zuckte bei dem scharfen Tonfall wie unter einem Peitschenhieb zusammen, deutete eine flüchtige Verbeugung an und machte sich eilends auf den Rückweg zur Wachstube.

Als die Schritte verklungen waren, hob Okowan erneut zu sprechen an. »Noch heute Morgen«, sagte er leise, »werden zwei Angehörige der Stadtwache aus Daran hierher kommen. Sie haben den Befehl, dich nach Daran zu überführen, weil du dort angeblich noch einmal verhört werden sollst.« Als er den erschrockenen Ausdruck im Gesicht des Freundes sah, lächelte er aufmunternd. »Keine Sorge, die Männer sind zwar echte Krieger, aber der Befehl ist so falsch wie das Dokument, auf dem er geschrieben steht. Doch das wird so schnell keiner merken.« Er lachte selbstzufrieden. »Der beste Fälscher Nimrods hat die Papiere für mich angefertigt. Bis auffällt, dass sie nicht echt sind, bist du längst in Sicherheit.«

»Danke, Freund ...« Asco-Bahrran fehlten die Worte. Er schluckte schwer und streckte die Finger durch die Gitterstäbe. »Ich stehe tief in deiner Schuld. Diese Druiden würden mich in der Finstermark elendig verrecken lassen. Sie haben mein Labor zerstört und die alten Schriften an einen geheimen Ort gebracht, wo sie niemand finden kann.« Er wollte lachen, brachte aber lediglich ein Husten zu Stande und verzog das ausgemergelte Gesicht. »Aber ich habe vorgesorgt. Die wichtigsten Bücher habe ich vor ihnen versteckt. Wenn meine Flucht gelingt, muss ich sie haben. Ich werde dir erklären, wo du sie findest, und dir, sobald ich in Sicherheit bin, einen Boten schicken, dem du die Bücher unbesorgt anvertrauen kannst. Wirst du das für mich tun?«

Okowan nickte ernst. »Du kannst dich auf mich verlassen.«

»Du bist mir wahrlich ein treuer Freund«, flüsterte Asco-Bahrran. »Der Einzige, der wirklich zu mir hält. Das werde ich dir nie vergessen – nie!« Die Augen des Magiers blitzten, und sein rasselnder Atem beschleunigte sich, als er voller Hass weitersprach. »Die Zeit der Rache wird kommen. Dann werden wir es den elenden Druiden heimzahlen. Ihnen und allen, denen ich diese Demütigung zu verdanken habe.«

»Bei den Toren, wach endlich auf!«

Paira blinzelte verschlafen. Die dicke wollene Decke, unter der sie geschlafen hatte, war fort, und jemand rüttelte sie unsanft an der Schulter.

»Paira, wir müssen los!«

»Lass mich, ich bin müde.« Nur undeutlich erkannte Paira das Gesicht ihrer Mutter im grauen Dämmerlicht des Morgens. Immer wieder fielen ihr die Augen zu, während sie frierend mit der Hand nach der Decke tastete.

»Nichts da, du stehst jetzt auf!« Ihre Mutter kannte kein Erbarmen. »Das wäre ja noch schöner. Treibst dich die ganze Nacht in Nimrod herum und willst dich am Morgen vor deinen Pflichten drücken. Nein, nein. Du stehst jetzt sofort auf und lädst den Kohl auf den Wagen. Wenn wir uns nicht beeilen, schnappen uns die anderen auf dem Markt die besten Plätze weg.«

Paira hörte, wie ihre Mutter sich entfernte, und gähnte ausgiebig. Sie hätte wirklich nicht so spät nach Hause kommen dürfen, aber die Trennung von Fedeon war ihr furchtbar schwer gefallen. Immer wieder hatte sie den endgültigen Abschied hinausgezögert, sich in seine Arme gekuschelt und gehofft, die Zeit möge stehen bleiben – vergeblich. Kurz vor Sonnenaufgang hatte sie ihren Gefährten hier vor dem Haus ein letztes Mal umarmt, ihm alles Gute gewünscht und gewartet, bis seine Gestalt zwischen den Häusern verschwunden war. Dann hatte sie sich hingelegt, jedoch vergeblich auf den Schlaf gewartet. Irgendwann musste sie dann doch eingenickt sein, und jetzt fiel ihr das Aufstehen doppelt schwer. Paira gähnte erneut. Es wäre besser gewesen, wenn ich gleich wach geblieben wäre, dachte sie matt und spürte, wie ihre Gedanken wieder ins Reich der Träume glitten. Sie wehrte sich nicht dagegen. Es konnte ja nicht schaden, wenn sie ganz kurz die Augen zumachte …

Klatsch! Ein Becher eiskalten Wassers ergoss sich über ihr Gesicht.

»Igitt!« Prustend fuhr Paira in die Höhe. Während sie sich die Tropfen mit den Händen aus dem Gesicht wischte, hörte sie neben sich jemanden kichern. »Na warte, Maite. Wenn ich dich erwische!« Mit einem Satz war Paira aus dem Bett und auf den Beinen und grapschte nach ihrer Schwester. Diese wich geschickt aus und huschte außer Reichweite.

»Mutter hat gesagt, ich soll dich aufwecken«, rechtfertigte sie lachend den heimtückischen Angriff und duckte sich, weil Paira das Kopfkissen nach ihr warf.

»Aufwecken, ja! Aber doch nicht so!«, knurrte Paira verärgert und griff nach einem Tuch, um sich die Haare abzutrocknen. »Sieh nur, was du angerichtet hast. Alles ist nass.«

»Mutter sagte, ich solle versuchen, dich *irgendwie* wach zu bekommen«, erklärte Maite und fügte schnippisch hinzu: »War doch sehr wirkungsvoll, oder?«

»Verschwinde!« Paira schleuderte das nasse Tuch in Richtung ihrer kleinen Schwester, doch die war längst zur Tür hinaus und auf den Flur gelaufen. »Paira ist wach und sogar schon aufgestanden«, hörte sie Maite fröhlich verkünden. »Sie kommt gleich.«

Wenig später waren Paira und ihre Mutter auf dem Weg zum Marktplatz vor der Inneren Festung. Schweigend gingen die beiden Frauen neben Culver her, dem alten braunen Steppenpony, das brav wie immer den schweren Gemüsekarren zog. Pairas Mutter war sehr wütend, weil sie so spät dran waren, und strafte ihre Tochter mit Nichtachtung, doch diese wiederum bemerkte den zornigen Ausdruck in den Augen der Mutter nicht. Müde und hungrig setzte sie einen Fuß vor den anderen und hing ihren eigenen Gedanken nach.

Ob Fedeon Nimrod schon verlassen hatte? Wo mochte er jetzt wohl sein? Ob er an sie dachte? Trotz der Müdigkeit fühlte sie, wie der Kummer vom Abend zurückkehrte. Ihr Blick verschwamm, und in der Nase spürte sie das verräterische Kitzeln, das Tränen ankündigte. Aber Paira wollte nicht traurig sein und kämpfte dagegen an. Fedeon war fort, und weder Tränen noch Kummer würden ihn vorzeitig zurückbringen. Alles, was sie tun konnte, war auf ihn zu warten.

Ist doch halb so schlimm, machte sie sich in Gedanken Mut. Ich muss nicht traurig sein. Der Augenblick, in dem ich Fedeon wieder in die Arme schließen kann, rückt mit jedem Sonnenlauf näher. Sie seufzte leise. Die Gedanken sollten ermutigend klingen, doch die Traurigkeit wollte nicht weichen.

Plötzlich ertönte schneller Hufschlag aus einer schmalen Seitengasse, der sich rasch näherte. Geistesgegenwärtig griff Paira nach Culvers Halfter und zerrte das widerstrebende Pony ein paar Schritte zurück. Keinen Augenblick zu früh! Schon stürzten drei Berittene in dunklen Umhängen aus der Gasse. Rücksichtslos trieben sie die Pferde an, als wäre ihnen ein Monghul auf den Fersen, und preschten in Richtung des großen Tors davon. Die wehenden Umhänge gaben den Blick auf lange blitzende Schwerter frei, die zwei der Reiter am Gürtel trugen, doch Paira hatte nicht die Zeit, die Männer genauer zu betrachten. Culver scheute, und sie musste alle Kraft aufwenden, um ihn festzuhalten. Als sie aufsah, begegnete sie wie zufällig den Augen des letzten Reiters, der sie aus den düsteren Tiefen der Kapuze im Vorbeireiten musterte. Der Blick ließ Paira das Blut in den Adern gefrieren. Voller Hass und Kälte traf er sie gleich einem Schwerthieb, und für den Bruchteil eines Herzschlags spürte sie die Macht, die sich hinter dem wüsten, verwahrlosten Äußeren des Mannes verbarg.

»Bei den Toren, die sind wohl verrückt geworden«, hörte sie ihre Mutter erbost ausrufen, als die Männer an ihnen vorüberritten. »Wenn du nicht so schnell gehandelt hättest, hätten sie unseren armen alten Culver glatt über den Haufen geritten.«

Paira antwortete nicht. Atemlos sah sie den Reitern nach. Obwohl sie die Männer nur kurz gesehen hatte, war sie sicher, zweien von ihnen schon einmal begegnet zu sein. Es waren dieselben Männer, die am Vorabend in die *Barriere* eingekehrt waren, als sie auf dem Weg zum *Haus der Sinne* gewesen war. Der Dritte, der sie so unheimlich angeblickt hatte, war ihr fremd, und ein unbestimmtes Gefühl sagte ihr, dass es besser wäre, ihm nie wieder zu begegnen.

5 »Wo gehen wir hin?« Es waren die ersten Worte, die Shari an ihre Schwester richtete, seit sie erneut aufgebrochen waren. Längst hatte die Sonne das Antlitz über die Gipfel der Valdor-Berge erhoben, und die morgendliche Wärme ließ dünne Nebelschleier über den taufeuchten Gräsern aufsteigen. Die Strahlen der tief stehenden Sonne tauchten die Steppe in goldenes Licht, das die Vorboten des Herbstes in sich trug, und spiegelten sich in Abermillionen winziger Wassertröpfchen, die funkelnd wie kleine Edelsteine an den langen Halmen hingen.

Weit entfernt graste träge eine große Steppenbüffelherde. Die Masse der gewaltigen Tiere war nur als Ansammlung wolliger dunkler Häufchen zu erkennen, während sich am Himmel ein junger Temelin-Adler der mutigen Attacken eines halben Dutzends Feldgraulinge erwehrte, die versuchten, diesen gefürchteten Raubvogel aus ihrem Revier zu vertreiben. Das ärgerliche Pfeifen des Greifvogels, der langsam in Richtung der Berge davonflog, wurde leiser und leiser, und bald waren die eilig huschenden Schritte der beiden Elfen das einzige Geräusch, das im Umkreis vieler Längen zu hören war.

Wenn ich die Gedankensprache schon erlernt hätte, würde ich nicht zögern, alle Bewohner Thales zu warnen, dachte Shari grimmig. Naemy gegenüber gab sie zwar vor, sich damit abgefunden zu haben, dass sie das Volk der Nebelelfen nicht über die drohende Gefahr unterrichten durften. Doch tief in ihrem Innern gärte es noch immer.

Naemy fing den Gedanken ihrer Schwester auf, sagte aber nichts. Sie kannte Shari gut und wusste, dass sie sich einsichtig zeigen würde, sobald sie ausreichend Zeit hätten, miteinander zu reden. Also tat sie, als hätte sie nichts gehört, und sagte nur: »Nach Süden.«

»Das sehe ich auch.« Shari gelang es kaum, ihren Unmut zu verbergen. »Aber welches Ziel hast du, wenn du nicht nach Numark gehen willst?«

»Wir gehen in der Valdor-Berge nahe der Festungsstadt«, erwiderte Naemy, ohne im Laufschritt innezuhalten. »Vor den Toren Nimrods wird es schon bald zur Schlacht kommen und ...« Sie verstummte mitten im Satz, hielt an und wandte sich nach Osten.

»Was ist?«, wollte Shari wissen. Ihr Blick folgte dem ihrer Schwester, die gespannt auf eine niedrige Hügelkette starrte. Zunächst konnte sie nichts Ungewöhnliches erkennen, doch dann bemerkte auch sie die feinen Rauchwolken, die hinter den Hügeln aufstiegen. »Ein Lagerfeuer«, stellte sie achselzuckend fest. »Vermutlich Graslandjäger, die auf der Jagd nach Steppenbüffeln sind.«

Naemy antwortete nicht. Mit ausdrucksloser Miene blickte sie weiter in Richtung der dünnen Rauchschwaden, als versteckte sich in ihnen eine geheime Botschaft.

Shari tat es ihr gleich, und schließlich erkannte sie den Irrtum. Der aufsteigende Qualm konnte niemals von einem einzigen Lagerfeuer stammen, dafür waren die Feuerstellen zu zahlreich und lagen zu weit auseinander.

»Das ist kein Lagerfeuer, nicht wahr?«, murmelte sie, ohne ihre Schwester anzusehen.

»Nein.«

»Aber was brennt da? Wenn es ein Buschfeuer ist, haben wir Glück. Der Wind ...«

»Das ist auch kein Buschfeuer.« Naemy schüttelte den Kopf und deutete auf den wogenden Qualm. »Da brennt ein Dorf.« Sie seufzte bekümmert. »Oder vielmehr das, was sie noch davon übrig gelassen haben.«

»Ein Graslanddorf? Einfach niedergebrannt? Aber wer ... was?«

»Cha-Gurrlinen!«, erwiderte Naemy erbittert und fügte leise hinzu: »Also hat es bereits begonnen.«

»Bei den Toren!« Shari wandte sich um und lief ein paar Schritte auf die Hügelkette zu. »Was stehen wir hier noch herum? Wenn das Dorf überfallen wurde, gibt es dort sicher Verletzte, die Hilfe brauchen. Komm Naemy, wir müssen ...«

»Nein, warte!«, rief Naemy ihr nach. »Es hat keinen Sinn. Wir können nichts für diese Menschen tun. Das Dorf ist viel zu weit entfernt. Außerdem ...«

… hinterlassen Cha-Gurrlinen-Krieger keine Verletzten, wollte sie sagen, doch angesichts der Gefühle ihrer Schwester brachte sie es nicht fertig.

»Wir können nichts tun?« Erbost schritt Shari auf die ältere Schwester zu. »Nichts tun?«, wiederholte sie wütend. »Da hinten sind Menschen in höchster Not. Männer, Frauen und Kinder. Willst du hier tatenlos rumstehen und warten, bis alle tot sind?« Plötzlich kochte der Ärger, den sie schon den ganzen Morgen mit sich herumtrug, in ihr hoch. »Du sagst, du seiest zurückgeschickt worden, um hier Leben zu retten …«

»Shari, beruhige dich«, mahnte Naemy eindringlich, doch die Schwester hörte ihr nicht zu.

»… bist jedoch nicht bereit, unser Volk zu warnen«, redete Shari einfach weiter, »und weigerst dich, den armen Menschen dort hinten zur Hilfe zu eilen.« In einer hilflosen Geste hob sie die Hände und ballte sie zu Fäusten. »Weißt du, was ich glaube? Du bist gar nicht zum Helfen hier, sondern gekommen, um dich an dem grausamen Schicksal zu weiden, das unser Volk erwartet …«

»Sei nicht so laut, bitte!«, flehte Naemy und warf einen besorgten Blick zu den Hügeln hinüber. Doch ihre Schwester war nicht zu beruhigen. »Oder verfolgst du am Ende ein ganz anderes Ziel? Was ist wirklich mit dir geschehen in den dreihundert Sommern? Hat der finstere Herrscher Macht über dich erlangt? Bist du inzwischen selbst zu einem seiner Schergen geworden?« Shari war so außer sich, dass sie nicht aufhören konnte zu sprechen. »Warum glaube ich dir überhaupt?«, giftete sie. »Welche Beweise habe ich, dass du mir die Wahrheit sagst? Vielleicht belügst du mich nur und benutzt mich für irgendwelche dunklen Machenschaften, welche die Herrschaft der Finsternis in der Zukunft sichern sollen. Wer sagt mir, dass du wirklich noch die hilfsbereite, anständige und großmütige Schwester bist, die ich vor ein paar Mondläufen in Numark zurückließ? Auch Elfen sind nicht unfehlbar. Du wärest nicht die Erste, die den Verlockungen der Macht erliegt. Vielleicht bist du …«

Ein rascher und gut gezielter Kre-An-Sor-Schlag von Naemy

beendete Sharis Redeschwall. Die junge Nebelelfe ächzte und sackte besinnungslos zusammen.

Naemy fing sie geschickt auf und ließ sie sanft zu Boden gleiten. »Entschuldige, kleine Schwester«, murmelte sie bedauernd, »aber ich konnte nicht anders. Ich nehme es dir nicht übel, dass du an mir zweifelst, doch die schwarzen Krieger könnten in der Nähe sein, und ich darf nicht dulden, dass sie uns finden.« Zärtlich strich sie über Sharis Wange. »Ich kann mir denken, wie du dich fühlst, doch ich bin sicher, dass auch du meine Beweggründe irgendwann verstehen und einsehen wirst, dass ich nicht anders handeln kann – selbst wenn es mir das Herz bricht.« Sie setzte sich neben Shari auf den Boden, bettete deren Kopf auf ihre Knie und wartete, dass sie wieder erwachte.

Eine Weile später öffnete Shari blinzelnd die Augen und rieb sich den schmerzenden Hals, während sie sich stirnrunzelnd daran zu erinnern versuchte, was geschehen war. »Du … du hast … Du hast mich niedergeschlagen!«, stellte sie entrüstet fest und starrte ihre Schwester fassungslos an. Naemy nickte. »Es musste sein«, sagte sie leise. »Du hast immer lauter geschrien, so dass ich fürchtete, man könne uns hören. Es tut mir Leid, aber es ging nicht anders.«

»Die Cha-Gurrlinen, das Dorf!« Mit einem Satz war Shari auf den Beinen. »*Barad*, wie lange war ich bewusstlos?«, fragte sie und blickte gehetzt zu den dünnen Rauchsäulen hinüber. »Wir müssen doch … die armen Menschen … « Sie ballte die Fäuste, funkelte ihre Schwester wütend an und fragte erbost: »Warum hast du das getan?«

»Weil ich mich nicht einmischen darf. Ich nicht – und du auch nicht. Weder in das Schicksal der Menschen dort noch in das Schicksal unseres Volkes. Du bist tot, vergiss das nicht. Getötet in der Finstermark durch den Axthieb eines schwarzen Kriegers. Und ich … ich bin sogar zweimal hier. Einmal mit dir hier im Grasland und zur selben Zeit, nur dreihundert Jahre jünger, in Numark, wo ich nichts ahnend auf deine Rückkehr warte und mir große Sorgen mache.« Sie seufzte und sah Shari traurig an. »Wir sind nichts weiter als Schatten, die durch das Land streifen. Schatten der Zukunft und der Vergangenheit. Allwissend sind wir, was das Schicksal des Landes angeht, und doch zur Untätigkeit verdammt. Alle, die sich uns anschließen, müssen dieses Schicksal mit uns teilen. Für sie wie für uns gibt es nur einen Weg – den über die Berge.« Sie seufzte matt. »Hart ist die Prüfung, die von der Göttin uns auferlegt, doch ich weiß, dass ich es schaffen werde. Denn ich habe mir geschworen, mich nicht von meinen Gefühlen hinreißen zu lassen. Aber deshalb habe ich mich noch lange nicht verändert. Ich bin noch immer die gleiche hoffentlich hilfsbereite, anständige und großmütige Naemy, die du in Numark zurückgelassen hast. Wenn ich könnte, würde ich nicht zögern zu helfen, das musst du mir glauben. Doch bei der Göttin, ich darf es nicht. Andererseits …« Sie verstummte, stand auf und folgte Sharis Blick zu den Rauchsäulen. Der Qualm wurde langsam heller und sank in sich zusammen, ein deutliches Zeichen dafür, dass die Flammen keine Nahrung mehr fanden. Es war vorbei. »… besteht vielleicht die Möglichkeit, dass wir in der Umgebung des Dorfes ein oder zwei versprengte Pferde finden, die uns gute Dienste leisten könnten.« Naemys Stimme war so leise geworden, als wären die Worte nur für sie selbst und nicht für Shari bestimmt. »Der Weg nach Nimrod ist weit, und die Zeit drängt«, überlegte sie. »Die Zwischenwelt wage ich nicht zu betreten.« Sie straffte sich und machte einige Schritte auf die Hügelkuppe zu, dann drehte sie sich um. »Lass uns gehen«, rief sie und bedeutete Shari, ihr zu folgen.

»Gehen? Wohin?«

»Zum Dorf!«

»Zum Dorf? Aber warum?« Shari war nun völlig verwirrt. »Eben hast du noch gesagt, dass wir …«

»… den Menschen dort nicht helfen können.« Naemy nickte. »Das ist richtig. Ich glaube auch nicht, dass dort noch jemand am Leben ist. Die Cha-Gurrlinen haben das Dorf im Schutz der Dunkelheit überfallen. Vermutlich war es ein Spähtrupp, der die Aufgabe hatte, im Grasland nach Nahrungsmitteln für das gewaltige Heer zu suchen …« Naemy verstummte und überlegte, ob es sinnvoll war, Shari schon jetzt mehr zu erzählen, doch tief in sich spürte sie, dass sie keine Wahl hatte. Früher oder später würde ihre Schwester ohnehin mit den grausamen Eigenarten der Cha-Gurrlinen in Berührung kommen. »Cha-Gurrlinen sind keine gewöhnlichen Krieger«, erklärte sie mit ernster Miene. »Du hast einen von ihnen mit eigenen Augen gesehen. Es sind blutgierige Kampfmaschinen, grausam und unbarmherzig. Sie sind dem finsteren Herrscher aus einer fremden Dimension hierher gefolgt, weil er ihnen Nahrung im Überfluss versprochen hat. Und Nahrung bedeutet für sie nicht Getreide oder Gemüse. Cha-Gurrlinen sind Fleischfresser … Bestien, die ihre Beute wie Raubtiere roh verzehren, wobei sie geröstetes Fleisch durchaus schätzen.« Sie machte eine Pause und maß Shari mit einem schwer zu deutenden Blick. »Du hast die Krieger in der Finstermark gesehen«, fuhr sie fort. »Ich denke, ich brauche dir nicht zu sagen, dass sie sich kaum mit einem Kaninchen zufrieden geben. Das Heer ist riesig und der Bedarf an Fleisch nahezu unersättlich … Verstehst du jetzt, warum ich so sicher bin, dass wir dort«, sie deutete in Richtung des Dorfes, »keine Verletzten oder gar Überlebenden mehr finden werden?«

»Du … du meinst«, Shari schluckte schwer, »sie haben die Dorfbewohner mitgenommen, um sie … um sie …« Sie brach ab und schüttelte fassungslos den Kopf. »Bei der Göttin, das glaube ich nicht.«

»Du musst mich nicht ins Dorf begleiten«, meinte Naemy. »Wenn du möchtest, kannst du in den Hügeln bleiben, während ich nachsehe, ob das eine oder andere Pferd, das vielleicht entkommen ist, wieder in den Stall zurückgefunden hat.«

»Auf keinen Fall!« Shari reckte trotzig das Kinn vor und trat neben Naemy. »Ich bin doch kein kleines Kind mehr. Ich komme mit.«

Naemy war überzeugt, die niedergebrannten Hütten schon von dem nahen Hügel aus zu sehen, musste jedoch erkennen, dass sich dort nur weitere Hügel erstreckten, die ihnen die Sicht verwehrten.

Allein die schwächer werdenden Rauchfahnen wiesen ihnen den Weg, und Naemy und Shari hielten geradewegs darauf zu. Achtsam überwanden sie Hügel um Hügel, wobei sie sich unablässig vergewisserten, dass sich keine schwarzen Krieger mehr in der Nähe befanden.

In einer tiefen Senke zwischen zwei Hügeln hielt Naemy schließlich inne und sog die Luft prüfend durch die Nase ein. »Was ist?«, frage Shari leise.

»Wir sind gleich da«, erwiderte Naemy. »Ich kann die Asche und das verkohlte Holz bereits riechen.«

»Du hast Recht.« Jetzt bemerkte auch Shari den unverkennbaren Geruch, der sich am Boden der Senke gesammelt hatte. »Nun, worauf warten wir noch?« Sie zog das Messer aus der ledernen Scheide am Gürtel und wollte den Hügel hinauflaufen, doch Naemy hielt sie zurück. »Warte, nicht so hastig«, mahnte sie. »Wir müssen vorsichtig sein. Cha-Gurrlinen stammen zwar aus einer lichtlosen Dimension und meiden das Sonnenlicht, doch darauf möchte ich mich nicht verlassen.« Sie griff nach ihrem Kurzschwert und huschte geduckt den Hügel hinauf. Shari folgte ihr. Lautlos wie Katzen pirschten sie durch das kniehohe Gras. Immer wieder hielt Naemy inne, um zu lauschen, aber nichts deutete darauf hin, dass sich noch Krieger im Dorf befanden. Zwanzig Längen vor der Hügelkuppe kniete sie sich hin und legte die letzten Längen auf allen vieren zurück, bevor sie den Hals reckte und zum Dorf hinunterspähte.

Das Bild, das sich ihnen dort bot, war Naemy nicht neu. Und obwohl sie in all den vergangenen Sommern entsetzlichere und größere Schlachtfelder gesehen hatte, rührte sie das Trümmerfeld aus fünfzehn ausgebrannten Hütten zu Tränen. Der Atem des Todes schien fast greifbar über dem Dorf zu liegen, und das schaurige Seufzen, mit dem der auflebende Steppenwind durch die verkohlten Ruinen strich, erinnerte an einen wortlosen Grabgesang.

Wer immer hier gelebt hatte, für keinen hatte es ein Entkommen gegeben. Die Cha-Gurrlinen mussten die Dorfbewohner im Schlaf überrascht haben. Nirgends waren Spuren eines Kampfes zu sehen. Von den runden Bauten war nichts außer den steinernen Grundmauern übrig geblieben, die wie schwarze Steinkreise die Stellen markierten, an denen einst hölzerne, mit Grasbüscheln gedeckte Hütten gestanden hatten. Kaum etwas war dem Wüten der schwarzen Krieger entgangen. Was nicht hatte brennen wollen, war zerstört worden. Der gemauerte Brunnen in der Mitte des Dorfes war eingerissen, und die Zäune, hinter denen das Vieh gehalten wurde, lagen in Trümmern. Unzählige Scherben tönerner Töpfe und Tiegel zeugten von der Wucht, mit der die Cha-Gurrlinen gewütet hatten. Rotbraune Flecken am Boden verrieten, dass hier ein gnadenloses Gemetzel stattgefunden hatte. Doch wie Naemy schon vermutet hatte, war kein einziger Leichnam in den Überresten des Dorfes zu sehen. Die Cha-Gurrlinen hatten alles mitgenommen, was aus Fleisch und Blut war.

Naemy wagte nicht daran zu denken, welch grausiges Schicksal die Gefangenen erwartete. Erschüttert schloss sie die Augen und betete im Stillen darum, dass keiner der Dorfbewohner den Angriff überlebt hatte.

»Bei den Toren!« Fassungslos starrte Shari auf das Bild der Verwüstung. Sie wollte sich ihre Bestürzung nicht anmerken lassen, doch ihr Gesicht hatte alle Farbe verloren, und sie zitterte am ganzen Körper.

»Glaubst du mir nun, dass Cha-Gurrlinen keine Verwundeten hinterlassen?«, fragte Naemy matt.

»Ich … ich wusste ja nicht … ich konnte doch nicht ahnen, dass … dass …« Shari verstummte und starrte vollkommen erschüttert auf die schwelenden Überreste und Ruinen dessen, was am Abend zuvor noch ein friedliches Dorf mit mehr als fünfzig Bewohnern gewesen war.

»Ist schon gut.« Naemy berührte ihre Schwester beruhigend an der Schulter. »Ich kann mir vorstellen, was jetzt in dir vorgeht. Ich selbst habe solche Bilder schon zur Genüge gesehen, doch ich werde mich nie daran gewöhnen können.«

»Warum?« Shari räusperte sich und bemühte sich um eine feste

Stimme. »Warum jagen sie keine Steppenbüffel? Davon gibt es hier doch Tausende.«

»Weil Steppenbüffel auch nachts wachsam sind. Menschen hingegen …«

»Was müssen das für Bestien sein, die zu so etwas fähig sind?« Shari hieb mit der Faust auf den Boden. »Ich kann einfach nicht glauben …«

Ein leises Wiehern von der anderen Seite des Dorfes ließ sie verstummen.

»Ein Pferd!«, flüsterte Naemy. Angesichts der Zerstörung hatte sie schon nicht mehr damit gerechnet, dass die Suche erfolgreich verlaufen könnte. Neugierig reckte sie den Kopf und spähte voraus. Tatsächlich. Hinter einem hohen Gebüsch jenseits der Hütten schaute plötzlich ein hellbrauner Pferdekopf hervor. Misstrauisch beäugte das Tier die Überreste des Dorfes. Es schnaubte nervös, während es witternd den Geruch von Feuer und Tod in die Nüstern zog. Vorsichtig machte es ein paar Schritte auf das Dorf zu, floh dann aber sofort wieder ängstlich in den vermeintlichen Schutz des Gebüsches.

»Warte hier!«, flüsterte Naemy Shari zu. »Ich versuche, es einzufangen.«

»Viel Glück.« Shari nickte und beobachtete, wie ihre Schwester leise davonschlich. Eine Zeit lang war sie ihren Blicken entschwunden und tauchte dann unmittelbar vor dem Gebüsch auf, hinter dem sich das Pferd versteckte. Langsam ging sie um die Büsche herum und streckte dem Falben beruhigend die Hand entgegen. Zunächst wich das Tier furchtsam zurück. Der Geruch von Blut und Tod machte es nervös und ängstlich, doch dann schien es Vertrauen zu Naemy zu fassen, die ihm in der alten Sprache der Elfen leise etwas zuflüsterte. Kurze Zeit später fasste Naemy den Hengst an der Mähne, während sie ihm mit der freien Hand sanft über die Nüstern strich und ihm beruhigend den Hals klopfte.

Der Falbe stand ganz still. Nur die zuckenden Ohren zeugten davon, wie nervös er war. Naemy packte die Mähne fester und schwang sich in einer ansatzlosen Bewegung auf den Rücken des Tieres, das sogleich einen erschrockenen Satz machte. Mit furchtsam angelegten Ohren galoppierte es los, bockte und wehrte sich gegen die Reiterin, doch Naemy gab nicht nach. Die Hände fest in die dichte Mähne gekrallt, saß sie wie angewachsen auf dem Rücken des Hengstes. Was er auch anstellte, die Nebelelfe ließ sich nicht abschütteln. Er preschte über die hügelige Landschaft und trug Naemy mit atemberaubender Geschwindigkeit in westlicher Richtung vom Dorf fort.

Hin und wieder sah Shari die beiden auf den Hügelkuppen auftauchen, dann war auch der Hufschlag nicht mehr zu hören. Seufzend setzte sie sich auf den Boden und wartete auf die Rückkehr ihrer Schwester, während sie mit Grauen auf den Ort der Zerstörung blickte, der noch tags zuvor voller Leben gewesen sein musste. Bilder spielender Kinder kamen ihr in den Sinn, die zwischen den Hütten balgten und mit den Hunden des Dorfes um die Wette liefen. Im Geiste sah sie Frauen, die zum Brunnen liefen, um Wasser zu holen, und Männer, die ihrem Tagwerk als Bauern, Jäger oder Handwerker nachgingen. Ein friedliches Dorf im Sonnenschein, von dem nichts geblieben war als verbrannte Erde und der Geruch des Todes.

»Steig auf, Schwester!« Naemys Stimme riss Shari aus den Gedanken.

Augenblicklich war die junge Nebelelfe auf den Beinen und sah Naemy, die den Hügel hinaufritt. Offensichtlich hatte der Falbe seine Reiterin mittlerweile anerkannt und gestattete ihr, den Weg zu bestimmen.

»Das ging aber schnell«, staunte Shari, trat neben das Pferd und ergriff Naemys Hand. Gekonnt schwang sie sich hinter ihrer Schwester auf den Rücken des Pferdes und umfasste ihre Taille.

»Der Falbe lernt schnell«, lobte Naemy das Pferd. »Zuerst hat er ein wenig gebockt, aber ich glaube, er hat es nicht wirklich ernst gemeint.« Sie grinste. »Wir sind uns schnell einig geworden.«

»Es ist gut, dass du so bald zurückgekommen bist«, sagte Shari.

»Dieser Ort ist voll schrecklicher Erinnerungen. Ich habe das Gefühl, als könnte ich im Wind noch immer die Schreie der Sterbenden und das Weinen der Kinder hören.«

»Dennoch war es richtig, das Dorf aufzusuchen«, meinte Naemy und klopfte dem Pferd aufmunternd den Hals. »Das ist ein kräftiges Pferd, das uns beide mühelos tragen wird. Ich hätte nicht damit gerechnet, hier ein derart prächtiges Tier zu finden. Ein Steppenpony vielleicht, aber niemals so ein gutes Pferd.«

»Du solltest ihm einen Namen geben«, meinte Shari.

»Dazu ist später noch Zeit«, erwiderte Naemy. »Wir müssen uns beeilen. Der Weg zum Dorf hat uns fast einen halben Sonnenlauf gekostet, und Nimrod ist noch weit.« Mit einem leichten Schenkeldruck hieß sie das Pferd wenden, schnalzte mit der Zunge, und der Falbe trabte an.

6

In den Höhlen der Kuriervögel von Nimrod herrschte beschauliche Ruhe. Zwölf der fünfzehn felsengrauen Vögel, die hier ihre Wohnstatt hatten, waren bereits von den nächtlichen Botenflügen oder der Jagd heimgekehrt und richteten sich darauf ein, den Tag im kühlen Dunkel der Höhlen zu verbringen. Einige widmeten sich noch der Gefiederpflege, andere hatten den wuchtigen Schnabel schon unter dem Flügel verborgen, schliefen oder dösten mit geschlossenen Augen vor sich hin.

In der mittleren Höhle hockten zwei Riesenalpe nebeneinander in einer Ecke und unterhielten sich über die erfolgreiche Jagd. Kein Laut drang aus den Schnäbeln, der die Ruhe der anderen gestört hätte, denn die gewaltigen Vögel verständigten sich mittels Gedankensprache, und niemand außer den Nebelelfen wäre in der Lage gewesen, das stumme Gespräch der beiden zu belauschen. Irgendwann hockte sich einer der beiden zum Schlafen hin, doch der andere fand keine Ruhe.

»Wo Numair nur bleibt?« Chiriga, ein hellgraues Weibchen, hielt in der Gefiederpflege inne, blickte beunruhigt zum Höhleneingang und wandte sich wieder dem Riesenalp zu, der neben ihr vor sich hin döste. »Die Sonne ist längst aufgegangen.«

»Dein Sohn wird gewiss noch kommen, keine Sorge«, murmelte das Männchen träge.

»Aber er ist schon so lange fort«, wandte Chiriga ein. »Noch vor Sonnenuntergang ist er allein zur Jagd aufgebrochen. Ich weiß auch, dass er manchmal spät zurückkommt, aber so lange war er noch nie fort.«

»Numair ist ein guter Flieger.« Das Männchen blinzelte gelassen und fragte: »Warum rufst du ihn nicht?«

»Das versuche ich schon die ganze Zeit«, erwiderte Chiriga und schüttelte das Gefieder. »Immer wieder habe ich Gedankenrufe an ihn ausgesandt, doch seit Mitte der Nacht habe ich keine Antwort mehr erhalten.«

»Ihm wird schon nichts zugestoßen sein«, meinte das Männchen, öffnete den riesigen Schnabel und gähnte. »Numair ist noch sehr jung und lässt sich leicht ablenken. Wer weiß, vielleicht hat er ein nettes Weibchen getroffen und möchte nicht gestört werden.«

»Ich hoffe, du hast Recht.« Das Riesenalpweibchen warf erneut einen besorgten Blick zum Höhleneingang.

»Chiriga, dein Sohn ist schon seit fünfzehn Sommern ausgewachsen«, sagte das Männchen. »Seit die Quarline von den Nebelelfen ausgerottet wurden, gibt es in ganz Thale kein Lebewesen mehr, das einem ausgewachsenen Riesenalp gefährlich werden könnte. Also beruhige dich und schlaf ein wenig.« Um seine Worte zu unterstreichen, schob er den Schnabel unter den Flügel und schloss die Augen.

Chiriga erwiderte nichts. Schweigend setzte sie die Gefiederpflege fort. Als sie damit fertig war, hockte auch sie sich hin, um ein wenig zu schlafen, doch sie fand keine Ruhe. Immer wieder schaute sie blinzelnd nach draußen, in der Hoffnung, die Silhouette ihres Sohnes am Himmel über Nimrod zu erblicken – vergeblich. Schließlich fiel sie in einen unruhigen Schlummer.

Plötzlich wurde es dunkel, und vor dem Höhleneingang erschien die imposante Gestalt eines großen Riesenalps. Mit weit ausgebreiteten Flügeln verringerte er geschickt die Fluggeschwindigkeit, streckte die mächtigen Krallen vor und landete sicher auf dem schmalen Felsabsatz vor den Höhlen. Das scharrende Geräusch, mit dem die Hornkrallen über den Felsboden kratzten, weckte Chiriga, und sie sah auf in der Hoffnung, Numair sei endlich zurückgekommen. Doch der Riesenalp, dessen Ankunft sie aufgeschreckt hatte, war nicht ihr Sohn.

Im Höhleneingang stand Letivahr, der älteste und erfahrenste Kuriervogel von Nimrod. Gemeinsam mit Glamouron, dem Nebelelfen, flog er seit mehr als fünfzig Sommern im Auftrag des Druidenrats und sorgte für eine zuverlässige Verbindung zwischen dem Elfenkönig in den Sümpfen von Numark und dem Druidenrat in der Festungsstadt.

Auch in dieser Nacht war er wieder mit Glamouron unterwegs gewesen. Chiriga konnte den grauen Haarschopf des Elfen hinter Letivahrs Nackengefieder erkennen, während dieser die Höhle betrat. Diesmal schien es der Elf ziemlich eilig zu haben. Anders als üblich wartete er nicht, bis der Riesenalp den Flügel zum Hinuntersteigen ausbreitete, sondern sprang aus einer Höhe von mehr als zwei Längen zu Boden und eilte, ohne Letivahr das Fluggeschirr abzunehmen und ohne ein Wort des Grußes an Chiriga vorbei zu der kleinen Tür, die in die Festungsstadt führte.

»Was ist denn mit Glamouron los?«, sandte Chiriga einen verwunderten Gedanken an Letivahr, der sich mit schweren Schritten zu seiner Schlafstatt begab. »Ich habe noch nie erlebt, dass er fortgeht, ohne dir das Geschirr abzunehmen.«

Der große Riesenalp wirkte erschöpft, und es dauerte eine Weile, ehe er auf die Frage antwortete. »Das Geschirr kann warten. Es stört mich nicht«, murmelte er schließlich, machte es sich auf der nestähnlichen Schlafstatt bequem und sagte: »Wir waren oben im Grasland, um …«

»Im Grasland?«, fiel ihm Chiriga verwundert ins Wort. »Ich denke, ihr kommt aus Numark?«

»Das stimmt«, sagte Letivahr. »Aber als wir auf dem Rückweg waren, bestand Glamouron plötzlich darauf, ins Grasland zu fliegen.«

»Ach, deshalb wart ihr so lange fort.«

»Ja, Glamouron meinte, er habe so ein seltsames Gefühl und wolle nachsehen, ob da oben alles in Ordnung sei. Mehr hat er nicht gesagt. Ich bin also nach Norden eingeschwenkt und habe das Grasland angeflogen.«

»Und? Habt ihr etwas entdeckt?« Chiriga täuschte ein Gähnen vor, damit Letivahr nicht merkte, wie angespannt sie war. Einerseits hoffte sie, Letivahr könne ihr etwas über Numairs Verbleib sagen, andererseits fürchtete sie sich nachzufragen, aus Angst, dass es keine guten Nachrichten wären.

»O ja, das haben wir.« Letivahr nickte, während er sein Bauchgefieder putzte, als gäbe es nichts Wichtigeres zu tun.

»Ja und ...?« Chiriga starb fast vor Unruhe.

»Zunächst war alles wie immer«, berichtete Letivahr, ohne im Putzen innezuhalten. »Steppenbüffel, schlafende Dörfer, die Lagerfeuer der Hirten und Jäger.« Er zupfte eine gebrochene Feder aus seinem Gefieder und fuhr fort: »Aber dann, als Glamouron schon glaubte, sich getäuscht zu haben, und wir Kurs auf Nimrod nehmen wollten, sahen wir das verwüstete Dorf.«

»Was ist geschehen?« Obwohl Chiriga innerlich aufatmete, weil die Nachricht nicht Numair betraf, erschütterte sie die Vorstellung eines zerstörten Graslanddorfes zutiefst.

»Wir wissen es nicht«, gab Letivahr zu. »Das Dorf muss überfallen worden sein. Es war völlig niedergebrannt. Keine einzige Hütte ist von dem Feuer verschont geblieben. Es war ein heilloses Durcheinander, und man konnte auch viele Blutspuren sehen, doch was Glamouron am meisten Kopfzerbrechen macht, ist, dass wir nirgends einen Dorfbewohner oder eines der Haustiere entdecken konnten. Das Dorf bestand aus mindestens fünfzehn Hütten, aber es war wie ausgestorben. Ich bin ein paar große Runden geflogen, aber wir haben weder Tierkadaver noch Leichen ausfindig gemacht.«

»Das ist wirklich seltsam«, stimmte Chiriga zu. »Wer könnte so etwas tun?«

»Genau das ist es, was Glamouron beunruhigt«, sagte Letivahr. »Wir wissen doch alle, dass niemand in Thale jemals so etwas Entsetzliches anrichten würde. Deshalb bin ich ohne Rast nach Nimrod zurückgeflogen, damit er dem Druidenrat von dem Überfall berichten kann.«

Mit raschen Schritten eilte Glamouron durch die hell erleuchteten Gänge der Inneren Festung, in der sich neben dem großen Ratssaal auch die privaten Gemächer der Mitglieder des Druidenrats befanden. Das lange hellgraue Haar des hoch gewachsenen Kurierreiters war an den Schläfen zu dünnen Zöpfen geflochten und fiel hinter den spitz zulaufenden Ohren offen über den dunklen Reiterumhang, den abzulegen er sich nicht die Zeit genommen hatte. Wie alle Elfen hatte Glamouron ein alterslos anmutendes, fein geschnittenes Gesicht, aus dessen Zügen sich nur selten eine Stimmung ableiten ließ. Doch diesmal zeugte eine steile Falte auf der hohen Stirn davon, dass er in großer Sorge war. Getrieben von dem Wunsch, die beunruhigende und traurige Nachricht über die Vernichtung des Graslanddorfes so schnell wie möglich Anthork, dem obersten Druiden von Nimrod, vorzutragen, suchte der Nebelelf eilig den Weg über gewundene Treppen und durch lange Flure, ohne auf einen der Menschen zu achten, die ihm begegneten und ihn freundlich grüßten. Eine innere Stimme sagte ihm, dass er keine Zeit verlieren durfte. Schon vor ein paar Sonnenläufen hatte er gespürt, dass sich etwas Bedrohliches näherte, aber das Gefühl war so flüchtig und schwer zu fassen gewesen wie die zarten Nebelschleier seiner Heimat, und so hatte er zunächst beschlossen, es nicht weiter zu beachten. Dennoch hatte ihn das mulmige Gefühl auch in den folgenden Sonnenläufen nicht losgelassen. Mit dem Flug ins Grasland hatte er sich eigentlich beweisen wollen, dass er sich zu Unrecht sorgte, doch was er dort vorgefunden hatte, hatte genau das Gegenteil bewirkt. Das zerstörte Dorf war zweifellos überfallen worden.

Aber von wem? Thale war doch ein friedliches Land! Während des ganzen Heimflugs hatte sich Glamouron den Kopf darüber zerbrochen, wer zu einer solch grausamen Tat fähig sein mochte, und keine Antwort darauf gefunden.

Tief in Gedanken versunken, erreichte er den Teil der Inneren Festung, in dem die Druiden wohnten. Die Sonne stand bereits kurz vor dem Zenit, und die goldenen Strahlen fluteten durch die unzähligen hohen Fenster, die den Korridor vor den Gemächern des obersten Druiden erhellten. Es war die Zeit, in der die Mitglieder des Rats das Mittagsmahl einzunehmen pflegten, und Glamouron war sicher, dass er Anthork in seinen privaten Räumen antreffen werde. Er täuschte sich nicht. Die Fackel vor der Tür zu Anthorks Arbeitszimmer brannte – ein weithin sichtbares Zeichen dafür, dass sich der oberste Druide in seinen Räumen aufhielt.

Glamouron trat vor die Tür und ergriff den goldenen Türklopfer. Dreimal ließ er den Ring hart auf das glänzende Wappen Nimrods aufschlagen, das einen fliegenden Riesenalp zwischen zwei imposanten Türmen zeigte, bis er hörte, wie Anthork ihn gemessen hereinbat.

»Schön, dich zu sehen, Glamouron!«, begrüßte der hoch gewachsene Druide den Elfen, als dieser das Zimmer betrat. Er trug eine lange, moosgrüne und mit goldenen Litzen verzierte Robe aus schwerem Samt, die um die Taille von einem breiten dunkelbraunen Gürtel mit goldener Schnalle gehalten wurde. Trotz des fortgeschrittenen Alters von mehr als fünfundsechzig Sommern war Anthork noch immer eine eindrucksvolle Persönlichkeit. Das schulterlange graue Haar wurde ebenso wie der lange Vollbart von vereinzelten dunklen Strähnen durchzogen, doch das tat der Ehrfurcht gebietenden Erscheinung des Druiden keinen Abbruch. Im Gegenteil, es verlieh ihm eine alterslose Würde, wie Glamouron sie bisher nur bei wenigen Menschen gesehen hatte. Das von tiefen Falten gefurchte Gesicht zeugte zudem von großer Weisheit und Erfahrung; an den grünen Augen hingegen schien die Zeit spurlos vorübergegangen zu sein. Wie schon in der Jugend blitzten sie oft schelmisch auf, und wer Anthork gut kannte, konnte selbst dann ein gutmütiges Lachen in ihnen erkennen, wenn die Stimme ernst klang. Jetzt sah er den Elfen erfreut an, während er sich vom Tisch erhob, an dem er soeben das Mittagsmahl verzehrt hatte, und mit ausgestreckter Hand auf seinen alten Freund zuschritt.

»Ich hoffe, du hattest einen angenehmen Flug«, sagte er lächelnd und deutete auf zwei wuchtige gepolsterte Stühle, die vor dem knisternden Kaminfeuer standen. »Nimm Platz«, forderte er den Elfen auf, während er es sich in einem der beiden Stühle bequem machte. »Du hast sicher viel zu erzählen.«

»Ja, das habe ich!«

Glamourons bitterer Tonfall ließ den Druiden aufhorchen. Besorgt runzelte er die Stirn und fragte: »Was ist geschehen? Du klingst bedrückt.«

Der Elf antwortete nicht sofort. Mit einem leisen Seufzer ließ er sich in die Polster des Stuhls sinken und starrte schweigend in die Flammen des Kaminfeuers, als müsste er nach den richtigen Worten suchen. »Es gab einen Überfall«, sagte er schließlich.

»Einen Überfall?«, wiederholte Anthork überrascht. »Wo?«

»Im Grasland. Weit oben im Norden. Ein Dorf wurde dem Erdboden gleichgemacht.«

»Bei der Göttin, woher weißt du das?«, fragte der Druide zutiefst betroffen. »Ich denke, du warst in Numark, um ...«

»Da war ich auch.« Glamouron nickte. »Auf dem Rückflug haben Letivahr und ich jedoch einen Umweg gemacht, weil ich das unbestimmte Gefühl hatte, dass im Norden etwas nicht in Ordnung sei.« Er machte eine kurze Pause und sah den obersten Druiden ernst an. »Zunächst konnten wir nichts Ungewöhnliches finden und wollten schon umkehren, doch bei Sonnenaufgang sah ich die schwarzen Rauchwolken am Horizont.« Glamourons Stimme bebte, als er stockend weitersprach. »Wir sind sofort dorthin geflogen, aber das Dorf war bereits völlig zerstört. Wir konnten überhaupt nichts mehr tun.«

»War es ein großes Dorf?«, fragte der Druide.

»Fünfzehn Hütten, vielleicht zwanzig. Ich habe sie nicht gezählt. Alles lag in Schutt und Asche.«

»Und die Menschen, die dort lebten?«, wollte Anthork wissen.

»Verschwunden!« Der Nebelelf schüttelte verzweifelt den Kopf und zog die Schultern hoch. »Das Dorf war leer. Es gab dort weder Tote noch Verwundete oder gar Überlebende – nichts. Nicht einmal ein Haustier oder versprengtes Vieh konnte ich finden, als ich mit Letivahr die Umgebung des Dorfes absuchte.«

»Aber das ist unmöglich!«, rief Anthork aus.

»Und doch ist es die Wahrheit.« Glamouron seufzte. »Die Spuren, die wir gefunden haben, weisen darauf hin, dass nicht nur die Einwohner, sondern auch alle Tiere, egal ob tot oder lebendig, verschleppt wurden. Eine breite Schneise aufgewühlter Erde und zertretenen Grases führte vom Dorf fort. Leider wurde sie durch zahlreiche Schleifspuren völlig unkenntlich gemacht, doch die Blutflecke an den Grashalmen stammten eindeutig von Menschen.«

»Wohin führt sie? Warum habt ihr sie nicht verfolgt?«

»Das war uns leider nicht möglich. Aber ich weiß auch so, wohin die Grasländer verschleppt wurden.«

»In die Finstermark!« Die Augen des Druiden weiteten sich, als er sich selbst die Antwort auf die Frage gab. »Aber dort lebt niemand. Bei den Toren, das ist einfach unglaublich.«

»Dort lebte niemand«, berichtigte ihn der Elf. »Wie es aussieht, hat sich dort etwas oder jemand niedergelassen, der uns nicht gerade freundschaftlich gesonnen ist. Und nicht nur einer. Um ein Dorf dieser Größe zu überfallen und die Einwohner zu verschleppen, bedarf es vieler starker Krieger.«

»Ich werde sofort einen Suchtrupp zusammenstellen, der die Hintergründe des Überfalls und das Schicksal der Grasländer aufklären soll«, entschied Anthork. »Wenn es wirklich so ist, wie du vermutest, und sich in der Finstermark ein kriegerisches Volk niedergelassen hat, müssen wir uns wappnen und alles dransetzen, dass es einen solchen Überfall nicht noch einmal wagt.« Er verstummte und blickte Glamouron fragend an. »Ich weiß, dass du von dem langen Flug erschöpft bist, und würde auch Letivahr gern die wohlverdiente Ruhe gönnen, doch ich muss dich bitten, heute Nacht noch einmal ins Grasland zu fliegen, um den anderen den Weg zu weisen.«

»Selbstverständlich.« Glamouron erhob sich und deutete eine Verbeugung an. »Ich werde bereit sein. Ihr könnt Euch auf mich verlassen.«

»Gut.« Auch Anthork stand auf und seufzte tief. »Ich wünschte, unser Zusammentreffen hätte erfreu…« In diesem Augenblick wurde die Tür zum Arbeitszimmer aufgerissen, und ein Hauptmann der Stadtwache stürmte herein.

»Entschuldigt, ehrwürdiger Anthork«, stieß er atemlos hervor. »Aber ich bringe wichtige und schlimme Neuigkeiten.« Er verstummte und deutete eine knappe Verbeugung an.

»Mir scheint, dies ist heute kein besonders guter Sonnenlauf«, murmelte der Druide leise und richtete das Wort an den Hauptmann.

»Nun, das unziemliche Auftreten sei Euch verziehen. Sagt, was ist geschehen?«

»Der gefangene Magier ist fort«, berichtete der Hauptmann mit steinerner Miene.

»Fort? Bei den Toren, wie konnte das geschehen?« Anthorks Stimme zitterte. Für den alten Mann, der Thale fast vierzig Sommer ohne nennenswerte Zwischenfälle regiert hatte, waren zwei so entsetzliche Neuigkeiten in kürzester Zeit etwas, das ihn bis ins Mark erschütterte. In seinen Gedanken herrschte ein solches Durcheinander, dass er nicht einmal in der Lage war, angesichts der Meldung Zorn zu spüren.

»In den frühen Morgenstunden kamen zwei Krieger aus Daran in den Kerker. Sie führten Papiere mit sich, die besagten, dass Asco-Bahrran zum Zweck des Verhörs nach Daran überführt werden solle. Die Papiere waren vom Kommandanten der Stadtwache unterzeichnet, und der Kerkermeister sah keinen Grund, den Befehl zu missachten.«

»Er hat den Magier gehen lassen?«, fragte Anthork fassungslos.

»Ohne sich noch einmal zu versichern, ob die Papiere ihre Richtigkeit haben?«

»Ja, das hat er. Der Magier wurde gefesselt und an die Krieger übergeben. Kurz nach Sonnenaufgang haben die drei mit ihren Pferden das große Flügeltor passiert. Niemand weiß, wo sie jetzt sind.«

»Bei den Toren, das sind in der Tat schlimme Neuigkeiten.« Gedankenverloren strich sich der oberste Druide mit der Hand über den Bart. »Dann werde ich heute wohl gleich zwei Suchtrupps ausschicken müssen. Einen ins Grasland und einen, der den Magier wieder zurückbringt«, überlegte er laut und wandte sich wieder an den Hauptmann. »Ich danke Euch, Ihr könnt gehen«, sagte er, worauf sich der Krieger verneigte und zur Tür schritt. »Und stellt den Kerkermeister unter Arrest«, rief Anthork ihm nach. »Irgendjemand muss Asco-Bahrran zur Flucht verholfen haben, und er ist der Einzige, der uns darüber Auskunft geben kann.«

Als sich die Tür hinter dem Hauptmann geschlossen hatte, wandte sich der oberste Druide wieder an Glamouron. »Du solltest dich jetzt stärken und ein wenig ausruhen. Ich werde derweil den Druidenrat einberufen und den anderen von den Vorkommnissen berichten. Wenn die Sonne untergeht, wird der Suchtrupp ins Grasland aufbrechen. Fünf oder sechs Riesenalpe mit Reitern müssen genügen, die anderen werden sich umgehend auf die Suche nach Asco-Bahrran machen. Der Magier ist unberechenbar und gefährlich. Er darf nicht entkommen.«

Mit wehenden Umhängen preschten drei Reiter durch die dichten Wälder, die sich von der Ebene Nimrods bis nach Daran erstreckten. Um kein Aufsehen zu erregen, hatten sie zunächst den üblichen Weg nach Daran gewählt und waren auf der gut ausgebauten Straße der Händler geblieben, solange sie noch von den Mauern der Festungsstadt beobachtet werden konnten. Doch kaum, dass sie das schützende Dickicht der Wälder erreicht hatten, hatten sie die Straße verlassen und die Pferde bei der ersten Gelegenheit nach Norden gelenkt, fort von der viel befahrenen Straße und den Menschen, die sie verraten konnten. Seitdem ritten sie in scharfem Galopp über holprige Wege mit tief ausgefahrenen Wagenspuren. Aber der Boden war trocken, und sie kamen gut voran.

An einer Weggabelung zügelte Asco-Bahrran das Pferd und rief die beiden Krieger zu sich, die ihn begleiteten. »Hier trennen sich unsere Wege«, erklärte er knapp und deutete nach rechts. »Ihr nehmt den Weg, und ich reite dort entlang.«

»Aber so war es nicht abgemacht«, entgegnete einer der Krieger. »Okowan sagte, wir sollen Euch bis ins Grasland begleiten.«

»Was Okowan sagte, ist mir gleich«, knurrte Asco-Bahrran. »Ich brauche keine Kindermädchen, die auf mich aufpassen. Ihr habt euren Lohn bereits erhalten, und jetzt verschwindet.« Die Krieger zögerten und sahen sich unschlüssig an. Offenbar nahmen sie die Abmachung mit Okowan genauso ernst wie einen Befehl.

»Verschwindet, sage ich«, befahl Asco-Bahrran noch einmal etwas lauter und fügte hinzu: »Ich entlasse euch hiermit aus Okowans Diensten. Und vergesst nicht: Ihr habt mich niemals gesehen – verstanden?«

Die Krieger nickten knapp und lenkten ihre Pferde auf den schmalen Pfad, der rechts von dem breiteren Hauptweg abzweigte. Nach ein paar Schritten ließen sie die Pferde antraben und waren bald nicht mehr zu sehen. Asco-Bahrran wartete, bis der Hufschlag verklungen war, dann setzte auch er den Weg fort. Er war froh, die beiden Krieger los zu sein. In Nimrod würde man vermutlich längst bemerkt haben, dass er geflohen war, und überall nach ihm suchen. Er musste auf der Hut sein, und drei Reiter waren selbst unter dem dicken Blätterdach der Bäume für die scharfen Augen der Riesenalpe, die zweifellos Jagd auf ihn machen würden, leicht zu entdecken. Jetzt, da er allein war, fühlte er sich in den Wäldern verhältnismäßig sicher. Aber sein Ziel lag hoch oben im baumlosen Grasland, und zum ersten Mal in seinem Leben bedauerte er, dass es ihm trotz eingehender Bemühungen in all den Sommern nicht gelungen war, das Geheimnis der Nebelelfen zu lüften, die auf eine unglaubliche Weise mit der Umgebung verschmelzen konnten, so dass sie nahezu unsichtbar waren.

»Zieh das an.« Mit einer knappen Bewegung schleuderte Okowan dem jungen rothaarigen Mädchen, das an einem Tisch im *Haus der Sinne* auf Gäste wartete, einen schlichten grauen Kittel entgegen. Er war ein wenig ärgerlich, dass sich gerade keine andere Hure im Haus befand, doch sein Anliegen duldete keinen Aufschub, und so musste er sich mit dem Mädchen begnügen, das erst seit wenigen Sonnenläufen im Haus seines Vaters arbeitete. Es war zierlich und sehr hübsch. Mit den langen Haaren, dem fein geschnittenen Gesicht mit großen dunkelbraunen Augen und dem kindlichen Schmollmund war es unter den Gästen des Hauses sehr begehrt. Doch Bran, der Kerkerwächter, beanspruchte es für sich und hatte für seine Gesellschaft schon viele Sonnenläufe im Voraus bezahlt. Wie immer, wenn eine neue, junge Hure ins *Haus der Sinne* kam, war er einer der Ersten, die sich an ihren Diensten erfreuten.

Das Mädchen fing das Kleidungsstück auf und betrachtete es verwundert. »Na los, worauf wartest du noch? Ich hab nicht ewig Zeit. Zieh das Ding an«, fuhr Okowan das Mädchen an. Die Kleine zuckte zusammen, als wäre sie geschlagen worden, und erhob sich. Den Kittel in der Hand ging sie auf eine schmale Tür am Ende der Schankstube zu, hinter der sich eine kleine Kammer befand. »Du kannst das ruhig hier machen«, schnauzte Okowan sie an. »Bei den Gästen bist du doch auch nicht so zimperlich.« Das Mädchen wandte sich gehorsam um und kam zurück. Den Blick fest auf den Boden geheftet, löste es die Verschnürung des engen roten Kleides an den Schultern und ließ es zu Boden gleiten. »Na also!« Okowan starrte auf die knospenden Brüste und fuhr sich mit der Zunge über die Lippen. »Ich muss schon sagen, dieser versoffene Kerkerwärter Bran hat einen guten Geschmack«, bemerkte er und fügte hinzu: »Ich werde noch darauf zurückkommen, doch zuerst habe ich eine andere Aufgabe für dich.« Er drehte sich um, nahm einen tönernen Topf vom Tresen der Schankstube und reichte ihn dem Mädchen, das gerade den Gürtel des Kittels schnürte. »Bring das dem alten Bran«, befahl er knapp. »Du findest ihn in der Arrestzelle der Stadtwache in der Inneren Festung.«

»In der Arrestzelle?« Das Mädchen blickte verwundert auf. »Was hat er denn angestellt?«

»Woher soll ich das wissen?«, brauste Okowan auf und funkelte sie drohend an. »Ich habe nur zufällig gehört, dass man ihn heute eingesperrt hat. Und du stellst besser keine Fragen, klar? Du gehst dorthin und gibst dich als seine Tochter aus. Tu ein bisschen verwirrt und traurig, damit die Wachen es dir auch glauben. Sag, dass du ihn besuchen möchtest, weil du dich um ihn sorgst.« Mit seinen dicken Fingern tätschelte er dem Mädchen die Wange. »Ich bin sicher, einem so hübschen, unschuldigen Mädchen wie dir werden sie einen Besuch bei dem geliebten Vater nicht abschlagen. Schon gar nicht, wenn sie hören, dass du seine Tochter bist und ihm etwas zu essen bringen möchtest.« Er grinste breit. »In dem Topf ist eine sehr schmackhafte kalte Suppe – sein Leibgericht. Er wird sich sicher freuen, wenn du sie ihm bringst.«

»Ja, Herr.« Das Mädchen nickte und wandte sich zu Tür.

»Warte«, rief Okowan ihr nach und fragte: »Wie ist dein Name?«

»Yemina«, antwortete das Mädchen errötend.

»Also, Yemina«, mahnte er, »denk immer daran: Du bist Brans Tochter!« Seine Stimme wurde leise und nahm einen unheilvoll drohenden Tonfall an. »Sollte ich herausbekommen, dass du den Wachen verraten hast, wer dich wirklich geschickt hat, wirst du dir wünschen, niemals geboren worden zu sein. Haben wir uns verstanden?«

»Ja, Herr.«

»Und mach etwas mit deinen Haaren«, befahl Okowan. »Binde sie zusammen oder besorg dir ein Kopftuch. Kein anständiges Weib in Nimrod läuft mit offenen Haaren herum.«

»Ja, Herr.«

»Gut. Jetzt verschwinde und bring Bran die Suppe.« Okowan zog einen Stuhl unter einem der Tische hervor und setzte sich. »Und beeil dich«, rief er dem Mädchen nach, das bereits an der Tür stand. »Ich warte hier, bis du zurückkehrst.«

Die Schatten der Fensterkreuze, die das Sonnenlicht auf die Tische der Schankstube warf, wanderten auf den Boden und von dort auf die nächste Tischplatte, ehe das Mädchen zurückkehrte. Den tönernen Topf in den Händen und das Gesicht von der Anstrengung des weiten Fußmarsches gerötet, betrat es den inzwischen gut besuchten Schankraum, in dem Okowan voller Unruhe wartete.

»Und?«, flüsterte er. »Hat man dich zu Bran gelassen?«

»Ja, Herr.« Yemina schaffte es nicht, dem feisten Sohn des Freudenhausbesitzers in die Augen zu sehen, als sie ihm zitternd den Tontopf reichte. »Er war sehr hungrig, weil das Mittagsmahl so dürftig war, und hat gleich alles aufgegessen. Ich soll Euch ausrichten, dass Ihr ein gutes Herz habt und er Euch sehr dankbar ist«, berichtete sie und fügte hastig hinzu: »Aber keine Sorge, niemand hat uns gehört. Wir waren allein.«

»Das ist gut.« Okowan gluckste zufrieden. »Das ist sehr gut!« Er stellte den Tontopf auf den Tresen und rief nach der Küchenmagd. »Reinige dies Gefäß mehrfach gründlich mit kochendem Wasser«, trug er ihr auf und fügte schmunzelnd hinzu: »Ich möchte nicht, dass sich jemand an den Suppenresten den Magen verdirbt.«

Die Magd nahm den Topf an sich und verschwand in der Küche. »Und nun zu dir, Yemina«, säuselte Okowan und legte dem Mädchen einen Arm um die Schultern. »Ich finde, es ist an der Zeit, dass wir beide uns ein wenig näher kennen lernen.« Ohne auf den leisen Protest des Mädchens zu achten, das plötzlich zu zittern anfing, schob er es vor sich her zu der Tür, hinter der sich seine privaten Räume befanden. Und während er das Mädchen die Treppe hinaufführte, weilten seine Gedanken kurz bei Bran, der zur selben Zeit in der Arrestzelle qualvoll und einsam mit dem Tode rang. Das Gift in der Suppe war ebenso zuverlässig wie tödlich, und Okowan zweifelte nicht daran, dass es in diesem Augenblick die erwünschte Wirkung tat.

7

»Der Kerkerwächter ist tot?« Stirnrunzelnd legte Anhork die Schriftstücke aus der Hand, in denen er gerade gelesen hatte, und erhob sich von dem Stuhl am Ende des wuchtigen Ratstisches. Unmittelbar nach Glamourons Besuch hatte er den Ratssaal aufgesucht, um die von ihm einberufene Sitzung des Druidenrates vorzubereiten und sich über den Vorfall im Kerker kundig zu machen. Inzwischen lagen alle nötigen Landkarten bereit, und auch die gefälschten Papiere, die zur Freilassung Asco-Bahrrans geführt hatten, waren von ihm bereits weitgehend gesichtet worden.

»Bei den Toren, wie konnte das geschehen?«, fragte er fassungslos und besorgt.

»Man vermutet, dass er an einem großem Fleischstück erstickt ist, das in seinem Essen war«, erwiderte der Bote. »Der Wachhabende fand ihn leblos am Boden liegend, als er die leere Schüssel aus der Zelle holen wollte.«

»Erstickt?« Anthork runzelte die Stirn und überlegte kurz. »Sobald die Sitzung vorüber ist, will ich den Leichnam mit eigenen Augen sehen. Richte dem Kommandanten der Stadtwache aus, er möge den Toten so lange in ein kühles Kellergewölbe schaffen. Es scheint mir ein sehr ungewöhnlicher Zufall zu sein, dass der einzige Zeuge, der uns Näheres über die Flucht des Magiers Asco-Bahrran hätte erzählen können, so unerwartet verstirbt.«

»Ich werde den Kommandanten sofort unterrichten.« Der Bote verneigte sich und schickte sich an, den Ratssaal zu verlassen. Als er die Tür öffnete, kamen ihm drei Druiden in langen bestickten Roben entgegen. Zwei von ihnen waren hoch gewachsen und für das Amt, das sie innehatten, noch sehr jung. Der dritte hingegen wirkte alt und gebrechlich; er trug einen langen knorrigen Stab bei sich, mit dessen Hilfe er sich langsam vorantastete. Das schüttere schlohweiße Haar und der dichte Vollbart reichten ihm bis zur Hüfte, und die trüben Augen in dem von tiefen Falten gefurchten Gesicht irrten suchend umher.

Der Bote wartete voller Hochachtung, bis die drei ehrwürdigen

Männer den Saal betreten hatten, dann verneigte er sich kurz und eilte hinaus.

»Jeoren, Artair und Sheridan«, rief Anthork erfreut aus. »Wie schön, dass ihr dem Ruf so schnell gefolgt seid.« Mit wenigen Schritten war er bei dem alten Druiden und geleitete ihn zu einem Platz am Ende des Ratstisches, bevor auch er sich setzte.

»Deine Nachricht klang außergewöhnlich dringend«, bemerkte Artair, der sich unmittelbar neben Anthork niedergelassen hatte. »Was gibt es für Neuigkeiten?«

»Leider keine guten«, erwiderte Anthork matt, deutete auf die drei freien Stühle und fügte hinzu: »Aber ich möchte ungern beginnen, bevor wir vollzählig sind.«

»Unheil spricht aus deiner Stimme.« Die Stimme des greisen Druiden war brüchig wie sprödes Pergament.

»Du kennst mich gut, Jeroen, alter Freund«, bemerkte Anthork und lächelte dem greisen Druiden zu, ohne jedoch näher auf dessen Bemerkung einzugehen. Jeroen war schon immer klug und weise gewesen. Und obwohl er das Augenlicht bereits vor vielen Sommern gänzlich verloren hatte, besaß er noch immer ein untrügliches Gespür für die Stimmungen, welche die Menschen um ihn herum bewegten. Die Worte des ältesten Druiden Nimrods kamen der Wahrheit sehr nahe, dennoch ließ sich Anthork nicht zu einer Erklärung verleiten.

Kurze Zeit später waren nicht nur die fehlenden Druiden anwesend, auch der Schreiber, der die Sitzungen des Rates protokollierte, hatte seinen Platz am Stehpult in der Ecke des Saals eingenommen. Anthork wies den Pagen, der die Kerzen in den beiden großen Deckenleuchtern entzündet hatte, an, die Saaltür zu schließen, und erhob sich, um die Sitzung zu eröffnen.

»Ich weiß, dass dies eine sehr ungewöhnliche Zeit für eine Versammlung ist«, begann er, »doch es gibt überaus beunruhigende Kunde von Ereignissen, über die ich euch nicht im Unklaren lassen darf.« Er machte eine bedeutungsvolle Pause und ließ den Blick langsam über die Gesichter der anwesenden Druiden schweifen, die ihn aufmerksam anblickten. »In der vergangenen Nacht ist es im Grasland zu einem entsetzlichen Überfall gekommen«, fuhr er fort und verstummte, weil sich unter den Ratsmitgliedern ungläubiges Gemurmel erhob.

»Ein Überfall?«, hakte Sheridan nach, der ihm gegenübersaß. »Wer, bei den Toren, sollte ein friedliches Graslanddorf überfallen?«

»Vielleicht war es ja ein Monghul?«, warf Artair ein, der die Nachricht offensichtlich für einen Scherz hielt. Verhaltenes Gelächter war zu hören, doch Anthork gebot den Anwesenden mit einer ärgerlichen Geste zu schweigen. »Du magst das vielleicht für einen Scherz halten, Artair«, erwiderte er ruhig, »doch es ist bittere Wahrheit. Letzte Nacht wurde ein Graslanddorf nahe der Finstermark überfallen und niedergebrannt. Die Bewohner und das gesamte Vieh wurden in die Finstermark verschleppt.« Er schüttelte traurig den Kopf. »Der Elfenkurier Glamouron hat mit dem Riesenalp Letivahr einen Erkundungsflug ins Grasland unternommen und dabei die Überreste des verwüsteten Dorfes entdeckt. Wie es aussieht, entkam dem Angriff niemand. Und es gibt bisher auch keine Hinweise darauf, wer dafür verantwortlich sein könnte.«

»Aber in der Finstermark gibt es nichts und niemanden, der zu einem solchen Überfall fähig wäre«, wandte Artair ein und fügte hinzu: »Nicht einmal Monghule.«

»Es gab bisher niemanden!« Glamouron, der den Ratssaal soeben betreten hatte, verneigte sich kurz und kam mit raschen Schritten auf die versammelten Druiden zu. Er hatte Artairs Worte mit angehört und fuhr mit ernster Miene fort: »Aber das ist offensichtlich vorbei«, sagte er mit einem kurzen Seitenblick auf Artair. »Bei den Toren, ich habe das Blut und die Verwüstung mit eigenen Augen gesehen, und ich sage Euch: Wer immer das getan hat, war kein Mensch!«

»Glamouron ist die ganze Nacht hindurch geflogen, um uns von dem Überfall in Kenntnis zu setzen«, erklärte Anthork und bedeutete dem Pagen, der an der Tür wartete, einen Stuhl für den Nebelelfen zu bringen. »Ich habe ihn daher zu dieser Sitzung eingeladen, damit er uns allen noch einmal selbst berichtet, was er gesehen hat.« Er nickte Glamouron wohlwollend zu und bedeutete ihm durch eine Handbewegung, mit den Ausführungen zu beginnen.

»Danke.« Der Nebelelf beugte sich über den Tisch und griff nach einer Landkarte, die den nördlichen Teil Thales zeigte. Er hob sie hoch und deutete auf einen Ort nahe der Grenze zur Finstermark. »Hier oben«, sagte er so laut, dass alle es hören konnten, »hat sich der schreckliche Überfall ereignet. In kürzester Zeit wurde das kleine Dorf aus fünfzehn Hütten dem Erdboden gleichgemacht. Die Bewohner wurden im Schlaf überrascht. Es gab für sie kein Entkommen ...«

Mit der für Nebelelfen typischen sachlichen Genauigkeit beschrieb Glamouron dem Rat alles, was er gesehen hatte. Dabei ließ er die Deutung der Spuren ebenso wenig aus wie die Schlussfolgerung, dass vermutlich keiner der Dorfbewohner mehr am Leben war. Die Druiden lauschten mit ernster Miene. Manchen war zwar noch eine Weile anzusehen, dass sie einen Überfall dieser Größenordnung in Thale für undenkbar hielten, doch als Glamouron den Bericht beendete, gab es keinen mehr, der an der Richtigkeit der Worte zweifelte. Geduldig beantwortete der Elf alle Fragen, mit denen die Druiden ihn bestürmten, und als am Ende beschlossen wurde, dass er, wie Anthork ihm zuvor schon angekündigt hatte, einen Erkundungstrupp zu dem Dorf führen solle, willigte er sogleich ein.

»Euer Vertrauen ehrt mich«, sagte er schlicht. »Ich bin über das Ausmaß der Tat ebenso erschüttert wie Ihr und schwöre, dass ich nicht eher ruhen werde, bis die Schuldigen gefunden und bestraft worden sind.«

Dem war nichts mehr hinzuzufügen. Nur Artair, der zu Beginn der Sitzung die größten Zweifel gehegt hatte, bat darum, sich dem Erkundungstrupp anschließen zu dürfen.

»Also ist es beschlossen«, verkündete Anthork. »Artair wird den Trupp ins Grasland begleiten und uns morgen Abend ausführlich Bericht erstatten.« Die Worte des obersten Druiden verleiteten einige der Anwesenden dazu, sich zu erheben, doch Anthork hielt sie zurück. »Dies sind leider nicht alle schlechten Neuigkeiten, über die es zu beraten gilt«, sagte er mit einem kurzen Seitenblick auf Glamouron. »Es ist noch etwas vorgefallen, das Anlass zu höchster Sorge gibt: Asco-Bahrran, der, wie ihr wisst, der Anwendung und des Missbrauchs verbotener Magie angeklagt ist, ist heute Morgen aus dem Kerker entflohen …«

Als die Sonne den Himmel im Westen rubinrot färbte und sich die Menschen in Nimrod allmählich auf die Nachtruhe vorbereiteten, herrschte in den Höhlen der Kuriervögel geschäftiges Treiben.

Überall in den drei Gewölben, die durch große, in den Fels gehauene Öffnungen miteinander verbunden waren, sah man Elfen und Menschen, die den großen Kuriervögeln das Reitgeschirr anlegten, Proviant verstauten oder noch einmal die unzähligen Riemen und Verschlüsse des Geschirrs überprüften.

Mehr als ein Dutzend der grau gefiederten Riesenalpe wurde von den Reitern für den Abflug vorbereitet. Die allgemeine Unruhe griff auch auf die anderen Tiere über. Um dem ungewohnten Trubel zu entgehen, flogen die meisten schon früh zur Jagd aus oder suchten sich einen ruhigeren Platz auf den Felsvorsprüngen der steil aufragenden Bergwände im Rücken der Festungsstadt.

Chiriga hingegen dauerte alles viel zu lang. Ihr Sohn Numair war selbst nach einem langen Tag des Wartens nicht nach Nimrod zurückgekehrt und antwortete auch nicht auf ihre Gedankenrufe. Die Furcht, dass ihm etwas zugestoßen sein könnte, war für sie so unerträglich geworden, dass sie keinen Schlaf gefunden hatte. Als die Nachricht die Höhlen erreicht hatte, dass Riesenalpe für einen schnellen Flug ins Grasland gesucht wurden, hatte sie sich sofort freiwillig gemeldet. Sie brannte darauf, ins Grasland zu fliegen, um nach Numair zu suchen, und konnte es kaum erwarten, bis auch die letzten Riesenalpe bereit waren.

Diesmal würde sie mit Rurik fliegen, einem erfahrenen Reiter, mit dem sie schon so manchen Botenflug durchgeführt hatte. Er war einer der wenigen Menschen, welche die Gabe der Gedankensprache beherrschten, und er liebte und schätzte die Riesenalpe als Freunde und Gefährten. Rurik hielt es für seine Bestimmung, den Druiden als Kurier zu dienen, und verzichtete dafür sogar auf eine eigene Familie.

»Ihr seid meine Familie«, hatte er Chiriga einmal auf die Frage geantwortet, ob er eine Frau und Kinder nicht vermisse. Damals hatte sie das nicht verstanden, doch jetzt, wo sie sich solche Sorgen um ihren Sohn machte, beneidete sie ihn fast um seine Ungebundenheit.

»Du bist so schweigsam heute. Bedrückt dich etwas?« Rurik, der soeben die Halteriemen in Chirigas Nacken festgezurrt hatte, hielt in der Arbeit inne, blickte sie stirnrunzelnd an und strich sich mit einer Hand über den gestutzten Kinnbart. Er trug bereits den grünen, mit wärmendem Steppenbüffelfell gefütterten Umhang der Kurierreiter und hatte sich die dicken Handschuhe, die die Reiter der Riesenalpe vor der nächtlichen Kälte schützten, unter den Arm geklemmt.

Das Riesenalpweibchen antwortete nicht.

»Willst du es mir nicht verraten?«, versuchte Rurik es noch einmal mittels Gedankensprache.

»Nein!« Um den ablehnenden Gedanken zu unterstreichen, schüttelte das Riesenalpweibchen nachdrücklich das Nackengefieder. Ihr war nicht danach zu Mute, den Menschen an ihren Sorgen und Nöten teilhaben zu lassen. Sie mochte ihn und flog gern mit ihm aus, doch wie alle seiner Art war er für Riesenalpverhältnisse sehr geschwätzig, und sie wollte verhindern, dass man sie wegen ihrer Ängste belächelte, wenn sich herausstellte, dass sie sich zu Unrecht gesorgt hatte.

Es war bei Riesenalpen nun einmal nicht üblich, die Jungen auch dann noch zu bemuttern, wenn sie längst ausgewachsen waren. Doch im Gegensatz zu anderen Weibchen, die alle zwanzig Sommer brüteten und ein oder zwei Jungen großzogen, war Numair Chirigas einziges Junges gewesen, und sie spürte, dass sie nie wieder brüten konnte. So hatte sie die enge Bindung an ihren einzigen Sohn nie aufgeben können, und Numair hatte es verstanden, auch wenn es ihm manchmal gegenüber anderen Jungvögeln ein wenig unangenehm war.

»Nun, wie du willst.« Rurik bückte sich, um den Sitz der Bauchgurte zu prüfen. »Wie lange werden wir fliegen?«, hörte Chiriga ihn fragen und wandte neugierig den Kopf, um zu sehen, wem die Frage galt.

»Wir werden das Dorf kurz vor Sonnenaufgang erreichen.« Sie erkannte Glamourons Stimme, noch bevor sie den Nebelelfen sah. Er hatte Letivahr bereits fertig aufgezäumt und kam gerade aus der Nachbarhöhle, wo er mit den übrigen Teilnehmern der Suche gesprochen hatte.

»Wie weit bist du?«, fragte er Rurik.

»Wir sind zum Flug bereit«, erwiderte dieser und klopfte Chiriga aufmunternd auf das Halsgefieder.

»Alles in Ordnung?«, wandte sich Glamouron daraufhin mittels Gedankensprache an das Riesenalpweibchen.

»Natürlich!« Chiriga gab sich einsilbig, bemüht, sich die Unruhe auch dem Elfen gegenüber nicht anmerken zu lassen. Numair war noch sehr jung und bekam nur selten Kurierdienste zugeteilt. Offensichtlich hatte deshalb bisher noch niemand seine Abwesenheit bemerkt.

»Ich habe das Gefühl, dass sie etwas bedrückt.« Rurik, der den kurzen Gedankenaustausch mit angehört hatte, schüttelte betrübt den Kopf. »Aber sie will es mir nicht verraten.«

»Ich hoffe, es ist nichts Ernstes.« Glamouron blickte Chiriga besorgt an, doch diese wandte den Kopf ab und tat, als hätte sie ihn nicht gehört. »Nun, jedenfalls ist alles bereit, und wir können aufbrechen«, sagte der Elf an Rurik gewandt. »Der Trupp, der den flüchtigen Magier suchen soll, wird die Höhlen erst nach uns verlassen.« Er ging um Chiriga herum zu Letivahr, der neben ihr wartete, kletterte über dessen ausgestreckten Flügel in den ledernen, sattelähnlichen Sitz, der zwischen den Flügeln des Riesenalps befestigt war, und lenkte den großen Vogel zum Eingang der Höhle. Rurik tat es ihm gleich, und wenig später standen ein halbes Dutzend Riesenalpe abflugbereit auf dem schmalen Sims vor den Kuriervogelhöhlen. Letivahr war der Erste, der sich in die Tiefe stürzte, gefolgt von Chiriga und den vier anderen Riesenalpen. Kreisend gewannen sie an Höhe, indem sie die warmen Aufwinde nutzten, die von der Ebene kommend an den schroffen Felswänden emporstiegen, und schwenkten schließlich in einem weiten Bogen nach Norden ein, dem fernen Grasland entgegen.

»Hier ist ein guter Platz zum Rasten!« Naemy zügelte den hellbraunen Hengst, der sie mit unermüdlich anmutender Kraft über die Steppe getragen hatte, und klopfte ihm anerkennend auf den Hals. »Dieses Pferd besitzt eine erstaunliche Ausdauer«, sagte sie, »aber es wird bald dunkel, und eine kurze Pause wird uns allen gut tun.«

»Da hast du Recht!« Shari, die lange Ritte nicht gewohnt war, schwang sich mit steifen Gliedern vom Rücken des Pferdes und rieb sich die schmerzenden Gesäßmuskeln. Sie wollte ihrer Schwester nicht zur Last fallen und hatte die Beschwerden des langen Rittes klaglos ertragen. Selbst als die Schmerzen fast unerträglich geworden waren, hatte sie tapfer die Zähne zusammengebissen und gewartet, bis Naemy es für ratsam hielt zu rasten. »Ich gäbe viel darum, wenn wir morgen nicht mehr reiten müssten«, stöhnte sie und humpelte zu der von niedrigem Gebüsch umgebenen Felsengruppe, die Naemy als Nachtlager auserkoren hatte.

»Warum hast du mir nicht gesagt, dass du Schmerzen hast?«, fragte Naemy besorgt und schüttelte verständnislos den Kopf. »Das war sehr unvernünftig von dir.«

»Ich weiß doch, wie eilig du es hast, und wollte nicht, dass wir meinetwegen noch mehr Zeit verlieren«, erwiderte Shari kleinlaut. »Außerdem hatte ich Angst, du würdest mich wegen meiner Schwäche auslachen.«

»Habe ich das jemals getan, kleine Schwester?«, fragte Naemy. Mit dem Proviantbeutel und dem Langbogen in der Hand kniete sie sich neben Shari, die sich in das weiche Gras am Fuß der Felsen gelegt und die Augen geschlossen hatte. »Lass mich mal nachsehen«, forderte sie ihre Schwester auf und wartete, bis Shari die lederne Hose so weit heruntergeschoben hatte, dass sie das Gesäß in Augenschein nehmen konnte.

»Bei den Toren, das sieht aber gar nicht gut aus«, stellte Naemy erschrocken fest. »Damit wirst du morgen gewiss nicht reiten können. Warum hast du mir denn nicht früher Bescheid gesagt? Dann wäre es längst nicht so wund gescheuert.« Sie machte eine kurze Pause und schien zu überlegen. »Warte!«, sagte sie schließlich, öffnete den Proviantbeutel und holte einen kleinen tönernen Tiegel mit Kräutersalbe daraus hervor. »Wir haben Glück, dass du diese Salbe bei deiner Reise ins Grasland mitgenommen hast«, murmelte sie, während sie den Tiegel öffnete und den Finger in die lehmfarbene Masse tauchte. »Sie wird helfen, die Entzündung einzudämmen, und den Schmerz zumindest so weit lindern, dass du ein wenig schlafen kannst«, erklärte sie während sie die Salbe so vorsichtig wie möglich auf die wunden Stellen strich. Shari ließ die schmerzhafte Behandlung tapfer über sich ergehen. Doch obwohl sie die Zähne zusammenbiss, konnte sie nicht verhindern, dass ihr ein paar Tränen die Wange hinunterliefen.

»So, das müsste reichen«, hörte sie Naemy endlich sagen. »Bleib liegen und ruh dich aus. Ich mache uns derweil ein Feuer und besorge etwas zum Essen.« Es raschelte, und Shari spürte, dass Naemy sich erhob. Sie wollte etwas sagen, doch die Haut an ihrem Gesäß brannte noch immer wie Feuer. Vor Pein versagte ihr die Stimme. Schweigend und mit geschlossenen Augen hörte sie, wie Naemy das Nachtlager richtete, ein Feuer entfachte und aus dem Inhalt des Proviantbeutels ein karges Mahl aus Dörrfleisch, trockenen Früchten und hartem Brot bereitete.

Als die Flammen knisternd das trockene Holz verzehrten, trat die Wirkung der Kräutersalbe endlich ein, und der Schmerz ließ ein wenig nach. Dennoch rührte sich Shari nicht. Sie schämte sich für die Unannehmlichkeiten, die sie ihrer Schwester bereitete, und ärgerte sich über die eigene Unvernunft.

»Du musst etwas essen«, hörte sie Naemy sagen, doch sie stellte sich schlafend und hielt die Augen geschlossen. Naemy bedrängte sie nicht, ließ aber keinen Zweifel daran, dass sie sehr wohl um Sharis Schwindel wusste. »Eine Dummheit wird nicht besser, wenn man ihr eine weitere hinzufügt«, murmelte sie, als spräche sie mit sich selbst, während sie am Feuer saß und die kalte Mahlzeit verzehrte. »Zugegeben, es war sehr töricht von dir, mir nicht zu sagen, wie es um dich stand. Doch du hast es gut gemeint, und deshalb bin ich dir auch nicht böse.« Sie verstummte und wartete auf Sharis Antwort, doch diese war noch immer nicht bereit zu sprechen und stellte sich weiter schlafend.

»Nun, wie du willst«, Naemy seufzte und gab es auf, ihre Schwester zu bedrängen. Schweigend starrte sie in die Flammen und dachte darüber nach, wie sie weiter vorgehen sollte. Es beunruhigte sie zutiefst, dass sie noch keinen richtigen Plan ersonnen hatte, um ihre Aufgabe zu erfüllen. Im Grunde wusste sie lediglich, dass sie nach Nimrod musste, weil es dort zur entscheidenden Schlacht kommen würde. Nur dort, wo der Tod tausendfach zugegen war, würde sie jene finden, die sie schließlich über die Berge führen sollte.

Zwei Dutzend! Plötzlich erschien ihr die Aufgabe, die sie angenommen hatte, von vornherein zum Scheitern verurteilt. Hatte sie wirklich geglaubt, allein so vielen Elfen das Leben retten zu können? Naemy lachte bitter und schüttelte den Kopf über ihre eigene Dummheit. Welcher Dämon hatte sie geritten, dass sie in einem Anfall von Selbstüberschätzung dem Unmöglichen zugestimmt hatte? Geblendet von dem Verlangen, Shari zu retten, hatte sie sich zu etwas verleiten lassen, dessen volle Tragweite sie nicht zu ermessen vermocht hatte. Und jetzt?

Naemy seufzte. Jetzt würden sie vermutlich beide sterben.

»Wie ist er denn so?« Offenbar hatte Shari den Trotz überwunden und sich entschlossen, den vorgetäuschten Schlaf aufzugeben.

»Wer?«, fragte Naemy verwirrt.

»Tabor!« Auf Händen und Knien kam Shari dichter ans Feuer heran und griff nach einem Stück Dörrfleisch.

»Ach … Tabor.« Unvermittelt nahm Naemys Gesicht weichere Züge an, und sie lächelte versonnen. »Stolz und eigensinnig ist er und liebt die Unabhängigkeit wie sein Vater. Aber er ist ebenso mutig wie sanft und hat mit Leilith, dem Riesenalpweibchen, das er großgezogen hat, unendliche Geduld bewiesen.«

»Du bist sicher sehr stolz auf ihn.«

»Ja, das bin ich.« Naemy starrte in die Flammen. »Ich liebe ihn mehr als mein Leben. Deshalb wollte ich ihn auch nicht in die Berge fliegen lassen. Doch er hat nicht auf mich gehört. Entgegen aller Vernunft hat er sich mit Leilith auf die Suche nach Tun-Amrad gemacht, dem sagenumwobenen Riesenalpfriedhof jenseits des Ylmazur-Gebirges, um dort nach Riesenalpkrallen zu suchen, die …«

»… er nur finden wird, wenn du nicht versagst.«

»So ungefähr.« Naemy seufzte tief. Fast hätte sie Shari von den Zweifeln berichtet, die sie plagten, doch sie überlegte es sich anders. »Es ist spät. Lass uns ein wenig schlafen«, sagte sie stattdessen und reichte Shari eine der beiden wollenen Decken, die sie mitgenommen hatten. Vorsorglich gab sie noch ein paar dicke Äste auf die Glut und legte sich am Rand der Feuerstelle zum Schlafen nieder. Für einen Moment dachte sie darüber nach, ob der helle Schein der Flammen sie nicht verraten würde und ob sie das Feuer nicht besser löschen sollten, entschied sich jedoch dagegen. Dank des Pferdes hatten sie an diesem Sonnenlauf eine gewaltige Strecke zurückgelegt und waren inzwischen ein ganzes Stück von der Finstermark entfernt. So weit im Süden war das Grasland noch sicher, und sie konnten beruhigt am wärmenden Feuer einschlafen.

Naemy gähnte und streckte sich ausgiebig. Auch an ihr war der lange Ritt nicht spurlos vorübergegangen, und die Strapazen der vergangenen Nacht forderten nachdrücklich ihren Tribut. Kaum dass Naemy die Augen geschlossen hatte, war sie auch schon eingeschlafen.

Vorsichtig näherte sich das hellbraune Pferd den beiden Nebelelfen. Grasend schritt es wie zufällig auf das Feuer zu, ließ die beiden dabei aber nicht aus den Augen. Sie schienen fest zu schlafen.

Doch die fremde Wesenheit, die den Körper des Tieres in Besitz genommen hatte, wusste, dass Elfen selbst im Schlaf noch sehr wachsam sein konnten.

Es war nicht das erste Mal, dass die Dienerin der Gütigen Göttin einen Wirtskörper in Thale in Besitz nahm, doch von allen Geschöpfen, die sie für ihre Zwecke gebraucht hatte, gefiel ihr das Pferd am besten. Sie hatte den Falben sterbend in der Finstermark vorgefunden. Drei gefiederte schwarze Pfeile hatten aus seiner Brust geragt, und obwohl das Tier höllische Schmerzen gelitten hatte, war es ihm gelungen, den Cha-Gurrlinen-Kriegern zu entkommen, die das Graslanddorf überfallen hatten. In blinder Panik war es in die Steppe gerast, bis es durch den starken Blutverlust entkräftet zusammengebrochen war. Für die Dienerin der Gütigen Göttin war es ein Leichtes gewesen, den sterbenden Körper des Pferdes zu übernehmen und die Wunden zu heilen. Dass sie Naemy und Shari in dem Dorf getroffen hatte, war ein glücklicher Zufall gewesen, der ihr langes Suchen erspart hatte. Obwohl sie sich zunächst ängstlich gegeben hatte, hatte sie sich nur zu gern von Naemy einfangen lassen. Sie musste unbedingt in der Nähe der Nebelelfe bleiben, denn ihr Auftrag war eng mit deren Schicksal verbunden.

Neugierig schnuppernd ging das Pferd um das Feuer herum und trat hinter Shari, die im Schlaf leise vor sich hin murmelte. Schon während des Rittes hatte die Wesenheit im Körper des Falben Sharis Schmerzen gespürt und sich gewundert, dass diese sie so lange ertragen hatte. Das Mädchen tat ihr Leid. Das wunde Gesäß würde es noch für viele Sonnenläufe daran hindern, wieder auf den Rücken des Pferdes zu steigen, und selbst die Kräutersalbe würde es nicht davor schützen, dass die geschundene Haut sich schmerzhaft entzündete.

Die weichen Nüstern des Pferdes näherten sich dem Elfenmädchen, bis sie nur noch eine Hand breit von ihm entfernt waren, während die feinen Sinne der fremden Wesenheit gleichzeitig zu erkennen versuchten, wie es um Shari stand.

Was sie wahrnahm, bestätigte ihren schlimmen Verdacht. Ein

tückisches Wundfieber hatte bereits von dem Elfenmädchen Besitz ergriffen und breitete sich rasch im ganzen Körper aus. Wenn Shari nicht unverzüglich behandelt wurde, würde sie schwer erkranken und einige Sonnenläufe mit dem Fieber kämpfen. Das wiederum würde Naemy Zeit kosten, die sie nicht erübrigen konnte. Nimrod war noch mehr als drei Tagesritte entfernt, und der Angriff der finsteren Horden stand unmittelbar bevor.

Angesichts der heiklen Lage sah sich die fremde Wesenheit gezwungen zu handeln. Nachdem sie sich noch einmal eingehend davon überzeugt hatte, dass die Elfen fest schliefen, ließ sie das Pferd zu einem Gebüsch trotten, wo es sich niederlegte. Die Augen des Tieres schlossen sich, und der Kopf kippte wie schlafend zur Seite. Augenblicke später erschlaffte der Körper des Tieres, und die schimmernde, durchscheinende Gestalt einer hellgrün gewandeten jungen Frau mit langen dunklen Haaren erhob sich über dem Tier. Wie ein Geist schwebte sie zu Shari hinüber, auf deren Stirn zahllose Schweißtropfen von dem Wüten des Fiebers kündeten. Das Elfenmädchen zitterte jetzt am ganzen Körper und stieß zusammenhanglose Worte in der alten Sprache der Elfen hervor.

»*I naur 'wanatha* – das Feuer wird vergehen«, flüsterte die Frau und legte die flache Hand sanft auf Sharis Stirn. Sogleich wurde das Zittern schwächer, und der Atem des Mädchens beruhigte sich. »*I naur 'wanatha*«, hauchte die Frau wieder, während sie die Hand langsam von der Stirn bis zu den wunden Hautstellen am Gesäß hinabführte, wo sie innehielt und die heilenden Worte ein weiteres Mal flüsterte. Shari seufzte im Schaf, und ein dünnes Lächeln huschte über ihr Gesicht.

Die Frau nickte zufrieden. Durch die wollene Decke hindurch spürte sie, wie sich die Entzündung langsam abschwächte und die Wunden heilten. Bald würde nichts mehr davon zu sehen sein, und die Elfen konnten den Ritt wie geplant fortsetzen. Lächelnd erhob sich die Frau, schwebte lautlos zu dem Pferd zurück und verschmolz wieder mit dem Körper des Tieres. Der Falbe schlug die Augen auf, schnaubte und erhob sich, als erwachte er aus tiefem

Schlaf. Mit unsicheren Schritten bewegte er sich vom Feuer fort und begann erneut zu grasen, während am Himmel eine Schar Riesenalpe auf dem Weg nach Norden das silberne Licht der Monde To und Yu für kurze Zeit verdunkelte.

8

Im Schutz eines kleinen Haselhains beobachtete Asco-Bahrran aufmerksam eine Gruppe riesenhafter Vögel, die suchend über den Wäldern von Daran kreisten.

Der Magier hatte das Dickicht des Waldes bei Einbruch der Dunkelheit verlassen und sein Pferd gnadenlos über die Steppe getrieben, um die schützenden Bäume zu erreichen, bevor die Riesenalpe auftauchten. Er hatte fest damit gerechnet, dass man ihm nachstellen und die Kuriervögel Nimrods als Suchtrupp aussenden würde. Da Riesenalpe Nachttiere waren, war es ein Leichtes für ihn gewesen, die ungefähre Ankunft der Vögel zu bestimmen. Die Zeit war knapp bemessen gewesen, und Asco-Bahrran hatte vermutet, dass die Vögel den Wald gründlich absuchen würden. So war ihm keine andere Wahl geblieben, als alles daranzusetzen, den kleinen Haselhain zu erreichen, den er inmitten der grasbewachsenen Ebene entdeckt hatte.

Er hatte Glück gehabt. Kurz bevor die Riesenalpe am südlichen Horizont aufgetaucht waren, hatte ihn das völlig erschöpfte Pferd in den Schutz der Bäume getragen. Mit zitternden Beinen und rollenden Augen, das dunkle Fell von weißem flockigem Schaum bedeckt, hatte es die letzten Längen bis zu dem rettenden Unterschlupf nur schleppend zurückgelegt und war schließlich entkräftet zusammengebrochen.

Der Magier machte sich jedoch nicht die Mühe, dem geschwächten Tier den Sattel abzunehmen. Seine Aufmerksamkeit galt dem Nachthimmel über den Wäldern von Daran, wo der erste Vogel des Suchtrupps nur wenige Augenblicke nachdem er abgesessen war, vor dem Hintergrund der funkelnden Sterne aufgetaucht war.

»Ich wusste es«, murmelte er vor sich hin, lachte leise und rieb sich die Hände. »Diese närrischen Druiden sind so leicht zu durchschauen wie eine mit Wasser gefüllte Schale. Aber sie rechnen nicht damit, dass ich schon so weit gekommen bin. Sie suchen nur in den Wäldern von Daran, weil sie glauben, ich hielte mich dort versteckt.« Er lachte schadenfroh und eilte zurück zu dem Pferd, um den Beutel mit Proviant und die Wasserflasche zu holen. Es dauerte eine Weile, bis er die Wasserflasche unter dem schweren Pferdeleib hervorgezogen hatte, doch schließlich schaffte er es und lehnte sich mit dem Rücken an einen Baum, um zu trinken. Nachdenklich warf er einen Blick auf den zu Tode erschöpften Hengst, der schnaubend am Boden lag und immer wieder vergeblich versuchte, sich aufzurichten. Es war offensichtlich, dass er dem Tier zu viel abverlangt hatte. Vermutlich würde es die Nacht nicht überleben, doch Asco-Bahrran verspürte weder Schuldgefühle noch Mitleid. Der einzige Gedanke, der ihm beim Anblick des sterbenden Pferdes kam, war, dass es notwendig sein würde, sich ein neues Reittier zu besorgen.

Ohne Hast legte er die Wasserflasche und das Brot, von dem er gegessen hatte, auf den Boden, griff unter das Gewand und holte seinen *Skub* hervor, ein dünnes schwarzes Röhrchen, das an einem schmutzigen Lederband hing. Der Magier setzte es an die Lippen und blies dreimal kurz hinein. Kein Laut durchbrach die nächtliche Ruhe der Steppe, aber Asco-Bahrran nickte zufrieden.

Es war das erste Mal, dass er den *Skub* benutzte, doch er zweifelte nicht an dessen Zuverlässigkeit. Endlich würde er die Früchte seiner langjährigen Studien ernten können und sich zu Nutze machen, was er vor mehr als drei Sommern mittels dunkler Magie geschaffen hatte. Der Bulsak, den er soeben gerufen hatte, war auf magische Weise an ihn gebunden und konnte sich dem Ruf des *Skubs* nicht widersetzen. Die Rasse der kleinen fledermausartigen Geschöpfe gehörte zu den niederen magischen Kreaturen. Bulsaks waren sehr furchtsam, galten aber als überaus nützlich und zuverlässig. Zudem besaßen sie eine erstaunliche Wandlungsfähigkeit, die sie für die Anhänger dunkler Magie unverzichtbar machte.

Den Bulsak an sich zu binden war eines der ersten magischen Experimente gewesen, das Asco-Bahrran erfolgreich durchgeführt hatte. Die hässlichen, spärlich behaarten Tiere waren Einzelgänger und lebten versteckt in Höhlen jenseits der Valdor-Berge. In den alten Schriften hieß es, dass sie die heißen, lebensfeindlichen Regionen des Landes bevorzugten, in denen das Blut der Erde als rot glühende Schmelze an die Oberfläche trat. Da sie zu ängstlich zum Jagen waren, bestand ihre Nahrung zumeist aus Aas, doch wenn sie die Möglichkeit hatten, ernährten sie sich auch von frischem Blut.

Der Bulsak, den Asco-Bahrran gerufen hatte, musste somit einen ziemlich weiten Weg zurücklegen, und der Magier rechnete nicht damit, dass er vor Mitternacht im Haselhain eintreffen würde.

Nachdem er sich vergewissert hatte, dass das Pferd noch am Leben war, nahm er das Brot und die Wasserflasche wieder zur Hand und beendete das karge Mahl, während er die Riesenalpe erneut beobachtete. Die majestätischen Vögel kreisten noch immer über den nördlichen Regionen der Wälder von Daran, doch Asco-Bahrran stellte erleichtert fest, dass sie sich langsam in südlicher Richtung davonbewegten.

Als sie vor dem Hintergrund des dunklen Himmels kaum mehr zu erkennen waren, brach ein kleines braunes Wesen mit runzliger Haut durch das Blätterdach der Haselbäume und plumpste nur knapp neben dem überraschten Asco-Bahrran zu Boden – der Bulsak. Zeternd und flügelschlagend, flatterte das hässliche Geschöpf auf dem Boden herum und hackte mit dem krummen roten Schnabel auf alles ein, was sich in seiner Reichweite befand. Asco-Bahrran beobachtete kurz den wütenden Kampf des Bulsaks mit Ästen und Steinen, dann ergriff er ihn bei den Flügeln und hob ihn in die Höhe, ohne auf den kreischenden Protest zu achten.

»Da bist du ja«, sagte er, während er den Bulsak aufmerksam von allen Seiten betrachtete. Der kleine Kerl war plötzlich sehr still geworden und verhielt sich ganz ruhig. Den Schnabel halb geöffnet, starrte er mit großen schwarzen Augen ängstlich auf den Magier und fiepte.

Um sicherzugehen, dass der Bulsak gehorsam blieb, blickte ihm Asco-Bahrran tief in die Augen und sagte beschwörend: »*Agren ben desunr ne hedon a tasur*. Du bist mein und wirst mir gehorchen.«

Der Bulsak zuckte verängstigt zusammen und schaute demütig zu Boden. Der Magier nickte zufrieden und setzte sich das fledermausartige Geschöpf auf den linken Unterarm, wo es sich zitternd zusammenkauerte.

»So ist es brav«, lobte der Magier und ging zu dem Pferd hinüber, das hilflos zuckend am Boden lag und nur noch leise wieherte. Asco-Bahrran kniete neben dem Tier nieder und legte ihm prüfend die Hand auf den Hals. Der Puls war überaus schwach, und der Magier spürte deutlich, dass die Flamme des Lebens fast erloschen war. Wenn ihm das Pferd noch nützlich sein sollte, musste er sich beeilen. Hastig setzte er den Bulsak auf den Hals des sterbenden Tieres und zog das Kurzschwert, ein Geschenk Okowans, aus der Scheide am Gürtel. Mit einem schnellen Schnitt durchtrennte er die Halsschlagader des Pferdes und bedeutete dem Bulsak zu trinken.

Das fledermausartige Wesen stieß einen Freudenschrei aus und stürzte sich kopfüber in die klaffende Wunde. Gierig nahm es den Lebenssaft des Pferdes in sich auf, indem es das pulsierende Blut in großen Schlucken durch die schlauchförmige Zunge sog. Und während das Pferd langsam zu Grunde ging, begann der Bulsak zu wachsen.

Die faltige Haut glättete sich, und vereinzelte dicke, borstige Haare sprossen hervor. War er zuerst nur so groß wie ein Eichhörnchen gewesen, hatte er bald die Größe eines Hundes erreicht und wuchs weiter. Sein Blutdurst schien unersättlich.

Asco-Bahrran ließ den Bulsak gewähren. Dreimal musste er den Schnitt vergrößern, weil der Schnabel nicht mehr in die Wunde passte, doch mehr Hilfe war nicht nötig, um aus dem zeternden Wesen ein Furcht erregendes Flugtier erwachsen zu lassen.

Als der Bulsak zwei Längen groß war, versiegte der Strom des Blutes, und das Licht in den Augen des Pferdes erlosch. Doch in seiner Gier war der Bulsak unersättlich. Wie im Rausch hieb er mit dem riesigen roten Schnabel auf den Kadaver ein, riss große Fleischstücke heraus und schlang die blutigen Fetzen in einem Stück herunter. Dabei wuchs er immer weiter und entwickelte sich zu einem Grauen erregenden Monstrum, das sich von der Größe her mühelos mit einem Riesenalp messen konnte.

Asco-Bahrran war von dem Anblick überwältigt. Zwar hatte er in den verbotenen Schriften von den erstaunlichen Eigenschaften der kleinen Geschöpfe gelesen, doch die Wandlung mit eigenen Augen zu sehen übertraf selbst seine kühnsten Erwartungen. Alles verlief wie geplant. Sobald der Bulsak das grausige Mahl beendet hätte, würde er auf dessen Rücken steigen, um ins nördliche Grasland zu gelangen, denn dort, inmitten der Steppe, lebte ein alter Magier, der ihm noch etwas schuldig war und in dessen Hütte er vorerst sicher wäre.

Wenig später hatte der Bulsak das Pferd restlos verzehrt. Wie ein monströser Hund setzte sich das Ungetüm auf die Hinterläufe und wartete auf die Befehle des Magiers.

Asco-Bahrran warf einen prüfenden Blick gen Süden. Über den Wäldern von Daran war kein Riesenalp mehr zu sehen, und er beschloss, das spärliche Licht der Morgendämmerung zu nutzen, um ins Grasland zu fliegen.

»*Errrdor nen!*«, befahl er dem Bulsak und deutete nach Norden.

Das gewaltige Geschöpf erhob sich und bahnte sich rücksichtslos einen Weg aus dem Haselhain, wobei es Büsche und Bäume wie lästiges Astwerk umknickte. Asco-Bahrran raffte sein spärliches Gepäck zusammen und folgte ihm mit raschen Schritten.

Die Schneise der Verwüstung, die sich quer durch den Haselhain zog, würde aus der Luft gut zu erkennen sein, doch der Magier bezweifelte, dass irgendjemand in Thale in der Lage wäre, die Ursache der Zerstörung zu deuten. Keiner der Druiden hatte jemals einen Blick in die verbotenen Schriften geworfen, und so wusste niemand etwas von der Existenz der Bulsaks. Die geknickten Bäume und Sträucher würden in Nimrod sicher für einiges Kopfzerbrechen sorgen, doch es war unwahrscheinlich, dass sie jemand mit Asco-Bahrran in Verbindung bringen würde.

Der Magier rieb sich schadenfroh die Hände. Er hatte schon immer gewusst, dass er schlauer war als alle Druiden zusammen. Diese erschlafften, engstirnigen alten Männer, die es gewagt hatten, ihn wie einen gemeinen Verbrecher zu behandeln, würden sich noch wundern! Eine heiße Welle des Hasses durchflutete Asco-Bahrran. »Ihr werdet den Sonnenlauf, an dem ihr mich in den Kerker geworfen habt, noch verfluchen und mich um Gnade anflehen«, schwor er und hob die Faust drohend in Richtung der Festungsstadt, während er mit weit ausholenden Schritten auf den Bulsak zuging.

»Da vorn ist es!«

Glamouron richtete sich im Sattel auf und deutete nach Norden. Der Wind riss ihm die Worte von den Lippen, doch Rurik, der mit Chiriga unmittelbar neben ihm flog, nickte zum Zeichen, dass er verstanden hatte. Um besser sehen zu können, richtete er sich ebenfalls auf, konnte aber außer einigen flachen Hügeln nicht allzu viel erkennen. Die Augen der Nebelelfen waren denen der Menschen um ein Vielfaches überlegen und vermochten die Dämmerung des erwachenden Morgens mühelos zu durchdringen.

»Ich kann nichts sehen«, sandte er einen Gedanken an den Nebelelfen. »Es ist noch zu weit entfernt.« Danach wandte er sich an das Riesenalpweibchen, das ebenfalls sehr gute Augen hatte. »Kannst du es schon erkennen?«, fragte er.

»Ich sehe kein Dorf, nur dunkle Flecken im Grasland zwischen den Hügeln«, erwiderte Chiriga. »Aber das muss es sein. Letivahr teilte mir gerade mit, dort sei einmal ein Dorf gewesen. Wir sind gleich da, dann wirst auch du es sehen können.«

Rurik blinzelte, doch der Gegenwind des schnellen Gleitflugs trieb ihm Tränen in die Augen, die den Blick verschleierten. »Bei den Toren«, murmelte er ärgerlich, während er sich in den windgeschützten Sattel zurücksinken ließ, die Handschuhe auszog und sich mit den Händen so lange über die Augen wischte, bis sein Blick sich klärte. Als er sich wieder aufrichtete, hatte er sich die Kapuze des pelzgefütterten Umhangs tief ins Gesicht gezogen und suchte erneut den Horizont ab.

Inzwischen war es etwas heller geworden. Die Sonne hatte sich als feuriger Ball über die Gipfel der Valdor-Berge erhoben und tauchte das trockene Steppengras in rotgoldenes Licht. Die sanften, grasbewachsenen Hügel warfen lange Schatten, die schnell zusammenschmolzen, während die westliche Flanke der Valdor-Berge noch in tiefer Dunkelheit lag. Das Licht über der Ebene gewann rasch an Stärke, und endlich konnte auch Rurik in der Ferne die traurigen Überreste des Graslanddorfs sehen. Die runden, von schwarzer Asche bedeckten Trümmer der niedergebrannten Hütten verunstalteten die Landschaft wie hässliche schwarze Pockennarben, während der Geruch kalten Rauchs den lieblichen Duft der trockenen Gräser verdrängte und Ruriks Nase peinigte.

»Wir landen auf dem Feld dort hinten, um im Dorf nach Spuren zu suchen«, fing er einen Gedankenruf des Druiden Artair auf, der den Kurieren und Riesenalpen gleichermaßen galt, und hörte, wie Glamouron sofort Einspruch dagegen erhob.

»Entschuldigt, aber ich denke, es ist besser, erst der Spur zu folgen, die die Angreifer hinterlassen haben«, erwiderte der Elf mittels Gedankensprache und deutete nach Westen, wo eine düstere, hoch aufgetürmte Wolkenfront einen Wetterwechsel ankündigte. »Die Wolken nähern sich schnell. Noch bevor die Sonne den höchsten Stand erreicht, wird es regnen«, erklärte er. »Auf dem staubtrockenen Boden wird der Regen die Spuren augenblicklich hinwegschwemmen.«

Rurik sah, wie Artair den Kopf nach Westen wandte und die Wolken betrachtete. »Du hast Recht«, stimmte er dem Vorschlag des Nebelelfen zu. »Ich hatte nur nach dem Dorf Ausschau gehalten und die Wolken nicht bemerkt. Reite du voraus, wir folgen dir.«

Glamouron nickte dem Druiden kurz zu und setzte sich mit Letivahr an die Spitze des Suchtrupps. In einem weiten Bogen kreiste der Riesenalp zunächst über dem Dorf, wobei er langsam immer tiefer ging. Rurik nutzte die Zeit, um sich einen ersten Eindruck vom Ausmaß der Zerstörung zu verschaffen. Von Chirigas Rücken aus betrachtete er eingehend die ausgebrannten Hütten und erschauerte. Nie zuvor hatte er etwas Ähnliches erblickt, und der Gedanke, welch schreckliche Szenen sich hier vor kurzem abgespielt haben mussten, jagte ihm einen eisigen Schauer über den Rücken.

Hier war kein Platz mehr für Lachen und Fröhlichkeit. Wer immer das Dorf überfallen hatte, hatte ihm mehr geraubt als die Bewohner und das Vieh: Er hatte dem Dorf die Unschuld genommen und das umliegende Grasland mit Bosheit vergiftet. Rurik ahnte, dass man an diesem Ort nie wieder ein Kind würde lachen hören.

Fünfzig Längen über dem Boden schwenkte Letivahr schließlich nach Norden ein und entfernte sich in niedrigem Gleitflug von dem zerstörten Dorf. Die anderen fünf Riesenalpe des Suchtrupps taten es ihm gleich und folgten einer gut sichtbaren Spur, die von den ausgebrannten Hütten in Richtung der Finstermark führte. Auf einer Breite von mehr als zwei Längen waren die Gräser der Steppe geknickt und zu Boden getreten. Unzählige Büschel waren herausgerissen, und dort, wo das Erdreich locker war, hatten sich die Räder schwer beladener Wagen tief in den weichen Sand gegraben. Unzählige rostrote Flecken unterschiedlicher Größe sprenkelten die Spur, die sich über die Hügel dahinzog, und ließen keinen Zweifel daran, dass viele der Menschen und Tiere, die auf diesem Weg entlanggetrieben worden waren, heftig geblutet hatten.

Rurik betrachtete den Pfad und die Blutspuren mit großem Unbehagen. Seit dem Abflug hatte er darüber nachgedacht, wer so skrupellos und grausam sein konnte, ein schlafendes Dorf zu überfallen und die Menschen zu verschleppen. Am wahrscheinlichsten war es ihm vorgekommen, dass es sich bei dem Angriff um eine kriegerische Auseinandersetzung zwischen den verschiedenen Graslandstämmen handelte, doch jetzt musste er einsehen, dass er sich getäuscht hatte. Wer immer das getan hatte, konnte kein Mensch gewesen sein. Rurik erschauerte, und das Gefühl einer unvorstellbaren Bedrohung, die irgendwo jenseits der Grenze lauerte, legte sich wie ein eiserner Ring um seine Brust.

Plötzlich stieß Chiriga einen spitzen, kreischenden Laut aus, wie Rurik ihn nie zuvor bei einem Riesenalp gehört hatte. Ohne auf die nachfolgenden Mitglieder des Suchtrupps zu achten, flog das felsengraue Weibchen eine scharfe Rechtskurve, legte die Flügel an und schoss pfeilschnell auf eine Gruppe von hohen Büschen zu, die in einer Mulde zwischen zwei flachen Hügeln wuchsen.

»Was ist los?«, fragte Rurik mittels Gedankensprache. Das unerwartet heftige Manöver hatte ihn fast aus dem Sattel geworfen, und seine Stimmung schwankte noch zwischen Ärger und Überraschung. Chiriga antwortete nicht. Mit atemberaubender Geschwindigkeit näherte sie sich dem Gebüsch und setzte zur Landung an. Rurik richtete sich im Sattel auf, um zu erkennen, was das Riesenalpweibchen so in Aufruhr versetzt hatte, doch das Buschwerk versperrte ihm zunächst die Sicht. Als Chiriga jedoch darüber hinwegflog, bot sich ihm ein grausiger Anblick.

Am Boden lag ein Riesenalp – oder vielmehr das, was noch von ihm übrig war. Die grauen Federn waren im weiten Umkreis verstreut, und dort, wo der Körper des mächtigen Vogels lag, schimmerten bleiche Knochen im Sonnenlicht. Nur der Schädel und der gewaltige Schnabel schienen unversehrt. Über der Mulde hing der abscheuliche Geruch faulen Fleisches, der Tausende von Aasfliegen angezogen hatte. Rurik war froh, dass der Wind den Gestank in östlicher Richtung davontrug.

»Numair!« Chirigas verzweifelter Aufschrei hallte Mitleid erregend durch Ruriks Gedanken. In seinem Schmerz schien das Riesenalpweibchen den Kurierreiter völlig vergessen zu haben. Die

Landung war denn auch alles andere als sanft. Rurik musste all sein Geschick aufwenden, um nicht zu Boden geschleudert zu werden. Mit schnellen wiegenden Schritten, die man nur selten bei den sonst so behäbigen Riesenalpen beobachten konnte, legte Chiriga die wenigen Längen bis zu dem zerfetzten Kadaver ihres geliebten Sohnes zurück und sank neben ihm zu Boden.

Rurik spürte ihren grenzenlosen Schmerz und sah rücksichtsvoll davon ab, sie mit sinnlosen Fragen zu quälen. So vorsichtig wie möglich löste er die Riemen des Reitgeschirrs, sprang zu Boden und entfernte sich achtsam von dem trauernden Vogel.

Inzwischen flogen auch die anderen fünf Riesenalpe heran. Sie hatten Chirigas Aufschrei gehört und waren ihr besorgt gefolgt. Federn und Sand wirbelten auf, als sie gemeinsam zur Landung ansetzten, die Reiter absteigen ließen und sich erschüttert dem toten Freund näherten. Kein Laut drang aus ihren Schnäbeln, und kein Gedanke streifte Ruriks Sinne, als die Vögel das Riesenalpweibchen tröstend in die Mitte nahmen.

Chiriga starrte reglos auf Numairs Leichnam. Zunächst schien es, als bemerkte sie die Ankunft der anderen Vögel gar nicht. Doch als Letivahr neben sie trat und sie mit dem Schnabel sanft berührte, lehnte sie ihren Kopf stumm gegen den seinen. Es war eine so kummervolle und traurige Geste, dass sie Rurik zu Tränen rührte.

»Der Angriff muss völlig überraschend gekommen sein!« Glamouron war neben Rurik getreten und deutete auf die spärlichen Überreste eines Steppenbüffels, die unter Numairs Kopf hervorschauten. »Vermutlich war er gerade dabei, seine Jagdbeute zu verzehren, als er selbst zum Opfer wurde.«

»Aber wer …?« Rurik versagte die Stimme. Die Kuriervögel von Nimrod waren für ihn wie eine Familie, und auch wenn er bisher nur dreimal mit Numair ausgeflogen war, hatte er doch eine tiefe Zuneigung für Chirigas ungestümen Sohn empfunden. Er holte ein paar Mal tief Luft und wischte die Tränen fort; erst dann war er in der Lage, die Frage auszusprechen. »Bei den Toren«, flüsterte er. »Wer würde so etwas tun? Wer würde es wagen, einen Riesenalp zu töten und …«, er deutete auf die blank genagten Knochen des Vogels, »… und das rohe Fleisch zu verzehren?«

»Ich weiß es nicht.« Glamouron schüttelte traurig den Kopf. Eine Weile stand er schweigend neben Rurik und blickte auf das grausige Bild, dann schlug er sich mit der Faust in die flache Hand und sagte entschlossen: »Aber ich werde es herausfinden.«

Ein Schwarm schillernder Aasfliegen stieg von dem verwesenden Riesenalpkadaver auf, als Glamouron herantrat, um den getöteten Vogel zu untersuchen. Der Gestank, der von dem faulenden Fleisch ausging, peinigte seine Nase, und er musste sich die Hand vor den Mund halten, um der aufkommenden Übelkeit Einhalt zu gebieten.

Unter den wachsamen Augen der Riesenalpe und den skeptischen Blicken der anderen Mitglieder des Suchtrupps, die den Elfen aus einiger Entfernung beobachteten, schritt er auf der Suche nach Hinweisen langsam durch das Meer grauer Federn. Einmal bückte er sich, um etwas genauer zu betrachten, ein anderes Mal las er etwas vom Boden auf und hielt es prüfend in die Höhe, ließ es jedoch wieder fallen. Erst als er an den Kopf des Riesenalps gelangte, schien er etwas gefunden zu haben und kehrte zu den anderen zurück.

Was er in den Händen mit sich führte, hielt Rurik zunächst für einen langen Stock, doch als Glamouron näher kam, bemerkte er, dass es der längste Pfeil war, den er jemals gesehen hatte. Von der Spitze bis zu den üppigen, kurz geschnittenen Federn am Schaft musste er fast zwei Längen messen. Rurik wagte nicht sich auszumalen, welch monströses Wesen in der Lage wäre, den dazugehörigen Bogen zu spannen.

»Es waren dieselben Angreifer, die auch das Dorf überfallen haben«, erklärte Glamouron mit ernster Miene und hielt den Pfeil so, dass alle ihn sehen konnten. »Die gleichen Pfeile steckten auch in den Trümmern der Hütten. Numair war von vornherein verloren. Dieser hier durchbohrte seinen Schädel von hinten – er muss auf der Stelle tot gewesen sein.«

»Unglaublich!« Artair war näher getreten und nahm den Pfeil

an sich. »Wer immer den Schuss abgegeben hat, kann nicht aus Thale stammen. Keine der hier lebenden Rassen besäße die nötige Kraft, um den Bogen zu spannen, der zu diesem Geschoss gehört.«

»Genau das denke ich auch.« Glamouron nickte grimmig.

»Wie es aussieht, haben wir es mit einer äußerst ungewöhnlichen Gruppe von Plünderern zu tun, die in Thale für Raubzüge einfallen und dann wieder im Schutz der Finstermark verschwinden«, vermutete Artair. »Den Pfeilen nach zu urteilen müssen die Täter zudem Geschöpfe in ihren Diensten haben, die groß und kräftig genug sind, solche Geschosse zu gebrauchen.«

»Dann müssen wir sie unverzüglich suchen und mit aller Härte gegen sie vorgehen«, rief einer der Kurierreiter erbittert aus und deutete auf den Leichnam des Riesenalps. »Numairs Tod darf nicht ungestraft bleiben.«

»Suchen werden wir sie«, erwiderte Artair mit finsterer Miene. »Doch bedenkt, dass wir nicht die nötigen Waffen mit uns führen, um einen Angriff zu wagen. Wir sind Späher, keine Krieger. Sobald wir das Lager der Plünderer ausgemacht haben, werden wir nach Nimrod zurückfliegen und Anthork Bericht erstatten. Ich bin sicher, dass er die nötigen Anweisungen treffen wird, um einen erneuten Überfall zu verhindern.« Unvermittelt wurde seine Stimme sanft, und er sagte mit einem kurzen Seitenblick auf den toten Riesenalp: »Doch zuvor ist es unsere Pflicht, dem armen Numair ein anständiges Begräbnis zu bereiten.«

Es war ein letzter trauriger Dienst, den die Kuriere und der Druide dem ermordeten Vogel erwiesen. Den ganzen Vormittag suchten sie mithilfe der Riesenalpe in der Steppe nach genügend trockenem Holz, um einen großen Scheiterhaufen über Numairs zerfetztem Körper zu errichten, während Chiriga in tiefem Kummer versunken auf einer Anhöhe hockte und schweigend über ihren toten Sohn wachte.

Die Arbeit gestaltete sich äußerst mühsam. Da niemand in das zerstörte Dorf zurückkehren wollte, um die Dachbalken der Hütten für den Scheiterhaufen zu verwenden, mussten die Riesenalpe oft weit nach Süden fliegen, um geeignete Äste und Buschwerk zu finden. Zudem machte die Wärme den Männern immer mehr zu schaffen. Je höher die Sonne stieg, desto unerträglicher wurde der Gestank nach Tod und Verwesung, und schließlich sahen sie sich gezwungen, Mund und Nase mit Tüchern vor dem Übelkeit erregenden Aasgeruch zu schützen, der von dem Riesenalpkörper beständig ausging.

Doch obwohl ihnen die Sonne die Arbeit erschwerte, war Glamouron froh, dass die Wolkenwand im Westen nicht ganz so schnell näher rückte, wie er angenommen hatte. Der Gestank und die Wärme waren zwar nur schwer zu ertragen, doch ein Regenschauer hätte es ihnen vermutlich unmöglich gemacht, den Scheiterhaufen zu entzünden, und die ganze Mühe wäre vergebens gewesen.

Kurz bevor die Sonne den höchsten Stand erreichte, war Numairs Körper endlich mit einem stattlichen Haufen aus Buschwerk bedeckt, und die Männer machten sich für eine kurze Zeremonie bereit. Während die Riesenalpe Chiriga tröstend in die Mitte nahmen, traten die Kuriere und Artair vor, um Abschied von Numair zu nehmen.

Wie es bei der Beerdigung eines Kriegers üblich war, kreuzten die Männer die Arme vor der Brust, senkten den Blick und sprachen gemeinsam mit dem Druiden ein kurzes Gebet für den getöteten Vogel, während Glamouron mit der brennenden Fackel daneben stand und wartete.

Wenig später gab Artair dem Elfen das Zeichen, die Fackel in das Holz zu werfen, doch Glamouron ließ es sich nicht nehmen, sich auf seine Weise von dem Riesenalp zu verabschieden. »*Sinya du-n she ed treysa star inro* – mögest du das Licht finden, das hinter den Sternen leuchtet!« Mit sanfter, wohlklingender Stimme zitierte er die Stelle aus dem traditionellen Elfengebet zu Ehren der Verstorbenen. Einen Herzschlag lang zögerte er noch und sah zu der gramgebeugten Chiriga hinüber, dann warf er die Fackel mit den Worten »*Iunij koku na siq-qasa min tag* – wenn wir uns wieder sehen, wird es ein guter Tag sein« in das trockene Stroh am Fuß des Scheiterhaufens.

Die Flammen verbreiteten sich rasch und griffen gierig auf die dünnen trockenen Äste über, die den toten Numair bedeckten. Und während die anderen Riesenalpe schweigend beobachteten, wie das Feuer immer höher aufloderte und die Flammen Funken sprühend zum Himmel aufstiegen, erklang aus Chirigas Kehle ein trauriger, lang gezogener Laut, der wie ein Klagelied weithin hörbar über die Steppe schallte.

Als die Glut des Scheiterhaufens am Nachmittag unter den ersten schweren Regentropfen zischend erlosch und in dem bleichen Aschehaufen nichts mehr an den toten Riesenalp erinnerte, gab Artair das Zeichen zum Aufbruch. Der Druide hatte es eilig. Wenn sie der Spur, welche die Mörder und Plünderer hinterlassen hatten, noch folgen wollten, durften sie keine Zeit mehr verlieren. Der unerwartete Fund des toten Kuriervogels und dessen würdiges Begräbnis hatten mehr Zeit in Anspruch genommen, als er vermutet hatte. Jetzt drohte der einsetzende Regen die Fährte zu verwischen, und Artair ärgerte sich ein wenig, dass sie nicht früher aufgebrochen waren.

Dennoch dauerte es eine Weile, bis es den anderen Riesenalpen gelang, Chiriga davon zu überzeugen, dass sie mitkommen müsse. Das trauernde Riesenalpweibchen weigerte sich zunächst standhaft, den Ort, an dem sein Sohn gestorben war, zu verlassen, und tat, als hörte es die drängenden Stimmen nicht. Erst nachdem Letivahr die anderen fortgescheucht und alleine tröstlich mit Chiriga gesprochen hatte, setzte sie sich schweren Herzens in Bewegung und folgte ihm zu der Anhöhe, auf der die übrigen Riesenalpe auf sie warteten.

Kurz darauf machten sich die Männer und die Riesenalpe auf den Weg nach Norden in Richtung der Finstermark, um Numairs Mörder zu suchen. Eisige Regentropfen peitschen ihnen ins Gesicht, und der auflebende Wind machte das Vorankommen schwer. Die Männer sahen sich gezwungen, die Kapuzen der warmen Umhänge tief ins Gesicht zu ziehen, und nur Glamourons scharfem Blick war es zu verdanken, dass sie die Spur am Boden nicht sogleich aus den Augen verloren.

Bald aber war das Erdreich so mit Schlamm und Pfützen bedeckt, dass selbst der Elf nichts mehr sehen konnte. Regen und Sturm hatten sich inzwischen zu einem tosenden Spätsommergewitter entwickelt, das den Nachmittag zur Nacht machte. Die heftigen Böen setzten den Riesenalpen derart zu, dass Artair den Befehl zum Landen gab.

»Es ist Wahnsinn, unter diesen Umständen weiterzufliegen«, erklärte er den anderen mittels Gedankensprache und richtete eine Frage an Glamouron: »Kennst du hier in der Nähe einen geschützten Ort, wo wir das Gewitter abwarten können?«

»Ja«, erwiderte der Elf. »Etwas weiter östlich gibt es eine Jagdhütte der Grasländer in der Nähe einer flachen Hügelkette.«

»Gut, dann führe uns dorthin«, entschied Artair. »Sobald sich das Wetter beruhigt hat, setzen wir die Suche fort.«

9

»Ich kann noch immer nicht glauben, dass die Salbe so gut gewirkt hat«, sagte Naemy kopfschüttelnd. Sie saß auf einem Felsen und schaute nachdenklich auf die dunkle Wolkenfront, die am Nachmittag von Westen heraufgezogen war und den Himmel im Norden nun völlig bedeckte.

Über den beiden Elfen, die ihr Nachtlager inmitten einer Felsengruppe aufgeschlagen hatten, war der Himmel noch klar, doch unter den Wolken zuckten immer wieder grelle Blitze, und der Wind trug ihnen fernes Donnergrollen zu.

»In all den Jahren, in denen ich die Heilpaste verwendet habe, habe ich noch nie eine so schnelle Genesung erlebt«, überlegte sie laut. »Wenn ich nicht wüsste, dass es unmöglich ist, würde ich annehmen, da sei Magie im Spiel.«

»Mir ist es gleich, wie die schnelle Heilung zustande gekommen ist«, erwiderte Shari gut gelaunt. »Ich bin froh, dass ich keine Schmerzen mehr habe und dass wir heute eine so große Etappe zurücklegen konnten.« Sie deutete auf die Gewitterfront und meinte: »Wenn wir wegen meiner Verletzung nicht hätten reiten können, wären wir jetzt sicher ziemlich durchnässt.«

»Das denke ich auch.« Naemy erhob sich und trat zu Shari ans Feuer. »Uns ist aber auch ein sehr außergewöhnliches Pferd zugelaufen«, sagte sie mit einem schwer zu deutenden Blick auf den Falben, der in einiger Entfernung graste. »Nie zuvor habe ich ein so kräftiges und unermüdliches Pferd geritten. Wir sollten ihn *Bronadui*, den Ausdauernden, nennen. Was hältst du davon?«

»Ein schöner Name.« Shari nickte und deutete auf den Falben, der soeben dem Kopf gehoben hatte und die Elfen mit gespitzten Ohren aufmerksam beobachtete. »Sieh nur, er lauscht.« Sie stand auf, ging ein paar Schritte auf das Pferd zu und streckte ihm die Hand entgegen. »Komm zu mir, *Bronadui!*«, rief sie lockend.

Der Hengst zögerte einen Augenblick, dann schnaubte er, schüttelte die dichte Mähne und trabte auf Shari zu. »Er mag den Namen auch.« Shari lächelte, während sie dem Falben zärtlich auf den Hals klopfte.

Naemy antwortete nicht. Schweigend trat sie neben ihre Schwester und strich *Bronadui* sanft über Nase und Nüstern. Irgendetwas war mit diesem Pferd. Etwas Besonderes, das sie zwar spüren, aber nicht fassen konnte.

Der Falbe bemerkte den prüfenden Blick der Elfe und scharrte unruhig mit dem Huf, dann wieherte er plötzlich, drehte sich um und galoppierte rasch davon. »Was hat er denn?«, fragte Shari verwundert.

»Keine Ahnung.« Achselzuckend sah Naemy dem Pferd nach. Es war jedoch nicht das seltsame Betragen des Falben, das sie so überraschte, sondern vielmehr, was sie in dessen Augen entdeckt hatte. Für den Bruchteil eines Herzschlags hatte sie geglaubt, darin ein orangefarbenes Leuchten zu sehen, das ihr seltsam vertraut vorkam. Der Moment war zu kurz gewesen, um ihn fassen zu können, doch Naemy hatte das Gefühl, demselben Blick schon einmal begegnet zu sein. Nur wann?

Schweigend ging sie zum Feuer zurück, schlang die Decke um die Schultern und schaute grübelnd in die Flammen. Die Augen! Sie musste sich erinnern. Wo hatte sie das orangefarbene Leuchten schon einmal gesehen?

Im Norden tobte das Gewitter mit unverminderter Härte, doch Naemy war so in Gedanken versunken, dass sie nicht darauf achtete. Shari gegenüber, die zweimal versuchte, mit ihr ein Gespräch zu beginnen, gab sie sich so einsilbig, dass diese es aufgab und sich zum Schlafen am Feuer zusammenrollte.

Die Nacht schritt voran, und schließlich wurde auch Naemy müde. Ohne dass sie ihrer Vermutung ein Stück näher gekommen wäre, warf sie ein paar Äste in die Glut und legte sich ebenfalls schlafen. Vor ihnen lag noch ein Ritt von gut zwei Sonnenläufen, der sie tief in die Valdor-Berge hineinführen würde, ehe sie ihr Ziel erreichten: eine verlassene Hütte am Rand des großen Gießbachs in den Bergen nahe der Festungsstadt. Der lange Ritt würde ihr Zeit geben, das Pferd zu beobachten. Sie würde schon noch dahinter kommen, welches Geheimnis es barg.

Durch den aufkommenden Regen war die Abenddämmerung früher als sonst über das Grasland hereingebrochen, und der graue Nachmittag wandelte sich fast unmerklich zur Nacht. Aus dem Nieselregen, der den hoch aufgetürmten Gewitterwolken vorangegangen war, wurde urplötzlich ein strömender Guss, und der Wind umtoste Asco-Bahrran in stürmischen Böen, als sich das Unwetter über die Ebene schob.

Der Magier zog den wollenen Umhang fester um den Körper, doch es half nichts. Wenige Augenblicke, nachdem die Wolken sich geöffnet hatten, war er bis auf die Haut durchnässt und fror erbärmlich. Auch der Bulsak, auf dessen Rücken er seit dem frühen Morgen in Richtung Norden flog, schien das eisige Regenwasser nicht zu mögen. Unwillig ruckte er mit dem gewaltigen Kopf hin und her, als könnte er die Wassermassen abschütteln, und stieß dabei ein spitzes, krächzendes Wutgeschrei aus, das unheimlich über das nächtliche Grasland hallte. Mehrmals versuchte er zur

Landung anzusetzen, um dem Wüten des Sturms zu entgehen, doch Asco-Bahrran hatte den Willen der furchtsamen Kreatur fest im Griff und zwang den Bulsak mit unnachgiebiger Härte weiterzufliegen.

Je näher sie dem Zentrum des Unwetters kamen, desto heftiger tobte der Sturm. Grelle Blitze, die die Nacht zum Tag machten oder als knisternd verzweigende Lichtbäume den Weg zur Erde suchten, wechselten in rascher Folge mit ohrenbetäubenden Donnerschlägen, die den Bulsak gequält aufheulen ließen. Doch Asco-Bahrran dachte nicht daran, den Flug zu unterbrechen. Jeden Augenblick konnten sie das Ziel erreichen, eine große, mit Gras bedeckte Hütte, die zur Hälfte in einen Hügel hineingebaut worden war. Dort wäre er in Sicherheit. Wann immer ein Blitz die Steppe für wenige Augenblicke erhellte, hielt er ungeduldig Ausschau nach dem Ort, der neben Schutz auch ein heimeliges Feuer, eine warme Mahlzeit und eine weiche Schlafstatt verhieß – Annehmlichkeiten, die ein frierender und durchnässter Magier durchaus zu schätzen wusste.

Es grenzte an ein Wunder, dass der Bulsak nicht von einem der unzähligen Blitze getroffen wurde, ehe Asco-Bahrran in der Ferne endlich ein kleines flackerndes Licht ausmachte. Das schwache honigfarbene Leuchten entströmte einem einsamen Fenster und strahlte verheißungsvoll in die stürmische Nacht hinaus. Die Aussicht, schon bald Schutz vor dem Unwetter zu finden, ließ das Herz des Magiers höher schlagen, und er wies den Bulsak an, auf das Licht zuzuhalten und dort zu landen.

Erleichtert faltete das fledermausähnliche Geschöpf die riesigen Schwingen dichter an den Körper und glitt pfeilschnell auf das Licht zu. Der Gleitflug ging in einen atemberaubenden Sturzflug über, als der Bulsak aus großer Höhe zur Landung ansetzte. Das heftige Manöver kam für Asco-Bahrran völlig überraschend, und er hatte alle Hände voll zu tun, sich auf dem Rücken des Monstrums zu halten. Fluchend duckte er sich, krallte die Hände in die borstigen Hautfalten und presste die Beine so fest es ging an den Körper des Bulsaks. Er war müde und erschöpft und spürte, dass er den mörderischen Sturzflug womöglich nicht durchhalten würde. Doch als er schon glaubte, dem Protest der schmerzenden Muskeln nachgeben zu müssen, berührten die Krallen des Bulsaks den schlammigen Boden, und der schreckliche Flug hatte ein Ende. Es folgte ein kurzer holpriger Ritt, der jedem bockenden Pferd zur Ehre gereicht hätte, dann stand der Bulsak still.

Erschöpft strich sich Asco-Bahrran die durchweichte Kapuze aus dem Gesicht und unterzog seinen geschundenen Körper einer kurzen Untersuchung. Gebrochen war nichts, doch er hatte mehrere sehr schmerzhafte Prellungen davongetragen, die ihn wohl noch einige Sonnenläufe an den entsetzlichen Flug erinnern würden. Seufzend erhob er sich und kletterte mit weichen Knien vom Rücken des Bulsaks. Das spärliche Gepäck fest unter den Arm geklemmt, kämpfte er sich durch Sturm und Regen auf die Hütte zu, die noch etwa fünfzig Längen von ihm entfernt war.

Der Bulsak folgte ihm wie ein Hund seinem Herrn. Am Boden schien er sich sicher zu fühlen; zumindest kreischte er nicht mehr bei jedem Donnergrollen, sondern trabte stumm hinter dem Magier her. Asco-Bahrran kümmerte sich nicht um ihn. Er wusste, dass der Bulsak so lange an seiner Seite bleiben würde, bis er ihn offiziell aus seinen Diensten entließ. Gleichzeitig würde das riesige Geschöpf, wenn es kein neues Blut zu sich nahm, mit jedem Sonnenlauf, der verstrich, ein wenig schrumpfen und nach einem halben Mondlauf wieder seine anfängliche Größe erreicht haben.

»Du wartest hier draußen!«, befahl Asco-Bahrran, als er die Hütte erreichte. Es schien ziemlich überflüssig, dies zu erwähnen, denn bei der enormen Größe des Bulsaks war es völlig unmöglich, ihn mit in die Hütte zu nehmen. Doch der Magier wusste um das schlichte Gemüt des Wesens und wollte nicht Gefahr laufen, dass es sich vor lauter Anhänglichkeit mit in die Hütte zu zwängen versuchte. Zufrieden beobachtete er, wie sich der Bulsak unmittelbar vor der Tür auf dem durchweichten Boden niederließ, dann hob er die Hand und klopfte heftig an die Tür. Eine warme Mahlzeit, trockene Kleider und ein weiches Bett! Gedanken an Dinge, die für ihn früher selbstverständlich gewesen waren, schwebten wie eine liebliche Verlockung durch sein Bewusstsein, während er der unerwartet schweren Schritte lauschte, die sich von drinnen der Tür näherten.

»Gnerrnor a trotn sorr!« Die hölzerne Tür schlug krachend gegen die Wand der Hütte und gewährte Asco-Bahrran den Blick auf eine hünenhafte, schwarz gepanzerte Gestalt, die geduckt im Türrahmen stand und ihn drohend anknurrte. Auf den wuchtigen breiten Schultern des Ungetüms thronte ein massiger Eberkopf, dessen nach oben gebogene Hauer in den Mundwinkeln nichts Gutes verhießen. Zwei kleine schwarze Augen starrten unter den fleischigen Wülsten der Stirn hervor und funkelten den Magier bösartig an.

»Rren garag n sar ne garrar.« Die gutturalen Laute kamen aus dem Innern der Hütte, wo sich ganz offensichtlich noch weitere der Ungetüme aufhielten.

»Darrar sen retzgar. Serr serr a trirugr!« Der gewaltige Eberkrieger deutete geifernd auf den entgeisterten Magier und fletschte voller Angriffslust die Zähne.

Asco-Bahrran erbleichte. Was waren das für Wesen? Wo steckte der alte Magier? Was ging hier vor? Zum ersten Mal in seinem Leben verspürte Asco-Bahrran so etwas wie Furcht. Er ahnte, dass er den ungeheuren Kräften dieser seltsamen Gestalten nichts entgegenzusetzen hatte, und wollte fliehen. Doch es war zu spät. Der Arm des schwarzen Kriegers schnellte mit einer Geschwindigkeit vor, die Asco-Bahrran ihm nicht zugetraut hätte. Die Faust traf ihn an der Schläfe, und das Letzte, woran er dachte, bevor die Dunkelheit nach ihm griff, war, dass er nun vermutlich als Morgenmahlzeit für diese Bestie enden würde.

»Er hatte mir versprochen, mich einst auf meinem letzten Weg zu begleiten.« Chirigas Stimme schwebte so dünn und traurig durch Letivahrs Gedanken, dass es ihm fast das Herz zerriss.

Die sechs Riesenalpe hatten sich zum Schutz gegen das Unwetter auf der dem Wind abgewandten Seite der Jagdhütte aneinander geschmiegt und warteten mit gleichmütiger Ruhe darauf, dass der Regen nachließ.

Doch das Gewitter schien kein Ende zu nehmen. Obwohl die Nacht längst hereingebrochen war, trommelte der Regen noch immer mit ungebrochener Härte auf das Dach der Hütte und durchnässte das Gefieder der Kuriervögel.

Letivahr verspürte das drängende Gefühl, Chiriga etwas Tröstliches zu sagen. Doch er schwieg, da er nicht wusste, was er auf die kummervollen Gedanken erwidern sollte. Wie die anderen trauerte auch er um den jungen Riesenalp, aber das Leid der Mutter mit ansehen zu müssen, ohne helfen zu können, war mehr, als er ertragen konnte.

»Wenn meine Zeit kommt, wollte er mit mir nach Tun-Amrad fliegen«, hörte er sie leise sagen. »Er wollte mich begleiten und die letzten Sonnenläufe an meiner Seite weilen. Doch jetzt … jetzt wird er das Tal der Ahnen niemals erblicken … und ich … ich werde allein …« Chiriga brach ab und verstummte. Letivahr suchte noch immer verzweifelt nach Worten, die sie hätten trösten können, doch er fand keine. So stand er nur stumm neben ihr im Regen und fühlte sich so hilflos wie noch nie, während er weiter Chirigas gramvollen Gedanken lauschte.

Gegen Mitternacht ließen Wind und Regen endlich nach, und das Gewitter, das von der Ebene herangezogen war, wanderte weiter ostwärts. Langsam schoben sich die tief hängenden Wolken über die flachen Ausläufer der Valdor-Berge und ließen das Grasland durchweicht und schlammig zurück. Das Unwetter selbst hatte ein großartiges Schauspiel geboten, doch den sechs Männern, die in der engen Jagdhütte Zuflucht vor dem Wüten des Sturms gesucht hatten, hatte der Sinn nicht danach gestanden, die hoch aufgetürmten und von bizarren Blitzen erleuchteten Wolken zu beobachten. Die Trauer um den toten Riesenalp und die Enttäuschung, dessen Mörder noch nicht gefunden zu haben, quälte die Kuriere, und obwohl Artair dem Druidenrat in Nimrod mittels Gedankensprache einen kurzen Bericht der Lage erstattet hatte, plagte sie alle das Gefühl, versagt zu haben.

Selbst als das Unwetter nachließ, blieb die Stimmung in der Hütte gedrückt, und nur wenige der Männer fielen in einen dürftigen Schlaf.

Glamouron stand allein an dem einzigen, spinnwebverhangenen Fenster der Hütte und blickte geistesabwesend in die Dunkelheit hinaus. Der Elf war zu aufgewühlt, um zu schlafen. Düstere Gedanken plagten ihn, die er vor den anderen Kurieren und auch vor dem Druiden sorgsam verborgen hielt, weil er keinerlei Beweise für seine Befürchtungen hatte. Was ihn beunruhigte, waren jene Worte, die er als junger Elf aus dem Munde Mahin-Gaws, einer alten und sehr weisen Elfenpriesterin aus Numark, vernommen hatte. Damals, vor vielen hundert Sommern, hatte er zum Zeichen des Erwachsenseins das erste Mal allein durch die Zwischenwelt gehen sollen – eine Prüfung, die alle heranwachsenden Elfen ablegen mussten und die jedes Mal mit einer feierlichen Zeremonie begangen wurde. Alle Freunde und Verwandten waren damals von weit her gekommen, um Glamouron nach dem bestandenen Wagnis im Kreis der Erwachsenen zu begrüßen. Und wie es der Brauch verlangte, war damals auch Mahin-Gaw zugegen gewesen, um Glamouron zum Zeichen der Anerkennung den mit bunten Quarzen besetzten Zeremoniendolch zu überreichen, den nur erwachsene Nebelelfen tragen durften.

Als er von der Reise durch die Zwischenwelt zurückgekehrt war, hatte sie ihm lächelnd das funkelnde Kleinod überreicht. Doch als er es ihr aus den Händen hatte nehmen wollen und dabei zufällig ihre Hand berührt hatte, war sie plötzlich erstarrt. Mit einer Kraft, die er ihr niemals zugetraut hätte, hatte sie seine Hand festgehalten und ihn mit seltsam entrücktem Blick angeschaut. »*Tiro i dalaf* – beobachte den Boden«, hatte sie ihm mahnend zugeraunt, und er hatte gespürt, wie ihre Hände gezittert hatten. »*Ni cen morn-pilin ne Numark* – ich sehe schwarze Pfeile in Numark.« Ihr Atem war schneller geworden, und ihre Finger hatten sich fest um Glamourons Hand gekrallt. »*Lasto beth nîn: Noro lim! Andelu i ven* – höre meine Worte: Reite schnell! Der Weg ist gefährlich.«

Dann hatte sie ihn losgelassen und war erschöpft in die Arme zweier hinzugeeilter Elfen gesunken. Die Ohnmacht der alten Priesterin hatte nur wenige Augenblicke gedauert, und danach hatte sie sich nicht mehr an die Worte erinnern können. Sie hatte weder gewusst, welche Bilder ihr erschienen waren, noch was die Worte hatten bedeuten sollen, und Glamouron war mit den drängenden Fragen allein geblieben. Drei Sommer später war Mahin-Gaw in die Ewigen Gärten des Lebens gegangen, und Lya-Numi hatte ihren Platz eingenommen. Sie hatte sich nach Kräften bemüht, ihm zu helfen, doch auch sie hatte die Bedeutung der Worte nicht herausfinden können. Irgendwann war das seltsame Ereignis schließlich in Vergessenheit geraten, und auch Glamouron hatte mehr als zweihundert Sommer nicht mehr daran gedacht.

Seit er jedoch die schwarzen Pfeile gesehen hatte, gingen ihm Mahin-Gaws Worte nicht mehr aus dem Kopf, und er fragte sich, ob es wirklich nur Plünderer waren, die sie verfolgten. *»Tiro i dalaf. Ni cen morn-pilin ne Numark. Lasto beth nîn: Noro lim! Andelu i ven!«*

Aber warum Numark? Was hatte das zu bedeuten? Die schwarzen Pfeile waren im Grasland gefunden worden und nicht in Numark. Machte er sich womöglich unnötig Sorgen? Oder war es am Ende nur eine Frage der Zeit, bis er solche Pfeile auch in Numark finden würde?

»Was bekümmert dich?«, fragte Artair mit verhaltener Stimme in die Stille hinein. Der Druide hatte sich leise erhoben und war zu Glamouron ans Fenster getreten. »Ist es die Trauer um den toten Riesenalp, oder grämst du dich wegen der verlorenen Fährte?«

»Es ist nichts«, erwiderte der Elf, ohne sich umzublicken.

»Das glaube ich dir nicht«, raunte der Druide ihm mit einem kurzen Seitenblick auf die schlafenden Männer zu. »Ich beobachte dich schon eine ganze Weile, Glamouron. Ihr Nebelelfen seid für gewöhnlich schwer zu durchschauen, doch diesmal spüre ich deine schwermütige Aura ganz deutlich. Willst du es mir nicht sagen? Vielleicht kann ich dir ja helfen.«

»Nein!« Das Wort klang eine Spur härter und verletzender, als Glamouron es beabsichtigt hatte. Schweigend ging er zu der kargen Schlafstatt, die er sich aus einer Decke und dem feuchten Umhang bereitet hatte, legte sich hin und schloss die Augen. Artair blickte ihm seufzend nach. »Ich bin sicher, dass wir Numairs Mörder morgen aufspüren werden«, sagte er leise in den Raum hinein, bevor auch er sich niederlegte. »Mit oder ohne Fährte.«

Der Morgen graute in bleischwer dahinsickernden Stunden. Die Regenfälle der Nacht waren zu einem feinen Nieseln abgeklungen, doch die dichte Wolkendecke hinderte die Sonne noch immer beharrlich daran, ihre wärmenden Strahlen ins Grasland zu schicken. Es dauerte lange, bis es hell genug war, um den Erkundungsflug fortzusetzen. Die Luft war nach dem Unwetter bitterkalt geworden, und der Atem der sechs Männer, die im Zwielicht das Reitgeschirr der Riesenalpe überprüften und die Ausrüstung verstauten, stieg in weißen Wolken zum Himmel auf. Auch der Wind war eingeschlafen, und ein zäher Dunst hatte sich wie eine dicke Decke über die Steppe gebreitet.

Glamouron stand neben Letivahr auf der grasbewachsenen Anhöhe, die sich hinter der Jagdhütte erhob, und blickte nachdenklich gen Norden. »Sieht aus, als hätte sich sogar das Wetter gegen uns verschworen«, brummte er und stieß einen kleinen Stein mit dem Fuß den Abhang hinunter. »Was meinst du?«, wandte er sich mittels Gedankensprache an den Riesenalp. »Könnt ihr unter diesen Umständen aufsteigen?«

»Nun, der Hügel hier ist nicht gerade hoch«, erwiderte Letivahr ausweichend. »Und ohne jeden Wind ...«

»... ist ein Abflug unmöglich«, beendete Glamouron den Satz.

»Es wird schwierig werden.« Letivahr machte eine Kopfbewegung, die einem Nicken sehr ähnlich war.

»*Barad!*« Glamouron ballte verärgert die Fäuste. Er hätte nicht im Traum damit gerechnet, dass sich der Sturm zur völligen Windstille abschwächen würde, und ärgerte sich maßlos darüber, die

Jagdhütte in der Nacht angeflogen zu haben. Jetzt war aus der Zuflucht eine Falle geworden, in der sie festsaßen, bis der Wind erneut auflebte. Die Riesenalpe benötigten wegen ihrer enormen Größe eine steile Klippe oder eine Anhöhe, von der aus sie abheben konnten, und einen kräftigen Aufwind, der sie in die Höhe trug. Der Hügel hinter der Hütte war zwar hoch genug, doch ohne einen unterstützenden Aufwind aus der Steppe würden die gewaltigen Vögel nicht weit kommen. Einigen von ihnen mochte es vielleicht gelingen, ein paar Längen zu fliegen, um dann inmitten der Steppe zu landen. Die meisten würden jedoch vermutlich schon beim Absprung scheitern.

»Gegen Mittag wird es sicher aufklaren«, hörte Glamouron Artair hinter sich sagen, als hätte der Druide seine Gedanken erraten. Die Arme vor der Brust verschränkt, trat der Druide neben den Nebelelfen und folgte dessen Blick über die verhangene Ebene. »Der Nieselregen hat immerhin schon aufgehört, und die Sonne dürfte noch genügend Kraft besitzen, um den Dunst aufzulösen«, meinte er und fügte leise hinzu: »Die Gütige Göttin gebe, dass es so sei.«

Es dauerte bis zum späten Nachmittag, ehe Artairs Zuversicht belohnt wurde. Zunächst war es nur ein dünner blasser Sonnenstrahl, der sich durch das Grau stahl, doch dann, als hätte dieser den Bann gebrochen, lösten sich die Wolken plötzlich auf, und die Sonne stand voll am türkisblauen Himmel. Die durchweichte Steppe dampfte unter den wärmenden Strahlen, es wurde zunehmend schwüler, und wenig später strich der erste Aufwind aus der Ebene den Hügel hinauf.

Die Männer, die seit dem Morgen ungeduldig auf dieses Ereignis gewartet hatten, stiegen erleichtert in die Sättel der Riesenalpe und machten sich bereit. Letivahr flog als Erster in Richtung Norden, und die anderen Riesenalpe folgten ihm. Sie waren noch nicht lange geflogen, als Letivahr Glamouron auf ein seltsames Gebilde am Horizont aufmerksam machte. »Siehst du die merkwürdige rote Wolke da vorn?«, fragte er den Elfen.

»Wo?« Glamouron, der den Boden zu ihren Füßen bis zu diesem Augenblick nach Überresten der Fährte abgesucht hatte, richtete sich im Sattel auf.

»In nördlicher Richtung am Rande der Finstermark«, erklärte Letivahr. »Eine rötliche Wolke. Sie ist sehr groß, aber so dünn und unstet wie ein Schleier im Wind.«

»Ich sehe sie«, erwiderte der Nebelelf. »Du hast Recht, das ist ein seltsames Gebilde. Sieht aus wie eine Staubwolke, die von einer Steppenbüffelherde aufgewirbelt wird.«

»Nur, dass es in der Finstermark keine Steppenbüffel gibt«, berichtigte ihn Letivahr.

»Eben!«, sagte Glamouron ernst. »Darum werden wir uns das Ganze genauer ansehen.«

Mit kraftvollen Flügelschlägen glitt die kleine Gruppe der Riesenalpe über das Grasland dahin, während sich die Sonne langsam dem westlichen Horizont zuneigte und die Steppe in goldenes Licht tauchte.

Düstere Gedanken, die er jedoch für sich behielt, plagten den Nebelelfen, und je näher sie der roten Staubwolke kamen, die mittlerweile gigantische Ausmaße angenommen hatte, desto unruhiger wurde er. Verbissen starrte er auf den wallenden Dunst, der sich über der Finstermark erhob, und rang mit dem dumpfen Gefühl drohenden Unheils, das sich mit keiner noch so vernünftigen Erklärung vertreiben ließ.

Thale wird angegriffen, wisperte ihm eine körperlose Stimme in Gedanken zu. *Ein gewaltiges Heer marschiert von Norden heran. Tausende gepanzerter Wesen wirbeln die rote Erde der Finstermark auf und tragen Tod und Verderben in …*

Wenn es ein solches Heer gäbe, hätten wir es längst bemerkt, überlegte Glamouron. Nicht einmal in der Finstermark könnten sich derart viele Krieger unbemerkt versammeln. Sie brauchen Wasser, Nahrung und …

… das frische Fleisch von Grasländern und Riesenalpen?, säuselte die Stimme der Ungewissheit.

»Schweig!« Energisch versuchte Glamouron die aufkommenden Gedanken zu verdrängen. Nicht in seinen schlimmsten Albträumen wollte er sich ein Menschen fressendes Heer ausmalen, das Thale angriff. So etwas konnte und durfte es nicht geben. In der ganzen ihm bekannten Welt existierte keine Rasse, die zu so etwas fähig wäre.

Und wenn die Dimensionentore wieder geöffnet wurden? Heimlich und unbemerkt von den Menschen und Nebelelfen?, raunte ihm die Stimme des Zweifels zu. *Ein Tor würde genügen, um ...*

Die Tore wurden von den Elfen vor vielen hundert Sommern verschlossen, und die Stollen, in denen sie sich befanden, wurden geflutet, hielt Glamouron energisch dagegen.

Aber wer sagt uns, dass es nicht auch an anderen Orten Dimensionentore gibt? Die innere Stimme des Argwohns gab keine Ruhe. *Tore, die niemals von den Elfen gefunden und nun von der Finsternis entdeckt wurden!*

Es gibt keine anderen Tore in Thale, erwiderte Glamouron so nachdrücklich, als reichte allein seine Überzeugung aus, um zu bewirken, dass es sich wirklich so verhielt.

Und wenn wir irren? Wenn wir irren?

Glamouron schüttelte den Kopf und rieb sich mit den Händen über die Augen, doch das Gefühl drohenden Unheils wollte nicht verschwinden.

»Glamouron ... Sieh!« Letivahrs Gedankenruf kam einem Aufschrei gleich und riss den Nebelelfen in die Gegenwart zurück. Energisch schob er alle Gedanken beiseite und versuchte zu erkennen, was Letivahr so erregte. Er brauchte nicht lange zu suchen. Am Boden unterhalb der Staubwolke war plötzlich ein langer und schmaler dunkler Streifen zu erkennen. Es gab keinen Zweifel daran, dass er sich bewegte, denn entlang des Streifens blitzte es wieder und wieder auf, als spiegelte sich das Sonnenlicht auf blankem Metall.

»Bei den Toren!«, Glamouron hatte nie zuvor ein heranrückendes Heer gesehen, doch der Anblick der wogenden schwarzen Masse, die sich mit blitzenden Waffen und Schilden unter der

Staubwolke dahinwälzte, vernichtete auch die letzte Hoffnung, dass er sich zu Unrecht sorgte.

Seine schlimmsten Befürchtungen waren bittere Wahrheit geworden. Die Erkenntnis, dass Thale das Opfer eines heimtückischen Überfalls wurde, traf ihn mit der Wucht eines Faustschlags. Er hörte sich selbst verzweifelt aufschreien, während ihm die wispernde Stimme immer wieder die grausame Gewissheit zuraunte: *Wir haben uns geirrt, wir haben uns alle geirrt.*

Zweites Buch

Fedeon

I Fedeon saß auf der Bank vor der Jagdhütte und summte leise vor sich hin, während sein Blick den Wald streifte, den die Dämmerung bereits umfangen hatte. Hinter den grünen Wipfeln der Christalltannen, welche die Lichtung, auf der die Hütte stand, wie eine undurchdringliche Mauer umschlossen, sank die Sonne, und das Licht wurde fahl und grau. Dieser Augenblick, der von den Skalden Thales oft nur »die blaue Stunde« genannt wurde, war Fedeon der liebste – wenn die Wärme des Tages in den langen Schatten abkühlte und die untergehende Sonne den Himmel im Westen in feuriges Rot tauchte.

Der junge Skalde liebte es zu beobachten, wie das Rot langsam in ein Violett überging und zu einem sanften Blau verblasste, das schließlich im tiefen Schwarzblau der Nacht verschwand. Dann roch die Luft so sauber und frisch wie zu keiner anderen Zeit. Leise seufzend lehnte er sich zurück, schloss die Augen und erfreute sich an dem abendlichen Frieden, der gemeinsam mit der Nacht in den Valdor-Bergen Einzug hielt. Fast überdeutlich nahm er den würzigen Duft des feuchten Nadelbodens wahr, während er sinnend dem geheimnisvollen Gurgeln des Baches lauschte, der sich durch die Lichtung schlängelte.

Es war der dritte Abend, den er in der selbst gewählten Einsamkeit der Jagdhütte verbrachte, und obgleich er noch nicht lange hier war, fühlte sich Fedeon bereits als ein Teil der Wildnis, die ihn umgab. Er hatte keine Furcht und genoss die allgegenwärtige Ruhe, die ihm weitab vom lauten Treiben der Festungsstadt endlich die ersehnten Visionen bescheren sollte.

Zunächst war es allerdings auch hier nicht leicht für ihn gewesen, sich zu entspannen. Der Abschied von Paira war ihm viel schwerer gefallen, als er ihr gegenüber hatte zugeben wollen. Ihre Tränen und flehenden Worte hatten ihn zutiefst berührt, und es hatte ihn Kraft gekostet, sich endgültig aus ihren Armen zu lösen. Obwohl er ihre sehnsüchtigen Blicke im Nacken gespürt hatte, war er von ihr fortgegangen, ohne sich noch einmal umzusehen, denn er hatte keine Wahl gehabt.

Immer wenn er an diesen Augenblick dachte, krampfte sich ihm das Herz zusammen, und er schämte sich für sein Verhalten. Paira liebte ihn aufrichtig und hatte eine solche Behandlung nicht verdient. Dennoch hatte er in diesem Augenblick nicht anders handeln können und hoffte inständig, sie möge ihn verstehen und es ihm nicht übel nehmen.

Seufzend erhob sich Fedeon von der harten Bank, nahm eine kupferne Kelle zur Hand, schlenderte zum Bach und kniete sich an dessen Ufer nieder, um seinen Durst zu stillen. Inzwischen war es fast dunkel geworden. Während im Westen das letzte Licht des Tages als heller Streifen verblasste, zeigten sich im Osten bereits die ersten funkelnden Sterne. Es wurde Zeit, schlafen zu gehen. Fedeon wischte sich mit dem Handrücken über die Lippen, streckte sich und stand auf. Bis zur Hütte, die sich aus dem Halbdunkel erhob, waren es nur ein paar Schritte. Müßig ließ er den Blick über die kantigen Umrisse gleiten, während er langsam zurückging. Die Hütte besaß keine Fenster. Sie war klein und alt, aber solide aus dicken Holzbalken und Schindeln gebaut. Und obwohl sie nicht ständig bewohnt wurde, hatte der Zahn der Zeit kaum Spuren an ihr hinterlassen. Auf der Rückseite war ein kleiner Schuppen angebaut, in dem ein ansehnlicher Holzvorrat lagerte, doch die Nächte waren noch nicht wirklich kalt, und Fedeon nahm nur vom Holz, wenn er sich eine warme Mahlzeit zubereitete.

Der junge Skalde gähnte und griff nach dem hölzernen Riegel der Tür, als plötzlich ein markerschütternder Schrei durch die dichter werdende Dunkelheit schrillte. Einen Moment lang hing das verklingende Echo in der Luft, dann erstarb es. Der Schrei war kurz gewesen und wer immer ihn ausgestoßen hatte noch weit entfernt, doch der fremdartige Klang ließ Fedeon aufhorchen.

Besorgt runzelte er die Stirn. Er war schon oft in den Bergen gewesen und kannte die Tiere, die hier lebten. Auch die Laute der nächtlichen Räuber und die angstvollen Schreie ihrer Beute waren ihm wohl bekannt. Dieser Schrei jedoch ließ sich mit nichts vergleichen, das er je zuvor gehört hatte. Den Blick suchend zum Nachthimmel gerichtet, trat er vor die Hütte, lauschte und wartete.

Vor lauter Anspannung wagte er kaum zu atmen, doch außer dem sanften Rauschen des Windes, der durch die Wipfel der Christalltannen strich, war nichts zu hören.

Ich muss mich getäuscht haben, dachte Fedeon. Sicher war es nur der Schrei eines Kaninchens, das …

In diesem Augenblick ertönte wieder ein Schrei. Hässlich krächzend und voller Bosheit gellte er über die Lichtung und ließ Fedeon das Blut in den Adern gefrieren. Wer immer die grauenhaften Geräusche von sich gab, musste schon sehr nahe sein. Ängstlich drängte sich Fedeon an die Wand der Hütte. Keinen Moment zu früh, denn vor den dünnen Sicheln der Monde To und Yu, die im Norden über den düsteren Baumkronen zu sehen waren, tauchte eine kleine Gruppe geflügelter schwarzer Schatten auf, die sich rasch auf die Lichtung zubewegten.

Die seltsam grotesken Umrisse der großen Geschöpfe erinnerten entfernt an fliegende Echsen mit Schnäbeln und machten Fedeon Angst. Doch gleichzeitig weckten sie auch seine Neugierde. Was waren das für seltsame Tiere? Eigentlich hatte er sich in der Hütte verstecken wollen, bis sie vorübergezogen waren, doch als er sah, dass sie am Himmel kreisten und die Lichtung offensichtlich als Ziel ausgesucht hatten, siegte seine Neugier über die Furcht.

Fasziniert beobachtete er, wie die sechs geflügelten Echsen nahe dem Bach landeten, die ölig schimmernden Flügel falteten und sich nebeneinander zum Trinken ans Ufer kauerten. Dabei behackten sie sich immer wieder gegenseitig mit den Schnäbeln, als wäre es ihnen unerträglich, den eigenen Artgenossen so nahe zu sein. Zwischen zwei der Kreaturen kam es kurzzeitig sogar zu einem heftigen Kampf, der von lautem Gekreische begleitet wurde. Das Gezänk endete blutig. Nur durch eine überstürzte Flucht gelang es dem Unterlegenen, sein Leben zu retten, doch er hatte schwere Verletzungen an den Flügeln davongetragen und schaffte es nur mühsam, sich in die Lüfte zu erheben.

Die verbleibenden fünf machten keine Anstalten, ihm zu folgen. Als wäre nichts geschehen, wandten sie sich wieder dem Wasser zu, um zu trinken.

Fedeon hielt die Gelegenheit für günstig. Vorsichtig pirschte er um die Hütte herum und kroch auf allen vieren hinter einer Brombeerhecke entlang, um näher an die seltsamen Geschöpfe heranzukommen. Inzwischen war er sich sicher, dass sie einer Rasse angehörten, die nie zuvor in Thale gesehen worden war. Wild entschlossen, so viel wie möglich über sie zu erfahren, um später den Gelehrten in Nimrod davon zu berichten, nahm er die fremdartigen geflügelten Wesen in Augenschein. Lautlos wie eine schleichende Katze bewegte er sich gegen den Wind und schaffte es schließlich, so nahe an sie heranzukommen, dass er sogar den Ekel erregenden säuerlichen Gestank riechen konnte, der von den hageren braunen Leibern ausging. Fedeon rümpfte angewidert die Nase und unterdrückte ein Husten, konnte jedoch nicht verhindern, dass ihm ein leises Schnauben entfuhr. Das gedämpfte Geräusch wäre für gewöhnlich kaum zu hören gewesen, doch in der abendlichen Stille hallte es verräterisch über die Lichtung.

Augenblicklich hoben die geflügelten Echsen die Köpfe, und fünf Paar winziger grüner Augen richteten sich auf das Gebüsch, hinter dem Fedeon kauerte. Gleich darauf breitete die erste Kreatur empört die fledermausartigen Flügel aus und schnellte fauchend in die Höhe. Dabei entblößte sie eine doppelte Reihe messerscharfer spitzer Zähne und schnappte angriffslustig um sich. Mit einem Schrei, der Fedeon vor Furcht erstarren ließ, erhob sie sich in die Lüfte und flog auf das Dickicht zu, hinter dem er sich versteckte.

Schlagartig wurde dem jungen Skalden klar, wie leichtsinnig es gewesen war, sich so weit von der Hütte zu entfernen und den seltsamen Kreaturen unbewaffnet zu nähern. Ängstlich drängte er sich so weit wie möglich in das Gebüsch. Jetzt wünschte er sich bessere Deckung. Doch dafür war es zu spät.

Zwei weitere Flugechsen hatten sich erhoben und kreisten zeternd über dem Brombeergestrüpp, in dessen dornigen Ranken Fedeon nun kauerte, während sich die beiden verbleibenden Wesen vom Bach her näherten.

Nie zuvor hatte sich Fedeon so gefürchtet. Er spürte weder, dass ihm die nadelspitzen Dornen das Gesicht zerkratzten, noch bemerkte er das Blut an seinen Händen. Alles, was er sah, waren die blitzenden Doppelreihen der Zähne in den schnabelähnlichen Mäulern der Echsenvögel und die säbelartig gebogenen Klauen an deren Zehen. Er hörte ihr wütendes Kreischen und Zetern und zuckte erschrocken zusammen, als der Erste heftig an den Dornenranken zerrte, um Fedeons letzten Schutz fortzureißen.

Die Kraft der ziegengroßen Tiere war erstaunlich, und der Geruch des frischen Blutes steigerte ihre Wut zu einer unbändigen Raserei. Mit Klauen und Schnäbeln rissen sie lange Ranken und Äste aus dem Gebüsch, und Fedeon sah, wie seine Deckung immer schneller schwand.

»Was war das?« Shari, die hinter Naemy auf Bronaduis Rücken saß, blickte erschrocken zum sternenübersäten Himmel empor, der sich über den Kronen der Christalltannen wölbte.

Der Falbe hatte die beiden Nebelelfen sehr viel schneller in die Valdor-Berge gebracht, als Naemy es für möglich gehalten hätte. Unermüdlich war er durch die Steppe in die Vorberge galoppiert und hatte die beiden Reiterinnen tief ins Gebirge getragen.

Unter dem schützenden Dach der Christalltannen hatte Naemy dem erschöpften Pferd schließlich etwas Ruhe gegönnt, indem sie es zügelte und im Schritt weitergehen ließ, doch eine ausgiebige Rast hatte die Nebelelfe trotz einsetzender Dunkelheit nicht mehr einlegen wollen. »Wir sind bald da«, hatte sie ihrer Schwester erklärt und hinzugefügt: »In der Hütte können wir ausschlafen und uns ein paar Sonnenläufe von dem langen Ritt erholen.«

Shari, der alle Knochen schmerzten, hatte eine unwirsche Antwort gemurmelt, dem Entschluss ihrer Schwester jedoch nicht widersprochen und stattdessen versucht, ein wenig zu dösen, indem sie den Kopf an Naemys Rücken lehnte. Das gemütliche Auf und Ab des Ritts hatte einschläfernd auf sie gewirkt, und die Ruhe des Waldes ein Übriges getan, um ihre Sinne auf den Wolken des Schlafs davontragen zu lassen …

Dann aber war plötzlich der Schrei ertönt, und Shari war wieder hellwach.

»Das muss ein Kaninchen gewesen sein, das sein Leben in den Fängen eines nächtlichen Jägers beendete«, erklärte Naemy so leise und schnell, als fürchtete sie, jemand könne sie hören.

»Ein Kaninchen? Aber ...«, hob Shari verwundert an, doch eine mahnende Handbewegung Naemys brachte sie zum Schweigen. Die Nebelelfe hatte das Pferd unmittelbar neben dem Stamm einer weit ausladenden Christalltanne anhalten lassen und horchte angespannt in die Stille des Waldes. Auch Shari wartete ängstlich schweigend.

Plötzlich erklang ein zweiter, sehr viel lauterer Schrei fast unmittelbar über ihren Köpfen, und Shari spürte, wie der Falbe ängstlich zusammenzuckte.

»Sucher!«, zischte Naemy ihrer Schwester zu und flüsterte: »*Le dinen* – sei leise!«

Sucher! Shari hatte das Wort nie zuvor gehört, aber etwas in Naemys Stimme sagte ihr, dass es nichts Gutes verhieß. Auch der Falbe schien die Gefahr zu spüren. Nicht einmal sein Atem war zu vernehmen, und nur die bebenden Nüstern zeugten davon, wie unruhig er war. Und dann hörte sie es. Hoch über ihnen erklang das Rauschen mächtiger Schwingen, und durch die Lücken zwischen den Zweigen erkannte Shari eine Hand voll großer dunkler Geschöpfe, deren Körper selbst im spärlichen Licht der Sterne noch ölig schimmerten. Nie zuvor hatte sie hässlichere Wesen gesehen, doch sie schluckte die brennenden Fragen herunter, die ihr auf der Zunge lagen, und wartete geduldig, dass die Gefahr vorüberzog.

Schließlich spürte sie, wie Naemy sich entspannte, hörte den Falben wieder nervös schnauben und wagte es endlich, eine Frage an ihre Schwester zu richten. »Was waren das für Kreaturen?«

Naemy antwortete nicht. Sichtlich erschüttert blickte sie dorthin, wo die Sucher verschwunden waren, schüttelte den Kopf und murmelte: »Ich hätte nicht gedacht, dass der Arm An-Rukhbars schon so weit ins Land hineinreicht.« Dann schnalzte sie leise mit der Zunge, und der Falbe trabte gehorsam an. »Bis zur Hütte ist es nicht mehr weit«, sagte sie an Shari gewandt. »Sobald wir unser

Lager dort aufgeschlagen haben, werde ich deine Frage ausführlich beantworten.«

Doch so weit kam es nicht.

Noch bevor die beiden Nebelelfen die Lichtung erreichten, auf der die einsame Jagdhütte stand, hörten sie erneut das hässliche Krächzen und Kreischen der Sucher.

»*Barad!*« Naemy fluchte leise und sprang vom Pferd, während sie das Kurzschwert aus der Scheide am Gürtel zog und kampfbereit in die Hand nahm. »*Dartha si* – warte hier!«, befahl sie flüsternd und eilte geduckt auf den nahen Waldrand zu.

Shari schnappte nach Luft und blickte ihr empört nach. Naemy war zwar älter als sie, doch das gab ihr noch lange nicht das Recht, sie wie ein kleines Kind zu behandeln. Ärgerlich glitt sie vom Rücken des Pferdes und schickte sich an, ihrer Schwester zu folgen. Sie musste unbedingt wissen, was auf der Lichtung geschah, und würde sich auch von einer überbesorgten Schwester nicht davon abhalten lassen, dorthin zu eilen. Aber Naemy war bereits in der Dunkelheit des Dickichts verschwunden. Nirgends konnte Shari einen Hinweis darauf entdecken, welchen Weg sie genommen hatte. Die junge Nebelelfe seufzte und schüttelte betrübt den Kopf, doch dann straffte sie sich. »Na gut! Wenn sie mich nicht mitnehmen will, werde ich eben allein gehen und nachsehen, was da vorn los ist«, murmelte sie trotzig und bewegte sich nahezu lautlos in die Richtung, aus der die Schreie kamen. Zunächst nahmen ihr die Bäume und das dichte Unterholz die Sicht, doch schon bald lichtete sich der Wald.

Das Gekreische und Geschrei der seltsamen Vögel war inzwischen zu einem ohrenbetäubenden Lärm angewachsen, der von knackenden Zweigen und scharrenden Geräuschen begleitet wurde. Einmal glaubte Shari einen Mann aufschreien zu hören, doch sie war sich nicht sicher.

Da sie sonst nur ein Kräutermesser bei sich führte, nahm Shari den Langbogen von der Schulter, legte einen Pfeil auf die Sehne und spannte den Bogen. Dann hatte sie die Bäume am Rand der Lichtung erreicht. Immer darauf bedacht, nicht gesehen zu werden, suchte sie Deckung hinter einer dicken Tanne und spähte auf die Lichtung.

In der Nähe eines kleinen Bachs, der sich durch die Lichtung schlängelte, erblickte sie fünf der Furcht erregenden geflügelten Kreaturen, die Naemy »Sucher« genannt hatte. Die echsenähnlichen Körper schimmerten selbst im spärlichen Mondlicht abstoßend ölig, und obwohl Shari noch ein ganzes Stück von ihnen entfernt war, konnte sie den scheußlichen Gestank wahrnehmen, der von ihnen ausging.

Drei der geflügelten Echsen umkreisten schreiend ein dichtes Brombeergestrüpp. Immer wieder stießen sie von oben herab, rissen mit Schnäbeln und Klauen lange Ranken aus dem Busch oder bohrten den spitzen Schnabel tief in das Gebüsch hinein.

Zwei weitere Echsenvögel am Boden hatten durch Zerren an Ranken und Ästen bereits ein beachtliches Loch in den Busch gerissen. Sie krächzten und fauchten böse, und hin und wieder sprang einer von ihnen so erschrocken zurück, als würde er aus dem Innern des Busches heraus angegriffen.

»Seltsam.« Shari vermutete, dass sich etwas oder jemand im Busch versteckte, doch sie war zu weit entfernt, um erkennen zu können, worum es sich dabei handelte. Ohne den schussbereiten Bogen zu senken, schob sie sich im Schutz des Dickichts näher an die geflügelten Echsen heran.

Plötzlich trat sie mit dem Fuß in die Öffnung eines Baus, den ein kleiner Nager im Dickicht gegraben hatte. Der Eingang war nicht sonderlich groß, doch die tiefe Mulde davor genügte, dass Shari strauchelte. Durch die ruckartige Bewegung glitt ihr der Pfeil aus den Händen, wurde abgeschossen und sirrte auf die flatternden Leiber der Echsenvögel zu.

Shari verharrte wie erstarrt. Ihr Herz raste. Die Zeit verlor ihre Bedeutung, und alle Geräusche verstummten, während sie den Flug des Geschosses mit angehaltenem Atem verfolgte. Mit unwirklicher Langsamkeit suchte sich der Pfeil einen Weg über die Lichtung und flog unaufhaltsam auf den Brombeerstrauch zu. »Flieg vorbei!«, betete Shari in Gedanken, doch vergebens.

Nur wenige Herzschläge, nachdem er die Sehne verlassen hatte, bohrte sich der Pfeil in den Flügel eines der Echsenvögel, der mit einem schaurigen Schmerzenslaut zu Boden stürzte. Die übrigen Sucher hielten jählings inne und blickten sich erregt um.

Shari rührte sich nicht. Sie spürte, wie die Blicke der Vögel am Rand der Lichtung auf und ab wanderten, und obwohl ein dicker Baumstamm sie verbarg, wusste sie, dass es nur eine Frage der Zeit war, bis einer der Sucher sie entdecken würde. Eine dumpfe Ahnung raunte ihr zu, dass Echsenvögel mit ihren winzigen Augen weit mehr zu sehen vermochten als andere Geschöpfe. Als durchdrängten ihre Blicke den Stamm, fühlte das Elfenmädchen das unangenehme Prickeln des Beobachtetwerdens im Nacken.

Das kann nicht sein, dachte Shari entsetzt. Niemand kann durch das Holz eines Baumes sehen Niemand! Sie können mich hier nicht entdecken. Das ist völlig un…

Noch bevor sie den Gedanken zu Ende gebracht hatte, ertönte ein gellender Schrei, dem ein heftiges Durcheinander kreischender und zeternder Laute folgte. Shari hörte, wie sich die Sucher flügelschlagend näherten, und rannte los. Sie hatten sie entdeckt! Ohne einen Blick auf die Echsenvögel zu werfen, die die Lichtung bereits zur Hälfte überquert hatten, versuchte sie, tiefer in den schützenden Wald zu gelangen. Aber sie kam nicht weit. Wie aus dem Nichts tauchte vor ihr plötzlich ein weiterer Sucher auf und schnappte nach ihr. Nur einem blitzartigen Sprung, der sie außer Reichweite des tödlichen Schnabels brachte, hatte Shari es zu verdanken, dass der Sucher ihre ungeschützte Kehle verfehlte. Doch der Echsenvogel gab nicht auf. Mit einer Gewandtheit, die seinen schwerfällig anmutenden Körper Lügen strafte, schoss er zwischen den Bäumen hindurch und hinderte Shari daran, sich in den schützenden Wald zu retten. Immer wieder hackte er mit dem Schnabel nach der jungen Nebelelfe oder hieb mit den langen Krallen nach ihr.

Shari hatte ihr kurzes Messer gezogen und hieb damit zurück nach dem Untier. Doch der Sucher wich ihr geschickt aus. Gleichzeitig schwoll der Lärm hinter ihr an, ein deutliches Zeichen dafür, dass die vier Flugechsen von der Lichtung inzwischen ganz nahe waren.

Ich muss umkehren!, schoss es Shari durch den Kopf. Zur Lichtung! Dort kann ich wenigstens den Bogen einsetzen. Geschmeidig wie eine Katze huschte sie durch das Unterholz. Der Vorsprung kam ihr zu Gute, als sie die Lichtung erreichte. Noch während sie auf die Wiese hinauslief, nahm sie den Bogen zur Hand, zog einen Pfeil aus dem Köcher und spannte die Sehne. Keinen Augenblick zu früh! Schon brachen vier der Sucher zwischen den Stämmen hervor und stürzten kreischend auf sie zu.

Mit tödlicher Präzision sirrte der erste Pfeil durch die Luft, doch Shari sah nicht einmal, dass er sein Ziel fand, sondern legte gleich den zweiten ein. Ein weiterer Sucher stürzte getroffen zu Boden. Die beiden verbleibenden waren jetzt ganz nahe. Für einen dritten Schuss blieb keine Zeit. Mit wütendem Kreischen umkreisten die beiden Echsenvögel die Nebelelfe und schnappten und hackten nach ihr. Shari warf den Bogen fort und zog ihr Messer, wohl wissend, dass sie damit kaum gegen die Klauen und Zähne ankäme. Es musste schon ein Wunder geschehen, wenn sie hier lebend herauskommen sollte.

Plötzlich sah sie, wie einem der Sucher der Kopf abgeschlagen wurde. Grünes Blut spritzte hervor, und das geköpfte Wesen stürzte vornüber zu Boden, wo es flügelschlagend liegen blieb.

»Du solltest beim Pferd bleiben«, zischte ihr eine ärgerliche Stimme zu.

»Naemy!« Shari war überglücklich, ihre Schwester zu sehen, doch beim Anblick des zornigen Gesichts schämte sie sich plötzlich entsetzlich für ihre Dummheit. Sie hatte das dringende Gefühl, etwas zu ihrer Entschuldigung anbringen zu müssen, doch ein erneuter Angriff des überlebenden Suchers hielt sie davon ab.

»Wir reden später.« Voller Abscheu schlug Naemy mit ihrem Schwert nach dem geflügelten Echsenwesen. Der Hieb traf es am Flügel, und es stürzte zu Boden, wo Naemy dessen Leben mit einem gut gezielten Stich beendete.

Der grässliche Todesschrei des Suchers gellte über die Lichtung.

Dann erschlaffte er. Das verletzte Tier, das neben dem Brombeerstrauch kauerte, erhob sich daraufhin schwerfällig in die Lüfte und suchte sein Heil in der Flucht. Zeternd und kreischend flog es in Richtung Norden davon und war schon bald nicht mehr zu sehen.

»Was fällt dir ein, meine Weisungen so zu missachten?«, fragte Naemy ungehalten. Ihre Augen funkelten vor Wut. Als Nebelelfe lag es nicht in ihrer Natur, sich von derartigen Gefühlen hinreißen zu lassen, doch diesmal drohte das menschliche Erbe in ihr Überhand zu gewinnen, und es gelang ihr nur mit Mühe, sich zu beherrschen. Was Shari angerichtet hatte, war durch nichts zu entschuldigen, aber es war geschehen und nicht mehr rückgängig zu machen.

Shari schwieg und schaute betreten zu Boden.

»*Barad!*« Ärgerlich säuberte Naemy das von grünem, stinkendem Blut befleckte Schwert im Gras und steckte es zurück in die lederne Scheide. »Sprich!«, forderte sie ihre Schwester auf.

»Ich war neugierig«, murmelte Shari. »Ich wollte dich begleiten, aber du warst so schnell fort. Da … da dachte ich, dass …«

»… du mal eben allein zur Lichtung spazieren könntest?«, fiel Naemy ihr ins Wort und rieb sich müde über die Augen. »Bei den Toren! Du bist wahrlich noch ein Kind. Wenn ich dir das nächste Mal sage, dass du zurückbleiben sollst, dann tust du das auch! Verstanden?«

»Ja.«

»Sieh nur, was du angerichtet hast!« Aufgebracht deutete Naemy auf die getöteten Sucher. »Das hätte nicht sein müssen, nicht sein dürfen. Deine kindliche Neugier hat Sucher das Leben gekostet, die nicht hätten getötet werden dürfen. Bei der Göttin, verstehst du das nicht?«

»Das … das wollte ich nicht«, stammelte Shari. »Es war ein Unfall. Ich wollte die Sucher nur beobachten und herausfinden, was sie an dem Busch dort hinten taten. Dabei bin ich gestolpert, und der Pfeil hat sich gelöst.«

»Es spielt keine Rolle, ob du es wolltest oder nicht!«, brauste Naemy auf. »Es ist geschehen. Durch dein unbedachtes und leichtsinniges Verhalten. Die Göttin allein weiß, welche Auswirkungen der Tod dieser Kreaturen auf die Zukunft haben wird.«

»Aber das sind doch nur abscheulich stinkende Vögel«, erwiderte Shari trotzig. Angewidert rümpfte sie die Nase und meinte: »Was sollen die im Lauf des Schicksals schon groß bewirken?«

»Nur Vögel?« Naemys Stimme wurde ganz leise. »Da irrst du dich aber gewaltig. Das sind nicht nur Vögel. Es sind Späher An-Rukhbars, und derjenige, der entkommen ist, wird nichts Besseres zu tun haben, als dem finsteren Herrscher zu berichten, dass sich Nebelelfen in den Bergen jenseits der Festungsstadt aufhalten.«

»Das … das wusste ich nicht«, jammerte Shari kleinlaut. »Ehrlich! Ich hatte wirklich keine Ahnung, dass …«

»Du weißt so vieles nicht, Schwester!« Nur mühsam gelang es Naemy, den Zorn zu unterdrücken. »Deshalb ist es ja auch so ungeheuer wichtig, dass du dich an meine Anweisungen hältst! Wir sind nicht in Numark, wo alles friedlich ist. Verstehst du das? Die Menschen ahnen es noch nicht, aber die Zeit des Friedens und der Freiheit ist bereits Geschichte. Die Finsternis wird Thale erobern, und für alle, die die große Schlacht überleben, werden düstere Sommer der Knechtschaft und Unterdrückung anbrechen. Das Volk der Nebelelfen wird die Sümpfe von Numark verlassen und erbarmungslos verfolgt werden. Unsere Brüder und Schwestern werden sich in alle Winde zerstreuen. Viele werden sterben.«

Sie verstummte und blickte Shari ernst an. »Die Zeiten ändern sich, *muinthel*«, erklärte sie etwas sanfter. »Nichts wird mehr so sein, wie es war. Es hat bereits begonnen, und wir …« Plötzlich verstummte sie und griff nach ihrem Schwert.

»Was ist?«, fragte Shari leise.

»Still!« Angespannt lauschte Naemy in die Dunkelheit hinein.

Und dann hörte Shari es auch. Irgendwo hinter ihnen auf der Lichtung knackten Zweige, und jemand stöhnte leise. Sie waren nicht allein. »Das Brombeergestrüpp!«, hauchte Shari, die sich plötzlich wieder daran erinnerte, von dort eine Stimme gehört zu haben. »Es muss sich jemand in dem Busch verstecken, den die Sucher töten wollten.«

»Das werden wir gleich herausfinden.« Mit erhobenem Schwert schritt Naemy langsam über die Lichtung auf das Brombeergestrüpp zu. Geschmeidig wie eine Katze näherte sie sich dem düsteren Schatten des Busches, aus dessen Tiefen ein verhaltenes Stöhnen zu hören war. Wer immer sich dort verbarg, schien die beiden Nebelelfen nicht zu bemerken, denn das leise Wehklagen verstummte nicht.

Als Naemy unmittelbar neben dem Busch stand, beugte sie sich vor und spähte zwischen den Zweigen hindurch. Dabei musste sie sehr vorsichtig sein, denn die Schnäbel und Krallen der Sucher hatten unzählige Ranken voller spitzer Dornen aus dem verfilzten Geflecht gerissen.

Im Innern des Busches war es dunkel, doch die Augen der Nebelelfen konnten auch in der Nacht hervorragend sehen. Das spärliche Sternenlicht reichte Naemy, um zu erkennen, dass sich in den Schatten tatsächlich jemand verbarg. Furchtsam kauerte dort eine menschliche Gestalt und stöhnte leise.

Plötzlich verfing sich eine Brombeerranke in Naemys Haaren. Der Versuch, die widerspenstigen Dornen leise zu entfernen, kostete sie einige Mühe und führte dazu, dass sich die Haare noch weiter um die Ranke wickelten. Blätter raschelten, Äste knackten verräterisch laut, und sie fluchte leise.

Das Ächzen verstummte.

»*Barad!*« Aufgebracht zerrte Naemy an der Ranke. Sie wusste, dass sie bemerkt worden war, und gab sich keine Mühe mehr, leise zu sein. Das wäre wohl auch nicht möglich gewesen. Jetzt half nur noch rohe Gewalt, um sich des hinterhältigen Angreifers zu entledigen. Verärgert zog sie ihr Messer und durchtrennte die hoffnungslos verfilzten Haare mit einem kurzen Schnitt. Das löste sie aus dem Gestrüpp.

»Komm heraus und zeig dich!«, rief sie der Gestalt im Busch ungehalten zu, aber nichts geschah. »Es hat keinen Sinn, sich weiter zu verstecken«, rief Naemy erneut. »Ich habe dich gesehen und weiß, dass du dich in dem Busch versteckst. Wenn du ein Freund bist, hast du nichts zu befürchten. Wenn du dich jedoch weigerst, freiwillig herauszukommen, werden wir dich dazu zwingen.« Sie hob das Schwert und bedeutete Shari, den Bogen zu spannen.

Auf der Lichtung war es still. Nur der Ruf eines Käuzchens hallte einsam durch die Nacht.

Naemy wartete, erhielt aber keine Antwort.

»Ich warne dich. Meine Geduld ist bald am Ende«, drohte sie. »Komm heraus, oder unsere Pfeile werden dir ein wenig nachhelfen.«

»Oh, bitte nicht ... nicht schießen!«, ertönte plötzlich eine schwache männliche Stimme aus den Schatten des Brombeerstrauchs. »Ich würde ja herauskommen, aber meine Kleider ... sie hängen in den Dornen fest.« Er verstummte und stöhnte gequält. »Außerdem bin ich ... verletzt und kann mich nicht allein ... befreien.«

»Komm, wir müssen ihm helfen!«, raunte Shari Naemy zu. Sie senkte den Bogen und wollte zu dem Gebüsch eilen, doch Naemy hielt sie zurück. »Woher weiß ich, dass ich dir trauen kann?«, rief sie dem Mann zu.

»Bei meiner Ehre als Skalde, ich sage die Wahrheit!«, erwiderte der Unbekannte. »Ich ... Mein Name ist Fedeon. Ich komme aus Nimrod. Ich ... Ich bin unbewaffnet. Bitte helft mir. Wenn ich ein Messer hätte, hätte ich mich doch längst befreit.« Er ächzte wie unter großen Schmerzen.

»Nun gut, ich vertraue dir.« Naemy senkte das Schwert und nickte Shari zu. »Wir helfen dir, aber ich warne dich: Wenn du gelogen hast, wirst du es bitter bereuen.«

2

Asco-Bahrran hatte jedes Zeitgefühl verloren. Es war gut möglich, dass erst ein oder zwei Sonnenläufe vergangen waren, seit er an die Tür der Hütte geklopft hatte, in der er seinen Freund zu finden gehofft hatte, doch es mochten auch zehn oder zwanzig gewesen sein. Er wusste weder, wie lange er nach dem ersten Fausthieb die Besinnung verloren hatte, noch, wie oft die Sonne seitdem auf- und untergegangen war. Hin und wieder hatte man ihm Wasser eingeflößt und Stücke eines trockenen, säuerlich schmeckenden Brotes in den Mund geschoben, doch jedes Mal, wenn er zur Besinnung gekommen war, hatte ihn ein Faustschlag wieder dorthin versetzt, wo es weder Hunger noch Durst noch Schmerzen gab.

Diesmal aber war der Schlag ausgeblieben, und Asco-Bahrran nahm seine Umgebung mit zunehmender Deutlichkeit war. Obwohl seine Lippen trocken und der Magen leer waren, zog er es vor, sich weiterhin besinnungslos zu geben, in der Hoffung, auf diese Weise einer neuerlichen Misshandlung zu entgehen. Er musste unbedingt herausfinden, was die fünf schwarzen Krieger mit ihm vorhatten. Die riesenhaften Geschöpfe mit den eberähnlichen Gesichtern waren Furcht erregende Kreaturen, die unmöglich einer in Thale lebenden Rasse angehören konnten. Ihre Sprache setzte sich aus gutturalen Knurrlauten zusammen, die für den Magier keinen Sinn ergaben, und ihr Verhalten war so abscheulich, dass selbst er Todesängste empfand. Und das zu Recht. Die Krieger waren rücksichtslos, grausam und blutgierig, so viel hatte er in den wenigen wachen Augenblicken der Gefangenschaft mitbekommen. Ihre Nahrung bestand ausschließlich aus rohem Fleisch, und Asco-Bahrran war sicher, dass sie auch vor dem Verzehr von Menschen nicht zurückschreckten.

»Vielleicht diene ich ihnen als lebender Proviant«, schoss es ihm durch den Kopf. Der Gedanke ließ ihn erschauern, und obwohl er ihn hastig wieder zu verdrängen suchte, setzte er sich hartnäckig fest.

Um sich abzulenken, unterzog Asco-Bahrran seinen Körper vorsichtig einer kurzen Kontrolle. Er war gefesselt und lag auf dem nassen, durchweichten Steppenboden. Seine Kleidung war klamm, verdreckt und zerrissen und stank so erbärmlich nach Schweiß, Schmutz und Exkrementen, dass einem davon übel werden konnte.

Die Stricke an Händen und Füßen schnitten ihm tief in die Haut, aber er spürte keine Schmerzen. Finger und Zehen waren längst taub, und der Magier fürchtete, dass es nicht mehr lange dauern würde, bis sie endgültig abstarben.

Ringsumher war es sehr still, nur ein animalisch grunzendes Geräusch ganz in der Nähe verriet ihm, dass er nicht allein war.

Es klang ganz so, als befände sich nur noch ein Krieger bei ihm – und der schien zu schlafen. Der Gedanke ließ das Herz des Magiers höher schlagen. Wenn die anderen wirklich fort waren und nur einen schlafenden Wachtposten zurückgelassen hatten, war dies eine einmalige Gelegenheit, die er sich nicht entgehen lassen durfte. Obwohl er sich schwach fühlte, würde er einen Fluchtversuch wagen. Wenn das Glück ihm wohl gesonnen war, konnte es gelingen.

Blinzelnd versuchte er, den Kopf zu heben und sich umzublicken, hatte damit aber nur wenig Erfolg. Die Schläge und Hiebe der Krieger hatten sein Gesicht zu einer bläulich rot schimmernden Maske anschwellen lassen, aus der die Augen nur durch schmale Schlitze hervorblicken konnten. Das Nasenbein war vermutlich gebrochen, und der Bart von getrocknetem Blut verkrustet. Jede Bewegung bereitete Asco-Bahrran höllische Schmerzen, doch er biss die Zähne zusammen und sah sich um.

Es war dunkel. Der Nieselregen, der den Dämmerzustand des Magiers lange Zeit begleitet hatte, hatte aufgehört, aber der Himmel war noch immer – oder schon wieder? – verhangen.

Den Bulsak konnte er nirgends entdecken, aber etwas anderes erregte seine Aufmerksamkeit: In der Ferne glomm ein Unheil verkündender, rötlich gefärbter Schein über der Ebene und erhellte die Nacht bis hinauf zu den niedrigen Wolken.

Vielleicht ein Steppenbrand, überlegte Asco-Bahrran, verwarf den Gedanken jedoch sogleich wieder. Das Gras und der Boden waren viel zu nass und durchweicht, um zu brennen. Weder die Funken eines Lagerfeuers noch ein Blitzschlag vermochten die Steppe in diesem Zustand in Brand zu setzen. Der Feuerschein musste eine andere Ursache haben – nur welche?

Asco-Bahrran seufzte leise und ließ den Kopf wieder zu Boden sinken. Die unbequeme Haltung war äußerst schmerzhaft, und das Grübeln verursachte ein hämmerndes Pochen in seinem Kopf, das nur schwer zu ertragen war. Ermattet schloss er die Augen und wartete darauf, dass der Schmerz nachließ. Den Gedanken an eine Flucht gab er auf. Erschöpft und hungrig, wie er war, würde er keine hundert Längen zurücklegen können, vorausgesetzt, dass ihn die gefühllosen Füße überhaupt noch trugen. Abgesehen davon war der Versuch, sich der Fesseln zu entledigen, von vornherein zum Scheitern verurteilt. Asco-Bahrran besaß weder ein Messer, noch konnte er darauf hoffen, in der Dunkelheit irgendwo in der Nähe einen scharfkantigen Stein zu finden, an dem er die Stricke durchtrennen konnte.

Plötzlich erbebte der Boden unter schweren Schritten. *»Nubut norrat angrat der larrfas!«* Die knurrende Stimme eines Kriegers dröhnte wütend durch die Nacht. Er stampfte heran und blieb nur wenige Längen hinter Asco-Bahrran stehen. Leder knarrte und die eisernen Beschläge der schwarzen Rüstung klirrten, dann folgte ein dumpfer Schlag, und jemand stöhnte auf.

»Darrari!«, brüllte der Krieger den schlafenden Wachtposten an, und selbst Asco-Bahrran, der kein Wort verstand, gewahrte den Zorn, der in der raubtierähnlichen Stimme mitschwang.

»Musarad nerrad fir«, hörte er den Wachtposten murmeln, worauf der neu hinzugekommene Krieger ein wütendes Knurren ausstieß. *»Saggras!«*, befahl er knapp, und Asco-Bahrran spürte, wie sich der Wachtposten erhob. Mit wenigen Schritten war der Krieger bei ihm, riss ihn in die Höhe und warf sich ihn wie einen Tierkadaver über die Schulter. Mit seiner Last stapfte er über die Steppe und folgte seinem Kameraden, der mit weit ausholenden Schritten auf das feurige Leuchten zueilte.

Übelkeit und Schmerzen drohten den Magier zu überwältigen,

während er unsanft über die Steppe getragen wurde. Der Eberkrieger verströmte einen säuerlichen Raubtiergestank, der Asco-Bahrrans Geruchssinn aufs Äußerste reizte, und das rauschende Blut in seinem Kopf vermittelte ihm das Gefühl, als brächte es den Schädel zum Platzen. Doch bei aller Pein und demütigenden Behandlung war sein Stolz noch nicht gebrochen. Er würde sich nicht die Blöße geben, zu wimmern und zu jammern oder diese widerlichen Kreaturen um Gnade anzuflehen. Im Gegenteil. Sobald er wieder ein wenig zu Kräften gekommen wäre, würden diese abscheulichen Bestien ihr blaues Wunder erleben. Die rohe Gewalt der Krieger und die Erschöpfung hatten ihn bisher davon abgehalten, Magie zu wirken, doch er war fest entschlossen, eine günstige Gelegenheit abzuwarten, um dann überraschend zuzuschlagen.

In diesem Augenblick bemerkte Asco-Bahrran das erste Lagerfeuer. So gut es in der unbequemen Haltung möglich war, in der er sich befand, wandte er den Kopf, blickte neugierig auf die wogenden Schatten, die sich um das Feuer bewegten, und erstarrte. Eberkrieger! Die Gestalten waren in der Dunkelheit nur schwer zu erkennen, doch die düsteren Silhouetten vor dem Feuerschein ließen keinen Zweifel daran, dass sich hier noch weitere der schwarzen Krieger befanden. Und es schienen immer mehr zu werden. Dem ersten folgten weitere Lagerfeuer – Hunderte, wenn nicht sogar Tausende. Asco-Bahrran traute seinen Augen nicht. Man trug ihn mitten in das gewaltigste Heerlager hinein, das er jemals gesehen hatte. Ein Heerlager, das nur aus schwarzen Kriegern zu bestehen schien und das – Asco-Bahrran überlief es eiskalt – offenbar mitten im Grasland lagerte.

Die gewaltige Zahl der grobschlächtigen Kreaturen machte all seine Fluchtpläne zunichte. Jeder Versuch, ungesehen durch die dicht gedrängt lagernden Krieger zu kommen, war von vornherein zum Scheitern verurteilt, denn wie es aussah, war er der einzige Mensch weit und breit.

Der Krieger, der ihn wie einen Sack über der Schulter trug, schwenkte plötzlich nach rechts. Asco-Bahrran nutzte die Möglichkeit und ließ den Blick in die Richtung schweifen, die zuvor vom Rücken des Kriegers verdeckt worden war. Auch hier gab es unzählige Lagerfeuer und Krieger zu sehen, doch dahinter wurde der Himmel von einem ungleich stärkeren, feurigen Glühen erhellt. Es war dasselbe Glühen, das Asco-Bahrran schon von seinem Lagerplatz aus beobachtet hatte, doch der Krieger hatte ihn viel näher herangeführt, und endlich erkannte der Magier die Lichtquelle.

Etwa dreihundert Längen entfernt brannte ein ganzes Graslanddorf. Die gierigen Flammen loderten Funken sprühend in die Höhe, und feurige Zungen reckten sich den Wolken entgegen. Die Hitze, die von den zwanzig brennenden Hütten ausging, war so gewaltig, dass Asco-Bahrran sie selbst auf die Entfernung noch an der Wange spüren konnte. Die Geräusche des Infernos hingegen gingen im geschäftigen Treiben des Heerlagers unter, was den Feuersturm seltsam trügerisch und unwirklich erscheinen ließ.

Ich träume das alles nur, dachte Asco-Bahrran. Er konnte und wollte nicht glauben, dass all das, was er hier vor sich sah, Wirklichkeit sein sollte. So etwas gab es nicht. Die Bilder mussten einem schrecklichen Albtraum oder einer furchtbaren Vision entspringen, sonst hätte man in Nimrod doch davon gewusst, und Okowan hätte es ihm bei seinem Besuch erzählt. Es war einfach unmöglich, dass so viele Krieger heimlich …

»Gerrats ngar?«

Der Krieger, der ihn mit sich schleppte, hielt an. »Err nerrat AnRuukhbarrr ne drru se ad«, sagte er zu jemandem, der sich Asco-Bahrrans Blicken entzog. Umständlich versuchte er nach vorn zu schauen, doch außer einem großen, prächtigen Zelt, das unmittelbar vor ihnen inmitten des Heerlagers stand, konnte er nicht viel erkennen. Dafür sah er etwas anderes, das sein Herz augenblicklich höher schlagen ließ – den Bulsak.

Das gewaltige Tier kauerte mit geschlossenen Augen etwa zwanzig Längen entfernt am Boden. Unzählige dicke Stricke und Taue waren um den borstigen Körper geschlungen und machten ihm jede Bewegung unmöglich. Vermutlich hatte er sich wie ein Berserker dagegen gewehrt, von Asco-Bahrran getrennt zu werden.

Ein zufriedenes Lächeln huschte über Asco-Bahrrans Lippen,

als er daran dachte, wie viele Krieger wohl notwendig gewesen waren, um den Bulsak zu bändigen und hierher zu bringen. Das fledermausartige Geschöpf besaß nicht nur enorme Kräfte, sondern auch einen spitzen und scharfen Schnabel und ebensolche Krallen, die es todbringend einzusetzen wusste. Der Magier war sich sicher, dass nicht alle Krieger dies überlebt hatten. Eigentlich hatte er fest damit gerechnet, dass der Bulsak längst dem Hunger der Eberkrieger zum Opfer gefallen war. Ihn hier lebend vorzufinden, war eine angenehme Überraschung, die seiner Hoffung auf eine mögliche Flucht neuen Auftrieb gab.

Ein Geräusch, als würde eine Plane zur Seite geschlagen, ertönte, und eine Woge eiskalter Luft streifte Asco-Bahrran.

»Gradt ner da An-Rrukhbarrr«, hörte er einen der Eberkrieger sagen, worauf sich der Krieger, über dessen Schulter er hing, wieder in Bewegung setzte und das gewaltige Zelt betrat.

Drinnen war es nahezu dunkel. Eisige Luft, die einen modrigen Geruch in sich trug, erfüllte den Raum, und ein seltsames Wispern wie von hundert körperlosen Stimmen strich durch die Dunkelheit. Der Eberkrieger ging ein paar Schritte in den Raum hinein, dann nahm er Asco-Bahrran von den Schultern und warf ihn zu Boden.

Der Magier prallte mit dem Kopf auf die harte Erde, krümmte sich zusammen und blieb benommen liegen. Er spürte, wie die unnatürliche Kälte in zähen Schwaden über den Boden wallte und ihm mit eisigen Fingern über das Gesicht strich, doch sehen konnte er nichts. Der Aufprall hatte ihn an den Rand der Besinnungslosigkeit gebracht, und das Rauschen des Blutes in seinen Ohren erstickte alle anderen Geräusche. Er wusste nicht, was ihn hier erwartete und was man mit ihm vorhatte, doch eines fühlte er ganz deutlich: Dieses Zelt war ein Sammlungsort unglaublicher Macht. Gewaltige Magien ballten sich hier zusammen und verdichteten die Luft, so dass er kaum noch atmen konnte. Es waren Magien, die seine eigenen Möglichkeiten hundertfach in den Schatten stellten, und obwohl er um sein Leben fürchtete, regte sich tief in ihm der unbändige Wunsch, ein Teil dieser Kraft zu werden.

»Nehmt ihm die Fesseln ab!« Eine tiefe machtvolle Stimme hallte befehlend durch den Raum. Schemenhafte Gestalten huschten heran, die den Magier mit flinken Fingern von den Fesseln befreiten und wieder in den Schatten verschwanden, bevor er sie erkennen konnte. Asco-Bahrran war frei, doch er wagte sich nicht zu bewegen noch aufzublicken. Wer immer gesprochen hatte, befand sich unmittelbar vor ihm, und die Furcht vor dem, was ihn erwarten mochte, zwang Asco-Bahrran zur Demut.

»Edarag rafes ner wrrag«, wandte sich die Stimme an den Eberkrieger, worauf dieser das Zelt verließ.

Danach herrschte langes Schweigen. Die Zeit tröpfelte scheinbar endlos dahin, doch Asco-Bahrran rührte sich nicht. Er fühlte die Blicke des Sprechers auf sich ruhen, mächtig, Furcht erregend und kalt wie Eis, und er wusste: Was immer hier geschah, war von größter Bedeutung für sein weiteres Schicksal. Es war eine Art Prüfung, die er nur bestehen würde, wenn er sich ruhig verhielt. So lag er still da, hielt die Augen geschlossen und wartete.

Ein stechender Schmerz hinter der Stirn ließ ihn plötzlich zusammenzucken. Ihm folgte ein Gefühl, als bahnten sich tastende, eisige Finger langsam einen Weg durch sein Bewusstsein. Asco-Bahrran keuchte erschrocken auf und krümmte sich am Boden zusammen, doch die tastenden Finger wichen nicht zurück. Rücksichtslos schoben sie sich weiter durch die Gedanken des Magiers und lasen in ihnen wie in einem offenen Buch. Nichts blieb ihnen verborgen. Sie öffneten Türen, hinter denen verleugnete Gefühle und längst vergessene Erinnerungen schlummerten, forschten nach Sehnsüchten und Wünschen und förderten selbst geheimste Gedanken zu Tage.

Asco-Bahrran zitterte am ganzen Körper, kalter Schweiß rann ihm von der Stirn, und die Hände waren zu verkrampften Klauen erstarrt. Nie zuvor hatte er sich so nackt gefühlt. Seine Gedanken waren dem fremden Bewusstsein schutzlos ausgeliefert, doch bei aller Furcht spürte er dahinter auch eine Verlockung, der er kaum zu widerstehen vermochte. Eine Macht, nach der er sich immer gesehnt hatte. Eine Macht, mit der er sich all seine Träume erfüllen könnte. Eine Macht, mit deren Hilfe seine Rache an den Druiden und Verrätern in Nimrod noch fürchterlicher und gnadenloser werden könnte, als er es je für möglich gehalten hätte.

Dann waren die tastenden Finger plötzlich fort und mit ihnen alle Anspannung.

»Du hasst!« Eine tiefe Genugtuung lag in den Worten, als sich die Stimme erneut über das Schweigen erhob. »Und du sehnst dich nach Macht. Diene mir, und ich werde dir mehr Macht geben, als du es dir erträumt hast.«

»Und was verlangt Ihr dafür?« Asco-Bahrran hatte sich zitternd aufgerichtet und kniete nun am Boden, die Stirn unterwürfig auf die Erde gepresst.

»Wissen!«, erwiderte die Stimme, und die eisigen Nebelschwaden gerieten in Wallung. »Sag mir alles über die Stadt, die ihr Nimrod nennt. Vergiss nichts!«

»Das ist nicht schwer«, erwiderte Asco-Bahrran erleichtert. »Ich werde Euch alles sagen, was ich weiß.« Langsam hob er den Kopf und wagte einen vorsichtigen Blick auf die verhüllte Gestalt, die vor ihm aus den Nebeln ragte. Wer immer dort stand, war ganz in einen bodenlangen Mantel gehüllt, dessen Kapuze den Kopf völlig verdeckte. Darunter wallten unstete blaugraue Nebel, die das Gesicht vor den Blicken des Magiers verbargen. Die Erscheinung hatte etwas Geisterhaftes an sich, so als käme sie nicht von dieser Welt. Bosheit und Hass umgaben sie wie eine greifbare Hülle, doch das war dem Magier gleichgültig. Er hatte die Berührung der Wesenheit in seinen Gedanken gespürt und fühlte sich ihr auf eine unbestimmte Weise verwandt. Es war, als hätten die eisigen Finger nicht nur in seinen Gedanken geforscht, sondern dort auch etwas hinterlassen. Der Magier konnte es nicht in Worte fassen, aber er spürte es. Er war an die verhüllte Gestalt gebunden und musste ihr dienen – von nun an und für alle Zeit.

»Ich werde tun, was Ihr befehlt«, murmelte er ergeben. »Verlangt von mir, was immer Ihr wollt. Mein Leben gehört Euch – Meister.«

»… ich hatte ja keine Ahnung, dass die Biester so angriffslustig sind. Ich war neugierig und wollte sie mir mal aus der Nähe anschauen.« Fedeon seufzte und verzog schmerzhaft das Gesicht, als Shari den Verband an seinem Arm zusammenknotete. Die beiden Nebelelfen hatten ihn aus dem Gestrüpp befreit und in die Hütte gebracht, wo sich Shari sofort daran machte, die stark blutenden Wunden des jungen Skalden zu verbinden. Die junge Elfe arbeitete so schnell und verbissen, als könnte sie das angerichtete Unheil damit wieder gutmachen; sie vermied es jedoch, Naemy anzusehen, und beteiligte sich auch nicht an der Unterhaltung.

»Ich habe ihnen nichts getan, aber sobald sie mich bemerkten, stürzten sie sich auf mich«, fuhr Fedeon fort. »Das Gestrüpp war meine einzige Zuflucht, doch diese Kreaturen gebärdeten sich wie wild. Immer wieder hackten sie mit den Schnäbeln nach mir und zerrten an den Ranken. Bei den Toren, ich dachte wirklich, ich müsste sterben. Meine Todesangst war so groß, dass sie mir für eine Weile das Bewusstsein raubte. Als ich dann wieder zu mir kam, waren die Biester fort.« Er lächelte glücklich. »Ich weiß gar nicht, wie ich euch danken soll. Wenn ihr die Bestien nicht verjagt hättet, wäre ich jetzt gewiss nicht mehr am Leben.«

»Na, wunderbar!« Naemy, die auf einer der drei strohbedeckten Schlafpritschen an der Wand saß, rieb sich mit den Händen müde über das Gesicht und schüttelte den Kopf. »Das fängt ja gut an.«

»Ich verstehe nicht.« Fedeon blickte verwundert von einer Elfe zur anderen. »Was fängt gut an?«

»Alles!« Missmutig stand Naemy auf und ging zur Tür. »Erkläre du es ihm, Shari«, sagte sie mit finsterer Miene. »Ich werde derweil noch einmal nach Bronadui sehen. Immerhin ist es dein *Verdienst*, dass der Skalde noch am Leben ist. Erklär ihm, was los ist, aber vergiss nicht, ihn zu warnen.« Mit diesen Worten öffnete sie die Tür und trat hinaus.

»Spricht sie immer in Rätseln?«, wollte Fedeon wissen. Er war viel zu glücklich darüber, dem Angriff der Echsenvögel entkommen zu sein, als dass er sich die gute Laune durch die verstimmte Nebelelfe hätte verderben lassen.

»Manchmal«, antwortete Shari knapp. Sie hatte den Tiegel mit Kräutersalbe zur Hand genommen und bestrich die Kratzer und Schürfwunden auf Fedeons Rücken vorsichtig mit der zähen Paste. Sie war froh, dem jungen Skalden nicht ins Gesicht blicken zu müssen, denn sie wusste, dass ihn das, was sie ihm zu sagen hatte, zutiefst erschüttern würde. In der Hoffnung, dem unangenehmen Gespräch noch eine Weile zu entgehen, widmete sie ihre ganze Aufmerksamkeit seinen Wunden und versorgte jede einzelne mit übertriebener Gründlichkeit.

»Wenn ich wieder in Nimrod bin, werde ich den Vorfall sofort melden.« Fedeon schien Naemys seltsame Bemerkung bereits vergessen zu haben und redete munter drauflos. »Sobald es hell wird, breche ich auf. Die Druiden müssen umgehend von dem Überfall unterrichtet werden. Wer weiß, wie viele dieser Bestien sich noch im Land herumtreiben. Ich mag gar nicht daran denken, welchen Schaden sie anrichten können! Es ist meine Pflicht, die anderen zu warnen.«

»Es tut mir Leid, aber ich fürchte, du wirst nirgends hingehen.« Shari bemühte sich, gelassen zu klingen.

»So? Wer sagt das?« Fedeons Tonfall war zu entnehmen, dass er die Äußerungen der jungen Nebelelfe nicht wirklich ernst nahm. »Thale ist ein freies Land. Ich kann gehen, wohin ich will und …«

»Nein, das kannst du nicht.«

»Was soll das heißen?« Fedeon fuhr so heftig herum, dass er Shari fast den Tiegel aus der Hand geschlagen hätte. »Wer sollte mir verbieten, nach Nimrod zu gehen?«

»Wir.«

»Ihr?«

»Ja.«

»Das ist doch lächerlich.« Fedeon schüttelte ungläubig den Kopf.

»Du hast keine Wahl«, erwiderte Shari ernst.

»Keine Wahl zu gehen oder zu bleiben?«

»Du wirst nur dorthin gehen, wohin auch wir gehen, und immer dicht bei uns bleiben.« Shari wusste, dass es an der Zeit war, dem jungen Skalden alles zu erklären, doch es fiel ihr unendlich schwer, die richtigen Worte zu finden.

»Und wenn ich nicht will?«, fragte Fedeon herausfordernd.

»Dann werden wir dich töten.« Naemy hatte die Tür geöffnet und trat in die Hütte. Sie maß Fedeon und Shari mit einem finsteren, schwer zu deutenden Blick und fügte hinzu: »Und sei gewiss, ich werde nicht zögern, es zu tun.«

»Aber warum? Was geht hier vor?«, fragte Fedeon verwirrt. »Nebelelfen und Menschen sind doch Freunde. Es herrscht Frieden in Thale. Das ist nur ein Scherz – oder?« Obwohl er lächelte, waren ihm die Zweifel deutlich anzusehen. Allmählich schien ihm bewusst zu werden, dass die beiden Nebelelfen es tatsächlich bitterernst meinten.

»Du hast Recht, wir sind nicht deine Feinde.« Naemy nickte, setzte sich zu den beiden an den Tisch und sah Fedeon lange schweigend an. In den Augen des jungen Mannes spiegelten sich Unglaube, Verzweiflung und auch die Furcht vor der Zukunft. Doch dahinter loderte ein heftiges Feuer des Widerstands, und Naemy spürte, dass er sich nicht so leicht mit seinem Schicksal abfinden würde. Was auch geschah, sie musste ihn gut im Auge behalten.

»Wir waren zur falschen Zeit am falschen Ort«, sagte sie schließlich. »Eigentlich wärst du jetzt tot. Ein unglücklicher Zufall wollte, dass wir dein Leben retteten. Es hätte nicht sein dürfen, doch was geschehen ist, ist geschehen, und wir müssen das Beste daraus machen. Dass du noch am Leben bist, mag dir wie ein Wunder erscheinen, aber es bedeutet, dass du niemals nach Nimrod zurückkehren kannst.« Trotz des schwachen Lichts sah sie, wie Fedeon erbleichte. Die Lippen des Skalden bebten, doch er schwieg. Naemy seufzte. Der junge Mann tat ihr Leid, aber Mitleid war ein Gefühl, das sie sich nicht leisten durfte. »Höre mir jetzt gut zu«, forderte sie Fedeon auf. »Es ist nicht einfach zu verstehen, aber wir haben ein wenig Zeit, und ich werde versuchen, es dir zu erklären.«

Es wurde ein langer Abend. Obwohl sich Naemy bemühte, dem jungen Skalden zu erklären, warum er nicht gehen konnte, fruchteten ihre Bemühungen nicht. Fedeon wehrte sich entschieden dagegen, ihr zu glauben, und gab sich uneinsichtig. Trotzig sprach er von der großen Zukunft, die ihm und seiner Gefährtin Paira bevorstand, und schenkte Naemy, die immer wieder beteuerte, dass er eigentlich nicht mehr am Leben wäre, keinen Glauben. Er sprach es nicht offen aus, doch es war nicht zu überhören, dass er erhebliche Zweifel an dem Geisteszustand der beiden Nebelelfen hegte. Voller Überzeugung behauptete er, ein Überfall von dem Ausmaß, das Naemy ihm beschrieb, sei unmöglich, und zudem sei bei seiner Abreise in Nimrod nicht das kleinste Anzeichen einer Bedrohung spürbar gewesen. Er war so zuversichtlich, dass die Seher und der Druidenrat es längst bemerkt hätten, wenn ein so gewaltiges Heer heranrückte, dass es unmöglich war, ihn vom Gegenteil zu überzeugen.

Schließlich war Naemy es leid, wieder und wieder dasselbe zu sagen, und sie gab auf. »Es ist mir gleich, ob du uns glaubst oder nicht, Fedeon«, meinte sie mit finsterer Miene. »Meiner Meinung nach wäre es für alle besser gewesen, du wärst den Suchern zum Opfer gefallen und nicht mehr am Leben. Dann müssten wir uns jetzt nicht mit dir herumschlagen. Du bist ein Mensch und nicht Teil des Auftrags, doch es ist nun mal geschehen.« Sie seufzte und maß den Skalden mit einem Blick, der deutlich machte, wie wenig ihr an ihm lag. »Ich werde dich hier dulden, solange du keine Schwierigkeiten machst. Aber ich werde keinen Augenblick zögern, dich zu töten, falls du zu fliehen versuchst. Verstanden?«

Fedeon nickte, vermied es aber, der Elfe dabei ins Gesicht zu sehen. »Ich verdanke euch mein Leben und werde mich fügen ...«, sagte er leise und fügte in Gedanken hinzu: ... bis sich die erste Fluchtmöglichkeit ergibt.

3 »Bei den Toren, Glamouron sagt die Wahrheit!« Artair erhob sich und stützte sich schwer auf die dicke Eichenplatte des Ratstisches.

Nachdem der eilig zusammengerufene Druidenrat sich zu nächtlicher Stunde im Ratssaal versammelt hatte, hatte Anthork es zunächst dem Nebelelfen überlassen, den Druiden die schreckliche Kunde über das nahende Heer zu überbringen.

Die meisten Ratsmitglieder schienen Glamourons Ausführungen allerdings für einen üblen Scherz zu halten und zeigten sich verstimmt, dass man sie aus dem Schlaf gerissen hatte. Noch während er sprach, gab es viele spöttische Zwischenfragen und ungläubiges Kopfschütteln, und obwohl Glamouron dem Rat alles mit schonungsloser Offenheit berichtete, war offensichtlich, dass nur die wenigsten bereit waren, an eine Bedrohung aus der Finstermark zu glauben. Die Engstirnigkeit der anderen Druiden ärgerte Artair so sehr, dass er es schließlich nicht mehr aushielt und erbost das Wort ergriff. »Ich war dabei und habe das Heer mit eigenen Augen gesehen. Hunderte, wenn nicht sogar Tausende hünenhafter Krieger mit blitzenden Schwertern, zweischneidigen Äxten und gewaltigen Armbrüsten wälzen sich in diesem Augenblick durch das Grasland, während ihr hier sitzt und euch darüber aufregt, dass ihr geweckt wurdet. Aber wir müssen handeln! Das Heer bewegt sich sehr schnell in südlicher Richtung. Wir wissen nicht, wer sie sind und woher sie kommen, und wir haben keine Ahnung, wer ihr Anführer ist, doch ihr Ziel ist eindeutig – sie marschieren auf Nimrod zu. Und diese Krieger sind nicht in friedlicher Absicht unterwegs, dessen könnt ihr gewiss sein. Menschenleben bedeuten ihnen nichts, sie verbrennen, morden, plündern und vernichten alles, was auf ihrem Weg liegt. Ich habe das Dorf gesehen, das sie überfallen haben. Schwelende Balken und verbrannte Erde waren alles, was sie von den fünfzehn Hütten übrig gelassen haben.« Er machte eine bedeutungsvolle Pause und ließ den Blick über die Gesichter der Ratsmitglieder schweifen. »Und ich habe den Riesenalp gesehen, den sie ermordet haben – die abgenagten Knochen lagen weit verstreut, als hätte dort ein Festmahl stattgefunden. Ich kann nur …« Artair verstummte erschüttert. Zutiefst bewegt von den schrecklichen Erinnerungen, ließ sich der Druide auf den Stuhl zurücksinken und schwieg. Schließlich holte er tief Luft und fügte leise hinzu: »Ich kann nur hoffen, dass den verschleppten Bewohnern des Dorfes ein gnädigeres Ende vergönnt war.«

»Ich fühle mit dir und kann gut verstehen, dass dich das ungewisse Schicksal der armen Menschen bewegt, Artair.« Sheridan, ein Druide mittleren Alters, der eine ausgeprägte Sehergabe besaß, ergriff das Wort und erhob sich. »Entschuldigt, wenn euch meine Meinung kränken sollte, aber was ihr uns da berichtet, klingt doch ziemlich phantastisch. Nachdem ich von dem Überfall auf das Dorf gehört hatte, habe ich mich zur Meditation zurückgezogen und versucht, auf diese Weise einen Hinweis auf die Täter zu erhalten. Doch ich fand nichts. Kein einziger Seher in Nimrod hat auch nur das geringste Anzeichen einer Bedrohung entdecken können. Niemand, nicht einmal die Nebelelfen in Numark, spüren eine Veränderung in den friedlichen Gefilden Thales.

Und, mit Verlaub, ich habe auch noch nie von einer Rasse gehört, auf die eure Beschreibung zuträfe. Abgesehen davon, dass sich Hunderte oder Tausende schwarz gepanzerter Krieger«, er schüttelte schmunzelnd den Kopf, »niemals unbemerkt anschleichen könnten. Die Riesenalpe hätten es längst bemerkt, wenn ein solches Heer die Valdor-Berge überquerte. Auch die Höhen des Ylmazur-Gebirges hätten sie – vorausgesetzt, dass es überhaupt möglich wäre – ebenfalls nicht heimlich passieren können. Nun behauptet ihr, sie kämen aus der Finstermark. Artair, du weißt so gut wie ich, dass dort niemand leben kann. Sand und Steine füllen keine Mägen, und der Gedanke, dass sich dort ein ganzes Heer versammelt haben soll, erscheint mir völlig widersinnig.«

Zustimmendes Gemurmel erhob sich, und Sheridan blickte zufrieden in die Runde. »Wenn ihr mich fragt«, fügte er hinzu, »kann die besagte rote Staubwolke – von der ich übrigens denke, dass es sie wirklich gegeben hat – nur einen natürlichen Ursprung haben. Gerade jetzt, da die Jahreszeiten wechseln, ist das Wetter im Norden oft unberechenbar. Die blitzenden Schwerter und schwarzen Krieger könnten eine Luftspiegelung oder Täuschung gewesen sein, wie sie häufig bei Sonnenschein im Grasland beobachtet wird.

Bitte versteht mich richtig, ich zweifle nicht an dem, was ihr gesehen zu haben glaubt. Für mich klingt es jedoch so, als wäret ihr einer Sinnestäuschung erlegen. Deshalb kann ich zwar verstehen, dass Anthork besorgt ist und uns eilig zu einer Sitzung berufen hat, doch fühle ich mich außer Stande, mitten in der Nacht einen derart folgenschweren Sachverhalt zu bereden. Ich schlage daher vor, dass wir die Beratung auf den kommenden Morgen verschieben. Jeder von uns hat gehört, was der Elf und Artair gesehen haben wollen. Die Ruhepause wird uns Zeit geben, darüber nachzudenken. Morgen früh, wenn wir ausgeschlafen sind, können wir dann in Ruhe darüber beraten.« In einer übertriebenen Geste hob er die Hand und gähnte.

»Ich schließe mich deiner Meinung an«, rief einer der Druiden.

»Auch ich finde Sheridans Worte vernünftig«, meldete sich ein Dritter zu Wort. Zwei weitere nickten zustimmend.

Anthork schüttelte den Kopf und wandte sich verärgert an Sheridan. »Ich kann nicht glauben, was ich da von dir höre, Sheridan«, sagte er mit bebender Stimme. »In ehrenrühriger Art und Weise stellst du die Aussagen unseres besten Kurierreiters und eines Mitglieds des hohen Rats in Frage und tust das, was sie gesehen haben, als harmlose Sinnestäuschung ab. Du willst die Sitzung auf morgen vertagen, obwohl uns womöglich nicht einmal zehn Sonnenläufe bleiben, um Nimrod gegen einen Angriff zu wappnen. Und ihr«, er deutete in die Runde, »bestärkt ihn auch noch darin. Natürlich ist es schwer, sich vorzustellen, dass Thale angegriffen wird, zumal sich nicht einmal in den ältesten Schriften Aufzeichnungen über Kriege finden. Aber es ist nicht unmöglich. Wir müssen ...«

»... Gewissheit haben.« Jeorens brüchige Stimme unterbrach den Wortschwall des Druiden. Das älteste Mitglied des Rates hatte bis zu diesem Augenblick mit halb geschlossenen Augen auf seinem Stuhl gesessen und sich weder Artairs noch Sheridans Meinung angeschlossen. Nun richteten sich alle Augen auf ihn. »Selbst wir Druiden verstehen nicht immer alles, Sheridan«, sagte er mit altersmüder Stimme. »Und es gibt Dinge, die auch wir akzeptieren müssen.« Seine trüben Augen blickten in die Runde. »Solange Menschen in Thale leben, war es hier immer friedlich. In tiefer Verbundenheit leben wir Seite an Seite mit den Nebelelfen, deren Volk lange vor uns hier war, und achten uneingeschränkt das Brauchtum und die sittlichen Eigenheiten der Rassen. Das war am Anfang nicht leicht, doch Thale ist klein und durch die Bergketten von der Außenwelt abgeschnitten. Man kam sich näher, und mit den Sommern entwickelte sich eine enge und fruchtbare Verbindung zwischen den Völkern.

Doch das ist nicht überall so. Über das Land hinter dem Ylmazur-Gebirge wissen wir nichts, aber wir haben Kenntnis davon, dass es hinter den Valdor-Bergen große und kriegerische Königreiche gibt. Bisher hat es niemand gewagt, von dort die Berge zu überqueren und nach unserem friedlichen Land zu greifen, doch es liegt nicht in unserem Ermessen, wie grenzenlos der Machthunger ferner Königreiche ist.« Er hustete trocken. »Die Gefahr eines Angriffs ist wohl nicht groß, aber sie war immer gegeben. Das dürfen wir niemals vergessen.«

»Aber wir haben keine Beweise!«, warf Sheridan ein. »Was ist, wenn der Elf und Artair sich täuschen? Die Menschen werden in Panik geraten, wenn sie erfahren, dass Thale angegriffen wird. Nicht auszudenken, welch dramatische Blüten das treiben könnte.« Er straffte sich und sagte: »Ich für meinen Teil fordere stichhaltige Beweise, ehe ich das Wagnis in Kauf nehme, das Land durch halbe Wahrheiten ins Chaos zu stürzen.«

»Ist dies dir Beweis genug?« Glamouron, der mit einem solchen Einwand gerechnet hatte, holte ein langes, in Tücher gewickeltes Bündel unter dem Tisch hervor, öffnete es und schob dem Druiden ein halbes Dutzend langer, schwarz gefiederter Pfeile zu. »Drei zog ich aus dem Kadaver des Riesenalps, drei weitere fand ich in der Asche der zerstörten Hütten«, erklärte er knapp.

»Bei den Toren!« Sichtlich erschüttert hob Sheridan einen der Pfeile in die Höhe, an dessen Spitze noch das Blut des Vogels klebte. »Es muss ein gewaltiger Bogen sein, der solche Pfeile abschießen kann.«

»Ein Bogen, den nur ein Hüne von Mann zu spannen vermag.« Glamouron nickte. »Ich habe sie gesehen«, erklärte er noch einmal eindringlich. »Das Auge der Menschen mag sich zuweilen irren, doch wir Elfen täuschen uns nie. Und obwohl wir aus Sorge um das Leben der Riesenalpe nicht näher an das Geschehen herangeflogen sind, besteht kein Zweifel daran, dass ein ganzes Heer dieser Furcht erregenden Krieger sich bereits im nördlichen Grasland aufhält.« Er machte eine kurze Pause und erhob sich. »Wenn wir noch die geringste Aussicht auf Gegenwehr haben wollen, dürfen wir keine Zeit mehr vergeuden. Ich bitte euch, verliert nicht noch mehr Zeit mit sinnlosen Debatten. Vernünftiger wäre es, alles für die Verteidigung Nimrods vorzubereiten und die Kornspeicher der Stadt zu füllen. Sobald sich die Nachricht von dem nahenden Heer herumgesprochen hat, werden Tausende von Flüchtlingen aus dem Norden nach Nimrod strömen.« Er nahm drei Pfeile zur Hand und wickelte sie wieder in das Tuch. »Ich zweifle nicht an eurer Entschlossenheit, doch ich kann nicht bleiben, um eure Entscheidung abzuwarten. Letivahr und ich reisen noch heute Nacht weiter in die Sümpfe von Numark. Das feindliche Heer bedroht auch mein Volk, und dort muss man gleichermaßen für einen Kampf gerüstet sein. Sobald der König seine Entscheidungen getroffen hat, kehre ich zurück und teile sie euch mit.« Mit diesen Worten nahm er die Pfeile zur Hand, verneigte sich kurz und verließ den Raum, ohne sich noch einmal umzublicken.

Als der Klang seiner Schritte verhallt war, nahm Sheridan den schwarzen Pfeil erneut in die Hand und betrachtete ihn eingehend. Alle Farbe war aus seinem Gesicht gewichen, und auf der Stirn zeigte sich eine tiefe senkrechte Falte.

»Welch eine Waffe«, murmelte er fassungslos. Und während er mit dem Finger vorsichtig über die geschliffene Spitze fuhr, wich das Bild des tödlichen Metalls langsam dem Grauen erregenden Anblick einer fürchterlichen Schlacht …

Hünenhafte schwarze Krieger stürmten Äxte schwingend durch die Straßen der Festungsstadt und mähten Männer, Frauen und Kinder rücksichtslos nieder. Auf dem Pflaster türmten sich die Leiber der Gefallenen, und die wenigen Überlebenden hasteten auf der Suche nach einer Fluchtmöglichkeit in blinder Panik umher. Doch die schmalen Gassen Nimrods waren unpassierbar. Überall standen die Häuser in Flammen. Der Feuersturm toste mit langen, glutheißen Zungen aus den Fenstern und an den Hauswänden empor und spie den Wolken einen glühenden Funkenregen entgegen. Es war Nacht, doch es war nicht dunkel. Der verhangene Himmel über der Festungsstadt wurde von den blutroten Flammen Hunderter Feuer erhellt, und die Schreie der Sterbenden mischten sich mit dem berstenden Krachen einstürzender Dächer, während das Siegesgeheul der Angreifer unheimlich durch die Straßen scholl. Die einst so prächtige Stadt war zu einem gewaltigen Scheiterhaufen geworden und bildete für jene, die hinter den Mauern Schutz gesucht hatten, eine tödliche Falle …

»Sheridan!« Anthork legte dem Druiden sanft eine Hand auf die Schulter und holte ihn damit langsam in die Wirklichkeit zurück. Sheridan zitterte am ganzen Körper. Auf seiner Stirn glänzten Schweißperlen, und obgleich die Vision nur sehr kurz gewesen war, dauerte es lange, bis er sich beruhigt hatte. Anthork drängte ihn nicht und wartete geduldig, bis der Atem des Druiden wieder ruhig und regelmäßig ging. Erst dann stellte er die Frage, die sie alle beschäftigte. »Nun, was hast du gesehen?«

»Ich sah die Zukunft.« Sheridan erschauerte, als die Bilder der Vision noch einmal vor seinem geistigen Auge auftauchten. »Die Zukunft Nimrods. Ich sah Häuser brennen und Menschen sterben, und ich sah die schwarzen Krieger, von denen Glamouron berichtet hat, siegreich durch die Straßen ziehen.«

»Und was bedeutet das?«, fragte ein sehr junger Druide. »Zeigt uns die Vision die Zukunft, die uns bevorsteht, wenn wir nicht auf Glamourons und Artairs Worte hören, oder ist es das Schicksal, das uns erwartet, auch wenn wir alles tun, um Nimrod zu verteidigen?«

Alle starrten Sheridan an, der das Gesicht hinter den Händen verborgen hielt. Müdigkeit und Spott waren verschwunden. Nach den jüngsten Ereignissen zweifelte niemand mehr an der Richtigkeit dessen, was Artair und der Elf gesehen hatten. Der junge Druide hatte ausgesprochen, was alle bewegte: Würden sie Nimrod erfolgreich verteidigen können, wenn es zu einem Angriff käme?

»Ich weiß es nicht«, meinte Sheridan schließlich mit matter Stimme. »Die Vision war nicht eindeutig. Wie so viele Visionen zeigt sie uns nur eine mögliche Folge des Handelns, ohne zu sagen, wie es so weit kommen konnte.« Er straffte sich und nahm auch die anderen zwei Pfeile an sich. »Sobald die Sonne aufgeht, werde ich die Pfeile den drei mächtigsten Sehern Nimrods geben. Vielleicht gelingt es ihnen, etwas über den Feind herauszufinden und Licht in das Dunkel meiner Vision zu bringen.«

»So soll es sein.« Anthork nickte. »Doch bis dahin haben wir noch viel zu besprechen, denn es gilt, Nimrod und Thale vor dem Schlimmsten zu bewahren.«

Mit zarten grauen Schleiern glitt die Dämmerung in die Valdor-Berge, und der kühle Hauch des frühen Herbstes ließ sich auf der Lichtung nahe der Hütte nieder, die Naemy, Shari und Fedeon nun schon seit zwei Sonnenläufen miteinander teilten. In der windstillen Luft stiegen über dem Bach zarte Nebelschwaden auf, die sich wie eine wallende Decke über die Wiese breiteten und die Gräser mit feuchten Fingern benässten, während das verblassende Sonnenlicht schmale Streifen von Blau und Rosa an den Himmel malte.

Hoch oben in den Wipfeln der Christalltannen schmetterte ein einsamer Vogel sein Lied so laut in die Dämmerung hinaus, als verwechselte er die Vorboten des nahen Herbstes mit dem Frühling, während die nächtlich geschäftigen Nager piepsend durch das Unterholz huschten.

Alles war friedlich.

Naemy hockte in der geöffneten Tür der Jagdhütte und lauschte den Geräuschen des Waldes, während sie Shari beobachtete, die zum Bach gegangen war, um Wasser zu holen und nach Bronadui zu sehen, der ganz in der Nähe graste. Hinter ihr in der Hütte saß Fedeon mürrisch auf seinem Lager und tat, als meditierte er. Zuvor hatte er etwas von einer Vision gemurmelt, die sich nicht einstellen wollte und die er unbedingt in ein Lied oder Gebet einbringen musste; auch Naemys Bemerkung, dass er das Lied nicht mehr brauche, hatte ihn nicht von dem Vorhaben abbringen können. Die Nebelelfe spürte jedoch, dass er nicht wirklich meditierte. Es hätte sie sehr gewundert, wenn er trotz des Aufruhrs der Gefühle, die ihn plagten, zu einer so tiefen Entspannung fähig gewesen wäre. Vermutlich wollte er nur seine Ruhe haben, um über mögliche Fluchtpläne nachzudenken.

Naemy schüttelte betrübt den Kopf. Selbst nach zwei Sonnenläufen haderte Fedeon noch immer mit dem Schicksal. Sie spürte, dass er den Entschluss zu fliehen nicht aufgegeben hatte. Um ihn nicht noch wütender zu machen, hatte sie bisher darauf verzichtet, ihn des Nachts zu fesseln, und sich darauf beschränkt, den einzigen Zugang zur Hütte zu blockieren, indem sie ihr Lager vor der Tür aufschlug. Doch das konnte natürlich nicht immer so weitergehen. Schon bald würden sie die Lichtung verlassen und unter freiem Himmel schlafen. Spätestens dann musste sie sich etwas einfallen lassen, sonst würde der Skalde zu einer ernsten Gefahr werden. Doch sie wusste auch schon, was zu tun war.

Als wenig später blasssilbernes Mondlicht vom Himmel strömte und die Nebel über der Lichtung zum Leuchten brachte, richtete sich Naemy auf ihrem Lager vor der Tür auf, lauschte in die Dunkelheit im Innern der Hütte und nickte zufrieden. Fedeon und Shari schliefen tief und fest. Die Atemzüge der beiden waren leise und regelmäßig und wurden nur von den gedämpften Geräuschen der kleinen Nachtwesen unterbrochen, die draußen geschäftig um die Hütte huschten oder flatterten.

Naemy schob die Decke zurück, erhob sich und schlich lautlos zu Fedeon hinüber. In dem Raum war es so finster, dass ein Mensch nicht die Hand vor Augen hätte sehen können, doch das wenige Mondlicht, das in dünnen silbernen Streifen durch die Ritzen der Wände fiel, genügte der Nebelelfe, um selbst Einzelheiten deutlich zu erkennen.

Fedeon regte sich im Schlaf und murmelte etwas Unverständliches, als sie sich neben ihn kniete und schweigend verharrte. Was sie zu tun gedachte, war die einzige Möglichkeit, jegliche Gefahr zu bannen, die von dem jungen Skalden ausging. Dennoch tat sie sich schwer, diesen Schritt zu tun.

… wir besitzen die Macht dazu, doch ist es ein großes Unrecht und zutiefst verwerflich, die Gedanken eines Menschen zu beeinflussen oder gar zu verändern.

Mahnend erhob sich die Stimme ihrer alten Lehrmeisterin aus den Erinnerungen, während eine andere Stimme ihr zuflüsterte, dass dies der einzige Weg sei, sich vor Verrat zu schützen. *Du musst es tun!*, raunte sie beschwörend. *Gib ihm eine andere Wahrheit und binde ihn an dich. Wenn du es nicht tust, wirst du ihn töten müssen, oder dein Auftrag wird scheitern, bevor er begonnen hat.*

Naemy seufzte leise und hob die Hand. Sie hatte keine Wahl. Ein Leben ohne Erinnerungen war der Preis, den Fedeon für seine Rettung zu zahlen hatte, und obwohl ihr Gewissen heftig dagegen aufbegehrte, senkte sie die Hand langsam auf die Stirn des jungen Mannes.

»*Losta avorn* – schlafe tief«, wisperte sie in der alten Sprache der Elfen. *»Losta avorn a si s gobenanas ne morchaint* – schlafe tief und kleide die Erinnerung in Schatten.« Mit geschlossenen Augen tastete sie behutsam nach Fedeons Geist und tauchte schuldbewusst in seine Träume ein. Es waren Träume voller Liebe und Zärtlichkeit, in denen er ein wunderschönes schwarzhaariges Mädchen in den Armen hielt. Eilig glitt Naemy weiter und drang tiefer in die Erinnerungen vor. Der Weg zu den Wurzeln der liebevollen Gedanken führte sie weit zurück. Dabei öffnete sie Türen, die sie nicht hätte öffnen dürfen, und sah Dinge, die nicht für die Augen anderer bestimmt waren. Doch wohin sie auch ging, überall traf sie auf das schwarzhaarige Mädchen, das stets lächelte und deren Augen vor Glück strahlten.

Paira.

Der Name war allgegenwärtig, und obwohl die Erinnerungen stumm blieben, wusste Naemy, dass dies nur der Name des Mädchens sein konnte. Sie forschte weiter, und endlich stieß sie in den Erinnerungen auf den Sonnenlauf, an dem Fedeon in die Berge aufgebrochen war. Das war es, wonach sie suchte. Entschlossen nahm sie den Faden auf und verfolgte den Weg zurück bis zu jenem Augenblick, da der oberste Druide den jungen Skalden mit der ehrenvollen Aufgabe betraut hatte, die Lieder und Gebete für das Erntefest zu verfassen. Jetzt bedurfte es nur noch einer winzigen Geste, und der erhebende Moment würde für immer aus Fedeons Gedanken verschwinden.

Tu es nicht, hörte sie ihr Gewissen raunen. Du hast gesehen, wie glücklich und stolz er darüber ist. Wie kannst du es wagen, ihm die wertvolle Erinnerung an eine einzigartige Aufgabe zu nehmen, die nur wenigen Skalden zuteil wird?

Naemy zögerte. Sie war durchaus geneigt, der Stimme des Gewissens zu folgen, doch schließlich siegte die Vernunft. Es ist eine Erinnerung, die uns alle in Gefahr bringt, mahnte sie. Eine Erinnerung, für die er sterben sollte. Du musst die Erinnerung auswechseln, oder du läufst Gefahr zu scheitern, ehe du mit der Erfüllung deiner Aufgabe begonnen hast …

Wenig später hatte Naemy die Worte des obersten Druiden durch neue ersetzt. Statt der Aufgabe, Lieder und Gedichte zu schreiben, hatte er nun den Auftrag bekommen, in die Berge zu reisen, um sich dort mit den Nebelelfen zu treffen und sich deren Sache bedingungslos anzuschließen. Der Auftrag war streng geheim. Niemand durfte etwas davon erfahren, nicht einmal Paira. Deshalb hatte er die Ausrede erfunden, meditieren zu müssen, bevor er aufbrach.

Und noch einen Gedanken verankerte Naemy fest in Fedeons Bewusstsein: die Erinnerung daran, dass der Oberste Druide von ihm verlangt hatte, sich von seiner Geliebten zu trennen. Fedeon hatte eingewilligt, obgleich es ihm das Herz brach. Er hatte von Anfang an gewusst, dass er niemals nach Nimrod zurückkehren würde, und seine große Liebe der wichtigen Aufgabe geopfert.

Naemy war zufrieden und zog sich erschöpft aus Fedeons Bewusstsein zurück, doch auf dem Weg glaubte sie die traurigen und vorwurfsvollen Blicke Pairas zu spüren, die sie um ihre Liebe betrogen hatte.

Fedeon verhielt sich von nun an sehr viel einsichtiger und schien keinerlei Fluchtgedanken mehr zu hegen. Das Misstrauen den Elfen gegenüber war verschwunden, und die Tatsache, dass er nicht mehr nach Nimrod zurückkehren konnte, nahm er fast gelassen hin. Von Paira sprach er nicht.

Naemy war erleichtert, doch der Vorfall hatte ihr gezeigt, wie schwierig es sich gestaltete, die Aufgabe zu bewältigen. Den geretteten Nebelelfen würde es nicht anders ergehen als dem jungen Skalden. Niemand würde ihr die Wahrheit glauben und sich widerspruchslos mit einem Leben fern der Heimat abfinden.

Sie musste davon ausgehen, dass die meisten versuchen würden, die Gruppe zu verlassen. Und sie konnte nichts unternehmen, um dies zu verhindern, denn bei den Angehörigen ihres Volkes war es unmöglich, die Erinnerungen so zu verändern, wie sie es bei Fedeon getan hatte.

Je länger sie darüber nachdachte, desto deutlicher wurde ihr, dass sie ohne einen Plan in dieses Abenteuer gegangen war. Wie sollte sie zwei Dutzend Elfen dazu bringen, ihr zu folgen, ohne dass sie die erstbeste Gelegenheit nutzten, sich in alle Winde zu zerstreuen? Elfen, die mühelos in der Lage waren, durch die Zwischenwelt zu reisen, und mit denen sie – anders als bei Shari – keine tiefe Zuneigung verband.

Und während Naemy versuchte, in den kommenden Sonnenläufen einen Plan für die Befreiung der Elfen zu entwickeln, herrschte in Nimrod aufgeregte Betriebsamkeit.

Obwohl der Druidenrat versucht hatte, die Kunde des herannahenden Heeres so lange wie möglich geheim zu halten, sickerte die Nachricht schnell nach draußen, wo sie sich unter der Bevölkerung wie ein Lauffeuer verbreitete. Bald gab es in der ganzen Stadt kein anderes Thema mehr. Jeder wollte plötzlich etwas Ungewöhnliches gehört oder gesehen haben, und so mancher, der das Ganze für einen üblen Scherz hielt, machte sich einen Spaß daraus, die herrschende Furcht und Unsicherheit noch weiter anzufachen. Absonderliche Geschichten und Berichte machten die Runde und schürten die Panik und Verzweiflung unter den Menschen, obwohl ihnen nur selten ein Funken Wahrheit anhaftete.

Innerhalb von drei Sonnenläufen gab es auf dem Markt keine Nahrungsmittel mehr zu kaufen, und jene, die sich zu spät bevorraten wollten, lieferten sich heftige Auseinandersetzungen mit denen, die einen gut gefüllten Vorratskeller besaßen. Immer wieder musste die Stadtwache eingreifen, um größere Tumulte zu verhindern. Sie tat ihr Bestes, doch selbst das entschlossene Vorgehen der Waffenträger konnte nicht verhindern, dass die Unruhe unter der Bevölkerung weiter anschwoll.

Am Abend des dritten Sonnenlaufs, nachdem Glamouron dem Rat die Nachricht von dem Angriff überbracht hatte, sah sich Anthork schließlich gezwungen, die Bürger umfassend über die Lage in Kenntnis zu setzen, um den aus der Luft gegriffenen Gerüchten einen Riegel vorzuschieben.

Der oberste Druide bedauerte zutiefst, dass nicht mehr Zeit zur Verfügung stand, und hätte sich gewünscht, die Vorbereitungen zur Verteidigung Nimrods nicht so überstürzen zu müssen und mit ausgereiften Vereidigungsplänen vor das Volk treten zu können, doch die Kurierreiter, die in den vergangenen Sonnenläufen mit den Riesenalpen ins Grasland geflogen waren, brachten die beunruhigende Kunde, dass sich das feindliche Heer viel schneller als erwartet voranbewege. Unzählige Dörfer hatten die Krieger auf dem Vormarsch bereits zerstört, darunter auch einige, deren Bewohner nicht mehr rechtzeitig hatten gewarnt werden können. Der Verlust so vieler unschuldiger Menschenleben machte Anthork das Herz schwer, doch er ahnte, dass dies nur der Anfang war.

Die wenigen Stufen hinauf auf die Zinnen der Inneren Festung, vor deren Mauern sich fast die gesamte Bevölkerung der Festungsstadt versammelt hatte, forderten ihm viel Kraft ab. Es war der schwerste Weg, den er in seiner langen Amtszeit als oberster Druide gehen musste. Er wusste, dass sich die verängstigten Menschen aus den Worten Trost und Zuversicht erhofften, doch ihm war klar, dass er diese Hoffnung nicht schenken konnte. Die Lage war schwierig und unberechenbar. Und obwohl die Menschen dem Feind nicht allein gegenüberstanden, lag der Ausgang der bevorstehenden Schlacht im Dunkeln.

Die Nebelelfen würden kommen. Ohne zu zögern hatten sie sich nach Glamourons erschreckendem Bericht bereit erklärt, den bedrängten Menschen zu helfen. Und obwohl auch sie bis dahin keinerlei Hinweise auf eine Bedrohung aus dem Norden hatten, hatten sie unverzüglich mit den Vorbereitungen zur Verteidigung des Landes begonnen. Eine erste Einheit der Nebelelfen war schon am frühen Morgen in Nimrod eingetroffen, und der Strom der Elfenkrieger, die durch die Zwischenwelt in die Festungsstadt gelangten, nahm seitdem kein Ende.

Auch die zweihundert Angehörigen der gewaltigen Riesenalpkolonie in den Höhenzügen des Ylmazur-Gebirges befanden sich bereits auf den Weg nach Nimrod, um sich dem gemeinsamen Feind zu stellen – doch würde das genügen?

Gemeinsam mit den anderen Mitgliedern des Druidenrats betrat Anthork die Zinnen der Inneren Festung. Er wollte sich die Zweifel auf keinen Fall anmerken lassen und verbarg die wahren Gedanken sorgfältig hinter einer ernsten und würdevollen Miene. Die Arme beschwörend erhoben, trat er an die gemauerte Brüstung und wartete.

Augenblicklich erstarb alles Gemurmel, und ein erwartungsvolles Schweigen senkte sich über den Platz, der bis zum Bersten mit Menschen gefüllt war.

»Bürger von Nimrod!«, hob Anthork an, und wie immer, wenn er hier eine Rede hielt, hallte seine Stimme magisch verstärkt über den ausgedehnten Platz. Die Worte des obersten Druiden erreichten auch den hintersten Winkel, und selbst in den Gassen rund um den Marktplatz konnte ihn jeder gut verstehen. »Ich habe euch hierher gerufen, weil uns eine ernste und gefahrvolle Prüfung auferlegt wurde.« Verhaltenes Gemurmel erhob sich, doch Anthork sprach unbeirrt weiter. »Seit einigen Sonnenläufen geht das Gerücht um, ein großes Heer unbekannter Herkunft sei über die Finstermark in Thale einmarschiert und habe das Grasland überfallen.« Das Gemurmel wurde lauter, verstummte jedoch, als der oberste Druide erneut zu sprechen anhob. »Die Gütige Göttin weiß, dass ich wünschte, es wäre anders, aber es ist meine traurige Pflicht, euch zu sagen, dass dieses Gerücht der Wahrheit entspricht.«

Die schonungslose Offenheit verfehlte ihre Wirkung nicht. Noch bevor er geendet hatte, brach auf dem Platz vor der Inneren Festung ein Tumult aus. Hunderte von Armen reckten sich in die Höhe, und Tausende hysterische Rufe vermischten sich zu einem ohrenbetäubenden Lärm. Es wurde rücksichtslos gedrängelt und geschoben. Viele, die hofften, unmittelbar vor der Mauer mehr Gehör zu finden, versuchten nach vorn zu gelangen, was einen Chor wütender Protestrufe heraufbeschwor.

Um Schlimmeres zu verhindern, hob Anthork erneut die Arme, doch diesmal schlug er die Hände über dem Kopf zusammen. Die Mauer der Inneren Festung erzitterte unter einem gewaltigen Donnerschlag, und der Boden erbebte. Der Schreck lähmte die verängstigten und aufgebrachten Menschen und verschlug ihnen augenblicklich die Sprache. Diese Zeit nutzte der oberste Druide geschickt, um erneut das Wort an die Menge zu richten. »Ich verstehe eure Furcht«, rief er weithin hörbar. »Und ich gebe offen zu, dass auch ich niemals mit einem Angriff auf unser geliebtes Land gerechnet hätte. Doch das Zögern und Jammern hilft uns nicht weiter. Schon morgen werden die ersten Flüchtlinge aus dem Grasland in Nimrod erwartet. Hunderte werden folgen. Es sind Menschen, die alles verloren haben. Wir werden sie willkommen heißen und für sie sorgen, bis sie in ihre Heimat zurückkehren können. Gleichzeitig gilt es, so schnell wie möglich alle erforderlichen Vorbereitungen zu treffen, um uns der Angreifer wirksam erwehren zu können.«

»Aber wir haben keine Krieger«, rief eine Frau aus der vordersten Reihe mit angsterfülltem Blick.

Anthork griff die Bemerkung auf und sagte: »Ja, das ist wahr. Wie ihr alle wisst, ist Thale ein friedliches Land und besitzt nur wenige Krieger. Aber das darf uns nicht einschüchtern. Denn sind wir nicht alle Krieger, wenn es darum geht, unsere Heimat zu verteidigen? Sind wir nicht alle bereit, unser Leben zu geben, damit unsere Kinder, unsere Familien und unser Land eine Zukunft haben?« Die Stimme des Druiden hallte beschwörend über den Platz. »Wir werden es schaffen! Wir werden dem Feind die Stirn bieten und ihn aus Thale vertreiben. Die Elfen und Riesenalpe sind mächtige Verbündete. Gemeinsam werden wir siegreich sein.« Das war völlig aus der Luft gegriffen, doch Anthork spürte, dass die Menschen nach Zuversicht hungerten, und hielt eine kleine Lüge angesichts der ungeheuren Bedrohung für mehr als gerechtfertigt. Mit Feuereifer im Blick ballte er die Hand zur Faust und rief: »Wir sind nicht unvorbereitet. Gemeinsam mit den Nebelelfen und den Riesenalpen, die sich bereits auf dem Weg nach Nimrod befinden, um die Festungsstadt Seite an Seite mit uns zu verteidigen, werden wir den Feind aus unserem Land vertreiben. Wir werden ihn mit allen in unserer Macht stehenden Mitteln bekämpfen und nicht zulassen, dass er uns die Freiheit raubt. Und bei den Toren, solange wir fest zusammenhalten, werden wir es schaffen.«

Gewaltiger Jubel brandete auf. Die ganze Anspannung der Menschen, alle Furcht und Ungewissheit entluden sich in lauten Anfeuerungsrufen und wilden Drohgebärden.

Anthork war erleichtert, aber nicht glücklich. Es war ihm gelungen, die Bevölkerung Nimrods mit nur wenigen Worten auf die bevorstehende Schlacht einzustimmen, doch er fürchtete, dass sich alle Entschlossenheit angesichts des übermächtigen Feindes in Luft auflösen würde.

4

»Das ist einfach unglaublich.« Mit einem schadenfrohen Lächeln schob Okowan die fleischige Hand in einen gewaltigen Berg goldener Münzen und gluckste zufrieden. Für einen Augenblick erfreute er sich an der wohltuenden Kühle des Metalls, dann ließ er die funkelnden Geldstücke genüsslich durch die Finger rinnen.

Er war reich! Und nicht nur das: Die Furcht der Menschen vor dem drohenden Krieg und sein Gespür für gute Geschäfte hatten ihn in kürzester Zeit zu einem angesehenen und gefragten Mann gemacht, da er gute Beziehungen hatte und damit die Möglichkeit besaß, Dinge zu besorgen, die sonst nirgends zu bekommen waren. Dinge, nach dessen Herkunft man besser nicht fragte. Mittlerweile beschäftigte Okowan mehr als ein Dutzend zwielichtiger Gestalten, die ihm die verlangte Ware zumeist auf ungesetzlichem Weg besorgten.

Gefragt waren vor allem ganz alltägliche Dinge wie haltbares Gemüse, wärmende Decken, Töpfe, Tonkrüge oder Brennholz – Gegenstände, die noch vor kurzem als wertlos galten, weil sie reichlich vorhanden waren. Doch die Lager der Stadt waren leer, und vor allem den Flüchtlingen aus dem Grasland mangelte es am Nötigsten. Viele hatten bei der Flucht kaum etwas retten können und besaßen nur das, was sie am Leib trugen. Andere aber hatten Schmuck, Münzen oder Wertsachen dabei, die sich hervorragend als Zahlungsmittel eigneten.

Der Druidenrat tat alles in seiner Macht Stehende, um den heimatlos gewordenen Menschen zu helfen, doch inzwischen strömten so viele Flüchtlinge in die Stadt, dass auch die Spenden der Bevölkerung und die Hilfsangebote der Priesterinnen der Gütigen Göttin nicht ausreichten, um den Mangel zu lindern.

So war es kein Wunder, dass es sich unter den Grasländern schnell herumsprach, im *Haus der Sinne* gebe es jemanden, der selbst unerreichbare Dinge noch zu beschaffen vermochte. Das war natürlich nicht ganz billig, doch die Verzweiflung hatte die Menschen fest im Griff, und niemand murrte, wenn er goldenes Geschmeide für einen alten Wasserkrug oder eine löchrige Decke hingeben musste. Oft standen die Menschen schon am frühen Morgen vor dem *Haus der Sinne* und hofften darauf, bei dem ehrenwerten Okowan, wie sie ihn nannten, vorsprechen zu dürfen.

Ein Blick aus dem vergitterten Fenster bestätigte Okowan, dass draußen wieder ein halbes Dutzend Grasländer auf eine Audienz wartete. Der feiste Sohn des Freudenhausbesitzers seufzte glücklich. Das nahende Heer war zu einem echten Glücksfall für ihn geworden, und er genoss die Macht, die er über die Not leidenden Menschen hatte, in vollen Zügen. Dass man ihn plötzlich mit »Hoher Herr« ansprach, war Balsam für seine Seele. Er labte sich an den unterwürfigen Blicken und machte sich einen Spaß daraus, den verzweifelten Menschen für eine wollene Decke ein Vielfaches an Wert abzuverlangen. So türmten sich in dem kleinen Hurenzimmer, das ihm als »Audienzsaal« diente, neben dem Münzberg inzwischen auch unzählige Schmuckstücke, wertvoller Zierrat und kunstvolle Gegenstände.

Nur gut, dass mein Vater nichts davon weiß, dachte Okowan und blickte auf die angehäuften Reichtümer. Der raffgierige Alte würde sicher einen unverschämt hohen Anteil davon verlangen.

Doch das stand nicht zu befürchten. Okowans Vater siechte schon seit dem Frühling an einer schleichenden Krankheit dahin und hatte sein Zimmer seit fünf Mondläufen nicht mehr verlassen. Okowan hatte die Führung des Freudenhauses wie selbstverständlich übernommen, ihn jedoch nie besucht. Der Geruch nach Krankheit und Fäulnis widerte ihn an. Aus den Berichten der Huren, die seinen Vater pflegten, wusste er aber, dass es nicht gut um ihn stand. Vermutlich würde der Alte den Winter nicht überstehen.

Ein heftiges Pochen an der Tür riss Okowan aus den Gedanken. Gleich darauf wurde die Tür geöffnet, und ein breitschultriger Mann mit ungepflegtem Äußeren und einer Augenklappe steckte den Kopf zur Tür herein. Er war einer der beiden Posten, die vor der Tür standen, um Okowans Reichtümer zu bewachen und den Strom der Hilfesuchenden zu lenken.

»Ein dringender Fall, Herr«, sagte er mit tiefer Stimme.

»Dringend?« Okowan schürzte die Lippen und rieb sich nachdenklich das Kinn. Die Abendsonne brach sich in den sieben juwelenbesetzten Ringen an seinen Fingern und warf farbige Lichter an die niedrige Zimmerdecke, während er so tat, als müsste er erst abwägen, ob er geneigt sei, den armen Teufel, der vor der Tür wartete, zu empfangen. Schließlich nahm er einige Pergamente zur Hand und tat, als läse er darin. »Schick ihn rein«, befahl er dem Wachtposten, ohne den Blick von den Unterlagen zu nehmen.

Die Tür wurde kurz geschlossen, und Okowan hörte Stimmen in der Schankstube. Dann öffnete sie sich wieder, und leise ehrfurchtsvolle Schritte näherten sich dem wuchtigen Tisch, an dem er saß.

Okowan blickte nicht auf. Um den Bittsteller zu verunsichern, tat er weiterhin beschäftigt und beachtete ihn nicht.

»Herr?« Die Stimme des Mannes war so leise und schüchtern, dass Okowan angewidert das Gesicht verzog. Er verachtete Schwächlinge und hasste nichts mehr als verweichlichte Männer, die kein Selbstvertrauen besaßen.

»Herr?«, fragte der Mann noch einmal etwas lauter, als fürchtete er, nicht gehört worden zu sein.

»Was willst du?«, fuhr Okowan ihn an. In gespieltem Unmut legte er die Pergamente zu Seite und funkelte den ausgemergelten Grasländer ärgerlich an. Wie alle Flüchtlinge trug er schmutzige und zerschlissene Kleidung, und obgleich die Stimme noch sehr jung klang, machte es der ungepflegte Bart unmöglich, sein Alter zu schätzen. »Denkst du, ich habe dich nicht kommen gehört, oder hältst du dein lumpiges Anliegen für so wichtig, dass jeder, und sei er noch so beschäftigt, sich augenblicklich darum kümmern muss?«

Der Grasländer blickte beschämt zu Boden und knetete verlegen einen staubigen Hut in den Händen. »Entschuldigt, Herr. Ich wollte Euch nicht stören, aber der Mann draußen …«

»So, du wolltest nicht stören, wie?« Okowan spürte die Furcht des Mannes und erfreute sich an dessen Qual. »Dann hättest du besser nicht sprechen sollen, bevor ich dich dazu auffordere.« Entzückt bemerkte er, wie der Mann erschrak, und fuhr mit gefährlich leiser Stimme fort: »Damit hast du mich nämlich gestört, ganz erheblich sogar. Und das schätze ich gar nicht.«

»Aber der Mann an der Tür hat ...«

»Gesagt, dass du hereinkommen sollst!«, brauste Okowan auf. »Aber nicht, dass du auch sprechen darfst.« Berauscht vom Gefühl der Überlegenheit, machte sich Okowan einen Spaß daraus, den Mann weiter zu quälen. »Weißt du, was ich mit Ruhestörern wie dir zu tun pflege?«, sagte er in gespieltem Zorn. »Menschen, die keine Achtung vor Höherstehenden haben und die nicht wissen, was sich ziemt?«

»N... nein.« Der Mann zitterte am ganzen Körper.

»Nichts!« Okowan grinste breit. »Ich schicke sie fort und lasse sie in ihrem Elend verrecken.«

»Oh, bitte ... Bitte tut das nicht!«, stammelte der Grasländer und sank demütig auf die Knie. »Ich ... wir haben einen Säugling, einen Sohn, er ist erst drei Mondläufe alt, doch meine Frau hat keine Milch, um ihn zu ernähren. Er schreit und ist vor Hunger schon ganz schwach. Ich brauche dringend Milch, sonst stirbt er. Aber in ganz Nimrod ist keine Milch zu bekommen. Oh, bitte schickt mich nicht fort. Zehn Sommer haben wir auf dieses Kind gewartet und dafür gebetet. Es darf nicht sterben. Das würde meiner Frau das Herz brechen«, er schluchzte auf, »und dann ... dann würde ich auch sie verlieren.«

»Welch eine tragische Geschichte«, sagte Okowan in einem Tonfall, der unverhohlen deutlich machte, dass ihn das Leid des Mannes nicht im Geringsten berührte. »Du bist ungefähr der Zehnte, der mir heute so etwas vorjammert«, stellte er nüchtern fest und betrachtete gelangweilt seine Fingernägel. So folgte eine kurze Pause, in der Okowan tat, als dächte er über etwas nach, dann sagte er gönnerhaft: »Eigentlich müsste ich dich ob deines unverschämten Verhaltens rauswerfen lassen, doch du hast Glück. Ich bin heute wohl gelaunt, und vielleicht kommen wir ja doch noch ins Geschäft.«

»Heißt das, Ihr könntet Milch für meinen Sohn besorgen?« Neue Hoffnung glomm in den Augen des Mannes, als er aufsah.

»Ich kann alles besorgen«, erwiderte Okowan von oben herab. »Die Frage ist nur, ob du es dir leisten kannst.« Der Grasländer richtete sich auf und wühlte in den Taschen seiner Jacke. »Meine Frau hat mir ihren Schmuck mitgegeben«, sagte er hastig. »Er ist alles, was wir besitzen. Das Heer kam so plötzlich. Wir wurden nicht gewarnt und …«

»Ja, ja«, unterbrach ihn Okowan gelangweilt. »Auch das habe ich heute schon mindestens zehnmal gehört. Nun zeig schon, was du hast.«

»Hier … hier ist es.« Mit zitternden Händen holte der Grasländer eine kurze Perlenkette, vier silberne und drei kupferne Ringe aus der Tasche und legte sie auf den Tisch.

»Ist das alles?« Stirnrunzelnd hob Okowan die Perlenkette in die Höhe und hielt sie ins Licht. »Mit dem wertlosen Zeug kannst du hier in Nimrod nicht einmal einen Becher Wasser bekommen«, urteilte er. »Dafür halte ich doch nicht meinen Kopf hin, um dir Milch zu besorgen.« Verächtlich warf er die Kette auf den Tisch und schob dem Mann den Schmuck zu. »Steck das wieder ein und verschwinde!«

»Nein! Bitte! Nein!« Verzweifelt warf sich der Grasländer auf die Knie. »Das könnt Ihr nicht machen, mein Sohn, meine Frau …«

In diesem Augenblick waren vor der Tür erregte Stimmen zu hören. Etwas polterte, und ein Mann fluchte laut, dann wurde die Tür geöffnet, und eine junge Frau stürzte ins Zimmer. Sie war schlank und hatte auffallend lange schwarze Haare, die leicht gekraust waren und im Nacken von bunten geflochtenen Bändern zusammengehalten wurden. Die haselnussbraune Hautfarbe verlieh ihr ein exotisches Aussehen und konnte nur ein Erbe der dunkelhäutigen Steppenkrieger sein, die in kleinen Stämmen als Nomaden durch die Steppe zogen. Ihre schwarzen Augen funkelten zornig, während sie sich energisch aus dem Griff des Mannes mit der Augenklappe wand, der sie aufzuhalten versuchte.

»Was ist los, Jaro?«, fragte sie besorgt und trat neben den Grasländer.

»Er sagt, wir … der Schmuck sei … Er will uns keine Milch für unseren Sohn besorgen.«

Die Frau hob erschüttert den Blick und sah Okowan an. »Warum nicht?«, fragte sie mit bebender Stimme.

»Weil ihr nicht dafür bezahlen könnt«, erwiderte Okowan und grinste breit. »Ohne Wertsachen keine Milch.« Er zuckte in gespieltem Bedauern mit den Schultern. »Die Zeiten sind schlecht.«

»Aber mein Kind …«, schluchzte die Frau.

»… wird nicht der letzte Balg sein, der sein Leben lassen muss. Allerdings …«, Okowan fuhr sich mit der Zungenspitze genüsslich über die Lippen und betrachtete die Frau mit einem hungrigen Blick, »… bist du ein recht hübsches Mädchen. Da gäbe es noch eine andere Möglichkeit für dich, die Milch zu bezahlen …« Er winkte dem Mann mit der Augenklappe, deutete auf den Grasländer und sagte: »Schaff ihn raus. Das Weib und ich haben noch etwas zu besprechen.« Der Wächter packte Jaro, drehte ihm die Arme auf den Rücken und schleifte ihn zur Tür.

»Nein!« Der Grasländer wand sich wütend im Griff des Einäugigen. »Ich weiß, was Ihr vorhabt, aber daraus wird nichts. Ihr bekommt Mahina nicht. Sie geht mit mir. Komm, Mahina! Wir haben viel verloren, nicht aber unseren Stolz. So tief sind wir noch nicht gesunken. Mahina?«

Die junge Frau antwortete nicht. Traurig erwiderte sie den Blick ihres Gefährten und schaute dann schuldbewusst zu Boden. In ihren Augen schimmerten Tränen, die Lippen bebten und sie zitterte, doch sie machte keine Anstalten, den Raum zu verlassen.

»Raus mit ihm«, befahl Okowan kalt.

»Du schamloser Bastard«, schrie der Grasländer voller Hass. »Du verdammtes Schwein! Das kannst du nicht von ihr …« Die Tür fiel ins Schloss, und der zornige Redeschwall erstarb. Nur einmal hörte man den Grasländer von draußen noch verzweifelt schreien: »Mahina, sag nein! Tu es nicht!«

Kurz bevor die Sonne den höchsten Stand erreichte, verließ eine dunkelhäutige Frau mit unsicheren Schritten das *Haus der Sinne*. Das lange schwarze Haar war aufgelöst und hing ihr zerzaust über die Schultern. Die bunten Bänder waren fort. Sie weinte. Einen tönernen Krug wie einen kostbaren Schatz an sich gepresst, bewegte sie sich wie jemand, der große Schmerzen litt, durch die Menge der Menschen, die vor dem Haus darauf warteten, Okowan eine Bitte vortragen zu dürfen. Sie spürte die Verachtung in den Blicken, doch sie tat, als bemerkte sie es nicht. Ihr Kind würde überleben, das allein zählte. Nur dafür hatte sie Scham, Schmerzen und Demütigung ertragen und ihren Körper zur Ware gemacht. Und dafür ertrug sie den stummen Spott der Menschen, die ihre Schreie durch das geschlossene Fenster gehört hatten, und die Gewissheit, Jaro nie wieder in die Augen sehen zu können.

Doch als wäre das alles noch nicht genug, öffnete sich hinter ihr plötzlich die Tür zum *Haus der Sinne*, und sie hörte den Einäugigen rufen: »Der hohe Herr war sehr zufrieden mit dir, Weib. Falls du noch mehr Milch brauchst ....«

Grau, trüb und unheilvoll brach der Morgen über den Wäldern von Daran an und hüllte die Landschaft in Schatten, die sich wie Blutflecke auf dem feuchten Boden ausbreiteten. Düstere Wolken verdeckten den Himmel und lagen bleiern und tief über den Wipfeln der Bäume. Eine drückende Stille erfüllte die Luft wie eine Warnung nahenden Unheils.

Über Nacht war es kalt geworden. So kalt, als hätten die Wolken, die am Abend von Westen heraufgezogen waren, die Vorboten des Herbstes ins Land getragen und den milden Spätsommer endgültig vertrieben.

Auch der Wind schlief. In der stillen Luft hingen die Ausdünstungen vieler tausend Krieger unbewegt zwischen den Bäumen. Der durchdringende Raubtiergestank machte Asco-Bahrran das Atmen schwer. Obwohl er das Heer erst wenige Sonnenläufe begleitete, wusste er, dass er sich niemals an diesen bestialischen

Gestank gewöhnen würde, und sehnte den Tag herbei, da er sich wieder als freier Mann in Nimrod bewegen konnte – als freier und mächtiger Magier mit unbegrenzten Möglichkeiten.

Der Furcht einflößende Heerführer, der sich selbst An-Rukhbar nannte und von den Kriegern ehrfürchtig mit »Meister« angeredet wurde, hatte es ihm zugesichert.

»Wenn du mir hilfst, dieses Land zu erobern, wirst du es nicht bereuen«, hatte er gesagt. »Ich werde dich zu meinem Statthalter machen. In meinem Namen wirst du über Thale herrschen. Reichtum und Macht werden der Lohn für deine Dienste sein. Du erhältst die unbegrenzte Möglichkeit, dich jeglicher Form von Magie zu bedienen. Solange du meine Befehle befolgst, gebe ich dir freie Hand und erlaube dir, das Land so zu regieren, wie es dir beliebt.« Die Worte waren wie Öl, das An-Rukhbar gezielt in die Glut des Hasses goss, den Asco-Bahrran auf die Druiden und die Oberschicht Nimrods hegte. Und obwohl dem Magier bewusst war, dass An-Rukhbar die Worte absichtlich so gewählt hatte, weil er den brennenden Wunsch nach Rache in der Seele des Magiers gefühlt hatte, hatte er der Versuchung nicht widerstehen können und dem Heerführer seine Dienste zugesichert. Er spürte, dass An-Rukhbar ihn brauchte, und war fest entschlossen, dies zu seinem Vorteil zu nutzen.

Das eigene Zelt, ausgestattet mit den edelsten Beutestücken, die die schwarzen Krieger aus den geplünderten Graslanddörfern herbeigeschafft hatten, war nur ein Anfang. Wenn Nimrod erst erobert wäre, und daran gab es für Asco-Bahrran keinen Zweifel, würde er alles bekommen, wonach ihm verlangte. Dann würde ihn niemand mehr verachten und …

»Gnurrt goa, An-Rrrrukhbarrr.« Ein stämmiger Krieger schob die Plane vor dem Eingang zur Seite und blickte ins Innere des Zeltes. Der Luftzug trug einen kräftigen Schwall der abscheulichen Ausdünstungen ins Zelt. Angewidert rümpfte Asco-Bahrran die Nase, sagte jedoch nichts. Die fremden Krieger, die sich selbst Cha-Gurrlinen nannten, waren ihm unheimlich, und die Tatsache, dass es ihm unmöglich war, eine Gefühlsregung in den harten Zügen der eberähnlichen Gesichter zu erkennen, ließ ihn äußerste Vorsicht walten.

Er hatte gesehen, wie grausam diese Krieger waren. Entsetzt hatte er beobachtet, wie sie die Graslandbewohner auf bestialische Weise niedergemetzelt hatten. Auch seine Vermutung, dass sie vor dem Verzehr von Menschenfleisch nicht zurückschreckten, hatte sich rasch bewahrheitet. Dass er selbst nicht ein Opfer der blutgierigen Bestien geworden war, hatte der Magier allein dem Bulsak zu verdanken. Wie er inzwischen erfahren hatte, waren die Krieger von dem Furcht einflößenden Geschöpf so beeindruckt gewesen, dass sie beschlossen hatten, dessen Gebieter zunächst dem Meister vorzuführen.

Mittlerweile war die Wirkung des frischen Pferdeblutes allerdings abgeklungen und der Bulsak wieder auf die Größe eines Eichhörnchens geschrumpft. Asco-Bahrran hatte kurz erwogen, ihn freizugeben und heimkehren zu lassen, sich dann jedoch anders entschieden, da ihm das fledermausähnliche Wesen während der Schlacht noch gute Dienste leisten konnte.

Seitdem bewohnte der Bulsak einen Käfig, der sich in Asco-Bahrrans Zelt befand. Er fürchtete sich vor den Cha-Gurrlinen und stimmte ein aufgeregtes Gezeter an, als er den Krieger erblickte.

»Gnurrt goa, An-Rrrrukhbarrr«, sagte der Cha-Gurrlin noch einmal über den Lärm hinweg und bedeutete dem Magier mit Nachdruck, ihm zu folgen.

»Ich komme.« Ohne Eile erhob sich Asco-Bahrran aus dem kunstvoll verzierten und mit dicken Polstern versehenen Sessel, glättete seine Kleider und folgte dem Krieger durch das Heerlager zum Zelt des Meisters.

Die Wachen vor dem rubinroten Zelt zeigten keine Regung, als Asco-Bahrran mit einer Hand nach der Plane vor dem Eingang griff und wortlos hineinging.

Im Innern war es kalt und dunkel und ein modriger Geruch uralter Fäulnis erfüllte die Luft. Asco-Bahrran erschauerte. Es kostete ihn viel Mühe, die Furcht zu unterdrücken, die ihn beim Betreten das Zeltes stets von neuem überkam. Dennoch gelang es ihm auch diesmal, die wenigen Längen bis zu dem thronähnlichen Stuhl in der Mitte des Zeltes sicheren Schrittes zurückzulegen. Der wuchtige hölzerne Stuhl war leer. Ein kaltes grünes Leuchten, das keine Quelle zu haben schien, flutete von der Decke herab und hüllte ihn fast völlig ein. Dort, wo das Licht den Boden berührte, verwandelte es sich in einen eisigen Nebel, der in zähen Schwaden durch das Zelt wallte.

Zwei Schritte von der Lichtsäule entfernt sank Asco-Bahrran inmitten des eisigen Nebels auf die Knie, presste die Stirn auf den Boden und wartete. Aus den Augenwinkeln sah er, wie das Licht an Kraft gewann, und spürte, wie ihm die Kälte mit eisigen Fingern unter die Gewänder kroch, während sich gleichzeitig ein schwefelartiger Geruch im Zelt ausbreitete, der der Ankunft des Meisters vorausging. Der Magier rührte sich nicht. Die Stirn fest auf den Boden gepresst, verharrte er in reglosem Schweigen und wartete darauf, dass An-Rukhbar zu sprechen anhob. Er hasste es, sich so demütig zu verhalten, und verabscheute sich selbst für das unterwürfige Gehabe, doch er wusste auch, dass es der einzige Weg war, sein Ziel zu erreichen. Alles hatte einen Preis, und wenn dies ihn zu Macht und Reichtum führte, war er bereit, den Preis auch zu entrichten.

»Steh auf!« Ohne ein Wort der Begrüßung ertönte die tiefe, seltsam verzerrte Stimme des Meisters in unmittelbarer Nähe und ließ Asco-Bahrran erschauern. Den Blick fest auf den Boden gerichtet, erhob er sich und sagte untertänig: »Mächtiger Fürst und Eroberer Thales, Ihr hab mich rufen lassen. Womit kann ich Euch dienen?«

»Ich brauche Auskünfte von dir«, erwiderte An-Rukhbar. Wie immer, wenn er auf dem Stuhl erschien, war er in einen weiten nachtblauen Mantel gehüllt, unter dessen Kapuze das Gesicht von einem wallenden blaugrauen Nebel verdeckt wurde. »Die Schlacht der Entscheidung steht unmittelbar bevor. Nicht mehr lange, und wir werden Nimrod angreifen. Ich habe Meldungen bekommen, nach denen sich die Menschen und das Volk der Nebelelfen hinter den Mauern der Festungsstadt verschanzt haben. Tausende Bewaffnete säumen die Zinnen, und zweihundert der gewaltigen Vögel, die ihr Riesenalpe nennt, sollen sich ebenfalls dort befinden. Was hältst du davon?«

»Nun, ich gebe zu, es erstaunt mich zu hören, dass die Druiden in so kurzer Zeit im Stande waren, eine Verteidigung zu planen«, räumte Asco-Bahrran ein. »Ich bin jedoch sicher, dass die Bewaffneten auf den Zinnen kein großes Hindernis darstellen werden. Nimrod besitzt kaum eine Hand voll ausgebildeter Krieger, und selbst wenn die Garnison aus Daran inzwischen dort eingetroffen ist, dürften es keine fünfhundert Mann sein, die Erfahrung im Umgang mit Schwert und Bogen besitzen. Alle anderen sind vermutlich einfache Bürger, denen man eine Waffe in die Hand gedrückt hat.« Er lachte leise. »Die Cha-Gurrlinen werden leichtes Spiel mit ihnen haben.«

»Was ist mit diesen Vögeln und den Nebelelfen?«, hakte An-Rukhbar nach.

»Die werden uns sicher größere Schwierigkeiten machen.« Asco-Bahrran hob den Blick und sah den Meister an. »Das Volk der Nebelelfen ist ein Gegner, den man nicht unterschätzen darf. Männer und Frauen sind gleichermaßen hervorragend in den verschiedenen Waffengattungen ausgebildet. Die Langbogen besitzen eine große Reichweite und gelten als sehr zielsicher. Zudem sind Elfen ausgezeichnete Schwertkämpfer und mit der ausgereiften Kampftechnik, die sich Kre-An-Sor nennt, im Nahkampf kaum zu schlagen. Viele Nebelelfen verstehen es zudem, einen Gegner vom Rücken eines Riesenalps aus anzugreifen. Wenn sich wirklich zweihundert Riesenalpe in der Nähe von Nimrod befinden, wird das die gefährlichste Waffe der Druiden sein. Vermutlich werden sie versuchen, das Heer aus der Luft anzugreifen, in der Hoffnung, die Krieger zu überraschen.«

»Was ist mit dem Tor?«

»Nun, das große Flügeltor ist zweifellos die schwächste Stelle in der Festungsmauer«, erläuterte Asco-Bahrran. »Doch die Druiden wissen das und werden es wahrscheinlich durch Magie vor Feuer oder der Wucht von Rammböcken schützen. Ein Versuch, das Tor von der Ebene aus zu zerstören, würde unter den Kriegern vermutlich hohe Verluste fordern.« Er machte eine Pause und strich sich nachdenklich über den Bart. »Wenn es uns jedoch gelänge, an der ungeschützten rückwärtigen Seite des Tores eine magische Sprengladung zu zünden, hätten wir leichtes Spiel.«

»Gibt es denn noch andere Wege in die Stadt als das große Flügeltor?«, fragte An-Rukhbar, ohne auf den Vorschlag des Magiers einzugehen.

»Es gibt noch zwei kleinere Tore in unmittelbarer Nähe der Felswände«, erklärte der Magier. »Doch es ist fast unmöglich, von außen dort hindurchzukommen.« Es schüttelte bedauernd den Kopf. »Diese Tore werden gut bewacht. Sollten die Cha-Gurrlinen versuchen, dort einzudringen, würden sie sofort bemerkt werden. Außerdem sind die Tore so klein, dass nur ein Cha-Gurrlin auf einmal hindurchpassen würde, und daher leicht zu verteidigen. Es sei denn …«, plötzlich hellte sich sein Gesicht auf, »… jemand macht uns den Weg frei und öffnet das Tor von innen.«

»Kennst du dort jemanden, der das tun würde?«

»Vielleicht. Ja. Ich … ich bin mir nicht sicher. Es gibt da einen guten Freund. Einen Kaufmann, der zu fast allem bereit ist, wenn es ihm nur einen Vorteil bringt. Für diesen Verrat müsste man ihm allerdings ein außergewöhnlich gutes Angebot unterbreiten.« Asco-Bahrran runzelte nachdenklich die Stirn.

»Dann finde heraus, was er verlangt«, sagte An-Rukhbar und fügte etwas leiser hinzu: »Es darf nicht sein, dass dieser Krieg das Land entvölkert. Ich will viele Gefangene. Nur lebend haben die Menschen einen Wert für mich.«

5 »Mutter!« Mit wehenden Haaren stürzte Paira in den kleinen dunklen Raum, der noch vor einem Mondlauf als Pferdestall und Vorratslager für das Gemüse gedient hatte.

Er war wie leer gefegt. Kein einziger Kohlkopf lagerte mehr in den Holzregalen an den Wänden, und die großen Kisten, in denen sich vor kurzem noch Kartoffeln und Rüben befunden hatten, standen nutzlos herum. Vor fünf Sonnenläufen waren sie das letzte Mal auf dem Markt gewesen, um Gemüse zu verkaufen. Zu jener Zeit hatte sich die Nachricht vom nahenden Heer schon überall herumgesprochen. Die Leute hatten ihnen den Kohl, den wenige Sonnenläufe zuvor kaum jemand hatte haben wollen, schon auf dem Weg zum Markt gierig vom Wagen gerissen, während Paira und ihre Mutter alle Mühe gehabt hatten, die aufgeregte Menge zu bedienen. Noch bevor die Sonne den höchsten Stand erreicht hatte, war nichts mehr übrig gewesen.

Jetzt lagerte nur mehr ein magerer Vorrat für die Familie im Schuppen. Ein Korb voller Äpfel, ein Dutzend Kohlköpfe sowie je eine Kiste mit Kartoffeln und Rüben. In der Futterkrippe lag noch etwas Heu.

Der Anblick stimmte Paira traurig. Culver, das alte Steppenpony, das der Familie viele Sommer lang treu gedient hatte und das sie so sehr ins Herz geschlossen hatte, war einen Sonnenlauf zuvor von der Stadtwache beschlagnahmt worden. Niemand sprach es aus, doch alle ahnten, dass er geschlachtet worden war. Fleisch war knapp, und die überfüllte Stadt hungerte.

»Mutter?« Paira trat in den kühlen Raum und blinzelte in die Dunkelheit hinein. »Mutter, bist du da?«

»Ich bin hier hinten«, ertönte eine Stimme aus Culvers Box.

»Mutter, die Leute sagen, dass das Heer bald angreifen wird«, berichtete Paira aufgeregt, während sie durch den Vorratskeller hastete. »Sie sagen, die Krieger seien nur einen Sonnenlauf entfernt in den Wäldern von Daran. Es sollen Tausende sein. O Mutter, ich mache mir solche Sorgen um Fedeon. Er ist noch immer nicht zurückgekehrt. Was ist, wenn er …« Paira stockte und blickte verwundert auf ihre Mutter, die gerade das Heu aus Culvers Futterkrippe nahm und es über das frische Stroh in der Box streute. »Was machst du da?«, fragte sie.

»Ich habe gehört, was die Leute reden, und bereite mich vor.«

»Worauf?«

»Darauf, dass feindliche Krieger in Nimrod einfallen.«

»Aber Mutter, wie kannst du nur so etwas denken. Nimrod kann nicht erobert werden, das haben die Druiden doch gesagt. Die Mauern sind dick und standhaft und so hoch, dass sie niemand bezwingen kann. Außerdem sind die Nebelelfen und die Riesenalpe gekommen, um uns zur Seite zu stehen. Und alle Männer Nimrods kämpfen …«

»Die Gütige Göttin gebe, dass du Recht behältst«, sagte Pairas Mutter, ohne in ihrem Tun innezuhalten. »Aber für den Fall, dass es anders kommt, werde ich uns hier eine Zuflucht einrichten, in der die Krieger uns nicht so schnell finden werden. Der Kesselflicker von nebenan gräbt auch einen Unterschlupf für seine Kinder. Du weißt, dass sein Bruder ein Seher ist. Er scheint böse Vorzeichen gesehen zu haben. Jedenfalls rechnet der Kesselflicker mit dem Schlimmsten und hat mir dringend geraten, auch für euch ein Versteck zu graben.« Sie warf das Heu in die Box und blickte ihre älteste Tochter an. »Wenn die Mauern fallen und ich nicht bei euch bin«, sagte sie ernst, »wirst du deine kleine Schwester an die Hand nehmen und mit ihr hierher flüchten. Ich werde alles so herrichten, dass niemand den Unterschlupf erkennt. Im Innern findet ihr Wasser und Nahrung für ein paar Sonnenläufe und einen weichen Platz zum Schlafen. Verhaltet euch ganz ruhig. Egal, was geschieht.« Sie trat in die Box bückte sich und hob ein breites Brett vom Boden auf. Darunter gähnte eine tiefe Grube, in der zwei Menschen liegen konnten. »Wenn die Kampfgeräusche ganz nahe sind, steigt ihr beide in die Grube«, erklärte sie. »Dort seid ihr sicher.«

»Und was ist mit dir, Mutter?« Alle Farbe war plötzlich aus Pairas Gesicht gewichen. Wie lange hatte ihre Mutter gebraucht, um die Grube zu graben? Und sie hatte nichts davon bemerkt! War die

Lage wirklich so aussichtslos? »Wo finden wir dich?« Ihre Stimme bebte vor Angst

»Ich werde hierher kommen, sobald ich kann«, versicherte die Mutter und zog Paira an sich. »Du weißt, dass auch ich kämpfen werde, wenn man mich ruft. Wie dein Bruder Bevan werde ich die Freiheit Nimrods mit meinem Leben verteidigen, wenn das Horn ertönt, das die Frauen zu den Waffen ruft.«

»Nein, das wusste ich nicht!« Energisch wand sich Paira aus den Armen der Mutter. »Wenn du kämpfst, dann kämpfe ich auch. Ich kann besser mit dem Bogen umgehen als Bevan und bin nur drei Sommer jünger als er. Wenn die Frauen kämpfen sollen, dann werde ich mitgehen.«

»Nein, das wirst du nicht!« In der Stimme der Mutter schwang ein strenger und befehlender Ton mit, den Paira noch nie bei ihr gehört hatte. »Du wirst dich um Maite kümmern, wie ich es dir gesagt habe. Sie braucht dich. Sollten dein Bruder und ich im Kampf fallen«, sie blinzelte und schluckte schwer, »wäre Maite ganz allein. Sie braucht dich.«

»Aber ich will hier nicht untätig herumsitzen. Ich will kämpfen«, begehrte Paira auf. »Ich will …«

»Du tust, was ich dir sage!« In den Worten lag etwas, das keinen Widerspruch duldete. »Seit fünf Sonnenläufen arbeite ich daran, hier ein Versteck für euch beide zu einzurichten. Wenn die Mauern fallen und die feindlichen Krieger in die Stadt kommen, versteckt ihr euch hier, bis der Kampf in den Straßen vorüber ist. Unter dem Brett wird man euch nicht entdecken.« Unvermittelt wurde ihre Stimme leise. Zärtlich legte sie die schmutzigen Hände an Pairas Wangen, sah ihr tief in die Augen und flüsterte: »Bitte tu, was ich dir sage, Paira. Es ist tröstlich für mich, euch in Sicherheit zu wissen. Ich könnte vor lauter Sorge um euch nicht kämpfen. Versprich mir, dass du dich um Maite kümmern wirst, was auch immer geschieht.«

»Ich … ich verspreche es.« Paira antwortete, ohne zu überlegen. Sie sah die Tränen in den Augen ihrer Mutter und spürte, dass sie es bitterernst meinte. Und noch etwas spürte sie ganz deutlich: Die

Zeit der Unbeschwertheit war vorbei. Niemals wieder würde ihr Leben sein wie zuvor. Dabei hatte sie eben noch gedacht, die Sorge um Fedeon sei ihre größte. Sie hatte den Worten der Druiden geglaubt, die immer wieder beteuert hatten, die Mauern seien unbezwingbar und ihr Leben sicher. Sie hatte es geglaubt, ohne weiter nachzufragen, weil sie es hatte glauben wollen. Unerschütterlich hatte sie daran festgehalten, dass alles beim Alten bleiben würde, und die Sorgen ihrer Mutter nicht bemerkt. Doch das war jetzt vorbei. Der Anblick des Unterschlupfs hatte alles wunschbestimmte Denken vertrieben und einer grausamen Wirklichkeit Platz gemacht, der Paira sich nicht gewachsen fühlte. Einer Wirklichkeit voller Furcht und Ungewissheit. Würden Bevan und ihre Mutter sterben? Würden die Krieger in die Stadt gelangen und wie in den alten Geschichten Feuer legen, morden und plündern? Paira spürte, dass sich die Angst wie ein eiserner Ring um ihre Brust legte und ihr den Atem nahm.

Um den quälenden Gedanken zu entfliehen, ergriff sie zwei der Äpfel, die neben ihr in einem kleinen Korb lagen, steckte sie ein und sagte hastig: »Ich … ich bringe Bevan ein paar Äpfel, ja? Er … er ist sicher hungrig. Das Essen der neuen Rekruten soll sehr dürftig sein.«

»Ja, geh nur.« Ihre Mutter nickte nachsichtig und griff nach Culvers alter Decke. »Er wird sich freuen, dich zu sehen. Ich habe hier noch einiges zu tun.«

Es dauerte lange, bis Paira ihren Bruder fand.

Mühsam bahnte sie sich einen Weg durch die überfüllten Straßen und Gassen Nimrods zu dem Platz vor der Inneren Festung, wo die Krieger der Stadtwache die eilig einberufenen Männer im Umgang mit Schwert und Bogen unterwiesen und ihnen die wichtigsten Regeln des Zweikampfes erläuterten.

Der Platz war zum Bersten mit Menschen gefüllt. Überall sah man junge Männer, die sich unbeholfen im Schwertkampf übten oder mit Bögen und Armbrüsten auf Strohballen schossen. Manche trugen die Uniform der Stadtwache, die meisten jedoch die schlichte graue Arbeitskleidung der einfachen Bürger. Hin und wieder erkannte Paira in der Menge auch einen Nebelelfen. Die hoch gewachsenen Krieger in der hellen Lederkleidung waren trotz des Gedränges nicht zu übersehen. Sie hielten sich vor allem bei den Bogenschützen auf, wo sie den ungeschickten Rekruten hilfreiche Ratschläge gaben.

Auf dem Platz herrschte eine seltsame Atmosphäre. Der Tatendrang und die Entschlossenheit der Verteidiger waren allgegenwärtig, und die feste Überzeugung, die Angreifer vertreiben zu können, hing nahezu greifbar in der Luft. Der bevorstehende Kampf war die größte Herausforderung, die Thale seit Menschengedenken zu bestehen hatte, und die Tatsache, dass sich die Nebelelfen und Riesenalpe in der Stunde der Not ohne Zögern an die Seite der Menschen stellten, erfüllte die jungen Rekruten mit einem solchen Stolz, dass sie glaubten, niemand könne sie bezwingen.

Je länger Paira über den Platz irrte, desto mehr ergriff das Gefühl der Unbesiegbarkeit auch von ihr Besitz. Nach und nach verdrängte es die trüben Gedanken und nagenden Zweifel und füllte die trostlose Leere in ihrem Innern mit Zuversicht.

Plötzlich kam ihr der Gedanke, wie stolz sie wäre, Fedeon hier bei den Waffen zu sehen, und sie bedauerte es, dass er nicht kämpfen würde, um sein Leben wie die anderen mutig und entschlossen für die Freiheit Thales einzusetzen.

Doch die Möglichkeit, dass er zurückkam, war gering. Die Tore würden am Abend endgültig geschlossen werden, und wenn Fedeon Nimrod bis dahin nicht erreichte, würde er nicht mehr in die Stadt gelangen können. Dann wäre er ganz auf sich gestellt, allein, unbewaffnet und …

Paira erlaubte es sich nicht, weiter darüber nachzudenken. In den Bergen ist Fedeon sicher, dorthin werden die Angreifer gewiss nicht kommen, beruhigte sie sich in Gedanken. Doch auch die vernünftigsten Überlegungen schafften es nicht, die quälende Sorge um ihren Gefährten zu vertreiben.

»Paira!« Bevan hatte sie entdeckt und zwängte sich durch eine Gruppe von Rekruten auf sie zu. Er trug ein glänzendes Schwert in der Hand und einen hölzernen Schild über dem Arm und lächelte. »Paira, wie schön, dich zu sehen«, sagte er erfreut und schloss sie in die Arme.

»Ich dachte schon, du wärst nicht hier.« Paira schlang ihm die Arme um den Hals. »Ich suche dich schon eine ganze Weile«, erzählte sie. »Aber hier sind so viele Menschen, dass ich es fast aufgegeben hätte.« Sie wand sich aus seinen Armen, trat einen Schritt zurück und musterte ihn besorgt. Bevans Gewand war staubig und wies unzählige Schnitte auf, deren Ränder an manchen Stellen mit Blut befleckt waren. Paira runzelte die Stirn und zupfte mit den Fingern behutsam an dem zerschnittenen Ärmel.

»Bist du verletzt?«, fragte sie leise.

»Alles halb so schlimm.« Bevan lachte und schob den Ärmel in die Höhe. »Siehst du, nur ein paar Kratzer.«

»Nur ein paar Kratzer?« Paira warf einen entsetzten Blick auf den Unterarm ihres Bruders. Die Wunden waren zwar nicht tief, doch es waren entschieden zu viele, um sie als »nur ein paar Kratzer« abzutun. »Wie konnte das geschehen?«, fragte sie.

»Nun, die Männer hier sind nicht gerade zimperlich. Da kann es schon mal passieren, dass man den Gegner verletzt«, erklärte Bevan und grinste. Er war schon immer sehr robust gewesen und nahm die Schmerzen gelassen hin. »Die Arme der anderen sehen nicht viel besser aus.« Mit diesen Worten zog er den Ärmel wieder herunter und fragte: »Warum hast du mich gesucht?«

»Ich wollte dir etwas zu essen bringen, weil … weil ich dachte, dass du vielleicht Hunger hast.« Paira griff in die Taschen des Kittels und reichte ihm die Äpfel.

»Oh, danke. Du hast Recht, ich habe wirklich Hunger.« Bevan biss herzhaft in den Apfel, ließ seine Schwester dabei aber nicht aus den Augen. »Aber das ist nicht der einzige Grund – oder?«, fragte er vorsichtig.

»Nein. Doch … Es … es ist alles in Ordnung.« Die Worte entschlüpften Pairas Lippen so schnell, dass sie sich selbst darüber wunderte. Das hatte sie nun wirklich nicht sagen wollen. War sie nicht hierher gekommen, um Bevan von den Sorgen ihrer Mutter zu erzählen und ihm von den Versteck zu berichten, das sie für Paira und Maite aushob? Wollte sie ihm nicht sagen, wie sehr sie um ihn fürchtete? Sie wusste genau, warum sie hierher gekommen war, doch irgendwie erschien ihr das Ganze plötzlich nicht mehr wichtig. »Ich soll dir liebe Grüße von Mutter ausrichten und dir sagen, dass sie sehr stolz auf dich ist«, fügte sie rasch hinzu.

»Danke. Ich bin auch stolz darauf, Nimrod – und euch – verteidigen zu können.« Bevan nickte ernst. »Wenn einmal alles vorbei ist, werde ich ...«

»Gib es mir zurück!« Ganz in der Nähe erhob sich die helle Stimme eines Knaben aus der Menge. »Ich will auch ein Schwert! Ich kann genauso gut kämpfen wie die Männer. Das ist ungerecht!«

»Hau ab, Kleiner. Das hier ist kein Spiel.« Die Stimme des Mannes schwankte zwischen Belustigung und Ärger. In den Händen hielt er locker ein Kurzschwert, das er dem Jungen offenbar gerade abgenommen hatte.

»Ich bin nicht klein!«, brauste der Junge auf. »Ich will kämpfen wie alle hier.«

Paira wandte sich um und erblickte wenige Längen hinter sich einen dunkelhaarigen Jungen, der mit verschränkten Armen vor einem Hauptmann der Stadtwache stand und ihn trotzig anfunkelte. Der Hauptmann war mehr als zwei Köpfe größer als der Junge, doch das schien den Knaben nicht im Geringsten zu beeindrucken. Das Kinn kampflustig nach vorn geschoben, missachtete er die Anweisungen des Kriegers und dachte nicht daran zu gehen.

Der Junge kam Paira irgendwie bekannt vor. Dabei war es nicht so sehr das Äußerliche, das sie an jemanden erinnerte, sondern die Haltung und das enorme Selbstbewusstsein des Knaben. Er wusste genau, was er wollte, und ließ sich durch nichts einschüchtern. Irgendwo hatte sie ihn schon einmal gesehen ...

Und mit einem Mal fiel es ihr wieder ein. Dies war der Junge, der den Geschichtenerzähler auf dem Marktplatz angegriffen hatte. Tarek war sein Name. Schon damals hatte er behauptet, ein Krieger werden zu wollen, aber gewiss nicht geahnt, dass sich diese Gelegenheit schon so bald bieten würde – oder auch nicht!

»Geh nach Hause, Kleiner!«, hörte Paira den Hauptmann sagen. »Für Kinder haben wir hier keinen Platz.«

»Ich bin kein Kind mehr.« Der Junge machte keinerlei Anstalten, den Weisungen des Hauptmanns Folge zu leisten. »Ich bin elf Sommer alt und ein hervorragender Schwertkämpfer.«

Die Unterhaltung der beiden hatte durchaus etwas Komisches an sich, doch dem Hauptmann war nicht nach Lachen zu Mute. »Ator!«, brüllte er befehlsgewohnt und winkte einen Krieger zu sich, der eine Gruppe Schwertkämpfer beaufsichtigte. Auf seinen Befehl hin unterbrachen die Rekruten die Übung und gönnten sich eine Pause, während er selbst auf den Hauptmann zueilte.

»Hauptmann!«, sagte er und salutierte.

»Schaff mir dieses Kind aus den Augen«, befahl der Hauptmann unwirsch und deutete auf Tarek. »Bring ihn nach Haus und richte seiner Mutter aus, dass ich ihn einsperren lasse, wenn ich ihn noch einmal dabei erwische, dass er sich ein Schwert klaut und sich unter die Rekruten mischt.«

»Verstanden!« Der Krieger ging auf Tarek zu und griff nach der Hand des Jungen. »Komm mit«, sagte er freundlich, »ich bringe dich jetzt heim.«

»Aber ich will hier nicht weg!« Tarek wich dem Krieger geschickt aus und rief: »Ich will kämpfen und meine Heimat verteidigen. Alle, die vierzehn Sommer alt sind, sind hier. Und ich …«

»Du bist aber keine vierzehn Sommer«, knurrte der Hauptmann. »Und jetzt verschwinde, bevor ich es mir anders überlege und dich gleich einsperren lassen.« Er spuckte auf den Boden und gab dem Krieger ein Zeichen. Diesmal war Tarek nicht schnell genug. Ehe er sich versah, packte der Krieger den Jungen bei den Hüften und warf ihn sich wie einen Sack über die Schulter.

»Das ist ungerecht!«, schrie Tarek. Er strampelte verzweifelt mit den Beinen und wand sich unter dem Griff, doch vergebens. »Lass mich sofort runter«, brüllte er wütend, während er mit den Fäusten wie wild auf den Rücken des Kriegers hämmerte. »Lass mich los!«

Aber der Krieger ließ sich nicht beirren und verschwand mit

Tarek über der Schulter in der Menschenmenge. Nur einmal hörte Paira den Jungen noch zornig rufen.

»Ich wünschte, wir hätten mehr so entschlossene Kämpfer«, sagte Bevan, der den Jungen ebenfalls beobachtet hatte, und fügte schmunzelnd hinzu: »Die müssten nur etwas älter sein.«

In den Höhlen der Kuriervögel von Nimrod herrschte dichtes Gedränge. Obgleich sich die meisten Riesenalpe, die aus den Höhenzügen des Ylmazur-Gebirges gekommen waren, einen Schlafplatz in den steil aufragenden Felswänden der Valdor-Berge gesucht hatten, hatte sich eine ganze Reihe von ihnen in den Unterkünften über der Stadt eingefunden, um Angehörige und Kameraden zu treffen.

Chiriga hockte allein in der Nähe des Höhlenausgangs und beobachtete teilnahmslos das Kommen und Gehen der Artgenossen. Auch sie war schon vielen Freunden und Verwandten begegnet, die sie lange nicht gesehen hatte, doch das Wiedersehen und die tröstenden Worte konnten die dumpfe Trauer in ihrem Innern nicht lindern.

Der Schmerz über Numairs Tod saß so tief, dass ihr jeder Sonnenaufgang wie eine Verhöhnung vorkam. Wie kein anderer sehnte sie den Angriff herbei und wartete ungeduldig auf den Moment, da sie den Tod ihres Sohnes rächen konnte. Der Gedanke an den geschändeten Körper, der faulend im Grasland lag, ließ den Hass in ihr erneut auflodern, und sie schüttelte unwillig das Gefieder. Die schwarzen Krieger hatten ihr das Liebste genommen, und sie war entschlossen, sie bitter dafür büßen zu lassen.

»Chiriga!« Glamouron kam im Laufschritt aus dem Höhleninneren auf sie zu und strich ihr über das weiche Brustgefieder. »Chiriga«, sagte er noch einmal in Gedankensprache. »Ich brauche deine Hilfe. Kannst du mich in die Valdor-Berge tragen?«

»Wo ist Letivahr?«, fragte Chririga, ohne auf die Frage des Elfen einzugehen.

»Er ist am Morgen zur Jagd ausgeflogen und noch nicht zurückgekehrt«, erklärte Glamouron. »Ich habe mit ihm gesprochen, aber er ist noch zu weit entfernt, um mich zu tragen. Mein Anliegen duldet jedoch keinen Aufschub. Ein Spähtrupp der Stadtwache ist von einem Erkundungsritt nicht zurückgekehrt. Vierzehn Männer. Man befürchtet das Schlimmste und hat mir aufgetragen, nach ihnen zu suchen.« Plötzlich wurden die Worte des Elfen sanft. »Ich weiß, dass du seit Numairs Tod nicht mehr ausgeflogen bist«, sandte er einen mitfühlenden Gedanken an das Riesenalpweibchen, »aber du bist im Augenblick der einzige Kuriervogel mit genügend Erfahrung für einen solchen Ritt.« Er wandte sich um und deutete auf die vielen Riesenalpe, die sich in der Höhle drängten. »Niemand hier kennt sich in den Bergen so gut aus wie du«, sagte er. »Ich brauche dich.« Was er nicht verriet, war, dass Letivahr ihn gebeten hatte, Chiriga um diesen Gefallen zu ersuchen. Der Riesenalp machte sich große Sorgen um seine Artgenossin, die sich seit Numairs Tod von allen zurückgezogen hatte und nicht einmal zur Jagd ausflog, und er hoffte, dass die wichtige Aufgabe sie ein wenig aufrütteln würde.

Glamourons schmeichelnde Worte schienen die Wirkung nicht zu verfehlen. Chiriga straffte sich, deutete ein Kopfnicken an und sagte: »Wenn das so ist, sollten wir nicht länger warten!«

Am frühen Nachmittag trat Chiriga mit Glamouron im Sattel an den schmalen Sims, der den Eingang der Kuriervogelhöhlen bildete, und ließ den Blick von oben über die mächtige Festungsstadt schweifen.

Unter einem wolkenverhangenen Himmel, der die Sonne schon seit mehreren Sonnenläufen verdeckte, drängten sich die Menschen rastlos wie Ameisen in den Gassen und Straßen Nimrods. Das Hämmern der Schmiede, die unermüdlich Pfeilspitzen und Schwerter fertigten, mischte sich mit dem Klappern der Pferdehufe, dem Klirren der Schwerter und Äxte auf dem Platz vor der Inneren Festung und den Rufen der Menschen zu einer seltsamen Tonfolge, die bis zu den Höhlen heraufklang. Sie kündete von Aufbruchstimmung und Zuversicht, doch wer genauer hinhörte, erkannte, dass auch Furcht und Unsicherheit in ihr mitschwangen.

Chiriga lauschte der Melodie eine Weile, dann ließ sie sich in den Abgrund fallen. Nach einem kurzen Sturzflug breitete sie die mächtigen Schwingen aus und gewann langsam kreisend an Höhe. Geschickt nutzte sie den Aufwind an der steilen Bergflanke und trug Glamouron in luftige Höhen, während das geschäftige Treiben unter ihnen zurückblieb.

»Wo willst du mit der Suche beginnen?«, wandte sie sich an Glamouron, als sie hoch genug aufgestiegen waren.

»Der Suchtrupp wollte das Hochland hinter der Festungsstadt erkunden, um festzustellen, ob sich dort Einheiten der schwarzen Krieger befinden. Sie sind von dem kleinen Tor im Süden aufgebrochen und sollten über den geheimen Pfad zurückkehren, um zu sehen, wo dieser mündet.«

»Ein geheimer Pfad?« Davon hatte Chiriga noch nie etwas gehört.

»Das ist ein Fluchttunnel, der von der Festungsstadt aus durch den Berg verlaufen und weiter östlich in den Valdor-Bergen enden soll«, erklärte Glamouron. »Du kennst doch sicher die Jagdhütte oben am Gießbach. Glaubt man den alten Schriften, so endet der Fluchttunnel dort ganz in der Nähe. Es heißt, dass er in den Fels getrieben wurde, als man die Festungsstadt erbaute, doch er ist auf keiner Karte verzeichnet, und niemand weiß, wo er beginnt. Der Spähtrupp sollte …« Er brach ab, weil Chiriga in diesem Augenblick nach Westen schwenkte und ihm die Möglichkeit gab, die Wälder von Daran bis zum Horizont zu überblicken. Es war eine Aussicht, die er stets genossen hatte, doch nun hatte sie etwas Unheimliches und Bedrohliches an sich. Irgendwo unter dem dichten Blätterdach der Bäume lagerte das Heer der schwarzen Krieger und wartete auf den Befehl zum Angriff. Niemand wusste, wie groß es wirklich war, doch es gab Berichte von kleineren Trupps, die aus dem Nichts kommend das Grasland durchquerten, um sich dem Heer anzuschließen.

Glamouron ahnte, dass es ein gewaltiges Heer sein musste, und jetzt, da er Nimrod hinter sich gelassen hatte, spürte er wieder die beklemmende Furcht vor dem, was kommen mochte.

In Nimrod war das anders gewesen. Um die Bevölkerung ruhig zu halten und zu verhindern, dass die eilig rekrutierten Bürger desertierten, hatten die Druiden ein feines Gespinst aus Magie über den Stadtkern der Festung gelegt. Diese Magie vermittelte den Menschen Zuversicht und das Gefühl, die bevorstehende Schlacht gewinnen zu können, während sie gleichzeitig alle Furcht und Zweifel unterdrückte.

Nebelelfen waren zwar nicht so leicht zu beeinflussen wie Menschen, doch Glamouron hatte festgestellt, dass auch er dazu neigte, die Lage als nicht ganz so hoffnungslos anzusehen, solange er sich in Nimrod aufhielt.

»Also zum Gießbach«, schlussfolgerte Chiriga in die Gedanken des Elfen hinein.

»Nein.« Glamouron schüttelte den Kopf. »Ich habe keine Ahnung, wie weit der Spähtrupp in die Berge vorgedrungen ist. Am besten, wir beginnen die Suche am Südtor und fliegen entlang der Strecke, die sie vermutlich genommen haben. Die Ebene vor den Toren können wir auslassen. Ein Posten auf den Zinnen hat gesehen, dass die Krieger die Vorberge unbehelligt erreicht haben.«

»Verstanden.« Chiriga schwenkte nach links und nahm Kurs auf die Berge südlich der Festungsstadt.

6

Der erste Gedanke, der Okowan kam, als er das hässliche vogelähnliche Geschöpf mitten auf seinem Schreibtisch entdeckte, war, dass einer der unzähligen Bittsteller in seiner Abwesenheit mit einer abscheulichen Skulptur zu ihm gekommen sei, um Lebensmittel oder Ähnliches einzutauschen. Vermutlich hatten ihm die Wachen vor der Tür das Gebilde abgenommen und es hier auf den Tisch gestellt, während sie dem armen Teufel gesagt hatten, er möge später noch einmal wiederkommen.

Okowan schnaubte verärgert und trat vor den Tisch, um die seltsame Vogelstatue näher zu betrachten. Hatte er den Wachen nicht ausdrücklich befohlen, jeden abzuweisen, der Plunder, Gerümpel oder wertlosen Tand mit sich führte? Was sollte die scheußliche Skulptur hier? Sie war zweifellos filigran gearbeitet und zeugte von großem handwerklichen Geschick, aber sie war so hässlich, dass Okowan bezweifelte, sie jemals wieder loszuwerden.

»Verdammte Trottel«, murmelte er ärgerlich und wandte sich um, um die Wachtposten hereinzurufen, da bemerkte er aus den Augenwinkeln eine winzige Bewegung und stutzte. Die Vogelstatue hatte geblinzelt!

Wie war das möglich? Verdutzt setzte sich Okowan auf den pompösen Stuhl vor dem Tisch und betrachtete die abstoßende Kreatur mit unverhohlener Neugier. Hatte sie wirklich geblinzelt?

Doch das eichhörnchengroße, federlose Wesen mit dem bemerkenswerten roten gebogenen Schnabel und Flügeln, die an eine Fledermaus erinnerten, hockte nach wie vor auf den Hinterläufen und bewegte sich nicht.

»Ich arbeite einfach zu viel!«, seufzte Okowan und schüttelte verdrießlich den Kopf. Dennoch, die seltsame Skulptur hatte seine Aufmerksamkeit geweckt, und er griff danach, um sie sich aus der Nähe anzusehen.

Zu spät bemerkte er das gefährliche Aufblitzen in den Augen des Geschöpfes, bevor es zeternd und Flügel schlagend zum Leben erwachte und in einer ansatzlosen Bewegung mit dem krummen Schnabel nach seiner Hand hackte. Ein beißender Schmerz schoss durch Okowans Arm, als die Haut aufriss und dunkelrotes Blut aus dem Schnitt hervorquoll.

»Verdammtes Vieh!« Hastig zog er die Hand zurück und holte mit einer fahrigen Bewegung ein helles Tuch aus den Taschen seines Gewandes, das er um den verletzten Handrücken schlang. Das seltsame Geschöpf nahm derweil wieder eine statuenähnliche Haltung ein und regte sich nicht.

»Hab ich es doch geahnt«, knurrte Okowan feindselig. »Du bist keine Skulptur. Raus mit der Sprache. Wer hat dich geschickt? Und wie bist du hier hereingekommen?«

Wie erwartet blieb der Vogel stumm, doch ein plötzlicher Lärm, der von draußen in die Stube drang, lenkte Okowans Aufmerksamkeit auf die vergitterten Fenster. Und dort fand er zumindest eine Antwort auf seine Fragen.

Eines dieser Fenster war zerbrochen. Das Loch in der Scheibe war nicht so auffällig gewesen, dass er es bisher bemerkt hätte, aber groß genug, um das seltsame Tier hindurchschlüpfen zu lassen. Die Scherben lagen auf dem Boden unter dem Fenster verstreut, ein weiterer Beweis dafür, dass die Scheibe von außen beschädigt worden war.

»Warst du das?«, fragte Okowan grimmig und deutete mit der verletzten Hand auf die Scherben.

Das hässliche Vogeltier wandte den Kopf und schnatterte leise.

»Nun gut!« Okowan lehnte sich im Stuhl zurück und rieb sich grübelnd über das fleischige Kinn. Inzwischen hatte er sich von dem Schreck des Angriffs erholt und fand allmählich zu der überlegenen Gelassenheit zurück, die er stets zur Schau trug. »Jetzt weiß ich immerhin, wie du hier hereingekommen bist! Bleibt nur die Frage, was du hier zu suchen hast und wer dich geschickt hat.«

Wieder antwortete das hässliche Wesen mit leisem Geschnatter, doch diesmal senkte es den Kopf und holte mit dem gebogenen Schnabel eine kleine, versiegelte Pergamentrolle unter dem Flügel hervor. Mit schwankenden Schritten tapste es über die Bücher und Pergamente hinweg, die sich auf dem Tisch befanden, und legte die Rolle vor Okowan ab.

»Eine Nachricht?«, fragte dieser erstaunt und wollte nach dem Pergament greifen, überlegte es sich jedoch anders. Mit einem grimmigen Blick auf den messerscharfen Schnabel des Wesens wartete er ungeduldig, bis es sich auf den alten Platz zurückgezogen hatte, bevor er das Pergament an sich nahm und öffnete.

»Mein lieber Freund!«, stand dort in geschwungener, wohl bekannter Schrift zu lesen. *»Nach der überstürzten Abreise habe ich einflussreiche Freunde gewinnen können und großartige Neuigkeiten, die auch für dich von großem Belang sein werden. Es gibt viel zu*

besprechen. Wir treffen uns heute noch am späten Nachmittag am großen Tor.«

Die kurze Nachricht war mit einem verschlungenen Symbol unterzeichnet, das Okowan schon lange nicht mehr gesehen hatte, aber dennoch gut kannte. Er wusste sofort, von wem die Nachricht stammte – von Asco-Bahrran!

Wegen der regen Geschäftstätigkeit in Nimrod und der sich überstürzenden Ereignisse hatte er schon seit ein paar Sonnenläufen nicht mehr an den Magier gedacht. Er wähnte ihn nach der gelungenen Flucht aus dem Kerker in Sicherheit, doch da er ins Grasland geflohen war, wäre es durchaus möglich gewesen, dass er dem Ansturm der schwarzen Krieger zum Opfer gefallen wäre. Die Nachricht war das erste Lebenszeichen, und Okowan war froh, dass es Asco-Bahrran offensichtlich gut ging.

Hastig zog er die Feder aus dem Tintenfass, wendete das Pergament und notierte auf der Rückseite:

»Ich werde dort sein.«

Darunter malte er ebenfalls das verschlungene Symbol, das Asco-Bahrran und er in jungen Jahren als Unterschrift für ihre geheimen Botschaften verwendet hatten, rollte das Pergament zusammen und verschloss es sorgfältig mit Wachs. »Bring das deinem Herren«, sagte er zu dem hässlichen Flugtier und warf die kleine Rolle in die Mitte des Tisches.

Das fledermausähnliche Wesen schien nur darauf gewartet zu haben. Als wollte es die lästige Aufgabe rasch hinter sich bringen, sprang es auf, schnappte das Pergament mit dem Schnabel und erhob sich flatternd in die Lüfte. Zweimal umkreiste es den kleinen Raum und schoss dann pfeilschnell durch eine andere Fensterscheibe ins Freie, die klirrend in tausend Scherben zersprang.

Der Nachmittag zog dahin, während Glamouron und Chiriga die bewaldeten Hänge nach Spuren des Spähtrupps absuchten. Die Wolken lösten sich auf, wurden dünner, und die geschlossene Wolkendecke zeigte erste blaue Risse. Das Sonnenlicht teilte die dahinziehenden Wolken in langen, dunstigen Strahlen und entflammte die Farben des bunten Laubs mit wärmenden Fingern, doch weder der Elf noch das Riesenalpweibchen hatten ein Auge für die berauschende Schönheit.

Ihr Augenmerk richtete sich allein auf den dunklen Boden unter den Bäumen, in der Hoffnung, irgendwo eine Spur der Vermissten zu finden. Doch obwohl Chiriga unermüdlich weite Kreise flog, blieb die Suche erfolglos.

Plötzlich reckte sich Glamouron und deutete auf eine Stelle zwischen den Bäumen. »Da unten liegt etwas! Etwas Rotes. Das könnte von einem Umhang stammen.«

»Ich habe es gesehen«, bestätigte Chiriga und vollführte einen Schwenk, um die Stelle erneut zu überfliegen. Diesmal ging sie etwas tiefer, damit Glamouron besser sehen konnte.

»Das ist ein Umhang«, rief der Elf aus. »Man kann ein Stück des Wappens erkennen, das ihn ziert.«

Vom Rücken des Riesenalpweibchens aus schaute er nach rechts und nach links, doch mehr als der eine Umhang war nicht zu entdecken. »Schade, dass du hier nirgends landen kannst«, sagte er bedauernd. »Da unten wimmelt es gewiss von Spuren, die uns wichtige Hinweise geben könnten.«

»Ich werde noch etwas tiefer gehen und über der Stelle immer größere Kreise ziehen«, schlug Chiriga vor. »Vielleicht finden wir so einen Hinweis darauf, welche Richtung sie eingeschlagen haben.« Ohne eine Antwort abzuwarten, schwenkte sie ein und begann den Umhang spiralförmig zu umkreisen.

»Da liegt noch etwas!« Schon bei der vierten Runde entdeckte Glamouron ein weiteres Kleidungsstück. »Ein Helm! Etwa dreihundert Längen südlich des Umhangs.«

»Also sind sie nach Süden gegangen«, schlussfolgerte Chririga. »Aber warum? Der Gießbach liegt doch nordöstlich von hier.«

»Vielleicht wurden sie von jemandem dazu gezwungen.«

»Ein Angriff, meinst du?«

»Schon möglich«, erwiderte Glamouron. »Ich kann mir nicht vorstellen, dass die Krieger der Stadtwache ihre Gewänder grundlos fortwerfen. Fliegen wir nach Süden.«

Glamourons Vermutung bewahrheitete sich schneller, als es ihm lieb war. Nur wenige hundert Längen von der Stelle entfernt, an der sie den Helm gefunden hatten, bot sich ihnen auf einer Lichtung ein grausiger Anblick.

Offensichtlich hatten sich die vierzehn Krieger des Spähtrupps dorthin geflüchtet und sich kreisförmig postiert, um sich des Gegners nach allen Seiten besser erwehren zu können. Aber sie hatten bereits verloren.

Was sich hier abgespielt hatte, konnte kein Kampf gewesen sein. Es kam einer Hinrichtung gleich. Die Leichen der Männer lagen am Boden, als wären sie gleichzeitig enthauptet worden. Auch der Kreis war noch unversehrt – ein untrügliches Zeichen dafür, dass es keine Zweikämpfe gegeben hatte. Die meisten Krieger hielten die Schwerter noch im Tod mit beiden Händen fest umklammert. Glamouron vermutete, dass sie nicht einmal die Zeit gehabt hatten, einen Streich damit zu führen. Der Anblick der geköpften Männer und der mit Blut getränkten Erde erschütterte den Elfen zutiefst, doch am meisten erschreckte ihn die Tatsache, dass die Angreifer offensichtlich die Köpfe mitgenommen hatten.

Was müssen das für Barbaren sein!, dachte er erschauernd und zwang sich, nicht auf die blutigen Halsstümpfe zu blicken. »Wir haben unsere Aufgabe erfüllt«, teilte er Chiriga mittels Gedankensprache mit und fügte traurig hinzu: »Lass uns nach Nimrod zurückfliegen, um den Druiden Bericht zu erstatten.«

Sie kamen nicht weit.

Im selben Augenblick, als Chiriga die Stelle überflog, an der Glamouron den roten Umhang gesehen hatte, erhob sich aus dem Wald ein gewaltiger Schwarm langer schwarzer Pfeile, der sich dem Riesenalpweibchen mit tödlicher Genauigkeit näherte.

Eine Falle!

Zum Ausweichen war es zu spät. Unendlich langsam sah Glamouron die Tod bringenden Geschosse auf sich zurasen, wohl wissend, dass dies sein Ende war. Selbst wenn Chirigas Körper ihm Schutz böte: einen Sturz aus solcher Höhe konnte er unmöglich überleben. Und während er sich noch darüber wunderte, wie klar und gefasst seine Gedanken angesichts des Todes waren, hörte er Chiriga flüstern: »Numair, verzeih mir!«

Zum ersten Mal sah Okowan die Ankunft der Flüchtlinge mit eigenen Augen. Erschöpfte Männer, Frauen und Kinder in einheitlich schmutzig grauer Kleidung, die jede Persönlichkeit auf dem Weg nach Nimrod verloren zu haben schienen, passierten das große Flügeltor wie ein träge dahinfließender Strom menschlicher Leiber. Nur wenige waren beritten oder hatten das Glück, auf einem der klapprigen Wagen mitfahren zu können. Die meisten schleppten sich zu Fuß in die vermeintliche Sicherheit hinter den Festungsmauern.

Es waren die letzten Flüchtlinge aus dem Grasland und den nördlichen Dörfern, die Nimrod erreichten, bevor die großen Tore am Abend endgültig geschlossen wurden – Menschen, die alles verloren hatten und nur ihr nacktes Leben hatten retten können. In ihren Augen spiegelte sich noch immer das Entsetzen über das Geschehene, gepaart mit der Furcht vor dem, was kommen mochte. Ihre Heimat war zerstört, aber sie waren am Leben und, zumindest für den Augenblick, in Sicherheit.

Okowan stand im Schatten eines Wachturms in unmittelbarer Nähe des Tores und maß die Flüchtlinge mit dem sicheren Blick eines Geschäftsmannes, der seine Ware begutachtet, während er wartete. Was er sah, gefiel ihm gar nicht. Im Gegensatz zu den ersten Flüchtlingen, die mit voll beladenen Wagen und reichlich Wertgegenständen in die Festungsstadt gekommen waren, gab es bei diesem Mob nichts für ihn zu holen. Es war offensichtlich, dass es den Menschen sogar am Nötigsten mangelte. Viele Kinder und Alte waren bereits vom Tod gezeichnet und würden die kommenden Nächte vermutlich nicht überstehen. Nahrung war auch in Nimrod knapp geworden, und die kargen Vorräte an Heilmitteln wurden bewusst zurückgehalten, um die Verletzten der drohenden Schlacht versorgen zu können.

Ein warmer Luftzug, der über die Flüchtlinge hinwegstrich, trug

Okowan den Übelkeit erregenden Gestank schmutziger und verschwitzter Körper zu, die ein Bad dringend nötig gehabt hätten. Er hüstelte und hielt sich rasch ein parfümiertes Tuch vor die Nase, um sich vor den widerlichen Ausdünstungen zu schützen.

Ich muss die Wachen am *Haus der Sinne* verdoppeln, schoss es ihm durch den Kopf. Dieser Pöbel ist gefährlich. Die Menschen haben nichts zu verlieren. Sie kämpfen ums Überleben und werden in ihrer Verzweiflung nicht davor zurückschrecken, Gewalt anzuwenden. Sobald ich zurück bin, werde ich …

»Okowan?« Eine hoch gewachsene Gestalt löste sich aus der Masse der Vorbeiziehenden und humpelte auf den fettleibigen Sohn des Freudenhausbesitzers zu. Wie alle Flüchtlinge trug sie einen zerrissenen, von Staub und Flecken beschmutzten Umhang und schäbiges Schuhwerk, das von den endlosen Sonnenläufen einer langen Wanderung kündete. Die Kapuze des vor Schmutz starrenden Umhangs verhüllte das Gesicht des Fremden, doch Okowan erkannte die Stimme sofort. »Asco-Ba…!«

»Schweig!«, zischte der Magier warnend und deutete mit einem Kopfnicken auf den Posten der Stadwache, der ganz in der Nähe stand. Dann hob er die Hand und bedeutete Okowan, ihm zu folgen. »Folge mir!«, flüsterte er und eilte auf eine schmale Gasse zu, die sich nahe der Festungsmauer zwischen zwei Häusern hindurchwand. Okowan kam der Aufforderung nach, hatte jedoch Mühe, den weit ausholenden Schritten des Magiers zu folgen.

Die Sonne hatte die Wolken inzwischen fast gänzlich vertrieben und schien noch einmal kraftvoll von einem nahezu blauen Nachmittagshimmel. Die plötzliche Wärme und die ungewohnte Anstrengung machten Okowan heftig zu schaffen, und er war froh, als Asco-Bahrran im Schutz eines verlassenen Schuppens zwischen den Häusern anhielt.

»Bist du von Sinnen?«, fuhr der Magier Okowan ärgerlich an, als dieser den Schuppen schnaubend und prustend erreichte. »Ich werde noch immer gesucht. Hast du das vergessen? Oder glaubst du, ich trage diese stinkenden Lumpen aus reinem Vergnügen?« Er hob die Hände und schob die Kapuze ein wenig zurück, damit er besser sehen konnte.

»Verzeih, ich war in Gedanken und …«

»Ach, vergiss es.« Asco-Bahrran sprach wie jemand, der in großer Eile ist. »Ich komme in einer wichtigen Angelegenheit, die vermutlich ganz entscheidende Bedeutung für deine und meine Zukunft haben wird«, sagte er geheimnisvoll und blickte sich hastig um, als müsse er sich erst vergewissern, dass niemand das Gespräch belauschte, bevor er kaum hörbar weitersprach. »Ich habe mich mit den Kriegern vor den Toren verbündet.«

Okowan entfuhr ein keuchender Laut, und er hielt sich hastig die Hand vor den Mund. »Mit den schwarzen Kriegern?«, fragte er fassungslos.

»Es ist ein gewaltiges Heer«, erklärte Asco-Bahrran, ohne auf die Frage des Freundes einzugehen. »Unvorstellbar groß, mit unbesiegbaren Kriegern, die aus einer fremden Dimension stammen. Auch der Anführer ist nicht von dieser Welt. Er ist ein mächtiger Magier. Er will – und er wird – Thale erobern, um mit den Menschen, die hier leben, in seiner Heimat zu handeln. Die Bewohner dieser Welt sind für ihn nichts weiter als minderwertige Geschöpfe, die er wie eine Viehherde für seine Zwecke nutzen will.«

»Aber die Druiden … die vielen tausend Krieger … die Nebelelfen und Riesenalpe …«, wandte Okowan ein.

»Sie werden alle sterben.« Asco-Bahrran lächelte kalt. »Ich begleite das Heer seit mehreren Sonnenläufen und genieße das Vertrauen des Anführers. Er hat mich in seine Pläne eingeweiht, und ich sage dir, was hier an Verteidigung aufgeboten wird, ist geradezu lächerlich.«

»Dann haben wir keine Aussicht auf Rettung?« Okowans Stimme bebte.

»Nicht die geringste.«

»Bei den Toren!« Okowan starrte den Magier ungläubig an. »Das … das ist ja fürchterlich!«

»Kommt darauf an, auf welcher Seite du stehst!« Der Magier grinste breit. »Auf der Seite der Eroberer oder der Eroberten?«

Okowan erbleichte. »Das wäre Verrat!«, stieß er hervor.

»Das wäre es.« Asco-Bahrran nickte. »Aber bedenke, dass du damit vielen Menschen einen sinnlosen Tod ersparen würdest. Übermorgen, bei Einbruch der Nacht, werden die Krieger zum Sturm auf Nimrod ansetzen.« Er machte eine bedeutungsschwere Pause und fügte dann hinzu: »Die Festungsstadt wird fallen, mit oder ohne deine Hilfe. Die Frage ist nur, wie viele die Schlacht überleben werden.« Er verstummte erneut, um Okowan Zeit zu geben, die Tragweite des Gehörten zu erfassen. Der dicke junge Mann war sichtlich erschüttert. Unentwegt knetete er das parfümierte Tuch in den Händen und kaute gedankenverloren auf der Unterlippe. Dabei trat ihm der Schweiß auf die Stirn. Dem feisten Gesicht waren die Zweifel deutlich anzumerken, doch schließlich siegte der angeborene Geschäftssinn über das spärlich ausgeprägte Gefühl für Anstand und Ehre, und er fragte: »Was spränge für mich dabei heraus?«

»Na also! Das ist wieder mein guter alter Freund Okowan.« Der Magier lachte zufrieden und klopfte Okowan kameradschaftlich auf die Schulter. »Ich wusste, du würdest mich nicht enttäuschen.« Dann trat er dicht neben Okowan und flüsterte ihm zu: »Wir beide könnten über Nimrod herrschen. Der Heerführer hat es mir zugesichert. Er kann nicht lange in dieser Welt verbleiben und wird in seine Dimension zurückkehren, sobald die Schlacht gewonnen ist. Deshalb ist er auf der Suche nach Statthaltern, die das Land für ihn verwalten und ihm die … Ware bei Bedarf zukommen lassen.« Er grinste, als hätte er Okowan gerade ein unwiderstehliches Angebot gemacht, und fragte: »Na, wie wäre das? Du und ich als Herrscher über ganz Thale. Alle Macht läge in unseren Händen. Wir könnten tun und lassen, was uns gefällt.«

»Wird er sein Wort halten?«, wollte Okowan wissen.

»Da bin ich mir ziemlich sicher. Außer mir dienen ihm keine anderen Menschen, und ich werde nicht zulassen, dass mir jemand diese einmalige Gelegenheit verdirbt.« Asco-Bahrran machte eine kurze Pause und fügte lockend hinzu: »Und dir natürlich auch nicht – wenn du bereit bist, uns zu helfen.«

»Dem Haus der Sinne, meinen Huren und meinen Männern darf nichts geschehen!«, forderte Okowan.

»Ich werde veranlassen, dass die schwarzen Krieger entsprechende Anweisungen erhalten«, versicherte Asco-Bahrran. »Sorge du nur dafür, dass sich alle, die für dich von Nutzen sind, im Haus aufhalten, wenn Nimrod fällt. Verstanden?«

Okowan nickte, antwortete jedoch nicht sofort. Ein letztes Mal wog er die Möglichkeiten, die ihm verblieben, in Gedanken gegeneinander ab, dann straffte er sich und fragte: »Also gut, ich helfe dir. Was soll ich tun?«

7

»Er erwacht!«

Es raschelte.

»Geht hinaus, ich spreche allein mit ihm!« Die sanfte weibliche Stimme klang seltsam vertraut, doch die Erinnerung daran war so flüchtig, dass Glamouron sie nicht greifen konnte.

»Bitte, Shari.«

Shari! Glamouron kannte eine junge Elfe, die diesen Namen trug – sie war tot. Waren es die Stimmen der Ahnen, die zu ihm sprachen? Hatte er das Tor zu den Gärten des Lebens bereits hinter sich gelassen?

Er hörte Schritte, die sich entfernten, dann klappte eine Tür.

Glamouron blinzelte und öffnete mühsam die Augen. Er hatte keine Schmerzen, verspürte aber einen leichten Druck hinter der Stirn, als er versuchte, den Nebel zu vertreiben, der sein Gemüt einhüllte. Zunächst erkannte er nur verschwommene Umrisse, doch langsam klärte sich sein Blick.

Was er sah, enttäuschte ihn.

Er lag in einem kleinen Raum, der nur spärlich von einem rußenden Talglicht erhellt wurde. Die roh gezimmerten Holzwände waren kahl und schmucklos, und über ihm an der Decke bewegte ein leichter Luftstrom die Überreste von Spinnweben. Sah so der Ort aus, der den Elfen nach dem Tod verheißen wurde?

»Glamouron.« Die vertraute Stimme war jetzt ganz nah. Der Elf versuchte den Kopf zu wenden, doch eine sanfte, warme Hand hielt ihn zurück. »Beweg dich nicht«, sagte die Frau. »Du bist verletzt und musst ruhen.«

Glamouron seufzte und schloss ermattet die Augen. »Dann bin ich nicht tot?« Nur mit großer Anstrengung schaffte er es, die wenigen Worte auszusprechen. Lippen und Kehle waren ausgetrocknet und die Stimme brüchig. Er hörte ein schabendes Geräusch und fühlte, wie die Frau ihm einen tönernen Becher an die Lippen setzte.

»Du lebst«, sagte sie leise. »Doch nun trink!«

Wasser!

Gierig hob der Nebelelf den Kopf, öffnete die Lippen und fühlte entzückt, wie ihm das köstliche Nass in den Mund lief. Mehr! Er schluckte und schluckte, hustete und schluckte wieder, und dann, viel zu früh, war der Becher fort. Glamouron wollte ihn zurückhaben, doch die warme Hand legte sich wieder auf seine Stirn und drückte ihn sanft, aber bestimmt auf das Lager zurück.

»Mehr«, ächzte er. »Mehr Wasser!«

»Später! Es ist nicht gut, so viel auf einmal zu trinken.«

»Wer bist du?« Jetzt, da er getrunken hatte, fiel ihm auch das Reden leichter. »Wenn ich nicht tot bin, wo bin ich dann?«, fragte er matt. »Was ist geschehen? Wo ist Chiriga? Die Pfeile, die schwarzen Krieger, sie … sie haben auf uns geschossen. Wir sind in den Wald gestürzt, aber wie …?« Glamouron öffnete erneut die Augen, wandte das Gesicht der Frau zu und erschrak. »Naemy!«, stieß er fassungslos hervor. »Was tust du hier? Du bist doch in Numark geblieben und wolltest mit der Nachhut nach Nimrod kommen. Erst vor zwei Sonnenläufen haben wir uns voneinander verabschiedet, aber nun …« Er runzelte die Stirn und musterte sie mit einem schwer zu deutenden Blick. »Du … du hast dich verändert«, stellte er verwundert fest. »Du wirkst viel älter und reifer als noch vor ein paar Sonnenläufen, als wärest du …« Er hob die

Hand und fuhr mit dem Finger liebevoll über Naemys Wange. »Seltsam, diese kleinen Narben habe ich noch nie bei dir gesehen.«

»Nur gemach, Glamouron!«, sagte Naemy lächelnd und strich dem Elfenkurier zärtlich über die Wange. Es gelang ihr kaum, die unbändige Freude und das Glücksgefühl über das unverhoffte Wiedersehen mit dem schmerzlich vermissten Geliebten zu verbergen, doch sie wusste, dass ihn solche Gefühle nur noch mehr verwirren würden, und tat, als hätte sie ihn wirklich vor zwei Sonnenläufen das letzte Mal gesehen.

»Ich werde dir alle Fragen beantworten«, versprach sie, »doch zuvor zeige ich dir, was heute Nacht geschehen ist. Schließ die Augen.«

Glamouron tat, wie ihm geheißen. Er wusste, was Naemy vorhatte, und entspannte sich, so gut es ging. Die enge Seelenverwandtschaft erlaubte es den Nebelelfen, Bilder von Ereignissen ohne Worte untereinander auszutauschen. Das Verfahren, den Gefährten mit Hilfe der eigenen Erinnerungen unmittelbar an dem Erlebten teilhaben zu lassen, wurde häufig angewandt, und so manche Legende war auf diese Weise über Generationen hinweg weitergegeben worden, ohne zu verblassen.

Der Nebelelf spürte, wie Naemys Geist sein Bewusstsein berührte, und machte sich bereit, die Bilder zu empfangen.

Gleich darauf sah er eine hellgraue Rauchsäule, die über den Wipfeln der Christalltannen aufstieg. In der windstillen Luft des frühen Abends erhob sie sich weit über die Baumkronen, bevor sie sich vor dem Hintergrund des locker bewölkten Himmels auflöste. Die nun folgenden Bilder zeigten ihm, wie Naemy durch den Wald auf das Feuer zueilte, und wenig später waren die flackernden Flammen eines Lagerfeuers auf einer Lichtung im Wald zu erkennen.

Um das Feuer herum saßen mehr als zwei Dutzend hünenhafte und in schwarze Panzer gekleidete Krieger, die auf barbarische Weise rohe Fleischstücke verzehrten. Von den klauenartigen, blutverschmierten Fingern troff das Blut auf die Rüstungen und den Boden, doch das störte die Krieger nicht. Gierig und wie ausgehungert rissen sie mit den Zähnen große Fetzen von den Knochen, die sie in den Händen hielten, und schlangen sie raubtiergleich herunter. Glamouron fühlte die Abscheu, die Naemy bei diesem Anblick empfunden hatte, und erschauerte. Doch dann änderte sich das Bild. Als hätte die Nebelelfe sich umgesehen, wanderte der Blick über den freien Platz und blieb an etwas Großem hängen, das sich wie ein dunkler, feucht glänzender Felsen in der Dunkelheit auf der anderen Seite der Lichtung erhob. Das seltsame Gebilde hatte die Neugier der Nebelelfe geweckt, und sie war im Schutz der Bäume langsam darauf zugeschlichen. Lange verbargen die Schatten des abendlichen Waldes, worum es sich bei dem seltsamen Gebilde handelte, doch dann erhaschte Naemy einen Blick auf einen gewaltigen, von Blättern und Erde verdreckten Schnabel.

Es war Chiriga!

Mit geschlossenen Augen lag das tote Riesenalpweibchen am Boden. Unzählige schwarze Pfeile ragten aus seinem gewaltigen Leib, der von der Wucht des Aufpralls zerschmettert worden war. Das Genick war gebrochen, der Schnabel blutig, und die Flügel standen in einem unnatürlichen Winkel vom Körper ab.

Am grässlichsten jedoch war der Anblick des aufgeschlitzten Unterleibs, aus dessen Innerem eine übel riechende rotbraune Masse auf den Waldboden quoll, die bereits erste Fliegen anzog. Offensichtlich hatten die Krieger mit den Schwertern große Stücke aus dem Kadaver geschnitten und das Fleisch als Grundlage für ihr barbarisches Mahl verwendet. Glamouron fühlte eine unbändige Wut in sich aufsteigen. Das tragische Ende des Riesenalpweibchens erschütterte ihn zutiefst, und er machte sich heftige Vorwürfe, es zu diesem Flug überredet zu haben. Er wollte die Verbindung zu Naemy abbrechen, um dem schrecklichen Bild zu entfliehen, da wandte die Nebelelfe die Aufmerksamkeit von Chirigas Kadaver ab. Etwa fünf Längen von dem getöteten Riesenalp entfernt lag in gekrümmter Haltung eine gefesselte Gestalt reglos am Boden.

Das bin ich, schoss es Glamouron durch den Kopf, und er beobachtete, wie sich Naemy dem Gefangenen langsam näherte.

Während sie sich durch Elfenmagie vor den Blicken der Krieger schützte, huschte sie lautlos auf Glamouron zu und kniete sich neben ihn auf den feuchten Waldboden. Selbst in den Gedankenbildern konnte Glamouron noch die Freude spüren, die Naemy empfunden hatte, als sie ihn erkannt hatte, und die Erleichterung darüber, dass er noch lebte.

Offensichtlich hatte er großes Glück gehabt und den Sturz gut überstanden. Außer einer klaffenden Platzwunde an der Stirn waren keine weiteren Verletzungen zu sehen, doch er war besinnungslos und hatte die Augen geschlossen. Dann blitzte die Klinge eines Messers in dem Gedankenbild auf, und Glamouron sah, wie sich Naemy daranmachte, die Fesseln zu durchtrennen. Sie arbeitete schnell, aber die Stricke waren dick. Mehrmals hob sie den Blick und vergewisserte sich, dass die Krieger noch immer am Feuer saßen, um dann fieberhaft weiterzuarbeiten. Endlich war es so weit: Die Stricke lösten sich.

Nachdem sie sich ein letztes Mal davon überzeugt hatte, dass die Krieger sie nicht bemerkt hatten, fasste Naemy Glamouron unter den Achseln und zog ihn langsam in das schützende Dickicht.

Das Bild erlosch, und Glamouron spürte, wie sich Naemy behutsam aus seinem Bewusstsein zurückzog.

»So habe ich dich gefunden«, erklärte sie knapp.

»Du hast mir das Leben gerettet«, berichtigte Glamouron und ergriff Naemys Hand. »Dafür werde ich dir ewig dankbar sein, *s ninglor* – meine goldene Wasserblume«, sagte er liebevoll.

S ninglor. Naemys Augen strahlten vor Glück. Wie lange war es her, dass Glamouron sie zum letzten Mal so gerufen hatte? Er war der Einzige, der sie je so genannt hatte, und die Worte weckten schmerzliche Sehnsüchte in ihr, die sie unendlich viele Sommer lang unterdrückt hatte. Wie gern hätte sie ihn in diesem Augenblick in die Arme geschlossen und ihm alles berichtet, doch sie wusste, dass er Zeit brauchen würde, um zu verstehen. »Naemy?«

Erst jetzt bemerkte Naemy, dass sie Glamouron die ganze Zeit angestarrt hatte. Verlegen wischte sie sich mit der Hand über die

Augen und sagte entschuldigend: »Verzeih, ich bin ein wenig müde.«

»Das glaube ich dir gern, aber ich habe dich etwas gefragt.« Glamouron lächelte nachsichtig und wiederholte: »Wo sind wir hier? Wie lange war ich bewusstlos? Wieso wusstest du, wo ich war, und warum bist du nicht mehr in Numark?«

»Der Morgen bricht gerade an. Du warst nicht lange ohne Bewusstsein«, erklärte Naemy und fuhr fort: »Wir befinden uns in einer Jagdhütte in der Nähe des großen Gießbachs. Ich habe dich hierher gebracht, weil ich uns hier sicher wähne und meine Freunde hier sind.«

»Deine Freunde?«, unterbrach Glamouron sie, doch Naemy legte ihm sanft den Finger auf die Lippen und gebot ihm zu schweigen. »Später«, sagte sie leise. »Alles zu seiner Zeit.« Dann fuhr sie fort und berichtete: »Ich fing einen Gedankenruf auf, den du an diesen Riesenalp sandtest, und da ich ganz in der Nähe war, habe ich mich sofort auf den Weg gemacht, um dich zu suchen. Dann sah ich die Rauchsäule – den Rest kennst du ja.«

»Du … du warst ganz in der Nähe?« Glamouron runzelte nachdenklich die Stirn. »Aber warum? Wie kommst du …?«

»Das ist eine sehr lange und schwierige Geschichte«, sagte Naemy und bedachte Glamouron mit einem Blick, den er nicht zu deuten wusste. »Fühlst du dich kräftig genug, sie zu hören?«

»Erzähl mir alles!«

»Gut.« Naemy seufzte, und ein dünnes Lächeln huschte über ihr Gesicht. »Dann hör mir genau zu …«

Ein erster Sonnenstrahl fiel durch die Ritzen der Tür, als Naemy den Bericht beendete und ermattet nach dem Wasserkrug griff. Wie oft würde sie die lange Geschichte noch erzählen, wie viele zweifelnde Blicke ertragen und mit wie viel mühsamen Erklärungen um Glaubwürdigkeit ringen müssen?

Sie wusste, dass die Worte für andere unglaublich klangen, und würde es Glamouron nicht verübeln, wenn er ihnen misstraute. Selbst Shari hegte noch immer Zweifel, das spürte sie genau, doch sie wusste auch, dass sich ihre Schwester dazu entschlossen hatte, an ihrer Seite zu bleiben, solange es friedlich war. Ungewiss war allerdings, wie sie sich verhalten würde, wenn die Schlacht begann. Naemy fühlte noch immer ihren brennenden Wunsch, Angehörige und Freunde zu warnen, und ihr war nur zu bewusst, dass sie Shari in dieser Zeit gut im Auge behalten musste.

»Dann kommst du aus … der Zukunft?« Glamourons Stimme klang erstaunlich gefasst. »Du bist hier und zugleich noch immer in Numark?«

»So ist es.« Naemy nickte. »Die junge Naemy, die soeben von Sharis Tod erfahren hat, trauert in den Sümpfen von Numark, während ich hier sitze und mit dir spreche.«

»Deshalb siehst du so verändert aus. Und die Narben …«

»Nun, dreihundert Sommer gehen auch an Nebelelfen nicht spurlos vorüber.« Naemy lächelte entschuldigend. Sie war froh, dass Glamouron es ihr so leicht machte. Sie hatte befürchtet, dass auch er sie mit Fragen überschütten würde, doch entgegen der Erwartung nahm er die unglaubliche Geschichte geradezu gelassen auf.

Vielleicht liegt es daran, dass er mich erst vor zwei Sonnenläufen zum letzten Mal gesehen hat, überlegte Naemy und fuhr mit der Hand nachdenklich über die Narben auf der Wange. »Die Zeit hinterlässt auch bei uns Spuren«, sagte sie leise.

»Und was ist mit mir?« Trotz Naemys missbilligender Blicke setzte sich Glamouron auf. »Keine Sorge, es geht mir schon viel besser«, sagte er rasch und fragte noch einmal: »Was ist mit mir, Naemy? Wenn du aus der Zukunft kommst, kannst du mir doch sicher sagen, was das Schicksal für mich bereithält.«

»Willst du das wirklich wissen?«

»Ja!«

»Die Antwort wird dir nicht gefallen.« Naemy entging nicht, dass Glamouron erbleichte. »Sag es mir trotzdem«, bat er mit leiser Stimme.

»Du hast das Ende der Schlacht um Nimrod nicht erlebt.« In den Worten der Nebelelfe schwang eine große Traurigkeit mit. »Du kamst bei der Suche nach dem Spähtrupp ums Leben. Es hieß, die

Cha-Gurrlinen hätten dich zu Tode gefoltert, um Geheimnisse zu erfahren. Dein Leichnam wurde nie gefunden.«

»Sprichst du von den Kriegern, vor denen du mich gerettet hast?«, fragte Glamouron stirnrunzelnd.

»Ja.«

»Aber dann bin ich doch nicht ...«

»Warte!« Naemy wusste genau, was Glamouron jetzt sagen wollte. Es waren die gleichen Gedanken, die auch Shari gekommen waren und die vermutlich auch den anderen Geretteten noch kommen würden. »Ja, ich habe dich gerettet«, hob sie an und seufzte leise. »Du lebst hier und jetzt, doch für alle anderen bist du tot. Ich habe dich gerettet und damit die Geschichte ein winzig kleines Stück geändert. Doch der Preis dafür ist, dass du nie mehr nach Nimrod zurückkehren kannst.«

»Warum?«

»Weil du tot bist!« Die Worte klangen eine Spur unfreundlicher, als Naemy beabsichtigt hatte, doch sie war es leid, immer und immer wieder dasselbe zu erklären. »Du bist da hinten im Wald gestorben. Was auch geschieht, du kannst daran nichts ändern. Kehrtest du zurück, hätte das fatale Auswirkungen auf den weiteren Verlauf des Schicksals und brächte für die Zukunft unabsehbare Folgen mit sich.«

»Ich verstehe ...« Glamouron nickte mit finsterer Miene. »Aber warum hast du mich dann überhaupt gerettet?«

»Weil die Gütige Göttin mir den Auftrag gab, so vielen Nebelelfen wie möglich das Leben zu retten. Ich wusste nicht, wer auf der Lichtung gefangen gehalten wurde. Ich habe einen Auftrag zu erfüllen, Glamouron! Einen sehr wichtigen Auftrag, der den Fortbestand unseres Volkes in der Zukunft sichern soll, und hätte jeden Gefangenen gerettet. Dafür bin ich hier.« Sie stockte und sah Glamouron tief in die Augen. »Trotzdem ist es so ... so wunderbar, dass ich dich fand«, sie lächelte glücklich, »nach all den einsamen Sommern voller Trauer und Sehnsucht, in denen ich dich so schmerzlich vermisst habe. In all den Sommern habe ich dich nie vergessen. In den langen Stunden der Dunkelheit wünschte ich so manches Mal, dir in die Ewigen Gärten des Lebens folgen zu können. Doch ich tat es nicht. Aufgeben liegt nun einmal nicht in meiner Natur. Ich bin eine Kriegerin und werde so lange kämpfen, bis die Göttin mich ruft.« Sie ergriff Glamourons Hand und hielt sie fest. »Und genau das habe ich getan. All die Sommer habe ich gekämpft – allein. Nie habe ich gezweifelt und alle Kraft für meine Ziele verwendet. Trauer, Schmerz und Verlust haben mich nicht zermürbt, sondern stark gemacht. Nur die Sehnsucht nach einem Gefährten, der unerschütterlich zu mir steht, blieb unerfüllt.« Sie schluckte schwer und sagte dann: »Ich brauche dich, Glamouron. Die Aufgabe, die die Gütige Göttin mir gab, ist so ungeheuerlich, dass ich fürchte, sie nicht allein bewältigen zu können, und außerdem …«, mit einem Mal wurde ihr Blick ganz sanft, »liebe ich dich noch immer.«

»S ninglor!« Glamouron zog Naemy an sich und küsste sie leidenschaftlich. »Was musst du durchgemacht haben!«, sinnierte er mitfühlend. Dann hob er den Kopf und blickte sie feierlich an. »Einem gütigen Schicksal haben wir es zu verdanken, dass uns ein zweiter Frühling zuteil wurde. Wärst du nicht zurückgekehrt, wäre ich nicht mehr am Leben. Ich verdanke dir so viel. Du kannst dich auf mich verlassen. Wohin der Auftrag dich auch führt, ich werde an deiner Seite sein. Ich habe es dir nie gesagt, nicht einmal bei dem letzten Abschied in Numark vor zwei Sonnenläufen«, er zog sie noch einmal an sich, küsste sie erneut und flüsterte: »Ich liebe dich auch.«

Plötzlich zuckte er zusammen und erstarrte.

»Was ist los?« Naemy löste sich aus Glamourons Armen.

»Es ist Letivahr!«, murmelte Glamouron. »Er sucht nach mir und ruft mich mittels Gedankensprache.«

»Du darfst ihm nicht antworten!«, mahnte Naemy erschrocken. Sie wusste, was sie zu tun hatte, wenn Glamouron sich dem Riesenalp zu erkennen gäbe, und die Furcht, ihn wieder zu verlieren, schnürte ihr die Kehle zu. »Tu es nicht«, flehte sie noch einmal mit erstickter Stimme. »Verschließe deine Gedanken vor den Rufen. Du kannst sie nicht hören, du bist tot!«

»Was ist, wenn ich ihm antworte?«

»Dann müsste ich dich töten!« In Naemys erschrockenen Augen standen Tränen.

»Das würdest du tun?«

»Ich habe es geschworen. Der Lauf des Schicksals darf nicht geändert werden. Du bist tot, Glamouron, vergiss das nicht. Wenn du mir nicht folgst, bin ich gezwungen auszuführen, was das Schicksal für dich vorgesehen hat.«

»Letivahr!« Glamouron seufzte und barg das Gesicht in den Händen. »Ich spüre die Sorge und den Schmerz in seiner Stimme …« Er ballte die Fäuste und sah Naemy an. Verzweiflung und Kummer lagen in seinem Blick, und die Nebelelfe fühlte, wie er mit sich rang. »Gibt es denn keinen anderen Weg?«, fragte er gequält.

»Nur diese beiden!« Es brach Naemy fast das Herz zu sehen, wie Glamouron litt, doch noch mehr bangte sie darum, wie er sich entscheiden würde. »Komm mit mir oder entscheide dich für den Tod.« Das klang so hart, dass Naemy sich dafür verachtete. Nach allem, was sie durchgemacht hatte, würde sie es niemals fertig bringen, Glamouron zu töten. Doch das durfte sie ihm nicht zeigen, und so verbarg sie die wahren Gefühle sorgsam hinter einer ernsten Miene. »Verschließ deine Gedanken vor den Rufen«, bat sie mit bebender Stimme und fügte ganz leise hinzu: »Bitte! Ich könnte es nicht ertragen, dich wieder zu verlieren.«

»Oberster Druide, ich bringe traurige Kunde.« Rurik versagte die Stimme. Das Gesicht von Kummer gezeichnet, trat er auf Anthork zu, der hinter einem ungeordneten Stapel aus Büchern und Pergamenten an dem wuchtigen Tisch in seinem Arbeitszimmer saß. »Der Kurierreiter Glamouron und … meine Chiriga sind tot.«

»Tot?« Fassungslos legte der oberste Druide die Schriftrolle, die er gerade studiert hatte, zur Seite, erhob sich und trat auf Rurik zu. »Bei den Toren, wie konnte das geschehen?«, rief er aus, während er den Kurierreiter zu den beiden gepolsterten Stühlen am Kamin führte. »Nimm Platz«, sagte er mitfühlend und deutete auf einen der Stühle. Die tragische Nachricht traf ihn völlig unvorbereitet, und es verlangte ihn danach, mehr zu erfahren. Geduldig wartete er, bis Rurik sich gesetzt hatte, und fragte dann: »Wann ist das geschehen? Gestern erteilte ich Glamouron den Auftrag, mit Letivahrs Hilfe den vermissten Spähtrupp zu suchen, der an den Hängen der Valdor-Berge nach feindlichen Kriegern Ausschau halten sollte. Ich hoffte, er würde etwas finden, wenn er das Gelände in großer Höhe überflöge.«

»Das ... das hat er auch getan«, berichtete Rurik stockend. »Doch da Letivahr sich zu jener Zeit nicht in den Höhlen aufhielt, flog er mit Chiriga aus. Die letzte Nachricht, die wir von den beiden erhielten, lautete, dass sie die Männer gefunden hätten – oder vielmehr das, was von ihnen übrig war. Wie Chiriga mir durch Gedankensprache mitteilte, entdeckten sie die Überreste des Spähtrupps auf einer Lichtung südlich von Nimrod. Chiriga berichtete, dort habe ein Kampf stattgefunden, bei dem all unsere Leute ums Leben kamen. Danach ...« Er seufzte und holte dann tief Luft, als müsste er für das, was nun folgte, erst die nötigen Kräfte sammeln. »Sie ... sie sagte noch, dass sie sich auf den Rückweg machen würden. Dann brach ihr Bericht ab.« Verzweifelt schüttelte Rurik den Kopf, als könnte er den ganzen schrecklichen Verlust noch immer nicht begreifen, und fuhr fort: »Als die beiden am Morgen immer noch nicht zurückgekehrt waren, machte ich mich mit Letivahr auf die Suche. Der Riesenalp war voller Sorge. Er hatte die ganze Nacht versucht, mit dem Nebelelfen in Gedankenverbindung zu treten, doch Glamouron antwortete nicht.« Er schluckte schwer und blickte den obersten Druiden voller Trauer an. »Wir haben sie gefunden. Zuerst sahen wir die Leichen der Krieger auf der Lichtung. Alles war so, wie Chiriga es beschrieben hatte. Doch dann entdeckte Letivahr eine dünne Rauchsäule, die kaum sichtbar über dem Wald aufstieg. Der Rauch stammte von einem verlassenen Lagerfeuer und daneben ... oh, verdammt ...!« Er wischte sich über die Augen. »Von Glamouron fehlte jede Spur. Doch daneben lag Chiriga. Wir konnten nicht landen, doch selbst aus der Entfernung sah ich, dass man sie entsetzlich zugerichtet hatte. Ihr Körper war aufgeschlitzt, und die bleichen Knochen leuchteten im Sonnenlicht. Die Krieger hatten … « Angesichts der schrecklichen Erinnerung versagte Rurik die Stimme. Dann fasste er sich, holte tief Luft und sagte sichtlich erschüttert: »Was müssen das für grausame Kreaturen sein! Rings um das Feuer lagen Fleischreste und abgenagte Knochen. Sie … sie haben Chiriga geschlachtet und ihr Fleisch roh verzehrt. Letivahr hat … Ich … Ich konnte nicht … Ach verdammt …!« Nun war es um Ruriks Beherrschung geschehen. Tränen stiegen ihm in die Augen, und er konnte nicht mehr weitersprechen.

Der oberste Druide stand auf, ging zum Tisch und kehrte gleich darauf mit einem silbernen Weinkelch zurück. »Ich verstehe deinen Schmerz«, sagte er leise und legte Rurik tröstend die Hand auf die Schulter. »Ein solcher Verlust ist nur schwer zu ertragen, und die Frage nach dem Warum begleitet uns oft noch viele Mondläufe. Aber bei aller Trauer um den Verlust sollten wir auch stolz auf Chiriga sein. Sie überwand ihre Trauer um Numair und ist geflogen, um den Kriegern des Spähtrupps zu helfen. Wie Glamouron hat sie ihr Leben ohne Zögern für diese Männer aufs Spiel gesetzt und uns damit einen großen Dienst erwiesen.« Er reichte Rurik den Weinkelch und fügte hinzu: »Es sind schlimme Zeiten, und es schmerzt mich, dass Chiriga und Glamouron der dunklen Bedrohung so früh zum Opfer gefallen sind, doch sei gewiss, ihr Tod wird nicht ungesühnt bleiben.«

»Darauf könnt Ihr Euch verlassen!« Rurik griff nach dem Kelch und tat einen großen Schluck. Als er Anthork den Becher zurückreichte, waren der Blick und die Stimme des Kurierreiters voller Hass. »Für Chirigas und Glamourons Tod werden diese Bestien teuer bezahlen«, zischte er ungehalten. »Letivahr und ich werden sie so lange bekämpfen, bis die grausame Schandtat gerächt ist. Und bei der Göttin, ich werde nicht eher ruhen, bis jeder dieser verfluchten Krieger an seinem Blut erstickt. Entschuldigt mich!« Er stand auf und verließ den Raum, ohne sich noch einmal umzublicken.

Anthork seufzte, setzte sich und sah Rurik schweigend nach, während er den Weinkelch gedankenverloren in den Händen drehte. Die Stirn des obersten Druiden war von Sorgen umwölkt, und er atmete schwer.

Die Nachrichten vom Tod des Elfenkuriers, dem ausgelöschten Spähtrupp und dem schrecklichen Ende des Riesenalps waren nicht die einzigen niederschmetternden Meldungen, die er an diesem Morgen erhalten hatte.

Er wusste, wie schlecht es um die Verteidigung Nimrods bestellt war, hielt diese Erkenntnis aber geheim und verbreitete Zuversicht, wann immer es nötig war. Dennoch, der Feind war übermächtig. Wenn Nimrod überhaupt verteidigt werden konnte, würden die Verluste gewaltig sein.

»O Göttin, welch unsägliche Last hast du auf meine Schultern gelegt!«, seufzte Anthork, und ihn überkam das dringende Bedürfnis zu beten.

8

Der letzte Morgen vor dem Angriff graute über den Graten und Gipfeln der Valdor-Berge mit einer kalten Entschlossenheit, die weder heiter noch willkommen war. Kein einziger wärmender Sonnenstrahl durchbrach die tief hängenden Wolken, die in der Nacht heraufgezogen waren und sich an den steilen Hängen auftürmten. Ein dichter Nebel, der sich über der Ebene gebildet hatte, verbarg das Gelände, auf dem sich die schwarzen Krieger zum Sturm auf die Festungsstadt bereitmachten, selbst vor den scharfen Augen der Elfen, die auf den Zinnen Wache hielten.

Die Luft war von einer schwermütigen Erwartung erfüllt, die sich wie ein dämpfendes Tuch über alles gebreitet hatte. Nichts rührte sich auf der Ebene und in den angrenzenden Wäldern, und auch hinter den Mauern der überfüllten Festungsstadt schien das Leben in gespannter Ruhe erstarrt zu sein.

Und es war kühl! Eine unnatürliche, seelenlose Kälte kroch von Westen her über die Ebene, erklomm die Mauern der Festungsstadt und strich mit eisigen Fingern über die ungeschützten Gesichter der Krieger. Nestelnd, lockend und verhöhnend. Die Berührung trug die Vorahnung des nahen Todes in sich, und so mancher auf den Zinnen fühlte sich plötzlich von jener Angst überwältigt, welche die Magie der Druiden viele Sonnenläufe lang unterdrückt hatte. Schon nagten die ersten Zweifel an den erschöpften Gemütern der Verteidiger – Zweifel, die sich in der lastenden Stille unheilvoll mit dem wachsenden Gefühl einer namenlosen Furcht paarten.

Fast unmerklich ging der Morgen in das Grau des Mittags über, und die drückende Stimmung blieb bestehen. Selbst als die Riesenalpe vermeldeten, dass sich die schwarzen Krieger zu formieren begannen, änderte sich nichts daran, obwohl die Unruhe in den Wäldern ein untrügliches Zeichen dafür war, dass der Angriff unmittelbar bevorstand.

Gutturale Rufe erklangen zwischen den Bäumen, und das Klirren der Waffen und Rüstungen hallte unheilvoll durch den zähen Nebel, doch in der Festungsstadt blieb alles ruhig.

Die Tore waren fest verriegelt, die Ausbildung der eilig rekrutierten Männer abgeschlossen und das letzte Stück Metall in den Schmelzöfen der Schmieden zu Pfeilspitzen verarbeitet. Unzählige Feuerstellen hinter den Festungsmauern harrten des zündenden Funkens, der die gewaltigen Töpfe mit Öl zum Sieden bringen würde, und Tausende blitzender Schwerter warteten in den verkrampften Händen der Verteidiger darauf, ihr blutiges Werk zu beginnen.

Alles war bereit.

Das Gesicht von tiefer Sorge gezeichnet, schritt Anthork, der oberste Druide, über den Platz vor der Inneren Festung, auf dem sich noch vor kurzem die neuen Rekruten im Umgang mit Schwert und Bogen geübt hatten. Jetzt war er wie leer gefegt. Die Verteidiger Nimrods hatten schon am Vorabend Stellung am Fuß der Festungsmauer bezogen und erwarteten den bevorstehenden Angriff. Dank der Magie glaubten die meisten von ihnen noch immer fest daran, den Feind abwehren zu können, doch Anthork wusste, dass dies nur ein Trugbild war.

Tief im Innern schämte er sich dafür, den Kriegern die Wahrheit zu verschweigen und sie unter falschen Voraussetzungen in den Kampf zu schicken, doch Furcht war im Kampf ein schlechter Gefährte, und im Mut jedes Einzelnen lag die letzte Hoffnung für das Land. Wenn jeder unerschütterlich auf dem Posten blieb und sich den Willen zum Sieg bewahrte, erhielten sie sich zumindest den Anschein von Zuversicht, welche die Menschen in Nimrod dringend benötigten.

Betrübt schüttelte Anthork den Kopf. Der Spähtrupp, den er ausgesandt hatte, um den geheimen Fluchtweg aus der Festungsstadt von den Valdor-Bergen aus zu erkunden, hatte seine Aufgabe nie erfüllen können. Die Krieger waren tot, und es blieb keine Zeit, einen weiteren Erkundungstrupp auszusenden. Damit war der Plan gescheitert, die Menschen auf jenem geheimen Pfad, von dem die alten Aufzeichnungen berichteten, durch das Gebirgsmassiv in Sicherheit zu bringen. Nimrod war zu dem geworden, was böse Zungen längst behaupteten – eine Falle, aus der es kein Entrinnen gab.

Ein letztes Mal hatte Anthork in der vergangenen Nacht alle Keller, Gewölbe und Gänge unter der Festungsstadt auf eine verborgene Tür oder einen magisch verschlossenen Durchgang absuchen lassen – vergeblich. Nirgends hatte sich ein Hinweis auf den Fluchtweg gefunden, und alle Hoffnungen, zumindest den Frauen und Kindern ein winziges Schlupfloch aus Nimrod bieten zu können, falls die Mauern fielen, waren damit zerstört worden.

Nicht zuletzt deshalb hatte Anthork noch in der Nacht den magischen Bann, der alle Zweifel und Befürchtungen unterdrückte, auf ganz Nimrod ausgedehnt. Wohl wissend, dass er damit Kräfte nutzte, die er später im Kampf noch dringend benötigen würde, hatte er gewaltige Energien heraufbeschworen, um den Kampfesmut der Krieger zu stärken, denn er wusste, dass die mächtigste Waffe der Verteidiger in der Entschlossenheit lag.

Anthork nickte und seufzte leise. Er hatte richtig gehandelt, selbst wenn der Zauber ihn geschwächt hatte. Auch weiße Magie hatte ihren Preis. Doch das war es nicht, was ihm das Herz schwer machte. Ihn plagte etwas anderes.

Am frühen Morgen hatte er zum zweiten Mal das Heiligtum der Gütigen Göttin aufgesucht, um zu beten und die Göttin um Beistand für die Krieger zu bitten.

Wie er es schon Dutzende Male getan hatte, wenn der Regen ausblieb oder die Ernte schlecht ausfiel, hatte er sich mittels Meditation in eine tiefe Versenkung begeben und auf ein Zeichen gewartet. Ein Zeichen, das den bedrängten Menschen Hoffnung geben konnte oder ihnen gar offenbarte, dass die Gütige Göttin ihnen helfen würde – doch was er auch getan hatte, die Göttin war stumm geblieben.

Keine Vision, keine Eingebung, nicht einmal ein Bild, das die Gelehrten hätten deuten können, war ihm während der langen Zeit zuteil geworden – nichts! Alles, was er gespürt hatte, war ein beängstigendes Gefühl der Leere gewesen, gerade so, als beträte er einen verlassenen Raum.

Anthork erschauerte. Konnte das wirklich sein? Hatte die Göttin ihr Volk verlassen? Hatte sie, die die Geschicke des Landes seit Menschengedenken lenkte, das Land angesichts der übermächtigen Bedrohung einfach im Stich gelassen? Aber warum? Hatten sie die Göttin womöglich verärgert, ohne es zu ahnen?

Fragen über Fragen, auf die Anthork keine Antwort wusste. Fragen, die er mit niemandem, auch nicht mit den anderen Druiden, teilen durfte. Der Glaube an den Sieg, an die Unbezwingbarkeit der Mauern und in die eigenen Kräfte war alles, was die Menschen hatten. Wer zweifelte, war schwach, und Schwäche machte verletzlich. Zweifel waren wie ein schleichendes Gift, das die Moral der Krieger untergrub und es den Angreifern leicht machen würde zu siegen.

Der oberste Druide ballte entschlossen die Fäuste. Bisher war er der Einzige, der das Schweigen der Göttin bemerkt hatte – und er würde es für sich behalten, solange dies möglich war. Doch Anthork zweifelte nicht nur. Wie nie zuvor fühlte er sich im Stich gelassen, allein und hilflos wie ein Kind, dem die Mutter die helfende Hand verwehrte. Er hatte gebetet, gefleht und der Göttin Opfergaben dargebracht – vergeblich! Die Göttin war fort, und er wusste nicht, ob sie jemals wieder zu ihm sprechen würde.

Langsam durchschritt er das Tor zur Inneren Festung und ging auf die breite Steintreppe zu, die zum Portal des Gebäudes hinaufführte, in dem sich der Ratssaal befand. Für den Nachmittag hatte er eine letzte Sitzung des Druidenrates anberaumt, in der die Ergebnisse und Erkenntnisse der vergangenen Sonnenläufe noch einmal besprochen werden sollten. Die Heermeister würden abschließend über die Maßnahmen zur Verteidigung berichten, und man wollte hören, was die Orakel und Visionen den Sehern über die Zukunft offenbart hatten.

Es war die letzte Möglichkeit, Beschlüsse zu fassen und wenn nötig Änderungen an den bestehenden Befehlen vorzunehmen.

»Mutter!« Der Ruf des kleinen Mädchens durchbrach die lastende Stille wie ein Fetzen der Erinnerung daran, dass das Leben in der Festungsstadt noch vor einem Mondlauf sorglos und fröhlich gewesen war. Kinderlachen und Lebensfreude waren der nahenden Bedrohung als Erstes zum Opfer gefallen. Wo einst überschäumende Lebensfreude herrschte, traf man jetzt nur noch auf Angst und lähmende Furcht.

Der oberste Druide hielt inne und beobachtete, wie das Mädchen auf das Gebäude zurannte, in dem sich die Heilerinnen und Priesterinnen der Gütigen Göttin auf die Behandlung der Verwundeten vorbereiteten. Die Kleine trug ein schlichtes grünes Kleid und ein Kopftuch in derselben Farbe, das die langen roten Haare zurückhielt. Sie mochte kaum mehr als vier Sommer gesehen haben, und ihr Anblick versetzte Anthork einen schmerzhaften Stich. Kinder wie sie waren es, die zu den unschuldigen Opfern sinnloser Kriege zählten.

»Ilahja!« Eine schlanke Frau im weißen Gewand der Heilerinnen kam aus dem Haus und streckte dem Kind die Arme entgegen. »Du solltest doch zu Hause bleiben«, schalt sie mehr besorgt als ärgerlich, als die Kleine ihr in die Arme lief und sich an sie presste.

»Mama! Tarek hat gesagt, das wir heute Nacht alle sterben müssen!«, schluchzte das Mädchen. »Er sagt, vor den Toren warten grauenhafte Gestalten, die uns alle auffressen wollen.«

»Oh, Kind!« Die Mutter strich dem Mädchen tröstend über das dichte rote Haar. »Kind, du darfst doch nicht alles glauben, was dieser Junge dir erzählt. Du weißt doch, dass die Elfen und Riesenalpe gekommen sind, um die bösen Krieger gemeinsam mit unseren Männern zu vertreiben. Niemand wird uns auffressen. Wie kann Tarek nur solche Dinge erzählen?«

»Ich will aber, dass du nach Hause kommst, Mama!«, forderte das Mädchen und schlang zitternd die Arme um den Hals seiner Mutter. »Ich habe solche Angst ohne dich.«

»Aber das geht nicht, Kind.« Die Frau schüttelte betrübt den Kopf. »Sieh mal, du weißt doch, dass ich hier helfen muss. Ich bin eine Heilerin. Einige Männer werden sich im Kampf verletzen, und ich muss ihre Wunden versorgen. Tareks Mutter hat versprochen, auf dich und deine Schwester Acht zu geben. Dort seid ihr …«

»Aber ich will nicht da bleiben!«, rief das Mädchen trotzig. »Ich will nicht! Ich will heute Nacht bei dir sein.« Die Kleine schluchzte laut und vergrub das Gesicht an der Schulter ihrer Mutter.

Der oberste Druide beobachtete die Szene aus einiger Entfernung. Er wusste, dass sich das Bild des ängstlichen Mädchens heute an anderer Stelle noch Hunderte Male wiederholen würde. Überall klammerten sich die Kinder an ihre Eltern auf der Suche nach einer Sicherheit, die diese ihnen nicht geben konnten, beobachteten die Kriegsvorbereitungen mit großen, ängstlichen Augen und stellten Fragen, die ihnen niemand beantworten konnte. Was sich hier abspielte, war bitter und schmerzlich anzusehen, aber gewiss nicht ungewöhnlich.

Trotzdem gelang es Anthork nicht, den Blick von dem Mädchen abzuwenden. Er konnte es sich nicht erklären, doch tief in sich spürte er, dass dieses Kind etwas Besonderes war. *»SIE darf nicht sterben!«*, raunte ihm eine leise Stimme zu. *»SIE darf nicht sterben!«*

Der oberste Druide runzelte verwundert die Stirn. Er kannte dieses Kind nicht und hatte es nie zuvor gesehen. Es war eines von Tausenden, die den Tod alle nicht verdient hatten, und doch …

»SIE darf nicht sterben!«, meldete sich die Stimme wieder.

Warum? Anthork starrte das Mädchen an, das sich immer noch ängstlich an die Heilerin klammerte. Warum gerade sie?

»SIE ist die Hoffnung«, wisperte die Stimme. *»Die Hoffnung … die Hoffnung … rette SIE, die Hoffnung …«* Die Stimme wurde immer schwächer und verstummte schließlich.

Die Hoffnung?, dachte Anthork verwundert. Nie zuvor hatte er eine so merkwürdige Vision gehabt. Die Worte formten sich ohne sein Zutun in Gedanken. Und dann, ohne dass er es sich vorgenommen hatte, ging er auf Mutter und Tochter zu und sagte: »Geh nach Hause, Frau! Deine Töchter brauchen dich heute Nacht.«

»Oberster Druide, verzeiht, ich habe Euch gar nicht kommen hören.« Die Heilerin deutete rasch eine Verbeugung an. Es war ihr unangenehm, den obersten Druiden nicht bemerkt zu haben, doch Anthork ging nicht weiter darauf ein. »Du bist ein sehr hübsches Mädchen«, wandte er sich lächelnd an ihre Tochter und fragte: »Wie heißt du?«

»Ilahja.« Die Kleine schaute beschämt zu Boden.

»Nun, Ilahja«, sagte der oberste Druide. »Mädchen wie du sollten in dieser Nacht wirklich nicht allein sein. Ich entbinde deine Mutter von ihren Pflichten, damit du ruhig schläfst.«

»Aber die Verwundeten …«, warf die Heilerin ein. »Ich habe geschworen zu helfen. Sie werden nicht ohne mich …«

»Doch, das werden sie«, versicherte Anthork. »Wir haben genügend Priesterinnen und Heilerinnen, die sich um die Verwundeten kümmern. Deine Tochter hat niemanden. Geh nach Hause und sorge dafür, dass sie sich nicht fürchtet.«

»Ihr seid sehr gütig!« Die Frau ergriff die Hand ihrer Tochter und schenkte dem obersten Druiden ein dankbares Lächeln. »Meine Mädchen sind noch sehr klein. Ich hatte schon ein schlechtes Gewissen, weil ich nicht bei ihnen sein kann. Möge die Göttin Euch beschützen.« Mit diesen Worten wandte sie sich um und machte sich auf den Heimweg.

Der letzte Satz versetzte Anthork einen schmerzhaften Stich, doch er ließ es sich nicht anmerken und nickte väterlich. »Das wünsche ich Euch auch«, murmelte er kaum hörbar, während das Bild der Heilerin, die mit dem Kind auf das Tor der Inneren Festung zuging, plötzlich etwas anderem wich …

… Überall war Feuer. Lodernde Flammen leckten mit feurigen Zungen an den tief hängenden Wolken und erhellten die alles verschlingende Finsternis über der Festungsstadt mit unheilvollem Leuchten.

Stinkender, schwarzer Rauch wälzte sich durch die schmalen Straßen von Nimrod und nahm den Menschen die Sicht, die dort schreiend umherirrten.

Sterbende und Verwundete lagen zu Hunderten in den engen Gassen, den todbringenden Schwertern der schwarzen Krieger schutzlos ausgeliefert, und dazwischen bahnte sich eine junge, hoch gewachsene Frau im weißen Gewand der Heilerinnen einen Weg durch das Chaos. Ein rothaariges Kind auf den Armen haltend, beschleunigte sie die Schritte, um es in Sicherheit zu bringen, bevor der Feind die Innere Festung erreichte …

Anthork ächzte und stützte sich schwer atmend auf den knorrigen Stab aus Wurzelholz, den er als Zeichen seines Amtes stets bei sich führte. Sein Herz pochte wie wild, und es dauerte eine Weile, bis er den heftigen Schwindel überwand, der ihn gepackt hatte. Die plötzliche Vision war so heftig und voller dunkler Vorahnungen, dass er es kaum zu ertragen vermochte. Feuer, Blut und Schmerzen … War es das, was das Schicksal für die Bewohner Thales vorgesehen hatte? Und die Heilerin …? Anthork blinzelte und blickte sich nach der Frau und dem rothaarigen Mädchen um. Waren sie es gewesen, die er in der Vision gesehen hatte?

Doch die beiden waren fort, und eine dumpfe Ahnung sagte ihm, dass er sie nie wiedersehen würde.

Glamouron saß am Bach und schärfte ein Schwert. Es war nicht seine eigene Waffe, doch es war eine harte Klinge, die gut in der Hand lag und sich leicht führen ließ. Sie stammte von den Kriegern des Spähtrupps, den zu suchen er mit Chiriga ausgeflogen war und denen auch die Waffen nicht hatten helfen können.

Am frühen Morgen war Naemy mit Bronadui zu der Stelle geritten, an der die Krieger niedergemetzelt worden waren, in der Hoffnung, dort Waffen zu finden. »Wir sind zu viert«, hatte sie Shari und Fedeon erklärt, bevor sie aufgebrochen war. »Aber wir haben nur einen Langbogen und drei Kurzschwerter. Das ist viel zu wenig, um sich wirkungsvoll zu verteidigen. Glamouron hat mir von einem Spähtrupp berichtet, den die Cha-Gurrlinen nicht weit von hier überfallen haben. Mit etwas Glück sind die Waffen noch dort.« Dann hatte sie sich auf den Rücken des Falben geschwungen und war losgeritten.

Wenig später war sie mit fast einhundert Pfeilen, fünf Armbrüsten und einem Dutzend Schwerter zurückgekehrt und hatte den anderen die Waffen präsentiert. An einigen waren noch Spuren getrockneten Blutes zu sehen, andere wiesen tiefe Kerben auf, doch die meisten befanden sich in einem so guten Zustand, als wären sie gar nicht zum Einsatz gekommen.

Naemy und Fedeon hatten sich der Pfeile angenommen, und während Shari sich im Umgang mit einer Armbrust übte, hatte Glamouron die Schwerter mit zum Bach genommen, um sie zu säubern und zu schärfen. Die eintönige Arbeit tat ihm gut und verschaffte ihm endlich die Zeit, in Ruhe über die unglaubliche Wandlung nachzudenken, die sein Leben in den vergangenen Sonnenläufen genommen hatte.

Denn obwohl er sich dafür entschieden hatte, Naemy zu folgen, fochten seine widerstreitenden Gefühle noch immer einen heftigen Kampf aus. Immer lauter wurde der Vorwurf, die Menschen in Nimrod und vor allem sein eigenes Volk verraten zu haben. Wenn er das, was Naemy ihm berichtet hatte, dem Druidenrat mitteilen würde, ließe sich der Schlachtverlauf vielleicht so beeinflussen, dass die Cha-Gurrline, wie Naemy sie nannte, am Ende verlieren würden. Er hatte es in der Hand, Nimrod vor dem Untergang zu bewahren – doch er wusste, dass er es nicht durfte.

Naemy hatte es ihm erklärt, und er hatte verstanden. Doch die

Worte allein überzeugten ihn nicht. Was Naemy ihm erzählt hatte, klang so ungeheuerlich, dass er es ihr vermutlich nicht geglaubt hätte, wäre da nicht noch etwas anderes gewesen.

Glamouron legte den Stein zur Seite, mit dem er die Schwertklinge bearbeitete, und schaute zu Naemy hinüber, die mit Fedeon vor der Hütte saß und beschädigte Pfeile ausbesserte. Sie bemerkte es nicht, und er genoss für kurze Zeit das tiefe Gefühl von Wärme, das ihn stets aufs Neue durchströmte, wenn er sie ansah.

Naemy war die Einzige, die jemals einen Schlüssel zu seinem Herzen gefunden hatte. Viele hatten es versucht, nicht nur Nebelelfen, sondern auch betörend schöne Frauen aus Nimrod, doch bis er Naemy begegnet war, hatte seine Liebe allein den Riesenalpen und der Tätigkeit als Kurierreiter gehört. Für die wirkliche Liebe hatte er sich nie Zeit genommen, nur bei Naemy war das anders geworden. Die junge Nebelelfe hatte mit ihrer zarten und zurückhaltenden Art eine Saite in ihm anklingen lassen, die er nie zuvor gespürte hatte. Aber obwohl er wusste, wie sehr sie ihn liebte, hatte er sich stets davor gefürchtet, ihr seine Gefühle zu offenbaren. Wie auch?

Er hatte es sich lange Zeit selbst nicht eingestehen wollen, dass er sie liebte. Wie ein Feigling hatte er sich hinter der Arbeit als Kurierreiter versteckt und Naemy mit seiner abweisenden und rauen Art oft verletzt. Er hatte gespürt, wie sehr sie darunter gelitten hatte, doch nie hatte er den Mut aufgebracht, ihr die Wahrheit zu sagen. Irgendwann, so hatte er gedacht, würde die Zeit dafür kommen. Und jetzt, da er wusste, dass diese Zeit niemals gekommen wäre, schämte er sich für seine Selbstsucht.

Noch vor wenigen Sonnenläufen hatte er sie mit der Trauer um Sharis Tod allein gelassen, obwohl er gefühlt hatte, wie sehr seine Anwesenheit ihr geholfen hätte. Viel zu kurz hatte er sie in seinen Armen weinen lassen, viel zu wenig tröstende Worte gesprochen, und viel zu hastig war er wieder aufgebrochen, um vor den verwirrenden Gefühlen und der ungewohnten Nähe zu fliehen. »Ich werde in Nimrod gebraucht«, hatte er ihr zum Abschied gesagt. Sie hatte genickt und wie immer tapfer gelächelt, doch in ihren Augen hatte er gelesen, dass auch sie ihn gebraucht hätte.

In diesem Augenblick hatte er sich dafür gehasst, ihr gegenüber so kaltherzig zu sein, doch wie so oft hatte er auch diesmal nicht über seinen Schatten springen können. Der Flug nach Nimrod war mehr eine Flucht vor den eigenen Gefühlen gewesen, denn wieder war er gegangen, ohne ihr zu sagen, wie sehr er sie liebte.

Er hatte ja nicht ahnen können, dass es das letzte Mal sein würde, dass er sie in die Arme nahm. Er hatte nicht gewusst, was das Schicksal für ihn bereithielt, welche Opfer die Schlacht fordern würde …

Er hatte sie und ihre Liebe verraten. Dreihundert Sommer hatte sie um ihn getrauert; keinem anderen Elfen war es je wieder gelungen, ihr Herz zu erobern. Glamouron seufzte. Plötzlich hatte er das Gefühl, all die Liebe, die sie nach dieser so langen Zeit noch für ihn empfand, nicht wert zu sein. Es war ein Schatz, den sie nur ihm geschenkt hatte und den er zwar angenommen, aber nicht genügend gewürdigt hatte wie ein herzloser Schuft, der nur an sich selbst dachte.

Doch das würde jetzt anders werden. Naemy hatte wahrhaftig genug gelitten.

Das Schicksal war geneigt, ihnen einen Neuanfang zu ermöglichen, und diesmal würde er sie nicht enttäuschen.

»Sie liebt dich noch immer.« Shari legte die Armbrust zu Boden und setzte sich neben Glamouron ans Ufer des Baches.

»Ich weiß.« Der Nebelelf nickte und wandte die Aufmerksamkeit eilig wieder dem Schwert zu. Er hatte die junge Elfe nicht kommen hören, und es war ihm ein wenig unangenehm, dass sie ihn so nachdenklich gesehen hatte.

»Und?« Glamouron spürte Sharis forschenden Blick.

»Was – und?«, erwiderte er ausweichend.

»Glaubst du ihr die Geschichte?«

Glamouron antwortete nicht sofort. Er hatte fest damit gerechnet, dass Shari ihn nach seinen Gefühlen für Naemy fragen würde, und war überrascht. »Warum nicht?«, fragte er schließlich und deutete auf Naemy. »Sie ist nicht mehr diejenige, die ich noch vor wenigen Sonnenläufen in den Armen gehalten habe. Dreihundert Sommer haben aus ihr eine reife, selbstbewusste Nebelelfe gemacht, die sich ihrer Stärken und Schwächen wohl bewusst ist. Die Naemy, die ich in Numark zurückließ, war jung und unerfahren und …«, er maß Shari mit einem viel sagenden Blick, »… trauerte unendlich um ihre tote Schwester.«

»Aber das ist alles so schwer zu glauben!« Als hätte sie die versteckte Anspielung nicht gehört, schüttelte Shari den Kopf. »Ich habe lange darüber nachgedacht, aber ich kann mir einfach nicht vorstellen, dass sie zweimal hier sein soll. Niemand kann durch die Zeit reisen!«

»Ich bin sicher, dass es viele Dinge gibt, die selbst die weisesten Elfen nicht zu verstehen vermögen«, erwiderte Glamouron. »Aber ich weiß, dass Naemy sowohl in Numark als auch hier ist. Und du bist am Leben. Beides ist mir Beweis genug.«

»Aber du …«, Shari kaute nachdenklich auf der Unterlippe. »Ich meine, wie kannst du alles so gelassen hinnehmen. Unser Volk, unsere Angehörigen werden schon bald sterben! Wir … wir könnten sie warnen und ihnen das Leben retten. Wir könnten verhindern, dass …« Sie seufzte und schüttelte traurig den Kopf. »Versteh mich bitte nicht falsch, ich möchte Naemy nicht verraten, doch ich ertrage es einfach nicht, hier zu sitzen und alle, die ich liebe, in den Tod ziehen zu lassen.«

»Das kann ich gut verstehen.« Glamouron lächelte. »Doch es ist, wie Naemy gesagt hat. Wir dürfen den Lauf des Schicksals nicht verändern. Dass wir uns dabei wie Verräter fühlen, ist der Preis, den wir für unsere wundersame Rettung zu zahlen haben.« Shari wusste darauf nichts zu erwidern. Für eine Weile starrte sie schweigend auf das blitzende Muster, das die Sonnenstrahlen auf die seichten Wellen des Baches zeichneten, und kaute nachdenklich auf einem Grashalm. »Naemy sagt, der Angriff finde heute Nacht statt«, murmelte sie schließlich.

»Ich weiß.«

»Sie will die Schlacht von den Bergen aus beobachten«, fügte sie hinzu.

»Auch das hat sie mir gesagt.«

»So, hat sie das? Hat sie dir vielleicht auch gesagt, wie sie die vielen Elfen finden will, die sie über das Ylmazur-Gebirge führen soll, ohne den Lauf des Schicksals zu ändern?«

»Nein, das hat sie nicht.«

»Aha, dachte ich es mir doch«, murmelte Shari.

»Was?« Glamouron zog verwundert eine Augenbraue in die Höhe.

»Dass sie noch keinen Plan hat. Ich fühle doch, dass sie etwas beunruhigt. Ich glaube, sie weiß nicht, wie sie die zwei Dutzend Elfen zusammenbekommen soll.«

»Nun, vielleicht hat sie einen Plan, aber ihn dir noch nicht verraten.«

»Oder sie hat keinen und hofft auf ein Wunder.«

»Oder das«, gab Glamouron zu. »Wie auch immer, ich habe mich entschieden. Es ist der Wille der Göttin, dass wir die Aufgabe gemeinsam meistern. Meine eigenen Gefühle spielen dabei keine Rolle mehr, denn ohne Naemy wäre ich jetzt tot.« Er hob einen kleinen Stein vom Boden auf, warf ihn ins Wasser und blickte Shari von der Seite her an. »So wie du.«

9

Als die Sonne den Horizont berührte und die verstreuten Wolken im Westen in ein blutiges, Unheil verkündendes Rot tauchte, erhob sich über den Wäldern, die das Heer der schwarzen Krieger vor den Augen der Verteidiger verbargen, ein eintöniger, stampfender Gesang, der den Männern auf den Zinnen den Angstschweiß auf die Stirn trieb.

An- und abschwellend wie schaurige Wellen, die gegen die Mauern der Festungsstadt brandeten und sich wieder zurückzogen, nur um gleich darauf mit neuer Wucht gegen das letzte Bollwerk des Landes anzustürmen, erklangen die dumpfen, machtvollen Töne aus abertausend Kehlen im Schutz der Bäume und zerstörten die von den Druiden mühsam errichtete Aura aus Zuversicht, die den Verteidigern im Kampf den Rücken stärken sollte.

Die Gesichter der Männer, die hinter den Zinnen auf den Angriff warteten, hatten jede Farbe verloren. Zitternd klammerten sie sich an die Schwerter, die manche nur dürftig zu führen wussten, oder flüchteten sich in der Hoffnung auf die Gütige Göttin in hastige Gebete. Einige starrten grimmig auf die von der Dunkelheit verhüllten Wälder und bedachten den unsichtbaren Feind mit markigen Sprüchen und Flüchen, während andere nur stumm auf dem Posten standen und den Angriff mit ausdrucksloser Miene erwarteten.

Als der letzte helle Lichtstreifen im Westen erstarb, krochen finstere Schatten aus dem Osten herbei und trugen dichte Nebel in die Ebene vor den Mauern Nimrods. Die Sterne verbargen ihr Antlitz hinter einem zähen Dunst, und auch die schmalen Sicheln der beiden Monde To und Yu waren noch nicht am Himmel zu sehen.

Der Gesang verstummte, und eine düstere und bedrohliche Stille breitete sich über die Ebene, die für die Verteidiger Nimrods fast noch schwerer zu ertragen war als der schaurige Gesang. So mancher, der zuvor geglaubt hatte, die beängstigenden Töne nicht länger aushalten zu können, sehnte sie nun wieder herbei.

Doch alles blieb ruhig – zu ruhig.

Der Ansturm auf Nimrod kam leise, geboren im ersterbenden Licht der Sonne und unter dem Deckmantel des Nebels verborgen. Weder das Klirren von Rüstungen und Waffen noch Befehle oder wütendes Gebrüll durchdrangen die alles verschlingende Stille; nur die rhythmischen Erschütterungen im Boden ließen erahnen, welch gewaltiges Heer sich Nimrod näherte.

Die Verteidiger starrten hinab auf die graue Ebene, doch selbst die scharfen Augen der Elfen vermochten die wogenden Nebelschleier nicht zu durchdringen.

»Magie!«, raunten sich die Männer zu und starrten angstvoll über die Mauerbrüstung, wo sich das nahende Heer noch immer unter den Nebeln verbarg.

Plötzlich fegte eine heftige Windböe den Nebel fort und gab den Blick auf ein riesiges Heer hünenhafter dunkler Gestalten in schwarzen Rüstungen frei, die sich den Festungsmauern bis auf einhundert Längen genähert hatten. Gleichzeitig wurde die Stille vom Dröhnen mächtiger Kriegstrommeln zerrissen, deren tiefer, pulsierender Rhythmus von den steil aufragenden Mauern widerhallte.

Der Lärm machte es den Heermeistern Nimrods unmöglich, Befehle zu erteilen, denn nur jene, die ihnen am nächsten standen, waren in der Lage, die aufgeregt gebrüllten Worte überhaupt zu verstehen. Und während auf den Zinnen ein heilloses Durcheinander ausbrach, flammten in den Händen der schwarzen Krieger Tausende von Brandpfeilen auf, die sich wie ein glühender Regen über Nimrod herabsenkten.

Die schwarzen Krieger wussten den Vorteil der Überraschung geschickt zu nutzen und sandten mit gewaltigen Bögen, die drei Pfeile zugleich abzuschießen vermochten, Feuer und Tod über die steil aufragenden Mauern in das Herz Nimrods.

Angesichts der erdrückenden Übermacht brach unter den unerfahrenen Verteidigern Panik aus. Allein der Besonnenheit der Elfen war es zu verdanken, dass nicht alle ihr Heil in der Flucht suchten. Unerschütterlich standen sie auf den Zinnen und schickten mit ihren Langbogen einen Pfeil nach dem anderen auf die Ebene hinab. Und obgleich die wohl gezielten Schüsse nicht mehr als Nadelstiche in der Masse der Heranstürmenden waren, war die Botschaft eindeutig: Auch die schwarzen Krieger waren verwundbar!

Nach der dritten Brandpfeilsalve hatten sich die Bogenschützen auf den Zinnen wieder so weit formiert, dass auch sie zu einem geordneten Gegenschlag fähig waren. Ein mächtiger Pfeilhagel ergoss sich über die Ebene. Die Schreie der getroffenen Angreifer mischten sich mit denen der sterbenden Verteidiger und dem grausigen Knistern der Flammen, die in den Stroh gedeckten Dächern hinter den Mauern der Festungsstadt gierig Nahrung suchten. Wieder und wieder gaben die Heermeister den Befehl zum Feuern, und Hunderte Pfeile fanden ihr Ziel, während im Gegenzug Tausende brennender Pfeile auf die Festungsstadt stürzten.

Doch der Schlagabtausch der Bogenschützen währte nicht lange. Die Trommeln verstummten, und der Regen aus brennenden Pfeilen erstarb. Einen Augenblick lang lastete eine tiefe Stille über dem Heer, dann stieg aus den Kehlen der Angreifer ein ohrenbetäubendes Gebrüll, und eine Sturmwelle aus Kriegern eilte heran, die mit langen Leitern, Rampen und mit Greifhaken bewehrten Seilen bewaffnet waren. Wenig später hingen die ersten Seile blattlosen Ranken gleich an den Mauern der Festungsstadt, und die schwarzen Krieger zogen sich daran empor. Auch die langen Sturmleitern waren rasch in Position gebracht und wurden von den Kriegern erklommen.

Der Ansturm geriet ins Stocken, als sich riesige Kessel mit siedendem Öl in Sturzbächen über die Mauern ergossen und brennende Fackeln die Angreifer und den Boden am Fuß der Festungsmauer in ein Meer aus Flammen und wirbelndem Rauch verwandelten. Die vordersten Reihen der Krieger verbrannten bei lebendigem Leibe. Einige von ihnen stürmten brennend auf die Ebene hinaus, doch nur wenigen gelang es, das verzehrende Feuer zu ersticken. Am Fuß der Festungsmauer lagen die Verwundeten und Sterbenden inmitten der erstickenden Rauchschwaden. Die nachrückenden Reihen wichen vor der Flammenwand zurück, während der Wind den schwarzen stinkenden Rauch über ihre Köpfe hinwegtrug.

Für eine Weile war das Heer der Angreifer den Blicken der Verteidiger entschwunden. Jubel brandete auf. Der Anblick der zurückweichenden Krieger schenkte den Verteidigern neuen Mut und die Gewissheit, dass die hünenhaften Krieger nicht so unverwundbar waren, wie es zunächst den Anschein gehabt hatte.

Über dem geschlossenen Tor der Festungsmauer stand Anthork und starrte mit ausdrucksloser Miene auf das ungeheure Spektakel. Er spürte, wie neue Zuversicht seine Krieger erfüllte, und nickte zufrieden. Dieser erste kleine Sieg war ungeheuer wichtig für die

Moral der Männer. Er gab ihnen das Gefühl, dem Gegner nicht wehrlos ausgeliefert zu sein, und verlieh ihnen Kräfte, die keine Magie bewirken konnte. Von nun an würden sie bis zum letzten Atemzug kämpfen und keinen Gedanken mehr an Flucht verschwenden, bis die Schlacht entschieden war.

Besorgt wandte Anthork sich um und warf einen Blick auf die Häuser hinter den Mauern. Dort hatten sich die Feuer inzwischen bedrohlich ausgebreitet, und obwohl die Menschen fieberhaft bemüht waren, die Brände zu löschen, würde so manches Haus nicht mehr zu retten sein.

Der oberste Druide seufzte auf. Da niemand damit gerechnet hatte, dass die Pfeile der Angreifer eine solch ungeheure Reichweite besaßen, hatte auch niemand daran gedacht, für ein Feuer dieser Größenordnung Vorsorge zu treffen. Wasser war zwar ausreichend vorhanden, doch es war offensichtlich, dass es nicht genügend Gefäße gab, um es zu den vielen Brandherden zu schaffen.

Ein Aufschrei lenkte die Aufmerksamkeit des Druiden auf ein lichterloh brennendes Haus in unmittelbarer Nähe. Er hörte die Dachbalken ächzen und sah die Menschen davonrennen, dann gab das Gebälk dem Ansturm des Feuers nach und krachte in einer gewaltigen Stichflamme in sich zusammen. Der Feuersturm erfasste jeden, der sich nicht rechtzeitig hatte in Sicherheit bringen können. Erschüttert musste Anthork mit ansehen, wie Frauen und Kinder mit brennenden Gewändern durch die Gassen liefen. Die schrecklichen Schreie der Brandopfer gellten über den Lärm der Schlacht hinweg bis zu den Zinnen hinauf und mahnten ihn, dass es Zeit wurde, etwas zu unternehmen. »Lauf zur Inneren Festung und suche Artair und Sheridan«, wandte er sich mit ernster Miene an den jungen Meldegänger, der neben ihm stand. »Richte ihnen aus, sie mögen unverzüglich hier ans Tor kommen. Wasser allein vermag gegen dieses Feuer nichts mehr auszurichten. Nur Magie kann die Brände jetzt noch löschen!«

Wie ein Dieb schlich Okowan durch die menschenleeren Gassen der Festungsstadt. Der »Sumpf«, jener verrufene Stadtteil, in dem sich das *Haus der Sinne* befand, lag weit von den Festungsmauern entfernt, doch als das Signalhorn vom Beginn des Angriffs kündete, hatten sich die Bewohner auch hier furchtsam in die Häuser zurückgezogen, wo sie auf den Ausgang der Schlacht warteten. Hin und wieder begegnete er einem Meldegänger auf dem Weg von oder zur Inneren Festung oder traf auf Männer, die verwundete Krieger zu den Heilerinnen brachten, doch meist waren die schmalen Gassen und engen Durchlässe zwischen den Häusern verlassen.

Im Schatten der letzten Häuser vor der Festungsmauer verharrte Okowan schnaufend und wischte sich mit dem Handrücken den Schweiß von der Stirn. Er bevorzugte die Gemütlichkeit, und die ungewohnte Anstrengung, den wohlbeleibten Körper über eine solche Entfernung zu bewegen, machte ihm arg zu schaffen. Zudem war er nie besonders mutig gewesen. Das bedrohliche rote Leuchten, das zu seiner Linken über den Häusern Nimrods aufstieg und von einem gewaltigen Feuer kündete, machte ihm Angst, und die grauenhaften Geräusche der Schlacht, die ihm von der Festungsmauer her zugetragen wurden, jagten ihm eisige Schauer über den Rücken.

Er hatte die Cha-Gurrlinen, mit denen sich Asco-Bahrran verbündet haben wollte, noch nicht mit eigenen Augen gesehen, doch das wütende Gebrüll der schwarzen Krieger übertönte den Lärm der Schlacht auf so Grauen erregende Weise, dass er inständig hoffte, niemals einem solchen Wesen gegenüberstehen zu müssen.

Der Gedanke machte Okowan stutzig. War er nicht gerade dabei, ebendiesen schrecklichen Kreaturen Einlass in die Stadt zu verschaffen? Sollte er jenen, die so grauenhafte Geräusche ausstießen, wirklich Tür und Tor zur Festungsstadt öffnen?

»Die Festungsstadt wird fallen, mit oder ohne deine Hilfe.« Asco-Bahrrans Worte strichen wie die Mahnung an das gegebene Versprechen durch Okowans Gedanken. *»Es kommt darauf an, auf welcher Seite du stehst!«*, hatte der Magier gesagt. *»Auf der Seite der Eroberer oder der Eroberten.«*

Okowan schluckte schwer. Angesichts der verstümmelten Krieger, die er gesehen hatte, und der verlockenden Aussicht, nach einem Sieg gemeinsam mit Asco-Bahrran über ganz Thale herrschen zu können, zog er es unbedingt vor, auf der Seite der Eroberer zu stehen. Dass er dafür die Cha-Gurrlinen in die Stadt lassen musste, barg zweifellos eine gewisse Gefahr, doch wenn er sich beizeiten einen Vorteil verschaffen wollte, musste er sie eingehen. Es war wie bei allen Geschäften: Wer das höchste Wagnis einging, dem winkten auch die höchsten Gewinne.

Wohl wissend, dass er im Begriff war, einen folgenschweren Verrat zu begehen, straffte sich Okowan und nickte grimmig. Wenn sich Asco-Bahrran nicht vor den schwarzen Kriegern fürchtete, gab es für ihn auch keinen Grund dazu. Entschlossen verließ er den schmalen Durchlass zwischen zwei Häusern und eilte mit weit ausholenden Schritten auf eine Reihe niedriger Stallgebäude zu, hinter denen die Festungsmauer an der natürlichen Felswand der Valdor-Berge endete. Dort gab es eine kleine Pforte, die den Menschen im Fall einer Katastrophe als Fluchtweg dienen sollte. Viele hundert Sommer lang hatte sie ein fast vergessenes Dasein gefristet, doch jetzt würde sie für das Schicksal des Landes eine entscheidende Rolle spielen.

Verstohlen vergewisserte sich Okowan, dass ihn niemand beobachtete, und huschte unbemerkt in den düsteren Schatten eines schlichten hölzernen Verschlags. Drinnen stank es erbärmlich, und Okowan rümpfte angewidert die Nase. Die Tiere, die hier eingepfercht gewesen waren, waren längst beschlagnahmt und geschlachtet worden, doch der strenge Geruch nach Schweinekot hing noch immer in der Luft und machte jeden Atemzug zur Qual. Eilig durchquerte er den Verschlag und spähte durch ein winziges Fenster in der rückwärtigen Wand.

Die kleine Pforte war nicht einmal zwanzig Längen entfernt. Zwei Fackeln steckten rechts und links neben dem Tor in eisernen Halterungen und warfen ein unstetes Licht auf eine gespenstisch anmutende Szene.

Vor der hölzernen Tür stand ein halbes Dutzend ungepflegter

und verwegen aussehender Männer. Zwei von ihnen trugen eine Augenklappe, bei drei anderen war das Gesicht von tiefen Narben entstellt. Allen gemeinsam war die zerschlissene Kleidung. Außerdem waren sie bis an die Zähne bewaffnet und wirkten sehr angespannt. Die Schwerter kampfbereit in den Händen, spähten sie wachsam in alle Richtungen und reagierten auf jedes verdächtige Geräusch mit ruckartigen Bewegungen.

»Hervorragend!«, murmelte Okowan und rieb sich grinsend die fleischigen Hände. Die Männer, allesamt Meuchelmörder und gedungene Räuber, hatten ganze Arbeit geleistet. Von den sechs Wachtposten, die die Heermeister zur Bewachung des Tores eingesetzt hatten, war nirgends etwas zu sehen, und er war sicher, dass sie auch nie wieder auftauchen würden.

Mit den vereinbarten Worten »Welch ein angenehmer Abend!« öffnete er die rückwärtige Tür des Verschlags und trat ins Freie. Augenblicklich wandten sich die Männer ihm zu und hoben die Waffen, doch als sie ihn erkannten, fiel die Anspannung schlagartig von ihnen ab.

»Ihr kommt spät.« Ein hoch gewachsener Mann mit Augenklappe und verfilztem Haar löste sich aus der Gruppe, trat auf Okowan zu und streckte fordernd die Hand aus. »Wo ist das Gold?«

»Aber, aber, wer wird denn so ungeduldig sein?«, fragte Okowan und griff mit einer Hand unter den Umhang. Der Blick des Einäugigen folgte der Bewegung, und Okowan entging nicht, dass er das Schwert fester packte. Ein Fehler konnte jetzt tödlich sein. Diese Männer waren zu allem fähig. Trotzdem zögerte er und fragte: »Wo sind die Wachen?«

Der Einäugige hob schweigend das Schwert an die Kehle, machte eine rasche Bewegung des Schneidens und deutete auf einen der verlassenen Ställe. »Die verraten nichts mehr!«, knurrte er grinsend.

»Gut.« Okowan zog einen schweren Lederbeutel unter dem Umhang hervor, warf ihn dem Einäugigen zu und sagte: »Das ist euer Lohn – und jetzt verschwindet. Hier ist es bald nicht mehr sicher.«

»Stets zu Diensten, ehrenwerter Okowan«, säuselte der Einäugige mit einer linkischen Verbeugung. Dann wandte er sich zu den Männern um, schwenkte den Beutel mit Gold und rief: »Alles klar! Kommt Männer, wir verschwinden!«

Wenig später war Okowan allein. Das Leuchten der Feuer tauchte den Himmel über der Festungsstadt in ein unheimliches Rot, und der Lärm des Kampfgetümmels vor dem großen Tor hallte unheilvoll durch die Nacht. Okowan ließ sich schwerfällig auf einer großen Holzkiste nieder und schaute zum Himmel empor, wo sich die Sichel von To, dem ersten Mond, eben über die Gipfel der Valdor-Berge erhob. Yu, sein Bruder, würde schon bald folgen. Dann brauchte er nur auf das vereinbarte Signal zu warten, die fünf eisernen Riegel zurückzuschieben, deren Schlösser die Männer für ihn aufgebrochen hatten, und den feindlichen Kriegern einen Weg ins Herz der Stadt zu öffnen.

Vor den Mauern Nimrods tobte indes ein langer und blutiger Kampf ohne Gnade. Das brennende Öl und der Pfeilhagel hatten die erste Angriffswelle zurückgeworfen und die hölzernen Rampen verbrannt, doch die zweite Welle brandete bereits heran. Die schwarzen Krieger stürmten vor und versuchten erneut, die befestigte Mauer mit Hilfe von Sturmleitern und Greifhaken zu erklimmen. Unterstützt wurden sie von unzähligen Bogenschützen, welche die Verteidiger mit gewaltigen Pfeilhageln niederzuhalten versuchten.

Die Bogenschützen auf den Zinnen, allen voran die Nebelelfen, feuerten zurück, während andere versuchten, die emporkletternden Feinde mit langen Speeren und Äxten abzuwehren. Doch die Zahl der Angreifer wuchs rasch, und bald sah man die ersten schwarzen Krieger auf den Zinnen stehen. Mann gegen Mann, mähten sie die unerfahrenen Rekruten zu Dutzenden nieder, schlugen große Lücken in die Reihen der Verteidiger und ebneten weiteren schwarzen Kriegern den Weg auf die Festungsmauer.

Nun waren es die Angreifer, die ein ohrenbetäubendes Jubelgebrüll ausstießen, doch die Freude währte nicht lange. Plötzlich tauchten wie aus dem Nichts Hunderte Riesenalpe über dem Schlachtfeld auf. Das Rauschen der mächtigen Schwingen erfüllte die Luft und mischte sich mit den Rufen der Verteidiger zu einem Lied der Hoffnung, das die Männer auf den Zinnen neuen Mut schöpfen ließ.

Jeder Vogel trug zwei schwere Ledersäcke in den Klauen, aus denen eine schimmernde Flüssigkeit tropfte. Ungeachtet der Pfeile, die ihnen vom Boden aus entgegengeschickt wurden, verteilten sie sich kreisend über dem Heer der schwarzen Krieger, öffneten fast gleichzeitig die Krallen und gaben die Tod bringende Fracht frei. Noch während die Säcke zu Boden fielen, ging deren Inhalt wie durch Geisterhand in Flammen auf. Die Lederbeutel sprangen auf, und ein feuriger Regen ergoss sich über die schwarzen Krieger, die vergeblich versuchten, sich in Sicherheit zu bringen.

Schon wurde die Ebene vom roten Schein unzähliger Feuer erhellt, und die Todesschreie der brennenden Krieger mischten sich mit den Furcht erregenden Kampfschreien der Riesenalpe, die nun den bedrängten Kriegern auf den Zinnen zu Hilfe eilten. Die messerscharfen Schnäbel und Krallen der gewaltigen Vögel säten Tod und Verderben unter den Angreifern. Manche der furchtlos wirkenden schwarzen Krieger suchten angesichts der entfesselten Kräfte der Riesenalpe, die wie Berserker unter den Angreifern wüteten, ihr Heil in der Flucht.

Das Blutbad auf den Zinnen war grauenhaft. Die schmalen Wehrgänge waren übersät von Toten und Verwundeten, und das Blut von Angreifern und Verteidigern machte die hölzernen Stufen der Treppen schlüpfrig. Der Pfeilhagel von der Ebene war nach dem Eingreifen der Riesenalpe fast zum Erliegen gekommen, doch die Angreifer schleppten bereits neue Sturmleitern heran. Immer wieder gelangten weitere schwarz gepanzerte Krieger auf die Mauern, wo sie auf zu Tode erschöpfte Verteidiger trafen, die den zweischneidigen Schwertern und Äxten kaum noch etwas entgegenzusetzen hatten. Ohne die Hilfe der Riesenalpe wäre die Mauer längst gefallen.

Die gewaltigen Vögel kämpften unermüdlich. Aber die Angreifer stellten sich rasch auf die veränderte Lage ein. Die Bogenschützen auf der Ebene ließen den Beschuss der Zinnen außer Acht und widmeten sich voll und ganz dem Kampf gegen die Riesenalpe. Dem dichten Pfeilhagel, der sich nun über dem Heer der Angreifer erhob, konnten die schwerfälligen Vögel nur unzureichend ausweichen, doch sie kämpften ungeachtet der tödlichen Bedrohung weiter.

Anthork, Artair und Sheridan standen am Fuß der Festungsmauer. Die Gesichter der Druiden waren dem gewaltigen Feuersturm zugewandt, dessen gierige Flammen brüllend und fauchend aus den Fensteröffnungen und Dächern der Häuser sprangen und die ganze untere Stadt zu verschlingen drohten.

Die Hitze war unerträglich. Der Schweiß rann den drei Druiden in Strömen über das Gesicht, und einzelne Funken, die vom Wind umhergewirbelt wurden, versengten ihnen die kostbaren Roben, doch sie wankten nicht. Wie auf ein lautloses Zeichen hin streckten sie dem Feuer gleichzeitig die langen, knorrigen Stäbe aus Wurzelholz entgegen und kreuzten diese an den Spitzen.

»E mall des netoru nadi sindum.« Zunächst leise und dann immer lauter warf Anthork dem Feuer die Worte entgegen. Beim dritten Mal stimmten auch die beiden anderen Druiden ein, und aus den harmlosen Worten formte sich langsam ein mächtiger Zauber. Silberne und violette Blitze züngelten aus den Fingerspitzen der Druiden und wanderten knisternd an den knorrigen Stäben entlang, wo sie sich Funken sprühend vereinigten.

»E mall des netoru nadi sindum.« Die Stimmen der Druiden schwollen zu einem monotonen Gesang an, der beschwörend über den Festungsmauern aufstieg, während sich an der Spitze der Stäbe eine violett leuchtende, von Blitzen durchzogene Kugel bildete, die sich rasch vergrößerte.

Als spürten sie die drohende Kraft, verschwanden die langen Flammenzungen in unmittelbarer Nähe der Druiden und zogen sich ins Innere der Häuser zurück, wo sie freilich ihr zerstörerisches

Werk ungehindert fortsetzten. Wenig später stürzte das Gebälk eines dreistöckigen Hauses unter dem Ansturm des Feuers in sich zusammen und hüllte die drei Männer in einen heißen Regen aus Abermillionen glühender Funken, doch sie wankten nicht. Ohne auf die versengten Haare und Brandwunden zu achten, fuhren sie unerschütterlich mit dem Zauber fort, der die violette Lichtkugel weiter anschwellen ließ.

Als die Kugel einen Durchmesser von etwa vier Längen erreicht hatte, verstummten die Druiden und verharrten für wenige Augenblicke in tiefer Sammlung. Dann hob Anthork den Blick zum Himmel empor, deutete mit einer Hand auf die Kugel und rief: *»Fagaro!«*

Im selben Augenblick zerbarst die Kugel mit einem gewaltigen Donnerschlag, der den Boden erzittern ließ, und gab die in ihr gefangene Magie frei. Die Wucht riss die Druiden von den Füßen und brachte mehrere stark beschädigte Gebäude zum Einsturz, doch die Wirkung des Zaubers war atemberaubend. Wie eine riesige, durchscheinend violette Decke senkte sich der Inhalt der Kugel über die brennenden Häuser und erstickte die tosende Feuersbrunst so mühelos, als wären es harmlose Flämmchen. Wenige Augenblicke später waren von dem lodernden Flammenmeer nur noch ein paar kleine harmlose Brandnester übrig, die von den Umstehenden, die das beeindruckende Schauspiel aus sicherer Entfernung beobachtet hatten, schnell gelöscht wurden.

Anthork senkte die Arme und atmete erleichtert auf. Der schwierige Zauber, das Feuer zu ersticken, war gelungen, die Brände gelöscht. Er lächelte und wandte sich um, um mit den anderen Druiden zu sprechen, doch dazu kam er nicht. Ein heftiges Schwindelgefühl ergriff plötzlich von ihm Besitz und ließ ihn schwanken. Der Boden unter seinen Füßen schien jede Festigkeit verloren zu haben. Mit einem erschrockenen Ausdruck in den Augen streckte er Sheridan Hilfe suchend die Hände entgegen; dann wurde ihm schwarz vor Augen, und er sank zu Boden.

Und wieder sah er Feuer …

… eine rothaarige junge Frau stand inmitten einer wallenden Feuersbrunst. Flammen züngelten auf ihrer Haut und hingen wie

winzige Lebewesen in dem offenen Haar, doch sie schien keinen Schmerz zu verspüren. In furchtloser Haltung stand sie einem riesigen, Grauen erregenden Dämon gegenüber, über dessen Haupt das Feuer geradewegs vom Himmel herabzustürzen schien. Glutrote Flammen züngelten aus den dunklen Augenhöhlen des Dämons, der sie mit unverhohlenem Hass anstarrte und ihr Blitze aus reiner Energie entgegenschleuderte.

Die Frau wankte nicht. Kein Laut drang über ihre Lippen, als der Strahl reiner Magie mitten durch ihren Körper hindurchfuhr. Die Wut des Dämons steigerte sich zur Raserei. Doch was er auch tat, er konnte sie nicht vernichten …

Plötzlich wandelte sich das Bild, und Anthork sah eine junge rothaarige Frau – war es dieselbe wie zuvor? – im schwachen Schein eines Lagerfeuers am Boden liegen.

… sie wand sich in Krämpfen und schrie die Schmerzen in die mondhelle Nacht hinaus, dann erschlaffte sie, und der Schrei eines Neugeborenen ertönte. Es lag in den Armen einer Heilerin, die es rasch in eine Decke wickelte und an jemanden weiterreichte, der von der Dunkelheit verhüllt wurde. Dann wanderte der Blick zum Himmel, wo sich die vollen Scheiben der Monde To und Yu nacheinander verdunkelten …

Und wieder wandelte sich das Bild.

… schwarze Krieger stürmten brennend und mordend durch die Straßen Nimrods. Ohne Gnade töteten sie die Menschen, plünderten deren Häuser und setzten sie in Brand.

Ein kleines rothaariges Mädchen kauerte inmitten des Chaos weinend im Bett und starrte mit Angst geweiteten Augen zur Zimmerdecke hinauf, wo der Feuerschein unheimliche Figuren auf das dunkle Holz malte …

Anthork erkannte es sofort, es war dasselbe Mädchen, das er am Morgen in der Inneren Festung getroffen hatte.

»Rette sie!« Die Stimme, die sich über die Vision erhob, besaß etwas Zwingendes und duldete keinen Widerspruch. *»Sie darf nicht sterben. Rette sie!«*, forderte die Stimme noch einmal, dann fühlte Anthork, wie die Visionen ihn freigaben.

»Ist er wohlauf?« Durch die halb geschlossenen Lider sah er eine junge, dunkelhaarige Frau im weißen Gewand der Heilerinnen, die sich besorgt über ihn beugte.

»Er ist bewusstlos«, hörte er Sheridan über das pulsierende Rauschen des Blutes in seinen Ohren hinweg sagen. »Die enorme Anstrengung war vermutlich zu viel für ihn.«

»Hier ist Wasser.« Anthork fühlte, wie ihm ein paar Tropfen des köstlich kühlen Nasses die Lippen benetzten. »Mehr Wasser!« Er hustete. Die Hitze hatte ihm so stark zugesetzt, dass er nur mehr krächzten konnte, doch die Heilerin verstand. Geschickt half sie ihm, sich aufzusetzen, und reichte ihm einen Krug mit Wasser.

Das kühle Nass verfehlte die Wirkung nicht. Noch während er trank, spürte der oberste Druide, wie die Lebensgeister langsam zurückkehrten und der hämmernde Kopfschmerz, den die Visionen hinterlassen hatten, verschwand.

»Der Göttin sei Dank, es geht Euch gut«, hörte er Artair ausrufen. »Wir waren in großer Sorge um Euch und ...« Er wollte noch etwas hinzufügen, doch eine ungeduldige Handbewegung des obersten Druiden ließ ihn jäh verstummen. Dieser fasste die überraschte Heilerin bei den Schultern, sah sie eindringlich an und fragte: »Wie ist dein Name?«

»Liadana.«

»Kennst du eine Heilerin, deren jüngste Tochter den Namen Ilahja trägt?«, fragte er drängend.

»Ja, ich kenne sie.« Die Heilerin runzelte verwundert die Stirn.

»Weißt du auch, wo sie wohnt?«

»Ja!«

»Gut, Liadana. Dann höre mir jetzt genau zu«, erklärte Anthork mit finsterer Miene. »Du musst sofort zu ihr gehen und sie mit ihren Töchtern aus der Stadt bringen. Führe sie durch die kleine geheime Pforte der Priesterinnen südlich der Inneren Festung in die Valdor-Berge. Dann wendet euch nach Süden. Dorthin sind die schwarzen Krieger bisher nicht vorgedrungen. Die Bewohner der Dörfer werden euch ...«

In diesem Augenblick schlugen die Rufe der Verteidiger auf den

Zinnen in nackte Verzweiflung um. Gleich darauf stürzte ein sterbender Riesenalp krachend in die schwelenden Überreste der niedergebrannten Häuser und versank in einer Wolke aus feiner Asche, während ein blutüberströmter Krieger an den Druiden vorbeihastete und wie von Sinnen schrie: »Wir werden alle sterben! Wir werden alle sterben!«

Anthork richtete sich auf und blickte die Heilerin eindringlich an. »Die Zeit drängt. Du weißt, was du zu tun hast«, sagte er ohne eine weitere Erklärung. »Führe die Frau und die beiden Mädchen sofort aus der Stadt. Es darf ihnen nichts geschehen.«

»Ich stamme aus dem Süden. In meinem Heimatdorf wird man uns gewiss willkommen heißen. Ihr könnt Euch auf mich verlassen, ehrwürdiger Druide!« Liadana erhob sich, verneigte sich kurz und machte sich auf den Weg.

Anthorks Blicke folgten ihr, bis sie zwischen den schwelenden Trümmern verschwunden war. Die seltsamen Visionen gaben ihm viele Rätsel auf, doch er spürte, dass er richtig gehandelt hatte. Dieses Mädchen durfte nicht sterben. Die Deutung der anderen Visionen würde warten müssen, bis die Schlacht vorbei war. Mit einem leisen Seufzer stand er auf, straffte sich und wandte sich den anderen Druiden zu.

»Wir haben den Brand gelöscht, doch es ist uns nicht vergönnt zu ruhen«, sagte er bestimmt. »Folgt mir. Die Männer auf den Zinnen bedürfen unserer Hilfe. Ich fürchte, ohne Magie ist Nimrod verloren.«

10

»Naemy! Sieh nur, das Feuer ist erloschen!« Erleichtert deutete Shari hinunter auf die Festungsstadt. Gemeinsam mit Glamouron, Naemy und Fedeon hockte die junge Elfe in luftiger Höhe auf einem Vorsprung der steil aufragenden Felswand, an die sich Nimrod mit der rückwärtigen Seite schmiegte, und beobachtete die Schlacht aus sicherer Entfernung. Der verheerende Brand, der soeben noch unmittelbar hinter den Festungsmauern gewütet und fast einen ganzen Stadtteil vernichtet hatte, hatte sie in Atem gehalten, bis er plötzlich mit einem Schlag erstorben war.

»Ja, du hast Recht.« Naemy nickte, ohne den Blick vom Heer der Angreifer abzuwenden. »Die Magie der Druiden vermag große Dinge zu bewirken, doch auch sie wird ihnen nicht helfen können. Sieh nur, wie schnell sich die Zahl der Riesenalpe verringert!«

»Bei den Toren!« Shari, die lange Zeit nur auf das Feuer gestarrt hatte, schlug erschrocken die Hand vor den Mund. »Es sind nicht einmal mehr halb so viele in der Luft wie zu Beginn des Angriffs. Wo sind die anderen? Hundert Riesenalpe können doch nicht so einfach ...«

»Doch, das können sie.« Naemy machte sich nicht die Mühe, die Schrecken der Schlacht vor den anderen zu beschönigen. Sie wusste nur zu gut, was dort unten vor sich ging; die Erinnerungen an den Fall Nimrods hatten sich ihr tief in die Seele gegraben. Sie brauchte nur die Augen zu schließen, um wieder den durchdringenden Geruch von Blut, Asche und verbranntem Fleisch in der Nase zu spüren und die lähmende Erschöpfung zu fühlen, die sich gegen Ende der Schlacht unter den Verteidigern breit gemacht hatte.

Irgendwo dort unten auf den Zinnen stand in diesem Augenblick die junge Naemy und verschoss den immer dünner werdenden Vorrat an Pfeilen auf die schwarzen Krieger, während die Hoffnung, die sie in die Riesenalpe gesetzt hatte, angesichts all der sterbenden Vögel schwand.

Naemy seufzte und verscheuchte die bedrückenden Gedanken an ihre eigenen Erlebnisse, indem sie den Blick über die Ebene schweifen ließ. Unzählige glimmende Punkte in der Masse der schwarzen Krieger zeugten nicht nur von den vielen unglücklichen Opfern der gnadenlosen Schlacht, sondern auch von dem Heldenmut, mit dem sich die Riesenalpe dem zahlenmäßig weit überlegenen Gegner entgegenwarfen. Sie spürten, dass die erschöpften Verteidiger dem Ansturm des Heeres nichts mehr entgegenzusetzen hatten, und wüteten unter den Angreifern, doch Naemy wusste, dass der todesmutige Einsatz der Riesenalpe lediglich die Schlacht hinauszuzögern, nicht aber das Unabwendbare zu verhindern vermochte.

»Letivahr!« Glamouron, der den hundertfachen Tod bisher in hilflosem, verzweifeltem Schweigen beobachtet hatte, zuckte zusammen und krümmte sich wie unter heftigen Schmerzen.

»Was ist mit dir?« Naemy war sofort bei ihm und berührte ihn besorgt an der Schulter.

»Letivahr wurde getroffen. Er … er leidet. Ich spüre es. Ah, verdammt. Ich wünschte, ich wäre bei ihm.« Tränen der Verzweiflung schimmerten in Glamourons Augen, und er ballte die Fäuste.

»Das kannst und darfst du nicht.« Naemy ergriff Glamourons Hand und sah ihn eindringlich an. »Es würde alles verraten. Das wäre das Ende.«

»Letivahr fliegt zurück in die Höhlen der Kuriervogel«, fuhr Glamouron fort, als hätte er Naemys Worte nicht gehört. Die Augen zum Himmel gerichtet, blickte er starr geradeaus, als könnte er den geliebten Riesenalp irgendwo dort oben fliegen sehen. »Er hat furchtbare Schmerzen.« Glamourons Stimme bebte, als wäre er selbst schwer verletzt. »Sein Flügel … die Pfeile … Oh, das ist gut. Rurik ist bei ihm. Ich höre, wie er zu Letivahr spricht und ihn anfeuert, noch ein wenig durchzuhalten. Rurik ist ein guter Mann. Wenn sie es zu den Höhlen schaffen, wird er sich um die Wunden kümmern.« Die verzerrten Gesichtszüge des Elfen entspannten sich ein wenig, doch die Trauer und der Schmerz über das grausame Schicksal der geliebten Vögel hatten ihn unbarmherzig im Griff. Als könnte sie ihm den Trost geben, den er so dringend benötigte, schloss er Naemys Hand in die seine und hielt sie fest.

»Sag mir: Wird er überleben? Wird er es schaffen?« Sein hoffnungsvoller Blick machte Naemy die Antwort schwer.

»Es gab Überlebende unter den Riesenalpen«, antwortete sie ausweichend. »Man sagte, eine kleine Gruppe verwundeter Vögel habe die Schlacht überstanden. Doch An-Rukhbar ließ sie nicht entkommen. Nur einen Mondlauf, nachdem er Nimrod eroberte, hatte er die Riesenalpe ausgerottet.« Bis auf einen, fügte sie in Gedanken hinzu. Doch da sie wusste, dass es sich bei diesem Riesenalp nicht um Letivahr handelte, behielt sie es lieber für sich.

»Dann ist auch er verloren.« Niedergeschlagen senkte Glamouron den Blick und murmelte: »Können wir denn gar nichts tun?«

»Vergiss nicht, Glamouron: Was du dort unten siehst, ist längst Geschichte.« Mit der freien Hand deutete Naemy auf das Schlachtfeld vor den Toren Nimrods. »Wir können nur zusehen, nicht eingreifen.«

»Aber das ist grausam«, warf Shari ein. »All die Toten und das viele Leid. Das ist …«

»… der Preis für dein Leben«, mahnte Naemy. »Vergiss das nie.«

»Was glaubt ihr? Werden die Tore standhalten?« Fedeon, der bis zu diesem Augenblick unermüdlich geschrieben hatte, legte Feder und Pergament beiseite und kroch auf den Knien zu den drei Nebelelfen an den vordersten Rand des Felsvorsprungs. Der junge Skalde war inzwischen der festen Überzeugung, dass ihn der oberste Druide zusammen mit den Elfen in die Berge geschickt hatte, um den Angriff auf Nimrod von dort aus in allen Einzelheiten für die Nachwelt aufzuzeichnen, und hatte die vermeintliche Aufgabe bisher gewissenhaft erfüllt. Er war sicher gewesen, dass die schwarzen Krieger zurückgeschlagen werden konnten, doch angesichts des dramatischen Schlachtverlaufs geriet seine Überzeugung mehr und mehr ins Wanken. Die Sorge um jene, die er liebte, mischte sich mit heftigen Schuldgefühlen, weil er in der Stunde der Not nicht an ihrer Seite war, und wurde schließlich so unerträglich, dass er nicht mehr weiterschreiben konnte.

»Die Tore werden doch halten?«, fragte er noch einmal und warf einen besorgten Blick auf das dunkle Meer wogender Leiber, die sich in einiger Entfernung vor dem großen Flügeltor der Festungsstadt formierten. »Das Holz ist so stark und dick, dass es niemals …«

Weiter kam er nicht, denn in diesem Augenblick zerbarst das große Flügeltor mit einem gewaltigen Donnerschlag und öffnete den schwarzen Kriegern den Weg ins Herz der Stadt.

»Wenn du hörst, dass die Kampfgeräusche näher kommen, gehst du mit deiner Schwester sofort in den Unterschlupf. Verstanden?« Pairas Mutter sprach so leise, dass Maite, die auf einem Strohlager neben Paira einzuschlafen versuchte, sie nicht hören konnte. Als die Schlacht bei Anbruch der Nacht begonnen hatte, war sie mit den Mädchen in den kleinen Vorratsraum gegangen, in dem sie den Unterschlupf für die beiden gebaut hatte, um dort den Ausgang der Schlacht abzuwarten. Doch die Nacht war vorangeschritten, und das Klirren der Waffen und Schreien der Verwundeten wollte kein Ende nehmen.

Kurz zuvor war ein Meldegänger an dem Schuppen vorbeigekommen, in dem sich die drei Frauen versteckten, und hatte alle, die zur letzten Reserve gehörten, dazu aufgerufen, sich am großen Tor zu versammeln, um die Truppen an der Festungsmauer zu unterstützen.

»Geh nicht, Mutter!« Die Angst vor dem, was kommen mochte, schnürte Paira die Kehle zu. Obwohl man sich in Nimrod schon seit vielen Sonnenläufen auf die bevorstehende Schlacht vorbereitete, war es ihr bis zu diesem Abend nicht wirklich bewusst gewesen, in welcher Gefahr sie sich befanden. Krieg, Elend und Tod waren Worte, die für sie nie ein Gesicht gehabt hatten – Worte, die sie zwar aus Geschichten und Legenden kannte, die in ihrer Welt jedoch keinen Platz hatten. So hatte sie sich bis zum Schluss hartnäckig geweigert, den Tatsachen ins Auge zu sehen, und sich mit einer fast schon kindlichen Einfalt an den Wunsch geklammert, dass alles gut ausgehen werde.

»Ich muss!« Liebevoll strich die Mutter Paira über die Wange.

Ihre Stimme bebte, und in den Augenwinkeln schimmerten Tränen. »Dein Bruder ist dort draußen, und auch ich habe geschworen zu kämpfen, wenn man mich ruft.« Hastig wischte sie die Tränen fort und sagte mit erzwungener Zuversicht: »Nur wenn wir alle fest zusammenhalten, können wir diese Schlacht gewinnen. Die schwarzen Krieger wollen unsere Heimat zerstören und uns die Freiheit nehmen. Dagegen müssen wir uns mit aller Macht wehren. Ich bin keine Kriegerin, aber ich bin entschlossen, meinen Teil zur Verteidigung Nimrods beizutragen.« Sie brach ab und schloss Paira in die Arme. »Ich tue es für euch«, murmelte sie mit tränenerstickter Stimme. »Für Maite und für dich. Ihr seid so jung und habt das ganze Leben noch vor euch. Ich werde dafür kämpfen, dass auch ihr in Freiheit leben könnt.«

»Aber ich habe solche Angst um dich.« Wie ein verängstigtes Kind klammerte sich Paira an ihre Mutter. »Ist es nicht genug, dass Fedeon und Bevan ein ungewisses Schicksal erleiden? Bitte! Bitte geh nicht.«

»Paira!« Die Mutter strich zärtlich über das lange dunkle Haar ihrer älteren Tochter. »Diese Schlacht ist eine schwere Prüfung für uns alle und verlangt von vielen große Opfer. Nur wer in der Lage ist, die Furcht zu überwinden und über sich selbst hinauszuwachsen, wird am Ende bestehen. Du und ich, wir beide müssen jetzt stark und tapfer sein, um das, was von uns verlangt wird, zu bewältigen. Ich muss zum Tor, um den Männern dort zu helfen, doch dein Platz ist hier bei Maite. Sie ist noch zu klein, um für sich selbst zu sorgen. Sie braucht dich!« Mit einem ernsten, fast flehenden Blick legte sie ihrer Tochter die Hände auf die Schultern und schob sie so weit von sich, dass sie ihr in die Augen sehen konnte. »Versprich mir, dass du nicht von ihrer Seite weichen wirst«, verlangte sie in einem Tonfall, der leise anklingen ließ, dass auch sie um ihr Leben fürchtete. »Was auch geschieht, ihr bleibt zusammen! Versprich es mir, im Namen der Göttin!« Paira sah, wie ihre Mutter mit den Tränen kämpfte. Der Abschied von den Töchtern fiel ihr unsagbar schwer, doch Paira spürte auch, dass sie sich durch nichts davon abhalten lassen würde, ihre Pflicht zu tun.

»Ich verspreche es dir, Mutter!« Wie gern hätte sie in diesem Augenblick tapfer geklungen, wie gern ihrer Mutter das Gefühl vermittelt, dass sie stark genug war, um auf sich und Maite aufzupassen. Doch die Worte kamen ihr nur mühsam über die Lippen; sie musste sich zwingen, sie auszusprechen. Ihr war, als stürzte sie in ein bodenloses schwarzes Loch. Die Furcht schlug wie eine alles verschlingende Woge über ihr zusammen.

»Meine Gebete werden euch begleiten!« Ein letztes Mal schloss Pairas Mutter ihre Tochter in die Arme, presste sie an sich und küsste sie auf die Stirn, doch diesmal erwiderte Paira die Umarmung nicht. Eine seltsame, teilnahmslose Starre hatte von ihr Besitz ergriffen, die keine Gefühle zuließ. Sie spürte, dass es ein Abschied für immer war, doch sie flehte ihre Mutter nicht an zu bleiben. Stumm beobachtete sie, wie sich ihre Mutter zu Maite herabbeugte und der kleinen schlafenden Gestalt unter Tränen einen Kuss auf die Wange hauchte, bevor sie sich erhob und mit den Worten »Ich liebe euch« die Vorratskammer verließ.

Paira sah ihr schweigend nach und rührte sich nicht. Unfähig zu begreifen, dass die kleine heile Welt, in der sie gelebt hatte, binnen weniger Sonnenläufe zerstört worden war, kauerte sie sich auf den Boden und starrte in der Hoffnung, dass ihre Mutter es sich doch noch anders überlegte, auf den leeren Türrahmen. Aber die Dunkelheit dahinter blieb kalt und leer, und die Einsamkeit sickerte wie flüssiges Eis in Pairas Herz.

Die Zeit verrann, und während sich die Schlacht vor den Toren unausweichlich dem Höhepunkt näherte, schwebten Maites gleichmäßige Atemzüge wie die zerbrechliche Erinnerung an den Frieden durch die dunkle Vorratskammer. Immer lauter klirrten die Waffen, immer hektischer wurden Befehle gebrüllt, und immer öfter gellten die Schreie der Sterbenden durch die Nacht.

Paira kauerte in derselben Haltung am Boden wie in jenem Augenblick, da ihre Mutter den Raum verlassen hatte. Unfähig, sich zu bewegen, harrte sie in der Dunkelheit aus, lauschte und wartete.

Sie wusste weder, worauf noch warum sie wartete, aber sie fühlte die eigentümliche Stimmung in der Luft, spürte, dass bald etwas geschehen würde. Die Spannung wurde so unerträglich, dass sie kaum noch zu atmen wagte. Das Herz klopfte ihr bis zum Hals, sie zitterte, und das Blut rauschte ihr in den Ohren – und dann, ganz plötzlich, war es vorbei.

Die Geräusche der Schlacht waren verstummt. Für wenige Augenblicke war die Nacht ruhig und friedlich, dann erzitterte der Boden unter der Wucht eines gewaltigen Donnerschlags, der das große Flügeltor in Stücke sprengte. Paira hörte das gutturale Siegesgebrüll, mit dem die schwarzen Krieger in die Stadt strömten.

Als wäre die Explosion ein Zeichen gewesen, fiel die Starre von ihr ab. Trauer, Furcht und Verzweiflung bahnten sich unter Tränen einen Weg aus ihrem Innern, und endlich kamen ihr die Worte, die sie in ihrem Herzen verschlossen hatte, schluchzend über die Lippen: »Ich liebe dich auch, Mutter!«

Als das große Tor von Nimrod in einem riesigen Feuerball zerbarst und dem Heer der schwarzen Krieger den Weg in die Festungsstadt freigab, stand Asco-Bahrran allein auf einer Anhöhe am Rand der Ebene und beobachtete fasziniert, wie der gleißende Blitz der Explosion den Nachthimmel entflammte. Ein dünnes Lächeln umspielte die Lippen des Magiers, und er nickte zufrieden.

Der Spähtrupp, den Okowan in die Stadt gelassen hatte, hatte ganze Arbeit geleistet. Das zweiflügelige Tor, dessen Frontseite durch Druidenmagie gegen die Angriffe der Cha-Gurrlinen geschützt wurde, war von der gewaltigen magischen Sprengkraft, die Asco-Bahrran eigens zu diesem Zweck geschaffen hatte, völlig zerstört worden.

Der Sieg war nicht mehr aufzuhalten.

»Komm!« Mächtig und befehlend hallte der Ruf durch Asco-Bahrrans Gedanken. Der Magier zuckte zusammen, fand jedoch gleich wieder zu der überheblich gelassenen Haltung zurück, hinter der er seine wahren Gefühle verbarg, und machte sich unverzüglich auf den Weg zu dem rubinroten Zelt, in dem An-Rukhbar den Ausgang der Schlacht erwartete.

Die Cha-Gurrlinen, die zu beiden Seiten des Eingangs Wache hielten, würdigten Asco-Bahrran keines Blickes, als er erhobenen Hauptes an ihnen vorbeischritt und das Tuch aus schwerem Samt zur Seite schob, das den Eingang verdeckte. Dies war sein Triumph! Ihm allein hatte es An-Rukhbar zu verdanken, dass Nimrod so schnell gefallen war, und er war überzeugt, nun den versprochenen Lohn für das Geleistete zu erhalten.

Asco-Bahrran, Statthalter von Nimrod! Würdevoll straffte er sich und ordnete noch einmal sein Gewand, bevor er eintrat.

Im Innern des Zeltes empfingen ihn eisige Kälte, der drückende Geruch nach Moder und Schwefel und das unheimliche grüne Licht, das den thronähnlichen Stuhl An-Rukhbars stets wie ein leuchtender Schleier umgab. Gemessenen Schrittes ging Asco-Bahrran darauf zu, wobei er sorgfältig darauf achtete, den Blick gesenkt zu halten. Am Rande des Lichtkegels hielt er inne, sank demütig auf die Knie und presste die Stirn unterwürfig auf den Boden. Bei all den Vorzügen und Annehmlichkeiten, die er genoss, seit er in den Dienst des finsteren Herrschers getreten war, durfte er niemals vergessen, was er wirklich war: ein Gefangener, der dem Tod nur knapp entronnen war und dem es nicht zustand, Forderungen oder Ansprüche zu stellen. Er verabscheute es, sich so kriecherisch zu verhalten, doch er hatte Pläne und wollte die Gunst des Meisters nicht unnötig aufs Spiel setzen. Wenn er seine Ziele erreichen wollte, musste er vorsichtig sein und umsichtig handeln. Vor allem aber durfte er sich keinen Fehler erlauben.

»Ihr habt nach mir gerufen, Meister?«, säuselte er untertänig.

»Asco-Bahrran!« Die dumpfe, dröhnende Stimme An-Rukhbars erfüllte den Raum, und eine eisige Kälte, die den Magier erzittern ließ, flutete über den Boden. Gleichzeitig verstärkte sich das grüne Leuchten, kreiste immer schneller und wurde zu einem wirbelnden Lichtstrudel, aus dem sich allmählich die dunkle Gestalt des finsteren Herrschers formte.

»Das große Tor ist zerstört! Die Cha-Gurrlinen sind in die Festungsstadt eingefallen.« Den Worten An-Rukhbars war zu entnehmen, dass auch er um den nahen Sieg wusste. »Menschen und

Nebelelfen erzittern angesichts des mächtigen Heeres, und schon bald werden sich auch die Druiden meiner Macht unterwerfen.« Er gab ein dumpfes Geräusch von sich, das einem Lachen sehr ähnlich war, und sagte: »Du hast mir gute Dienste geleistet. Wie keine andere Kreatur dieser primitiven Welt hast du mir Gehorsam und Ergebenheit bewiesen. Dafür sollst du belohnt werden.«

Asco-Bahrran spürte, wie sein Herz heftig zu pochen begann. Wie schnell sich das Blatt doch wenden konnte. Noch vor wenigen Sonnenläufen war er nichts weiter als ein verstoßener Magier gewesen. Ein heruntergekommener Gefangener, der in den Kerkern von Nimrod auf den Tod wartete – und jetzt …

»… wirst du als Statthalter von Nimrod in meinem Namen über dieses Land herrschen«, hörte er An-Rukhbar sagen. »Du wirst die Menschen lehren, mich zu fürchten und zu verehren, und ihnen aufzeigen, was sie erwartet, wenn sie es wagen, sich mir zu widersetzen.« Er lachte unheilvoll und fügte dann ein wenig sanfter hinzu: »Doch zuvor wirst du mir mit Hilfe der Magie einen Thron erschaffen.«

»Einen Thron?«, stieß Asco-Bahrran überrascht hervor. »Verzeiht, aber ich bin ein Magier und besitze nicht die Fähigkeiten eines Steinmetzen oder Schreiners. Für einen Thron …«

»Schweig!«, brauste An-Rukhbar auf. »Ich spreche nicht von einem gewöhnlichen Thron aus Holz oder Stein. Ich spreche von MEINEM Thron. Einem Thron, der so einzigartig ist, dass er in keiner Dimension zu finden ist. Einem Thron, so abstoßend und Furcht erregend, dass niemand ihn ansehen oder berühren kann, ohne in die tiefsten Abgründe des Grauens zu blicken. Einem Thron, der den Menschen, die ihn erblicken, die Nichtswürdigkeit ihres elenden Daseins vor Augen führt und sie das Fürchten lehrt, auf dass sie es niemals wagen werden, sich gegen mich zu erheben. Einem Thron voller Leben, gefangen in einem einzigen schrecklichen Monument aus schwarzer Magie.«

»Aber woraus soll er gefertigt werden, wenn nicht aus Holz oder Stein?«, wagte Asco-Bahrran zu fragen. »Soweit ich weiß, gibt es kein Handwerk, das …«

»DU wirst der Baumeister sein«, An-Rukhbars Stimme duldete keinerlei Widerspruch, »dunkle Magie das Werkzeug und die Gefangenen das Material, aus dem der Thron entstehen wird.«

»Aus Gefangenen?«

»Ja, aus Gefangenen!« Ein lustvoller Unterton schwang in An-Rukhbars Stimme mit, und das grüne Leuchten gewann an Stärke, als er weitersprach. »Sechsundsechzig an der Zahl. Wähle sie gut aus. Von den Menschen nimm die Jungen und Unschuldigen, Mütter mit kleinen Kindern und jene, die besonders furchtsam sind. Von den Nebelelfen nimm die Stolzesten und jene, die sich unbeugsam zeigen. Sie alle werden im Angesicht des Todes zu einem beeindruckenden Standbild verschmelzen, das den Schrecken und die Qualen, die sie mit ihren letzten Atemzügen erfahren, für alle Zeit bindet.«

»Diese Aufgabe ist eine große Ehre für mich, Meister«, erwiderte Asco-Bahrran vorsichtig. Er war sich nicht sicher, ob er das, was An-Rukhbar von ihm verlangte, vollbringen konnte, und suchte nach einer Möglichkeit, Zeit zu gewinnen. »Einen solch unvergleichlichen Beweis Eurer Allmacht zu erschaffen wird jedoch eines mächtigen Zaubers bedürfen«, fuhr er fort, »den zu wirken einige Vorbereitung erfordert. Ich müsste zunächst die Schriften studieren, die ich in Nimrod versteckt habe, und ...«

»Schweig!« Das Wort zerschnitt die Luft wie ein Schwerthieb, und das Leuchten um den Thron wurde eine Spur kräftiger. Asco-Bahrran zuckte zusammen, als wäre er geschlagen worden, und presste die Stirn fester an den Boden, doch der erwartete Wutausbruch An-Rukhbars blieb aus.

»Du wirst so viel Zeit erhalten, wie du für den Zauber benötigst«, erklärte dieser mit herrischer Stimme. »Sobald die Stadt in unseren Händen ist, werden die Cha-Gurrlinen alle Gefangenen auf einem großen Platz sammeln. Unter ihnen wirst du diejenigen auswählen, die dir für das Werk geeignet erscheinen, und sie mittels dunkler Magie zu dem formen, was ich verlangt habe.« Die Stimme des finsteren Herrschers wurde mit einem Mal leise und nahm einen lauernden Ton an, als er hinzufügte: »Du hast mir bewiesen, dass du ein tauglicher Magier bist, und ich bin überzeugt, dass deine Fähigkeiten mich auch diesmal nicht enttäuschen werden.«

Den Blick starr auf den Boden gerichtet, erhob sich Asco-Bahrran und verneigte sich ehrfürchtig. »Euer Wunsch ist mir Befehl, Meister. Sobald ich Zugang zu meinen Büchern und Pergamenten habe, werde ich mit der Arbeit beginnen.«

11

Atemlos hastete Liadana durch die schmalen Gassen der Festungsstadt. Das Gewand der jungen Heilerin war zerrissen, staubig und blutbefleckt, doch sie bemerkte es nicht. Ihre Sorge galt allein dem kleinen rothaarigen Mädchen, dessen Gesicht sie an der Schulter verbarg, um ihm die vielen schrecklichen Bilder zu ersparen, die sich ihnen auf der Flucht durch das zerstörte Nimrod boten.

Nach dem Fall des großen Tores hatte sich die Stadt binnen kürzester Zeit in ein riesiges Schlachtfeld verwandelt. Überall wurde gekämpft. Trümmer brennender Häuser lagen weithin verstreut und machten im Wechsel mit den Toten und Verwundeten, die zu Hunderten in den Straßen lagen, ein rasches Fortkommen ebenso unmöglich wie die Scharen von Menschen, die in kopfloser Panik durch die Gassen rannten, Namen von Angehörigen riefen oder das Entsetzen über das Grauen ungehemmt herausschrien.

Ich war zu spät … zu spät … Wie eine stumme Anklage zogen die Worte durch Liadanas Gedanken, begleitet von dem schrecklichen Bild eines brennenden Hauses, dessen Dach unter dem Ansturm des Feuers Funken stiebend in sich zusammenstürzte.

Liadana fühlte, wie ihre Augen sich mit Tränen füllten. Wenn sie nur ein wenig früher zu dem Haus gekommen wäre, in dem Ilahjas Familie lebte, wären die Mutter und die Schwester der Kleinen jetzt noch am Leben.

Du hast versagt! Immer wieder hörte sie in Gedanken die

tadelnde Stimme ihres Gewissens. Du hast dem obersten Druiden dein Wort gegeben und jämmerlich versagt! Wenn du ein wenig schneller gewesen wärest … wenn du einen kürzeren Weg genommen hättest, wenn … Liadana ballte die Fäuste und wischte die Tränen fort. Für Trauer und sinnlose Vorwürfe war jetzt keine Zeit. Das Leben der kleinen Ilahja lag nun in ihren Händen, und sie musste alles tun, um wenigstens sie unversehrt aus Nimrod zu schaffen.

Lautes Waffengeklirr und entsetzliches Brüllen aus einer nahen Gasse lenkte Liadanas Aufmerksamkeit wieder auf das Chaos aus erbitterten Gefechten, glühenden Flammenzungen und beißendem Rauch, das um sie herum tobte. Zwischen den Flüchtenden sah sie immer öfter auch die gefürchteten schwarzen Krieger, die meist in kleine Scharmützel verwickelt waren oder plündernd in die Häuser eindrangen.

»Gütige Göttin, steh mir bei«, flüsterte sie atemlos und beschleunigte die Schritte. Das Mädchen in ihren Armen rührte sich nicht. Die dünnen Arme fest um Liadanas Hals geschlungen, klammerte es sich furchtsam und stumm an die Heilerin, als wäre ein Teil von ihm in den Flammen des Elternhauses gestorben.

Liadana wusste, dass das Kind die schrecklichen Bilder niemals vergessen würde, und bedauerte es zutiefst, der gemarterten Seele in diesem Augenblick keinen Trost spenden zu können. Doch der teilnahmslose Zustand schützte das Mädchen auch vor den Gräueln, denen sie hier überall begegneten, und Liadana war froh, dass sie sich nicht dagegen sträubte, mit ihr zu fliehen.

Je weiter sie auf die Innere Festung zulief, desto schneller kam sie voran. Offenbar war es den schwarzen Kriegern noch nicht gelungen, so weit ins Herz der Festungsstadt vorzustoßen, doch es war nur eine Frage der Zeit, bis auch das fest geschlossene Tor der Inneren Festung dem Ansturm der Angreifer zum Opfer fallen würde.

Es brach Liadana fast das Herz zu sehen, wie sich Hunderte verzweifelter Menschen auf dem freien Platz vor dem Tor drängten und auf Einlass warteten, wohl wissend, dass sich die Tore angesichts des nahenden Feindes für sie nicht mehr öffnen würden.

Und noch während sie mit dem Kind auf dem Arm über den Platz stürmte, hörte sie hinter sich bereits die gutturalen Rufe der schwarzen Krieger durch die Gassen hallen, die sich für den Sturm auf die Innere Festungsmauer sammelten.

Weg, nur weg! Liadana spürte, wie ihre Kräfte immer schneller schwanden. Das Mädchen war klein und hager und wog kaum einen halben Zentner, dennoch war es kein Leichtes, die Kleine so lange zu tragen. Immer häufiger musste Liadana das Gewicht des Mädchens verlagern, während sie wieder und wieder strauchelte, weil die müden Beine ihr den Dienst versagten. Doch sie biss die Zähne zusammen und gab nicht auf. Sie hatte Anthork ihr Wort gegeben und würde es halten. Wenn sie die Familie schon nicht hatte retten können, sollte zumindest dieses Mädchen überleben.

Liadana strauchelte erneut, und ein stechender Schmerz schoss ihr vom Knöchel bis ins Bein hinauf. Fast wäre sie gestürzt, doch sie fing sich im letzten Moment und humpelte weiter auf den einzigen Ort zu, der noch ein wenig Sicherheit verhieß: die kleine geheime Pforte in der Festungsmauer, durch die sie in die Freiheit gelangen würden.

Später vermochte sich Liadana nur mehr bruchstückhaft ins Gedächtnis zu rufen, wie es ihr gelungen war, den kleinen verborgenen Durchlass in der Festungsmauer zu passieren. Verschwommen erinnerte sie sich an das dichte Gedränge, an angsterfüllt schreiende Frauen und Männer, die Ellenbogen und Fäuste brutal gegen Schwächere einsetzten, um Nimrod schnell verlassen zu können. Es hatte sie überrascht, wie viele Menschen den Weg zu dem kleinen Tor gefunden hatten, und sie hatte sich zunächst nicht in die Menge hineingetraut. Erst als ganz in der Nähe Rufe laut geworden waren, dass die schwarzen Krieger anrückten, hatte sie allen Mut zusammengenommen und sich unter die Flüchtenden gemischt.

Die knapp hundert Längen, die sie noch von dem rettenden Tor getrennt hatten, waren die längsten gewesen, die sie jemals zurückgelegt hatte. Je lauter der Kampfeslärm wurde, desto panischer hatten sich die Menschen in Richtung des Tores gedrängt. Im Kampf um das eigene Überleben schien es kein Mitleid und kein Erbarmen zu geben; wer strauchelte, wurde von den Nachfolgenden rücksichtslos niedergetrampelt.

Liadana hatte große Mühe gehabt, das Kind nicht aus den Armen zu verlieren, während sie blindlings über jene hinweggestolpert war, die dem Ansturm der Nachdrängenden zum Opfer gefallen waren.

Dann, wie durch ein Wunder, war es vorbei. Plötzlich wichen die Enge und der Lärm, und die Lungen der jungen Heilerin füllten sich gierig mit der frischen, kühlen Nachtluft, die sie vor der Festungsmauer erwartete. Doch Zeit zum Ausruhen war ihr nicht vergönnt. Erschöpft und durstig machte sie sich mit dem Kind in den Armen auf den Weg gen Süden, in die Richtung, die ihr der oberste Druide gewiesen hatte und in der sich auch ihr Heimatdorf befand.

»Maite, wach auf!« Während sie ihre Schwester heftig an der Schulter rüttelte, blickt Paira besorgt zur Tür der Vorratskammer, die unter Tritten und Stößen erzitterte. Draußen dämmerte es bereits, doch das zarte Morgengrauen war bei dem grellen Schein der unzähligen Feuer, die überall in Nimrod aufloderten, kaum zu erkennen.

»Maite! Komm zu dir, wir müssen uns verstecken!« Paira gab sich keine Mühe mehr, leise zu sein. Der Lärm in den Gassen war seit der heftigen Explosion immer weiter angeschwollen und inzwischen so groß, dass Paira vermutete, dass die Kämpfe bereits ganz in der Nähe stattfanden.

Maite regte sich verschlafen. »Was ist das für ein Lärm?«, fragte sie matt. »Wo ist Mutter?«

»Mutter ist nicht hier«, antwortete Paira ausweichend und blickte erschrocken zum Fenster, vor dem sich gerade eine große Gruppe von Menschen schreiend einen Weg durch die Gasse bahnte. Paira erschrak. Sie wusste, was das bedeutete, und eilte, ohne auf Maites Frage einzugehen, zu dem Unterschlupf, den ihre

Mutter für sie beide gegraben hatte. Hastig schob sie das strohbedeckte Brett über der Grube zur Seite und forderte Maite mit einer Handbewegung auf, ihr zu folgen. Doch diese rührte sich nicht. Verwirrt und furchtsam kauerte sie auf der wollenen Decke, auf der sie geschlafen hatte, und starrte mit angstgeweiteten Augen auf den Feuerschein hinter den Fenstern und die flüchtenden Gestalten, die vorbeistürmten.

»Komm her!«, drängte Paira ihre Schwester. »Wir müssen uns verstecken, schnell!« Doch noch immer regte sich Maite nicht. Ungeachtet der drohenden Gefahr lauschte sie dem Klirren der Waffen, den verzweifelten Schreien der Menschen sowie den Furcht erregenden, gutturalen Lauten, die nur von den schwarzen Kriegern stammen konnten, und tat, als höre sie Paira nicht.

»Maite!« Die Furcht verlieh Pairas Stimme einen ungewohnt scharfen Ton. »Bei den Toren, warum kommst du nicht?«

»Ich warte auf Mutter!«

Bei der Göttin! Paira traute ihren Ohren nicht. Jeden Augenblick konnten die schwarzen Krieger in der Vorratskammer auftauchen und den Keller durchsuchen. Wenn sie dann noch hier herumsaßen, war es aus. Wütend stand sie auf, ergriff Maite an den Oberarmen und versuchte energisch, sie in Richtung des Unterschlupfs zu ziehen. »Mutter kommt nicht zurück, verstehst du das nicht?«, stieß sie aufgebracht hervor. »Sie ist fortgegangen, um gegen die schwarzen Krieger zu kämpfen. Ich habe ihr versprochen, auf dich Acht zu geben, und bei den Toren, das werde ich auch tun, ob du es willst oder nicht!«

»Lass mich los!« Maite gebärdete sich wie wild. »Ich will nicht mit dir in das dunkle Loch, ich will zu Mutter!«

»Aber das geht nicht. Verdammt, Maite sei jetzt vernünftig!« Paira ließ nicht locker. »Die schwarzen Krieger können jeden Augenblick hier auftauchen. Wir müssen uns verstecken, damit sie uns nicht finden! Ich habe es Mutter versprochen, und jetzt geh endlich da rein, sonst ist es zu spät.«

»Niemals!« Maite war völlig außer sich. »Das ist kein Versteck, das ist ein Grab.« Sie deutete panisch aus dem Fenster, wo der Feuerschein bedrohlich zugenommen hatte und dichte Rauschschwaden durch die Gasse strichen. »Sieh nur, wie viele Häuser schon brennen. Wenn die Feuer auf unser Haus übergreifen, sind wir verloren. Wir werden ersticken oder bei lebendigem Leibe verbrennen, das …«

»Mutter hat diesen Unterschlupf für uns gegraben, weil sie wollte, dass die schwarzen Krieger uns nicht finden.« Paira hielt Maite fest im Griff und schob sie unnachgiebig auf den Unterschlupf zu. »Bei den Toren, warum bist du nur so stur? Verstehst du denn nicht … Autsch!« Mit einem plötzlichen Schmerzlauf gab Paira Maite frei. »Warum hast du mich gebissen?«

»Weil ich da auf keinen Fall reingehe!« Maite hatte die Gelegenheit genutzt und sich in Richtung der Tür zurückgezogen. »Niemals! Das Feuer ist so nah, riechst du es denn nicht? Der Rauch quillt schon durch die Ritzen der Fenster. Wir …«

In diesem Augenblick wurde die schmale Holztür der Kammer krachend aus den Angeln gerissen, und ein Regen aus Holzsplittern ergoss sich in den Vorratsraum. Maite wandte sich erschrocken um und duckte sich, doch sie entwischte nicht. Der hünenhafte schwarze Krieger mit dem eberähnlichen Gesicht, der plötzlich im Türrahmen stand, hatte sie bereits gepackt und hielt sie mit eisernem Griff fest. *»Gnorrtas errs darrari ths ebrra!«*, knurrte er und deutete mit der freien Hand auf Paira, die sich vor Schreck nicht rühren konnte. Hilflos musste sie mit ansehen, wie der Krieger die kreischende Maite hinauszerrte und einem Kameraden Platz machte, der mit einem blutigen Schwert in der Hand auf sie zukam.

Als die Sonne hinter den schroffen Gipfeln der Valdor-Berge emporstieg, kehrten Naemy, Shari, Glamouron und Fedeon zu der kleinen Hütte nahe dem großen Gießbach zurück. Die Stimmung war gedrückt und die Gesichter der Gefährten von tiefer Sorge gezeichnet. Doch während sich Glamouron um Letivahr sorgte und Fedeon in Gedanken bei Paira und seinen Angehörigen in Nimrod weilte, hing Naemy ganz anderen Gedanken nach.

Von dem erhöhten Standort aus hatte sie beobachten können, wie die Cha-Gurrlinen-Krieger große Gruppen von Elfen gefangen genommen, gefesselt und abgeführt hatten. Doch im Gegensatz zu den Menschen, die von den schwarzen Kriegern in einem Lager auf der Ebene zusammengetrieben wurden, waren die Elfen in die zerstörte Stadt hineingeführt worden. Naemy glaubte zu wissen, wohin man sie gebracht hatte.

Die Nebelelfe hockte sich ans Ufer des kleinen Baches, tauchte die Hand in das kühle Wasser, um ihren Durst zu stillen, und schaute Fedeon nach, der mit gesenktem Haupt in der kleinen Hütte verschwand, um allein zu sein. Der junge Skalde war so schweigsam wie schon lange nicht mehr, und sie vermutete, dass er inzwischen an dem Sinn der Aufgabe zweifelte, von der er glaubte, dass Anthork sie ihm aufgetragen hatte. Er fühlte sich wie ein Fremdling inmitten der Elfen und schien zu spüren, dass sie ihm etwas verheimlichten.

Gern hätte Naemy ihm die Wahrheit gesagt, doch sie fürchtete, dass er diese nur schwer ertragen und irgendwelche Dummheiten machen könnte. Deshalb hatte sie sich entschlossen, Fedeon so lange wie möglich in dem Glauben zu lassen, er sei auf Befehl des obersten Druiden mit ihnen zusammen, und alle erklärenden Worte auf eine spätere Gelegenheit verschoben.

Jetzt war ohnehin nicht der richtige Moment dafür, denn heute war der Sonnenlauf der Entscheidung. Noch bevor der feurige Planet die Himmelsbahn vollendete, würde sich zeigen, was die verworrenen und lückenhaften Berichte taugten, die Naemy in den Sommern nach der Vertreibung des finsteren Herrschers über die Schlacht um Nimrod gesammelt und aufgezeichnet hatte.

Von dem, was damals in Nimrod vor sich gegangen war, hatte sie selbst kaum etwas mitbekommen. Wie die meisten Nebelelfen, denen die Flucht gelungen war, war sie in den ersten Mondläufen nach der Schlacht vollauf damit beschäftigt gewesen, ihr eigenes Leben zu schützen und einen Fluchtweg in den Süden zu finden. Allein und auf sich gestellt, ohne eine Verbindung zu anderen Angehörigen ihres Volkes.

Das meiste, was sie über das Schicksal jener Nebelelfen wusste, die sich nicht hatten in Sicherheit bringen können, hatte sie erst viele Sommer später von Lya-Numi oder anderen Elfen erfahren, deren Berichte sie mühsam wie ein lückenhaftes Mosaik zu einem Gesamtbild zusammengesetzt hatte.

Die spärlichen Auskünfte hatten ihr ein ungefähres Bild über das Schicksal der Vermissten gegeben, auch wenn vermutlich nur ein Bruchteil der Nachrichten tatsächlich auf wahren Begebenheiten beruhte.

Eines war jedoch klar: Alle Nebelelfen, die damals in Gefangenschaft geraten waren, blieben spurlos verschwunden.

Naemy wandte den Blick zum wolkenlosen Himmel und atmete die würzige Luft des Waldes ein. Es war so weit!

Bald würde sich entscheiden, ob sie der ungeheuren Aufgabe, für welche die Göttin sie ausgewählt hatte, gewachsen oder aber des in sie gesetzten Vertrauens unwürdig wäre.

»Was nun?« Shari, die neben ihr am Bach kniete, wandte den Kopf und sah ihre Schwester an. Angesichts all dessen, was in der Nacht geschehen war, fühlte sie sich hilflos und unendlich traurig, und die Wut darüber, dass Naemy tatsächlich nichts unternommen hatte, um ihr Volk vor dem schrecklichen Schicksal zu bewahren, hatte eine tiefe Verbitterung in ihr hinterlassen.

Warum beherrsche ich nicht die Gedankensprache? Warum hat mich noch keiner gelehrt, durch die Zwischenwelt zu reisen? Die ganze Nacht hatte sie damit gehadert, zu jung für die besonderen Künste der Nebelelfen zu sein, mit denen sie ihr Volk hätte warnen können. Wenn sie der Gedankensprache mächtig oder zu einer Reise durch die Zwischenwelt fähig gewesen wäre, hätte sie ihrem Volk das grausame Schicksal erspart. Sie hätte den Elfenkönig gewarnt und ihm geraten, nicht in die Schlacht einzugreifen. Sie hätte ihm gesagt, wie die Schlacht ausgehen würde. Sie hätte … Shari schüttelte traurig den Kopf. Sie hätte so vieles gemacht, das ihre Schwester nicht hatte tun wollen, doch sie war zu jung und zu unerfahren, und die Wut über die eigene Unzulänglichkeit brannte wie ein wütendes Feuer in ihrem Innern. Nur mühsam gelang es ihr, die Fülle von Gefühlen aus der Stimme zu verdrängen, als sie missgelaunt fortfuhr: »Bist du nun zufrieden? Alles ist so gekommen, wie du gesagt hast. Die Krieger unseres Volkes sind vernichtend geschlagen worden. Nimrod liegt in Trümmern, die Riesenalpe gibt es nicht mehr, und über den Zinnen der Festungsstadt weht die schwarze Flagge der Angreifer. Es ist gekommen, wie du es prophezeit hast. Was muss das für eine ungeheure Genugtuung für dich sein! Wie fühlt man sich, wenn man seine Brüder und Schwestern sehenden Auges in den Tod laufen lässt? Wenn man es in der Hand hat, über Leben und Tod zu …«

»Hör auf, Shari!« Es war Glamouron, der die junge Nebelelfe unterbrach. Ein Ausdruck tiefer Betroffenheit lag auf seinem Gesicht, als seine durchdringend blauen Augen die ihren suchten. »Wie kannst du nur so etwas sagen?«, fuhr er sie an. »Siehst du denn nicht, dass auch Naemy leidet? Kannst oder willst du nicht erkennen, wie schwer ihr die Bürde des Wissens auf den Schultern lastet? Dass sie genauso trauert und leidet wie du – wie wir alle? Dass sie …«

»Danke, Glamouron!« Naemy hob beschwichtigend die Hand und lächelte flüchtig. »Auch wenn ich ihm nicht nachgeben kann, so schätze ich doch Sharis Wunsch hoch, unserem Volk zu helfen, denn ich weiß, dass es mir an ihrer Stelle nicht anders erginge. Das Grauen der Schlacht mit ansehen zu müssen, ohne helfen zu können, war für keinen von uns leicht. Wir alle haben große Verluste zu beklagen, und jeder von uns hat das Recht, auf seine Weise zu trauern. Doch uns sind die Hände gebunden. Wir sind hier um einer einzigen Aufgabe willen. Und dieser Aufgabe müssen wir uns mit all unserer Kraft widmen.«

»Und wie willst du das machen?«, fragte Shari mürrisch. »Bisher hast du uns noch nicht einmal verraten, wie dein Plan lautet – wenn du überhaupt einen hast. Aber vielleicht brauchst du ja auch keinen Plan, vielleicht willst du einfach in Nimrod einmarschieren und ein paar Nebelelfen befreien.« Sie machte eine Pause und blickte Naemy spöttisch an.

»Genau das habe ich vor.« Naemy hielt den erstaunten Blicken ihrer Gefährten gelassen stand. Keiner sagte ein Wort. Selbst Shari, die ihrem Unmut zuvor so wortreich Luft gemacht hatte, hatte es die Sprache verschlagen.

Schließlich holte Glamouron tief Luft und brach das Schweigen. »Das ist Wahnsinn!«, sagte er kopfschüttelnd. »Wie willst du die Gefangenen finden, und wie willst du es schaffen, so viele unbemerkt zu befreien?«

»Ich reise durch die Zwischenwelt.« Naemys Stimme klang zuversichtlich, obwohl auch sie berechtigte Zweifel daran hatte, dass es ihr gelingen würde, so viele ihrer Brüder und Schwestern auf diesem Weg zu befreien.

»Aber dazu musst du wissen, wo man die Überlebenden unseres Volkes gefangen hält«, gab Glamouron zu bedenken und fragte: »Weißt du das?«

»Ich glaube es zu wissen«, erwiderte Naemy mit fester Stimme. »Wenn die Berichte stimmen, die mir zugetragen wurden, hält man sie in einem großen Gewölbe tief unter der Festungsstadt gefangen. Der Boden besteht aus nacktem Fels, und man hat ihnen die Hände und Füße gebunden, damit sie kein Pentagramm zeichnen und fliehen können.«

»Das mag sein.« Glamouron runzelte die Stirn. »Aber warum hören wir dann nichts von ihnen? Jeder Nebelelf würde in einer solchen Lage mittels Gedankensprache um Hilfe rufen und …«

»Wann hast du das letzte Mal etwas von Letivahr gehört?« Naemy unterbrach ihn mit einer Gegenfrage.

»Kurz bevor die schwarze Flagge über Nimrod gehisst wurde«, gab Glamouron zur Antwort. »Er war mit Rurik in den Höhlen der Kuriervögel und erklärte ihm gerade, dass er sich kräftig genug fühle, um einen Flugversuch zu wagen.« Ein Anflug von Trauer mischte sich in die Stimme des Elfen. »Dann brach die Verbindung ab. Ich wage nicht daran zu denken, was es bedeuten mag.« Er schloss die Augen und schüttelte betrübt den Kopf.

»Es bedeutet, dass An-Rukhbar ganz Nimrod mit einem magischen Mantel bedeckt hat«, erklärte Naemy ernst. »Wie ihr wisst, sind alle Nebelelfen, die zu alt oder zu jung sind, um zu kämpfen, in den Sümpfen von Numark geblieben. Mit der Magie nimmt der finstere Herrscher den Nebelelfen nun die Möglichkeit, sich mittels Gedankensprache zu verständigen, und verhindert, dass sie die Zurückgebliebenen warnen. Schon jetzt sind Teile der Truppen unterwegs, um die letzten freien Nebelelfen gefangen zu nehmen und sie nach Nimrod zu bringen, wo sie das ungewisse Schicksal der gefangenen Krieger teilen werden.«

»Aber das sind doch noch Kinder«, rief Shari entsetzt aus. »Blathin, Saidhbh, Triona und all die anderen, die nicht einmal zwanzig Sommer gesehen haben … Sie können doch nicht … Das ist grausam. Das dürfen wir auf keinen Fall zulassen! Bitte, Naemy, sag, dass es nicht wahr ist! Ist es nicht genug, was die Elfenkrieger erleiden? Wenn die Kinder jetzt auch in Gefahr sind, *müssen* wir sie warnen!«

»Ich weiß, dass es grausam ist.« Naemy nickte. »Auch ich habe damals versucht, nach Numark zu gelangen, um die Kinder zu retten. Doch ich kam zu spät. Bei den Toren, ich war nicht schnell genug. Ich weiß, was die Truppen der Cha-Gurrlinen unserem Volk antaten. Ich habe die zerstörten Häuser gesehen, die verwüsteten Sümpfe …« Sie machte eine Pause, um dem Ansturm der Gefühle nicht zu erliegen, die sie zu überwältigen drohten. »… und ich habe die entsetzlich zugerichteten Körper jener mit eigenen Händen begraben, die sich den Cha-Gurrlinen mit dem Mut der Verzweiflung in den Weg stellten.«

»Dann müssen wir sofort aufbrechen!« Shari sprang auf. »Wenn wir durch die Zwischenwelt reisen, sind wir noch vor den Cha-Gurrlinen da und können die Kinder …«

»Nein!« Naemy schüttelte den Kopf. »Das Wagnis, durch die Zwischenwelt zu reisen, werde ich nur ein einziges Mal in Kauf nehmen, und zwar, um die Gefangenen – zumindest einige – aus Nimrod zu befreien. Dafür und nur dafür werde ich diesen Weg gehen.«

»Aber die Kinder!« Fassungslos starrte Shari ihre Schwester an. »Du hast doch selbst gesehen, wie furchtbar es ihnen ergehen wird.« Sie ballte die Fäuste und zog so wütend die Luft ein, als könnte sie sich kaum mehr beherrschen. »Du bist nicht mehr die Schwester, die ich in Numark zurückließ«, stieß sie voller Zorn hervor. »Du … du bist grausam und herzlos geworden und denkst nur an diese verdammte Aufgabe. Warum sagst du es nicht: Es ist dir völlig gleichgültig, was mit unserem Volk geschieht. Du könntest so viel Gutes tun, so viel Schreckliches verhindern. Aber du willst es nicht. Verweigerst denen, die du retten könntest, kaltblütig jede Hilfe.« Sie machte einen Schritt auf Naemy zu und blickte sie wutentbrannt an. »Wie kann man nur so ohne Mitleid sein? Ich habe lange versucht, dich zu verstehen. Ich habe das Gute in deinem Ansinnen gesucht, doch alles, was ich finde, ist hartherzige Selbstherrlichkeit. Und damit nicht genug. Wie selbstverständlich verlangst du von uns, dass wir uns deinen Zielen bedingungslos unterordnen. Aber ich kann das nicht. Ich will das nicht. Ich will, dass unsere Brüder und Schwestern gerettet werden. Ich habe schon viel zu lange geschwiegen, habe zugelassen, dass die stolzesten und tapfersten Angehörigen unseres Volkes ins offene Messer laufen, und damit eine große Schuld auf mich geladen. Ich weiß nicht, ob ich mir diese Tatenlosigkeit jemals verzeihen kann. Aber ich weiß, dass es mir das Herz brechen wird, auch die Kinder ihrem Schicksal zu überlassen.« Sie schnaubte vor Wut und hob die Hände zu einer anklagenden Geste. »Aber warum erzähle ich dir das überhaupt? Es kümmert dich nicht, was ich fühle. Für dich zählt allein diese Aufgabe. Hast du denn kein Herz mehr? Fühlst du denn gar nichts? Weißt du noch, was du im Grasland zu mir sagtest? *Wir sind Schatten, die durch dieses Land streifen*. Aber das stimmt nicht. Ich bin kein Schatten! Ich fühle den Schmerz und trauere um unser Volk, und ich ertrage es nicht, ihm die Hilfe zu verweigern. Aber wer weiß, vielleicht bist du ja ein Schatten. Was ist in den vielen Sommern mit dir geschehen, dass du so kaltblütig handeln kannst? Du benimmst dich wie … wie ein … ein …«, sie suchte Hände ringend nach den richtigen Worten, »ein seelenloses Monstrum! Du bist nicht mehr meine Schwester. Ich … ich … hasse dich!!« Sie schlug die Hände vors Gesicht und stürmte schluchzend davon, ehe Naemy etwas erwidern konnte.

Auf ihre Worte folgte betroffenes Schweigen. Nur das Plätschern des Baches und der Ruf eines einsamen Käuzchens durchschnitten die lastende Stille. Naemy war zutiefst bestürzt. Als sie einen kurzen Blick auf Glamouron warf, bemerkte sie, dass er sie nachdenklich betrachtete.

»Denkst du wie sie?«, fragte sie leise.

»Shari ist noch jung«, erwiderte Glamouron ausweichend. »Wenn sie älter ist, wird sie es verstehen.«

»Aber wird sie mir auch verzeihen?«

»Wer kann schon in die Seele einer Nebelelfe blicken.« Glamouron zog bedauernd die Schultern in die Höhe.

»Und du?«

»Ich habe dich geliebt und liebe dich noch immer.« Seine Augen suchten die ihren, und was sie darin fand, verscheuchte für einen Augenblick allen Kummer. »Es tröstet mich zu wissen, dass dir da unten«, er deutete in Richtung der Festungsstadt, »nichts geschehen ist. Wäre dein Schicksal ungewiss, würde ich vermutlich wie Shari denken. Wenn du es genau wissen willst: Ich empfinde große Hochachtung für deinen Mut, eine solche Zeitreise zu wagen – aber mutig warst du ja schon immer.« Er erhob sich lächelnd, kam auf sie zu und schloss sie in die Arme. »Das heißt nicht, dass ich nicht um die vielen sinnlosen Opfer, Nebelelfen, Riesenalpe und Menschen trauere und mir große Sorgen um Letivahr mache. Doch ich kann auch verstehen, in welch schwieriger Lage du dich befindest. Dir wurden Grenzen gesetzt, die nicht überschritten werden dürfen. Du kannst nicht anders handeln. Du bist nur eine Figur, nicht der Spieler. Ich mache dir keine Vorwürfe.«

»Danke!« Naemy schloss die Augen und lehnte sich an Glamourons Schulter. Wie lange hatte sie sich danach gesehnt? Wie oft hatte sie sich in den langen, einsamen Nächten dieses Gefühls erinnert, voller Wehmut und der Gewissheit, es nie wieder zu spüren? Und jetzt? Die Göttin hatte ihr nicht nur ihre Schwester zurückgegeben, sondern auch den so schmerzlich vermissten Gefährten. Beide galt es wie Schätze zu hüten, um sie nicht noch einmal zu verlieren, doch Sharis Verhalten machte es ihr schwer, die alte innige Vertrautheit wieder aufzubauen.

»Du musst ihr mehr Zeit geben!« Glamourons Atem streifte Naemys Wange, und sie fühlte sich ihm so nah wie schon lange nicht mehr. »Irgendwann wird auch sie verstehen, dass der vorgezeichnete Weg des Schicksals nicht verändert werden darf.«

»Aber sie ist so aufgebracht«, erwiderte Naemy. »Ich spüre, wie sehr es sie drängt, etwas zu unternehmen, und das macht mir große Sorgen.«

»Dann gib ihr die Möglichkeit, etwas für ihren Seelenfrieden zu tun, und nimm sie mit, wenn du durch die Zwischenwelt nach Nimrod reist.«

»Ausgeschlossen. Das kann ich nicht.« Naemy wusste, dass Glamouron Recht hatte, war jedoch nicht bereit, das Wagnis einzugehen. »Wenn mein Plan gelingt und ich tatsächlich die Höhle finde, in der die Nebelelfen gefangen gehalten werden, muss ich rasch handeln. Die Höhle wird streng bewacht, und ich habe nur einen einzigen Versuch. Shari besitzt nicht die nötige Erfahrung für ein solch gefährliches Unterfangen. Und außerdem«, sie machte eine Pause und blickte voller Wärme zu ihrer Schwester hinüber, die sich auf die Bank vor der Hütte gesetzt hatte und das Gesicht in den Händen verbarg, »liebe ich sie über alles und will nicht Gefahr laufen, sie wieder zu verlieren.«

»Hast du ihr das schon einmal so gesagt?«

»Nein, warum?« Naemy zog erstaunt die Augenbrauen in die Höhe. »Das kann sie sich doch denken. Schließlich habe ich diese ganze Sache letztendlich nur begonnen, weil ich hoffte, sie retten zu können.«

»Ich wäre mir nicht so sicher, ob sie sich dessen wirklich bewusst ist. Vielleicht würde sie die ganze Angelegenheit mit anderen Augen sehen, wenn du offen mit ihr über deine Sorgen sprächest und ihr sagtest, wie sehr du sie liebst.« Glamouron lockerte die Umarmung ein wenig und deutete mit einem Kopfnicken zu Shari hinüber. »Geh zu ihr und sprich mit ihr!«, sagte er leise. »Sie ist traurig und verwirrt und fühlt sich allein gelassen. Sie braucht dich.«

12

... rings um ihn tobte der Kampf mit grimmiger Verbissenheit, und der Boden erzitterte, wann immer die mächtigen zweischneidigen Streitäxte der schwarzen Krieger die hölzernen Schilde der Verteidiger zersplitterten ... Es war der grausige Kampf Mann gegen Mann, den Bevan an der Schwelle des Todes noch einmal durchlebte. Die letzten Augenblicke, bevor ihm der wuchtige Hieb eines Streitkolbens das Bewusstsein raubte; Augenblicke, in denen er fassungslos mit ansehen musste, wie die hünenhaften schwarzen Krieger den versprengten Verteidigern nachsetzten und sie gnadenlos niedermetzelten.

... er, Bevan, befand sich mitten dazwischen. Den Bogen gespannt, kauerte er hinter einem Haufen aus Trümmern der Festungsmauer und zielte mit dem letzten Pfeil auf einen Angreifer, der zwanzig Längen entfernt auf einen Kameraden einhieb. Dann aber tauchten immer mehr Kämpfende auf, und aus dem Zweikampf wurde eine undurchdringliche Masse wogender Leiber, in der weder Freund noch Feind auszumachen waren. Bevan zögerte, doch die Kämpfenden strömten stracks auf ihn zu, und so schoss er den letzten Pfeil blindlings in die Menge. Den Bogen aber warf er achtlos fort und blickte sich gehetzt um. Alle Zuversicht, den Kampf noch gewinnen zu können, verließ ihn, und zum ersten Mal dachte er an Flucht. Doch dafür war keine Zeit mehr. Schon hatten die Kämpfenden ihn eingekesselt, und wie in einem Grauen erregenden Albtraum blickte er plötzlich in das entstellte, blutüberströmte Gesicht eines jungen Mannes, der tödlich getroffen vor ihm zu Boden sank ...

»Bevan!«

Für einen Augenblick klärte sich das Bild und wich dem Antlitz von Paira, seiner geliebten Schwester. Ihre Augen waren von tiefer Sorge gezeichnet, und er sah, wie sie die Lippen bewegte. Doch die Worte vermochten den Schlachtlärm, der noch immer in seinen Ohren toste, nicht zu durchdringen.

»Das Schwert ... das Schwert ... schnell!«, stammelte er mit gebrochener Stimme und tastete mit der Rechten suchend auf dem Boden umher. Warum gab sie ihm kein Schwert? Er musste sie doch verteidigen! Die schwarzen Krieger waren überall. Als er hustete, quoll ihm ein Schwall dunkelroten Blutes über die Lippen, und Pairas Bild verschwamm.

… ein Schwert! Ohne darüber nachzudenken, entriss er dem Getöteten die rötlich schimmernde Klinge und raffte sich auf. Die Waffe war schwer und viel zu groß für ihn, doch sie war alles, was er hatte.

Schon ragte einer der gewaltigen schwarzen Krieger wie ein Todesbote vor ihm auf. Die eberähnliche Grimasse verzog sich zu einem hässlichen Grinsen, und der Schein der brennenden Häuser spiegelte sich auf den gebogenen Hauern, als er mit dem gewaltigen, stachelbewehrten Streitkolben zu einem vernichtenden Schlag ausholte. Bevan warf sich verzweifelt zur Seite, doch es war zu spät. Ein stechender Schmerz schoss ihm in den Arm und durch den ganzen Körper, während er taumelnd zu Boden stürzte. Ein roter Nebel nahm ihm die Sicht, und hinter dem Rauschen des Blutes in den Ohren hörte er, wie sich der Kampf entfernte …

»Bevan! O Bevan, was haben sie dir angetan.« Das war Pairas Stimme! Bevan blinzelte, doch der Nebel wollte sich nicht auflösen und verbarg das Gesicht der geliebten Schwester hinter einem roten Schleier.

»Bevan? Hörst du mich?«, fragte sie mit tränenerstickter Stimme. »Du darfst jetzt nicht einschlafen, hörst du? Maite sucht nach einer Heilerin, die dir helfen kann. Sie wird bestimmt … bestimmt eine finden – irgendwo.«

Bevan atmete keuchend. »Du … du musst fort«, presste er kurzatmig hervor. »Die schwarzen Krieger sind überall … überall. Sie … sie werden dich …« Wieder hustete er, und wieder quoll ihm dunkles Blut aus den Mundwinkeln. Eine entsetzliche Schwere lastete auf ihm, doch er kämpfte dagegen an und hob mit letzter Kraft die Hand. »Du … du musst fliehen, schnell … flieh aus Nimrod … Der Kampf ist verloren …« Die blutigen Finger schlossen sich wie Klauen um Pairas Arm. »Flieh!«

»Bevan!« Pairas Stimme war ein einziger verzweifelter Aufschrei.

Ein letztes Mal öffnete er die flackernden Lider, um sie anzusehen, doch die Anstrengung war zu groß. Sein Körper erschlaffte, und er versank in einer dumpfen Bewusstlosigkeit, die alle Schmerzen aus dem gemarterten Körper vertrieb.

»Nein!« Paira schlang die Arme um Bevans leblosen Körper, presste das Gesicht an seine Brust und schluchzte verzweifelt. Sie war so glücklich gewesen, ihn hier im Lager zwischen den vielen tausend Menschen gefunden zu haben, und obwohl sie um seine schweren Verletzungen wusste, hatte sie die Hoffnung auf ein Wunder nicht aufgegeben.

Nachdem die schwarzen Krieger sie aus dem Vorratsraum gezerrt hatten, waren Maite und Paira zu den anderen Gefangenen in das gewaltige Lager vor den Toren der Festungsstadt gebracht worden, wo man seit dem frühen Morgen alle Überlebenden der Schlacht zusammentrieb. Es war ein seltsames Lager ohne sichtbare Zäune und Wachen, in dem die Menschen nur durch eine magische Barriere von der Flucht abgehalten wurden. Diese Barriere bestand aus einem unsichtbaren Ring, der jedem, der ihn berührte, schmerzhafte Verbrennungen zufügte, und alle, die ihn zu durchqueren versuchten, bei lebendigem Leib verbrannte. Dieser Ring dehnte und streckte sich scheinbar von selbst, denn je mehr Menschen in das Lager kamen, desto größer wurde er. Um die Mittagszeit drängten sich bereits viele tausend Menschen innerhalb der magischen Grenze, und der Strom derer, die von den schwarzen Kriegern aus der Festungsstadt hergetrieben wurden, riss nicht ab. Es gab kaum Wasser und Verpflegung und keinerlei Versorgung für die oft schwer verletzten Krieger, die nahe dem Eingang auf dem Boden lagen. Dennoch hatte Paira nicht wahrhaben wollen, dass Bevan sterben würde. In ihrer Verzweiflung hatte sie Maite ausgesandt, um im Lager nach einer Heilerin zu suchen, doch sie war schon so lange fort – und jetzt war es zu spät.

Mit tränenüberströmtem Gesicht klammerte sich Paira an die Leiche ihres Bruders, als könnte sie dessen Seele damit zurückhalten, doch das bleiche Gesicht zeugte davon, dass diese den Körper bereits verlassen hatte.

»*Nagarr a sergurt.*« Jemand packte sie grob an der Schulter.

»Darrari!« Eine mächtige Pranke ergriff ihren Arm, um sie von Bevan fortzuzerren, doch Paira wollte sich nicht von ihm trennen. Verzweifelt klammerte sie sich an den leblosen Körper ihres Bruders, hatte den übermenschlichen Kräften des Cha-Gurrlins aber nichts entgegenzusetzen. Als hätte sie kein Gewicht, schleuderte der schwarze Krieger sie zur Seite, hob Bevans leblosen Körper auf und warf ihn wie ein Stück Unrat auf einen großen hölzernen Karren, wo sich bereits ein Dutzend anderer Leichen stapelten.

»Ihr Bastarde!« Trauer und Wut ließen Paira die Furcht vor den hünenhaften Kriegern vergessen. Mit vor Zorn gerötetem Gesicht rappelte sie sich auf und ging mit bloßen Fäusten auf den Cha-Gurrlin los, der sich gerade bückte, um einen weiteren Toten aufzuheben.

»Ihr verdammten Mörder! Ihr Bastarde!« Immer wieder trafen Pairas Fäuste den ledergepanzerten Rücken des schwarzen Kriegers. »Mörder, Mörder! Ich hasse euch!« Paira schluchzte laut auf.

Der Cha-Gurrlin knurrte unwillig und streckte Paira mit einem einzigen Schlag zu Boden, während er sich aufrichtete. Bedrohlich langsam wandte er sich um und packte sein Schwert, um sich des aufgebrachten Weibs endgültig zu entledigen. Die kleinen Augen funkelten böse, als er die blitzende Klinge aus der Scheide zog und zu einem tödlichen Hieb ausholte.

Paira kauerte am Boden und rührte sich nicht. Beim Sturz hatte sie sich die Knie aufgeschlagen, und das rechte Handgelenk schmerzte, als wäre es gebrochen, doch sie spürte es kaum. Mit vor Schreck geweiteten Augen sah sie den schwarzen Krieger vor sich aufragen, die Klinge zum Schlag erhoben, bereit, sie zu töten.

»Nein!«, flüsterte sie mit bebender Stimme. »Nein!« In Todesangst nahm sie allen Mut zusammen und rief laut um Hilfe – doch vergebens. Die meisten Gefangenen schauten furchtsam zur Seite und taten, als bemerkten sie nicht, was vor sich ging, andere schlichen sich rasch davon. Paira schloss die Augen und wartete zitternd auf das Ende. Sie hatte verloren.

»Paira!«

»Natar!« Der scharfe Befehl durchschnitt die drückende Stille,

die sich ringsumher ausgebreitet hatte, fast gleichzeitig mit Maites erschrockenem Aufschrei.

»Paira, was ist mit dir? Und was ist mit Bevan?« Ungeachtet des Cha-Gurrlins, der noch immer mit erhobenem Schwert vor Paira stand, zwängte sich Maite durch die Menge der Umstehenden und kniete sich neben ihre Schwester. Doch bevor diese antworten konnte, erklang eine andere, wohl bekannte Stimme, von der Paira gehofft hatte, sie nie wieder hören zu müssen.

»Ja, wen haben wir denn da?« Näselnd und schwülstig drangen die Worte an Pairas Ohren und jagten ihr einen eisigen Schauer über den Rücken. »War das ungezogene Mädchen schon wieder aufmüpfig?« Den Worten folgte ein leises, hüstelndes Lachen, und als Paira aufblickte, sah sie, wie sich die Menge für die fettleibige Gestalt Okowans teilte. Begleitet wurde er von einem hoch gewachsenen Mann mit spitzem Kinnbart, der in eine prächtige dunkelblaue Magierrobe gekleidet war. Vier Cha-Gurrlinen eskortierten die beiden in einer Weise, die deutlich machte, dass es sich bei ihnen nicht um Gefangene handelte. Offensichtlich war der Befehl, Paira nicht zu töten, von einem der beiden Männer ausgegangen, denn der Cha-Gurrlin senkte augenblicklich das Schwert und verneigte sich ehrerbietig.

»Du hast wirklich ein großes Talent, Ärger auf dich zu ziehen!«, wandte sich Okowan mit spöttischem Grinsen an Paira.

»Und Ihr habt ganz offensichtlich das verwerfliche Talent, aus dem Unglück anderer Vorteil zu schlagen«, erwiderte Paira voller Abscheu. Es war ihr völlig unverständlich, den lasterhaften und arglistigen Sohn des Freudenhausbesitzers so mächtig zu sehen. Wie kein anderer hätte er den Tod verdient, doch durch eine grausame Laune des Schicksals hatten anscheinend die Guten und Unschuldigen wie Bevan in der Schlacht den Tod gefunden, während das Böse an Einfluss gewonnen hatte.

»Findest du das nicht ein wenig unverschämt deinem Lebensretter gegenüber?«, meinte Okowan von oben herab. »Immerhin würdest du längst dort oben liegen«, er deutete auf den Holzkarren mit den Leichen, »wenn ich nicht zufällig vorbeigekommen wäre.«

Er machte eine abwartende Pause. »Na, was ist?«, fragte er schließlich in gespielter Ungeduld. »Höre ich ein Wort des Dankes?«

»Lieber beiße ich mir die Zunge ab!«

»Wunderbar!« Okowan lachte erfreut. »Wie ich sehe, hast du nichts von deinem Feuer verloren.« Er rieb sich grinsend die Hände. »Erinnerst du dich daran, was ich vor ein paar Sonnenläufen zu dir sagte? *Wer weiß, was die Zukunft noch bringt.* Sonderbar, nicht wahr? Wie schnell sich das Blatt doch wendet.« Er machte eine befehlende Geste und deutete auf Paira. »Die da kommt mit mir!«

»Nein!« Paira sprang auf, schloss Maite in die Arme und wich zurück. »Ich gehe nicht mit dir, du Bastard. Niemals! Lieber sterbe ich hier.«

»Sag das nicht zu laut, Mädchen«, drohte Okowan leise. »Dieser Wunsch könnte sich nur allzu schnell erfüllen.«

»Paira!« Maite klammerte sich ängstlich an ihre große Schwester. »Bitte, lass mich nicht allein.« Paira hielt sie fest und wich drohend ein paar Schritte zurück, wobei sie den Cha-Gurrlin, der sie ergreifen sollte, nicht aus den Augen ließ. »Wage es nicht, mich anzurühren«, zischte sie, ohne auf Maites flehende Worte einzugehen. »Ich habe nichts mehr zu verlieren.« Mit einem Blick über die Schulter vergewisserte sie sich, dass sich die magische Barriere des Gefangenenlagers in der Nähe befand, und machte einen weiteren Schritt rückwärts. »Wenn ihr mir zu nahe kommt, bringe ich mich um.«

»So viel Mut in so einem hübschen Körper.« Okowan schüttelte den Kopf, als schölte er ein störrisches Kind. »Will sich tatsächlich umbringen, die Kleine. Welch eine Verschwendung.« Lächelnd trat er auf die beiden Schwestern zu und streckte Maite, die ihn furchtsam anblickte, lockend die Hand entgegen. »Aber vielleicht möchte deine kleine Schwester ja diesem abscheulichen Lager entfliehen und mit mir …«

»Maite geht nirgendwo hin«, fuhr Paira Okowan an. »Wir bleiben zusammen, was auch geschieht.«

»Das werden wir ja sehen!« Blitzschnell schoss Okowans

fleischige Hand vor und riss Maite aus Pairas Armen. Das Mädchen kreischte wie von Sinnen und wehrte sich verzweifelt, doch es war zu klein und schmächtig, um sich aus dem Griff zu befreien.

»Du verdammtes Schwein!« Mit bloßen Händen stürzte sich Paira auf Okowan, doch der Angriff scheiterte schon im Ansatz und endete nur wenig Herzschläge später in den massigen Pranken eines Cha-Gurrlins.

»Paira! Hilf mir!« Maite schluchzte verzweifelt auf.

»Maite!« Paira war die Furcht um ihre Schwester deutlich anzusehen.

»Welch eine entzückende Geschwisterliebe«, bemerkte Okowan abfällig. »Vielleicht sollte ich euch beide mitnehmen. Es gibt genug …«

»Wartet!« Der Magier hatte dem Wortwechsel schweigend gelauscht, doch nun trat er vor, hob Einhalt gebietend die Hand und wandte sich an Okowan. »Ich muss dich sprechen – allein.«

»Wie du wünschst!« Okowan deutete eine Verbeugung an und reichte die verängstigte Maite an einen der schwarzen Krieger weiter. Dann gesellte er sich zu dem Magier, und die beiden entfernten sich ein Stück. Eine Weile unterhielten sie sich angeregt. Der Magier schien einige Mühe zu haben, sein Ansinnen zu erklären, doch schließlich huschte ein breites Grinsen über Okowans Gesicht, und er nickte zustimmend.

»Du bist wirklich ein Glückskind«, wandte er sich mit gekonnt gespieltem Bedauern an Paira, als er zurückkam. »Dein Mut hat großen Eindruck gemacht. Der Meister persönlich beansprucht dich und diese kleine Furie«, er deutete auf Maite, »für sich. Euch ist eine andere Aufgabe zugedacht. Betrachtet euch als *Auserwählte.*« Schon die Art, wie Okowan das Wort »Auserwählte« betonte, jagte Paira einen eisigen Schauer über den Rücken, doch die Aussicht, diesem widerwärtigen Menschen nicht folgen zu müssen, ließ sie zunächst aufatmen. Okowan war indes noch nicht fertig. Mit einem enttäuschten Ausdruck in den Augen kam er auf sie zu, seufzte und strich ihr mit der fleischigen Hand über die Wange. »Wirklich jammerschade«, sagte er betrübt und ließ den Blick schmachtend über ihren Körper gleiten. Dann straffte er sich und gab ein grunzendes Geräusch von sich, als müsste er sich gewaltsam losreißen. »Jammerschade«, murmelte er noch einmal, wandte sich an die Cha-Gurrlinen und sagte: »Führt sie ab!«

»Ich möchte dich nicht bevormunden, Shari. Ich möchte nur, dass du verstehst, warum ich so *kaltherzig* und *grausam* handle, wie du es nennst.« Naemy machte eine Pause und blickte ihre Schwester voller Wärme an. »Dreihundert Sommer lang habe ich mir vorgeworfen, dir nicht ins Grasland gefolgt zu sein, um dich zu beschützen, und jetzt, da mir diese Gnade zuteil wurde, werde ich dein Leben auf keinen Fall noch einmal aufs Spiel setzen. Nicht, weil ich verlange, dass du dich mir unterordnest, sondern weil ich dich liebe.«

»Das hast du mir alles bereits gesagt.« Shari vermied es noch immer, ihre Schwester anzublicken, und schob trotzig das Kinn vor. Seit Naemy gekommen war, um mit ihr zu sprechen, tat sie, als wäre ihre Schwester gar nicht da. Schweigend hatte sie Naemys Worten gelauscht, und erst jetzt, da die Sonne schon hoch am Himmel stand, gab sie eine Antwort.

»Aber hast du es auch verstanden?« Es betrübte Naemy zutiefst, dass sich ihre Schwester so stur zeigte. Wie gern hätte sie Shari in die Arme geschlossen und ihr versichert, dass sich alles zum Guten wenden würde, doch nach der verlorenen Schlacht klangen diese Worte auch in ihren Ohren wie Hohn, und sie wusste, dass Shari ihr nicht glauben würde.

»Verstehen!« Shari schnaubte verächtlich. »Wer kann schon verstehen, dass es nötig ist, das eigene Volk zu verraten.«

»Ich weiß, dass ich viel von dir verlange«, räumte Naemy ein. »Aber es ist wichtig für mich, dass ich dir vertrauen kann, wenn ich nach Nimrod aufbreche. Ich muss wissen, dass du dich an unsere Abmachung hältst, solange ich fort bin, und diese Lichtung nicht verlässt.«

»Glamouron wird schon auf mich Acht geben«, sagte Shari verächtlich. »Keine Sorge, die kleine aufsässige Elfe wird gewiss keine Dummheiten machen, schließlich hat sie ja ein Kindermädchen.«

»Nein, das hat sie nicht. Die große eigensinnige Elfe wird auf sich selbst Acht geben müssen.«

»Heißt das …?« Endlich wandte Shari den Kopf und sah ihre Schwester an.

»… dass er mich nach Nimrod begleiten wird.« Naemy nickte. »Ja, das heißt es. Allein werde ich dort kaum etwas ausrichten können. Zu zweit bleibt uns wenigstens etwas Hoffnung. Deshalb ist es von größter Wichtigkeit, dass ich dir vertrauen kann. Du musst hier bleiben und auf Fedeon aufpassen. Ich spüre, dass auch in ihm ein großer Kummer wütet, und fürchte, dass die Illusion, die ich für ihn gesponnen habe, nicht mehr lange halten wird.«

»Dann bin also ich das Kindermädchen.«

»Wenn du es unbedingt so nennen willst, ja.« Ein dünnes Lächeln huschte über Naemys Gesicht, dann wurde ihre Stimme wieder ernst. »Schwörst du mir im Namen der Göttin, dass du hier verweilen und dich nicht von der Lichtung entfernen wirst, bis Glamouron und ich zurückkehren? Und dass du dich um Fedeon kümmern und ihn aufhalten wirst, sollte er versuchen, nach Nimrod zurückzukehren?«

»Wohin sollte ich schon gehen?«, lautete Sharis spöttische Antwort. »Ich habe keine Heimat mehr.«

»Bitte, Shari!« Ein flehender Ton schwang in Naemys Stimme mit. »Ich muss wissen, dass ich dir vertrauen kann, sonst …«

»Was sonst?«, fragte Shari herausfordernd. »Willst du mich etwa fesseln oder in die Hütte sperren, wenn ich es dir nicht schwöre? Würdest du das wirklich tun?«

Naemy schwieg. Es war nicht zu übersehen, wie sehr sie mit sich rang, doch eine wahre Antwort vermochte sie Shari nicht zu geben.

»Du bist meine Schwester«, sagte sie schließlich so laut, als wollte sie sich selbst von dem Gehalt der Worte überzeugen. »Wem, wenn nicht dir, sollte ich vertrauen? Unser aller Schicksal liegt auch in deinen Händen, und ich bin sicher, dass du dir der großen Verantwortung bewusst bist.« Naemy war deutlich anzumerken, dass sie nicht zufrieden mit dem Verlauf des Gesprächs war, dennoch wandte sie sich ab und sagte: »Die Zeit drängt. Ich werde jetzt alle notwendigen Vorbereitungen treffen, um die gefangenen Nebelelfen zu befreien. Sobald die Monde sich über die Berge erheben, werden Glamouron und ich den Versuch wagen.« Sie wandte sich zum Gehen, doch dann drehte sie sich noch einmal um und sagte voller Zuneigung: *»Cen milin, muinthel.«*

Drittes Buch

Am Rande des Abgrunds

In den dunkelsten Verliesen der Festungsstadt wurde Anthork, der einstige oberste Druide, von einem seltsamen Traum heimgesucht.

Die Frau, die durch die Nebel des nächtlichen Waldes schritt, war jung, hoch gewachsen und trug ein langes fließendes Gewand aus edel schimmerndem Gewebe. Das Gesicht war fein geschnitten und von langen goldenen Haaren eingerahmt.

Gemessenen Schrittes suchte sie sich ihren Weg über den laubbedeckten und mit Farnen bewachsenen Boden und trat lächelnd auf ein kleines Mädchen zu, das verängstigt auf einem verwitterten Baumstamm kauerte. Die Kleine trug nur ein dünnes Nachtgewand und hatte die Arme fröstelnd um den Oberkörper geschlungen. Ihr Gesicht war feucht vom Tau, und aus den Haaren lösten sich dicke Wassertropfen, die ihr wie Tränen über das verschmutzte Gesicht liefen. Sie schaute der Frau furchtsam entgegen und öffnete den Mund, doch diese legte ihr beschwörend den Zeigefinger auf die Lippen und mahnte sie zu schweigen. Dann löste sie ein Lederband, das sie um den Hals trug, zog ein Amulett aus ihrem Gewand und reichte es dem Mädchen. An dem Lederband hing ein ungeschliffener orangefarbener Stein von außergewöhnlicher Schönheit. Er war in einen silbernen, kunstvoll verzierten Ring gefasst, auf dessen Oberseite zahlreiche geschwungene Schriftzeichen eingraviert waren. Sie legte dem Mädchen eine Hand unter das Kinn und sah ihm tief in die Augen. Ihre Lippen bewegten sich, doch statt der Worte, die sie zu dem Mädchen sprach, woben sich andere Laute in den seltsamen Traum: »Verzweifelt nicht, denn es gibt Hoffnung«, säuselten liebliche Klänge dem Träumer zu. »In zehn Sommern, wenn To und Yu sich verdunkeln, wird einer das Licht der Welt erblicken, der das Mal der Monde tragen und die unschuldigen Menschenleben rächen wird.«

Dann verschwand das friedliche Bild des nächtlichen Waldes und wich der bedrohlichen Düsternis eines Zeltes. Ein grünes Leuchten erfüllte die Luft, und eine eisige, Furcht einflößende Kälte, die nichts Natürliches an sich hatte, streifte den Träumer, dass er im Schlaf erschauerte.

Die Frau, die dem Mädchen das Amulett geschenkt hatte, stand erhobenen Hauptes inmitten des Lichts und blickte auf eine in lange dunkelblaue Gewänder gehüllte Gestalt, die vor ihr auf einem wuchtigen, thronähnlichen Stuhl saß. Bosheit und Hass umgaben die Gestalt, von der weder Gliedmaßen noch Gesicht zu erkennen waren, wie eine greifbare Aura, und der Träumer erzitterte. Das Gefühl, die Frau warnen zu müssen, wurde so unerträglich, dass er ihr zurufen wollte, sie möge fliehen. Doch sosehr er sich auch bemühte, ihm drang kein Laut über die Lippen. Mit klopfendem Herzen beobachtete er, wie die Frau der finsteren Gestalt einen ebenholzfarbenen Stab reichte. Das obere Ende zierte eine kunstvoll gearbeitete und mit fremdartigen Schriftzeichen versehene silberne Hülle, die von einer goldenen Sonnenscheibe gekrönt wurde, auf der sich eine symbolische Nachbildung der Zwillingsmonde To und Yu befand. Sie zeigte die ebenmäßigen Körper der Monde, die sich unter einem sternenübersäten Himmel küssten.

Der Stab der Weisheit!

»Nein!« Im Traum schrie Anthork entsetzt auf. Verzweifelt versuchte er der Frau mitzuteilen, dass sie im Begriff sei, einen großen Fehler zu begehen, doch der Aufschrei verhallte ungehört. In ohnmächtigem Entsetzen musste er mit ansehen, wie der Stab in den Besitz der finsteren Kreatur gelangte.

Die Frau wandte sich um und wollte das Zelt verlassen, doch auf einen Wink des Dunkelgewandeten hin versperrten ihr zwei Cha-Gurrlinen den Weg, und ein hässliches, schadenfrohes Lachen hallte durch den Traum.

Ein letztes Mal wechselte das Bild.

Diesmal befand sich die Frau als Gefangene inmitten einer gewaltigen Kugel, deren phosphoreszierendes Leuchten die Nacht auf einer abgeschiedenen Lichtung erhellte. Doch sie war nicht allein. Eine dunkelhaarige Frau befand sich bei ihr, deren Haltung von tiefem Kummer und Verzweiflung zeugte.

Der Blaugewandete war ebenfalls anwesend. Er stand vor der Kugel, die Arme beschwörend erhoben, und rezitierte einen mächtigen Bannspruch. Aus den Fingerspitzen glitten knisternde Blitze schlangengleich über die äußere Hülle der Kugel und trübten sie, bis die beiden Frauen, die darin gefangen saßen, nicht mehr zu sehen waren. Dann erloschen die züngelnden Lichtstreifen, und der Blaugewandete hob die Arme zu einer letzten mächtigen Beschwörung. Die Sprache war dem Druiden fremd, doch er fühlte die Macht, die darin verborgen war, und Angst schnürte ihm die Kehle zu. Er ahnte, dass ihm hier nur die Rolle des Zuschauers zuteil wurde, und schämte sich für seine Unfähigkeit.

Starr vor Entsetzen musste er mit ansehen, wie sich die Kugel über die Lichtung erhob und auf einen gleißenden Streifen zuschwebte, der den Nachthimmel wie ein feuriger Riss spaltete. Wenig später öffnete er sich wie ein gewaltiges brennendes Maul, und die Kugel verschwand in der lichtlosen Düsternis des gewaltigen Schlunds.

»Nein!« Erschüttert ließ Anthork den Tränen freien Lauf. Ihm war, als stürzte er in eine bodenlose Schwärze, in der es weder eine Zukunft noch Hoffnung gab. Er hatte alles verloren, nicht nur seine Heimat und unzählige Freunde … Jetzt hatte er nicht einmal mehr einen Glauben, der ihm Halt und Trost in düsteren Zeiten spenden würde – Thale war verloren.

Da ertönte in dem Traum wie aus weiter Ferne eine schwache, liebliche Stimme und rief ihm zu: »Sei getreu und warte! In zehn Sommern, wenn To und Yu sich verdunkeln, wird einer das Licht der Welt erblicken, der das Mal der Monde tragen und die unschuldigen Menschenleben rächen wird … unschuldigen Menschenleben rächen wird … rächen wird … wird … wird …«

Der Ruf wurde immer schwächer und verhallte in der Dunkelheit, doch die wenigen Worte gaben dem Träumer neuen Mut. Wo ein Ende war, würde es auch wieder einen Anfang geben. In zehn Sommern … Die Menschen mussten es erfahren, mussten wissen, dass es Hoffung gab. In zehn Sommern … Anthork lächelte und glitt in einen tiefen, traumlosen Schlaf …

»Was haben sie mit uns vor?« Ängstlich klammerte sich Maite an ihre große Schwester, während sie inmitten einer Gruppe Gefangener aus dem Lager in die Festungsstadt geführt wurden.

»Ich weiß es nicht.« Paira drückte Maite tröstend an sich. Auch sie hatte große Furcht. Die Art, in der Okowan sich ausgedrückt hatte, verhieß nichts Gutes, und obwohl sie erleichtert war, dem schändlichen und erniedrigenden Dasein im *Haus der Sinne* entgangen zu sein, spürte sie, dass das Schicksal ihr eine ähnlich schreckliche Zukunft zugedacht hatte. Ihr, Maite und all den anderen, die den Cha-Gurrlinen schweigend und demütig wie eine Herde Schlachtvieh hinter die großen Mauern folgten.

Wie eine Herde Schlachtvieh ... Paira war überrascht, wie passend der Vergleich war. Die Art und Weise, wie die Gefangenen zwischen den schwarzen Kriegern dahintrotteten, ähnelte tatsächlich in unheilvoller Weise dem Anblick der verängstigten Ziegen, Schafe und Rinder, welche die Bauern Thales zweimal im Jahr nach Nimrod trieben, um sie vor den Toren der Stadt auf einem großen Viehmarkt zu verkaufen. Und wie die Viehtreiber, die die ausgebrochenen Tiere mit Peitschen- und Stockhieben in die Herde zurückscheuchten, schlugen auch die Cha-Gurrlinen gnadenlos auf alle ein, die zu langsam waren oder versuchten, dem Tross zu entkommen.

Paira hob den Blick und schaute sich um. Die Gruppe bestand fast ausschließlich aus Müttern, die ein oder zwei verängstigte Kinder auf dem Arm trugen oder an den Händen hielten. Viele der kleineren Kinder weinten und klammerten sich Hilfe suchend an die Frauen, während sich die Größeren stumm mit angstgeweiteten Augen umschauten und nicht von der Seite ihrer Mütter wichen. Nirgends konnte Paira einen Krieger entdecken, und es befanden sich auch keine Alten in der Gruppe.

Auserwählt! Unvermittelt gewann das Wort, das Okowan gebraucht hatte, an Bedeutung, und die dumpfe Vorahnung, dass etwas Schreckliches mit ihnen geschehen würde, schnürte Paira die Kehle zu.

»Was ist mit dir?« Maite bemerkte, wie Pairas Körper sich versteifte, und sah ihre Schwester besorgt an.

»Es geht schon wieder«, log Paira und zwang sich zu einem gelassenen Tonfall. »Ich bin nur müde.« Liebevoll strich sie Maite über das Haar.

Ich muss jetzt stark sein, ermahnte sie sich. Maite hat schon so viel Schreckliches gesehen und furchtbare Angst. Mutter und Bevan sind tot. Ich bin alles, was sie noch hat. *Versprich mir, dass du nicht von ihrer Seite weichen wirst,* hörte sie die Mutter in Gedanken sagen. *Was auch geschieht, ihr bleibt zusammen! Versprich es mir, im Namen der Göttin!*

»Ich verspreche es!«, murmelte Paira noch einmal und straffte sich.

»Wie?« Maite hatte die Worte gehört und schaute sie jetzt verwundert an.

»Nichts.« Paira zwang sich zu einem Lächeln. »Ich habe nur laut gedacht.«

In diesem Augenblick wurden sie durch das gähnende Loch in der Festungsmauer getrieben, wo sich zuvor das große zweiflügelige Tor Nimrods befunden hatte. Dahinter mischten sich die verkohlten Holzbalken mit den Gesteinstrümmern, welche die Steinschleudern aus der Festungsmauer gesprengt hatten, und den Überresten der zerstörten Häuser; die Trümmer bedeckten den Boden, so weit das Auge reichte. Viele Gebäude waren bis auf die Grundmauern niedergebrannt, und ein durchdringender Geruch nach Asche und schwelendem Holz hing bleiern in der windstillen Luft. Doch die Zerstörung war nicht der schlimmste Anblick, der sich den Gefangenen offenbarte. Viel entsetzlicher waren die unzähligen, oft bis zur Unkenntlichkeit verstümmelten Leichen, die sich auf und unter den Trümmern befanden und deren Blut schon jetzt Tausende schwarzer Fliegen anzog. Die leblosen Körper der Elfen und Menschen lagen wie zerbrochene, achtlos fortgeworfene Puppen herum, die Augen blicklos geöffnet und in Todesfurcht erstarrt.

Maite nahm der grausige Anblick so gefangen, dass sie nicht ansprechbar war. Unfähig, den Blick abzuwenden, starrte sie erschüttert auf die unzähligen Leichen und wehrte sich heftig gegen Paira, welche die Augen ihrer Schwester mit der Hand zu beschirmen versuchte, um ihre junge Seele vor weiterem Schaden zu bewahren. Unversehens trat Maite mit dem Fuß auf das Bein eines toten Elfen, dessen Oberkörper fast gänzlich unter schweren Gesteinsbrocken begraben war, worauf sich eine Wolke aus Fliegen summend über dem blutverschmierten Leichnam erhob. Das kleine Mädchen stieß einen entsetzten Schrei aus und barg das Gesicht in Pairas Gewand, doch es gab keine Möglichkeit, dem Grauen zu entkommen. Die Cha-Gurrlinen trieben sie unbarmherzig über die Toten und Verwundeten hinweg, und mehrmals gelang es Paira nur mit enormer Willensanstrengung, die aufkommende Übelkeit zu unterdrücken.

Jetzt, da es hell war, enthüllte die Sonne schonungslos, was die Dunkelheit auf dem Weg in das Gefangenenlager gnädig vor ihren Augen verborgen hatte. Der Anblick war mehr, als ein Mensch zu ertragen vermochte, und dennoch zog das stumme Grauen Pairas Blicke fast magisch an. Immer wieder starrte sie auf abgetrennte Gliedmaßen und grässlich entstellte Körper und atmete den Geruch des Todes ein, der sich wie ein Leichentuch über Nimrod gebreitet hatte.

Trümmer, Tod und Blut – überall Blut. Das Maß an Grauen, das sie zu ertragen vermochte, war längst überschritten, und Paira spürte, wie sich ihre empfindsame Seele immer weiter zurückzog, um nicht an der Abscheulichkeit des Anblicks zu zerbrechen. Ohne die furchtbaren Bilder im Einzelnen in sich aufzunehmen, ließ sie den Blick über den Boden schweifen, stieg über Tote und Trümmer hinweg und achtete nur darauf, dass Maite und sie nicht stürzten.

Plötzlich brach die Frau vor ihr aus der Reihe aus und kniete unter Tränen neben einem Toten nieder, den sie offenbar gekannt hatte. Ungeachtet der blutgetränkten Kleidung umfing sie ihn klagend und küsste das zerstörte Gesicht des Mannes, doch für Trauer blieb keine Zeit. Schon war ein Cha-Gurrlin heran und riss sie brutal in die Höhe. Der Kraft des Kriegers hatte die zierliche Frau nichts entgegenzusetzen; dennoch wehrte sie sich nach Leibeskräften und schlug wie von Sinnen mit Händen und Füßen auf den Krieger ein. Dabei kreischte sie wie eine Furie und gebärdete sich wie wild.

Im Stillen bewunderte Paira sie für den Mut, der sie, wenngleich aus Verzweiflung geboren, zu einem solchen Angriff befähigte; aber sie wusste auch, wie aussichtslos das Gebaren der Frau war. Noch während die Nachfolgenden Paira an der Frau und dem Krieger vorbeischoben, sah sie, wie der Cha-Gurrlin sein Kurzschwert zog. Dann entschwanden die beiden ihren Blicken und blieben hinter ihr zurück. Fünfzehn Schritte lang begleitete das wütende Kreischen der Frau Paira noch auf ihrem Weg, dann ging es in einen gurgelnden Laut über und erstarb.

»Sieh nicht hin!« Energisch zwang Paira ihre Schwester, den Blick nach vorn zu richten. »Ihr kann niemand mehr helfen.«

Maite antwortete nicht, machte aber auch keinen Versuch mehr, sich umzudrehen.

Der Gedanke, dass ihre Schwester erst sechs Sommer gesehen hatte, brach Paira fast das Herz, und sie fragte sich verbittert, warum die Gütige Göttin zuließ, dass unschuldigen Kindern ein solches Leid widerfuhr. Und nicht nur den Kindern. So viele Menschen in dem Lager vor den Festungsmauern hatten gebetet und die Göttin in ihrer Verzweiflung um Hilfe angefleht, ohne eine Antwort zu erhalten. Es schien, als wäre die Göttin nicht mehr bei ihnen, als wäre sie selbst vor den schwarzen Horden der Finsternis geflohen und hätte ihr Volk dem grausamen Schicksal überlassen.

»Darrari!« Ein harter, schmerzhafter Stockhieb traf Pairas Rücken, während ein ebergesichtiger Cha-Gurrlin sie zur Eile antrieb. *»Darrari!«* Unbarmherzig prallte der Stock ein weiteres Mal auf ihre Rippen. Paira zuckte gepeinigt zusammen, sagte jedoch nichts. Sie war so in Gedanken versunken gewesen, dass sie gar nicht bemerkt hatte, dass sie den Anschluss an die Gruppe verloren hatte. Um ihre Schwester vor den Hieben des Kriegers zu schützen, umfasste sie diese fester und zog sie mit sich, während sie eilig einen Weg entlang der von Trümmern und Toten übersäten Straße suchte, um zu den anderen Gefangenen aufzuschließen.

Die Cha-Gurrlinen trieben die Menschen durch die Gassen der Festungsstadt hinauf zu dem inneren Verteidigungsring, der sowohl den Sitz des Druidenrates als auch den heiligen Tempel der Gütigen Göttin vor Angriffen hätte schützen sollen. Vor den Toren der Inneren Festung befand sich ein großer freier Platz, auf dem die festlichen Zeremonien und die Markttage stattgefunden hatten. Nur wenige Sonnenläufe zuvor hatte Paira ihrer Mutter hier beim Verkauf von Kohl und anderem Gemüse geholfen. Es war ein Platz, mit dem Paira nur schöne Erinnerungen verband. Doch jetzt war davon nichts mehr zu erkennen, denn hier war der Kampf mit besonderer Härte ausgefochten worden. Am Fuß der Mauer der Inneren Festung türmten sich die Leichen der Verteidiger mehr als zwei Längen hoch, und der Platz selbst war über und über mit Toten bedeckt. In der Mitte sah Paira ein Dutzend Cha-Gurrlinen-Krieger, die aus den Balken der zerstörten Häuser eine Art Podest zimmerten, während andere in einiger Entfernung dabei waren, die leblosen Körper der Gefallenen über dem Kadaver eines getöteten Riesenalps aufzuschichten, um einen Scheiterhaufen zu errichten. Aus einem ähnlichen Haufen am anderen Ende des Platzes stieg bereits eine schwarze Rauchwolke auf. Ein leichter Luftzug trug Paira den beißenden, Übelkeit erregenden Geruch nach verbranntem Fleisch zu, und sie hielt sich rasch den Ärmel ihres Gewands vor den Mund, um dem abscheulichen Gestank zu entgehen.

»Was ist das?« Maite hustete und würgte.

»Sie verbrennen die Toten«, erklärte Paira, ohne den Arm vom Mund zu nehmen, und bedeutete Maite, es ihr gleichzutun. Dann hatten sie den Platz endlich überquert und wurden durch das Tor der Inneren Festung auf ein großes, weiß gekalktes Gebäude mit dicken Mauern zugeführt – den Kerker von Nimrod!

»Sind es genug?« Okowan stand an einem der hohen, mosaikverzierten Fenster und blickte auf den Strom der Gefangenen hinab, die soeben in den Kerker geführt wurden.

Nachdem Asco-Bahrran die Auswahl geeigneter Gefangener beendet und sie das Lager auf der Ebene gemeinsam verlassen hatten, hatten sie sich unverzüglich auf den Weg in die Innere Festung begeben, um die verlassenen Gemächer der Ratsmitglieder zu begutachten. Angesichts der hochrangigen Stellung, die ihnen seitens des finsteren Herrschers in Aussicht gestellt worden war, galt es, sich möglichst schnell die besten Räumlichkeiten, die schönsten Einrichtungsgegenstände und Wertsachen zu sichern, bevor andere sie für sich beanspruchten.

»Es kommen noch ungefähr dreißig Elfenkrieger und ein paar Priesterinnen hinzu«, meinte Asco-Bahrran. »Die Mischung aus Furcht, Stolz und Entsetzen entspricht genau den Wünschen des Erhabenen. Ich bin sicher, er wird mit dem Ergebnis hoch zufrieden sein.«

»Das will ich auch hoffen!« Okowan rieb sich nachdenklich über das fleischige Kinn. »Wenn du mich fragst, ist dieser Dämonenfürst unberechenbar. Er wird uns nur so lange mit Wohlwollen bedenken, wie wir ihm nutzen. Ein Fehler, eine unbedachte Äußerung, die seinen Zorn erregt, und …« Er machte ein schneidendes Geräusch und fuhr sich mit dem Zeigefinger über die Kehle.

»Aber, aber.« Asco-Bahrran schüttelte belustigt den Kopf. »Wer wird sich denn solchen Gedanken hingeben?« Er trat vor seinen Freund und legte ihm die Hände auf die Schultern. »Heute Abend«, erklärte er bedeutungsvoll, »werden alle noch lebenden Druiden des Rates in einer öffentlichen Zeremonie inmitten des Gefangenenlagers hingerichtet werden. Danach gibt es niemanden mehr, der den Menschen etwas befehlen könnte. Thale ist so gut wie enthauptet und gesetzlos. Von den Herrschenden wird niemand mehr am Leben sein.« Er machte eine bedeutungsschwere Pause. »Das ist unsere Schicksalsstunde. Sobald der letzte Druide hingerichtet worden ist, werde ich uns beide zu den neuen Herrschern von Nimrod ausrufen:

Okowan – der Sequestor, der oberste Gerichtsherr und Statthalter von Nimrod! Und Asco-Bahrran, seines Zeichens Meistermagier und Statthalter von Nimrod.« Er lächelte zufrieden. »Thale wird uns zu Füßen liegen, und sobald An-Rukhbar in seine Dimension zurückgekehrt ist, haben wir freie Hand.«

»… solange wir seinen Befehlen folgen«, gab Okowan zu bedenken.

»Seinen Befehlen. Pah, was ist das schon?« Asco-Bahrran wischte den Einwand mit einer lässigen Handbewegung beiseite. »Oder hast du etwa Schwierigkeiten damit, dieses stinkende Bauernpack An-Rukhbar auszuliefern?«

»Mit so etwas hatte ich noch nie Schwierigkeiten.« Okowan grinste breit. »Besonders nicht, wenn dabei ein paar hübsche und unverbrauchte Mädchen für mich abfallen.«

»Abfallen?« Asco-Bahrran zog erstaunt die Augenbrauen in die Höhe. »Ich höre wohl nicht recht. Seit wann bist du denn so bescheiden? Du bist jetzt nicht mehr nur der Sohn eines Freudenhausbesitzers, du bist der Statthalter von Nimrod. Du fragst nicht, du befiehlst. Du bittest nicht, du verlangst. Das Volk ist dir untertan, und du nimmst, was dir gefällt.«

»Klingt nicht übel.« Okowan nickte und fuhr sich mit der Zunge über die wulstigen Lippen.

»Ist es auch nicht!« Asco-Bahrran legte dem Freund in einer kameradschaftlichen Geste die Hand auf die Schulter. »Wir beide sind die großen Gewinner dieser Schlacht«, erklärte er feierlich, »und bei den Toren, das werde ich mir nicht nehmen lassen.«

In diesem Augenblick ertönte draußen auf dem Gang ein Poltern, und in der geöffneten Tür erschien die grobschlächtige und völlig verdreckte Gestalt eines Cha-Gurrlin.

»Feuerrrrgrrrrupeee ferrrrtig sejen!«, stieß er in einem kaum verständlichen Kauderwelsch hervor und deutete eine unbeholfene Verbeugung an.

»Wir kommen!« Asco-Bahrran entließ ihn mit einem Handzeichen und wandte sich wieder an Okowan. »Diese Cha-Gurrlinen mögen abstoßend und widerwärtig sein, aber man kann ihnen nicht nachsagen, dass sie faul wären. Ich hätte nicht gedacht, dass sie die Grube für den Thron so schnell ausheben. Wenn es so zügig weitergeht, kann ich schon morgen mit der Anfertigung beginnen.« Er machte ein paar Schritte auf die Tür zu, drehte sich dann aber noch einmal um. »Wie steht es?«, fragte er gut gelaunt. »Ich muss zur Grube, um den Cha-Gurrlinen neue Anweisungen zu geben. Willst du mich begleiten?«

»Nein, ich bleibe lieber hier und schaue mich ein wenig in meinen neuen Gemächern um.« Okowan winkte dankend ab. Die Cha-Gurrlinen waren ihm nicht geheuer, und er war froh, wenn er sich nicht in der Nähe der ebergesichtigen Krieger aufhalten musste. Seit er am Morgen gesehen hatte, wie sie einen Gefangenen getötet hatten, um ihn zu verspeisen, fürchtete er sich insgeheim vor den stinkenden, abstoßend borstigen Kreaturen. Er konnte nur hoffen, dass diese abscheulichen Geschöpfe bald wieder aus Thale verschwanden.

»Gut, dann treffen wir uns bei Sonnenuntergang auf dem Platz vor der Inneren Festung«, sagte Asco-Bahrran und fügte im Hinausgehen hinzu: »Die Hinrichtung der Druiden willst du dir doch sicher nicht entgehen lassen.«

2

Rasch senkte sich der Abend über die kleine Lichtung am großen Gießbach, und die Nacht kehrte ein. Dunkelheit hüllte die gewaltigen Rauchsäulen der Scheiterhaufen, auf denen die siegreichen Cha-Gurrlinen-Krieger die Toten verbrannten, in samtene Schwärze, und nur der rote Feuerschein über der zerstörten Stadt erinnerte noch an das grausige Geschehen in der Ebene.

Mit vorgetäuschtem Unmut beobachtete Shari, wie Naemy und Glamouron die letzten Vorbereitungen trafen, um durch die Zwischenwelt nach Nimrod zu reisen und die gefangenen Elfen zu befreien. Sie wusste, dass Naemy ein feines Gespür dafür besaß, was in ihr vorging, und achtete sorgfältig darauf, sich unauffällig zu verhalten. Schon ein unbedachter Gedanke konnte dazu führen, dass ihre Schwester den sorgfältig gehüteten Anschein von Missmut und Trotz durchschaute.

In Wirklichkeit wartete Shari sehnsüchtig darauf, dass Naemy und Glamouron endlich verschwanden. Die Abwesenheit der beiden würde ausreichen, um ihr einen sicheren Vorsprung zu verschaffen und endlich das zu tun, was sie schon längst hätte unternehmen sollen. Ihr Volk warnen!

Seit sie um das schreckliche Schicksal wusste, das ihren Brüdern und Schwestern bevorstand, brannte in ihr ein leidenschaftliches Feuer, das weder durch Naemys erklärende Worte noch durch die fortwährenden Appelle, vernünftig zu sein, an Kraft verloren hatte. Sie hätte schon vor vielen Sonnenläufen nach Numark gehen müssen, um den König zu warnen. Doch Naemy hatte sie nie lange genug aus den Augen gelassen, als dass sie dieses Vorhaben in die Tat hätte umsetzen können. Der Weg nach Numark war weit, und im Gegensatz zu ihrer älteren Schwester war Shari weder der Gedankensprache noch zu einer Reise durch die Zwischenwelt fähig.

In ohnmächtiger Wut über das eigene Unvermögen hatte sie sich zähneknirschend den Regeln unterworfen, die Naemy für die kleine Gruppe aufgestellt hatte, und bislang keinen Versuch unternommen, ihr wertvolles Wissen zum Wohl des Elfenvolks zu verwenden. Doch damit war jetzt Schluss!

Shari ballte die Fäuste. Das tausendfache Sterben und die verlorene Schlacht im Bewusstsein mit ansehen zu müssen, dass sie es hätte verhindern können, war mehr, als ihre junge Seele zu ertragen vermochte. Sie fühlte sich schuldig und schmutzig, und das Bedürfnis, diesen schrecklichen Fehler irgendwie wieder gutzumachen, ließ ihr keine Ruhe.

Deshalb erschien es ihr wie ein Wink des Schicksals, dass Naemy und Glamouron ausgerechnet jetzt aufbrachen, um die gefangenen Elfen aus Nimrod zu befreien, und sie fieberte dem Moment entgegen, da sie endlich allein war. Um Fedeon machte sie sich keine Gedanken. Der junge Skalde war in der Jagdhütte tief und fest eingeschlafen und würde sie bei ihrem Vorhaben nicht stören.

Verstohlen warf sie einen Blick auf *Bronadui*, der hinter der Hütte am Waldrand graste und dem Treiben auf der Lichtung keine Beachtung schenkte. Der Hengst war jung, ausgeruht und kräftig. Auf seinem Rücken würde es ihr mühelos gelingen, die Sümpfe von Numark innerhalb weniger Sonnenläufe zu erreichen. Die Zeit war knapp, aber Shari war fest davon überzeugt, noch vor den Cha-Gurrlinen-Kriegern in der Heimat der Elfen anzukommen.

»Wir sind so weit!« Naemy kam auf sie zu, legte ihr die Hand auf die Schulter und blickte sie ernst an. »Du weißt, was du mir versprochen hast«, sagte sie mit einem mahnenden Unterton in der Stimme und fügte hinzu: »Pass gut auf dich auf.«

»Wie lange werdet ihr fort sein?«, fragte Shari, ohne noch einmal auf das gegebene Versprechen einzugehen.

»Ich kann es dir nicht sagen.« Naemy schüttelte den Kopf und schaute nach Westen, wo die letzten hellgrauen Streifen des Sonnenlichts langsam verblassten. »Wenn alles gut geht, sind wir bis Sonnenaufgang zurück. Wenn nicht …« Plötzlich wurde ihre Stimme ernst, und eine düstere Vorahnung schwang darin mit. »Du musst mir etwas versprechen, Shari«, sagte sie leise.

»Noch etwas?« Shari gab sich betont trotzig, um sich die quälende Unruhe nicht anmerken zu lassen. »Reicht es nicht, dass ich dir versprochen habe, brav zu sein und auf Fedeon aufzupassen?«

»Nicht ganz.« Ein dünnes Lächeln huschte über Naemys Gesicht. »Es ist nur, falls … wir nicht zurückkommen«, erklärte sie. »Dann …«

»… stoße ich zuerst Fedeon und anschließend mir selbst das Schwert ins Herz!«, fiel ihr Shari spöttisch ins Wort und wiederholte in übertriebener Ausdrucksweise, was Naemy ihr die ganze Zeit über zu erklären versucht hatte. »Der Lauf des Schicksals darf nicht verändert werden!«

»Bitte, Shari!« Naemy nahm die Hand von der Schulter ihrer Schwester und blickte sie betroffen an. »Dies ist wahrlich nicht der rechte Augenblick für Scherze.« Sie seufzte tief und sagte noch einmal: »Wenn wir bis zum Morgengrauen nicht zurückgekehrt sind, musst du mit Fedeon fortgehen. Sucht euch ein einsames Tal am Fuße des Ylmazur-Gebirges, wo ihr …«

»Oh, ich verstehe! Nicht der Tod, die Einsamkeit ist es, die du für mich auserkoren hast!«, stieß Shari höhnisch hervor. »Welch ein Leben. Die ersten fünfzig Sommer werde ich Fedeon beim Altern und Sterben beobachten, und dann …«

»Shari, bitte!«

»… werde ich noch mindestens sechshundert einsame Sommer in tiefer Meditation verbringen.« Sie lachte bitter. »Da stoße ich mir doch lieber gleich einen Dolch ins Herz.«

»Shari!« Eine tiefe Traurigkeit schwang in Naemys Worten mit. »Ich weiß, dass du verbittert bist, und verstehe auch, dass du nicht anders kannst. Doch solltest du zumindest versuchen, dich nicht wie ein Kind aufzuführen.«

Shari verschränkte die Arme vor der Brust »Aber ich bin noch ein Kind!«

»Du bist meine Schwester«, sagte Naemy nachdrücklich. »Ich könnte es nicht ertragen, dich …«

»Die Nacht kommt mit schnellen Schritten, Naemy!«, rief Glamouron in diesem Augenblick vom Pentagramm her. »Wenn wir uns nicht beeilen, verpassen wir den richtigen Moment.«

»Ich komme!«, antwortete Naemy und wandte sich ein letztes Mal an ihre Schwester. »Ich vertraue dir, *muinthel*«, sagte sie sanft. »Es schmerzt mich, dass du dein Herz vor mir verschließt, doch ich bin sicher, eines Tages wirst auch du verstehen.« Mit diesen Worten drehte sie sich um und ging auf Glamouron zu, der sie am Pentagramm erwartete.

Shari blickte ihr stumm hinterher. Sie wusste, dass sie jetzt etwas sagen, dass sie Naemy Glück und Erfolg wünschen sollte; doch die Worte der Zuneigung, die sich in ihren Gedanken formten, erreichten die Lippen nicht. Zu tief war der Kummer, zu ohnmächtig die Wut über die aufgezwungene Untätigkeit und zu schmerzhaft der Gedanke, eine Mitschuld am Tod Hunderter Elfen zu tragen, weil die Schwester sie zurückgehalten hatte. In trotzigem Schweigen beobachtete sie, wie Naemy und Glamouron das Pentagramm betraten und ihre Gestalten langsam verblassten.

Wenige Herzschläge später war sie bereits auf dem Weg zur Hütte, wo sie einen Langbogen, ein Kurzschwert und etwas Proviant im Schutz eines immergrünen Busches versteckt hatte. Auch eine warme Decke für die Nacht und eine Wasserflasche hatte sie seit dem Morgen unauffällig dorthin geschafft. Mit wenigen Handgriffen zog sie die Sachen aus dem Versteck und ging, nachdem sie sich mit einem kurzen Blick in die Hütte vergewissert hatte, dass Fedeon noch schlief, zu *Bronadui*.

Der Falbe schnaubte unwillig, als sie den Strick ergriff, der ihm als Halfter diente, doch er folgte ihr gehorsam zu einem kleinen Baum, an dem sie ihn festband. Der Blick der großen dunklen Pferdeaugen folgte ihr bei jeder Bewegung, und Shari konnte sich des Gefühls nicht erwehren, dass er sie misstrauisch beobachtete, während sie die Ausrüstung in einem Rucksack verstaute, Köcher und Bogen schulterte und die Decke oben auf den Rucksack band.

Sei nicht so ängstlich, schalt sie sich in Gedanken. Er ist bloß ein Pferd. Bestimmt ist es nur das schlechte Gewissen, mein gegebenes Versprechen zu brechen, das mich so ängstlich macht. Energisch schob sie alle beunruhigenden Gedanken beiseite, schulterte den Rucksack und schwang sich auf den Rücken des Pferdes.

»Lauf, Bronadui«, sagte sie leise. »Auf in die Sümpfe von Numark.«

Tiefes Schweigen, das nur gelegentlich von leisem Stöhnen und unterdrückten Schmerzenslauten durchbrochen wurde, herrschte in dem engen Verlies, in welchem die Mitglieder des Druidenrates von Nimrod seit dem Fall der Festungsstadt in feuchtmodriger Luft und immer währender Dunkelheit eines ungewissen Schicksals harrten.

Drei der Ratsmitglieder waren bei dem Angriff ums Leben gekommen, unter ihnen Jeoren, der älteste Druide, und Sheridan, einer der engsten Vertrauten des obersten Druiden. Die Überlebenden ahnten, dass auch ihre Sonnenläufe gezählt waren. Die Cha-Gurrlinen-Krieger hatten sie wie Abschaum in den Kerker geworfen, ohne ihnen Wasser und Nahrung zu geben. Zwei von ihnen waren zudem misshandelt und gefoltert worden, einer davon so schwer, dass Anthork bezweifelte, dass er die Nacht überleben würde.

Das Stöhnen und Wimmern des Sterbenden, dessen Kopf in Artairs Schoß ruhte, wurde immer schwächer, und die hechelnden Atemzüge ließen darauf schließen, dass er die Qual bald überstanden hatte. Sie konnten nichts für ihn tun. In der Dunkelheit des Kerkers war es ihnen unmöglich, die klaffenden Wunden zu versorgen, welche die Folter in den Körper des Druiden gerissen hatte, und auch die Mittel der Magie blieben ihnen versagt. Das Verlies war mit einem mächtigen dunklen Zauber belegt, der jeden Versuch, weiße Magie zu wirken, im Keim erstickte. So blieb ihnen nichts weiter übrig, als dem Sterbenden die Hand zu halten und ihm Trost zu spenden, während das Herz mit jedem Schlag mehr kostbaren Lebenssaft auf das blutgetränkte Stroh vergoss.

»Er stirbt.« Artairs Stimme war nicht mehr als ein Flüstern.

»Ich weiß«, erwiderte Anthork erschüttert. Niemand hatte einen solch qualvollen und langsamen Tod verdient, dürstend und von unerträglichen Schmerzen gepeinigt. Das Elend des Freundes mit ansehen zu müssen, ohne helfen zu können, machte dem obersten Druiden mehr zu schaffen, als er zugeben wollte, und er kämpfte darum, die Fassung zu wahren. »Es ist gut so. Er hat wahrlich genug gelitten.«

Das Stöhnen verstummte nach einem tiefen, fast erleichterten Seufzer, mit dem auch die letzte Luft aus den Lungen des Druiden wich. Der Körper erbebte kurz, dann war es still.

»Er hat nun hinter sich, was uns noch bevorsteht«, sagte jemand aus der Dunkelheit, und in der Stimme schwang ein wenig Neid mit. »Nicht mehr lange, und wir werden ihn wiedersehen.«

»Glaubst du wirklich, dass sie uns hinrichten werden?«, fragte ein anderer.

»Schon möglich«, kam die Antwort aus der Dunkelheit. »Sie können uns nicht am Leben lassen. Wir sind für sie viel zu gefährlich. Aber vielleicht haben wir ja Glück, und sie lassen uns hier nur elendig verhungern und verdursten.«

»Warum lässt die Göttin das zu? Warum hat sie nicht eingegriffen? Wie konnte sie ihr Land nur so im Stich lassen? Warum ...?«

»Die Gütige Göttin hat uns nicht im Stich gelassen«, sagte Anthork bestimmt.

»Wie kannst du das wissen?« Selbst Artair, der bisher geschwiegen hatte, schien davon überzeugt, dass sich die Gütige Göttin von ihnen abgewendet hatte.

»Ich habe es *gesehen!*« Anthorks Stimme schwankte nicht.

»Gesehen?«, fragten die anderen fast gleichzeitig.

»Ja, *gesehen.*« Aus Furcht, der finstere Herrscher könnte etwas von den Visionen erfahren, hatte Anthork lange überlegt, ob er die anderen in die Visionen einweihen sollte, doch angesichts der ungerechten Vorwürfe sah er sich gezwungen, die Ehre der Gütigen Göttin zu wahren. »Die Göttin schickte mir zwei Visionen«, erklärte er mit fester Stimme. »Die erste erreichte mich, nachdem wir den Brand hinter der Mauer gelöscht hatten, und die zweite«, er machte eine bedeutungsvolle Pause, »hier im Kerker.«

»Du hast im Schlaf geschrien!«, warf Artair ein.

»Ja, das habe ich wohl.« Anthork nickte, auch wenn die anderen es nicht sehen konnten. »Der Traum war schrecklich. Ich sah, wie die Göttin dem finsteren Herrscher als Zeichen ihrer Unterwerfung den Stab der Weisheit aushändigte. Es hatte den Anschein, als schlösse sie damit einen Handel ab, um Thale vor Finsternis und Unterdrückung zu bewahren. Doch sie wurde getäuscht. Man nahm sie gefangen und verbannte sie an einen fernen Ort, an dem wir sie nicht erreichen können.«

»Dann ist alles verloren!« Tiefe Mutlosigkeit schwang in Artairs Worten mit. »Wenn die Göttin ...«

»Du irrst, Artair«, fiel Anthork dem Druiden in Wort. »Die Vision war grauenhaft und düster, doch sie trug auch einen Funken Hoffnung in sich. Hört, was mir zugetragen wurde ...«

»In zehn Sommern?« Artair hatte den Worten des obersten Druiden atemlos gelauscht und wiederholte die Worte, als könnte er nicht recht glauben, was er vernommen hatte. »Selbst wenn der

Erwählte dann geboren wird, kann es noch ein halbes Menschenleben dauern, bis Thale wieder frei sein wird. Das ist eine lange Zeit, in der viel geschehen kann.«

»Dennoch sind die Worte dazu angetan, den Menschen Hoffnung zu geben«, hielt Anthork dagegen.

»Das ist richtig, aber wie willst du das machen?«, fragte Artair. »Wir sitzen hier gefangen, und ich bin mir ziemlich sicher, dass niemand von uns noch einmal die Gelegenheit bekommt, das Wort an das Volk von Thale zu richten.« Er verstummte und horchte. Draußen auf dem Gang waren schwere Schritte zu hören, die sich rasch näherten. »Sie kommen, uns zu holen«, sagte er mutlos. »Wie es aussieht, wird die Botschaft der Hoffnung mit uns sterben.«

3

Lautlos wie zwei Diebe huschten Naemy und Glamouron durch die spärlich beleuchteten Gänge der Inneren Festung von Nimrod. Entgegen Naemys Erwartungen hatte sie das Pentagramm nicht dorthin geführt, wo sie die gefangenen Elfen vermutete, sondern in jenes Gewölbe, das viele hundert Sommer später die versteinerten Cha-Gurrlinen-Krieger beherbergen sollte.

Naemy war zunächst wütend und enttäuscht darüber, dass ihr ein solch fataler Fehler unterlaufen war, doch Glamouron fand die richtigen Worte, sie zu trösten. »Nimrod besitzt Dutzende solcher Gewölbe. Nach dreihundert Sommern ist es selbst für uns Elfen nicht leicht, die Erinnerungen an Orte, die wir nur kurz gesehen haben, so getreu aufrechtzuerhalten, dass wir leichthin durch die Zwischenwelt dorthin reisen können.« Dann hatte er ihr die Hände auf die Schultern gelegt, ihr in die Augen geschaut und gesagt: »Aber wir sind hier, allein und unbemerkt. Es hätte schlimmer kommen können. Unsere Brüder und Schwestern sind ganz in der Nähe, das spüre ich. Lass sie uns suchen und befreien.«

So machten sie sich auf den Weg durch die Flure und Gänge tief unter der Festungsstadt, lautlos und unbemerkt, wie nur Elfen es vermögen. Ihre Sinne waren zum Zerreißen gespannt, doch dieser Teil der Festungsstadt war wie ausgestorben. Selten erblickten sie einen Krieger, und nur ein einziges Mal mussten sie sich hastig in den Schatten einer dicken Säule flüchten.

Vor jeder Tür, an der sie vorüberkamen, hielt Naemy inne und lauschte, indem sie das Ohr an die dicken hölzernen Bohlen legte. Doch nirgends gab es einen Hinweis darauf, dass sich die gefangenen Elfen dahinter befanden.

»Das Verlies, in dem sich die Elfen befinden, wird sicher gut bewacht«, flüsterte Glamouron ihr zu, als sie sich wieder einer Tür zuwandte. »Ich denke, wir sollten besser nach einer Tür Ausschau halten, vor der Cha-Gurrlinen-Krieger postiert sind.«

»Da wäre ich mir nicht so sicher«, antwortete Naemy mittels Gedankensprache. »Um einen Elfen einzusperren, bedarf es mehr als Schloss und Riegel, das weißt du so gut wie ich. Der Raum, in dem unsere Brüder und Schwestern gefangen sitzen, wird vermutlich durch mächtige Magie geschützt, die es ihnen unmöglich macht, ein Tor in die Zwischenwelt zu öffnen und sich mittels Gedankensprache zu verständigen.« Sie schüttelte den Kopf. »Wo solche Magie am Werk ist, kann man auch auf Wachtposten verzichten.«

In diesem Augenblick hallte ein grässlicher Schrei durch die Gewölbe. Die nackten Felswände warfen den Grauen erregenden Ton als vielfaches Echo zurück, und es dauerte lange, bis er endgültig verklang.

»Was war das?«, fragte Glamouron erschüttert.

»Die Hinrichtungen haben begonnen.« Naemys Gesicht hatte alle Farbe verloren. Sie hatte gewusst, dass die überlebenden Druiden unmittelbar nach dem Ende der Kämpfe hingerichtet werden würden und den Befreiungsversuch absichtlich auf diese Stunden gelegt, weil sie vermutete, dass sich die meisten Cha-Gurrlinen das grausame Schauspiel auf dem Platz vor der Inneren Festung nicht entgehen lassen würden. Dass die Todesschreie der Gefolterten jedoch bis in die tiefsten Gewölbe der Festungsstadt drangen, damit hatte sie nicht gerechnet. Die Schreie trugen die Erinnerung an die Schrecknisse in sich, die Naemy in den entbehrungsreichen Sommern nach dem Fall Nimrods gesehen und erlebt hatte, und sie spürte, wie sich das Grauen erneut wie eine eiserne Faust um ihr Herz legte. Es brachte längst verdrängte Erinnerungen an Folter, Willkür und den Tod Tausender Unschuldiger mit sich, und die Vergangenheit breitete sich wie ein dunkles Tuch über ihre Gedanken.

»Was ist?« Glamouron berührte sie leicht am Arm und spürte, wie Naemy so erschrocken zusammenzuckte, als wäre sie in Gedanken weit fort gewesen.

»Nichts.« Naemy holte tief Luft, straffte sich und schob die beklemmenden Gedanken beiseite, die sie zu überwältigen drohten. »Wir müssen weiter. Sobald die Hinrichtungen vorbei sind, wird es hier von Cha-Gurrlinen wimmeln.«

Der Waldrand kam immer näher. Unter dem sternenbedeckten Nachthimmel breitete sich eine mondbeschienene Ebene aus und lud zu einem raschen Galopp ein. Die fremde Wesenheit, die dem Körper des Falben innewohnte, spürte, wie die Natur des Pferdes erwachte. Nach den vergangenen Sonnenläufen, die es tatenlos auf der Lichtung verbracht hatte, sehnte es sich nach einem langen und ausdauernden Ritt. Die Muskeln spannten sich in freudiger Erwartung, doch die Dienerin der Gütigen Göttin, die den Körper des Falben für ihre Berufung nutzte, hieß das Pferd schließlich anhalten.

Sie hatte schon viel zu lange gewartet. In der Hoffnung, dass Shari es sich noch anders überlegen und umkehren würde, hatte sie sich dem Willen der jungen Elfe gefügt und sie talwärts bis zum Waldrand getragen. Doch nichts hatte sich geändert. Die junge Elfe war wie besessen von dem Wunsch, die Elfenkinder in den Sümpfen von Numark vor einem grausamen Schicksal zu bewahren, und hoffte, damit die vermeintliche Schuld wieder gutmachen zu können, die sie auf sich geladen zu haben glaubte.

Aber das durfte nicht sein!

Es betrübte die Dienerin zutiefst, dass es ausgerechnet Naemys geliebte Schwester war, die versuchte, der Gruppe zu entfliehen, und den großen Plan des Schicksals damit aufs Äußerste gefährdete. Sie musste handeln! Die Dienerin der Gütigen Göttin hatte ihr Wort gegeben und würde nicht zögern, es in die Tat umzusetzen.

So plötzlich, als witterte er eine Gefahr, hielt der Falbe inne und weigerte sich hartnäckig, auch nur einen Schritt weiterzugehen.

»He, was ist denn los?« Ungeduldig stieß ihm Shari die Absätze der weichen Lederstiefel in die Seiten. »Na los, Bronadui, worauf wartest du? Wir haben keine Zeit für solchen Unsinn. Die Cha-Gurrlinen haben schon einen stattlichen Vorsprung, und wir müssen uns beeilen, wenn wir noch rechtzeitig in Numark eintreffen wollen.« Ungeduldig versuchte sie den Hengst zum Weiterreiten zu bewegen, indem sie die Leinen des Halfters, die ihr als Zügel dienten, gegen Hals und Brust des Falben schlug und ihn gleichzeitig die Absätze der Stiefel spüren ließ. Doch das Pferd stand wie angewurzelt im Mondlicht zwischen den Bäumen und rührte sich nicht. »Bei den Toren, du bist ja störrischer als eine Bergziege!«, schimpfte Shari und versuchte es noch einmal.

Der Hengst verhielt sich jedoch völlig anders, als Shari erwartet hatte. Ohne eine Vorwarnung stieg er auf, schlug mit den Vorderhufen in die Luft und wieherte schrill, während er gleichzeitig unwillig die Mähne schüttelte.

Überrascht von dem wilden Gebaren des Pferdes, war es Shari unmöglich, sich auf dessen Rücken zu halten. Geschickt ließ sie das Halfter los, legte sich flach auf den Widerrist des Pferds und rutschte rückwärts über Kruppe und Schweif zu Boden, um einen schlimmeren Sturz zu verhindern. Keinen Augenblick zu früh! Noch während sie sich mit einem hastigen Sprung außer Reichweite der wirbelnden Hufe brachte, sah sie das Pferd wie von Sinnen in den Wald hineinpreschen.

Als das Krachen berstender Zweige verklang und der Hufschlag nicht mehr auf dem Boden zu spüren war, blieb ihr hämmernder

Herzschlag für lange Zeit das einzige Geräusch in den Ohren der jungen Elfe. Noch immer konnte sie nicht begreifen, was geschehen war, doch die Folgen zeichneten sich schon ab. Ohne Bronadui würde sie Numark niemals rechtzeitig erreichen. Zu Fuß dauerte es mehrere Sonnenläufe, bis sie in die Sümpfe gelangte, in denen ihr Volk lebte.

Und dann war es zu spät. Der Gedanke, erneut zu versagen und nicht einmal den Kindern in Numark helfen zu können, legte sich wie ein eiserner Ring um Sharis Brust und nahm ihr den Atem. Wut stieg in ihr auf, und sie ballte erzürnt die Fäuste. »Nein!«, sagte sie laut. »So schnell gebe ich nicht auf! Wenn ich kein Pferd habe, das mich trägt, werde ich mich eben zu Fuß auf den Weg machen. Ich habe es schon einmal versäumt, meinem Volk zu helfen. Diesmal wird es nichts geben, das ich mir vorwerfen muss. Ich werde Tag und Nacht marschieren. Vielleicht schaffe ich es ja noch rechtzeitig.« Entschlossen schlug sie mit der geballten Faust auf den weichen, von Nadeln bedeckten Boden und erhob sich. »Und wenn ich wirklich zu spät kommen sollte, habe ich es doch zumindest versucht.«

Mit diesen Worten erhob sie sich, wischte mit der Hand Nadeln und Laub von ihrem Gewand und ordnete das Gepäck, das ihr bei dem Sturz vom Pferd vom Rücken gefallen war. Schließlich schulterte sie den Rucksack erneut und stapfte mit grimmiger Miene auf den Waldrand zu.

»Halte ein!«

Unversehens verdichtete sich die Luft vor Shari zu einer unsichtbaren Barriere. Die junge Elfe blieb erschrocken stehen und blickte sich um, konnte zunächst aber nicht erkennen, wer zu ihr gesprochen hatte.

Alarmiert griff sie nach dem Kurzschwert, das sie in einer ledernen Scheide am Gürtel trug, doch bevor sie es ziehen konnte, löste sich aus dem Schatten der Bäume die schimmernde, durchscheinende Gestalt einer in zartes Hellgrün gewandeten jungen Frau. Die langen dunklen Haare umwallten das fein geschnittene Gesicht, als wären sie schwerelos, und auf den Lippen zeigte sich ein dünnes, überirdisches Lächeln. Wie ein Geist schwebte sie zu Shari hinüber und hob mahnend die Hand. »Halte ein!«, sagte sie noch einmal mit melodischer Stimme.

»Wer seid Ihr?« Obwohl die Frau unbewaffnet war, schloss sich Sharis Hand fester um den Schwertgriff. »Was wollt Ihr von mir?«

»Ich bin gekommen, dein Leben zu retten«, erwiderte die Frau geheimnisvoll.

»Mein Leben zu retten?«, rief Shari aus. »Aber ich bin nicht in Gefahr!«

»Du bist im Begriff, eine große Dummheit zu machen«, erklärte die Frau, ohne auf Sharis Worte einzugehen.

»Ich bin im Begriff, das zu tun, was ich längst hätte in Angriff nehmen sollen.«

»Dennoch ist es eine Dummheit!«

»Wie könnt Ihr das wissen?« Shari runzelte die Stirn. Woher weiß sie, was ich vorhabe?, überlegte sie. Hinter ihrer Stirn überschlugen sich die Gedanken. Die ganze Situation hatte etwas Unheimliches an sich, aber Shari verspürte keine Furcht. Im Gegenteil, sie ärgerte sich.

»Weil ich weiß!« Die Frau sprach in einem so bestimmten Ton, als wäre dies schon Erklärung genug, fügte dann aber hinzu: »Ich bin die Wächterin des Schicksals. Die Wächterin der Zeit. Ich habe gesehen, was war und was kommen wird. Ich kenne die Folgen deines Handelns und bin gekommen, um es zu verhindern!«

»Aber ich muss den Kindern helfen.« Plötzlich fühlte sich Shari durchschaut und unendlich hilflos. »Ich kann nicht mit der Schuld leben, sie wissentlich ihrem Schicksal überlassen zu haben. Ich muss …«

»Das Unheil, das deinen Brüdern und Schwestern widerfährt, ist bereits Geschichte. Vergiss das nicht!«, warf die Frau ein. »Niemand darf den Lauf des Schicksals verändern. Auch eine junge und temperamentvolle Elfe wie du nicht.«

»Ihr redet wie Naemy.« Mit einem Mal wurde Shari wütend. »Sie hat mich dazu gezwungen, bei ihr zu bleiben, und es mir verboten, die Krieger der Nebelelfen zu warnen, ehe sie in die Schlacht zogen. Sie hat …«

»Sie hat richtig gehandelt.«

»Nein!«, rief Shari erbost aus. »Nein, das hat sie nicht. Sie hat unser Volk verraten. Tausende mussten sterben, weil sie nicht helfen wollte. Doch diesmal mache ich nicht mit. Ich werde nach Numark gehen, um wenigstens die Kinder zu retten, und auch Ihr werdet mich mit dem schwülstigen Gerede vom *Lauf des Schicksals* nicht davon abhalten können.« Mit diesen Worten wandte sie sich um und stürmte davon. Doch wohin sie auch lief, die unsichtbare Mauer folgte ihr und verwehrte es ihr, den Wald zu verlassen.

»Kleine närrische Elfe!« Für eine Weile beobachtete die Dienerin der Gütigen Göttin mit unbewegter Miene Sharis vergebliche Versuche, dem Wald zu entfliehen. Ihr Herz war schwer, und sie bedauerte, dass es zu dieser bitteren Lage hatte kommen müssen. Doch sie hatte geschworen, dafür zu sorgen, dass niemand die Gruppe verließ, und sie gedachte ihr Wort zu halten.

So hob sie die Arme zu einer mächtigen Beschwörung, um die Gefahr, die von Shari ausging, für immer zu bannen.

Der dumpfe Ton mächtiger Trommeln begleitete Anthork wie ein monotones Totenlied, als er, begleitet von zwei Cha-Gurrlinen, durch die von Fackeln gesäumte Gasse zum Richtplatz schritt. Sein Gewand war schmutzig und zerrissen und der Bart ungepflegt. Zudem war er barfuß und hatte die Hände auf den Rücken gebunden, doch all das tat der Aura von Ehrfurcht und Würde, die ihn noch immer umgab, keinen Abbruch, als er wie ein Schwerverbrecher seinen letzten Weg antrat.

Das flackernde Licht der Flammen erhellte die Gesichter der Umstehenden, die dicht gedrängt rings um das hölzerne Podest vor den Mauern der Inneren Festung zusammengetrieben worden waren, um dem grausamen Ende der Druiden beizuwohnen. In den Augen der Menschen spiegelten sich Furcht und Entsetzen, aber auch Trauer und tiefes Mitgefühl für die Druiden, welche die

Geschicke des Landes stets mit großer Achtung und Zuneigung gegenüber der Bevölkerung gelenkt und denen die Menschen nur Gutes zu verdanken hatten.

Das Volk verehrte die Druiden und liebte sie wie Kinder ihren Vater, und Anthork ahnte, dass es diese Liebe war, die der finstere Herrscher mit der öffentlichen Hinrichtung aller Druiden zu zerstören suchte. Er wusste nicht, wie viele von ihnen schon den Weg durch die Menge gegangen waren, doch die entsetzlichen Todesschreie, die ihn und die anderen Ratsmitglieder auf dem Weg aus dem Kerker begleitet hatten, zeugten davon, dass es Dutzende gewesen sein mussten.

Die niederen Mitglieder der Kaste hatte man, wie er von anderen erfahren hatte, mit einem raschen Schwerthieb enthauptet, doch den hochrangigen Druiden war kein solch gnädiger Tod vergönnt. Langsam und qualvoll waren die Mitglieder des Druidenrats gestorben. Anthork hatte nicht sehen können, was ihnen widerfahren war, doch die furchtbaren Schreie der sterbenden Freunde hatten ihn bis ins Mark erschüttert.

Er war der Letzte.

Artair, sein treuer Freund und langjähriger Weggefährte, war unmittelbar vor ihm geholt worden und vor wenigen Augenblicken unter der Folter einen grässlichen Tod gestorben. Die Geräusche berstender Knochen und die grauenhaften Schreie, von denen Anthork bis zu diesem Moment geglaubt hatte, dass kein Mensch sie hervorbringen könne, hallten noch immer in seinen Ohren nach und nährten in ihm die Angst vor dem, was kommen mochte. Doch der Stolz verbot es ihm, Schwäche zu zeigen, und so schritt er erhobenen Hauptes zwischen den Cha-Gurrlinen dahin, als gäbe es keine Furcht.

Lange bevor er die hölzerne Treppe erreichte, die zum Richtplatz hinaufführte, sah er das Blut. In kleinen, ölig glänzenden Rinnsalen suchte es sich im Schein der Fackeln einen Weg zwischen den buckeligen Oberflächen der Steine, mit denen der Platz gepflastert war, und sammelte sich in unzähligen Vertiefungen zu kleinen, schimmernden Pfützen.

Anthork erschauerte und kämpfte verbissen darum, die mühsam errichtete Fassade der Würde und Unnahbarkeit aufrechtzuerhalten, während er gleichzeitig die bohrende Übelkeit zu unterdrücken versuchte, die in seinen Eingeweiden wütete. Niemals hätte er es für möglich gehalten, dass es Wesen gab, die zu solchen Gräueltaten fähig waren, niemals auch nur einen Gedanken daran verschwendet, dass er eines Tages so enden würde. Doch die Wirklichkeit sprach längst eine andere Sprache, und er haderte mit dem Schicksal, das dem Volk von Thale eine Zukunft in Knechtschaft und grausamer Unterdrückung zugedacht hatte.

Mit schleppenden Schritten und hängenden Schultern betrat er die erste Stufe zum Richtplatz und zwang sich, dabei nicht auf das Blut zu achten, das unaufhörlich von der Plattform auf die Treppe rann und über die groben Bretter der eilig zusammengezimmerten Stiege auf den Boden tropfte.

»Darrai!« Ein schmerzhafter Stockhieb traf die Rippen des Druiden. Er zuckte zusammen und krümmte sich, doch die Cha-Gurrlinen kannten keine Gnade und trieben ihn unter weiteren Hieben die Stufen hinauf. Oben auf der Plattform machte das Blut den Boden unter den nackten Füßen des Druiden schlüpfrig. Er strauchelte und wäre sicher gestürzt, wenn ihn nicht ein Cha-Gurrlin aufgefangen hätte.

Die wuchtige Pranke des hünenhaften Eberkriegers packte ihn am Arm und schleppte ihn zu der seltsam anmutenden Holzkonstruktion in der Mitte der Plattform, deren blutige Stränge und blitzende Klingen keinen Zweifel daran ließen, wozu sie diente: zum Töten!

Der Cha-Gurrlin zerrte Anthork vor das Hinrichtungsgerüst und öffnete seine Fesseln. Der Druide nutzte die Zeit, um den Blick ein letztes Mal über die dicht gedrängte Menschenmenge schweifen zu lassen.

Auf dem Platz war es totenstill. In stummem Entsetzen starrte das Volk von Thale auf den Mann, der ihnen viele Sommer lang Schutz und Hilfe gewährt hatte. Viele weinten oder beteten leise. Selbst To und Yu hatten das Antlitz hinter einer dicken Wolke verborgen, als könnten sie es nicht ertragen, das Martyrium des letzten Druiden von Thale mit anzusehen.

Anthork spürte, wie sich die Fesseln lösten und das gestaute Blut schmerzhaft in die Hände zurückschoss, doch er ahnte, dass dies nur Nadelstiche im Vergleich zu dem waren, was ihn noch erwartete.

Er hatte nicht mehr viel Zeit. Dies war die letzte Chance, dem Volk die Botschaft der Göttin zu überbringen, und Anthork war fest entschlossen, den Funken der Hoffung auszusäen, bevor er den anderen folgte. Wohl wissend, dass auch der Anführer des Cha-Gurrlinen-Heeres irgendwo dort draußen in der Dunkelheit saß und sich an dem Leid und dem qualvollen Streben der Druiden ergötzte, erhob er die Stimme und rief voller Zorn: »Du wirst nicht lange über dieses Land herrschen, Ausgeburt der Finsternis!« Die Worte hallten klar und ohne eine Spur von Furcht durch die Nacht. »In zehn Sommern, wenn To und Yu sich verdunkeln, wird einer das Licht der Welt erblicken, der das Mal der Monde tragen und die unschuldigen Menschenleben rächen wird. Fürchte dich, denn er wird die Macht besitzen, unsere geliebte Göttin zu befreien und dich zu vernichten. Volk von Thale, sei ... «

In diesem Augenblick packte ihn ein Cha-Gurrlin von hinten und stopfte ihm ein blutverschmiertes Leinentuch in den Mund, um den Wortschwall zu ersticken. Anthork würgte und hustete und versuchte den Lumpen auszuspucken, doch ein heftiger Prankenhieb des Kriegers raubte ihm für kurze Zeit die Besinnung, und er sackte kraftlos zu Boden.

Als er wieder zu sich kam, lag er mit dem Rücken auf dem schmalen Brett, auf dem schon die anderen Druiden ihr Leben gelassen hatten. Ein blutiges Seil umspannte seinen Bauch und nahm ihm den Atem, während ihm die eisernen Ringe an Handgelenken und Fußknöcheln schmerzhaft in die ungeschützte Haut schnitten. Er spürte, wie sich die Seile spannten, und hörte das knatternde Geräusch der Seilwinden, die ihm Arme und Beine spreizten, bis er das Gefühl hatte, er werde zerrissen. Der Schmerz war unerträglich, doch der Knebel dämpfte die gequälten Laute, die seiner Kehle entflohen, und die lastende Stille gab der Hinrichtung etwas Geisterhaftes und Unnatürliches.

Dann war es vorbei.

Den Blick zu den Sternen gerichtet, die wie funkelnde Edelsteine auf einem samtenen Teppich funkelten und nur gelegentlich von Wolken verdeckt wurden, wartete Anthork auf das Ende. Doch statt der erwarteten Folter erhob sich plötzlich ein dunkler Schatten neben ihm, und jemand hielt ihm eine Fackel so dicht vor das Gesicht, dass er die Hitze der Flammen auf der Haut spürte.

»Die Wege des Schicksals sind oft recht seltsam, nicht wahr?«, hörte er jemanden sagen. Anthork wandte den Kopf, um zu sehen, wer zu ihm gesprochen hatte. Neben ihm stand ein Mann in dunkler Robe, doch das grelle Licht der Fackel machte es ihm unmöglich, ihn zu erkennen.

»Oh, ich vergaß. Du kannst ja nicht sprechen. Wie schade!« Der höhnische Tonfall des Mannes strafte die mitleidigen Worte Lügen, und ein spöttisches Lachen machte deutlich, wie groß sein Hass auf den Druiden war. »Erkennst du mich?«, fragte er und machte keine kurze Pause, als erwartete er eine Antwort, die Anthork nicht geben konnte. »Nun, dann werde ich deinem Gedächtnis mal ein wenig nachhelfen«, fuhr er mit einem enttäuschten Seufzer fort. »Es wäre doch jammerschade, wenn du stürbest, ohne zu wissen, wem du und diese verfluchten Druidenbastarde die wundervolle Hinrichtungszeremonie zu verdanken habt.« Die Fackel bewegte sich vom Gesicht des Druiden fort und näherte sich dem des Mannes, der das Antlitz noch unter der weiten Kapuze seines Umhangs verbarg.

»Nun, erkennst du mich jetzt?«, fragte er noch einmal, während er die Kapuze mit einer Hand zurückschob und in den Nacken gleiten ließ.

Asco-Bahrran! Anthorks Augen weiteten sich vor Überraschung und Entsetzen. Der verstoßene Magier war der Letzte, den er hier zu sehen erwartet hätte. Nachdem er ins Grasland geflohen und die Suche nach ihm erfolglos geblieben war, hatte man angenommen, er sei dem Ansturm des Heers zum Opfer gefallen. Dass er sich mit den finsteren Mächten verbündet haben könnte, hatte niemand in Erwägung gezogen.

»Ja, jetzt erinnerst du dich. Ihr dachtet wohl, ich wäre längst tot.« Asco-Bahrran lachte böse und selbstgefällig. »Welch seltsame Wege das Schicksal doch manchmal für uns bereithält. Nun wirst DU sterben, und ICH werde über Thale herrschen!« Er beugte sich zu Anthork herab und flüsterte ihm verächtlich ins Ohr: »Ich wünsche dir noch einen angenehmen Abend.« Und während er sich abwandte, um das Podest zu verlassen, befahl er den Cha-Gurrlinen-Kriegern: »Entfernt den Knebel. Das Volk soll schließlich auch etwas hören.«

4

Düster und voller dunkler Vorahnungen hallten die Trommelschläge durch den kleinen Innenhof, in dem sich die Gefangenen drängten. Einst hatte er den Priesterinnen der Gütigen Göttin als Kräutergarten gedient, doch die Pflanzen waren zertreten oder herausgerissen und verdorrt, und die niedrigen Hecken, welche die einzelnen Rabatten gesäumt hatten, waren verwüstet.

Beim Anblick der welkenden Stauden und Sträucher kam Paira unvermittelt der Gedanke, dass dies genau der richtige Ort für die »Auserwählten« sei.

Wie Rosmarin, Lavendel, Bärlauch und all die anderen Kräuter waren auch die Menschen, die man hier zusammengetrieben hatte, entwurzelt und dem unausweichlichen Schicksal so machtlos ausgeliefert wie die Pflanzen, die nun nutzlos im Staub lagen. Es gab keine Hoffnung und kein Entkommen, weder für die sterbenden Pflanzen noch für die Frauen und Kinder, deren grausames Los Maite und sie teilten.

Seltsamerweise hatte der Gedanke nichts Erschreckendes an sich. Er kam und ging, ohne ein Gefühl des Entsetzens oder der

Angst bei Paira zu hinterlassen, und war so nüchtern, als hätte sie die Fähigkeit zu leiden längst verloren.

Niemand hatte es ihr gesagt, doch sie wusste, dass sie sterben würde. Sie hatte es in Okowans Augen gesehen.

Zunächst hatte sie sich noch gegen den Gedanken gewehrt, hatte gehofft, dass sie sich täuschte, und darum gebetet, dass es nicht so kommen werde. Doch die unglaubliche Grausamkeit, mit der die Eroberer das Volk von Nimrod knechteten, ließ auch die letzte verzweifelte Hoffnung auf einen düsteren Scherz Okowans schwinden.

Und nun die Trommeln. Seit Sonnenuntergang hallten sie durch die Dunkelheit, und die grauenhaften Schreie, die durch die Nacht gellten, kündeten von einem Ereignis, das auszumalen Paira sich nicht im Stande fühlte.

Was ging dort nur vor sich? Wer waren die Menschen, die ihr Leben auf so entsetzliche Weise verloren? Was tat man ihnen an, dass sie zu solch unmenschlichen Lauten fähig waren? Was hatten die armen Seelen verbrochen, dass man ihnen so entsetzliche Qualen zufügte?

Paira konnte nicht schlafen. Bei jedem Geräusch, das von dem einzigen, schwer bewachten Zugang zum Kräutergarten zu ihr herüberklang, zuckte sie unwillkürlich zusammen und horchte auf Schritte.

Würde man auch sie holen? War es das, was Okowan mit »auserwählt« gemeint hatte? War sie ebenso wie die armen Menschen auf dem Richtplatz dazu auserwählt, das Volk bei einer Massenhinrichtung durch einen grausamen Tod einzuschüchtern?

So viele Fragen, auf die Paira keine Antwort wusste. Fragen, die ihr niemand beantworten würde. Fragen, die sie lieber für sich behielt, um ihre kleine Schwester nicht noch mehr zu ängstigen.

Maite! Voller Zärtlichkeit blickte Paira auf das staubige Mädchen in den zerschlissenen Kleidern, das neben ihr auf der harten Erde eingeschlafen war. Maite war erschöpft und am Ende ihrer Kräfte. Bei Einbruch der Dunkelheit war sie zum Klang der Trommelschläge eingeschlafen. Wenn die grässlichen Schreie auf dem Platz vor der Inneren Festung zu laut wurden, legte Paira die Hand auf ihr Ohr, damit sie nicht davon erwachte.

»Paira!« Unmittelbar hinter ihr flüsterte jemand ganz leise ihren Namen.

Fedeon? Pairas Herz tat vor Freude einen Satz, doch als sie die Stimme erneut hörte, wusste sie, dass er es nicht sein konnte. »Paira?« Die Stimme war warm und wohlklingend wie die des jungen Skalden, doch sie war eine Spur zu dunkel.

Um Maite nicht zu wecken, wandte sie sich vorsichtig um. Hinter ihr stand eine schlanke dunkle Gestalt, deren zerrissener Umgang sich vor dem Hintergrund des Nachthimmels abzeichnete. Es war zu dunkel, um Einzelheiten zu erkennen, doch Paira spürte, dass ihr keine Gefahr drohte. »Wer seid Ihr?«, fragte sie abweisend. »Woher kennt Ihr meinen Namen?« Sie überlegte fieberhaft, konnte sich aber nicht daran erinnern, bekannte Gesichter unter den anderen Gefangenen gesehen zu haben.

»Entschuldigt!« Der Unbekannte machte einen großen Schritt über Maite hinweg, die sich im Schlaf unwillig regte, hockte sich vor Paira auf den Boden und sah sie an. »Erkennt Ihr mich nun?«, fragte er mit einem schuldbewussten Lächeln. »Wir trafen uns in besseren Zeiten – auf dem Marktplatz.«

»Ihr seid der Geschichtenerzähler, der die Kinder geängstigt hat.« Paira brauchte nicht lange zu überlegen. Diese Augen würde sie niemals vergessen. Der Geschichtenerzähler war der einzige Mann gewesen, der ihre Überzeugung, zu Fedeon zu gehören, jemals ins Wanken gebracht hatte. Um ihrer Liebe zu dem jungen Skalden willen hatte sie gebetet, ihn niemals wiederzusehen, doch nun war sie froh, ihm zu begegnen.

»Yovan!« Pairas Augen glänzten, als sie den Namen aussprach. »Was tut Ihr hier? Ich wähnte Euch bereits weit fort und in Sicherheit.«

»Was tut Ihr hier?« Der junge Mann antwortete mit einer Gegenfrage.

»Ich warte auf den Tod, wie alle, die man in diesen Garten gebracht hat.« Ein tiefer Schmerz lag in Pairas Stimme, und wie um ihre Worte zu bekräftigen, gellte in diesem Augenblick erneut ein grässlicher Schrei durch die Nacht.

»Dann warte ich mit dir.« Wie selbstverständlich wechselte Yovan zu der vertrauten Anrede und setzte sich neben Paira auf den Boden. »Ich war bereits hier, als die Cha-Gurrlinen die Frauen und Kinder hereintrieben. Ich habe dich inmitten der Gruppe entdeckt, doch ich getraute mich nicht, dich anzusprechen.«

»Warum hat man dich hierher gebracht?«

»Ich weiß es nicht.« Yovan schüttelte den Kopf. »Ein Magier und so ein fettleibiger Kerl, der an jedem Finger einen mit Juwelen besetzten Ring trug, kamen heute Morgen in das Gefangenenlager und suchten dreißig Männer aus, die von den schwarzen Kriegern abgeführt wurden.«

»Okowan!« Pairas Stimme war voller Abscheu. »Dann gehörst du auch zu den *Auserwählten*. Okowan und der Magier haben uns ebenfalls ausgewählt. Sie sagten nicht, wozu, doch ich weiß, dass wir sterben werden.« Sie deutete mit der Hand auf die schlafenden Gefangenen. »Diese Menschen sind alle des Todes. Du, Maite, ich; wir alle sind des Todes.« Sie wandte das Gesicht dem Geschichtenerzähler zu und runzelte die Stirn. »Warum bist du nicht fortgegangen, als noch Zeit dazu war?«

»Wohin sollte ich gehen?« Yovan seufzte leise. »Die Menschen hatten nach den schrecklichen Ereignissen im Grasland keinen Bedarf mehr an meinen Geschichten.« Er machte eine bedeutungsvolle Pause. »Wer will schon etwas von furchtbaren Geschöpfen hören, wenn sie allgegenwärtig sind?«

»Aber du hättest in den Süden gehen können. Dort soll es auch jetzt noch friedlich sein«, wandte Paira ein.

»Und die Frau, die mein Herz wie keine andere berührte, ihrem Schicksal überlassen?« Yovan ergriff Pairas Hand und blickte ihr tief in die Augen. »Diese Bürde wollte ich nicht tragen. Ich habe nach dir gesucht. Viele Sonnenläufe lang. Seit ich dich auf dem Marktplatz gesehen habe, ist mir dein liebliches Antlitz nicht mehr aus dem Sinn gegangen. Ich wollte dich wiedersehen. Jeden Morgen habe ich darum gebetet. Ich hätte fliehen können, doch ich hatte mir geschworen, nicht ohne dich zu gehen. Ich konnte dich doch nicht hier zurücklassen, in Tod und Elend. Welch ein Leben wäre das gewesen! Tag für Tag hätte ich mir Vorwürfe gemacht … Darum habe ich mich entschieden zu bleiben und weiter nach dir zu suchen.« Mit einem Mal wurde seine Stimme sanft. »Sag mir, war es ein Fehler?«, fragte er bangend. »Habe ich mich getäuscht, als ich glaubte, in deinen Augen zu lesen, dass auch du etwas für mich empfindest?«

Paira sah den Geschichtenerzähler schweigend an. Nein, du hast dich nicht getäuscht. Die Worte lagen ihr auf den Lippen, doch sie zögerte, sie auszusprechen.

Verräterin!, raunte es in ihren Gedanken. *Du bist Fedeon versprochen. Es gibt keinen anderen neben ihm.*

Aber Fedeon ist fort. Vielleicht ist er schon längst tot, erhob sich eine andere Stimme.

Es ist Verrat an Fedeons Liebe. Verrat an allem, was du ihm je in zärtlichen Augenblicken geschworen hast. Die Stimme des Gewissens blieb hart.

Aber ich werde ihn nie wiedersehen. Ich werde sterben.

Dann stirbst du mit reinem Gewissen.

Allein und einsam.

Im Tod ist jeder allein.

… im Tod ist jeder allein. Paira fühlte, wie sich ihre Augen mit Tränen füllten. Es war so schwer, stark zu sein, so unendlich schwer. Sie hatte versprochen, sich um Maite zu kümmern, und versuchte ihr so weit es ging die Ängste zu nehmen. Doch was war mit ihr selbst? War sie wirklich so stark, dass sie die Schulter, die sich ihr anbot, ausschlagen konnte? Würde sie keinen Trost brauchen, wenn es galt, dem Tod ins Auge zu sehen?

Paira wusste, dass sie die Antwort auf diese Fragen bereits kannte. Sie war schon viel zu lange allein.

»Nein, du hast dich nicht getäuscht«, flüsterte sie und lehnte den Kopf schüchtern an Yovans Schulter.

Die Trommeln, welche die Hinrichtung der Druiden wie ein eintöniges Totenlied begleiteten, waren verstummt.

Naemy schob sich vorsichtig an der Wand entlang und spähte um die Ecke. Der Gang vor ihr war schmaler und dunkler als die anderen Korridore der Inneren Festung. Die Wände waren kahl und schmucklos, die Fackeln in den eisernen Haltern erloschen. Nur ganz am Ende wurde der Gang hinter einer Biegung vom flackernden Schein eines Feuers erhellt.

Naemy hielt inne und ging in Gedanken noch einmal alles durch, was sie über den Ort, an dem ihre Brüder und Schwestern gefangen gehalten wurden, hatte in Erfahrung bringen können. Wenn die Erinnerungen sie nicht täuschten, musste sich der gesuchte Raum mit den Nebelelfen hinter ebendieser Biegung befinden. Sie gab Glamouron ein Zeichen, und er schloss geduckt huschend zu ihr auf.

Als sie das Wort an ihn richten wollte, brandeten die Trommelschläge auf dem Platz vor der Inneren Festung erneut auf. Der Lärm hallte unheilvoll durch die Gänge der verlassenen Festungsstadt, und sie hob die Stimme, damit er die Worte verstehen konnte. »Da vorn muss es sein.« Sie deutete auf den schwachen Feuerschein.

»Hast du Wachen gesehen?«, erkundigte sich Glamouron mittels Gedankensprache.

»Nein!« Naemy schüttelte den Kopf. »Aber es sind sicher welche dort. Wir müssen auf der Hut sein.«

»Was hast du vor?«

»Wir müssen Magie anwenden«, erklärte Naemy. Die Trommeln dröhnten inzwischen so laut, dass auch sie auf die Gedankensprache zurückgriff. »Ich weiß, dass es gefährlich ist, aber wir haben …« In diesem Augenblick verstummten die Trommelschläge, und eine dünne, brüchige Stimme erhob sich über dem Platz vor der Mauer der Inneren Festung.

Anthork! Naemy erstarrte und lauschte. »Wir müssen uns beeilen, die Hinrichtungen sind bald zu Ende. Mach dich unsichtbar.« Hastig vollführte sie mit der Hand eine verschlungene Bewegung in der Luft und bedeutete Glamouron, es ihr gleichzutun. Dann murmelten sie unhörbar ein paar Worte in der alten Sprache der Elfen, und ihre Gestalten verschmolzen mit den Schatten. Wenige Augenblicke später waren sie nicht mehr zu sehen.

Wie Geister huschten die beiden durch den finsteren Gang auf den Feuerschein zu. Obwohl Naemy wusste, dass sie nicht gesehen werden konnte, hielt sie an der letzten Biegung inne und schaute vorsichtig um die Ecke.

Vor einer von vier Fackeln hell erleuchteten Tür standen zwei Cha-Gurrlinen. Die Haltung der beiden ließ jedoch darauf schließen, dass sie die ihnen übertragene Aufgabe nicht wirklich ernst nahmen. Der eine saß mit der zweischneidigen Axt in den Händen auf dem Fußboden und schlief, während der andere neben der Tür an der Wand lehnte und im Takt der Trommeln missmutig mit dem Stiel seiner Axt auf den Boden klopfte.

»Du kümmerst dich um den Schlafenden, ich nehme mir den anderen vor!« Naemy zog ihr Schwert und trat in den Flur hinaus. Noch schützte die Elfenmagie sie vor den Blicken der Krieger, doch sie wusste, dass sie den Zauber während des Kampfes nicht würde aufrechterhalten können. Schon der erste Schwerthieb musste sitzen, wenn nicht … Naemy gestattete es sich nicht, den Gedanken zu Ende zu führen. Sie konnte Glamouron nicht sehen, doch die feinen Elfensinne sagten ihr, dass er mit gezogenem Schwert neben ihr stand.

Dann ging alles sehr schnell. Noch während Naemy auf den Cha-Gurrlin zueilte, visierte sie die schmale Stelle an der Kehle des Kriegers an, wo der massige eberähnliche Kopf in den Rumpf überging. Der kaum zwei Finger breite, von einer borstigen, lederartigen Haut umgebene Hals war neben dem Gesicht einer der wenigen Körperteile, die nicht durch Kettenhemd oder Rüstung geschützt waren, und der einzige, an dem sie einen raschen tödlichen Hieb anbringen konnte.

Als sie sich dem Krieger bis auf wenige Schritte genähert hatte, hob dieser plötzlich den Kopf und starrte ihr witternd entgegen. Die mächtigen Pranken umklammerten die zweischneidige Axt und umfassten sie abwehrbereit, doch der Cha-Gurrlin zögerte.

Dieses Zögern wurde ihm zum Verhängnis. Mit einer fließenden Bewegung drehte sich Naemy in einem Sprung und durchtrennte die Kehle des Kriegers mit einem einzigen, kraftvoll geführten Schwerthieb. Die scharfe Klinge durchschnitt Fleisch und Knochen so mühelos, dass der Kopf nicht sofort von den Schulten fiel, sondern noch einige Herzschläge lang auf dem blutigen Halsstumpf ruhte.

Es war gespenstisch. Für einen Wimpernschlag glaubte Naemy so etwas wie ungläubige Verwunderung in den Augen des Kriegers zu sehen und beobachtete, wie er das breite Maul mit den gebogenen Hauern öffnete, als wollte er schreien. Doch statt einen Laut von sich zu geben, quoll ihm ein Schwall dunkelroten Blutes über die Lippen. Das Licht in den Augen erlosch, während sich der abgetrennte Kopf mit einem schmatzenden Geräusch vom Rumpf löste und zu Boden fiel. Dann knickten die Beine des getöteten Kriegers ein, und der Torso schlug so hart auf dem Boden auf, dass sich das Blut wie ein Regenschauer über die Wände verteilte.

Es war vorbei. Die Anspannung fiel von Naemy ab, und sie wandte sich um, um zu sehen, wie Glamourons Angriff verlaufen war. Als ihr Blick auf den liegenden Cha-Gurrlin fiel, dachte sie im ersten Moment, er schlafe noch immer, doch dann entdeckte sie ein ölig glänzendes Rinnsal, das einer dunklen Pfütze unter dem Krieger entsprang und langsam über den Boden kroch.

»Kurz und schmerzlos«, hörte sie Glamouron ganz in der Nähe sagen. »Er war nur kurz erwacht.« Die Luft flimmerte, als der Kurierreiter den Elfenzauber löste und ummittelbar neben Naemy erschien. »Das ging fast zu leicht«, sagte er mit gequältem Lächeln, während er sich bückte und die Klinge seines Messers am Gewand des getöteten Kriegers säuberte.

Als er sich wieder erhob, sah Naemy die Wunde an seinem Arm. Ein tiefer Schnitt klaffte unterhalb der rechten Schulter, und der Ärmel des Gewandes war blutgetränkt. »Du bist verletzt«, rief sie aus und trat vor Glamouron, um die Wunde in Augenschein zu nehmen.

»Es ist nur ein Kratzer«, erwiderte Glamouron, doch Naemy spürte, dass es eine Lüge war.

»Nur ein Kratzer?«, wiederholte sie stirnrunzelnd, während sie den Arm voller Sorge betrachtete. »Der Schnitt ist sehr tief, er hat den Knochen nur knapp verfehlt. Ich muss den Arm abbinden, um die Blutung zu stillen.« In aller Eile löste sie ein Lederband aus den Haaren und schlang es um Glamourons Arm. »Ich wünschte, ich könnte mehr für dich tun«, sagte sie bedauernd, während sie den Knoten festzog. »Die Wunde muss so schnell wie möglich gesäubert und verbunden werden, doch das ist mir hier nicht möglich. Wie ist das geschehen?«

»Der Cha-Gurrlin war überraschend behände.« Glamouron biss die Zähne zusammen und sog die Luft hörbar ein. »Das Klirren der Rüstung des anderen Wachtpostens muss ihn geweckt haben. Sein Schwert traf mich, unmittelbar bevor ich den tödlichen Streich führen konnte.« Glamouron schüttelte den Kopf. »Bei den Toren, ich hätte nicht gedacht, dass er so schnell ist.«

»Hast du große Schmerzen?«, wollte Naemy wissen.

»Sie sind auszuhalten.« Glamouron zwang sich zu einem Lächeln. »Wenn du glaubst, dass ich dich so kurz vor dem Ziel allein lasse, hast du dich getäuscht. Ich habe geschworen, dir zu helfen, und werde die Sache gemeinsam mit dir bis zum Ende durchstehen.«

»Ich bin froh, dich an meiner Seite zu wissen.« Naemy hauchte ihm einen Kuss auf die Wange. Sie wollte noch etwas hinzufügen, doch in diesem Augenblick gellte ein furchtbarer Schrei durch die Gänge der Inneren Festung, der ihnen das Blut in den Adern gefrieren ließ. Die Trommeln verstummten, und über dem Platz vor der Inneren Festung erhoben sich tumultartige Schreie und das Wehklagen unzähliger Menschen.

»Barad!« Plötzlich hatte Naemy es sehr eilig. »Anthork ist tot«, sagte sie in einem Tonfall, als erklärte dies alles, und trat vor die Tür, welche die Cha-Gurrlinen-Krieger bewacht hatten. Mit sicherem Blick musterte sie die Tür zu dem Gewölbe, hinter dem sie die Gefangenen vermutete, und fluchte erneut, als sie die Kette mit

dem dicken Schloss entdeckte, die den Eingang verriegelte. »Sieh nach, ob der Schlafende einen Schlüssel dafür hat«, bat sie Glamouron und huschte zu dem geköpften Krieger, um auch ihn zu durchsuchen.

Endlose Augenblick verstrichen, dann wurde Glamouron fündig. »Hier!«, rief er gedämpft und hielt einen kleinen Schlüsselbund in die Höhe, der am Gürtel des Kriegers gehangen hatte.

»Gut« Mit einem Satz war Naemy wieder an der Tür und nahm den Schlüsselbund in Empfang. »Wir dürfen keine Zeit mehr verlieren«, sagte sie gehetzt, während sie verschiedene Schlüssel ausprobierte. »Die Hinrichtungen sind vorbei. Bald wird es hier nicht mehr so still sein.«

»Welch ein erhebender Augenblick.« Asco-Bahrrans Stimme ließ keinen Zweifel daran, wie sehr er die Hinrichtungen genossen hatte. Das Gesicht des Magiers war vor Aufregung gerötet, und in den Augen flackerte eine Genugtuung, die eine Spur von Wahnsinn in sich trug. »Schade nur, dass sie es nicht länger hinausgezögert haben. Sie haben es diesen elenden Druiden viel zu leicht gemacht, sich von der Welt zu verabschieden.«

»Ich habe ja schon immer gesagt, dass die Druiden ein schwaches und verweichlichtes Pack sind.« Okowan nickte zustimmend. »Da ist es nicht verwunderlich, dass sie so schnell sterben.« Er hob die Hand und deutete von seinem erhöhten Standort auf dem Hinrichtungsgerüst in die versammelte Menschenmenge, die ihre Wut und Trauer über das grausame Schicksal der getöteten Druiden kaum noch beherrschen konnte. Immer lauter erhoben sich die wütenden Stimmen aus der Menge, und die vereinzelten Rufe vereinigten sich zu einem vielstimmigen Chor. »Aber diese armen, armen Menschen haben sie geliebt. Hör nur, wie sie uns verfluchen.« Er musste sehr laut sprechen, damit Asco-Bahrran ihn verstehen konnte. Die Menge auf dem Platz tobte. Aus den Rufen war inzwischen ein gemeinsames Aufbegehren gegen die Unterdrücker und Mörder geworden, und die Menschen schreckten nicht einmal davor zurück, die dicht gedrängte Reihe der Cha-Gurrlinen-Krieger anzugreifen, welche die Menschen vor dem Richtplatz zusammenhielt.

»Ja, sie haben sie geliebt«, erwiderte Asco-Bahrran grimmig. »Aus diesem Grund sind sie hier. Sie sollten sehen, wie schwach und zerbrechlich die Führer waren, denen sie ihr Schicksal anvertrauten.« Er machte eine Pause und starrte auf die wogende Masse der Leiber. »Aber ich fürchte, sie haben die Lektion noch nicht begriffen.« Er drehte sich um und wandte sich an einen Cha-Gurrlin, der ganz in der Nähe stand.

»Schaff mir ein paar von diesem Mob hier herauf«, befahl er mit finsterer Miene. »Männer, Frauen – und Kinder. Und bei den Toren, beeil dich! Dieser Lärm ist ja unerträglich.«

Der Cha-Gurrlin deutete ein Nicken an, stapfte die Treppe des Podests hinunter und verschwand in der Menge.

»Was hast du vor?«, fragte Okowan verwundert.

»Ich werde die Menschen lehren, mich zu fürchten«, grollte Asco-Bahrran. »Sie sollen sehen, was mit denen geschieht, die sich gegen mich auflehnen. Wenn sie diese Druiden so sehr lieben, ist es nur recht, dass sie deren Schicksal teilen.«

5

Mit einem verräterisch klirrenden Geräusch fiel die Kette zu Boden. Der Weg war frei. Dennoch zögerte Naemy. Die Hand nach dem eisernen Riegel ausgestreckt, verharrte sie einige Herzschläge lang vor der geschlossenen Tür und tastete mit den feinen Elfensinnen nach verdeckten Sicherungen, die Unbefugten den Zutritt verwehrten. Doch sosehr sie auch suchte, sie fand nichts. Schließlich fasste sie entschlossen den Riegel und öffnete die Tür.

Im Inneren des Gewölbes war es totenstill und noch dunkler als draußen auf dem Gang. Doch die verbrauchte Luft, die von dort herausströmte und Naemy die Ausdünstungen unzähliger Leiber zutrug, die auf viel zu engem Raum zusammengepfercht waren, verdrängte auch den letzten Zweifel, dass sie sich geirrt haben könne. Die gefangenen Elfen waren hier.

»*Mil muindyr a muinthil* – geliebte Brüder und Schwestern«, flüsterte sie ehrfurchtsvoll, seufzte leise und zog zwei Fackeln aus den Halterungen neben der Tür. Eine davon reichte sie Glamouron und bedeutete ihm, ihr zu folgen, während sie sich anschickte, den Raum zu betreten.

Doch kaum hatte sie den ersten Schritt getan, da spürte sie ein seltsames Kribbeln auf der Haut – Magie!

»*Barad!*« Fluchend wich sie zurück, wobei sie mit Glamouron zusammenstieß, der sich unmittelbar hinter ihr befand.

»Was ist los?«, fragte er.

»Magie!« Naemys Stimme zitterte vor Anspannung. »Hinter der Tür ist eine magische Barriere.«

»Können wir sie überwinden?« Glamouron wollte die Frage mittels Gedankensprache stellen, doch ein unerträglicher Pfeifton in der Sphäre zwang ihn, die Worte laut auszusprechen. »Bei den Toren, was ist das?«, stieß er hervor und hielt sich die Ohren zu.

»Das Geräusch dient dazu, zu verhindern, dass wir Nebelelfen uns mittels Gedankensprache verständigen können«, erklärte Naemy. »Wer immer dieses Gefängnis geschaffen hat, hat große Kenntnis von den Kräften unseres Volkes und an alles gedacht. Die magische Barriere ist nicht errichtet, um jemanden aufzuhalten, doch wenn wir sie durchschreiten, wird ihr Schöpfer spüren, dass das Gefängnis von Unbefugten betreten wurde.«

»Nun, dann müssen wir uns eben beeilen. Komm!« Entschlossen schob sich Glamouron an Naemy vorbei und betrat den Raum. Drinnen empfing sie ein Bild des Schreckens. Überall auf dem Boden lagen gefesselte Elfen. Die Hände und Füße hatte man ihnen mit dicken Stricken hinter dem Rücken so fest zusammengeschnürt, dass sie sich nicht rühren konnten. Die Augen waren verbunden, und die Münder verschlossen breite Knebel.

»Bei den Toren, wie sehr muss er uns fürchten.« Erschüttert blickte Naemy auf die misshandelten Elfen, zog das Messer aus der

Scheide am Gürtel und kniete nieder, um die Stricke eines Gefangenen zu durchtrennen.

»Schnell, Glamouron, wir dürfen keine Zeit verlieren! Jeder Augenblick zählt«, mahnte sie, während sie die Klinge gezielt über die Stricke führte. »Wer immer die Magie gewoben hat, weiß jetzt, dass wir hier sind.«

Auf dem Platz vor der Inneren Festung war es totenstill. Nachdem die schwarzen Krieger wahllos einige Männer, Frauen und Kinder aus der Menschenmasse gezerrt und auf das Hinrichtungsgestell geschleppt hatten, wagte keiner mehr, das Wort zu erheben. Allein die sieben Gefangenen stießen noch dumpfe Laute unter den Knebeln hervor, und die Kinder weinten.

»Bürger von Nimrod, Volk von Thale!« Asco-Bahrrans dunkelgrüne Samtrobe bauschte sich, als er zum Rand des hölzernen Podests schritt und in einer beschwörenden Geste die Arme hob. »In dieser Nacht bricht ein neues Zeitalter an!«, verkündete er mit lauter Stimme. »Die Schlacht ist verloren, die Druiden sind tot.« Er machte eine kurze Pause, um Atem zu schöpfen, und fuhr dann fort: »Als neuer Regent und Statthalter von Nimrod kann und werde ich nicht das kleinste Aufbegehren dulden. Jeder, der es wagt, sich mir und meinen Befehlen zu widersetzen, rebellisch zu handeln oder das Wort gegen den allmächtigen An-Rukhbar oder einen seiner Stellvertreter zu erheben, ist des Todes. Damit ihr seht, wie ernst ich es meine, werde ich diese sieben Gefangenen stellvertretend für alle, die gegen den Tod der Druiden aufbegehrt haben, unverzüglich hinrichten lassen. Prägt euch die Bilder gut ein, und denkt immer daran: Jeder von euch könnte der Nächste sein.« Er wandte sich um und gab den Cha-Gurrlinen ein Zeichen, mit den Hinrichtungen zu beginnen.

»Das wird sie lehren, gehorsam zu sein«, sagte er an Okowan gewandt und beobachtete mit zufriedenem Grinsen, wie die erste Frau, die sich wie wild gebärdete, auf das Brett gebunden wurde.

»Furcht ist nicht gerade ein ehrenhaftes, aber ein bewährtes Mittel, um die Massen ruhig zu halten.« Okowan klopfte auf das Holz des Hinrichtungsgestells. »Ich denke, es sollte noch eine Weile stehen bleiben.«

»Das wird es auch.« Asco-Bahrran nickte. »In der ersten Zeit werden wir es sicher noch häufig … Bei den Toren!« Er fuhr zusammen, und seine Miene verfinsterte sich.

»Was ist los?«, fragte Okowan verwundert.

»Die Elfen! Jemand ist in das Gefängnis der Elfen eingedrungen, die ich für den Thron des Erhabenen vorgesehen habe.« Asco-Bahrran eilte zur Treppe und schickte sich an, das Podest zu verlassen. »Achte darauf, dass hier alles planmäßig abläuft«, rief er Okowan zu, während er die Treppe hinabstieg. »Ich komme zurück, sobald ich weiß, was vorgefallen ist.«

»Du kannst dich auf mich verlassen«, sagte Okowan. Er fügte noch etwas hinzu, doch die Worte gingen in den grauenhaft spitzen Schreien der Frau unter, als das Exempel begann.

Glamouron und Naemy arbeiteten fieberhaft und ohne ein Wort zu wechseln. So schnell sie konnten, durchtrennten sie Fessel um Fessel, entfernten Knebel und Augenbinden und sprachen den geschwächten Gefangenen Mut zu.

Wer noch halbwegs bei Kräften war, versuchte die beiden mit bloßen Händen zu unterstützen, doch die Bewegungen der befreiten Elfen waren nach fast zwei Sonnenläufen in Fesseln träge und unbeholfen. Zudem waren sie unbewaffnet und kamen ohne ein Messer nur langsam voran.

»Mach du hier weiter. Ich zeichne das Pentagramm«, sagte Naemy zu Glamouron, als der Großteil der Elfen befreit war.

Glamouron nickte. Auf seiner Stirn glänzten Schweißperlen, und der verletzte Arm schmerzte fast unerträglich, doch er biss die Zähne zusammen und mühte sich weiter mit den Fesseln ab.

»Damit geht es schneller.« Naemy erhob sich und reichte einem der befreiten Nebelelfen ihr Messer. Der junge Krieger hockte neben Glamouron bei einem anderen Gefangenen und versuchte, die Knoten mit bloßen Fingern zu öffnen. Dann trat sie in die Mitte des Raumes, fischte ein Stück Holzkohle aus ihrem Rucksack und zeichnete die ersten Striche eines Pentagramms auf den staubigen Boden. Der fünfzackige Stern war eben groß genug, dass fünf Elfen darin Platz fanden. Zum Schluss setzte sie an die Spitzen des Sterns noch die verschlungenen magischen Zeichen, die das Tor zur Zwischenwelt öffneten, dann warf sie die Holzkohle fort und trat zu einer Gruppe befreiter Elfen.

»Wer von euch kennt die Jagdhütte am Gießbach in den Valdor-Bergen?«, fragte sie. »Der Ort ist sicher. Dorthin können wir unbesorgt gehen.« Ihre Stimme bebte vor Ungeduld und Sorge. Sie spürte, dass ihr die Zeit zwischen den Fingern zerrann, und horchte unablässig darauf, ob draußen im Gang Stimmen zu hören waren. Sie waren schon viel zu lange hier. Jeden Augenblick konnten die Cha-Gurrlinen – Naemy zweifelte nicht einen Augenblick daran, dass Krieger kommen würden – das Gefängnis erreichen und ihren Plan zunichte machen.

Fünf Elfen traten vor.

»Wunderbar!« Naemy deutete auf einen, den sie wieder zu erkennen glaubte. »Du bist Hailoren, nicht wahr?«, fragte sie. Der Elf nickte. »Gut. Du und die anderen, ihr werdet die Nebelelfen durch die Zwischenwelt zu der Hütte führen. Dort wartet ihr auf mich.«

»Ich habe verstanden.« Der Elf nickte, winkte ein paar anderen, ihm zu folgen, und wollte in das Pentagramm treten, doch Naemy hielt ihn zurück.

»Warte!«, sagte sie bestimmt. »Glamouron ist schwer verletzt. Er führt die erste Gruppe an.«

»Nein, Naemy! Ich …« Glamouron hob abwehrend die Hand, doch Naemy duldete keine Widerrede. »Du hast schon viel zu viel Blut verloren«, sagte sie bestimmt. »Die Schulter muss dringend versorgt werden.« Sie trat zu ihm und sah ihm tief in die Augen. »Die Geretteten brauchen einen guten Führer, wenn …«, sie wagte es nicht weiterzusprechen, doch Glamouron verstand sie auch ohne Worte.

»Was wird aus dir?«, fragte er besorgt.

»Mach dir um mich keine Sorgen«, sagte Naemy in einem Ton,

als drohte ihr keine tödliche Gefahr. »Ich bleibe so lange hier, bis alle in Sicherheit sind, und komme mit der letzten Gruppe nach.« Sie lächelte zuversichtlich. »Ich verspreche es.«

Glamouron zögerte. Die Muskeln in seinem Gesicht arbeiteten und machten deutlich, wie schwer es ihm fiel, Naemy allein zu lassen. Endlos scheinende Augenblicke verstrichen, doch schließlich nickte er und schloss Naemy in die Arme. »Die Gütige Göttin möge dich beschützen«, sagte er und küsste sie zärtlich. Dann betrat er das Pentagramm und bedeutete vier Nebelelfen, ihm zu folgen.

»Wir sehen uns an der Jagdhütte«, murmelte Naemy mit einem leisen Anflug von Trauer, während sie beobachtete, wie die fünf Gestalten langsam verblassten.

Kurze Zeit später war das Pentagramm leer. Inzwischen waren auch die letzten gefesselten Nebelelfen befreit, und die Geretteten scharten sich um das Pentagramm.

»Die nächste Gruppe, schnell!« Naemys Nerven waren zum Zerreißen gespannt. Eine bedrohliche Unruhe, die mit jedem Augenblick, der verstrich, weiter anschwoll, hatte von ihr Besitz ergriffen. Erleichtert beobachtete sie, wie es der zweiten Gruppe gelang, den Raum zu verlassen.

Als Nächster trat Hailoren mit vier weiteren Nebelelfen in das Pentagramm. Doch bevor er die Reise durch die Zwischenwelt antrat, richtete er das Wort noch einmal an Naemy. »Ich habe keine Ahnung, wie du es geschafft hast, uns zu finden und die Wachen auszuschalten«, sagte er voller Bewunderung. »Aber du sollst wissen, dass wir dir dafür ewig dankbar sein werden.« Noch bevor Naemy darauf etwas erwidern konnte, begannen die Gestalten der Nebelelfen zu verschwimmen, und kurz darauf war das Pentagramm leer.

Während die vierte Gruppe das Pentagramm betrat, winkte Naemy einen erfahrenen Elfenkrieger zu sich. Ohne dass die anderen es sehen konnten, reichte sie ihm Glamourons Schwert und sagte leise: »Ich brauche deine Hilfe. Geh zur Tür und beobachte den Gang. Ich fühle eine gewaltige Macht, die sich nähert. Da sind

Wut und Hass und eine unglaubliche Bosheit. Wir haben nicht mehr viel Zeit. *No tiriel* – sei wachsam!«

»Ich verstehe!« Der Elfenkrieger nickte grimmig. »Ich werde vier Freiwillige mitnehmen und mit ihnen die Waffen der toten Cha-Gurrlinen holen. Sollte es dabei zum Kampf kommen, dann werden wir die Tür so lange verteidigen, bis auch die Letzten hinausgelangt sind.« Er machte eine kurze Pause, als überlegte er, und sagte dann: »Auch ich kenne die Hütte am Gießbach. Sobald alle fort sind, werden wir euch folgen. Du kannst dich ganz und gar auf uns verlassen.«

»Die Göttin gebe, dass es nicht zum Kampf kommen wird.« Naemy seufzte. Und während sie beobachtete, wie der Krieger mit vier anderen Elfenkriegern zur Tür ging, betrat die fünfte Gruppe das Pentagramm.

Sie war noch nicht verschwunden, als die Elfenkrieger mit den Waffen der getöteten Cha-Gurrlinen in den Raum zurückstürmten.

»Sie kommen!«, rief der Elfenkrieger Naemy zu, während er die hölzerne Tür krachend ins Schloss warf und den inneren Riegel vorschob.

»Wie viele?«, wollte Naemy wissen.

»Zwanzig, vielleicht auch mehr.« Der Krieger sah sich gehetzt nach etwas um, mit dem er die Tür verbarrikadieren konnte. »Ein Magier ist auch dabei.«

»Asco-Bahrran!« Alle Farbe wich aus Naemys Gesicht. Obwohl sie jederzeit mit diesem Zusammenstoß hatte rechnen müssen, hatte sie gehofft, dass es nicht zu einer Begegnung mit dem Magier kommen werde. Aus den Augenwinkeln sah sie, wie die sechste Gruppe mit ihrem Führer in das Pentagramm eilte und gleich darauf in der Zwischenwelt verschwand.

»Kennt noch einer von euch die alte Jagdhütte am Gießbach?«, fragte Naemy die umstehenden Nebelelfen.

Eine junge Elfenkriegerin, die erst ganz zum Schluss befreit worden war, trat vor. Ihr Gewand war von Blut getränkt, und sie wirkte sehr schwach. »Ich.« Die Stimme der Kriegerin war nicht mehr als ein Flüstern. Ihr Gesicht war blass und von heftigen Schmerzen gezeichnet, und sie schwankte bei jedem Schritt.

Nur eine! Doch in dem Gewölbe befanden sich noch siebzehn Elfen. Hinter Naemys Stirn überschlugen sich die Gedanken.

»Beeilt euch!« Der Warnruf wurde von einem heftigen Poltern an der Tür übertönt. Das Holz knirschte und krachte, als schlügen gewaltige Äxte darauf ein, und der eiserne Riegel ächzte bedenklich. Feiner Staub rieselte aus den Fugen, die den Riegel in der Wand hielten, und die Scharniere der Tür lösten sich mit jedem Schlag weiter aus dem Mauerwerk.

»In das Pentagramm, schnell«, rief Naemy und beobachtete mit klopfendem Herzen, wie vier weitere Nebelelfen zu der jungen Kriegerin traten. Während die Gruppe in die Zwischenwelt eintauchte, wurden im Gang zornige Rufe laut. Die Erschütterungen nahmen an Stärke zu, und die Schneiden der gewaltigen Äxte schnitten durch das Holz der Tür. Nicht mehr lange, und sie würde dem wütenden Ansturm der schwarzen Krieger erliegen.

Zum Nachdenken blieb keine Zeit. »Folgt mir!« Mit einem Satz war Naemy in dem Pentagramm. Die verbliebenen sechs Nebelelfen zögerten nicht und taten es ihr gleich. Allen war klar, dass das Pentagramm mit sieben Elfen hoffnungslos überfüllt war, doch Naemy betete verzweifelt darum, dass ihnen der Weg durch die Zwischenwelt dennoch gelingen möge.

Mit angehaltenem Atem rief sie sich das Bild der Lichtung in Erinnerung und wartete darauf, die eisige Kälte der Zwischenwelt zu spüren – aber nichts geschah.

»Wir sind zu viele«, hörte sie eine Elfenkriegerin hinter sich sagen. Im nächsten Augenblick rissen die Äxte der Cha-Gurrlinen-Krieger ein gewaltiges Loch in die Tür, und ein gepanzerter Arm tastete von außen durch das Loch nach dem eisernen Riegel, um ihn zurückzuschieben.

Naemy stockte der Atem, doch die fünf Verteidiger an der Tür waren wachsam. Ein wohl gezielter Schwerthieb traf die einzige verwundbare Stelle des gepanzerten Arms und trennte den Unterarm am Ellbogen ab, während sich die vier anderen Nebelelfen weiter bemühten, die Tür mit dem spärlichen Mobiliar des Gewölbes zu verbarrikadieren.

Naemy atmete auf. Da spürte sie, wie sich die Luft in dem Gewölbe plötzlich unheilvoll verdichtete.

Magie!

Sie öffnete den Mund, um die Elfenkrieger zu warnen, die sich mit aller Macht gegen die Tür stemmten, doch der Schrei ging im Feuer und Rauch eines gewaltigen Schlages unter, der die Tür aus den Angeln riss. Sie sah, wie einer der Elfen gegen die Wand geschleudert wurde und das Schwert verlor, während ein anderer Elf von der umstürzenden Tür erschlagen wurde. Der Tod des Kriegers hinterließ eine gefährliche Lücke, die rasch geschlossen werden musste, und Naemy handelte schnell. Sie packte ihr Schwert, um den Kriegern an der Tür zu Hilfe zu eilen, doch eine Elfenkriegerin hielt sie zurück.

»Warte!« Die Elfe ergriff sie beim Arm und blickte sie an. »Dein Mut ehrt dich. Aber warum willst du hier einen sinnlosen Tod sterben, wenn du noch fünf von uns retten kannst?«, fragte sie.

»Wir sind zu viele, wir können nicht fort. Das Pentagramm …«

»… wird euch in Sicherheit bringen – ohne mich.« Sie trat aus dem Pentagramm und sagte: »Führe du die anderen fort. Wir werden die Tür so lange halten, bis ihr weg seid.«

»Aber das …« Naemy fehlten die Worte.

»… ist der einzige Weg.« Die Elfenkriegerin lächelte tapfer. »Rette das Leben der anderen.«

Obwohl sich Naemy in diesem Augenblick wie ein Feigling vorkam, wusste sie, dass die Elfe Recht hatte. Zu sechst konnten sie es schaffen. Mit den Worten »Wir sehen uns auf der Lichtung!« drückte sie der Kriegerin ihr Schwert in die Hand und sagte: »Möge es dir Glück bringen!« Die Elfe nickte, packte das Schwert und stürzte sich entschlossen in den Kampf, während Naemy zurück in das Pentagramm trat.

Sie wusste, dass ihr nicht mehr viel Zeit blieb, und obwohl sich ein Teil von ihr wie eine Verräterin fühlte, war ihr doch klar, dass sie hier nichts mehr ausrichten konnte. Vor ihrem geistigen Auge beschwor sie noch einmal das Bild der Lichtung herauf und spürte zu ihrer großen Erleichterung, wie die Kälte der Zwischenwelt zögernd nach ihr griff.

Und während das Bild der Kämpfenden vor ihren Augen langsam verblasste, beobachtete sie, wie eine magische Feuerkugel sirrend zwischen den Kämpfenden hindurchschoss und Funken stiebend an der Wand zerbarst. Die brennenden Überreste des Wurfgeschosses verteilten sich im ganzen Gewölbe und setzten alles in Brand, was sie berührten. Schreckenslaute und Schmerzensschreie erfüllten die Luft, und Naemy sah, wie die Haare eines Nebelelfen in Flammen aufgingen. Er ließ die Streitaxt fallen und versuchte, die brennenden Haare mit bloßen Händen zu löschen, doch der wohl gezielte Streich eines Cha-Gurrlinen-Schwertes setzte seinem Leben ein Ende.

An der Tür ertönte erneut das Klirren von Waffen, und das Letzte, was Naemy hörte, war der verzweifelte Ruf eines Elfenkriegers. »Sie brechen durch!«

»Bei den Toren, warum hat das so lange gedauert?« Asco-Bahrran schäumte vor Wut, als er über einen gefallenen Cha-Gurrlinen-Krieger und die Leichen zweier Nebelelfen hinweg das Gewölbe betrat, in dem sich vor kurzem noch die Gefangenen befunden hatten. »Seid ihr denn nicht einmal in der Lage, euch gegen ein paar unbewaffnete Nebelelfen durchzusetzen?«, fuhr er den Kommandanten der Gruppe an, die ihn begleitet hatte.

»Nit unbewaffnerrrrt«, stieß der hünenhafte Cha-Gurrlin kleinlaut hervor und deutete auf ein Schwert, das ein Nebelelf im Tode umklammert hielt.

Asco-Bahrran bückte sich und betrachtete es aus der Nähe. »Ein Elfenschwert«, murmelte er überrascht, richtete sich auf und blickte erzürnt von einem zum anderen. »Wie kommt das hierher?«

Betretenes Schweigen war die Antwort. Schließlich wagte der Kommandant der Cha-Gurrlinen-Krieger einen unbeholfenen Erklärungsversuch. *»Waaacheen seiiin todd!«*, sagte er knapp.

»Das sehe ich auch!«, fuhr Asco-Bahrran ihn an. »Und dass die

Gefangenen fort sind, brauchst du mir ebenfalls nicht zu sagen.« Mit weit ausholenden Schritten ging er in den hinteren Teil des Gewölbes, bückte sich und fuhr mit der Hand über einen großen schwarzen Fleck auf dem Fußboden. »Das war ein Pentagramm«, murmelte er an sich selbst gewandt und rief dann aufgebracht: »Es wäre noch gut erhalten und könnte uns zu den entflohenen Nebelelfen führen, wenn ihr Tollpatsche nicht wie blinde Hühner darauf herumgetrampelt wärt und die Zeichen verwischt hättet.« Wütend schlug er mit der Faust auf den Boden. »Ah, verdammt, warum konntet ihr nicht aufpassen! Jetzt werden wir nie herausbekommen, wohin sie geflohen ...«

In diesem Augenblick stöhnte einer der tot geglaubten Elfenkrieger in unmittelbarer Nähe der Tür und regte sich unter großen Schmerzen. Asco-Bahrran sprang auf und eilte zu ihm, schob den Arm unter seinen Kopf und richtete ihn ein wenig auf, um ihn genauer betrachten zu können. »Er lebt«, stellte er fest und winkte einen Cha-Gurrlin herbei. »Bring ihn zu den Heilerinnen«, befahl er dem Krieger. »Sie sollen ihn gesund pflegen. Wenn er stirbt, werden sie sein Los unverzüglich teilen. Sag ihnen das. Dieser Nebelelf ist für uns von größter Wichtigkeit. Er ist der Einzige, der uns sagen kann, was hier vorgefallen ist und wohin sie gegangen sind.« Nachdenklich beobachtete der Magier, wie der Cha-Gurrlin den Nebelelfen aufhob und aus dem Gewölbe trug, dann wandte er sich an den Kommandanten. »Ihr könnt auch verschwinden«, sagte er übellaunig. »Hier gibt es mittlerweile nichts mehr für euch zu tun.« Er rümpfte angewidert die Nase und deutete auf den Boden vor der Tür. »Aber schafft zuerst die Toten fort, der Gestank ist unerträglich.«

6 Es war noch dunkel, als Naemy gemeinsam mit den letzten geretteten Nebelelfen die Lichtung nahe dem großen Gießbach erreichte. Im Osten über den schroffen Gipfeln der Valdor-Berge verblassten bereits die Sterne, doch im Westen hatte die Nacht das Land noch immer fest im Griff.

Glamouron und die anderen Nebelelfen erwarteten sie im schützenden Grenzbereich der hohen Christalltannen, die die Lichtung nahe dem Pentagramm säumten. Während die Übrigen im Schatten der großen Bäume zurückblieben, eilte Glamouron auf Naemy zu und schloss sie glücklich in die Arme. »Ich fürchtete schon, dich zu verlieren. *Mell lenwain i-phain a êl en-fuin nîn* – süßester aller Schätze und Stern meiner Nacht«, sagte er voller Zuneigung und hielt sie fest, als wolle er sie niemals wieder loslassen. Seine Schulter war notdürftig verbunden, doch die Wunde blutete noch immer.

»Es stand auf Messers Schneide«, erwiderte Naemy erschöpft. Für einen Augenblick genoss sie die zärtliche Umarmung, dann löste sie sich sanft, aber bestimmt aus Glamourons Armen und sah sich um. Fünfunddreißig Nebelelfen war die Flucht gelungen. Das waren weit mehr, als die Göttin ihr aufgetragen hatte. Doch der Preis dafür war hoch gewesen, und die Sorge um die Zurückgebliebenen machte ihr das Herz schwer. Sie wandte sich mahnend an die Geretteten.

»Nur dem Edelmut und der Selbstlosigkeit unserer Brüder und Schwestern, die ihr Leben einsetzten, um uns zu retten, ist es zu verdanken, dass wir hier sind«, sagte sie und blickte sich um, als wartete sie auf etwas.

»Was ist?«, fragte Glamouron.

»Die Krieger an der Tür.« Naemy stockte. »Sie wollten uns folgen, sobald wir das Pentagramm verlassen haben«, erklärte sie schließlich und starrte weiter auf die Stelle, an der die zurückgebliebenen Krieger jeden Augenblick erscheinen mussten.

Endlose Augenblicke voller Hoffen und Bangen verstrichen, aber in dem Pentagramm, das Naemy und Glamouron am Vorabend auf den Boden der Lichtung gezeichnet hatten, rührte sich nichts.

Irgendwo in den Bäumen stimmte ein einsamer Vogel den frühen Morgengesang an, um die Dämmerung zu begrüßen, doch in den Ohren der Nebelelfen klang das Lied eher wie ein trauriger Abgesang.

»Es hat keinen Sinn, noch länger zu warten.« Behutsam legte Glamouron Naemy die Hand auf die Schulter. »Wenn es ihnen gelungen wäre, den Cha-Gurrlinen zu entkommen, so wären sie längst hier.«

Naemy antwortete nicht. Einige Herzschläge lang stand sie noch reglos da und starrte auf das leere Pentagramm. Dann hob sie den Blick zu den verblassenden Sternen und zitierte mit feierlicher Stimme eine Zeile aus dem traditionellen Gebet der Nebelelfen zu Ehren der Verstorbenen.

»*Sinya du-n she ed treysa star inro* – möget ihr das Licht finden, das hinter den Sternen leuchtet!«

Tränen glänzten ihr in den Augen, als sie sich umwandte und Glamouron ansah. »Sie waren sehr tapfer. Ohne ihre Hilfe wären wir gescheitert.«

»Ich bin sicher, sie werden voller Ehre in die Ewigen Gärten des Lebens heimkehren«, Glamouron legte ihr tröstend den Arm um die Schultern. »Mach dir keine Vorwürfe. Du hast getan, was in deiner Macht stand, doch jetzt müssen wir nach vorn schauen. Alle, die hier sind, brauchen dich.«

»Du hast Recht.« Naemy zwang sich zu einem Lächeln und wischte eine Träne fort. »Ein langer und gefahrvoller Weg liegt vor uns. Es ist nicht gut, wenn Trauer den Blick trübt, doch ich werde die Erinnerung an jene, die nicht mit uns ziehen konnten, stets in meinem Herzen tragen. Wir haben ihnen viel zu verdanken.« Sie seufzte tief und fragte mit einem besorgten Blick auf Glamourons verletzte Schulter: »Wie geht es dir?«

»Es ist halb so schlimm, wie es aussieht«, behauptete Glamouron und hob den rechten Arm, um ihr zu beweisen, dass alles in Ordnung sei. Sein schmerzverzerrtes Gesicht strafte die Worte

Lügen, doch Naemy tat, als bemerkte sie es nicht, und ging auf die wartenden Nebelelfen am Waldrand zu. Viele lächelten Naemy zu, doch manche wirkten unsicher. Ein junger Elfenkrieger löste sich aus der Gruppe und trat auf Naemy zu.

»Wir stehen tief in eurer Schuld«, richtete er das Wort an Naemy wie auch an Glamouron. »Wir alle waren des Todes, ohne Aussicht auf Rettung, und es mutet fast wie ein Wunder an, dass ihr es wagtet, uns zu Hilfe zu eilen. Es gibt keine Worte für das, was wir in diesem Augenblick empfinden, doch es wäre zu wenig, wenn sich unsere tiefe Dankbarkeit allein in Schweigen ausdrückte.« Er hielt inne und schaute Naemy an. »Glamouron ist uns allen wohl bekannt, und auch dich glauben einige zu erkennen. Wir sind jedoch nicht ganz sicher, deshalb verzeih meine Frage: Bist du Naemy?«

»Ja, die bin ich!« Naemy lächelte, als sie hörte, wie ein erstauntes Raunen durch die versammelten Nebelelfen ging. »Ich bin es, aber ich kann eure Verwunderung gut verstehen. Ich habe euch viel zu berichten, doch das braucht Zeit. Ihr seid hungrig und erschöpft. Dort hinten«, sie deutete auf die Jagdhütte, »haben meine Gefährten und ich ein paar Vorräte gelagert. Lasst uns ein Feuer entzünden und uns stärken, danach ist Zeit genug, um zu reden. Ihr werdet alles von mir erfahren.« Mit einem Mal stutzte sie, blickte sich suchend um und wandte sich fragend an Glamouron: »Ist Shari nicht hier?«

»Darari! Darrai!« Das laute Gebrüll der Cha-Gurrlinen-Krieger riss Paira aus dem unruhigen Schlummer, in den sie kurz vor der Morgendämmerung gefallen war. Sie hatte geglaubt, keinen Schlaf zu finden, doch die Strapazen des vergangenen Tages hatten schließlich ihren Tribut gefordert, und die tröstliche Anwesenheit Yovans hatte ein Übriges getan, dass sie sich dem Schlaf hingegeben hatte.

So früh am Morgen war die Luft noch windstill. Die unerträglichen Ausdünstungen von Unrat und Exkrementen lagen über dem Innenhof und machten jeden Atemzug zur Qual. Der Übelkeit erregende Gestank peinigte Pairas Sinne, und als sie die Augen öffnete, kehrte auch die Furcht zurück. Beim Anblick der vielen Menschen, die hier gegen ihren Willen zusammengepfercht waren, schlugen Pairas Ängste wie eine düstere Woge über ihr zusammen, und die Stimmen der Cha-Gurrlinen-Krieger nährten die dunklen Vorahnungen, die sie seit der Begegnung mit Okowan plagten.

Als sie den Blick in Richtung der schwarzen Krieger wandte, sah sie, wie die Gefangenen nahe dem Tor aufgescheucht wurden. Die Bewegung setzte sich wie eine Welle über den ganzen Innenhof fort, während die Cha-Gurrlinen mit gezogenen Schwertern durch die Menge der lagernden Gefangenen schritten und jeden, der nicht sofort aufsprang, mit Fußtritten dazu zwangen.

»Maite, wach auf! Schnell!« Paira rüttelte ihre Schwester so lange an der Schulter, bis diese erwachte. »Wir müssen aufstehen. Beeil dich!«

Kaum dass Maite die Augen geöffnet hatte, zerrte Paira sie in die Höhe. Keinen Augenblick zu früh. Schon kam ein Cha-Gurrlinen-Krieger an ihnen vorbei, um jene, die noch am Boden kauerten, durch brutale Schläge und Tritte zum Aufstehen zu zwingen.

»Darari! Darrai!« Von allen Seiten erklangen die ungeduldigen Rufe der Krieger, und die Schmerzenslaute der misshandelten Gefangenen mischten sich mit dem unterdrückten Stöhnen der Verwundeten zu einem unheilvollen Chor.

»Gütige Göttin, steh uns bei.« Es war das erste Mal an diesem Morgen, dass Paira Yovans Stimme hörte. Wie gebannt hatte der Geschichtenerzähler die Cha-Gurrlinen-Krieger beobachtet.

»Die Göttin hat uns längst verlassen«, murmelte sie verbittert und fügte so leise hinzu, dass Maite es nicht hören konnte: »Es gibt keine Hoffnung.«

»Solange ich in deine Augen sehe, deine Stimme höre und dich berühren kann, ist auch noch Platz für Hoffnung!« Yovan zwang sich zu einem Lächeln. »Und solange ich …«

In diesem Augenblick öffneten die Cha-Gurrlinen-Krieger das Tor und trieben die Gefangenen unter lauten Rufen und kräftigen Hieben aus dem Innenhof.

»Was geschieht jetzt?«, fragte Maite ängstlich. »Wo bringen sie uns hin?«

»Ich weiß es nicht.« Paira presste die kleine Schwester an sich. Sie war fest entschlossen, Maites Furcht so lange zu dämpfen, wie es ihr möglich war.

Doch so einfach ließ sich das Mädchen nicht abspeisen. Es war nicht dumm und sah die Furcht in den Gesichtern der Mitgefangenen. Immer wieder wandte es den Kopf, um die Menschen zu betrachten, und fragte schließlich: »Werden sie uns töten?«

»Sie sind die neuen Herren Nimrods«, erwiderte Paira ausweichend. »Die Göttin allein weiß, was sie mit uns vorhaben.«

»Ich habe Angst!« Maite klammerte sich verzweifelt an ihre große Schwester.

»Das haben wir alle«, Paira seufzte leise. Diesmal fielen selbst ihr keine tröstenden Worte ein, und sie fühlte, wie ihr die Tränen kamen.

Maite schluchzte auf, dann riss sie sich plötzlich los. »Ich gehe nicht weiter«, rief sie und stemmte sich trotzig gegen den Strom der Nachrückenden.

»Maite!« Mit schreckgeweiteten Augen sah Paira, wie ein Cha-Gurrlinen-Krieger auf Maite aufmerksam wurde und durch die Menge auf sie zustapfte. »Komm schnell«, sagte sie drängend und ergriff ihre Schwester bei der Hand, um sie mit sich zu ziehen.

»Nein!«

»Maite …« Pairas Stimme hatte einen beschwörenden Ton angenommen. Ängstlich sah sie zu dem Krieger hinüber, der nur noch wenige Schritte entfernt war. »Maite, sei vernünftig. Bitte! Wenn du nicht freiwillig gehst, werden sie dich schlagen und dazu zwingen.«

»Aber ich will nicht sterben. Ich will …« Die Worte gingen in einen gellenden Schrei über. Der Krieger hatte Maite von hinten gepackt und sich das widerstrebende Mädchen über die Schulter geworfen. Diese schrie und wehrte sich verzweifelt, indem sie mit den Fäusten auf den Krieger einschlug. Doch die gepanzerte Rüstung war hart, und der Cha-Gurrlin schien die hämmernden Kinderfäuste nicht einmal zu spüren.

»Maite!« Die Furcht um die Schwester ließ Paira die eigenen

Ängste schlagartig vergessen. »Komm mit!«, rief sie Yovan zu, während sie sich einen Weg durch die Menge bahnte.

»Paira, hilf mir! Pairaaaaaa!« Maites gellende Schreie zerschnitten die Stille des frühen Morgens wie die unheilvollen Vorboten eines grausamen Schicksals. Doch selbst jetzt brachte keiner der Mitgefangenen den Mut auf, sich gegen die Misshandlung und Unterdrückung aufzulehnen. Kein Einziger erhob die Stimme gegen die Cha-Gurrlinen-Krieger, niemand wagte, aus dem Tross auszubrechen. Nicht einer versuchte, Maite zu helfen, oder stand Paira bei. Die meisten blickten betreten zu Boden, während Paira sich bemühte, den Cha-Gurrlin einzuholen, der inzwischen die vordere Reihe der Gefangenen erreicht hatte. Über die Köpfe der Menschen hinweg sah sie, wie er Maite absetzte und mit unsanften Schlägen und Stößen vor sich her trieb.

»Maite!« Verbissen kämpfte sie sich voran. Noch zwei Reihen! Paira stockte der Atem, als sie sah, wie Maite strauchelte. Dann endlich hatte sie die Schwester eingeholt.

Erleichtert schloss sie Maite in die Arme und zog sie aus der Reichweite des Cha-Gurrlin. Der Krieger stieß ein drohendes Knurren aus, musterte die Schwestern aus bösartig funkelnden Augen und hob das Schwert. Für einen Augenblick sah es so aus, als wollte er zuschlagen, doch dann erregte ein Tumult unter den Gefangenen seine Aufmerksamkeit, und er wandte sich um, um nachzusehen, was vorgefallen war.

»Du dummes, dummes Kind.« Mit Tränen in den Augen schloss Paira Maite in die Arme. Die Kleine zitterte und klammerte sich wie eine Ertrinkende an sie, doch mehr als ein Schluchzen kam ihr nicht über die Lippen. Eng umschlungen setzten die beiden den Weg durch die schmalen Gassen der Inneren Festung fort.

Als Paira den Kopf hob, um nach Yovan Ausschau zu halten, erblickte sie am Ende der Gasse einen großen geschwungenen Torbogen. Unmittelbar dahinter stieg eine gewaltige brodelnde Rauchsäule zum Himmel auf. Im ersten Augenblick dachte sie, der dunkle Qualm stamme von einem Brand, der nach der Schlacht noch nicht hatte gelöscht werden können. Dann aber sah sie, dass die

Rauchsäule immer wieder von grellen, zuckenden Blitzen erhellt wurde, und begriff, dass es sich nicht um ein gewöhnliches Feuer handelte.

Sie war nicht die Einzige, die das seltsame Schauspiel beobachtete. Als sie das Tor fast erreicht hatten, stockte der Strom der Gefangenen, und die Menschen deuteten ängstlich zum Himmel.

»Darari! Darrai!« Die Cha-Gurrlinen hatten große Mühe, die widerstrebenden Menschen zum Tor zu treiben. Angesichts der bedrohlichen Rauchsäule weigerten sich die Gefangenen plötzlich, auch nur einen Schritt weiter zu gehen, und selbst die gnadenlosen Hiebe und Tritte der Krieger fruchteten diesmal nur wenig.

Da es vorn nicht weiterging, wurde es rasch eng in der schmalen Gasse. Das Gedränge wurde so groß, dass Paira kaum noch atmen konnte. Als sie glaubte, es nicht länger ertragen zu können, sah sie, wie unter dem Tor mehr als ein Dutzend Cha-Gurrlinen mit gezogenen Waffen in die Gasse traten, um die Wachen zu unterstützen.

Entsetzliche Schreie und barsche Befehle wurden laut, dann setzte sich der Strom der Gefangenen wieder in Bewegung, und die Ersten wurden durch das Tor getrieben.

»Ich dachte schon, ich hätte dich für immer aus den Augen verloren!« Der Klang von Yovans Stimme vertrieb für einen Augenblick die Finsternis aus Pairas Herz.

»Yovan!« Sie drehte sich um und sah den Geschichtenerzähler an. Am liebsten hätte sie ihn in die Arme geschlossen und noch einmal die tröstliche Nähe seines Körpers gespürt, doch Maite hielt sie weiterhin fest umklammert. »Ich bin so froh, dass du …«

»Schscht!« Yovan legte ihr sanft den Finger auf die Lippen. »Ich weiß, ich sehe es in deinen Augen«, sagte er, während er neben ihr herging. »Aber wir haben nicht mehr viel Zeit.« Mit einem Kopfnicken deutete er auf das große Tor, das sich nun unmittelbar vor ihnen erhob. »Ich habe noch etwas für dich.« Ohne dass Maite es sehen konnte, zog er ein kleines Fläschchen aus einer Tasche am Gürtel und reichte es Paira. »Trink davon«, sagte er leise. »Es wird dir die Furcht nehmen und die Schmerzen lindern.«

»Eine Droge?« Paira zögerte.

»Eine Kräutermischung.« Yovan nickte. »Ein Schluck genügt. Du solltest Maite auch etwas davon geben.« Die Augen der jungen Leute trafen sich, und Paira ergriff Yovans Hand. »Danke«, sagte sie mit bebender Stimme, und in ihren Augen schimmerten Tränen.

»Ich wünschte, ich könnte mehr für euch – für dich – tun«, sagte Yovan kummervoll. »Wünschte, ich wäre der edle Held aus meinen Geschichten, der dich holde Schönheit vor dem grausamen Schicksal bewahrt … Doch ich bin es nicht. Ich bin nur ein Geschichtenerzähler, der …«

In diesem Augenblick traten sie auf den freien Platz hinaus, der sich hinter dem Torbogen auftat, und der Anblick, der sich ihnen hier bot, verschlug ihnen die Sprache. Mitten auf dem Platz hatte man eine gewaltige Grube ausgehoben, aus dessen Mitte die feurige Rauchsäule aufstieg. Darunter glühte es so unheilvoll, als bestünde der Boden der Grube aus geschmolzenem Eisen. Den Grubenrand säumte eine geschlossene Reihe von Cha-Gurrlinen-Kriegern, die nur an einer Stelle unterbrochen war. Dort reichte eine lange hölzerne Rampe weit über die Grube hinaus. Am Ende der Rampe befand sich ein eiserner Käfig, der so groß war, dass zwei Menschen darin Platz fanden. Der Käfig hing an einer Kette, die mit einem langen hölzernen Arm verbunden war, welcher über die Plattform hinausreichte. Vier Cha-Gurrlinen standen am Fuß des Arms bereit, wo sich eine große Seilwinde befand.

»Yovan!« Pairas Stimme bebte. Furchtsam klammerte sie sich mit einer Hand an den Arm des Geschichtenerzählers, während sie Maite mit der anderen fest an dich drückte. Sie wollte nicht weitergehen, sich dem unheilvollen Ort nicht einen Schritt nähern, doch die nachrückenden Gefangenen schoben sie rücksichtslos voran.

»Welch ein wunderbares Bild!«

Paira war so in den Anblick der Grube vertieft, dass sie den hoch gewachsenen Magier in der dunkelblauen Robe gar nicht bemerkte, der die Reihen der Gefangenen langsam und mit prüfendem Blick abschritt. Erst als er unmittelbar vor ihnen stehen blieb und ihr die Sicht auf das feurige Glühen nahm, erwachte sie aus ihrer Starre. »Wirklich sehr passend«, bemerkte er wie ein Künstler, der sich Gedanken über seine neueste Schöpfung machte. »So jung, so unschuldig und so voller Fürsorge für die Kleine hier.« Er lächelte kalt und strich sich mit den Fingern gedankenverloren über den spitzen Kinnbart. »Das wird ein einmaliges Bild geben!« Auf einen Wink des Magiers hin traten drei Cha-Gurrlinen-Krieger vor. »Die drei hier sind die Ersten!«, befahl er und deutete auf Yovan, Paira und Maite. »Schafft sie in den Käfig!«

7

Das spätherbstliche Sonnenlicht fiel in flachen Strahlen auf die Ebene vor den Toren Nimrods und tauchte die langen, trockenen Gräser in ein goldenes Licht voller Wärme und Harmonie. Der leichte Ostwind neckte die langen Halme mit den prall gefüllten Fruchtständen und trug die ersten gelbbunten Blätter aus den Wäldern in das Weideland. Ein untrügliches Zeichen dafür, dass sich der Sommer unaufhaltsam dem Ende zuneigte.

Eine Schafherde graste friedlich am Fuß des Hügels, auf dem Fedeon saß, und zog langsam in der Abenddämmerung dahin, während die letzten Arbeiter von den Feldern heimkehrten und durch das große, zweiflügelige Tor der Festungsstadt heim zu ihren Familien gingen.

Fedeon kaute auf einem trockenen Grashalm und beobachtete sie versonnen, während er die milde Wärme der untergehenden Sonne auf dem Gesicht genoss und darauf wartete, dass die heimelige Stimmung ihm die sehnlichst erwarteten Visionen bescherte.

»Fedeon!« Paira kam winkend den Hügel herauf. Ihre langen schwarzen Haare bewegten sich im Wind, und ihr Lächeln war voller Zuneigung und Wiedersehensfreude. Sie trug ein fließendes weißes Gewand aus kostbarem Gewebe, dessen wallender Saum den Boden berührte. Die langen Ärmel waren so weit geschnitten, dass Fedeon

unwillkürlich daran dachte, dass sie bei der Arbeit gewiss sehr hinderlich sein mussten, doch der Gedanke verflog so schnell, wie er gekommen war, und er erhob sich in stummer Bewunderung der Schönheit seiner Gefährtin.

»Fedeon!« Paira winkte lachend und lief noch ein wenig schneller, als sie sah, wie er die Arme ausbreitete, um sie zu umfangen.

»Paira!« Ein unglaubliches Glücksgefühl durchströmte den jungen Skalden. Er sehnte sich schmerzlich danach, Pairas weiche Lippen auf den seinen zu spüren, und konnte es kaum noch erwarten, sie endlich in die Arme zu schließen.

Doch als Paira den Hügel zur Hälfte erklommen hatte, schob sich unvermittelt eine düstere Wolke vor die Sonne. Der milde Wind wurde beißend und kalt. Fedeon blickte unmutig zum Himmel empor, um zu sehen, ob vielleicht ein Gewitter aufzog, als Paira völlig unerwartet aufschrie.

»Fedeon!« Von dem beschwingten, glücklichen Ton in der Stimme seiner Gefährtin war nichts übrig geblieben. Der dritte Ruf drang wie ein gellender Hilfeschrei den Hügel hinauf, flehend und voller Angst.

Fedeon sah sie an und erschrak. Paira hatte sich verändert. Die Haare waren voller Staub und verfilzt, das Kleid grau und zerrissen. Die Augen lagen tief in den Höhlen, und die rosigen Wangen waren aschfahl. Das Lächeln war verschwunden. Elend und unglücklich stand sie da und blickte Fedeon traurig an, während der Wind so heftig an dem Gewand zerrte, als wollte er sie mit sich forttragen.

»Fedeon!« Pairas fröhliche Stimme war zu einem Wehklagen geworden, dünn und ohne Hoffnung.

Im ersten Augenblick lähmte ihn der bekümmerte Anblick. Unfähig, die plötzliche Veränderung zu begreifen, starrte Fedeon den Hang hinab, doch dann überwand er den Schock und eilte Paira voller Sorge entgegen, um ihr zu helfen. »Paira!«

Die Not und das Elend der geliebten Gefährtin rührten sein Herz. Er musste ihr helfen. Schnell! Doch sosehr er auch rannte, er kam ihr nicht näher. Plötzlich hatte er das Gefühl, als wäre der Boden unter seinen Füßen unendlich. Für jeden Schritt, den er machte, tauchte ein neues Stück Grasland auf, und je schneller er lief, desto schneller erneuerte sich auch das Land. Er lief und lief, doch Paira blieb für ihn unerreichbar.

»Fedeon! Hilf mir!« Angst lag in den wenigen Worten – Todesangst! Fedeon blickte auf und sah, dass Paira flehend die Hände erhob, als könnte dies die unüberwindliche Kluft bezwingen, die sie von dem jungen Skalden trennte. Der Wind zerrte noch heftiger an ihr, doch sie stemmte sich mit aller Kraft dagegen.

»Ich komme!« Fedeon spürte eine unbändige Wut in sich aufsteigen. Die Sorge um Paira setzte Kräfte in ihm frei, von denen er bisher nicht einmal geahnt hatte, dass er sie besaß, aber es nützte nichts. Wann immer er innehielt, um Atem zu schöpfen, war Paira noch genauso fern wie zuvor. Ihre flehenden Rufe drangen wie von weit her an seine Ohren, und mit einem Mal war er am Ende seiner Kräfte. »Nein! Nein!« Er schrie die Wut und Verzweiflung in den Wind hinaus und sammelte noch einmal alle Kraft, doch schon nach wenigen Schritten strauchelte er und fiel zu Boden, wo er benommen und mit rasendem Herzen liegen blieb.

Plötzlich gellte ein schriller, spitzer Schrei durch die zunehmende Dunkelheit und bohrte sich wie ein Messer in Fedeons Herz. Mit letzter Kraft schaffte er es, sich ein wenig aufzurichten, um Paira anzusehen, doch er wünschte sogleich, es nicht getan zu haben. Der Anblick war entsetzlich: Das Mädchen, das er über alles liebte, war in lodernde Flammen gehüllt. Ein mächtiges Feuer hatte das Gewand ergriffen und züngelte an den schwarzen Haaren empor, während Paira wie eine lebende Fackel noch immer aufrecht stand und Fedeon Hilfe suchend die Hände entgegenstreckte.

»Nein!« Tränen verschleierten Fedeons Blick, und Pairas Gestalt verschwamm, aber das Bild des brennenden Mädchens hatte sich tief in sein Gedächtnis eingegraben, und er wusste, dass er es niemals würde vergessen können.

»Verzeih mir!« Die Stimme strich wie ein Windhauch durch seine Gedanken, leise, seufzend und so unendlich traurig, dass sich das Herz des jungen Skalden schmerzhaft zusammenkrampfte. Er wusste, dass es ein Abschied war – ein Abschied für immer. Schluchzend

schloss er die Augen, ballte die Fäuste und wischte die Tränen mit dem Ärmel seines Gewandes fort, doch als er die Lider wieder öffnete, war Paira verschwunden …

»Paira!« Fedeon schreckte auf. Ihm raste das Herz in der Brust, und sein Atem ging so keuchend und stoßweise, als wäre er eine lange Strecke gelaufen. Rings um ihn herum war es dunkel. Er brauchte eine Weile, um sich zurechtzufinden, doch die vertrauten Gerüche der Jagdhütte halfen ihm dabei, von der Traumwelt in die Wirklichkeit zurückzukehren.

Der Göttin sei Dank, es war nur ein Traum, dachte Fedeon erleichtert. Nur ein Traum! Er schloss die Augen, ließ sich seufzend auf das Lager zurücksinken und horchte auf den hämmernden Herzschlag in seiner Brust, der sich nicht beruhigen wollte. Ein Traum? War es wirklich nur ein Traum gewesen? Ein Spiegelbild der Furcht um Paira und eine Folge der grauenhaften Bilder, die er im Verlauf der Schlacht hatte mit ansehen müssen? Alles nur ein Traum? Oder steckte mehr dahinter?

Je länger Fedeon darüber nachdachte, desto rastloser wurde er. Etwas war oder würde geschehen, etwas Furchtbares, Endgültiges. Mehr und mehr gelangte er zu der Überzeugung, dass der Traum eine Vision gewesen sein musste, das verzerrte Abbild eines vergangenen oder künftigen Ereignisses, das ihn für immer von Paira trennen würde.

… von Paira trennen würde! Fedeon überlief es eiskalt. Es war, als träte er urplötzlich aus einem undurchdringlichen Nebel, der seine Erinnerungen eingehüllt hatte, ins Licht. Das Gefühl, zu spät zu kommen, drohte ihn zu überwältigen. Er wollte sich aufrichten, doch ein heftiges Schwindelgefühl machte den Versuch augenblicklich zunichte. Paira! Der Name kreiste unaufhörlich in seinen Gedanken, und das Bild der geliebten Gefährtin, deren Körper von lodernden Flammen verzehrt wurde, raubte ihm fast den Verstand. Wie hatte er nur tatenlos zusehen können, als Nimrod den schwarzen Kriegern in die Hände fiel? Warum hatte er nicht versucht hinunterzureiten, um Paira aus der brennenden Festungsstadt zu retten? Wie konnte er hier seelenruhig schlafen, während sie ein ungewisses Schicksal erlitt?

Ich muss zu ihr! Ohne auf das heftige Schwindelgefühl zu achten, richtete sich Fedeon auf und tastete sich im Dunkel der Hütte zur Tür. Er musste nach Nimrod. Sofort! Wenn er noch die geringste Aussicht haben wollte, Paira zu retten, durfte er nicht länger säumen. Er hatte schon viel zu viel Zeit vergeudet – so unverzeihlich viel Zeit, dass er …

In diesem Augenblick wurde die Tür von außen aufgerissen, und Naemy schaute herein. »Wo ist Shari?«, fragte sie atemlos und blickte sich gehetzt in der Hütte um.

»Ich weiß es nicht.« Fedeon antwortete automatisch. Das Auftauchen der Nebelelfe verwirrte ihn und brachte den soeben gefassten Entschluss ins Wanken. Was tat er hier? Er konnte doch nicht einfach fortreiten. Anthork hatte ihn mit einer wichtigen Mission betraut. Er sollte … musste … hatte die Aufgabe bekommen …? Hinter Fedeons Stirn tobte das schiere Chaos. Er besaß ein ausgeprägtes Pflichtgefühl, doch nun gab es zwei gegensätzliche Pflichten, die er zu erfüllen hatte, und er sah sich außer Stande zu entscheiden, welcher er den Vorrang geben sollte.

»Fedeon! Wann hast du sie das letzte Mal gesehen?« Naemy rüttelte den jungen Skalden so heftig an der Schulter, als hätte sie ihn schon zum wiederholten Mal gefragt.

»Wie?« Fedeon blickte die Nebelelfe an, als wäre er in Gedanken sehr weit fort. »Shari? Ah … gesehen … ja, ja. Bevor ich in die Hütte ging!« Er fasste Naemys Hand und versuchte, sich an der Elfe vorbeizudrängen. »Lass mich los! Ich muss nach Nimrod«, sagte er und zwängte sich durch die schmale Türöffnung. Draußen blieb er verblüfft stehen. Vor der Hütte lagerten mehr als zwei Dutzend Nebelelfen!

»Bei den Toren, was tun die alle hier?«, stieß er hervor und drehte sich um, aber Naemy war bereits um die Hütte herumgelaufen und hörte ihn nicht. Im grauen Licht des frühen Morgens entdeckte Fedeon Glamouron, der gemeinsam mit zwei anderen Nebelelfen den Waldrand hinter der Hütte absuchte. Mit wenigen

Schritten war er bei ihnen und wollte etwas sagen, doch in diesem Augenblick kam Naemy herbeigelaufen. »Bronadui ist auch weg!«, erklärte sie mit versteinerter Miene.

»Bronadui? O nein!«, rief Fedeon bestürzt aus. »Ich wollte gerade mit ihm nach Nimrod reiten. Ich muss sofort dorthin. Paira ist in großer Gefahr! Ich habe es in einer Vision gesehen. Wenn ich sie retten will, muss ich auf der Stelle zu ihr. Ich weiß gar nicht, warum ich so lange gewartet habe, ich hätte sie niemals so lange allein lassen dürfen. Die Schlacht ging verloren, und sie ist da unten ganz auf sich gestellt. Ich hätte schon längst ...« Der Redeschwall des jungen Skalden brach mitten im Satz ab. Verwundert riss er die Augen auf und starrte blicklos zum Himmel, dann sank er zu Boden.

»Tut mir Leid, aber es musste sein.« Glamouron löste die Hand von Fedeons Nacken. Ein einfacher Kre-An-Sor-Griff hatte genügt, um den jungen Mann in das Reich der Träume zu schicken. »Wir haben auch so schon genug Schwierigkeiten.«

»Ich hätte nicht gedacht, dass die Wirkung der Illusion so schnell nachlässt.« Schuldbewusst blickte Naemy auf den jungen Skalden hinab. »Er hat ein Recht darauf, die Wahrheit zu erfahren, so wie alle hier. Ich werde es ihm erklären, sobald er erwacht.« Sie seufzte und rieb sich müde die Augen. »Der Arme ist völlig verwirrt. Doch das muss warten. Zunächst müssen wir herausfinden, wo Shari ist.«

»Sie ist fortgeritten!« Eine melodische weibliche Stimme aus der Dunkelheit des Waldes beantwortete Naemys Frage, bevor Glamouron das Wort ergreifen konnte.

»Fort?« Naemy erschrak und blickte sich suchend nach der Sprecherin um. »Aber was ...?«

»Ihr Anliegen war durchaus edelmütiger Natur.« Langsam trat eine junge Frau aus den Schatten zwischen den Bäumen. Ein bodenlanges, fließendes Gewand hüllte die durchscheinende Figur ein und bedeckte selbst die nackten Füße, mit denen sie graziös über dem nadelbedeckten Boden dahinschwebte. Das lange schwarze Haar floss ihr über die Schultern bis zur Hüfte hinab, und die Haut war von einer übernatürlich blassen Farbe. »Du weißt, was sie plagte.«

»Wer seid Ihr?« Naemy schob Glamourons Hand fort, der zu ihr getreten war und sie beruhigend am Arm fasste. »Wo kommt Ihr her? Was … was habt Ihr mit meiner Schwester gemacht?« Zorn, Sorge und eine unterschwellige Drohung schwangen in der Stimme der Nebelelfe mit, als sie zwei Schritte auf die sphärische Gestalt zutrat. »Wo ist Shari?«, verlangte sie zu wissen. »Sie hatte geschworen, diese Lichtung nicht zu verlassen!«

Es trat eine kurze Stille ein, während sich die beiden im silbernen Mondlicht ansahen. Naemys Sinne arbeiteten wie rasend. Die Sorge um Shari drohte sie zu überwältigen, und das unheilvolle Gefühl, dass etwas Furchtbares geschehen war, nahm ihr fast den Atem, doch sie riss sich zusammen und zwang sich, ruhig zu bleiben. »Wo ist Shari?«, presste sie mühsam beherrscht hervor.

»Sie nahm das Pferd, um den Wehrlosen in Numark zu Hilfe zu eilen«, erklärte die Frau. Ihre Stimme war wohlklingend, aber ohne jedes Gefühl. »Doch das durfte nicht sein.« Sie breitete die Arme aus und fügte hinzu: »Ich musste sie aufhalten.«

»Was habt Ihr getan?« Außer sich vor Sorge machte Naemy drei weitere Schritte auf die Frau zu, doch diesmal hielt Glamouron sie zurück. Ohne Rücksicht auf die schmerzende Verletzung umfing er sie mit den Armen und hielt sie fest.

»Beruhige dich«, raunte er ihr zu. »Sie ist nicht von dieser Welt.«

»Lass mich!« Naemy wehrte sich energisch, aber auch sie war erschöpft und ihre Kräfte nach der anstrengenden Flucht aus Nimrod fast aufgebraucht. Schließlich gab sie es auf, sich aus Glamourons Griff befreien zu wollen, holte tief Luft, straffte sich und fragte noch einmal mit mühsam erzwungener Ruhe: »Wo ist Shari?«

»Ich führe dich zu ihr«, erklärte die Frau und fügte mit einem kurzen Seitenblick auf Glamouron hinzu: »Dich – und niemanden sonst.« Ohne ein weiteres Wort wandte sie sich um und schritt in den Wald hinein.

Naemy folgte ihr. Die aufgehende Sonne färbte den Nachthimmel über den gewaltigen Bäumen grau und schuf in der feuchten Luft zwischen den hoch aufragenden Stämmen einen zarten Dunst, der die hohen Farne und Brombeersträucher am Boden wie ein feines Gespinst einhüllte. Ein einsamer Vogel stimmte ein kurzes Lied an, um den nahenden Morgen zu begrüßen, doch als sich die beiden Frauen näherten, verstummte er und flog mit eiligem Flügelschlag davon.

Die geheimnisvolle Frau führte Naemy zu einer kleinen, mit Gräsern und Farnen bewachsenen Lichtung, die ein umgestürzter Baumriese in das Dickicht zwischen den hoch gewachsenen Christalltannen gerissen hatte. Die mächtigen Wurzeln steckten noch in der Erde und erhoben sich wie ein kleiner Berg über dem Waldboden, in dem nun ein tiefes Loch klaffte. Gräser und junge Farne hatten sich auf dem Wurzelballen und rings um den dicken, moosbewachsenen Stamm angesiedelt und wetteiferten mit den Schösslingen und dem jungen Gehölz zu beiden Seiten des Stammes um den besten Platz im Licht.

Mitten auf der von den Farben des nahen Herbstes gezeichneten Lichtung lag Shari. Die junge Nebelelfe hatte die Augen geschlossen und wirkte, als schliefe sie friedlich, doch Naemy wusste, wie trügerisch der Eindruck sein konnte.

»Shari!« Mit wenigen Schritten war sie an der Seite ihrer Schwester und kniete nieder. »*Muinthel*«, hauchte sie voller Zuneigung, während sie mit einer Mischung aus Hoffen und Bangen auf Sharis bleiches Antlitz starrte. Die Angst, die geliebte Schwester noch einmal verloren zu haben, schnürte ihr die Kehle zu, und ihr war, als legte sich ein eiserner Ring um ihre Brust, der ihr das Atmen fast unmöglich machte. »Lass es nicht wahr sein«, betete sie in stummer Verzweiflung. »Bitte! Lass es nicht wahr sein.« Tränen verschleierten ihr den Blick, als sie mit zwei Fingern sanft den kühlen Hals der jungen Nebelelfe berührte und ihr horchend das Ohr auf die Brust legte – vergeblich. Das ersehnte Lebenszeichen blieb aus.

»Was hast du getan?« Naemy hob den Blick und ballte die Fäuste. Trauer und Schmerz brachen aus ihr hervor und richteten sich in unbändigem Zorn gegen die sphärische Gestalt der Frau.

Doch diese blieb gelassen. »Ich musste sie aufhalten. Sie weigerte sich, vernünftig zu sein«, sagte sie. »Sie wollte ihr Volk retten und hätte damit alles zerstört.«

»Du hast sie getötet!« Naemy lehnte sich mit dem Rücken an einen Baum und vergrub das Gesicht in den Händen. »Warum?«

»Du irrst dich, sie lebt.« Die Frau schwebte heran, gesellte sich zu Naemy und blickte stumm auf die bleiche Gestalt der jungen Elfe hinab. »Sie schläft nur.«

»Sie schläft?« Naemy schaute überrascht auf. Für einen Augenblick glaubte sie, einen Anflug von Mitleid und Bedauern im Gesicht der Frau zu erkennen, doch der Eindruck verschwand so schnell, dass sie meinte, sich getäuscht zu haben. »Heißt das …?«

»Sie zeigte sich uneinsichtig.« Die Stimme der Frau war wieder so unbewegt wie zuvor. »Ich hätte sie töten müssen, doch ich fürchtete, den großen Plan damit zu gefährden. Diese Bürde könnte ich nicht tragen.«

»Was ist mit ihr?«

»Sie schläft den Schlaf des Vergessens.« Die Stimme der Frau schwankte. »Wenn sie erwacht, wird sie keinen Gedanken mehr an das Schicksal der Zurückgebliebenen verschwenden. Der Weg ist das Ziel, und welche Entscheidung du künftig auch fällen wirst, sie wird dir ohne zu zögern folgen.«

»Dann wird sie leben?«

»Ja, sie wird leben.« Die Frau nickte bedächtig, und ein Schatten huschte über ihr edelmütiges Gesicht. »Aber das hat seinen Preis. Du weißt, dass der Geist deines Volkes nicht zu beeinflussen ist. Im Gegensatz zu den Menschen sind die Strukturen in sich gefestigt und unumstößlich. Ein Eingriff ist für Sterbliche unmöglich, aber wenn er wie in diesem Fall gelingt, bleibt er nicht ohne Opfer.«

»Was heißt das?« Naemy runzelte besorgt die Stirn.

»Shari war eigensinnig und starrköpfig«, erklärte die Frau. »Wertvolle Eigenschaften, die von großem Selbstbewusstsein zeugen. Unausgereift werfen sie oft Schwierigkeiten auf, doch vollendet können sie eine große Hilfe sein. Ein starkes Selbstbewusstsein ist wie …«

»Was heißt das: Sie *war* eigensinnig und starrköpfig?«, fragte Naemy ungeduldig.

Die Frau seufzte. »Es bedeutet, dass sie es vermutlich nicht mehr sein wird, wenn sie erwacht. Jeder Eingriff hat seine Folgen. Manche sind nur klein und kaum spürbar, andere groß und bisweilen dramatisch. Shari wird leben, aber du musst damit rechnen, dass sie sich verändert hat.«

»Aber das ist …« Naemy sah die Frau fassungslos an, doch diese machte eine abschließende Geste und sagte: »Das war alles, was ich für dich tun konnte. Bedenke stets, dass ich sie hätte töten müssen. Sie hat die Existenz deines Volkes in Gefahr gebracht. Ich musste handeln.« Mit diesen Worten drehte sie sich um, berührte Shari mit dem Zeigefinger kurz an der Stirn und schwebte davon.

Naemy sah ihr schweigend nach, bis sie in den Schatten zwischen den Tannen verschwand; dann wandte sie sich wieder ihrer Schwester zu, deren Brust sich wie durch ein Wunder in leichten, gleichmäßigen Atemzügen hob und senkte.

»Oh, muinthel«, sagte sie traurig und strich ihr zärtlich über die bleiche Wange. »Was hast du nur getan?«

8

Als die Sonne den höchsten Stand erreichte, erlosch das feurige Glühen in der Grube, und die dunkle, stinkende Rauchsäule, die seit dem Sonnenaufgang träge in der windstillen Luft über der Festungsstadt hing, sank langsam in sich zusammen.

Von den mehr als zweihundert Gefangenen, die sich am Morgen rings um die Grube hatten aufstellen müssen, waren kaum mehr als sechzig übrig. Furcht und Entsetzen hatten sich tief in die aschfahlen Gesichter der Menschen gegraben, die angesichts der grausigen Ereignisse blicklos ins Leere starrten. Es waren hauptsächlich Männer und ältere Frauen, die man verschont hatte, doch allen war anzusehen, dass sie die schrecklichen Bilder dieses Morgens niemals würden vergessen können. Bilder von schreienden Kindern, die sich weinend an ihre Mütter klammerten, als sie in den rußigen und schwelenden Käfig gesperrt wurden. Bilder von kreischenden Frauen, die angesichts des Bevorstehenden verzweifelt um sich schlugen. Und Bilder von jungen Männern, die versuchten, sich mit bloßen Händen gegen das Unvermeidliche aufzulehnen, bis ein Cha-Gurrlinen-Schwert ihr Leben auslöschte, und deren Blut noch immer in ölig glänzenden Pfützen am Boden stand.

»Es ist vollbracht!« Ermattet, aber sichtlich zufrieden wandte sich Asco-Bahrran mit rußgeschwärztem Gesicht von der Grube ab, winkte einen Cha-Gurrlinen-Krieger herbei, deutete in die Grube und befahl: »Holt es heraus!«

Kurze Zeit später hatten die Cha-Gurrlinen drei mächtige hölzerne Hebevorrichtungen herbeigeschafft, die am Rand des Platzes bereitstanden. Die monströsen hölzernen Gestelle waren mit Felsen und Gesteinstrümmern zerstörter Häuser beschwert, um dem Stamm Stabilität zu geben, der wie ein Arm weit über die Grube hinausreichte. Von jedem Stamm hing ein armdickes Seil herab, an dessen Ende ein gewaltiger eiserner Haken im Sonnenlicht blitzte. Während drei Cha-Gurrlinen eine Strickleiter über den Grubenrand warfen und hinabkletterten, wurden die Hebevorrichtungen aus drei unterschiedlichen Richtungen an den Grubenrand geschoben. Die Seile wurden in die Tiefe gelassen, und die eisernen Haken verschwanden in den wogenden Rauchschwaden, die die Grube füllten. Wenig später bewegten sie sich wie von Geisterhand und spannten sich straff.

Eine gespannte Erwartung lag in der Luft, doch der dichte Rauch in der Grube war vollkommen undurchdringlich und machte es den Umstehenden unmöglich zu erkennen, was sich auf dem Grund befand.

Schließlich tauchten die drei Cha-Gurrlinen-Krieger hustend

und keuchend an der Strickleiter auf und bedeuteten Asco-Bahrran durch ein Handzeichen, dass alles bereit sei.

Der Magier nickte zufrieden. Als die Krieger die Grube verlassen hatten, gab er den Cha-Gurrlinen an den Hebemaschinen das Zeichen, mit der Arbeit zu beginnen.

»Ich hörte, hier gibt es etwas Einzigartiges zu bewundern.« Okowan kam über den Platz geeilt, trat neben seinen Freund und starrte neugierig in die Grube. Die armdicken Seile der Hebemaschinen waren inzwischen zum Zerreißen gespannt. Über das Stöhnen und Ächzen der sechzig Cha-Gurrlinen-Krieger hinweg, die nach Leibeskräften an den Seilen zogen, konnte man das Knarren des Holzes und der Seile hören, deren Fasern sich unter einem enormen Gewicht dehnten. »Ist wohl ziemlich schwer, wie?«, fragte Okowan, ohne den Blick von den wallenden Rauchschwaden abzuwenden.

»So schwer wie sechzig Frauen, dreißig ausgewachsene Männer und vierzig Kinder.« Asco-Bahrran konnte die innere Anspannung kaum unterdrücken. Ungeduldig wartete er darauf, dass sich unter dem Rauch erste Umrisse zeigten, und die bange Frage, ob ihm das Meisterwerk auch wirklich gelungen war, machte das Warten für ihn unerträglich.

»Ob die Seile und Baumstämme standhalten?« Besorgt deutete Okowan auf eine der Hebemaschinen, deren Stamm sich bedrohlich über die Grube neigte.

»Sie müssen! Ah, da ist er …« Der Magier trat einen Schritt vor und blickte voller Stolz in die Grube, wo sich in diesem Augenblick etwas Schwarzes vor den grauen Rauchschwaden abzeichnete. Langsam schob es sich daraus hervor, ein unförmig wirkendes Monstrum, schwärzer als die Nacht und so schwer, dass selbst die übermenschlichen Kräfte der sechzig Cha-Gurrlinen kaum ausreichten, um es aus der Grube zu schaffen. Der Hebevorgang stockte, und für endlose bange Augenblicke steckte das schwarze Ungetüm zur Hälfte inmitten der Rauchschwaden fest.

»Weiter, weiter! Bei den Toren, worauf wartet ihr?« Ungeduldig feuerte Asco-Bahrran die Krieger an, doch erst als zwanzig weitere zur Unterstützung herbeigeholt wurden, konnte die schwere Arbeit fortgesetzt werden.

Wenig später erhob sich ein gewaltiger, schwarz glänzender Koloss über der Grube. Okowan trat bis an den Rand der Grube heran, um ihn genauer zu betrachten. Auf den ersten Blick sah er aus wie ein drei Längen hoher und zwei Längen breiter Felsen, der auf einem Podest stand, doch dann drehte er sich ein wenig, und es kam eine Ausbuchtung zum Vorschein, die wie eine Sitzfläche mit zwei schmalen Armlehnen aussah. Es war ein Thron!

Ein schrecklicher, Furcht einflößender Thron von solch abstoßender Hässlichkeit, dass Okowan erschauerte. Die Oberfläche war nicht glatt, sondern wies unzählige Wölbungen und Ausbuchtungen auf, deren Bedeutung er aus der Entfernung nicht sofort erkennen konnte. Doch er fühlte, dass man sie sich besser nicht aus der Nähe betrachtete. Als die Cha-Gurrlinen-Krieger den massigen schwarzen Block schließlich ganz aus der Grube hoben und auf dem Platz abstellten, kam Okowan jedoch nicht umhin, sich den finsteren Koloss aus der Nähe anzusehen. Neugierig trat er heran und erkannte schließlich, worum es sich bei den unbekannten Gebilden handelte: Es waren Menschen.

Trotz der enormen Größe schien der Thron einzig aus ineinander verkeilten menschlichen Leibern zu bestehen. Viele von ihnen hatten die Arme in flehender Geste erhoben, andere kauerten in geduckter Haltung oder umklammerten schützend ein Kind. Überall waren verzweifelte Männer, Frauen und Kinder zu sehen, die in grauenhafter Todesfurcht erstarrt waren. Viele hatten die Münder zu stummen Schreien geöffnet, und die Blicke der erloschenen Augen zeigten unermessliches Grauen.

Prüfend umrundete Okowan den Thron und betrachtete das Werk des Magiers von allen Seiten. Er war schon immer ein skrupelloser Mensch gewesen, der sich nicht um die Not und das Elend anderer kümmerte, doch was er hier sah, erschütterte ihn zutiefst.

Aber da war noch etwas anderes. Obwohl der Anblick des Throns ihn abstieß, zog er ihn doch magisch an. Mehrfach ertappte sich Okowan dabei, wie er, ohne es zu wollen, die Hand hob, um über die glänzende Oberfläche zu streichen und die gemarterten Körper zu berühren. Er wollte, nein, er musste fühlen, was diese Menschen erlitten hatten. Es war wie ein innerer Zwang, den er nicht beherrschen konnte, und er stellte erschrocken fest, dass er trotz der Abscheu, die der Anblick der Toten in ihm hervorrief, eine geradezu erotische Erregung empfand.

»Er ist vollkommen, nicht wahr?« Asco-Bahrran war hochzufrieden, hob die Hand und strich lüstern grinsend über die Brüste einer jungen Frau, die sich im Augenblick des Todes halb entblößt hatte. »Sie leben noch, spürst du es?«, raunte er Okowan zu. »Sie sind tot, gestorben im Feuer des Zaubers, der dieses Prachtstück schuf, doch die Seelen können dem Thron nicht entfliehen. Er ist ein wahres Meisterwerk dunkler Magie. Ein Monument absoluter Macht – ein Thron, geformt aus den Leibern der Unterworfenen, bis in alle Ewigkeit dazu verdammt, dem Eroberer zu dienen. Ein Meisterwerk, geschaffen mit den Mächten der dunklen Magie.«

»Sie … sie sind also nicht richtig tot?«, fragte Okowan ungläubig.

»Nun, sagen wir mal so: Die Energie oder die Seelen dieser armen Teufel sind in diesem Thron gefangen. Ich nahm die Körper, um den Thron zu formen, doch es sind die Seelen, die ihn zu etwas Einzigartigem machen. Berühre ihn, und du wirst es sogleich spüren.«

Zögernd steckte Okowan die Hand aus, legte die Finger vorsichtig auf den obsidianfarbenen Thron und zog die Hand mit einem erschrockenen Ausruf zurück.

»Er ist warm!«, sagte er keuchend. »Er … er fühlt sich an wie … wie lebendiges Fleisch.« Er schluckte schwer und starrte den Thron wortlos an. Die Berührung hatte in ihm so wollüstige Gefühle geweckt, wie er sie nie zuvor verspürt hatte. Er ahnte, dass er sich von nun an unablässig danach sehnen würde, den Thron zu berühren, und der Gedanke machte ihm Angst.

»Er ist warm und voller Leben.« Asco-Bahrran nickte. »Er ist so anschmiegsam und weich wie der Körper einer Konkubine, so verführerisch und beglückend, doch …«, er ballte die Faust und schlug mit voller Wucht gegen den Thron, »… gleichzeitig ist er so unzerstörbar wie Felsgestein. Es ist nicht so tragisch, dass ich keine Nebelelfen dafür verwenden konnte; der Thron ist auch ohne sie ein wahrhaft würdiges Geschenk für den erhabenen Herrscher von Thale.«

»Ich bin sicher, er wird es zu schätzen wissen.« Hastig zog Okowan die Hand zurück, als er bemerkte, dass er schon wieder im Begriff war, den Thron zu berühren. Fort, dachte er entsetzt, ich muss hier fort, sonst gewinnt der Thron zu viel Macht über mich. »Du hast dich in der Tat selbst übertroffen, mein Freund«, lobte er den Magier höflich. »Der Thron ist wahrhaft vollkommen.« Okowan verneigte sich knapp und sagte dann: »Entschuldige mich jetzt bitte, ich habe dringende Geschäfte zu erledigen. Wir sehen uns dann heute Abend.« Er wandte sich um, doch Asco-Bahrran fasste ihn an der Schulter und hielt ihn zurück. »Warte!«, sagte er lächelnd. »Ich wollte dir noch etwas zeigen.«

Er trat auf den Thron zu und betrachtete ihn, als suchte er etwas. »Ah, hier ist es!«, rief er schließlich aus und winkte Okowan zu sich. »Sieh her!« Versonnen fuhr er mit den Fingern über die erstarrten Konturen einer Frau mit wunderschönen langen Haaren. Ein junger Mann hatte die Arme schützend um sie gelegt, während sie selbst ein Mädchen umfangen hielt. Die Gesichter der drei zeigten ein so abgrundtiefes Entsetzen, wie Okowan es nie zuvor bei einem Menschen gesehen hatte. Das kleine Mädchen hatte den Mund zu einem lautlosen Schrei geöffnet und die Finger wie Klauen in den Arm der jungen Frau gekrallt, die es schützend an sich presste. Diese hatte im Augenblick des Todes ebenfalls geschrien, doch sie musste auch geweint haben, denn auf den versteinerten Wangen waren kleine schwarze Tränen zu sehen. Es war ein einzigartiges Bild des Grauens, Stein gewordenes Entsetzen, das dem Betrachter dennoch nur einen Teil dessen vermittelte, was die Gefangenen wirklich erlitten haben mussten.

»Na, erkennst du sie wieder?«, fragte Asco-Bahrran grinsend, als er Okowans erschütterten Gesichtsausdruck bemerkte. »Sie war so jung und schön, so unschuldig und so voller Fürsorge für die Kleine.« Er lächelte kalt. »Ich wusste sofort, dass diese drei ein einmaliges Bild abgeben würden.«

Als Shari die Augen öffnete, neigte sich die Sonne bereits dem Horizont zu. Sie lag auf Decken gebettet am Rand der Lichtung unter einem schattigen Baum, durch dessen lichtes buntes Blattwerk sie den schimmernd blauen Himmel und kleine weiße Wolken sehen konnte. Für eine Weile blieb sie reglos liegen und versuchte die Gedanken zu ordnen, doch sosehr sie sich auch bemühte, sie konnte sich einfach nicht daran erinnern, was geschehen war. Sie hatte keine Ahnung, wie lange sie bewusstlos gewesen war und was der Grund dafür sein mochte. Alles, was sie fühlte, war eine große dumpfe Leere.

Leises Stimmengemurmel drang an ihr Ohr, und sie richtete sich auf, um zu sehen, wer dort sprach. Ganz in der Nähe saßen mehr als zwei Dutzend Nebelelfen im Schatten der Bäume beisammen und unterhielten sich angeregt, wenn auch sehr leise. Wo kamen all die Elfen her? Shari runzelte die Stirn. Einer fernen Erinnerung nach glaubte sie zu wissen, dass die Elfen zuvor nicht auf der Lichtung gewesen waren, doch der Versuch, den Gedanken zu verfolgen, brachte ihr heftige Kopfschmerzen ein, und sie sank stöhnend auf das Lager zurück. Ermattet schloss sie die Augen, sog die frische Abendluft tief ein und versuchte, sich zu entspannen. Da spürte sie, dass sich jemand näherte.

»Muinthel!« Es war Naemy! Shari erkannte die Stimme ihrer Schwester sofort. »Wie schön, dass du wach bist«, sagte sie und kniete sich neben Shari auf das trockene braune Gras. »Du hast mich ganz schön in Sorge versetzt, weißt du das?« Sie lächelte glücklich. »Wie fühlst du dich?«

Shari öffnete die Augen, stützte sich auf die Unterarme und erwiderte das Lächeln voller Zuneigung. »Ein wenig schwindlig, aber sonst ganz gut«, wollte sie sagen, doch statt der Worte wurde nur ein undeutliches Krächzen laut. Fassungslos und zutiefst erschrocken starrte Shari ihre Schwester an. Dann setzte sie sich auf, legte die Hände an den Hals, hustete und räusperte sich, doch was sie auch tat, kein wohlklingender Laut kam ihr über die Lippen.

»Bei den Toren, Shari? Was ist los?« Naemy runzelte die Stirn und blickte ihre Schwester besorgt an. »Kannst du nicht sprechen?« Shari schüttelte den Kopf, hustete wieder und versuchte erneut zu antworten. Doch auch diesmal brachte sie nur einen heiser krächzenden Laut hervor. Unglücklich und hilflos schaute sie ihre Schwester an.

»Kannst du mich denn verstehen?«, wollte Naemy wissen. Ihr Blick zeugte von großem Kummer.

Shari nickte.

»Was ist los?« Glamouron, der bei den anderen gesessen hatte, war aufgestanden und kam zu den beiden herüber.

»Sie kann nicht sprechen!« Naemy schüttelte traurig den Kopf.

»Nicht sprechen?« Glamouron verstand nicht sofort. »Aber wie ...?«

»Vielleicht ist es eine Folge der Ohnmacht, die sich bald von allein legt.« Ihr Tonfall machte deutlich, wie sehr Naemy hoffte, dass es so sein möge, doch dann fügte sie in Gedankensprache hinzu: »Oder es ist etwas anderes. Du weißt doch, was ich dir erzählt habe.«

»Du meinst das, was die Frau gesagt hat?«, erwiderte Glamouron ebenfalls mittels Gedankensprache, damit Shari es nicht hören konnte. »Dass sie *Schäden* davongetragen haben könnte?«

»Die Göttin gebe, dass es nicht so ist.« Naemy zwang sich zu einem zuversichtlichen Lächeln und wandte sich wieder an Shari. »Ich bin sicher, es ist nur eine vorübergehende Folge deines Unfalls«, log sie und fragte: »Kannst du dich daran erinnern, was geschehen ist?«

Shari schüttelte energisch den Kopf. Dass sie keine Stimme besaß, machte ihr große Angst, doch sie riss sich zusammen und hoffte, dass Naemy Recht behalten würde.

»Du wolltest mit Bronadui auf die Jagd reiten«, erklärte Naemy. Das war glatt gelogen, aber eine simple Geschichte, die bei Shari keine Fragen hervorrufen würde. »Als du nicht zurückgekehrt bist, haben wir nach dir gesucht und dich im Wald gefunden. Vermutlich bist du vom Pferd gestürzt. Du hast dich schwer am Kopf verletzt und warst lange bewusstlos. Wir haben uns große Sorgen um dich gemacht.«

Shari runzelte die Stirn, als überlegte sie, dann hob sie die Hand, deutete auf die anderen Elfen und zog die Schultern hoch.

»Oh!« Naemy verstand sofort. »Du weißt nicht mehr, dass Glamouron und ich die Gefangenen unseres Volkes aus Nimrod befreit haben?«

Wieder schüttelte Shari den Kopf. Tränen der Verzweiflung standen ihr in den Augen, weil sie die vielen Fragen, die ihr auf der Zunge brannten, nicht aussprechen konnte, doch sie hielt sich tapfer und weinte nicht.

Auch Naemy kämpfte mit den Tränen. Sie haderte mit dem Schicksal und machte sich bittere Vorwürfe, dass sie nicht besser auf Shari aufgepasst hatte. Niemals hätte sie ihre Schwester unbeaufsichtigt lassen dürfen, schließlich hatte sie um die Zweifel gewusst, die sie plagten. Sie fühlte sich schuldig und wünschte, dies alles ungeschehen machen zu können, doch sie wusste auch, dass es der Preis dafür war, dass Shari noch lebte, und bemühte sich, zuversichtlich zu wirken. »Mach dir keine Sorgen. In ein oder zwei Sonnenläufen wirst du bestimmt wieder sprechen können«, sagte sie betont munter. Dann reichte sie Shari die Hand und fragte: »Kannst du aufstehen? Die anderen werden sich freuen, dich zu sehen. Wir haben nämlich nicht mehr viel Zeit und müssen bald von hier fort. Ich habe den Elfen bereits erklärt, dass wir zum Ylmazur-Gebirge flüchten werden. So nahe an Nimrod ist es viel zu gefährlich. Die Cha-Gurrlinen-Krieger werden vermutlich schon nach uns suchen.« Sie fasste Shari am Arm und half ihr aufzustehen; dann führte sie die stumme Nebelelfe zu den anderen, die sie erfreut begrüßten.

Fedeon saß abseits der Gruppe an einen Baum gelehnt und starrte mit leerem Blick auf Naemy, Glamouron und Shari. Er hatte geweint, lange und schmerzlich, und sich Naemys tröstenden Worten gegenüber taub gestellt, bis sie schließlich begriff, dass er ihren Trost nicht wollte, und betrübt aufgab.

Er wollte allein sein! Es gab keine Worte für die Qualen, die er litt. Keinen Namen für das, was er empfand. Er fühlte sich innerlich taub und ausgebrannt, eine leere Hülle, mutlos und ohne Hoffnung. Seine Gefühle waren tot. Seit Naemy ihm am frühen Nachmittag die volle Wahrheit offenbart hatte, warum er die Elfen begleitete, war er unfähig, zu denken oder gar zu handeln.

Dabei war Naemy äußerst sanft und rücksichtsvoll vorgegangen. Sie hatte ihn sogar um Verzeihung gebeten, weil sie seine Gedanken mit einer Lüge betäubt hatte, und ihm in aller Offenheit berichtet, in welch absurder Lage er sich befand. Die Geschichte war so unfassbar, dass Fedeon sie zunächst nicht hatte glauben wollen, doch Naemy hatte keinen Zweifel daran gelassen, dass es ihr bitterer Ernst war.

Sie hatte ihm berichtet, woher sie kam, was sie vorhatte und was die Zukunft bringen würde – schonungslos und ohne etwas zu beschönigen –, und ihm klar gemacht, dass er der Gruppe nur durch Zufall angehörte, weil er nach dem Willen des Schicksals eigentlich unter den scharfen Schnäbeln der Sucher den Tod gefunden hätte.

Shari hatte ihm also das Leben gerettet! Fedeon lachte bitter und spie verächtlich auf den Boden. Das Leben! Was war es jetzt noch wert? Er hatte alles verloren, was ihm lieb und teuer war: Paira, seine Familie, seine Heimat – alles! Doch im Gegensatz zu Toten, die diesen Verlust nicht mehr betrauern konnten, war er dazu verdammt, die Bürde des Verlusts für den Rest seines Lebens zu tragen.

Den Rest seines Lebens. Naemy hatte keinen Zweifel daran gelassen, dass dieser Rest sehr kurz sein würde, wenn er sich nicht in die Gemeinschaft der Flüchtlinge einfügte und mit ihnen den Versuch unternahm, das Ylmazur-Gebirge zu überqueren. Für einen Augenblick erschien es Fedeon verlockend, einfach aufzustehen, davonzulaufen und darauf zu warten, dass der Schmerz unzähliger Pfeile, die sich in seinen Rücken bohrten, der Qual ein Ende bereitete. Er spielte sogar mit dem Gedanken, seinem Leben selbst ein Ende zu setzen, indem er sich das Messer tief in die Brust rammte. Doch er wusste, dass diesen Gedanken niemals Taten folgen würden. Er war zu feige. Zu feige, sein Leben selbst zu beenden, und zu feige, sich den tödlichen Geschossen der Elfen auszuliefern.

Ihm war schmerzlich klar, dass er Paira nicht wiedersehen würde. Niemals würde er erfahren, wie es ihr ergangen war, ob sie noch lebte oder den Schrecknissen der Schlacht zum Opfer gefallen war. Der bittere Vorwurf, sie im Stich gelassen zu haben, würde zeitlebens wie ein dunkler Fluch auf ihm lasten.

Paira! Fedeon spürte, wie ihm erneut die Tränen kamen, und er wehrte sich nicht dagegen. Schluchzend vergrub er das Gesicht in den Händen, während er sich verzweifelt danach sehnte, er möge auf der Stelle einschlafen und niemals wieder erwachen.

9

Die Gewölbe, in denen die Heilerinnen die Verwundeten pflegten, waren dunkel, kühl und hoffnungslos überfüllt. Die glühenden Kohlebecken, die an den Wänden aufgestellt waren, vermochten nicht die klamme Feuchtigkeit zu vertreiben, und das Licht der unzähligen Fackeln verlor sich in dem weitläufigen Raum. Die stickige, Übelkeit erregende Luft war von einem vielstimmigen Raunen und Klagen erfüllt, das zu einer trostlosen Weise verschmolz, deren Ursprung nicht auszumachen war. Immer wieder wurde sie von gellenden Schmerzensschreien oder erregten Ausrufen übertönt, denn viele der Verwundeten lagen im Fieberwahn und waren nicht mehr Herr ihrer Sinne.

Nur wenige lagerten auf Holzpritschen. Die meisten lagen oder hockten auf dem nackten Boden, die Wunden notdürftig verbunden und oft ohne Bewusstsein. Die wenigen Heilerinnen, die die Schlacht überlebt hatten, taten ihr Bestes, doch sie waren mit der ungeheuren Aufgabe, die sie hier erwartete, hoffnungslos überlastet. Die meisten der Frauen hatten mehrere Sonnenläufe nicht geschlafen und sich nur wenig Zeit für ein paar karge, kalte Mahlzeiten genommen; sie gönnten sich keine Ruhe und kämpften verbissen um das Leben der Schwerverletzten. Oft vergeblich. Viele der Verteidiger Nimrods hatten in der Schlacht grauenhafte Wunden davongetragen und so viel Blut verloren, dass den Heilerinnen nichts anderes übrig blieb, als für sie zu beten.

Der Vorrat an Verbänden und heilenden Salben war längst aufgebraucht, und die neuen Herrscher von Nimrod zeigten keinerlei Neigung, die menschenunwürdigen Zustände in den überfüllten Gewölben zu verbessern. Die einzige Unterstützung, die es seitens der Eroberer gab, bestand im Abtransport der Toten. Freiwillige Helfer schafften die Verstorbenen in die Gänge vor dem Gewölbe. Von dort wurden sie von den Cha-Gurrlinen zu gewaltigen Gruben gebracht, die man außerhalb der Festungsstadt ausgehoben hatte, um der Leichenflut Herr zu werden.

»Welch abscheulicher Gestank!« Angewidert presste Asco-Bahrran die Hand auf den Mund und blickte voller Abscheu auf ein halbes Dutzend lebloser Körper, die man achtlos neben das große Tor zum Gewölbe der Heilerinnen geworfen hatte. Unmittelbar nachdem der Thron fertig gestellt worden war, hatte sich der Magier auf den Weg zu den Heilerinnen gemacht, um sich nach dem verletzten Elfenkrieger zu erkundigen, der ihm wertvolle Hinweise für die Suche nach den geflohenen Nebelelfen geben konnte.

Asco-Bahrran hatte das Pentagramm, mit dessen Hilfe die Nebelelfen geflohen waren, lange und gründlich untersucht, war jedoch nicht dahinter gekommen, wohin es führte. Zum ersten Mal ärgerte er sich darüber, dass er sich in der Vergangenheit nicht näher mit dem Phänomen der Zwischenwelt beschäftigt hatte, deren Wege allein den Nebelelfen offen standen und die für Menschen nur in Begleitung eines kundigen Nebelelfen zu nutzen waren. Das Pentagramm mit den verschlungenen Zeichen gab ihm viel zu viele Rätsel auf, als dass er den Flüchtigen hätte folgen können. So blieb der Gefangene für ihn die einzige Möglichkeit zu erfahren, wohin die Elfen geflohen waren. Und die Zeit drängte. Wenn er überhaupt noch Gelegenheit finden wollte, die Flüchtlinge einzuholen, musste er schleunigst wissen, wohin sie gegangen waren, und er hoffte inständig, dass der Elf bereits das Bewusstsein wiedererlangt hatte.

Schwungvoll öffnete Asco-Bahrran die Tür zum Gewölbe der Heilerinnen, wünschte sich jedoch sogleich, es nicht getan zu haben. Noch bevor er einen Fuß in den Raum setzte, schlug ihm ein Übelkeit erregender Gestank nach Blut, Eiter, Fäulnis und Exkrementen entgegen und nahm ihm den Atem. Er hustete und würgte und spielte einen Augenblick lang ernsthaft mit dem Gedanken, auf dem Absatz kehrtzumachen. Dann aber besann er sich, kämpfte die aufkommende Übelkeit nieder und trat auf eine Heilerin zu, die einem Verwundeten gerade ein wenig Wasser einflößte.

»Wo ist der Elf?«, herrschte er sie an.

»Der Elf?« Die Heilerin verstand nicht sofort. Sie war klein und von rundlicher Statur. Ihr grauer Kittel war über und über mit verkrustetem Blut befleckt, und auch die Hände trugen eine abstoßend rotbraune Farbe. »Der Elf?«, fragte sie noch einmal, um Zeit zu gewinnen, und stellte die Wasserschale ab. »Welcher Elf? Wir haben hier viele Verletzte, die ...«

»Der Elf, den die Cha-Gurrlinen-Krieger gestern Nacht hierher brachten«, grollte Asco-Bahrran ungeduldig. Er wünschte sich, diesen entsetzlichen Ort des Elends endlich verlassen zu können, und ärgerte sich maßlos über den beschränkten Verstand der Heilerin, die ihn unnötig hier festhielt.

»Ach, der Elf.« Das Gesicht der Heilerin hellte sich auf. »Er ist dort hinten. Folgt mir.« Mit langsamen Schritten, als wäre sie zu Tode erschöpft, führte die Heilerin den Magier durch ein Heer in Lumpen gehüllter Gestalten, die mehr tot als lebendig auf dem Fußboden kauerten. Asco-Bahrran versuchte, nicht auf die geschundenen und verstümmelten Körper zu achten, doch es gab keinen richtigen Weg, und er war gezwungen, bei jedem Schritt darauf zu achten, wohin er seinen Fuß setzte. Das war bei der schlechten Beleuchtung jedoch nicht ganz einfach. Zweimal trat er mit den kunstvoll bestickten Stiefeln in eine Pfütze frischen Blutes, und einmal wäre er fast über den Leichnam einer jungen Frau gestolpert, die ihn mit blicklosen Augen und halb geöffnetem Mund anstarrte.

»Hier ist er!« Die Worte der Heilerin drangen nur mühsam durch den dichten Nebel aus Ekel und Abscheu, der sich um Asco-Bahrrans Sinne gelegt hatte. Er war nicht zimperlich und hatte in seinem Leben schon viel Elend gesehen, insbesondere jenes, das er selbst erzeugt hatte. Dies hier war jedoch etwas anderes. Beim Anblick der unzähligen Menschen, die in hoffnungslosem Siechtum auf den Tod warteten, überkam ihn der brennende Wunsch, sie alle durch die Gnade des Schwertes von den Leiden zu erlösen. Nicht, weil ihn das Schicksal der Menschen berührte – denn Barmherzigkeit war für ihn ein Fremdwort –, sondern weil der Anblick in ihm tiefste Abscheu auslöste. Krampfhaft vermied er diesen Anblick und richtete das Augenmerk auf den Elfen, der vor ihm auf einer Holzpritsche lag. Die Drohung, die er den Cha-Gurrlinen-Kriegern mit auf den Weg gegeben hatte, hatte die Wirkung offenbar nicht verfehlt, denn im Gegensatz zu den anderen Gefangenen waren die Wunden des Nebelelfen gut gereinigt und mit sauberen Tüchern verbunden worden. Seine Augen aber waren noch immer geschlossen, und nichts deutete darauf hin, dass er das Bewusstsein wiedererlangt hätte.

»War er schon mal wach?«, wollte Asco-Bahrran wissen.

»Er hat sich bis jetzt nicht einmal gerührt.« Die Heilerin schüttelte bedauernd den Kopf und fügte rasch hinzu: »Verhielte es sich anders, hätten wir Euch selbstverständlich sofort eine Nachricht zukommen lassen.«

»Selbstverständlich.« Asco-Bahrran ließ keinen Zweifel daran, dass er der Heilerin misstraute. Er hatte seine eigenen Methoden festzustellen, ob der Elf wirklich noch bewusstlos war oder ihm dies nur vorspielte.

»Verschwinde!« Mit einem Kopfnicken bedeutete er der Heilerin zu gehen. Diese verneigte sich kurz und murmelte gerade so laut, dass es nicht ungehörig klang: »Wie Ihr wünscht, Herr.« Dann drehte sie sich um und kehrte zu ihrer Arbeit zurück.

Prüfend betrachtete Asco-Bahrran das bleiche Gesicht des schlafenden Nebelelfen. Die Atemzüge waren ruhig und regelmäßig, die Lider geschlossen. Kein Muskel zuckte verräterisch, und kein Blinzeln deutete darauf hin, dass der Schlaf nur vorgetäuscht war.

»Wach auf!« Asco-Bahrran fasste den Elfen am Kinn und klopfte ihn unsanft auf die Wange. Nichts geschah. »Wach auf!«, befahl er noch einmal etwas lauter und rüttelte den Elfen heftig an der Schulter. Wieder nichts. Wie es aussah, hatte die Heilerin die Wahrheit gesprochen, und der Elf hatte das Bewusstsein noch nicht wiedererlangt. Oder er war ein hervorragender Schauspieler.

Grimmig entschlossen hob Asco-Bahrran die Hand und legte sie dem Elfenkrieger auf die Stirn. Dann schloss er die Augen und tastete mit seinen mentalen Sinnen nach dessen Bewusstsein. Vergeblich. Die Türen, die er öffnen wollte, waren fest verschlossen und ließen sich auch durch Magie nicht öffnen. Der Elf war wirklich bewusstlos. Sein Geist weilte weit entfernt in einer Sphäre, die Asco-Bahrran nicht erreichen konnte. Die Kenntnisse, die er so dringend benötigte, blieben für ihn verhüllt.

»Verdammt!« Ruckartig löste er die Hand von der Stirn des Elfenkriegers und unterbrach die Verbindung zu dessen Geist. So kam er nicht weiter. Bei diesem Zustand konnte es noch etliche Sonnenläufe dauern, bis der Elf erwachte, aber so viel Zeit hatte er nicht.

Grübelnd machte er sich auf den Rückweg durch das zum Bersten mit Menschen gefüllte Gewölbe. Er musste die Elfen finden, und zwar schnell, doch wo sollte er mit der Suche beginnen?

Er hatte nichts, nicht den kleinsten Anhaltspunkt, denn außer einem Elfenschwert, das nur demjenigen gehören konnte, der die Nebelelfen befreit hatte, hatten die Gefangenen nichts zurückgelassen.

Das Elfenschwert … Es musste doch einen Weg geben, dessen Besitzer ausfindig zu machen. Einen Zauber oder … Plötzlich hellte sich Asco-Bahrrans Miene auf. Die Sucher! Warum hatte er nicht gleich daran gedacht!

Die Sucher, die An-Rukhbar als Späher gedient hatten. Sie waren mühelos dazu in der Lage, die Fährte eines Menschen oder Nebelelfen aufzunehmen und ihn auch über weite Entfernungen hinweg aufzuspüren. Alles, was sie dazu brauchten, war ein Gegenstand, der dem Gesuchten gehörte. Das war es! Er würde die Sucher ausschicken, um die geflohenen Elfen zu finden, und das Schwert würde ihm dabei helfen.

Gegen Abend hatte sich der Himmel verdunkelt. Dunkle, tief hängende Wolken waren rasch von Westen herangerollt und hatten die Sonne verdeckt. Feuchtkalte Luft, die vom nahen Herbst kündete, hatte die milde Wärme des Spätsommers vertrieben, und ein auflebender Wind fegte durch die Wipfel der Christalltannen und Laubbäume, welche die Lichtung nahe dem großen Gießbach säumten.

»Es sieht nach Regen aus.« Glamouron schaute besorgt zum Himmel. Naemy antwortete nicht sofort. Unbeeindruckt von dem Wetterwechsel, setzte sie mit sicherer Hand die letzten Zeichen an das riesige Pentagramm, das sie mit Holzkohle auf eine große Felsplatte gezeichnet hatte, die sich wie ein riesiger Teller unmittelbar neben dem Gießbach aus der Erde erhob.

»Wenn wir hier weg sind, wäre ein kräftiger Regenschauer genau das Richtige«, sagte sie mit einem Blick auf ihr Werk. »Der würde die Spuren verwischen.«

»Dann sollten wir uns aber beeilen!« Glamouron deutete nach Westen, wo der Wind einen dichten Vorhang aus Regen über die Ebene vor der Festungsstadt schob. »Die Wolken kommen genau auf uns zu.«

»Es ist so weit, die erste Gruppe kann durch die Zwischenwelt gehen.« Naemy winkte die anderen Nebelelfen zu sich. »Ihr kennt das Ziel«, sagte sie, als sich alle Nebelelfen einschließlich Shari und Fedeon vor dem Pentagramm versammelt hatten. »Wir reisen wie besprochen durch die Zwischenwelt zu der großen kahlen

Eiche am Fuße des Ylmazur-Gebirges. Ganz in der Nähe befindet sich der Bajun-Gletscher. Die meisten von euch kennen die Eiche. Sie bietet uns eine sichere Orientierung und liegt den Bergen so nahe wie keine andere Wegmarke. Das wird uns einen langen Fußmarsch ersparen.« Sie trat zur Seite und bedeutete Glamouron, das Pentagramm zu betreten. »Glamourons Gruppe geht als erste«, erklärte sie. »Dann kommen die anderen Gruppen, und ich bilde mit Bronadui den Abschluss.«

Kurze Zeit später war die Lichtung leer. Nur eine kalte Feuerstelle erinnerte noch daran, dass hier eine kleine Gruppe Nebelelfen Unterschlupf gefunden hatte.

Naemy führte Bronadui am Halfter in das Pentagramm und blickte sich ein letztes Mal prüfend um. Die Waffen und Ausrüstungsgegenstände, die sie mit Glamouron von den getöteten Kriegern des Spähtrupps geholt hatte, waren unter den Elfenkriegern verteilt worden, und die Vorräte waren gut verpackt in großen Bündeln auf dem Rücken des Pferdes verstaut. Alle Vorbereitungen, die sie für den schweren Weg über das Ylmazur-Gebirge hatten treffen können, waren getroffen – so kärglich sie auch sein mochten. Es gab nichts mehr zu tun.

Naemy seufzte erleichtert. Trotz aller Zweifel war sie so weit gekommen, wie sie es nie für möglich gehalten hatte. Ebenso erfreulich war die Einsichtigkeit der geretteten Elfen gewesen, als Naemy ihnen die schonungslose Wahrheit über den Grund für ihre Befreiung erzählt hatte. Die meisten waren zunächst wie erwartet voller Unglauben gewesen, doch Naemy und Glamouron, der ihr unerschütterlich zur Seite stand, hatten die Zweifel bald ausräumen können.

Nach und nach hatten sich alle zu ihr bekannt und geschworen, ihr bei dem Versuch zu folgen, das Ylmazur-Gebirge zu überqueren. Naemy lachte bitter. Gab es überhaupt eine Wahl? Sie hatten ihre Heimat verloren und wussten, dass überall in Thale Jagd auf die Nebelelfen gemacht wurde. Die meisten besaßen keine Angehörigen mehr, und die wenigen, die ihre Familien in

Numark mittels Gedankensprache zu erreichen versucht hatten, hatten keine Antwort erhalten. Das Schweigen sagte mehr als alle Worte, und so hatten sich auch die Letzten trotz der großen Trauer um jene, die sie zurücklassen mussten, dem Plan angeschlossen.

Es war die einzige Möglichkeit zu überleben. Nur wenige würden den Schergen An-Rukhbars entkommen, und jenen, denen es vergönnt war, die friedlichen Zeiten nach der Befreiung Thales zu erleben, drohte Naemys Bericht zufolge in dreihundert Sommern ein schreckliches Schicksal. Die Zukunft ihres Volkes hing allein von ihnen ab: von den achtzehn Elfenkriegerinnen und siebzehn Elfenkriegern, die sich hier auf der Lichtung versammelt hatten. Scheiterten sie, war das Schicksal des Nebelelfen-Volkes besiegelt.

Ein erster Regentropfen fiel auf Naemys Gesicht, lief ihr wie eine Träne über die Wange und erinnerte sie daran, dass die Regenfront bedrohlich nahe war. »Komm, Brauner. Es wird Zeit!« Naemy tätschelte Bronadui sanft den Hals. »Du brauchst keine Angst zu haben«, raunte sie ihm zu, »es wird nur ein wenig kalt und dunkel, dann hast du es geschafft.«

Und während die Regentropfen in immer schnellerer Folge dunkle Flecken auf den Fels malten und die Linien des Pentagramms benässten, verblassten die Gestalten des Falben und der Nebelelfe und waren gleich darauf verschwunden.

Heftiger Regen trommelte an die verglasten Fenster des kahlen Raumes, in dem sich außer einem Käfig mit drei hässlichen geflügelten Wesen und einem kleinen Tisch kein weiteres Mobiliar befand. Was immer der Raum zuvor beherbergt hatte, war entweder den Plünderern zum Opfer gefallen, die die vornehmen Gemächer der Inneren Festung nach der verlorenen Schlacht heimgesucht hatten, oder von den Cha-Gurrlinen-Kriegern als Beute in die Zelte des Heerlagers vor der Stadt verschleppt worden.

»Das sind also die so genannten Sucher!« Hüstelnd hielt sich

Okowan ein besticktes Tüchlein vor die Nase und blickte angeekelt auf die ölig glänzenden Leiber der drei braunen, federlosen Raubvögel, die zischend und fauchend in dem großen Käfig auf und ab schritten. Die winzigen grünen Vogelaugen funkelten bösartig, und wann immer sie den langen spitzen Schnabel öffneten, entblößten sie eine doppelte Reihe messerscharfer Zähne. »Welch abstoßender Anblick und Ekel erregender Gestank.« Er hüstelte wieder. »Und wie sollen sie die geflohenen Nebelelfen finden?«

»Damit!« Asco-Bahrran deutete auf das Elfenschwert, das auf einem Tisch bereitlag. »Die Witterung der Elfen hängt noch an dem Schwert. Wer immer es besessen hat, hat unverkennbare Spuren am Griff hinterlassen. Sie werden die Witterung aufnehmen und ihn finden – wo immer er sich jetzt auch aufhalten mag.«

»Erstaunlich!« Okowan zeigte sich beeindruckt. »Und wie erzählen sie uns, was sie gesehen haben? Die Zisch- und Fauchlaute scheinen mir dazu nicht gerade geeignet.«

»Sie müssen es uns nicht erzählen«, erwiderte Asco-Bahrran viel sagend. »Ich werde es mit eigenen Augen sehen.«

»Ach?« Okowan zog erstaunt eine Braue in die Höhe. »Und wie?«

»Ich denke nicht, dass dich die Einzelheiten wirklich kümmern müssen«, meinte Asco-Bahrran. »Aber so viel sei verraten: Ich besitze eine magische Schale, die mir einiges offenbart.«

»Hm.« Es war Okowan deutlich anzusehen, dass ihn die Erklärung nicht zufrieden stellte, doch er fragte nicht weiter nach und wechselte das Thema. »Können wir ihnen denn trauen? Wer sagt uns, dass sie die ihnen gestellte Aufgabe auch zufrieden stellend erfüllen werden?«

»Sei unbesorgt.« Der Magier grinste. »Diese Sucher stammen aus An-Rukhbars Dimension. Und wie er fühlen sie sich hier nicht besonders wohl. Ihr einziges Ziel ist es, wieder in ihre eigene Dimension zurückzukehren, und genau das wird der Lohn für ihre Dienste sein. Ich bin sicher, sie werden nicht ruhen, bis sie ihre Aufgabe erfüllt haben.«

»Wenn das so ist, worauf wartest du dann noch?« Okowan war es leid, den grauenhaften Gestank einzuatmen, der von den drei hässlichen Kreaturen ausging. »Lass sie frei.«

Aufmerksam beobachtete er, wie Asco-Bahrran einem jeden Tier das Griffstück des Schwertes durch die Gitterstäbe entgegenstreckte. Die Sucher nahmen die Witterung auf und flatterten gleich darauf wie wild in dem Käfig umher, als könnten sie es gar nicht erwarten, endlich mit der Suche zu beginnen.

»Wache!« Die Stimme des Magiers hallte befehlend durch den Raum.

Augenblicklich wurde die Tür geöffnet, und vier Cha-Gurrlinen-Krieger traten ein. »Schafft die Viecher nach draußen!« Da er nicht wusste, ob die Cha-Gurrlinen ihn verstanden, deutete er zunächst auf den Käfig und dann zur Tür. »Lasst sie frei!«

»Frrrrreiii!« Einer der Krieger nickte zum Zeichen, dass er verstanden hatte. *»Gnorrsu mmorrst adz dunsarrr!«*, wies er die anderen an und trat neben den Käfig. Sie eilten an seine Seite, hoben den schweren Käfig gemeinsam an und trugen ihn aus dem Raum.

»Puh!« Okowan fächelte sich mit dem Tüchlein frische Luft zu, die durch die geöffnete Tür hereinströmte, und schüttelte den Kopf. »Furchtbare Kreaturen«, bemerkte er.

»Wer? Die Sucher?«

»Nein, die Cha-Gurrlinen-Krieger.« Okowan setzte eine verschwörerische Miene auf und trat näher an den Magier heran. »Sie machen mir Angst«, flüsterte er. »Noch befolgen sie unsere Befehle, weil der Erhabene es so will. Doch was ist, wenn sie plötzlich aufbegehren?« Er tupfte sich mit dem Tuch den Schweiß von der Stirn. »Hast du einmal darüber nachgedacht?«

»Soweit ich weiß, werden die meisten bald in ihre Dimension zurückkehren«, erklärte Asco-Bahrran gelassen. »Es sind Söldner. Sie warten nur noch auf den ihnen zustehenden Lohn. In ein paar Sonnenläufen wird lediglich eine kleine Besatzungstruppe in Nimrod zurückbleiben, um einen möglichen Widerstand der Bevölkerung im Keim zu ersticken.«

»Und wenn nur zwei zurückblieben, wäre es schon zu viel.« Okowan machte keinen Hehl daraus, wie sehr er die schwarzen

Krieger verabscheute. »Wenn du mich fragst, sollten wir uns schnellstens darum bemühen, ein eigenes Heer auf die Beine zu stellen, damit wir diese grobschlächtigen und blutrünstigen Mordbestien rasch loswerden. Je eher, desto besser.«

»Ein eigenes Heer?« Asco-Bahrran hatte in den vergangenen Sonnenläufen so viel zu tun gehabt, dass er sich darüber noch keine Gedanken gemacht hat. »Denkst du wirklich, dass es in Thale jemanden gäbe, der sich mit den Schlächtern der Druiden verbündete?«

»Das kommt ganz auf das Angebot an.« Okowan grinste.

»Wie meinst du das?«

»Für die ergebenen Krieger Wohlstand und gutes Essen. Für die anderen nur eben das Nötigste. Du wirst sehen, sie werden in Scharen kommen, um sich dem Heer anzuschließen.«

»Anscheinend hast du schon ganz genaue Pläne.« Jetzt grinste auch Asco-Bahrran. »Wie wäre es, wenn du dich darum kümmerst? Ich gebe zu, dass mir die Gesellschaft der schwarzen Krieger auch nicht behagt. Je schneller wir auf sie verzichten können, desto besser.« Er legte Okowan kameradschaftlich die Hand auf die Schulter. »Ich bin sicher, du wirst Erfolg haben. Aber achte darauf, dass dir die Hauptleute bedingungslos ergeben sind.« Dann wandte er sich zur Tür um und sagte: »Doch jetzt entschuldige mich. Die Sucher sind bestimmt schon unterwegs, und ich möchte nichts verpassen.«

10

Bis tief in die Nacht hinein führte Naemy die Gruppe der Nebelelfen durch das dicht bewaldete Hügelland östlich des Ylmazur-Gebirges. Der dunkle Waldboden war feucht, und es tropfte von den Blättern, ein untrügliches Zeichen dafür, dass es auch hier heftig geregnet hatte. Die dunklen Wolken hatten sich jedoch nach Westen verzogen, ehe die erste Gruppe Nebelelfen am verabredeten Ort nahe der Eiche eingetroffen war, und der Himmel war nur mehr von vereinzelten Wolken bedeckt.

Mit der Abenddämmerung kam die Kälte. In der feuchten Luft bildeten sich zwischen den Bäumen dichte Nebelschwaden, die den Elfen die Sicht erschwerten, doch das Moos an den Bäumen wies ihnen die Himmelsrichtung, und sie schritten unbeirrt voran. Im Schutz der Bäume, die zu den letzten Ausläufern der Wälder von Daran gehörten, und unter Verzicht auf die wenigen begehbaren Pfade, die die Vorberge im Zickzack durchzogen, blieben sie unbehelligt und für sich, während sie sich zielstrebig auf jene Stelle zubewegten, die Naemy für die Überquerung des Hochgebirges am geeignetsten hielt – die schneebedeckte Ebene des Bajun-Gletschers.

Der Aufstieg dorthin war Naemy wohl bekannt. Hier hatte sie mit Tabor nach eingefrorenen Riesenalpgelegen Ausschau gehalten. Viele Mondläufe lang hatten sie gesucht, bevor sie tatsächlich drei unversehrte Eier gefunden hatten. Letivahr, Chantu – und Zahir! Naemy spürte, wie sich ihr Herz bei dem Gedanken an die geliebten Riesenalpe schmerzhaft zusammenzog. Den Tod Zahirs hatte sie noch immer nicht verwunden, und sie fragte sich, was wohl aus den anderen beiden Riesenalpen geworden war. So schritt sie schweigend aus und hing ihren eigenen Gedanken nach, während sich der Wald langsam lichtete und die schneebedeckten Gipfel des Ylmazur-Gebirges zum Greifen nah vor ihnen lagen.

Für Fedeon, der das Marschieren nicht gewohnt war, war es eine lange und anstrengende Wanderung. Zwar war er ausgeruht und muskulös, aber mit den ausdauernden Nebelelfen, deren Kräfte nahezu unerschöpflich schienen, konnte er sich nicht messen. So war er erleichtert, als Naemy ihm anbot, auf Bronadui zu reiten, und obwohl er Pferde nicht sonderlich liebte, sah man den jungen Skalden von da an doch zumeist auf dem Rücken des braunen Hengstes.

Als der Morgen graute, hatten die Flüchtlinge die flachen Hänge am Fuß des Ylmazur-Gebirges mühelos überwunden und die dichten Laubwälder unbehelligt passiert. Nirgends waren sie auf Widerstand gestoßen, denn Nimrod war weit, und die schwarzen Krieger waren noch nicht in diese abgelegene Gegend vorgedrungen.

Dann lag der Wald hinter ihnen. Nur ein flacher, von spärlichen braunen Gräsern bewachsener Abhang trennte die kleine Gruppe noch von den Ausläufern des Hochgebirges, das zu überqueren bisher keinem gelungen war.

»Wir rasten hier!« Naemy hielt bei den letzten Bäumen an und ließ ihr Bündel und den Langbogen ins taufeuchte Gras gleiten. »Bis zum Abend werden wir keinen so geschützten Rastplatz mehr finden.«

»Ich denke nicht, dass wir hier in Gefahr sind.« Glamouron, der an ihrer Seite ging, betrachtete aufmerksam den Waldrand und ließ den Blick prüfend über die angrenzenden Wiesen schweifen. »Ein kleines Rudel Rehe, ein Temelinadler, sonst nichts«, zählte er auf und lächelte zufrieden. »Die Cha-Gurrlinen können uns nicht mehr einholen. Nimrod ist viel zu weit entfernt. Außerdem haben sie keine Ahnung, wo wir sind.«

»Da wäre ich mir nicht so sicher.« Besorgt blickte Naemy zum Himmel hinauf, doch außer dem großen Greifvogel, der hoch über den Bergen seine Kreise zog, konnte auch sie nichts Ungewöhnliches entdecken. »Nun, wie auch immer«, seufzte sie und setzte sich ins Gras, »eine Rast tut uns allen gut. Der Aufstieg wird uns viel abverlangen, und ich weiß nicht, wie viele Sonnenläufe wir in den Bergen verbringen werden.« Sie gab sich große Mühe, zuversichtlich zu klingen, tief in ihrem Innern aber spürte sie eine große Unsicherheit. Es war nicht das erste Mal, dass sie sich zu Fuß auf den Weg zum Bajun-Gletscher machte, doch im Gegensatz zu den

Wanderungen, die sie mit Tabor unternommen hatte, waren die Voraussetzungen diesmal denkbar ungünstig. Genau genommen waren sie sogar so schlecht, dass es fast an Wahnsinn grenzte, den Aufstieg zu wagen. Keiner der Elfen war für eine solche Unternehmung richtig gekleidet. Die meisten trugen nur ein dünnes Untergewand aus weichem Gewebe und darüber die harte Lederkleidung, die ihnen im Fall eines Angriffs zwar gute Dienste leisten würde, sie aber kaum vor der Kälte schützte. Warme Decken waren zudem nur unzureichend vorhanden. Die wenigen, die sie den getöteten Kriegern des Spähtrupps abgenommen hatten, reichten nicht einmal für die Hälfte der Flüchtlinge, wohingegen die Temperaturen jenseits der Baumgrenze selbst im Sommer so niedrig waren, dass das Wasser gefror.

Seile hatten sie so gut wie keine. Und Seile, das wusste Naemy aus Erfahrung, waren im Hochgebirge lebenswichtig und unverzichtbar, vor allem wenn sie den Gletscher überqueren wollten. Es gab dort so viele verdeckte Spalten und Gefahren, dass Naemy am liebsten einen anderen Weg gewählt hätte – doch es gab keinen.

Wenn sie nur selbst Seile drehen könnten … Seufzend zog sie einen kleinen trockenen Brotlaib aus dem Bündel hervor und brach ihn in drei Teile. »Hier.« Ein Stück gab sie an Glamouron weiter, das andere reichte sie Shari, die sich neben sie gesetzt hatte. Diese lächelte und nickte dankend, wandte sich dann aber ab, um in den eindrucksvollen Anblick der Berge zu versinken.

Naemy beobachtete sie verstohlen. Ihre kleine Schwester hatte sich erstaunlich schnell gefangen. Sie klagte nicht, machte niemandem Vorwürfe und trug die Stummheit mit einer tapferen Würde, für die Naemy sie im Stillen bewunderte. Die Zweifel und Bedenken, die sie an Naemys Plan gehabt hatte, waren ebenso verschwunden wie der brennende Wunsch, das Unvermeidliche aufzuhalten oder ihr Wissen dazu zu nutzen, anderen zu helfen.

Plötzlich erklang ein kreischender Schrei in unmittelbarer Nähe. Die Elfen zuckten erschrocken zusammen und blickten sich verwundert um, aber Naemy wusste sofort Bescheid. Mit einem Sprung war sie auf den Beinen, griff nach dem Langbogen, der neben ihr im Gras lag, und legte einen Pfeil auf die Sehne. Mit dem gespannten Bogen in den Händen lief sie ein paar Schritte auf die Wiese hinaus und zielte nach oben.

»Was ist los?« Glamouron war ebenfalls aufgesprungen und ihr gefolgt.

»Sucher!« Naemy ließ die Wipfel der Bäume nicht aus den Augen.

»Sucher?« Glamouron runzelte die Stirn. Er wusste nicht, was Naemy meinte, doch er spürte ihre Anspannung. Als er aufschaute, sah er drei hässliche federlose Fluggeschöpfe, die in diesem Augenblick über das Blätterdach hinwegglitten und geradewegs auf die Elfen zuhielten. Beim Anblick der bewaffneten Nebelelfe brachen sie in hektisches Kreischen aus und versuchten Flügel schlagend an Höhe zu gewinnen, doch es war zu spät.

Naemy zögerte nicht. Schon der erste Pfeil fand sein Ziel und bohrte sich mitten in den ölig glänzenden Rumpf eines der Tiere. Die beiden anderen zischten böse. Doch statt zum Angriff überzugehen, drehten sie ab und verschwanden fluchtartig über dem Wald. Naemy schickte ihnen noch einen weiteren Pfeil hinterher, aber die Sucher waren schon zu weit entfernt, und er verfehlte sein Ziel.

»Barad!« Wütend eilte Naemy zu dem getöteten Sucher und riss ihm den Pfeil mit einem heftigen Ruck aus dem Körper. Nicht nur Decken und Seile, auch Waffen und Pfeile hatten sie viel zu wenige. Jeder einzelne Pfeil war kostbar und durfte nicht vergeudet werden.

»Was ist das?« Glamouron trat neben sie und blickte voller Abscheu auf das hässliche Tier, das mit unnatürlich verrenkten Flügeln und gebrochenem Genick vor ihm im Gras lag.

»Ein Sucher.« Naemy stieß das Tier verächtlich mit dem Stiefel an. »Es sind die Späher An-Rukhbars, Wesen aus einer anderen Dimension. *Barad*, ich hätte nicht gedacht, dass sie uns diese Viecher auf den Hals hetzen. Jetzt weiß man in Nimrod, wo wir sind.« Sie straffte sich und schulterte den Bogen. »Wir sollten besser nicht zu lange rasten. Wer weiß, welche Überraschungen An-Rukhbar noch für uns bereithält.«

Nur einen Sonnenlauf nachdem der schwarze Thron erschaffen worden war, stand er an seinem endgültigen Platz im ehemaligen Ratssaal des Druidenrates.

Der große Raum war leer geräumt, die hohen, mosaikverzierten Fenster auf Anweisung An-Rukhbars hin zugemauert worden. Kein einziger Sonnenstrahl gelangte durch das frisch verputzte Mauerwerk, so dass der größte Teil des einst prächtigen Raums im Dunkeln lag. Zwei Fackeln hingen rechts und links neben der großen zweiflügeligen Tür an der Wand und spendeten ein schwaches Licht. Eine große runde Scheibe, die sich an der Decke unmittelbar über dem Thron befand und an deren Rändern ein grünliches Leuchten hervorquoll, war außer den Fackeln die einzige Lichtquelle im Raum. Das kalte grüne Licht, das von ihr ausging, war zu schwach, um den ganzen Raum zu erhellen, reichte jedoch aus, um die unheimlichen Umrisse des schwarzen Throns in der Dunkelheit sichtbar zu machen. Der schwere Koloss war am Morgen von mehreren Cha-Gurrlinen unter großer Anstrengung auf seinen Platz unter der leuchtenden Scheibe geschoben worden, wo er nun darauf wartete, seine endgültige Bestimmung zu erfüllen.

In dem unheimlichen Zwielicht ging Asco-Bahrran prüfend um das Stein gewordene Grauen herum und überprüfte ein letztes Mal dessen Position. Immer wieder verglich er den Standort des Throns mit der Position des leuchtenden Kreises an der Decke und nickte schließlich zufrieden. Die Cha-Gurrlinen-Krieger hatten ganze Arbeit geleistet. Die Sitzfläche des Throns befand sich exakt unter der Lichtquelle, die An-Rukhbar nach dem Sieg über die Druiden selbst geschaffen hatte.

Doch der grünlich schimmernde Kreis war keineswegs dazu gedacht, den Raum zu erhellen – er war ein Dimensionentor. Das Leuchten entstand eher zufällig, weil an den Nahtstellen der beiden Sphären unterschiedliche Energien aufeinander trafen und einander veränderten.

Fasziniert blickte der Magier zu dem Dimensionentor auf. Welch unglaubliche Macht musste An-Rukhbar besitzen, dass er so etwas mitten in Nimrod zu vollbringen vermochte! Das Erschaffen von Dimensionentoren war selbst für Kundige der dunklen Magie eine absolute Meisterleistung – ein Zauber, der in Thale, wenn überhaupt, nur an Orten möglich war, die überaus seltene magnetische Ströme aufwiesen. Diese Ströme wurden durch ein geheimnisvolles Metall hervorgerufen, das in alten Schriften als Sternenebulit bezeichnet wurde. Asco-Bahrran hatte eine Zeit lang danach geforscht, jedoch keinen Ort gefunden, an dem es vorkam. Ein Dimensionentor ohne Verwendung von Sternenebulit entstehen zu lassen galt gemeinhin als unmöglich.

Dennoch, das Dimensionentor war hier, und Asco-Bahrran hatte sich von dessen Wirksamkeit bereits mit eigenen Augen überzeugt.

Unmittelbar nach der Hinrichtung der Druiden hatte An-Rukhbar ihn zu sich in den verlassenen Ratssaal gerufen und ihm verschiedene Befehle erteilt, da er sich für kurze Zeit in seine eigene Dimension hatte zurückziehen wollen. Der lange Aufenthalt in der fremden Sphäre, eingesperrt in die ungewohnte menschliche Gestalt, die er während des Feldzugs gewählte hatte, hatte ihn viel Kraft gekostet. Um diese zu erneuern, hatte er so schnell wie möglich in seine eigene Dimension zurückkehren wollen und Asco-Bahrran für die Dauer seiner Abwesenheit die Befehlsgewalt über das eroberte Land übertragen.

»Die geflohenen Nebelelfen – alle Nebelelfen – müssen vernichtet werden«, hatte er gefordert. »Dieses Volk ist eine große Gefahr für mich. Sie sind stolz, unbeugsam und verfügen über eine eigene Form der Magie. Es besteht die Gefahr, dass sie versuchen, die Menschen gegen mich aufzuwiegeln. Deshalb sollen sie vernichtet werden! Wo immer ihr einen Elfen findet, tötet ihn sofort und ohne Gnade.«

Asco-Bahrran hatte genickt und versichert, alles in seiner Macht Stehende zu unternehmen, um die geflohenen Nebelelfen aufzuspüren – und er hatte sie gefunden. Die Sucher hatten sie am Morgen am Fuß des Ylmazur-Gebirges in der Nähe des Bajun-Gletschers entdeckt. Nun befürchtete er, dass sie versuchten, in dem unwegsamen Gelände des Hochgebirges Zuflucht zu finden. Doch das würde er zu verhindern wissen.

Nachdem er sich ein letztes Mal davon überzeugt hatte, dass der Thron zur vollsten Zufriedenheit des erhabenen Herrschers gefertigt und aufgestellt worden war, verließ er den Thronsaal mit eiligen Schritten, um die endgültige Vernichtung der Flüchtlinge einzuleiten.

Die Cha-Gurrlinen-Krieger, die er vor einigen Sonnenläufen nach Numark geschickt hatte, um die dort zurückgebliebenen Nebelelfen zu töten, hatten ihr blutiges Werk vollendet und noch am Morgen den neuen Marschbefehl erhalten. Sie waren den Flüchtlingen, die sich in der Nähe des Bajun-Gletschers aufhielten, am nächsten und würden die Gegend in weniger als einem Sonnenlauf erreichen. Der Wind stand günstig. Ein siegesgewisses Lächeln huschte über Asco-Bahrrans Gesicht. Cha-Gurrlinen besaßen eine unglaubliche Eigenschaft, von denen nur die wenigsten wussten: Sie konnten mit dem Wind reisen!

Als er noch mit dem Heer aus dem Grasland nach Nimrod gezogen war, hatte er ein paar Mal gesehen, wie sich die Kundschafter der Cha-Gurrlinen urplötzlich in einen Wirbel aus Sand gehüllt und mit unglaublicher Geschwindigkeit selbst größte Strecken in kürzester Zeit zurückgelegt hatten. Diese Fähigkeit war etwas, womit die Nebelelfen gewiss nicht rechneten. Vermutlich glaubten sie, einen ausreichenden Vorsprung erlangt zu haben, und wähnten sich in Sicherheit – ein tödlicher Irrtum.

Asco-Bahrran grinste boshaft. Sollten sie ruhig glauben, dass ihnen die Flucht gelungen war. Das würde ihm die Sache nur erleichtern. Die Nebelelfen waren für ihn bereits so gut wie tot, doch um ganz sicherzugehen, dass auch wirklich niemand entkam, hatte er noch eine weitere Überraschung für die Ahnungslosen parat.

Leise öffnete er die Tür zu dem kleinen lichtlosen Gewölbe, das einen seiner ergebensten Diener beherbergte – den Bulsak. Entgegen früherer Pläne hatte er das kleine fledermausartige Geschöpf noch nicht aus seinen Diensten entlassen – ein Wortbruch, den das

Tier mit offener Feindseligkeit quittierte. Doch das Gezeter kümmerte Asco-Bahrran nicht. Der Bulsak war an ihn gebunden, und kein noch so heftiges Aufbegehren würde daran etwas ändern.

Der Magier nahm eine Fackel aus der Halterung an der Wand und betrat die Kammer. Der Bulsak hing wie eine Fledermaus kopfüber von der Decke. Er hatte die Schwingen dicht an den Körper gefaltet und die Augen geschlossen, als schliefe er. Doch der Magier wusste, dass der Eindruck täuschte. Ein Bulsak schlief nie, dazu war er in der kleinen Form viel zu ängstlich. Er ruhte nur.

»Komm!« Asco-Bahrran streckte den Arm aus und wartete. Der Bulsak blinzelte, öffnete die Augen und blickte ihn hasserfüllt an. »Komm!« befahl Asco-Bahrran noch einmal und fügte verlockend hinzu: »Draußen erwartet dich eine üppige Mahlzeit.«

11

Die Gruppe der Flüchtlinge zog westwärts durch die raue Gebirgslandschaft. Das Gelände hatte sich verändert. Die sanften, grasbewachsenen Hügel waren einer felsigen Aneinanderreihung von schroffen Erhebungen und tiefen Senken gewichen, die das Fortkommen beträchtlich erschwerten. Oft mussten die Elfen die Arme zu Hilfe nehmen, um Felsklippen kletternd zu überwinden und dann auf der anderen Seite hinabzurutschen.

Das Land war nicht nur felsig und missgestaltet, sondern auch ziemlich unfruchtbar. Tiere mieden es. Wind und Wetter setzten den wenigen Pflanzen, die hier wuchsen, gnadenlos zu, und nur an den geschützten Stellen zwischen den Felsen hatten sich einige Gräser und niedrige Dornenbüsche angesiedelt. Die häufigste Pflanze war ein hartes, peitschenartiges Gras von solcher Zähigkeit, dass es schmerzhaft an die Beine der Nebelelfen schlug, wenn sie hindurchliefen.

Shari, die Bronadui am Halfter führte, hatte es besonders schwer. Das Gras fügte den ungeschützten Beinen des Hengstes viele schmerzhafte Schnittwunden zu, und sie besaß nichts, womit sie die Fesseln des Pferdes hätte umwickeln können. Nur weil sie viele Umwege in Kauf nahm, gelang es ihr, halbwegs passierbare Wege für den Falben zu finden; dieser ertrug die Mühen des Aufstiegs mit bewundernswerter Geduld, obwohl das hellbraune Fell bereits stellenweise von weißen Schweißflocken bedeckt war.

Auch die ausdauernden Nebelelfen hatten es in dem unwegsamen Gelände schwer. Nach einem besonders heiklen Abschnitt, auf dem sich zwischen den Felsen nur selten ebener Boden fand, auf dem man aufrecht gehen konnte, waren viele so erschöpft, dass sich Naemy gezwungen sah, eine kurze Rast einzulegen.

Als die Sonne den höchsten Stand erreichte, machten sie auf einem flachen Felsabsatz Halt, um neue Kräfte zu sammeln und ein paar Bissen zu essen.

»Sieht so aus, als hätten wir es bald geschafft.« Glamouron, der neben Naemy auf einem Felsen saß und an einem wilden Apfel kaute, deutete voraus. Nicht weit entfernt ging die unwegsame Landschaft in einen steilen, von hohen Tannen bewachsenen Hang über, an dessen Ende ein breites Tal zwischen den Bergen klaffte. Der Wald erstreckte sich zu beiden Seiten des Tals, kletterte an den steilen Bergflanken empor und endete schließlich ganz unvermutet in einer fast unnatürlich wirkenden geraden Linie.

»Geschafft haben wir es noch lange nicht.« Voller Sorge beobachtete Naemy das Land im Osten. Inzwischen hatten die Nebelelfen schon einige hundert Längen überwunden. Von ihrem erhöhten Standort aus reichte der Blick über die herbstlich gefärbten Wälder von Daran hinweg bis hin zu den ersten Ausläufern ihrer Heimat, den Sümpfen von Numark, wo er sich im Dunst der feuchten Luft verlor.

»Nun, zumindest haben wir diese furchtbare Gegend bald hinter uns. Zwischen den Tannen lässt es sich gewiss leichter vorankommen.« Glamouron hatte Naemys finstere Miene wohl bemerkt, ging aber nicht weiter darauf ein. »Wo müssen wir entlang?«, fragte er. »Nehmen wir die rechte oder linke Seite des Tals?«

»Die rechte.« Naemy antwortete, ohne sich umzudrehen. Angespannt starrte sie nach Süden, als berge der Dunst ein unheilvolles Rätsel, das es zu durchschauen galt. »Wir gehen bis zur Baumgrenze. Auf der anderen Seite des Bergrückens gibt es eine tiefe Klamm, die zum Bajun-Gletscher hinaufführt. Das ist unser Weg.«

»Was wird aus Bronadui, wenn wir die Klamm erreichen?«, fragte Glamouron.

»Wir lassen ihn frei, sobald der Weg für ihn zu beschwerlich wird«, erklärte Naemy. »Er hat uns treu begleitet und sich die Freiheit redlich verdient.«

»Der Weg ist für ihn schon jetzt kaum zu bewältigen«, gab Glamouron zu bedenken. Der Falbe tat ihm Leid.

»Ich weiß.« Naemy nickte. »Aber er trägt einen Großteil des Gepäcks. Ließen wir ihn frei, müssten wir die Sachen selbst tragen und kämen nicht so schnell voran. Außerdem reitet Fedeon auf ihm. Wenn er laufen müsste, würde er uns zu sehr aufhalten.«

»Aber wir haben es doch nicht eilig«, wandte Glamouron ein. »Die Reise durch die Zwischenwelt hat uns einen enormen Vorsprung verschafft. Selbst wenn es stimmt, was du sagst, und die Sucher den Eroberern verraten haben, wo wir sind, dauert es zu Pferd viele Sonnenläufe, bis die schwarzen Krieger hierher gelangen.«

»Da wäre ich mir nicht so sicher.« Naemy starrte noch immer auf den Dunst. Suchend wanderte ihr Blick an der Linie entlang, wo das Land hinter dem Dunst verschwand. Schweigend tat Glamouron es ihr gleich, konnte aber nichts Außergewöhnliches entdecken.

»Du wirkst so aufgewühlt und gehetzt, seit wir die Sucher gesehen haben«, hob er schließlich an. »Willst du mir nicht verraten, was dich beunruhigt?«

»Du kennst die Cha-Gurrlinen nicht so wie ich.« Naemy seufzte. »Und du kennst An-Rukhbar nicht. Er hasst uns Nebelelfen und wird versuchen, uns alle zu töten. Jetzt, wo die Sucher uns entdeckt haben, wird er alles daransetzen, uns einzuholen.«

»Aber Nimrod ist …«

»Ja, es ist weit, aber, bei den Toren, nicht weit genug!« Naemy erhob sich, schulterte Köcher und Langbogen und sagte: »Wir sollten hier nicht zu lange verweilen. Cha-Gurrlinen haben gute Augen. Im Schutz der Bäume können sie uns nicht so leicht entdecken.« Sie wandte sich um, hob die Hand und rief den anderen zu: »Die Rast ist zu Ende! Folgt mir, der Wald ist nahe. Dort werden wir leichter vorankommen.«

Und während sich die kleine Gruppe daranmachte, die letzten Längen der schroffen und unwegsamen Landschaft hinter sich zu lassen, lösten sich aus dem Dunst im Westen mehrere unscheinbare Wirbel, die sich dem Ylmazur-Gebirge mit rasender Geschwindigkeit näherten.

Im Licht der tief stehenden Sonne glitt ein gewaltiger Schatten über die Wälder von Daran hinweg. Die Menschen, die ihn aus der Ferne sahen, glaubten zunächst, es handle sich um einen Riesenalp. Aber die Freude darüber schlug nur zu rasch in blankes Entsetzen um.

Je näher der vermeintliche Riesenalp kam, desto klarer wurde den Menschen, dass sie einem gewaltigen Irrtum unterlagen. Denn das, was sich ihnen näherte, war ein Grauen erregendes Monstrum, das einem Albtraum entsprungen zu sein schien.

Das Tier am Himmel glich in seinem Äußeren einer gewaltigen Fledermaus, doch im Gegensatz zu den kleinen harmlosen Geschöpfen der Nacht war es so Furcht erregend und hässlich, dass sich die Kinder bei seinem Anblick schreiend in die Arme ihrer Mütter flüchteten und die Leute eilig Schutz in den Hütten suchten.

Erst als der mächtige Flügelschlag verklungen und das Geschöpf nicht mehr zu sehen war, wagten sich die Menschen wieder aus den Hütten und schauten ängstlich nach Westen, wo sich das Untier noch als kleiner schwarzer Fleck über den Gipfeln des fernen Ylmazur-Gebirges abzeichnete.

Niemand, nicht einmal Naemy, bemerkte den dunklen Schatten, der nur wenige hundert Längen von ihnen entfernt lautlos über die Wipfel der Bäume glitt und die Sonne für einige Herzschläge verdunkelte.

Das Gelände, durch das Naemy die Gruppe der Flüchtlinge seit dem frühen Nachmittag führte, war viel zu dicht bewaldet, um einen Blick auf den Himmel zu gestatten. Zudem stieg es mit dem schwindenden Sonnenlicht immer steiler an, und die Nebelelfen mussten die ganze Aufmerksamkeit auf den Boden richten, wo mit Nadeln bedeckte Wurzeln schnell zu schmerzhaften Stürzen führen konnten.

Der eintönige, dichte Wald nahm ihnen die Sicht und machte es ihnen fast unmöglich zu bestimmen, wo sie waren, doch der Wechsel von Laub- zu Nadelbäumen und die immer dünner werdende Luft ließen keinen Zweifel daran, dass sie sich allmählich der Baumgrenze näherten.

Trotz der Strapazen wurde die Stimmung innerhalb der kleinen Gruppe mit jeder Länge, die sie weiter in die Berge vordrang, besser. Wie Glamouron wähnten sich auch die anderen Nebelelfen längst in Sicherheit. Niemand glaubte ernsthaft daran, dass man sie verfolgte.

Niemand – bis auf Naemy.

Die erfahrene Nebelelfe rechnete fest damit, dass man ihnen auf den Fersen war, und achtete mit zum Zerreißen gespannten Sinnen auf eine verräterische Veränderung in der Luft, die sie schon einmal gespürt hatte, damals, als sie mit Sunnivah, Fayola und Vaith auf dem Weg zum Himmelsturm gewesen war, um der Gütigen Göttin den Stab der Weisheit zurückzubringen. Damals war urplötzlich ein eisiger, heftiger Wind aufgetreten und ebenso schnell wieder verschwunden. Ein Wind, der nichts Gutes verhieß und von der Ankunft der Cha-Gurrlinen-Krieger kündete, die sich vielleicht mit seiner Hilfe bewegten.

»Du sieht noch immer besorgt aus.« Glamouron, der mit Bronadui an ihrer Seite ging, lächelte Naemy aufmunternd zu. »Ich finde, allmählich kannst du dich entspannen. Wir haben den Wald unbehelligt erreicht, und du hast selbst gesagt, dass wir hier sicher wären.«

»Ich habe nur gesagt, dass wir hier nicht so leicht zu entdecken sind«, berichtigte Naemy ihn knapp. »Beruhigt bin ich erst, wenn wir die Westseite der Berge erreicht haben.«

»Dann hast du noch ein paar sehr anstrengende Sonnenläufe vor dir«, meinte Glamouron gut gelaunt, hielt an, ließ die Zügel los und schloss Naemy in die Arme. »Du bist eine gute Anführerin«, lobte er sie mit ernster Miene. »Du bist wachsam und umsichtig und mehr um die anderen besorgt als um dich selbst. Dein Verantwortungsgefühl und deine Wachsamkeit ehren dich, doch du solltest dich nicht zu sehr darin verbeißen. Wir sind hier in Sicherheit. Auch wenn die Sucher uns auf der Ebene gesehen haben, so weiß doch niemand, welchen Weg wir eingeschlagen haben und wo wir jetzt sind. Das Gelände hier ist unendlich weit und schlecht zu überblicken. Da können die Cha-Gurrlinen – wenn sie denn kommen – viele Mondläufe lang nach uns suchen.«

»Du kennst die Cha-Gurrlinen nicht so wie ich«, begehrte Naemy auf und versuchte, sich aus Glamourons Armen zu winden, doch der Kurierreiter hielt sie lachend fest. »Das war wieder so eine typische Antwort von dir«, sagte er voller Zuneigung und küsste Naemy auf die Stirn. »Ich kann dich nicht zwingen, die Unruhe abzulegen«, fuhr er fort, »doch ich spüre, dass dich etwas belastet, und das bekümmert mich. Ich wünschte, ich …«

In diesem Augenblick fuhr eine heftige Windböe durch den Wald und peitschte die Kronen der hohen Tannen so heftig, dass ein Regen aus braunen Nadeln auf die Gruppe der Elfen niederging.

Bronadui wieherte schrill und alarmierend und wäre vermutlich davongelaufen, wenn Naemy sich nicht geistesgegenwärtig aus Glamourons Armen befreit und nach dem Halfter gegriffen hätte.

»Es sind die schwarzen Krieger! Lauft!«, schrie sie den anderen zu und stürmte, ohne eine weitere Erklärung abzugeben, den Hang hinauf. Die anderen folgten ihr ohne zu zögern. Niemand konnte einen Gegner sehen, doch sie vertrauten Naemy blind und stellten keine Fragen. Selbst Fedeon, der mit der katzengleichen Gewandtheit der Nebelelfen nicht mithalten konnte, bot alle Kräfte auf, um den Anschluss an die Gruppe nicht zu verlieren.

Naemys geistesgegenwärtiges Handeln rettete ihnen vorerst das Leben. Nur wenige Augenblicke nachdem der letzte Nebelelf zwischen den Bäumen verschwunden war, fegte erneut eine eisige Windböe durch den Wald. Nadeln und Blätter wurden vom Boden aufgewirbelt, und eine dichte, tief hängende Wolke, die sich in der kalten Luft am Hang bildete, verdeckte alles, was sich darin befand.

Der Wind legte sich so rasch, wie er gekommen war, doch die Wolke blieb träge zwischen den Bäumen hängen. Aus ihrem Innern drangen seltsame Geräusche. Das Klirren von Waffen und Rüstungsteilen mischte sich in der Stille des Bergwaldes mit dem Knarren von hartem Leder und unheimlichen gutturalen Lauten, wie kein Mensch sie hervorzubringen vermochte. Die Geräusche wirkten in der friedlichen Umgebung fremd und störend, doch das kümmerte die Gruppe der vierzig schwer bewaffneten Cha-Gurrlinen nicht, als sie wenig später aus dem Dunst der Wolke traten und die Verfolgung der Nebelelfen aufnahmen.

An eine Rast war nicht mehr zu denken. Schonungslos trieb Naemy die Nebelelfen an, in der Hoffnung, den einzigen Ort, an dem sie ein wenig Sicherheit finden konnten, noch rechtzeitig vor den Cha-Gurrlinen zu erreichen: die andere Seite der kleinen Brücke, die über die Klamm führte.

Niemand widersprach ihr. Zwar hatte keiner der Flüchtlinge die Krieger mit eigenen Augen gesehen, doch die Geräusche, die hinter ihnen durch den Wald hallten, bestätigten Naemys Worte auf unheilvolle Weise: Die Cha-Gurrlinen verfolgten sie und waren schon bedrohlich nah.

An einen Kampf war nicht zu denken. Obwohl alle Nebelelfen erfahrene Kämpfer waren, besaßen sie viel zu wenig Waffen, um sich den Cha-Gurrlinen erfolgreich entgegenzustellen. So blieb ihnen als einziger Ausweg die Flucht, gepaart mit der Hoffnung, dass die Rüstungen und Waffen die schwarzen Krieger stark behinderten und sie ihnen nicht so schnell folgen konnten.

Als sich die Sonne dem Horizont zuneigte und die frühe Dämmerung von den Berghängen Besitz ergriff, schallte plötzlich ein fremdartiger Laut durch den Wald. Zunächst war er nur schwach und dünn, wie ein verhallendes Echo, doch je weiter sie gingen, desto schriller und gespenstischer wurde er.

»Horch!« Glamouron, der Bronadui am Zügel führte, fasste Naemy warnend bei der Schulter. Auch der Falbe zeigte sich ängstlich auf den schauerlichen Ton. Er schnaubte nervös und tänzelte unruhig.

»Wir nähern uns der Klamm«, erklärte Naemy keuchend. »Das Geräusch stammt vom Wind, der von dem Gletscher kommend in die Schlucht einfällt und sich dort an den Graten und Felsen bricht.« Ein dünnes Lächeln huschte über ihr Gesicht. »Noch ein paar hundert Längen, dann haben wir es geschafft. Ich denke nicht, dass die Cha-Gurrlinen uns über die Brücke folgen können, der Steg ist viel zu schmal. Auf der anderen Seite sind wir sicher – zumindest fürs Erste.«

Wenig später lichtete sich der Wald, und über ihnen zeigten sich die ersten Fetzen des blauen Abendhimmels. Das Lärmen des Windes war inzwischen so laut, dass sie sich anschreien mussten, um sich zu verständigen. Glamouron hatte alle Mühe, den Falben festzuhalten. Als sie wenig später den Schutz der Bäume hinter sich ließen, führte Naemy die Gruppe auf einen felsigen Hang, an dessen Ende sich eine steil aufragende Felswand erhob.

»Bist du sicher, dass wir hier richtig sind?«, rief Glamouron Naemy mit einem Blick auf das unüberwindliche Hindernis zu, das links von ihnen bis an die Schlucht heranreichte und sich rechts im Gewirr anderer Felswände verlor. »Hier kommen wir doch nicht mehr weiter!«

»Wir müssen nach links!« Naemy deutete auf die Schlucht. Sie war diesen Weg schon oft gegangen. Natürlich würden die Wandlungskräfte der Zeit auch an dieser Wildnis nicht spurlos vorübergehen und der Wald sich in den kommenden dreihundert Sommern wohl verändern, doch die markanten Felsen, die ihr und Tabor in ferner Zukunft den Weg zum Bajun-Gletscher weisen würden, gab es jetzt schon.

Sie hielt an, trat vor Bronadui und strich dem Falben sanft über die Nüstern. »Aber zuvor geben wir dir die Freiheit«, erklärte sie sanft. »Auf dem Weg, der vor uns liegt, kannst du uns nicht mehr begleiten.« Sie streifte dem Hengst das Halfter über den Kopf und nahm ihm die Packtaschen ab. »Von nun an werden wir unser Gepäck selbst tragen«, sagte sie und schulterte eines der Bündel. Dann gab sie dem braunen Hengst einen Klaps auf die Hinterbacken und rief: »Lauf, Bronadui! Du bist frei. Möge die Göttin dich auf deinen Wegen begleiten.« Der Hengst verließ sie sofort. Als hätte er nur darauf gewartet, endlich von den furchtbaren Geräuschen fort zu kommen, die seine empfindlichen Ohren peinigten, trabte er an und verschwand in der Dunkelheit zwischen den Bäumen.

Naemy sah ihm nach, bis das helle Fell in den Schatten verschwand, dann bedeutete sie den anderen, ihr zu folgen. »Nehmt das Gepäck auf«, rief sie. »Wir gehen weiter!«

Sie waren kaum hundert Längen gegangen, als Naemy am Ende der Geröllfläche erneut anhielt. Zu ihren Füßen gähnte eine tiefe Kluft. So tief, als wäre dieser Teil des Ylmazur-Gebirges in uralter Zeit durch heftige Erschütterungen von den Gipfeln bis zum Fuß gespalten worden. Ein Fortkommen schien unmöglich, doch Naemy wusste, dass sich weiter im Westen, dort, wo die Kluft schmaler wurde, ein schmaler Steg aus Felsgestein befand, der sich wie eine natürliche Brücke über den Abgrund spannte. Sie wandte sich zu den anderen um, deutete auf einen kleinen, von den Hufen wilder Bergziegen geschaffenen Pfad, der sich am Rand der Kluft auf den Steg zuschlängelte, und rief: »Wir müssen dort entlang!« Ihre Stimme erhob sich nur dünn über das Tosen des Windes, der jaulend durch die Kluft fegte und wütend an den Gewändern der Nebelelfen zerrte, doch sie unterstrich die Worte mit einer winkenden Geste, und alle verstanden.

»Ich weiß nicht, ob wir das schaffen«, rief eine junge Elfenkriegerin aus, den Blick voller Sorge auf den Pfad gerichtet. Der schmale Weg war auf der ganzen Länge von losem Geröll übersät. Auf der rechten Seite des Pfades stieg die Felswand steil an, während links nur wenige Handbreit Fels zwischen der ausgetretenen Spur und dem Abgrund lagen. Nirgends gab es eine Möglichkeit, sich festzuhalten, und der stürmische Wind tat ein Übriges, um ein Fortkommen zu erschweren.

»Wir haben keine Wahl«, erwiderte Naemy. »Es ist der einzige Weg.« Sie drehte sich zu den Nachfolgenden um und rief so laut sie konnte: »Geht hintereinander und tastet euch an der Felswand entlang! Behaltet den Pfad stets im Auge, aber schaut nicht nach unten!« Mutig schritt sie voran und betrat als Erste den Pfad. Obwohl sie es vor den anderen nicht zeigte, fürchtete auch sie sich vor dem unsicheren Weg und dem gähnenden Abgrund. Der Pfad war sehr viel schmaler, als sie ihn in Erinnerung hatte. Wind, Regen und die Hufe Hunderter Bergziegen würden ihn in den kommenden dreihundert Sommern deutlich verbreitern, doch sie konnte von Glück sagen, dass es ihn überhaupt schon gab. Er war schmal und gefährlich, doch angesichts der Tatsache, dass ihnen die Cha-Gurrlinen dicht auf den Fersen waren, hatten sie keine Wahl. Der Pfad war die einzige Möglichkeit, den schwarzen Kriegern zu entkommen.

»Bleib dicht bei mir, Schwester«, sagte sie an Shari gewandt und zwang sich zu einem zuversichtlichen Lächeln. »Wir werden es schaffen!«

»Die Gütige Göttin gebe, dass du Recht behältst«, murmelte einer der Elfenkrieger, der ganz in der Nähe stand, doch der Wind trug die Worte davon, und Naemy hörte sie nicht.

Sie gingen los. Naemy führte die Gruppe an, gefolgt von Shari und den anderen Nebelelfen, während Fedeon und Glamouron den Schluss bildeten. Langsam und vorsichtig tasteten sie sich auf dem Felsensims entlang. Sie vertrauten auf ihre Beweglichkeit und auf das Glück, während sie die Hände Halt suchend an der Felswand entlangschoben und die Köpfe gesenkt hielten. Der eisige Wind zerrte wild an ihnen und bewegte das lose Geröll so heimtückisch hin und her, als wollte er die Elfen zu Fall bringen. Die eisige Luft des Bajun-Gletschers machte die Hände und Füße binnen kürzester Zeit gefühllos, und die nackten Felsen fühlten sich an wie Eis. Schon bald schmerzten die Glieder unter der enormen Belastung, die Muskeln verkrampften sich, und den Elfen schwindelte vor Erschöpfung, aber sie bissen die Zähne zusammen und kämpften sich weiter voran.

Hin und wieder stürzte ein Stein polternd in die Tiefe. Das unheilvolle Geräusch erschreckte die Elfen und belastete ihre angespannten Nerven. Doch die meisten hielten nur wenige Herzschläge lang inne und setzten den Weg fort, kaum dass das Geräusch verklungen war. Schritt für Schritt tasteten sie sich voran und gelangten schließlich aus dem Licht der untergehenden Sonne in den Schatten der Gebirgskette, deren schneebedeckte Gipfel sich zum Greifen nah in den Himmel reckten.

Naemy verharrte kurz und warf einen abschätzenden Blick auf die natürliche Brücke aus Felsgestein, die ihnen nun schon ein ganzes Stück näher war. Noch etwa fünfzig Längen, dann hatten sie es geschafft. Und noch etwas sah sie, das ihr Herz höher schlagen ließ: Unmittelbar vor der Brücke über die Kluft hatte ein Erdrutsch die steile Felswand so weit herunterbrechen lassen, dass eine Art Plattform entstanden war. Wind und Regen hatten Steine und loses Geröll im Lauf der Sommer fortgeschwemmt und ein Plateau geschaffen, auf dem sich die erschöpfte Gruppe einen Augenblick ausruhen konnte, bevor sie sich im schwindenden Licht der Dämmerung auf den Weg über den tückischen, von Reif überzogenen Steg machte. Naemy überprüfte den Pfad mit einem kurzen Blick auf Hindernisse, holte noch einmal tief Luft und ging weiter.

Es erschien ihr fast wie ein Wunder, als sich wenig später mit Fedeon und Glamouron auch die Letzten wohlbehalten auf der Plattform einfanden, doch sie wusste auch, dass der gefährlichste Teil des Wegs noch vor ihnen lag: die sturmumtoste und vereiste Brücke aus Felsgestein.

12

Das große Gewölbe, das Asco-Bahrran für seine künftigen Experimente mit dunkler Magie auserkoren hatte, war noch nicht eingerichtet. Nur ein paar leere Weinregale, ein kleiner hölzerner Tisch und einige wenige Holzkisten deuteten darauf hin, dass hier einst große Mengen der vorzüglichsten Köstlichkeiten Thales gelagert hatten, um die Gaumen der herrschenden Druiden zu erfreuen.

Nach der Eroberung hatten insbesondere die kostbaren Weine schnell neue Liebhaber gefunden, doch fleißige Hände hatten die verheerenden Spuren des Saufgelages, das die Cha-Gurrlinen-Krieger hier abgehalten hatten, auf Asco-Bahrrans Befehl hin bereits wieder beseitigt. Allein der durchdringend gärige Geruch verschütteten Weins hing noch in der Luft.

Asco-Bahrran rümpfte angewidert die Nase, während er den finsteren Raum mit einer Fackel in den Händen betrat. Bevor er hier die Arbeit aufnehmen konnte, gab es noch so manches zu tun. Aber das musste warten. Zunächst galt es, den Bulsak bei der Erfüllung seiner Aufgabe zu beobachten.

Mit schnellen Schritten ging der Magier zu den Fackeln an den Wänden und entzündete diese, bevor er die mitgebrachte löschte. Der Feuerschein spendete ein diffuses Licht, das lange tanzende Schatten an die Wände warf. Es mochte für eine Vorratskammer durchaus angemessen sein, doch wenn man hier arbeiten wollte, musste dringend für eine bessere Beleuchtung gesorgt werden.

Asco-Bahrran seufzte. Das Licht war denkbar ungünstig, aber daran ließ sich jetzt nichts ändern. Für den kleinen Zauber, den er zu wirken gedachte, musste es reichen. Der Magier trat an den verlassenen Tisch und zog eine glänzende silberne Schale, die er aus den Gemächern des obersten Druiden geholt hatte, unter dem weiten Umhang hervor. Es war geradezu lächerlich, dass er, der Statthalter von Nimrod, sich wie ein Dieb durch die Gänge schleichen musste. Doch Asco-Bahrran wusste um die Gier der Cha-Gurrlinen, die alles Glänzende als Beute in ihre Zelte schleppten, und wollte auf keinen Fall Gefahr laufen, dass das kostbare magische Kleinod den grobschlächtigen Barbaren in die Hände fiel.

Vorsichtig stellte er die Schale auf den Tisch, nahm eine Wasserflasche von der Schulter und ließ den Inhalt langsam in die Schale laufen. Als die Wasseroberfläche sich beruhigt hatte, hob er die Hände über die Schale, ließ eines der borstigen Bulsak-Haare hineinfallen und rezitierte leise murmelnd einen Zauberspruch, durch den er in der Lage sein würde zu beobachten, wie der Bulsak und die Cha-Gurrlinen die verhassten Elfen vernichteten.

Die Gruppe der Flüchtlinge hatte die Kluft fast zur Hälfte überquert, als die Brücke plötzlich unter einer schweren Erschütterung zu schwanken begann. Naemy und Shari, die die Nebelelfen anführten, ließen sich vorsichtig auf die Knie sinken und klammerten sich mit den Händen an den eisigen Fels.

»Was ist das?«, rief einer der Elfenkrieger Naemy über das wütende Heulen des Windes hinweg zu.

»Ich weiß es nicht!« Mit zusammengekniffenen Augen versuchte Naemy die Dunkelheit auf der gegenüberliegenden Seite des Abgrunds zu durchdringen, doch obwohl sie wie alle Nebelelfen selbst bei wenig Licht noch gut sehen konnte, war es ihr unmöglich, etwas zu erkennen. Die wogenden Schatten waren undurchdringlich – zu undurchdringlich. Plötzlich überkam Naemy das unheilvolle Gefühl, in eine Falle gelaufen zu sein. »Bleibt zurück und duckt euch!«, rief sie den anderen zu, während sie sich auf allen vieren langsam voranschob. Je näher sie der wogenden Dunkelheit kam, desto deutlicher spürte sie die energiegeladene Aura von Magie in der Luft und bemerkte, wie sich die feinen Härchen auf ihren nackten Unterarmen aufstellten. Sie hörte die leise Stimme der Vernunft, die ihr zuflüsterte, dass es besser sei umzukehren, doch sie achtete nicht darauf. Entschlossen kroch sie weiter. Als sie nur mehr zwanzig Längen vom Ende der Brücke trennten, sah sie, wie sich in den tiefen Schatten der gegenüberliegenden Wand etwas regte.

Zum Nachdenken blieb keine Zeit. Schon im nächsten Augenblick schob sich ein massiger Schatten, schwärzer als die Nacht, auf der Brücke heran. Naemy hielt den Atem an, während sie mit einer Hand nach einem losen Felsen tastete. Dann sprang sie auf und schleuderte dem Schatten den Stein mit voller Wucht entgegen. Er schlug auf und fiel in die Schlucht.

»Zeig dich!«, rief sie herausfordernd. »Komm heraus, wer immer du bist.«

In diesem Augenblick verzogen sich die Wolken vor To und Yu, und die Monde tauchten die Brücke in ein trügerisches silbernes Licht.

Die plötzliche Helligkeit riss die Schatten mit sich fort, und Naemy sah sich einem Grauen erregenden Geschöpf gegenüber, gigantisch, finster und von abstoßender Hässlichkeit. Es hatte gewaltige fledermausartige Schwingen von vier Längen Spannweite, die es drohend ausbreitete, und einen riesigen roten Schnabel, an dessen Spitze ein messerscharfer gebogener Haken saß. Die Hinterläufe waren kräftig und muskulös, während die knochigen, klauenbewehrten Vorderbeine zu kurz für den massigen Körper anmuteten. Die runzlige Haut war braun, fast schwarz und von dicken borstigen Haaren übersät, die aus großen Poren hervorsprossen. Die kleinen Augen funkelten wild und blutrünstig, als das Tier den Schnabel zu einem zornigen Gebrüll öffnete.

Naemy wankte nicht. So schnell, dass man die Bewegung kaum verfolgen konnte, hatte sie den Langbogen in den Händen und schoss die Pfeile nacheinander mit einer solchen Geschwindigkeit auf das Untier ab, dass sich der karge Vorrat im Köcher rasch dem Ende zu neigte.

Doch die Mühe war vergebens. Das geflügelte Wesen schlug die Pfeile allesamt zur Seite. Kein einziger fand sein Ziel. Das Tier besaß eine erstaunlich rasche Wahrnehmung, und die Bewegungen, mit denen es die Geschosse lästigen Insekten gleich verscheuchte, muteten geradezu spielerisch an.

»Bei den Toren!« Naemy hatte den letzten Pfeil verschossen und wich verstört zurück. Das Ungeheuer setzte ihr nach – ein riesenhaftes, schattendunkles Monstrum, das erstaunlich behände den schmalen, eisglatten Steg entlangkroch.

»Glamouron, wir müssen zurück!« Naemy bediente sich der

Gedankensprache, da ihr der heftige Wind die Worte von den Lippen riss.

»Was ist das?«, kam die Antwort.

»Ich weiß es nicht!« Naemy blieb keine Zeit für lange Erklärungen. »Zurück! Schnell! Beeilt euch!« Gebannt starrte sie auf das Ungeheuer, das sich der Gruppe inzwischen bis auf zehn Längen genähert hatte.

Plötzlich spürte sie, wie sich jemand von hinten an ihr vorbeischob. Es war Hailoren. Mutig trat der Elfenkrieger dem Ungetüm mit gezücktem Schwert entgegen.

Entsetzen packte Naemy. »Hailoren! Nicht!«, rief sie dem Elfenkrieger zu, aber dieser rührte sich nicht. Auge in Auge mit dem schwarzen Untier, verharrte er fünf Schritte von ihm entfernt auf dem schmalen, windumtosten Steg.

»Hailoren, das ist Wahnsinn«, rief Naemy noch einmal. Sie ahnte, was er vorhatte, doch alles Mahnen war vergebens. Er tat, als hörte er sie nicht.

Hailorens mutiger Vorstoß schien das Ungeheuer zu verwirren. Mit lautem Brüllen und wütenden Flügelschlägen machte es seinem Unmut Luft, ging jedoch nicht sofort zum Angriff über, sondern maß den Gegner mit einem langen Blick.

Der Wind rüttelte mit ungebrochener Heftigkeit an der Brücke und zerrte an Hailorens Umhang, doch der junge Nebelelf wankte nicht. Nur einmal schaute er sich um, als wollte er sich vergewissern, dass den anderen der Rückzug gelang, dann wandte er sich wieder dem Furcht erregenden Monstrum zu.

Die kurze Unterbrechung des Belauerns durch Blicke brach den Bann. Mit einer jähen Bewegung schnellte der Kopf des Ungeheuers vor und schnappte nach dem Elfen, der sich nur durch einen Satz nach hinten vor dem messerscharfen Schnabel in Sicherheit bringen konnte.

Dann ging er zum Gegenangriff über. Mit wohl gezielten Schwerthieben drang er auf das fledermausähnliche Wesen ein, um es aus dem Gleichgewicht zu bringen, doch das schwarze Untier ließ sich nicht aus der Reserve locken. Mühelos wehrte es die Hiebe und Attacken des Elfen mit den krallenbewehrten Vorderbeinen ab, und obgleich Hailoren ein ausgezeichneter Schwertkämpfer war, vermochte er die Abwehr des Ungeheuers nicht zu durchdringen.

Inzwischen hatte Naemy als Letzte der Gruppe den Felsen erreicht und beobachtete Hailorens todesmutigen Kampf mit angehaltenem Atem. Einige der Elfen knieten mit gespannten Bögen am Rande des Plateaus, um ihrem Kameraden mit Pfeilschüssen zu Hilfe zu kommen, konnten jedoch nur wenige Salven abfeuern. Die Sicht war zu schlecht, und allzu oft versperrte ihnen der Körper des Elfenkriegers den Blick auf die ungeschützte Brust des Ungetüms. So blieb ihnen nichts anderes übrig, als abzuwarten und Hailorens verzweifelten Kampf in der Hoffnung auf einen günstigen Ausgang zu beobachten.

Plötzlich stampfte das Ungeheuer so heftig mit den Hinterbeinen auf, dass ein heftiger Ruck durch die Brücke ging und Hailoren von den Füßen riss. Als er taumelnd nach hinten stürzte, breitete das Ungeheuer die Flügel aus und warf sich auf ihn. Die krallenbewehrten Vorderbeine gruben sich in das Gewand des Nebelelfen und rissen ihm tiefe, blutige Wunden in die Brust. Ein entsetzlicher Schrei entfloh seinen Lippen, doch er hielt das Schwert fest umklammert und hieb ungeachtet der Schmerzen weiter nach der ungeschützten Kehle des Monstrums. Hailorens Schwert blitzte im Licht der Monde, als er es in einer verzweifelten Anstrengung nach der Kehle des Monstrums stieß, doch die Klinge verfehlte ihr Ziel um Haaresbreite. Der Schwung riss dem Elfenkrieger das Schwert aus der Hand, und es fiel in den Abgrund.

Das Ungetüm brüllte triumphierend auf und riss Hailoren in die Höhe. Für wenige Augenblicke hielt es den wehrlosen Elfen hoch über dem Kopf, dann schleuderte es ihn mit einem wütenden Fauchen von der Brücke in den bodenlosen Abgrund. Der Wind trug den entsetzten Nebelelfen auf dem Felsen einen gellenden Schrei zu, als Hailoren in die Tiefe stürzte. Shari klammerte sich an Naemys Arm, doch es gab keinen Trost. Wie eine Puppe, die ein Kind achtlos fortgeworfen hatte, verschwand der Körper des Elfen in der düsteren Schwärze der Kluft.

Fassungslos starrte Shari in die Tiefe, aber für Trauer blieb keine Zeit. Das fledermausartige Ungeheuer hatte das Entsetzen der Nebelelfen genutzt und war der Plattform näher gekommen. Die Elfenkrieger schossen in rascher Folge ganze Pfeilsalven gegen den übermächtigen Feind, die ihn jedoch nicht aufzuhalten vermochten. Die Lederhaut des Ungetüms war so hart, dass die Pfeilspitzen sie nicht durchdringen konnten, und die Geschosse, die das Untier nicht abwehrte, prallten wirkungslos von dem borstigen Körper ab.

»Wir können es nicht aufhalten!« Naemys Ausruf wurde vom Tosen des Windes verschluckt. Niemand antwortete ihr. Alle starrten wie gebannt auf das albtraumhafte Geschöpf, das sich ihnen mit tödlicher Gemächlichkeit näherte. Der letzte Pfeil war verschossen, und es stand zu befürchten, dass auch die Schwerter nichts gegen das Ungetüm ausrichten konnten. Zusammengepfercht auf dem kleinen Plateau jenseits der Baumgrenze, inmitten des wild zerklüfteten Ylmazur-Gebirges, blickte die kleine Gruppe der Flüchtlinge dem übermächtigen Feind entgegen, der sich ihnen wie ein Bote des Todes näherte.

Bronadui lag ausgestreckt auf dem nadelbedeckten Boden unter den hohen Christalltannen und schien zu schlafen. Naemy hatte ihm die Freiheit gegeben, aber er war nicht weit gelaufen. Bald nachdem die Nebelelfen außer Sicht waren, hatte er sich am Fuße einer großen Tanne niedergelegt und sich nicht mehr bewegt.

Endlose Augenblicke verstrichen, in denen das Heulen des Windes wie ein Klagelied durch den Wald strich, dann hob der Falbe ruckartig die Lider und gab den Blick auf ein Augenpaar frei, das in einem orangefarbenen Licht schimmerte. Das schwache Glühen verstärkte sich rasch, und bald strömte aus den Augen ein helles Licht, das den gesamten Schädel einhüllte. Die Haut auf der Stirn pulsierte, als drängte etwas mit großer Macht von innen nach außen. Die Muskeln des Pferdekopfs arbeiteten völlig unnatürlich; das Tier entblößte die Zähne, zuckte mit den Ohren und bewegte zitternd die Nüstern. Zunächst waren die Bewegungen nur schwach und kaum zu erkennen, doch je heftiger das Pulsieren wurde, desto mehr gewannen auch sie an Stärke, bis sich schließlich der ganze Kopf wie eine unförmige lebendige Masse bewegte.

Und dann – ganz plötzlich – war es vorbei. Der Stirn des Falben entschlüpfte eine leuchtend orangefarbene Kugel von der Größe eines Apfels, das Licht in den Augen erlosch, und der gemarterte Körper erschlaffte. Für wenige Herzschläge schwebte die glühende Kugel über dem Körper des leblosen Tieres, dann bewegte sie sich mehrere Längen fort und löste sich in einem wogenden, leuchtenden Nebel auf, aus dem sich ganz langsam der Körper einer jungen Frau bildete.

Im selben Augenblick begann der Zerfall des Pferdekörpers. Die Haut des Hengstes färbte sich grau und spannte sich in so atemberaubender Geschwindigkeit um die Knochen, als verdorrte der Kadaver binnen weniger Herzschläge. Bald deutete nur mehr ein Haufen bleicher Knochen darauf hin, dass hier ein Pferd zu Tode gekommen war.

»Braves Tier«, murmelte die Frau. Die langen dunklen Haare umwallten ihr fein geschnittenes Gesicht, als wären sie schwerelos, und auf ihren Lippen zeigte sich ein dankbares Lächeln. »Naemy gab dir die Freiheit – jetzt bist du wirklich frei.«

Ein letztes Mal blickte sie auf die Überreste des Wirtskörpers, dann schwebte sie wie ein Geist den Weg zurück, um zu sehen, wie es den Flüchtlingen erging. Sie war in großer Sorge und rechnete mit dem Schlimmsten, denn sie spürte die Furcht und das Entsetzen der Elfen selbst über die weite Entfernung hinweg und ahnte, dass etwas Schreckliches geschehen sein musste.

Zielstrebig hielt sie auf den Hang zu, auf dem Naemy Bronadui fortgeschickt hatte, sah sich dann aber gezwungen, einen anderen Weg zu nehmen. Vor ihr im Schatten der Bäume bewegte sich etwas. Die Gruppe der Cha-Gurrlinen, die den Nebelelfen folgte, hatte überraschend schnell das Ende der Baumgrenze erreicht. Schon stürmten die ersten schwarzen Krieger den geröllübersäten Hang hinauf.

Plötzlich hatte es die junge Frau sehr eilig. Da sie nicht den herrschenden Naturgesetzen unterlag, war sie nicht auf festen Boden unter den Füßen angewiesen. Es spielte keine Rolle, ob die Cha-Gurrlinen ihr den Weg zur Klamm versperrten, für sie gab es andere Möglichkeiten, ihr Ziel zu erreichen. Mit einer leichten, streichenden Bewegung der Hände erhob sie sich über die Wipfel der Christalltannen und schwebte außerhalb der Sichtweite der Krieger in Richtung der Klamm, die, wie zu befürchten war, für die geflohenen Nebelelfen zu einer tödlichen Falle geworden war.

Bereit, sich bis zum letzten Atemzug gegen das mörderische Untier zu verteidigen, drängte sich die kleine Gruppe der geflohenen Nebelelfen auf der Felsplatte zusammen. Die wenigen, die ein Schwert besaßen, hatten sich in einem schützenden Halbkreis vor die Unbewaffneten gestellt. Ein knappes Dutzend blitzender Klingen schimmerte im Mondlicht, während die Elfen das geflügelte Untier nicht aus den Augen ließen, das vor ihnen auf dem Steg kauerte und auf einen günstigen Augenblick zum Angriff wartete.

»Gibt es Hoffnung?« Fedeon, der dicht an den Felsen auf dem Boden kauerte, blickte sich furchtsam zu Shari um, die auf Naemys Geheiß hin Glamourons Platz an der Seite des Skalden eingenommen hatte. Der verletzte Elfenkurier war fest entschlossen, den anderen bei der Verteidigung zu helfen, und stand ungeachtet der tiefen Wunde mit gezogenem Schwert an Naemys Seite.

Shari zuckte bedauernd die Schultern und schüttelte traurig den Kopf. Dann wandte sie ihre Aufmerksamkeit wieder dem hässlichen fledermausartigen Wesen zu. Es hatte ganz den Anschein, als lauerte es auf eine winzige Unachtsamkeit, um zuzuschlagen oder … Shari überlief es eiskalt. Vielleicht wollte es ja gar nicht angreifen. Vielleicht sollte es die Nebelelfen nur aufhalten, bis die Cha-Gurrlinen-Krieger bei ihnen waren.

»Was ist los?« Fedeon spürte, wie Shari sich verkrampfte, doch die junge Elfe schüttelte in ihrer Stummheit nur den Kopf und legte die Arme fröstelnd um die Schultern, als wollte sie damit sagen, dass ihr kalt sei.

Das war eine schlechte Lüge, und Fedeon spürte dies, doch er fragte nicht weiter nach und schwieg fortan. Mit zusammengekniffenen Augen lauschte er auf des Tosen des Windes, der immer schwächer wurde, und beobachtete die Monde auf ihrer langsamen Wanderung über den Himmel, während sich die Gegner auf dem Felsen weiter abwartend gegenüberstanden …

… unter ihm zog eine dicht bewaldete Landschaft dahin, deren kräftige Farben vom Licht der untergehenden Sonne entflammt wurden. Das prächtige Blätterdach der Bäume erstrahlte in warmen Tönen aus Rot und Gold, und in weiter Ferne erstreckte sich ein dünnes, silbern schimmerndes Band am Horizont, dessen Ursprung er sich nicht erklären konnte.

Die farbenprächtige Welt zu seinen Füßen erfüllte Fedeon mit einem sanften Glücksgefühl, und die Trauer um das, was er verloren hatte, verblasste für einen Augenblick im Rausch der Sinne. Er fühlte sich frei und glücklich, während er auf dem Rücken eines riesigen Vogels über das fremde Land dahinglitt, die unglaubliche Schönheit bewunderte und dem sanften Rauschen der gewaltigen Schwingen lauschte, deren gleichmäßiger Windgesang ihn wie eine liebliche Melode begleitete …

… plötzlich ertönte ein Schrei.

Fedeon zuckte erschrocken zusammen. Im ersten Augenblick dachte er, jemand sei in den Abgrund gestürzt, aber dann wurde ihm klar, dass er vor Erschöpfung kurz eingenickt war. Wie viel Zeit mochte vergangen sein?

Fedeon hob den Kopf und sah sich um. Weder die Nebelelfen noch das Untier hatten sich von der Stelle gerührt, doch die Monde waren hinter den Gipfeln des Ylmazur-Gebirges verschwunden, und die Plattform lag wieder im Schatten der Felswände. Und noch etwas hatte sich verändert. Der heftige Wind hatte nachgelassen und war nur noch eine luftige Brise, die ihm ein Geräusch zutrug, das an klirrende Rüstungen und eilig stampfende Schritte erinnerte. Die Cha-Gurrlinen? Ängstlich horchte Fedeon in die Dunkelheit hinaus, aber das Geräusch blieb nur eine flüchtige Ahnung. Fedeon seufzte. Er war am Ende seiner

Kräfte: müde, hungrig und voller Furcht vor dem, was kommen würde. Vermutlich hatten ihm die überreizten und erschöpften Sinne einen Streich gespielt.

Dennoch: Etwas war anders. Fedeon vermochte es nicht in Worte zu fassen, denn es war nichts, was er hätte sehen können – er fühlte es.

In diesem Augenblick erklang der zweite Schrei, und die Nebelelfen blickten nach Osten, wo sich vor dem Hintergrund der funkelnden Sterne drei dunkle Flecken näherten.

Riesenalpe!

»Es ist Letivahr!«, rief Glamouron aus, und ein aufgeregtes Raunen lief durch die Menge der Flüchtlinge. Einige reckten die Arme empor und deuteten nach Osten, andere ballten voller Hoffnung die Fäuste. Nach der verheerenden Niederlage in der Schlacht um Nimrod hatte niemand damit gerechnet, dass noch Riesenalpe am Leben waren, und dass sie nun ausgerechnet hier in der einsamen, unzugänglichen Wildnis auftauchten, um den bedrängten Elfen zu Hilfe zu eilen, grenzte fast an ein Wunder.

Doch auch der Angreifer hatte die drohende Gefahr erkannt. Fauchend wandte er den Kopf, duckte sich und maß die Riesenalpe mit einem langen Blick aus bösartig funkelnden Augen. Als sie noch etwa einhundert Längen entfernt waren, stieß er sich mit einer geschmeidigen Bewegung von dem schmalen Steg ab, erhob sich in die Lüfte und stellte sich den Riesenalpen zum Kampf. Die großen Vögel waren ihm zahlenmäßig überlegen, doch die Schnelligkeit und Gewandtheit des Monstrums machte den vermeintlichen Vorteil augenblicklich zunichte.

Riesenalpe waren hervorragende Gleiter, brauchten zum Manövrieren jedoch einen großen freien Raum, den es zwischen den steil aufragenden Felswänden nicht gab. Die fledermausartige Kreatur hingegen war hier in ihrem Element. Geschickt faltete sie die Flügel zu schnellen Sturzflügen oder raschen Richtungsänderungen, schnellte mal über und mal unter den Riesenalpen hinweg und stiftete damit große Verwirrung. Auf der Suche nach dem geschickten Angreifer, der ständig woanders auftauchte, um im nächsten Augenblick schon wieder zu verschwinden, flogen die felsengrauen Vögel fast hilflos hin und her und konnten oft erst im letzten Augenblick einen Angriff abwehren.

Plötzlich hörten die Elfen einen Riesenalp aufschreien und sahen entsetzt mit an, wie er taumelnd in den bodenlosen Abgrund fiel. Das fledermausartige Wesen war von unten an ihn herangeflogen und hatte ihm den Schnabel in den ungeschützten Bauch gerammt. Das aufs schwerste verwundete Tier war verloren. Eine Wolke heller Federn, die vom Wind davongetragen wurde, war alles, was von ihm zurückblieb, und der Siegesschrei des Angreifers hallte als vielfaches Echo von den Wänden wider.

Jetzt, wo es nur noch zwei Gegner gab, flog das Untier in rascher Folge Angriff um Angriff gegen die Riesenalpe und fügte den großen Vögeln schmerzhafte Verletzungen zu. Schließlich stürzte es sich kreischend auf Letivahr und hackte mit dem Schnabel in dessen Nackengefieder. Der Riesenalp schrie auf, die Flügel knickten ein, und er stürzte in die Tiefe, während sein Begleiter kreischend die Flucht ergriff.

»Letivahr!« Aus Glamourons Gesicht wich alle Farbe, als er den geliebten Vogel verwundet in die Tiefe stürzen sah.

»Bei den Toren!«

»Nein!«

»Barad!« Fassungslosigkeit machte sich unter den Nebelelfen breit. Bestürzt schauten sie dem fliehenden Vogel nach.

Doch es lag nicht in der Natur der Nebelelfen, so schnell aufzugeben. Kaum dass der Kampf verloren war, nahmen jene, die Schwerter trugen, wieder ihre Plätze vor den Unbewaffneten ein, bereit, sich der mörderischen Bestie zu stellen, die wieder auf der steinernen Brücke gelandet war und sich den Elfen langsam näherte. Der rote Schnabel war blutverschmiert, und in den Augen funkelte eine tödliche Entschlossenheit, die deutlich machte, dass es nun kein langes Abwarten mehr geben würde. Der entscheidende Kampf stand unmittelbar bevor.

In diesem Augenblick wünschte sich Fedeon, dass er den Elfen niemals in die Berge gefolgt wäre. Warum hatte er sein Leben nicht beendet, als er auf der Lichtung mit dem Schicksal haderte, warum war er nicht fortgelaufen, warum war er so unglaublich feige?

Voller Furcht beobachtete er, was geschah. Das dunkle Geschöpf war inzwischen sehr nahe. Nur zehn Längen trennten es jetzt noch von den Nebelelfen. Mittlerweile war es hell genug geworden, dass Fedeon das Wesen in seiner ganzen Hässlichkeit sehen konnte, und der Anblick ließ ihn erschauern. Nie zuvor hatte er etwas Scheußlicheres gesehen. Der Ekel erregende Gestank, der von dem Untier ausging, nahm Fedeon den Atem. Dennoch konnte er den Blick nicht von ihm abwenden.

Plötzlich ertönte ein Rauschen, als lebte der Wind erneut auf, doch kein Luftzug berührte Fedeons kühle Wangen. Das Wesen auf der Brücke wandte verwundert den Kopf, doch es war zu spät.

Von den Höhen der Berge schoss ein gewaltiger Schatten in rasendem Sturzflug heran – Letivahr. Das helle Gefieder war blutverschmiert, und in den mächtigen Flügeln klafften große Lücken, weil die Schwungfedern herausgerissen waren. Dennoch wagte der Riesenalp einen letzten verzweifelten Angriff. Ohne Rücksicht auf das eigene Leben stürzte er sich auf das Untier, grub die Krallen tief in dessen borstige Haut und riss es, vom eigenen Schwung getragen, mit sich in die Tiefe. Das Wesen schrie vor Schmerz und schlug wie wild mit den Flügeln, doch Letivahr ließ nicht los. Taumelnd stürzte er sich in den bodenlosen Abgrund und verschwand, den verhassten Feind fest umklammert, in der düsteren Schwärze der Kluft.

»Letivahr!« Glamourons Aufschrei zerriss die Luft und berührte die Herzen der Nebelelfen. Fassungslos stand der Kurierreiter am Rande des Abgrunds und starrte in die Tiefe, doch für Trauer um den geliebten Freund blieb keine Zeit.

»Cha-Gurrlinen!« Ein junger Elf, der in der Nähe des schmalen Pfades stand, der zum Felsen führte, deutete aufgeregt nach links, wo sich in diesem Augenblick der erste der schwarz gepanzerten Krieger an der Felswand entlangschob.

»Über die Brücke! Schnell!« Naemy fasste den widerstrebenden Glamouron am Arm und zog ihn mit sich.

13

»Bei den Toren!« Erschüttert beobachtete Asco-Bahrran im Spiegel der magischen Wasserschale, wie der Riesenalp den Bulsak mit sich in die Tiefe riss. Er konnte nicht glauben, was er sah. Bis zu dem Augenblick, in dem die drei Riesenalpe an der Klamm auftauchten, war der Magier fest davon überzeugt gewesen, dass es in Thale keine der machtvollen Vögel mehr gab. Nicht im Traum hatte er damit gerechnet, dass überlebende Alpe den geflohenen Elfen zur Hilfe eilen könnten.

»Verdammt!« Zornig schlug Asco-Bahrran mit der Faust auf den Tisch, so heftig, dass das Bild im Wasser unter kreisförmigen Wellen verschwand. Er war so sicher gewesen, dass sein Plan aufgehen würde, doch nun musste er einsehen, dass er einen Fehler gemacht hatte. Einen dummen, unverzeihlichen Fehler, der den Bulsak das Leben gekostet hatte. Er hatte die enge geistige Bindung der Riesenalpe an die Nebelelfen unterschätzt und nicht bedacht, dass sie sich mittels Gedankensprache verständigten.

Asco-Bahrran seufzte und fuhr sich mit den Händen über die müden Augen. Wie lange hatte er nicht mehr geschlafen? Zwei Sonnenläufe? Drei? Oder gar noch mehr? Er wusste es nicht. Er wusste nur, dass er nicht geruht hatte, seit der Angriff auf Nimrod begonnen hatte. Die Schlacht, die Vorbereitungen für die Hinrichtung der Druiden und die Erschaffung des schwarzen Throns hatten seine volle Aufmerksamkeit gefordert und ihn dazu gezwungen, die aufkommende Müdigkeit mit Hilfe eines kleinen Zaubers zu unterdrücken.

Er hatte den Zauber angewandt, obwohl er wusste, wie gefährlich es war, die Signale eines müden und nach Schlaf dürstenden Körpers zu unterdrücken. Außergewöhnliche Situationen erforderten nun einmal außergewöhnliche Maßnahmen, und er hatte sein Tun mit dem Einwand gerechtfertigt, den dringend benötigten Schlaf bald nachzuholen. Doch dazu hatte er bisher nicht die Zeit gefunden.

Und jetzt das!

Asco-Bahrran war außer sich vor Wut.

Als sich das Wasser in der Schale wieder beruhigte, schaute er erneut auf das Bild der schmalen Brücke. Der Bulsak und der Riesenalp waren nicht mehr zu sehen. Dafür schoben sich die Nebelelfen im Licht der Monde langsam nacheinander über den schwebenden Steg.

Asco-Bahrran fluchte leise. Sein Plan, die Elfen an der Brücke über die Schlucht aufzuhalten, bis die schwarzen Krieger eintrafen, war fehlgeschlagen. Wütend beugte er sich über die Wasserschale, um das Bild zu löschen, da entdeckte er am Rande der Schlucht plötzlich etwas, das ihm neue Hoffnung gab – die Cha-Gurrlinen!

Die Krieger hatten die Klamm erreicht und handelten unverzüglich. Während sich einige von ihnen auf den Weg zur Brücke machten, spannten andere die weit reichenden Bogen und schickten den Flüchtlingen einen wohl gezielten Pfeilhagel hinterher. Die erste Salve war zu kurz, und die Pfeile stürzten wirkungslos in die Tiefe, doch die Cha-Gurrlinen waren gute Schützen, und Asco-Bahrran war sicher, dass es nur eine Frage der Zeit war, bis sie die wehrlosen Nebelelfen von der Brücke geholt hatten.

Über dem hoch aufragenden, zerklüfteten Kamm des Ylmazur-Gebirges hatte sich der dunkelblaue Nachthimmel aufgehellt. To und Yu waren nicht mehr zu sehen, das Funkeln der Sterne ließ allmählich nach, und der Himmel im Osten erstrahlte schwach im Licht des nahenden Morgens. Der Wind hatte sich gelegt, die Luft war kalt und frisch und trug den frostigen Hauch der nahen Gletscher mit sich.

Doch der friedliche Schein trog. Auf der Brücke über der Kluft spielten sich dramatische Ereignisse ab. Inzwischen waren alle Nebelelfen auf den schmalen Steg hinausgetreten, doch die vereisten Steine und das tückische lose Geröll machten selbst den gewandten und erfahrenen Kriegern das Fortkommen schwer. Immer wieder glitt einer von ihnen aus, und oft konnte ein Sturz in die Tiefe erst im allerletzten Augenblick durch das beherzte Zugreifen eines Gefährten verhindert werden.

Naemy haderte mit dem Schicksal und damit, dass sie die Begegnung mit dem fledermausähnlichen Wesen so viel Zeit gekostet hatte – Zeit, die den wertvollen Vorsprung, den sie vor den Cha-Gurrlinen gehabt hatten, restlos aufgezehrt hatte. Ohne jeglichen Schutz befanden sie sich nun in der Reichweite der mächtigen Cha-Gurrlinen-Bogen, die mit drei Pfeilen zugleich bestückt werden konnten.

Ein vorsichtiger Blick über die Schulter bestätigte ihr, was sie bereits ahnte. Während sich mehr als ein Dutzend Krieger auf dem schmalen Pfad an der Felswand entlangtasteten, um den flüchtenden Nebelelfen zu folgen, knieten die übrigen auf dem Hang, an dem der Pfad begann, und warteten mit gespannten Bogen auf den günstigsten Augenblick zum Schießen.

Naemy hatte die natürliche Brücke nicht einmal zur Hälfte überquert und zögerte.

»O Göttin, hast du mich verlassen?« Selten war ihr eine Lage so aussichtslos erschienen und der Tod so nahe gerückt wie in diesem Augenblick, da sie sich den schussbereiten Bogen der Verfolger gegenübersah.

»Beeilt euch!«, rief sie den Elfen zu, die ganz am Ende gingen, und fügte mittels Gedankensprache hinzu: »Bis zur Mitte der Brücke können uns die Pfeile der Cha-Gurrlinen nicht erreichen, aber danach …«

… möge die Gütige Göttin uns beschützen, hatte sie sagen wollen, doch dann fiel ihr ein, dass die Gütige Göttin zu dieser Zeit bereits verbannt und machtlos war, und sie schluckte die Worte hastig hinunter.

»Wir müssen uns unsichtbar machen!« Ein junger Elf trug Naemy den Gedanken zu, und sie spürte die allgemeine Zustimmung unter den anderen.

»Nein, das dürfen wir nicht!« Naemy hatte auch schon daran gedacht und wusste, wie verlockend der Einfall war, sich den Blicken der Cha-Gurrlinen-Krieger durch einen simplen Elfenzauber zu entziehen. Doch hier auf dem schmalen Steg wäre das viel zu gefährlich. Würden sie den Zauber anwenden, könnten sie sich auch untereinander nicht sehen, was tödliche Folgen hätte.

Zusammenstöße wären nicht zu vermeiden, und Naemy fürchtete, dass dies weit mehr Opfer fordern würde als der Beschuss durch die Cha-Gurrline. »Wenn wir den Zauber anwenden, können wir uns nicht mehr sehen«, erklärte sie mittels Gedankensprache. »Was das hier auf der Brücke bedeutet, kann sich jeder denken.« Und außerdem würden wir Shari, Fedeon und drei weitere sehr junge Elfen, die den Zauber noch nicht beherrschen, als Zielscheiben zurücklassen, dachte sie grimmig.

Mittlerweile befanden sich Naemy und mehrere der nachfolgenden Elfen in Reichweite der Bogen, doch die Cha-Gurrlinen auf der anderen Seite der Schlucht hatten den Beschuss nicht wieder aufgenommen. Offenbar warteten sie darauf, dass noch mehr Nebelelfen die Mitte der Brücke erreichten, um ein möglichst großes Ziel zu haben.

»Lauf!«, raunte ihr eine innere Stimme zu. »Lauf, nur dann wirst du entkommen!« Der Gedanke war verlockend, doch Naemy wusste, dass es ein in Furcht geborener Irrtum war. Mit großer Willensanstrengung gelang es ihr, die Stimme der Angst zu unterdrücken und nicht unbesonnen zu handeln. Angesichts der tödlichen Bedrohung lag der Gedanke an einen schnellen Spurt hinter den schützenden Felsen nahe, doch ein Blick auf die vereiste, von tiefen Rissen und Spalten durchzogene und von Geröll übersäte Brücke mahnte sie zur Vorsicht.

Ein schneller Spurt mochte sie vor den Pfeilen schützen, doch ein Sturz in die Tiefe war nicht minder tödlich als ein Cha-Gurrlinen-Geschoss.

In diesem Augenblick sirrte die erst Salve der schwarz gefiederten Pfeile heran. Naemy hielt inne. Wie gebannt starrte sie auf die tödlichen Geschosse, die sich als dunkle Striche vor dem hellgrauen Himmel abzeichneten, erkannte jedoch schnell, dass die Cha-Gurrlinen nicht richtig gezielt hatten. Lange bevor sie ihr anvisiertes Ziel erreichten, neigten sich die Pfeilspitzen nach unten, und die Geschosse verschwanden wirkungslos im finsteren Abgrund.

Weiter! Vorsichtig schob sich Naemy auf dem schmalen Steg

voran, immer darauf bedacht, in keine der Spalten zu treten oder auf dem losen Geröll auszurutschen. Das Ende der Brücke kam zwar näher, aber noch immer trennten sie viele Längen von den schützenden Felsen.

Schon hörte sie wieder das verräterische Sirren, mit dem sich ein weiterer Pfeilhagel ankündigte – und diesmal hatten die Cha-Gurrlinen besser gezielt. Unzählige Pfeile prallten klackend gegen die steinerne Brücke, doch andere fanden ihr Ziel. Eine junge Elfenkriegerin erlitt einen Streifschuss an der Schulter, konnte jedoch im letzten Augenblick einen Sturz verhindern. Ein weiterer Pfeil bohrte sich in das Bündel eines Elfenkriegers, das er auf dem Rücken trug, hinterließ aber keine Verletzungen. Ein anderer Krieger hatte weniger Glück. Ein Pfeil durchschlug sein Bein oberhalb des Knies, und der aufflammende Schmerz betäubte für wenige Herzschläge seine Sinne. Unwillkürlich krümmte er sich zusammen, verlor dabei den Halt und stürzte mit einem gellenden Schrei in die Tiefe.

Die Hände, die sich ihm entgegenstreckten, kamen zu spät – die Cha-Gurrlinen hatten ihr erstes Opfer gefunden, und alle auf dem Steg wussten, dass es nicht das letzte sein würde.

»Ja!« Die enorme Anspannung, die von Asco-Bahrran Besitz ergriffen hatte, als er den Bulsak in die Tiefe hatte stürzen sehen, löste sich mit einem Schlag auf, als er den Nebelelfen von der Brücke fallen sah. Endlich! Endlich waren die Cha-Gurrlinen zum Angriff übergegangen. Jetzt würde es nicht mehr lange dauern, bis auch der letzte verhasste Nebelelf mit zerschmetterten Gliedern auf dem Grund der Klamm lag. Schon sirrte ein neuer Pfeilhagel mit tödlicher Treffsicherheit auf die wehrlosen Elfen zu, die nicht einmal Schilde besaßen, hinter denen sie hätten Schutz suchen können.

Asco-Bahrran ballte die Fäuste und beobachtete voller Genugtuung, wie drei weitere Pfeile ihr Ziel fanden. Zwei Nebelelfen stürzten tödlich getroffen in die Tiefe, und ein anderer, dem ein Pfeil die Schulter durchbohrt hatte, konnte sich nur durch das beherzte Zugreifen zweier Elfen auf dem schmalen Steg halten.

»Weiter, weiter!« Ungeduldig fieberte Asco-Bahrran einem neuerlichen Tod bringenden Schauer schwarzer Pfeile entgegen. Die Nebelelfen auf der Brücke kamen nur sehr langsam voran, und er konnte es kaum erwarten, die nächsten abstürzen zu sehen.

Doch der erwartete Pfeilhagel blieb aus.

»So schießt doch, ihr Dummköpfe!« Asco-Bahrran verstand nicht, warum die Cha-Gurrlinen-Krieger diese einmalige Gelegenheit nicht nutzten. »Seht ihr denn nicht, dass …« In diesem Augenblick bemerkte er, dass die Nebelelfen auf der Brücke den Blick zum Himmel hoben und nach oben deuteten. Einige riefen etwas, andere lachten sogar.

»Was …? Bei den Toren!« Hastig vollführte der Magier mit der Hand eine kreisende Bewegung über der Wasserschale und murmelte leise Worte in der uralten Sprache der Magie. Er musste wissen, was die Cha-Gurrlinen aufhielt. Das Bild verschwamm. Als es wenige Augenblicke später wieder klar wurde, zeigte es nicht mehr die Nebelelfen auf der Brücke, sondern die gegenüberliegende Seite der Schlucht, wo sich die Cha-Gurrlinen befanden – oder vielmehr befinden sollten. Außer denen, die den schmalen Pfad zur Brücke beschritten hatten, waren keine Krieger mehr zu sehen. Diejenigen, die vom Rand der Klamm aus auf die Nebelelfen geschossen hatten, hatten sich weit auf den dahinter liegenden Abhang zurückgezogen, den schussbereiten Bogen zum Himmel gerichtet. Auch die Krieger auf dem Pfad schauten nach oben, doch im Gegensatz zu ihren Kameraden hatten sie infolge der Enge keine Möglichkeit, sich zu verteidigen.

Starr vor Entsetzen musste Asco-Bahrran mit ansehen, wie sich ein gewaltiger Schatten über die Felswand schob und etwas Großes, Dunkles den Blick auf die Cha-Gurrlinen verdeckte, die sich dort an den nackten Stein pressten.

Riesenalpe!

Ein Dutzend der großen felsengrauen Vögel erfüllte plötzlich die Klamm, und weitere kreisten am Himmel darüber. Asco-Bahrran traute seinen Augen nicht. Wie war das möglich? Wo kamen die Vögel her? Die gesamte Riesenalpkolonie Thales war bei der

Schlacht um Nimrod vernichtend geschlagen worden. Wie An-Rukhbar es befohlen hatte, hatten die schwarzen Krieger keine Gnade walten lassen. Kaltblütig hatten sie die verletzten Riesenalpe abgeschlachtet, die sich in die Höhlen der Kuriervögel geflüchtet hatten, und dort ein entsetzliches Blutbad angerichtet. Nur eine Hand voll hatte die Kämpfe und die anschließende Verfolgung durch die Cha-Gurrlinen überlebt.

Und nun das. Asco-Bahrran konnte es einfach nicht glauben. Das durfte nicht … das war einfach unmöglich. Die Riesenalpe waren in allerbester Verfassung und zeigten keinerlei Verletzungen. Mit einer Gewandtheit, die den Flugkünsten des Bulsaks plötzlich in nichts mehr nachstand, manövrierten sie zwischen den hoch aufragenden Felswänden. Mitten im Flug pickten sie die Cha-Gurrlinen-Krieger mit den gewaltigen Schnäbeln von dem schmalen Pfad zur Brücke, trugen sie hoch hinauf und ließen die zuckenden Körper dann mitleidslos in die Schlucht fallen.

Wenige Augenblicke, nachdem die ersten Schatten an den Felswänden zu sehen gewesen waren, befanden sich nur mehr zwei Cha-Gurrlinen auf dem Pfad. Unterstützung von den Bogenschützen konnten diese nicht erwarten, denn nun wurden die Krieger, die sich auf den Abhang zurückgezogen hatten, ebenfalls von den Riesenalpen angegriffen. In den gewaltigen Krallen schleppten die Vögel Felsbrocken heran, die sie aus großer Höhe auf die Cha-Gurrlinen herabwarfen, die große Mühe hatten, sich vor dem Gesteinshagel in Sicherheit zu bringen. Auf dem Hang brach Panik aus. Mehrere Cha-Gurrlinen wurden von den Felsbrocken getroffen und verletzt, drei auf der Stelle getötet, und die Pfeile derer, denen ein verzweifelter Schuss glückte, flogen ins Leere.

Schließlich beugten sich die überlebenden Cha-Gurrlinen dem übermächtigen Angriff aus der Luft und flohen in den nahen Wald, in der Hoffnung, dass die Riesenalpe sie dort nicht so leicht entdecken konnten. Doch die großen Vögel setzten ihnen erbarmungslos nach, und Asco-Bahrran ahnte, dass keiner der Krieger nach Nimrod zurückkehren würde. Er hatte verloren.

»Verdammt!« Aufgebracht schlug er mit der Faust auf den kunstvoll verzierten Rand der silbernen Wasserschale. Das flache Gefäß machte einen Satz, und das kostbare Nass ergoss sich in einem Schwall über den Tisch, von wo aus es zu Boden tropfte. Das Bild erlosch, und die magische Verbindung zur Klamm wurde unterbrochen, doch das kümmerte Asco-Bahrran nicht. Die schmähliche Niederlage war mehr, als er ertragen konnte. Woher kamen die Riesenalpe? Hatten die Elfen sie gerufen? Wie sonst wäre es möglich, dass ein zerlumpter Haufen wehrloser Nebelelfen zuerst den Bulsak und dann einen ganzen Trupp schwer bewaffneter Cha-Gurrlinen vernichtete? Die Elfen hatten weder Waffen noch Schilde besessen, sie waren erschöpft, und der Weg über die Brücke war tückisch. Eine bessere Stelle für einen erfolgreichen Angriff hätte es nicht geben können – aber dennoch ...

Asco-Bahrran schnaubte vor Wut. Sein ganzer Groll richtete sich gegen die Nebelelfen. Bis zu diesem Augenblick hatte er in ihnen nur einen gefährlichen Gegner gesehen, doch die schmähliche Niederlage traf ihn zutiefst, und die Abneigung gegen das stolze Volk verwandelte sich innerhalb weniger Augenblicke in blanken Hass. Die Elfen an der Klamm mochten für ihn gegenwärtig unerreichbar sein, doch es gab andere, die sich noch auf der Flucht befanden. Sie sollten nicht entkommen.

Und während er das Kellergewölbe voller Zorn verließ, schwor sich Asco-Bahrran, nicht eher zu ruhen, bis er das gesamte Volk der Nebelelfen in Thale ausgelöscht hatte.

Hell und freundlich erhob sich die Sonne im Osten, und ihre goldenen Strahlen berührten die kühlen Wangen der Nebelelfen wie ein willkommener Gruß des Lebens. Die Flüchtlinge hatten die Klamm sicher überwunden und beobachteten mit einer Mischung aus Erleichterung und Trauer, wie die Riesenalpe auf der gegenüberliegenden Seite der Schlucht Jagd auf die versprengten Cha-Gurrlinen machten, die in den Wäldern Schutz gesucht hatten. Hin und wieder hallten gellende Todesschreie herüber, doch über die Entfernung hinweg blieb das Töten auf seltsame Weise unwirklich und gesichtslos.

Viele der Nebelelfen hatten noch gar nicht richtig begriffen, was geschehen war. Der tragische Tod der Gefährten, die Aussichtslosigkeit der Lage und dann, ganz plötzlich, die überraschende Wendung durch die Riesenalpe: Das alles war für die übermüdeten und erschöpften Elfenkrieger nur schwer zu begreifen.

»Woher kommen die Riesenalpe?« Glamouron sprach aus, was alle beschäftigte. »Die ganze Kolonie Thales ist beim Angriff der schwarzen Krieger vernichtet worden. Diese hier sind mir völlig fremd und zeigen nicht einmal Spuren eines Kampfes.«

Naemy blinzelte und rieb sich müde über die Augen. »Ich bin sicher, wir werden es erfahren – irgendwann.«

»Naemy?« Glamouron trat ein paar Schritte vor und blickte kummervoll in die Klamm hinab. »Ich muss dir etwas sagen«, er zögerte, als kostete es ihn große Überwindung fortzufahren, dann meinte er: »Letivahr kam nicht zufällig hierher.«

»Ich weiß.« Naemy lächelte milde. »Er hat uns das Leben gerettet. Wir haben ihm viel zu verdanken.« Sie trat an Glamourons Seite und legte ihm tröstend die Hand auf die Schulter. »Er hat tapfer gekämpft. Du kannst stolz auf ihn sein.«

»Ja!« Glamouron seufzte. »Er und die beiden anderen suchten Zuflucht in den Bergen und waren ganz in der Nähe. Ohne zu zögern folgten sie meinem Hilferuf und setzten ihr Leben für uns aufs Spiel.« Verstohlen wischte er sich eine Träne aus dem Augenwinkel. »Ich habe Lethivars Freude darüber gespürt, dass ich doch noch am Leben bin. Er hatte so viele Fragen, die ich ihm nicht beantworten konnte ... Später, habe ich gesagt, dafür ist später Zeit ... Und jetzt? Ich ... ich werde ihn niemals vergessen.« Überwältigt von der Trauer um den geliebten Riesenalp, war Glamouron außer Stande, weiterzusprechen.

Naemy berührte ihn tröstend am Arm. »Wir alle werden die Erinnerung an seinen Heldenmut stets in unseren Herzen tragen«, sagte sie leise. »Doch unser Weg ist noch nicht zu Ende. Wenn Letivahrs Opfer nicht vergebens sein soll, müssen wir weitergehen. Wir sind noch lange nicht in Sicherheit.«

In diesem Augenblick erfüllte das Rauschen mächtiger Schwingen die Luft. »Ich grüße euch, Kinder von Numark«, ertönte eine tiefe Stimme in Naemys Gedanken, und als sie den Kopf hob, erblickte sie einen großen Riesenalp, der unmittelbar über den Nebelelfen seine Kreise zog. »Und ich grüße dich, Herrscher der Lüfte«, erwiderte sie ehrfürchtig. »Ihr habt uns das Leben gerettet, dafür werden wir euch ewig dankbar sein. Auf der Brücke waren wir den Verfolgern schutzlos ausgeliefert. Wäret ihr nicht gekommen ...«

»Ich bin Denkivahr. Oberster Kolonievogel Tun-Amrads.« Der Riesenalp machte ein kurze Pause und fuhr dann fort: »Eure Feinde sind auch die unseren«, erklärte er. »Sie haben unsere Brüder und Schwestern grausam abgeschlachtet, ihre Körper verbrannt und tiefe Trauer in unsere Herzen getragen. Doch genug davon. Wir fingen einen Hilferuf auf und sind gekommen, um euch beizustehen. Jene, die euch verfolgten, sind nicht mehr, doch ich spüre, dass ihr weit mehr Hilfe benötigt als nur Beistand im Kampf gegen die schwarzen Krieger. Deshalb sprich: Gibt es noch etwas, das ich und die anderen Wächtervögel Tun-Amrads für euch tun können?«

»Wir sind Flüchtlinge und haben noch einen langen Weg vor uns«, erklärte Naemy. »Unser Ziel liegt weit im Westen jenseits von Schnee und Eis, in dem unbekannten Land auf der anderen Seite der Berge. Wir kennen jedoch nur den Weg zum Bajun-Gletscher. Niemals ist ein Elf weiter in die Berge vorgedrungen. Wenn du dich hier auskennst, wäre es eine große Hilfe, uns den einfachsten Weg zu weisen.«

»Den einfachsten Weg?« Ein leises Geräusch, das ein Lachen hätte sein können, strich durch Naemy Gedanken. »Unsere Heimat sind die Berge«, erklärte der Riesenalp. »Den einfachsten Weg hinüber vermag ich dir wohl zu weisen. Doch nicht hier. Bis zum Bajun-Gletscher ist es nicht mehr weit. Wenn die Sonne am höchsten steht, erwartet mich und meine Brüder auf der schneebedeckten Ebene. Dort können wir landen und in Ruhe miteinander sprechen.« Mit diesen Worten beendete er das Kreisen und glitt mit weit ausgebreiteten Schwingen davon.

Für die Gruppe der Elfen begann ein mühsamer Aufstieg. Erschöpft von den Strapazen der Nacht, kämpften sich die Flüchtlinge unter Naemys Führung über karges, unwegsames Gelände und ausgedehnte Geröllhalden, die Steinschläge und Lawinen aus längst vergangener Zeit hier zurückgelassen hatten. Die Sonne schien ungetrübt von einem strahlend blauen Himmel, doch obwohl sie noch Kraft besaß, vermochte sie die kühle Hochgebirgsluft nicht mehr zu erwärmen. Die Wärme liebenden Nebelelfen froren erbärmlich. Auch die dünne Luft machte ihnen zu schaffen, und Fedeon, der am Ende seiner Kräfte war, gelang der Aufstieg nur, weil er über weite Strecken von zwei Elfen gestützt wurde. Doch so mühsam der Weg auch war, niemand beklagte sich. Hinter ihnen lauerte der Tod, und jeder wusste, dass es kein Zurück gab.

Kurz bevor die Sonne den höchsten Stand erreichte, hielt Naemy inne und deutete nach vorn, wo sich vor dem Hintergrund des tiefblauen Himmels eine breite, weiß schimmernde Fläche über dem Grau der Felsen erhob.

»Der Bajun-Gletscher!«, rief sie den anderen zu. »Noch ein paar hundert Längen, dann haben wir es geschafft!«

Wenig später fanden sich alle frierend und erschöpft auf dem Rücken des Gletschers ein. Fedeon, der mit seinen Begleitern weit zurückgefallen war, kam als Letzter. Dem jungen Skalden waren die Strapazen deutlich anzusehen. Er schien um Jahre gealtert und konnte sich kaum noch aufrecht halten.

»Wenn das so weitergeht, wird er die Nacht nicht überstehen.« Voller Sorge beobachtete Glamouron, wie Fedeon sich auf einer eisfreien Felsplatte am Rand des Gletschers niederlegte. Das Gestein war fast so eisig wie der Gletscher selbst, doch der junge Mann schien es nicht einmal zu spüren.

»Er gehört der Gruppe nur durch einen Zufall an«, erklärte Naemy, die Arme fröstelnd um den Körper geschlungen. »Wir helfen ihm, so weit es in unserer Macht steht, doch ich kann das Gelingen der Mission nicht wegen der schwachen körperlichen Verfassung eines Menschen gefährden. Wir dürfen nicht noch langsamer marschieren. Hier oben ist die Kälte unser ärgster Feind. Nur wenn wir in Bewegung bleiben, können wir überleben. Sollte der Skalde sterben, so ist es bedauerlich, aber nicht zu ändern.« Das klang hart, aber Glamouron wusste, dass Naemy Recht hatte. Selbst für die zähen und ausdauernden Nebelelfen war der Weg über die Berge ein großes Wagnis. Die Ausrüstung war so schlecht, dass die verzweifelte Flucht für alle tödlich enden konnte. Sie durften sich keine Schwäche erlauben, sonst würden Hunger und Kälte ganz unauffällig und lautlos erledigen, was die Cha-Gurrlinen-Krieger vergeblich versucht hatten: die Elfen zu vernichten.

»Da! Seht doch, sie kommen!« Der freudige Ruf eines jungen Elfenkriegers riss Glamouron aus den trüben Gedanken. Blinzelnd sah er auf und erblickte weit im Norden eine große Anzahl schwarzer Flecken am Himmel, die sich ihnen rasch näherten. Riesenalpe! Der Anblick der majestätischen Vögel, die mit leichtem Flügelschlag über die schneebedeckten Gipfel des Ylmazur-Gebirges hinwegglitten, versetzte ihm einen schmerzhaften Stich, und die Erinnerung an Letivahrs Tod erwachte zu neuem Leben.

Wenige Augenblicke später landeten die ersten Riesenalpe auf dem Gletscher. In achtungsvoller Entfernung zu den Nebelelfen stellten sie sich in einer Reihe auf und warteten, bis auch der Letzte seine Flügel gefaltet hatte. Dann trat Denkivahr vor und schritt auf die Elfen zu. »Ihr kamt schnell«, stellte er wohlwollend fest.

»Nicht nur die Cha-Gurrlinen, auch die Zeit ist unser Feind«, erwiderte Naemy. »Wir haben nur wenig Vorräte und kaum wärmende Kleidung und Decken. Wollen wir die andere Seite lebend erreichen, dürfen wir keine Zeit verlieren.«

»Ich verstehe. Deshalb fragtest du nach dem kürzesten Weg.« Denkivahr nickte und sagte: »Das Ylmazur-Gebirge ist hoch und tückisch. Vor allem auf den Schneeflächen lauern unzählige Gefahren: Lawinen, Schneebretter, Gletscherspalten … dazu der Wind und die eisige Kälte, die einem des Nachts die Flügel erstarren lässt.« Er neigte den Kopf ein wenig zur Seite. »Eine Überquerung würde viele Sonnenläufe dauern. Ich fürchte, zu Fuß werdet ihr es unter diesen Voraussetzungen nicht schaffen.«

»Aber wir müssen hinüber!«, beharrte Naemy. »Das Überleben unseres Volkes hängt davon ab. Egal, wie lange es dauert und wie widrig die Umstände sein mögen, wir werden es versuchen.«

»Das dachte ich mir bereits.«

Naemy hatte das Gefühl, als klänge die Stimme des Riesenalps leicht belustigt, doch sie schwieg und lauschte darauf, was Denkivahr zu sagen hatte.

»… es ist offensichtlich, dass ihr für ein solches Unterfangen wahrlich nicht ausgerüstet seid. Deshalb«, er machte eine bedeutungsvolle Pause und wartete, bis ein anderer Riesenalp näher getreten war, »habe ich euch dies hier mitgebracht.« Der zweite Riesenalp legte etwas vor Naemy in den Schnee. Im ersten Augenblick sah es aus wie ein wirrer Haufen breiter Lederbänder, doch dann erkannte Naemy, was es wirklich war, und ihr Herz machte vor Freude einen Satz: ein ledernes Reitgeschirr, wie es die Kurierreiter für die Riesenalpe verwendeten! Es wirkte alt und war ziemlich verschmutzt, aber es schien in Ordnung zu sein. Endlich wurde ihr klar, was auch die anderen Vögel in den Schnäbeln trugen.

»Woher kommen die ganzen Geschirre?«, fragte sie mit leuchtenden Augen.

»Willst du es wirklich wissen?«

»Ja!«

»Du kennst die Geschichte Tun-Amrads?«, fragte der Riesenalp.

»In den Legenden meines Volkes heißt es, es sei der Ort, den die Riesenalpe aufsuchen, wenn sie spüren, dass ihre Zeit zu Ende geht. Aber niemand ist je dort gewesen. Ich hätte nicht gedacht, dass es ihn wirklich gibt.« Naemy stutzte. »Heißt das, die Geschirre sind von …?«

Denkivahr nickte. »Manche trugen sie noch, als sie zu uns kamen. Einige sind schon viele Sommer alt, die meisten hingegen …«, er schwieg bedrückt und fügte schließlich hinzu: »… erst wenige Sonnenläufe.«

»Das … das tut mir Leid.« Naemy fehlten die Worte. Schweigend bückte sie sich und hob das Reitgeschirr auf. An einer Stelle klebte noch Blut, doch sie zwang sich, nicht darauf zu achten. »Denkst du …?«

»Es wäre ihnen eine Ehre, euch damit zu helfen«, erklärte Denkivahr. »Und uns ist es eine Ehre, euch damit über die Berge zu tragen.«

Obwohl sie nur ein dünnes Kleid und keine Schuhe trug, spürte die junge Frau die eisige Kälte nicht, als sie wie eine geisterhafte Erscheinung auf den Rücken des Bajun-Gletschers glitt.

Auf einer großen Fläche war der Schnee so zertreten und aufgewühlt, als hätte hier vor kurzem ein kleines Heer sein Lager aufgeschlagen. Überall sah man Stiefelabdrücke im Schnee, die zu diesem Platz führten, doch nirgends führte eine Spur von hier fort.

Nirgends?

Die Frau hob den Blick gen Westen. Vor dem schwindenden Licht der untergehenden Sonne sah sie eine große Anzahl von Vogelwesen, die mit mächtigen Flügelschlägen über die schneebedeckten Gipfel glitten. Ein menschliches Auge hätte es nicht erkennen können, doch die Frau war nicht menschlich, und ihre Sinne waren denen der Sterblichen weit überlegen. So beobachtete sie voller Wohlwollen die kleinen Gestalten, die sich auf dem Rücken der Riesenalpe zu zweit oder zu dritt aneinander schmiegten, um der schneidenden Kälte zu entgehen. Der Flug war nicht leicht für sie. Dennoch war es ein Flug voller Hoffnung, in eine neue Heimat und in eine bessere Zukunft. Die junge Frau lächelte zufrieden. Keiner der Nebelelfen würde in den nächsten dreihundert Sommern nach Thale zurückkehren können.

Ihre Aufgabe war erfüllt – sie konnte heimkehren.

14

Einen Mondlauf nachdem die Druiden besiegt und die Nebelelfen geflohen waren, hielt der Herbst endgültig Einzug in das geknechtete und unterdrückte Land, dessen Bewohner das Lachen längst verlernt hatten.

Wolkenbruchartige Regenfälle peitschten über die Ebene vor der Festungsstadt, und der durchnässte Boden verwandelte sich schnell in einen grasbewachsenen Sumpf. Der Sturm zerrte wütend an den Bäumen und riss ihnen die letzten Blätter von den kahlen Ästen, die sie wie kummervoll erhobene Arme dem schwarzgrauen Himmel entgegenstreckten.

Die Luft war eisig, und die Menschen litten große Not. Brennholz war knapp, und Nahrungsmittel wurden der Bevölkerung Nimrods nur in dürftigen Rationen zugeteilt. Es war zum Leben zu wenig und zum Sterben zu viel, doch längst wagte niemand mehr, die Stimme zu erheben. Die unzähligen Leichen derer, die den Mut dazu besessen hatten, baumelten zur Abschreckung von den langen Galgen, welche die Cha-Gurrlinen auf der Festungsmauer errichtet hatten, und schmückten diese auf der ganzen Länge wie schaurige Standarten des Grauens.

Unter der Führung Okowans, der sich selbst den Titel »Sequestor« verliehen hatte, war binnen kürzester Zeit eine Herrschaft des Schreckens entstanden, deren Macht auf Blut, Grausamkeit und Tyrannei beruhte.

Im Thronsaal von Nimrod, dem einstigen Ratssaal der hingerichteten Druiden, hörte man nichts von dem Unwetter, das seit mehr als zwei Sonnenläufen über der Stadt tobte.

Die hohen Fenster waren zugemauert und die Wände mit einer tiefschwarzen Pechschicht bestrichen, die jeden Lichtstrahl und alle Geräusche zu verschlucken schien. Der Boden war mit Platten aus Obsidian belegt, die sich so nahtlos aneinander fügten, dass auch hier nichts als Düsternis zu sehen war.

Und es war kalt.

Asco-Bahrran fröstelte. Der Magier kniete in demütiger Haltung auf dem eisigen Boden vor dem schwarzen Thron und erwartete die Ankunft An-Rukhbars, des erhabenen Herrschers von Thale, mit gemischten Gefühlen. Obwohl er äußerlich gelassen wirkte, focht er innerlich einen harten Kampf mit seinen Ängsten aus, denn das, was er An-Rukhbar zu berichten gedachte, entsprach nicht der Wahrheit.

Und während er noch um Haltung rang, verdichtete sich das grüne Licht, das der Öffnung über dem Thron entströmte und zuvor den gesamten Thronsaal ausgefüllt hatte, rings um den schwarzen Koloss und hüllte diesen als gleißende Lichtsäule ein. Im Innern der Säule, die vom Boden bis zur Decke hinaufreichte, glühte es so hell, dass der Magier geblendet den Kopf senkte und die Augen schloss. So verharrte er reglos in Demutshaltung, während ein frostiger Lufthauch, der einen unangenehm modrigen Geruch mit sich trug, über den Boden strich und sein Gesicht wie die eisigen Finger des Todes streifte.

Dann war es vorbei. Das grüne Leuchten wurde schwächer, und in den Schatten oben auf dem Thron bewegte sich undeutlich eine verhüllte Gestalt. Wie schon bei den vorangegangenen Audienzen war der Erhabene auch dieses Mal in weite dunkelblaue Gewänder gehüllt, die nichts von seiner Gestalt preisgaben. Die Kapuze des Umhangs verdeckte den ganzen Kopf, und dort, wo man das Gesicht vermutete, wallte ein düsterer blaugrauer Nebel, der niemals still zu stehen schien. Zwei leuchtend grüne Augen richteten sich durch die Nebel auf den Magier am Boden, und eine tiefe Stimme erhob sich aus der Dunkelheit der Kapuze.

»Berichte!«

Asco-Bahrran erschauerte, doch er riss sich zusammen und kämpfte die aufkommende Furcht nieder. »Meister!«, sagte er unterwürfig und richtete sich auf, um An-Rukhbar Auskunft über das Schicksal der geflohenen Nebelelfen zu geben.

»Ich bringe gute Neuigkeiten«, erklärte er mit fester Stimme und fügte hinzu: »Die geflohenen Nebelelfen sind tot!« Das war eine glatte Lüge, doch er hatte keine andere Wahl. Angesichts der Tatsache, dass die Nebelelfen – und auch die Riesenalpe, die ihnen an der Klamm zu Hilfe gekommen waren – trotz aller Anstrengungen unauffindbar blieben, war eine Lüge der einzige Ausweg, sein Versagen zu vertuschen.

»Tot?« Etwas in der Stimme des Erhabenen verriet dem Magier, dass An-Rukhbar ihm nicht so recht Glauben schenkte.

»Ja, tot!«, versicherte er noch einmal. »Sie starben bei dem Versuch, das Ylmazur-Gebirge zu überqueren. Ein Suchtrupp der Cha-Gurrlinen fand die Überreste einiger Elfen in einer Gletscherspalte, die anderen erfroren weiter oben im Hochgebirge. Sie müssen sich bis zur völligen Erschöpfung vorangeschleppt haben, doch die Kleidung, die sie trugen, bot ihnen keinen Schutz vor den eisigen Temperaturen.« Er schüttelte verächtlich den Kopf. »Diese Narren. Der Versuch, den Verfolgern zu entkommen, hat sie geradewegs in den Tod geführt.«

»So haben sie selbst vollbracht, dessen du unfähig warst«, grollte An-Rukhbar.

»Unfähig? ... Nun, äh, das würde ... würde ich nicht so sehen.« Asco-Bahrran suchte verzweifelt nach den richtigen Worten. Das Misstrauen und die Geringschätzung des Erhabenen waren eine Gefahr – eine tödliche Gefahr, die schon so manchen das Leben gekostet hatte. »Ich ... ich bin überzeugt, die Cha-Gurrlinen-Krieger hätten ihrer auch so habhaft werden können«, sagte er schnell. »Sie waren ihnen dicht auf den Fersen. In ein oder zwei Sonnen ...«

»Genug davon!« Die Stimme des Erhabenen schnitt wie ein Schwert durch den Raum. »Sie sind tot, das allein zählt. Und nun zu erfreulicheren Dingen. Sind die dreißig Gefangenen, die ich von dir gefordert habe, bereit?«

Auch westlich des Ylmazur-Gebirges war der Wechsel der Jahreszeiten bereits vollzogen. Obwohl die Sommerwärme zuweilen noch spürbar in der Luft hing, wurden die Sonnenläufe immer kürzer und kühler, während der Herbst mit großen Schritten Einzug hielt. Das letzte Laub der Bäume färbte sich rot und golden, und jene Tiere, die die kommenden Mondläufe in den kühlen Gefilden der Bergwelt verbringen würden, bereiteten sich emsig auf den langen Winter vor. Die Vögel hatten sich in großen Schwärmen auf den Weg in den Süden gemacht und eine stumme, melancholische Abschiedsstimmung zurückgelassen, die auch vor der kleinen Gruppe von Nebelelfen nicht Halt machte, die hier eine neue Heimat gefunden hatten.

Besonders Naemy hatte damit zu kämpfen. Düstere Träume, die von Tod und Trennung kündeten, suchten sie immer öfter heim, und die dunkle Vorahnung, nicht mehr lange bleiben zu können, schwoll mit jedem Sonnenlauf weiter an. Bedrückende Gedanken machten ihr das Leben schwer, doch es gelang ihr, die Sorgen und Nöte vor den anderen zu verheimlichen und Zuversicht und Hoffnung zu verbreiten, wann immer sie mit jemandem sprach.

Auf einer Wiese hoch über den Wäldern des »Neuen Landes«, wie die Nebelelfen das Gebiet westlich des Ylmazur-Gebirges nannten, saßen Naemy und Glamouron Seite an Seite und beobachteten schweigend, wie der wunderbare Herbsttag in einem leuchtenden Feuerwerk aus goldenem Rot und zartem Lavendel erlosch.

»Seltsam.«

»Was?«

»Der Sonnenuntergang!« Naemy zog die Beine dicht an den Körper, umschlang die Knie mit den Armen und lächelte versonnen. »Nun sind wir schon fast einen Mondlauf hier, und ich habe mich noch immer nicht daran gewöhnt, die Sonne am Horizont verschwinden zu sehen.« Sie seufzte und lehnte sich an Glamourons Schulter. »Die Farben sind so wunderschön. Am liebsten würde ich jeden Abend mit Letivahr hier hinauffliegen und das Abendrot beobachten.«

»Das kannst du doch. Ich bin sicher, er hätte nichts dagegen.« Glamouron legte den Arm um Naemys Schultern, zog sie an sich und lächelte versonnen. Er konnte immer noch nicht fassen, dass es dem schwer verletzten Riesenalp nach dem Kampf in der Klamm tatsächlich gelungen war, über die Berge zu fliehen. Auch jetzt noch, fast einen Mondlauf nach dem glücklichen Wiedersehen, spürte er unbändige Freude in sich aufsteigen, wenn er an den

Augenblick dachte, da er den tot geglaubten Freund zum ersten Mal wieder erblickt hatte. Inzwischen war Letivahr dank Glamourons hervorragender Pflege schon fast genesen, obgleich der Kampf Spuren an seinem Körper hinterlassen hatte, die wohl niemals ganz heilen würden.

»Was wohl dort hinten sein mag?«, fragte Naemy, während sie den Blick über die bunt belaubten Wälder zu ihren Füßen schweifen ließ.

»Noch mehr Wälder?«, erwiderte Glamouron achselzuckend. »Vielleicht auch eine Steppe oder ...«

»... das große Wasser?« Ein wehmütiger Ton schwang in den Worten der Nebelelfe mit. Sie kannte das Meer nur aus den Berichten und Erinnerungen der Riesenalpe, die hier in Tun-Amrad zu Hause waren. Die beeindruckenden Bilder des endlosen tiefblauen Wassers mit den schäumenden Wellen, die sich an weißen, von hohen Dünen gesäumten Stränden brachen, hatten eine tiefe Sehnsucht in ihr geweckt, das unbekannte große Wasser einmal mit eigenen Augen zu sehen.

»Du möchtest es also auch sehen?« Glamouron küsste sie sanft auf die Wange.

»Natürlich!«

»Bedauerst du, dass es uns jetzt nicht mehr möglich ist, durch die Zwischenwelt zu reisen?«

»Nein, das tue ich nicht.« Naemy schüttelte den Kopf. »Die Zwischenwelt und auch die Sphäre der Gedankensprache mussten verschlossen werden, um uns vor dem zu schützen, was jenseits der Berge vor sich geht. Außerdem weißt du so gut wie ich, dass es noch immer einige unter uns gibt, die sich nicht so recht damit abfinden können, hier zu bleiben, und insgeheim darauf hoffen, doch noch zurückzukehren.«

»So wie du?« Glamouron beugte sich vor und küsste sie erneut. »Ich fühle schon seit ein paar Sonnenläufen, dass dich etwas bedrückt«, sagte er leise. »Der Wunsch, das große Wasser zu sehen, kann es nicht sein, denn selbst wenn uns die Zwischenwelt hier nicht offen steht, würden Denkivahr oder Letivahr dich ohne zu zögern dorthin bringen. Aber du wirst mit jedem Sonnenlauf, der verstreicht, nachdenklicher und verschlossener. Willst du mir nicht sagen, was es ist?«

»Du warst schon immer ein guter Beobachter.« Naemy lächelte schuldbewusst. »Aber ich hätte nicht gedacht, dass du *so* gut bist.« Sie seufzte, löste sich aus Glamourons Armen und sah ihn traurig an. »Ich weiß selbst nicht, was mit mir los ist«, gab sie offen zu. »Es ist so ein seltsames Gefühl. Ich spüre, dass ich nicht hier bleiben kann – nicht hier bleiben darf. Aber ich habe keine Ahnung, was geschehen wird. Vielleicht kehre ich in meine eigene Welt zurück, zu Tabor und all denen, die ich damals zurückgelassen haben.« Sie schluckte und machte eine Pause, als fiele es ihr schwer, die folgenden Worte auszusprechen. »Oder es ist die Vorahnung des Todes, die mir zuflüstert, dass ich schon bald den Weg in die Ewigen Gärten des Lebens antreten werde.«

»Naemy, so etwas darfst du nicht einmal denken!« Glamouron war zutiefst erschrocken. »Wie kommst du nur darauf, nach allem, was wir gemeinsam durchgemacht und erlitten haben?« In einem Anflug von Zärtlichkeit ergriff er ihre Hand und hielt sie fest. »Ich lasse dich nicht gehen. Niemals! Du hast mir das Leben gerettet und eine neue Zukunft geschenkt. Ich habe alles verloren, was mir lieb und teuer war – bis auf dich! Du bist alles, was ich habe. Und wenn ich vor einigen Sonnenläufen in Numark noch gezögert habe, mich zu dir zu bekennen, so weiß ich jetzt ganz sicher, dass es für mich nie eine andere geben wird als dich … Ich liebe dich, Naemy. Und ich werde nicht zulassen, dass wir wieder getrennt werden.«

»Und ich liebe dich, Glamouron.« In Naemys Augen schimmerten Tränen. »Dreihundert Sommer habe ich um dich getrauert und kann das Glück, hier an deiner Seite zu sitzen, kaum begreifen. Und doch spüre ich, dass dieses Glück nicht von Dauer sein wird. Bald – sehr bald – wird etwas geschehen, das uns erneut trennen wird. Ich habe es in meinen Träumen gesehen, doch ich weiß nicht, was es ist, und fürchte mich.«

»Du brauchst dich nicht zu fürchten.« Glamouron zog Naemy

an sich und hielt sie fest. »Nichts und niemand wird uns trennen, solange ich bei dir bin.« Naemy antwortete nicht. Glamourons Nähe und Zuversicht taten ihr gut, doch das bedrückende Gefühl, dass sich die gemeinsame Zeit dem Ende zuneigte, wollte nicht weichen. Im Gegenteil. Obwohl sie sich hartnäckig bemühte, nicht daran zu denken, wurde es mit zunehmender Dämmerung immer heftiger und war schließlich so übermächtig, dass Naemy glaubte, es nicht mehr aushalten zu können.

Etwas würde geschehen. Hier und jetzt. Etwas, das sie nicht in Worte fassen konnte, obwohl es fast greifbar in der Luft hing.

In gespannter Erwartung beobachtete sie, wie die letzte Wölbung der glutroten Sonne hinter dem Horizont verschwand und die Dämmerung mit langen Schatten Einzug in die neue Heimat der Nebelelfen hielt. Und während die prächtigen Farben des Himmels im Westen langsam in ein unscheinbares Grau übergingen, erschienen über den schneebedeckten Gipfeln des Ylmazur-Gebirges die ersten funkelnden Sterne.

Bald! Naemy nahm die Berührung Glamourons in sich auf wie ein Ertrinkender die letzten Atemzüge, versuchte sie festzuhalten, wohl wissend, dass es unmöglich war. Seltsamerweise kam ihr nicht ein einziges Mal der Gedanke an Flucht. Alles, was sie fühlte, war das dringende Bedürfnis, sich von Glamouron zu verabschieden, ihm ein paar tröstende Worte zu hinterlassen. Doch was sollte sie sagen?

»Soll ich Letivahr rufen?« Glamouron spürte Naemys wachsende Unruhe.

»Nein.«

»Aber du ängstigst dich!«

»Es hat keinen Sinn, vor dem Schicksal davonzulaufen.« Naemy bemühte sich um eine feste Stimme. »Die Zeit des Abschieds ist nahe.«

»Das darfst du nicht sagen!«, rief Glamouron erschrocken aus und schloss sie hastig in die Arme. »*Cen milin* – ich liebe dich!«, raunte er ihr zu. »*Cen milin!*«

Naemy erwiderte die Umarmung nicht minder stürmisch. Doch

obwohl sich ein Teil von ihr noch immer heftig dagegen sträubte, dieses Land – und Glamouron – zu verlassen, hatte sich ein anderer Teil bereits damit abgefunden. Ohne jede Empfindung horchte dieser Teil in Erwartung eines Zeichens in die zunehmende Dunkelheit hinein, und so spürte sie den nahenden Moment, lange bevor Glamouron die Veränderung bemerkte.

Ein leises, glockenhelles Klingen von unbeschreiblicher Schönheit glitt über die nachtschwarzen Hänge des Ylmazur-Gebirges. Es war so lieblich und rein, dass es Naemy zu Tränen rührte. Glamouron hörte es zunächst nicht, doch er bemerkte die Anspannung in Naemys Körper und hielt sie noch fester.

»Es ist so weit!«, flüsterte Naemy ihm zu. Eine Träne lief ihr über die Wange und benässte sein Gewand. »Wir müssen Abschied nehmen.«

Das melodische Klingen schwoll weiter an, während sich die silbernen Sicheln der Monde To und Yu über dem westlichen Horizont erhoben und das Westland in mildes Licht tauchten. Ein leichter Wind kam auf und strich Naemy durch das offene Haar.

»Nein!« Glamouron umfasste ihr Gesicht sanft mit den Händen und küsste sie. »Sag das nicht«, flehte er. »Sag das nicht!«

»Es ist uns nicht gegeben, die Wege, die das Schicksal für uns vorgesehen hat, zu verlassen«, erwiderte Naemy hilflos. Ihre Lippen berührten die seinen voller Liebe und Hingabe, dann löste sie sich aus Glamourons Armen und wandte das Gesicht den Bergen zu. »Hörst du es nicht?«, fragte sie leise.

»Da ist ein helles Klingen.«

»Es sind auch Stimmen.« Naemy wischte eine Träne fort und lauschte.

»Da ist nichts.« Glamouron schüttelte den Kopf. »Nur dieses leise Klingen.«

»Warte!« Naemy hob die Hand. »Horch!«

Jetzt bemerkte auch Glamouron, dass aus dem Klingen ein lockender, an- und abschwellender Ton geworden war, der die Luft mit einem sanften Summen erfüllte. Wie eine liebliche Melodie umstrich er die beiden Nebelelfen, während der leichte Wind ihn verstärkte und die Gräser der Wiese beugte.

»Glamouron, sieh nur!« Naemy deutete zum Himmel hinauf, wo sich vor dem nachtschwarzen Himmel eine goldene Wolke bewegte. Wie ein Nebel aus Abermillionen winziger Leuchtkäfer glitt sie von den Sternen herab und näherte sich den Elfen mit unglaublicher Geschwindigkeit.

»Bei den Toren, was ist das?« Misstrauisch blickte Glamouron der Wolke entgegen, die ihren feurigen Schweif viele hundert Längen durch die Nacht zog, während sie sich langsam über die Wiese herabsenkte.

»Erkennst du es nicht?«, fragte Naemy ehrfürchtig. »Es ist das heilige Elfenfeuer, von dem die Legenden berichten. Die Seelen unserer Ahnen sind es, die für kurze Zeit in die alte Heimat zurückkehren.«

»Das Elfenfeuer!« Glamourons Stimme war nicht mehr als ein gebanntes Flüstern. Schweigend beobachteten sie, wie die funkelnde Wolke die schroffen Berggipfel erreichte. Das leise, melodische Summen, das ihr entströmte, war beruhigend und verlockend zugleich, wurde aber nicht lauter, obwohl die Wolke immer näher kam.

»*Noron, muinthel* – komm, Schwester!« Die liebliche Stimme erklang so unerwartet in Naemys Gedanken, dass sie erschrak. Verstohlen warf sie einen Blick auf Glamouron, doch dieser schaute noch immer in ehrfürchtigem Staunen auf die Wolke und schien nichts gehört zu haben.

»Noron, muinthel!« Naemy wusste, dass der Ruf ihr galt. Obwohl es nur zwei Worte waren, spürte sie das Drängen, das in ihnen mitschwang, und eine seltsame Unruhe ergriff von ihr Besitz.

Es war so weit. Die Zeit des Abschieds war gekommen. Sie hatte es seit vielen Sonnenläufen gespürt, aber nicht wahrhaben wollen, und jetzt, da der Augenblick gekommen war, fühlte sie sich dem Ansturm der widersprüchlichen Gefühle kaum gewachsen.

»Noron, muinthel!« Die funkelnde Wolke war von den Bergen herabgeglitten und verharrte nur wenige Längen von Naemy und

Glamouron entfernt über der Wiese. Im Innern des seltsamen Gebildes, das seine Form wie ein Bienenschwarm ständig veränderte, bewegten sich Hunderte leuchtender Lichtchen so rastlos hin und her, als führten sie einen geheimnisvollen Tanz auf.

»*Muinthel!*« Naemy hörte, wie sie nach ihr riefen, voller Sehnsucht und Wärme. Sie wusste, dass sie dem Ruf folgen musste, doch sie war noch nicht bereit. Tief in ihrem Innern focht die Vernunft, die ihr sagte, dass sie nicht bleiben konnte, einen heftigen Kampf gegen den verzweifelten Wunsch aus, Glamouron nicht noch einmal zu verlieren. Doch obwohl sie sich wie ein störrisches Kind an diesen Wunsch klammerte, wusste sie bereits, dass sie dem Ruf folgen würde. Es gab kein Zurück.

»Ich muss gehen«, sagte sie mit matter Stimme.

»Wohin?« Glamouron drehte sich erschrocken zu ihr um. Offensichtlich hörte er die Stimmen wirklich nicht und wusste nichts davon, was in Naemy vor sich ging.

»Ich weiß es nicht!« Naemy schüttelte traurig den Kopf, erhob sich und deutete auf die funkelnde Wolke. »Sie rufen mich. Ich habe keine Wahl.«

»Aber es sind die Ahnen, die dich rufen!« Augenblicklich war Glamouron auf den Beinen und ergriff ihre Hand. »Ich lasse dich nicht fort«, sagte er mit grimmig entschlossener Miene.

»Wir müssen jetzt vernünftig sein, Glamouron!« Naemy strich ihrem Gefährten sanft mit der Hand über die Wange und blickte ihm tief in die Augen. »Du weißt so gut wie ich, dass ich nicht bleiben kann.«

»Werde ich dich jemals wieder sehen?« Glamourons Stimme klang so unendlich traurig, dass es Naemy fast das Herz zerriss. Wieder hatte sie das Gefühl, ihm etwas Tröstliches sagen zu müssen, etwas, das ihm Hoffnung gab und ihn mit der Ungerechtigkeit des Schicksals versöhnte. Und noch während sie nach geeigneten Worten suchte, raunten ihr die leisen Stimmen Verse in der alten Sprache zu. Es war ein Lied. Ein Lied von Trennung und Wiedersehen, dessen Worte ihr wie von selbst über die Lippen kamen:

»Ir i ngelaidh pen-anor
Û-chirathach 'waloth
Ir i meigol bem-meigor
Û-ortherithach i 'oth
I suil degir nîr gelib
I suil û-degir siniath
Tiro, im naer a im ereb«,

sprach sie mit tränenerstickter Stimme und fuhr fort:

»Ir ivor a galad 'evedir
si lachatha ninniach
Ir i naw a i ôl 'evedir
si i ven istathach
Ir i lû a i amarth erthar
I linnor hiratha lind
Os said bain en amar
I ven dôg na vîl a na nin.«

»Wenn die Zeit und das Schicksal sich verbünden …«, wiederholte Glamouron, als sie geendet hatte, und zog Naemy an sich. »Wann mag das sein?« Seine Lippen verschlossen die ihren mit einem leidenschaftlichen Kuss, und seine Arme umfingen sie so fest, als wollte er sie nie wieder loslassen.

»Ich weiß es nicht.« Widerstrebend löste sich Naemy aus der Umarmung des geliebten Elfen. »Ich weiß nicht, wohin sie mich bringen und wie lange wir getrennt sein werden«, sagte sie ehrlich. »Ich fühle nur, dass ich ihnen folgen muss.«

»Gibt es denn keinen anderen Weg?«, fragte Glamouron bekümmert. »Hast du keine Wahl?«

»Es war der Wille der Göttin, der mich hierher führte, und es ist ihr Wille, dass ich gehen muss«, erwiderte Naemy traurig. »Und es liegt in ihrer Hand, ob wir uns wiedersehen werden – irgendwann.«

»Wie lange es auch dauert, ich werde auf dich warten.« Glamouron bemühte sich um eine feste Stimme. »Und wenn viele hundert Sommer vergehen, meine Liebe zu dir wird überdauern.«

»Auch ich werde dich immer in meinem Herzen tragen, so, wie ich es schon seit dreihundert Sommern getan habe.« Naemy wischte eine Träne fort, löste sich aus Glamourons Armen und machte ein paar Schritte auf die funkelnde Wolke zu, deren feurige Lichter sich erwartungsvoll hin und her bewegten.

»Muinthel! Muinthel!« Immer wieder raunte das Wort durch Naemys Gedanken, lockend und liebkosend zugleich, während sie einen weiteren zögerlichen Schritt auf die Wolke zu machte.

»Sag Shari, dass ich sie liebe!«, rief Naemy Glamouron mit tränenerstickter Stimme zu. »Sie wird sehr traurig und vielleicht auch wütend auf mich sein, aber ich bin sicher, dass sie es irgendwann verstehen wird. Und versprich mir, dass du dich um sie kümmerst – sie braucht dich!«

»Ich werde über sie wachen wie ein Bruder!«, gelobte Glamouron. Das Gesicht des Elfen war von Kummer und Verzweiflung gezeichnet. Die Hände waren zur Faust geballt, und die ganze Haltung zeugte von einer Anspannung, als wollte er jeden Augenblick vorstürmen und Naemy zurückhalten – doch er tat es nicht. *»Cen milin, Naemy!«*, sagte er so leise, dass die Worte erstarben, kaum dass sie die Lippen verlassen hatten.

Naemy hörte es dennoch. *»Cen milin, Glamouron!«*, erwiderte sie mit bebender Stimme und hob die Hand, wie um ihn noch einmal zu berühren, während sie gleichzeitig einen weiteren Schritt auf das Elfenfeuer zu machte.

Dann ging alles sehr schnell. Als hätte die Elfe eine unsichtbare Grenze überquert, schwebte die Wolke auf Naemy zu und hüllte ihren Körper in einen funkelnden Mantel aus Sternenstaub. Ihr Blick suchte den Glamourons und hielt ihn fest, verzweifelt und unendlich traurig, und dennoch wehrte sie sich nicht. Selbst als ihr Körper so durchscheinend wurde, als wollte sie eine Reise durch die Zwischenwelt antreten, rührte sich Naemy nicht, und nur die Augen verrieten Glamouron, wie sehr sie litt.

»*Cen milin*, Glamouron!« Ihre Lippen formten noch einmal die

Worte, lautlos, wie ein letzter Abschied, dann war Naemy nicht mehr zu sehen. Die funkelnde Wolke stieg auf in die Unendlichkeit zwischen den Sternen.

Sie ist fort! Eine tiefe Hoffnungslosigkeit überkam Glamouron. Trauer und Einsamkeit breiteten sich mit beißender Kälte in seinen Gliedern aus, lähmten ihn und ließen seine Gedanken zu Eis erstarren. Selbst als er das Elfenfeuer vor dem Hintergrund des sternenübersäten Nachthimmels nicht mehr erkennen konnte, sah er noch längst keinen Grund, sich zu erheben und zu den anderen zurückzukehren.

Keinen Grund? Glamouron stutzte. *Sag Shari, dass ich sie liebe!*, hatte Naemy ihm zugerufen. Ein kurzer Satz, hinter dessen Worten sich viel mehr verbarg als nur die Bitte, ihrer Schwester etwas auszurichten.

»Sag Shari, dass ich sie liebe. Tröste sie und kümmere dich um sie. Sei zur Stelle, wenn sie in Not ist, und steh ihr zur Seite, wenn Gefahr droht. Gib ihr alles, was ich ihr hätte geben wollen. Hilf ihr, die Sprache wieder zu finden, und hilf ihr zu verstehen, warum ich nicht bei ihr bleiben konnte.« Dies und noch viel mehr hatte Naemy ihm damit sagen wollen, und er hatte es ihr versprochen.

Glamouron barg das Gesicht in den Händen und seufzte tief. Dann straffte er sich, stand auf und hob den Blick wieder zum Himmel. »Wie lange es auch dauert«, rief er noch einmal mit fester Stimme. »Ich werde auf dich warten.« Die steil aufragenden Felswände fingen die Worte ein und warfen sie als vielfaches Echo zurück, bis sie in der nächtlichen Stille verhallten.

Epilog

Glamouron war fort. Bis zum letzten Augenblick hatte Naemy ihn angesehen, dann hatte das funkelnde Licht des Elfenfeuers das Band zwischen ihnen getrennt und Naemy in einen warmen, von lieblichem Summen erfüllten Nebel gehüllt. Die winzigen Lichter umfingen sie, strichen ihr sanft um den Körper und raunten ihr beruhigende Worte in der alten Sprache der Elfen zu. Sie fühlte sich willkommen, geliebt und getröstet und spürte, dass ihr kein Leid geschehen würde.

Die Zeit verlor jede Bedeutung.

Betört von den lieblichen, sphärischen Klängen glitt Naemy inmitten der Wolke schwerelos dahin. Sie fühlte sich leicht und frei, und der Trennungsschmerz wich einer übernatürlichen Heiterkeit, die allen Kummer zu verdrängen suchte.

War dies der Tod? War es das, was Elfen erlebten, wenn sie den Weg in die Ewigen Gärten des Lebens antraten? Naemy suchte nach Antworten, doch sie konnte die Gedanken nicht zu Ende bringen. Wann immer sie glaubte, einen Faden gesponnen zu haben, verschwand der Anfang im Meer des Vergessens, und sie erinnerte sich nicht, wonach sie gesucht hatte.

Schließlich gab sie es auf und ließ sich einfach treiben. Das Licht hatte sie gerufen, sie war dem Ruf gefolgt, und nur die Gütige Göttin wusste, wohin die Reise ging.

Eine kleine Ewigkeit schien vergangen, als das Summen mit einem Mal verstummte und das sanfte Wogen der kleinen Lichter zu einem Kreisen wurde. Schon bald fand sich Naemy inmitten eines leuchtenden Strudels wieder, dessen Flämmchen sie immer schneller umkreisten, zu glühenden Streifen wurden und schließlich zu einem einzigen feurigen Wirbel verschmolzen.

Und dann hörte Naemy das Lied. Zunächst sehr leise, dann immer deutlicher erhob sich die helle, wohlklingende Frauenstimme über die lastende Stille. Der Gesang geleitete Naemy wie ein tröstlicher Hoffnungsschimmer durch Raum und Zeit.

Nach einer Weile, deren Dauer zu bestimmen Naemy unmöglich war, stoben die Lichter plötzlich in alle Richtungen auseinander, und ehe die Nebelelfe wusste, wie ihr geschah, spürte sie wieder festen Boden unter den Füßen. Die Lichter waren fort, der Gesang verstummt, und eine sanfte Dunkelheit, die nichts Bedrohliches an sich hatte, umfing sie wie ein schützender Mantel.

Blinzelnd schaute Naemy sich um, aber es dauerte lange, bis ihre Augen sich an das Dunkel gewöhnten.

»Ich grüße dich, Naemy. Meine Tochter, mein Kind. Meine getreue Dienerin.« Eine sanfte, körperlose Stimme drang vor ihr aus der Dunkelheit. Es war dieselbe Stimme, die zuvor gesungen hatte, und Naemy erschauerte vor Ehrfurcht. Sie erkannte die Stimme und wusste, dass es nur die Gütige Göttin selbst sein konnte, die hier, jenseits der Welt, zu ihr sprach und ein weiteres Mal ihre Aufmerksamkeit schenkte.

»Heilige Mutter allen Lebens!« Wie schon bei der ersten Begegnung mit der Göttin sank Naemy auf die Knie. Die Dunkelheit war inzwischen nicht mehr so undurchdringlich, und sie erkannte, dass sie sich inmitten eines Haselhains befand. Der Hain umschloss eine zartgrüne Wiese wie eine natürliche Hecke und schützte den efeubewachsenen Brunnen, der sich in der Mitte der Wiese erhob. Es war ein sehr alter Brunnen aus verwittertem Stein, dessen Fugen von Moosen und Flechten besiedelt waren. Das morsche Gebälk über dem Brunnenrand war leer. Es wies weder Strick noch Kübel auf und Naemy bezweifelte, dass aus dem Brunnen je Wasser geschöpft wurde.

Neben dem Brunnen stand die Gütige Göttin. Wie beim ersten Mal war sie in ein helles, fließendes Gewand gehüllt. Das fein geschnittene Gesicht wurde von kunstvoll hochgesteckten Haaren eingerahmt, und ihre Haut war so blass wie die Farbe des Gewandes. »Meine Tochter«, sagte sie noch einmal mit warmer Stimme und lächelte milde. »Du hast vollbracht, was undurchführbar erschien. Du hast erreicht, woran andere nicht zu glauben wagten.

Du hast mein Vertrauen nicht enttäuscht. Was war, ist Geschichte, doch die Geschichte lebt, und wenn es der Götter Wille ist, vermag sie durch ein starkes und mutiges Herz zum Wohle aller beeinflusst werden. Du hast bewiesen, dass du ein solches Herz besitzt, edelmütig und stolz, ohne zu verzagen, und bist den Regeln stets treu geblieben.«

»O Gütige Göttin, vergebt mir!«, hob Naemy an und senkte beschämt den Blick. »Vergebt mir, denn ich konnte nicht verhindern, dass mehr als zwei Dutzend schwarze Krieger starben.«

»Sei unbesorgt.« Die Göttin lächelte. »Die Schlacht um Nimrod war geschlagen. Jene Krieger, die später durch die Befreiung und die Flucht der Nebelelfen den Tod fanden, waren für den Lauf des Schicksals in deiner Welt nicht von Bedeutung.« Sie streckte die Hand aus und bedeutete Naemy, sich zu erheben. »Die Zukunft ist unverändert, und jene, die du über die Berge führtest, haben dort eine neue Heimat gefunden.«

»Werde ich sie wiedersehen?« Unvermittelt hatte Naemy Angst, dass der Abschied von Glamouron ein Abschied für immer gewesen sein könnte, dass sie ihn und auch Shari erneut verloren hatte – jene Nebelelfen, die ihrem Herz so nahe standen wie später nur Tabor und um die sie schon in der Vergangenheit so unendlich lange getrauert hatte. »Sagt mir, wie wird es ihnen ergehen?«

»Möchtest du das Wasser fragen?« Die Göttin trat an den Brunnen und vollführte eine einladende Handbewegung.

»Was wird es mir zeigen?« Zögernd tat Naemy einen Schritt auf den Brunnen zu.

»Was möchtest du sehen?«

»Glamouron!« Naemy schämte sich ein wenig, so hastig geantwortet zu haben, doch die quälende Sehnsucht nach dem Geliebten brannte wie Feuer in ihr. »Und Shari! Sie wird doch wieder sprechen können – oder?«

»Ist es das, was dich bewegt? Dann sieh in den Brunnen«, sagte die Göttin. »Wenn es sein soll, wird er dir die Fragen beantworten.« Sie hob die Hände über den Brunnenrand und formte sie zu einer

Schale. »*Asoni e dares sina deli elesina*«, sagte sie leise, und aus ihren Händen floss silbernes Wasser in den Brunnen.

Naemy klopfte das Herz bis zum Hals, doch als sie an den Brunnenrand trat und in den Schacht hinunterschaute, wurde sie enttäuscht. Sie hatte erwartet, eine glänzende Wasserfläche zu sehen, doch der Brunnen war leer. Die silbern funkelnden Brunnenränder zeigten keine Spur von Feuchtigkeit, und kein einziger Tropfen wies darauf hin, dass der Brunnen jemals mit Wasser gefüllt gewesen war. »Was …?« Naemy wollte etwas fragen, doch in diesem Augenblick klang ein liebliches Summen vom Grund des Brunnenschachtes herauf. Es schwoll an, stieg den Schacht hoch und floss über den Rand des Brunnens in den Garten. Gleichzeitig regte sich etwas tief unten im Brunnenschacht. Der Brunnen füllte sich am Grund mit Wasser. Zunächst langsam, dann immer schneller stieg es an und hielt erst inne, als die spiegelglatte Oberfläche den Brunnenrand berührte. Das Summen verstummte, und Stille legte sich über den Haselhain.

Naemy starrte auf das Wasser, doch die Oberfläche blieb dunkel und gab nichts von dem preis, wonach ihr Herz verlangte. »Glamouron!«, hauchte sie der reglosen Wasseroberfläche entgegen, und als sich die kleinen Wellen legten, die ihr Atem verursacht hatte, erblickte sie das vertraute Bild des Gefährten wie in einem Spiegel. Er saß auf einem Hügel aus weißem Sand, den Blick bekümmert in die Ferne gerichtet. Die Sonne schien auf sein Gesicht, und der Wind spielte mit den langen Haaren, die nun einen dunklen Schimmer in sich trugen. Vor ihm erstreckte sich eine gewaltige Fläche tiefblauen Wassers, dessen Wogen weiße Schaumkronen trugen …

»Das endlose Wasser.« Kummer stieg in Naemy auf, doch sie verdrängte die Traurigkeit und sagte leise: »Shari!«

Das Bild verschwamm, dann erschien das Bild einer wunderschönen jungen Elfe, die ein kleines Elfenmädchen von zwanzig Sommern auf dem Arm trug. Beide lachten und wechselten Worte miteinander, die Naemy nicht hören konnte, dann trat ein junger Nebelelf hinzu und umfing die beiden in liebevoller Umarmung.

Der Anblick rührte Naemy zu Tränen. Shari würde wieder sprechen können – und ihr Glück finden. Eine Weile noch betrachtete sie die glückliche Familie, dann flüsterte sie: »Fedeon.«

Das Bild von Shari mit ihrer Tochter und ihrem Gefährten wich einem steinernen Grabhügel, den ein Strauß weißer Lilien schmückte. Eine große Grabplatte, die wie bei den Menschen üblich hinter dem Hügel aus dem Boden ragte, trug eine Inschrift in der alten Sprache der Elfen:

Hier ruht Fedeon,
Vater der Hoffnung und Schöpfer der Legenden.
Seine Träume sind unsere Zukunft,
seine Lieder lehren uns Geduld.
Was er sah, wird überdauern,
bis es sich erfüllt und wir heimkehren
in das Land der aufgehenden Sonne.
Sein sterblicher Körper bleibt zurück,
doch in unseren Herzen wird er mit uns gehen.

»Hattest du das zu sehen erhofft?«, fragte die Göttin, als das Bild von Fedeons Grab verblasste.

»Es ist viel mehr als das.« Verstohlen wischte sich Naemy eine Träne von der Wange.

»So bist du bereit?«

»Bereit wozu?«

Bereit, in die Ewigen Gärten des Lebens einzuziehen? Naemy durchzuckte ein eisiger Schrecken. War es das? War ihre Zeit jetzt abgelaufen? Nein!, wollte sie sagen, nein, dazu bin ich noch nicht bereit. Doch sie schwieg und blickte die Göttin nur fragend an.

»Weißt du es nicht?« Die Göttin entfernte sich vom Brunnen und schickte sich an, den Hain zu verlassen. »Folge mir in die Halle der Träume«, forderte sie Naemy lächelnd auf. »Dein Volk hat dreihundert Sommer gewartet. Es ist an der Zeit, dass du es nach Hause führst.«

Koda

Ohne auf den melodischen Gesang der Vögel zu achten, die den nahen Abend mit einem vielstimmigen Chor begrüßten, schritt Tabor den vereinsamten Weg entlang, der von Caira-Dan aus in die Vorberge führte. Die Stirn des jungen Elfen war von Kummer und Bitternis gezeichnet, und weder die milde Luft des Sommerabends noch der liebliche Duft der späten Mheja-Blüten, deren tiefgelbe Kelche den feuchten Boden zu beiden Seiten des Weges wie ein leuchtender Teppich bedeckten, vermochten die düsteren Gedanken zu vertreiben, die ihn plagten.

Ich habe versagt! Die Worte brannten ihm wie Feuer hinter der Stirn. Es gab keine Entschuldigung und keinen Trost. Und nicht einmal die Gewissheit, alles in seiner Macht Stehende getan zu haben, konnte das unermessliche Leid und die wütende Hilflosigkeit mildern, die tief in seinem Innern gegen das jähe Ende aller Hoffnungen rebellierten.

Wie damals, als er den leblosen Körper seiner geliebten Ilumynhi auf dem verwüsteten Festplatz von Caira-Dan gefunden hatte, schnürte ihm der Kummer die Kehle zu, bis er glaubte, an der Qual und dem Schmerz zu ersticken.

In der schweren Zeit der Trauer um Ilumynhi hatte ihm Naemy tröstend zur Seite gestanden, ihm Mut zugesprochen und ihm Licht gespendet, als er geglaubt hatte, die Welt werde in Dunkelheit versinken. Diesmal aber hatte er niemanden.

Er war allein.

Unermüdlich hatte er nach Naemys Verschwinden gemeinsam mit der Elfenpriesterin Lya-Numi die Pergamente und Bücher in der geheimen Kammer in Nimrod und die alten Schriften der Nebelelfen, die sich in den Kellergewölben des Palastes von Caira-Dan befanden, unermüdlich nach einem Hinweis durchsucht, ob und wie Naemy nach Thale zurückkehren konnte. In unzähligen schlaflosen Nächten hatten sie Berichte verglichen, uralte Aufzeichnungen entschlüsselt und sogar die verbotenen Bücher der schwarzen Magie zu Rate gezogen. Und doch waren viele – zu viele – Mondläufe vergangen, bis sie endlich gefunden hatten, wonach sie suchten.

In einer Schriftrolle, die so alt war, dass sie beim Öffnen zerbrach, hatte Lya-Numi schließlich eine genaue Anweisung entdeckt, wie ein Dimensionentor geöffnet werden konnte. Das Pergament stammte noch aus der Zeit, bevor die Stollen, in denen die Elfen das Sternenebulit abgebaut hatten, geflutet worden waren – einer Zeit, in der sich auch die Elfen hin und wieder dieser Tore bedient hatten.

Doch der Text, so hoffnungsvoll er zunächst klang, bot nicht die ersehnte Lösung, nach der die beiden so lange gesucht hatten, denn am Ende warnte der Verfasser ausdrücklich jeden davor, ein Dimensionentor zu öffnen:

»*… wer immer sich darin versucht, die Grenzen der Dimensionen zu überschreiten*«, stand dort in der hohen Sprache der Alten zu lesen, »*hüte sich vor dem, was er dadurch heraufbeschwören kann. Ein geöffnetes Tor vermag den finsteren Dämonen, die allzu oft auf der anderen Seite hausen, freien Zugang in unsere Welt zu verschaffen. Deshalb darf es nur im Beisein der sieben Kundigen aufgetan werden, die die Macht besitzen, das Böse hinter dem Tor zu bannen und es zu schließen, bevor das, was uns lieb und teuer ist, Schaden nehmen kann.*«

Die sieben Kundigen! Selbst Lya-Numi wusste nicht, wer damit gemeint sein mochte. Nirgends gab es einen Hinweis auf diese seltsame Bezeichnung, und obwohl Tabor und die Elfenpriesterin lange danach suchten, blieb der Begriff für sie im Dunkeln.

Schließlich war auch das letzte Pergament gelesen, und es wurde Zeit, die Entscheidung zu treffen, die so bitter und endgültig war, dass weder Tabor noch Lya-Numi sie hatten aussprechen wollen. Aber eine andere Möglichkeit, als die Suche abzubrechen und Naemy dem ungewissen Schicksal zu überlassen, gab es nicht mehr.

Die Tore nicht anzurühren war vernünftig, doch was nützte alle

Vernunft, wenn das Herz blutete! Tabor ballte die Fäuste und zog die Luft scharf durch die Zähne. »Bei den Toren, das hat sie nicht verdient!«, stieß er gramerfüllt hervor. »Nicht sie, die immer auf der Seite des Lichts gekämpft hat und stets nur das Beste wollte. Sie war immer für uns da – immer! –, und jetzt, da sie unsere Hilfe braucht, lassen wir sie im Stich.« Wütend trat er mit dem Fuß gegen einen Stein und stieß ihn in das Blütenmeer am Wegrand. »All die Bücher und Pergamente«, murmelte er ärgerlich. »All die sinnlosen Worte und Aufzeichnungen, all die schlaflosen Nächte – für nichts!«

Das Licht der tief stehenden Sonne blendete ihn, als er aus dem Schatten der Bäume trat und sich auf den Weg durch die von niedrigen Büschen und Gräsern bewachsenen Vorberge machte, um jenen Ort zu erklimmen, an dem er sich seiner Mutter so nahe fühlte wie nirgendwo sonst: eine Anhöhe in der westlichen Hügellandschaft, die als Ausläufer des Ylmazur-Gebirges das Ende der Sümpfe von Numark markierte. Dort hatten Naemy und er die jungen Riesenalpen einst das Fliegen gelehrt.

Wie oft hatten sie dort oben gestanden und den drei Jungvögeln, die sie gemeinsam großgezogen hatten, bei den ersten Flugversuchen zugesehen. Wie oft hatten sie dort gesessen und darauf gewartet, dass die halbwüchsigen Vögel von den Jagdflügen zurückkehrten, und sich mit ihnen über die ersten Beutetiere gefreut. Und wie oft hatte er in den vergangenen Mondläufen dort gesessen, traurig und allein, auf ein Wunder gehofft und wehmütig an die Vergangenheit gedacht. An eine Zeit, in der Caira-Dan noch voller Leben und seine Liebe zu Ilumynhi glücklich und ungetrübt war. Eine Zeit, in der das Volk der Nebelelfen hoffnungsvoll in die Zukunft blickte und die Finsternis endgültig besiegt schien.

Der überraschende Angriff der Quarline hatte diese glückliche Zeit auf grausame Weise zerstört, und obwohl die Finsternis besiegt und Thale wieder ein freies Land war, wusste Tabor, dass es niemals wieder so sein würde wie damals. Das Volk der Nebelelfen gab es nicht mehr. Zu viele waren in den Fängen der blutrünstigen Raubtiere gestorben, und es war fraglich, ob die wenigen, die das Massaker überlebt hatten, je nach Caira-Dan zurückkehren würden. Zahir, Naemys Riesenalp, war tot und sein Bruder Chantu den Riesenalpen Tun-Amrads über das Ylmazur-Gebirge in deren Heimat gefolgt. Nur Leilith, die kleine Schwester der beiden, war aus Liebe zu Tabor in Thale geblieben – eine Geste, die er dem eigensinnigen Riesenalpweibchen nicht hoch genug anrechnen konnte.

Tief in Gedanken versunken, erklomm Tabor den Hügel, dessen steil abfallende Westseite den mächtigen Riesenalpen einen hervorragenden Platz zum Abflug bot, hockte sich in das sonnenwarme Gras und schaute blinzelnd nach Westen. Die feurige Himmelsscheibe hatte die Bahn fast vollendet. Nur eine Handbreit trennte sie noch von den schroffen Gipfeln des Ylmazur-Gebirges, in dessen Hängen sich Leiliths Schlafhöhle befand.

Leilith! Tabor blickte suchend zum Himmel hinauf, aber die Silhouette des jungen Riesenalpweibchens war nirgends zu sehen. Er hätte einen Gedankenruf aussenden können, um sie zu wecken, doch so tröstlich Leiliths Gesellschaft auch war, jetzt wollte er allein sein.

Stumm hing er seinen Gedanken nach und haderte mit dem Schicksal, das ihn auf so grausame Weise für immer von Naemy getrennt hatte. Insgeheim hoffte er noch immer etwas zu finden, das Lya-Numi und er vielleicht übersehen hatten, doch tief im Innern wusste er, dass es vergebens sein würde.

Als er wieder aufblickte, versank die Sonne als rot glühender Ball hinter den schneebedeckten Gipfeln des Ylmazur-Gebirges. Davor zeichnete sich die dunkle Gestalt eines gewaltigen Vogels ab. Mit seinen mächtigen Schwingen glitt der Riesenalp so majestätisch durch die Lüfte, wie es kein anderer Vogel in Thale vermochte, und der Anblick erfüllte Tabor zu Recht mit Stolz. Offenbar hatte sich Leilith nun doch auf den Weg gemacht, um in der einsetzenden Dämmerung nach Bergziegen zu jagen. Gern hätte er die Jagd des Riesenalpweibchens aus der Entfernung beobachtet, doch Leilith flog genau vor der untergehenden Sonne, und das blendende Licht zwang ihn, den Blick abzuwenden.

Erst als die Sonne hinter den Bergen verschwunden war, hob er erneut den Kopf und sah nach Westen, wo sich der Himmel nun in ein warmes, von schmalen feurigen Wolken durchzogenes Abendrot hüllte.

Plötzlich erregte eine Bewegung über den fernen Gipfeln Tabors Aufmerksamkeit. Zuerst glaubte er an eine Sinnestäuschung, dann meinte er, eine dunkle Rauchsäule zu sehen, die von einem Feuer jenseits der Berge herrührte; doch schließlich war er sicher, dass es sich bei dem dunklen, bewegten Fleck am Horizont nur um einen riesigen Vogelschwarm handeln konnte, der, aus dem Norden kommend, schon früh das Winterquartier in den milden Gefilden Numarks aufsuchte.

Tabor gähnte und rieb sich müde die Augen. Nebelelfen kamen mit wenig Schlaf aus, aber irgendwann forderten die vielen durchwachten Nächte nachdrücklich ihren Tribut. Ermattet streckte er sich im hohen, weichen Schöngras aus, das die Anhöhe wie ein grüner Teppich bedeckte, verschränkte die Arme hinter dem Kopf und blickte zu den Sternen empor, die sich zögernd am Nachthimmel zeigten.

Die milde Luft der lauen Sommernacht war angenehm, der Abend windstill und das Land friedlich. Mit einem Mal erschien es ihm verlockend, einfach liegen zu bleiben und ein wenig auszuruhen. Das leise Zirpen der Heupferde drang von fern an sein Ohr, hüllte ihn ein und trug die trüben Gedanken mit sich fort, bis Tabor entspannt die Augen schloss und sich dem willkommenen Schlaf überließ.

»Tabor?« Der Ruf durchzog die Träume des jungen Elfen wie die verzerrte Erinnerung an eine andere Welt und platzte wie ein Störenfried mitten in jenes tröstliche Traumbild, in dem Tabor und Naemy noch einmal den Bajun-Gletscher auf der Suche nach gefrorenen Riesenalpgelegen erforschten. Das Bild der eisigen, sonnenbeschienenen Ebene löste sich auf und wich der samtenen Dunkelheit über den Sümpfen von Numark.

Tabor richtete sich auf und rieb sich blinzelnd die Augen.

Zunächst war er sich nicht sicher, ob der Ruf ein Teil des Traums oder Wirklichkeit gewesen war, doch dann erkannte er vor dem Hintergrund der Sterne zwei vertraute Silhouetten am Himmel, die sich rasch auf ihn zubewegten.

Riesenalpe!

Im Nu war Tabor auf den Beinen und reckte den Arm in die Höhe. Der vorderste Riesenalp war Leilith, daran gab es keinen Zweifel. Sie flog dem anderen ein ganzes Stück voraus, und an der Art, wie dieser sich bewegte, erkannte Tabor, dass es nur Chantu, Leiliths Bruder, sein konnte. »Leilith, Chantu!«, rief er in Gedankensprache und winkte heftig, um die beiden zu begrüßen.

»Tabor!« Chantu antwortete sofort.

»Welch freudige Überraschung, dich zu sehen!«, erwiderte Tabor. »Dich und Leilith. Was führt euch hierher?«

»Das Schicksal«, entgegnete Chantu knapp.

Das Schicksal? Tabor runzelte die Stirn. Er wusste, dass sich Riesenalpe oft wortkarg gaben und gern in Rätseln sprachen, konnte sich aber keinen Reim darauf machen.

»Wie meinst du das?«, fragte er verwundert.

»Warte es ab!« Diesmal war es Leilith, die ihm antwortete.

»Ach, Leilith!«, entfuhr es Tabor. »Musst du wirklich so geheimnisvoll tun? Was ist los?«

»Das kann ich dir nicht sagen – noch nicht.«

»Warum nicht?«

»Sie … äh … sie sind noch nicht bereit.«

»Wer? Und bereit wofür?« Irgendwie kamen Tabor die Worte bekannt vor. »Willst du es mir nicht sagen?«

»Doch, schon, aber …«

»Aber was?« Tabors wurde langsam ungeduldig. Leilith machte sich mal wieder einen Spaß daraus, ihn mit verworrenen Andeutungen neugierig zu machen, doch eben dem Schlaf entglitten, stand ihm der Sinn nun wirklich nicht danach.

»Ich darf es dir nicht sagen.« Wieder wählte Leilith Worte, die Tabor seltsam vertraut waren. »Ich kann … darf es nicht. Warte einfach und lass dich überraschen.«

Warten. Es waren nur noch ein paar hundert Längen, die Tabor von den beiden Riesenalpen trennten, und doch schien die Zeit unendlich langsam zu vergehen. »Hast du etwa wieder jemandem dein Wort gegeben?«, fragte er in Erinnerung an das Gespräch, das er mit Leilith einst in den eisigen Höhen des Ylmazur-Gebirges geführt hatte.

»So ist es.« Das klang fast ein wenig belustigt.

»Wieder diesen *Freunden*?«

»Denen auch.«

»Leilith, treib nicht schon wieder dieses Spiel mit mir«, ermahnte Tabor das Riesenalpweibchen in gespieltem Unmut. »Raus mit der Sprache, wer sind diese Freunde? Du solltest die Heimlichtuerei nicht …«

Er verstummte mitten im Satz und wich ein paar Schritte zurück, weil die beiden Riesenalpe in diesem Augenblick flügelschlagend zur Landung ansetzten. Erst als Chantu und Leilith sicher auf der Anhöhe standen und die Schwingen falteten, trat er auf sie zu und begrüßte das Riesenalpweibchen, indem er ihr freundschaftlich über das weiche Brustgefieder strich. »Hallo, Leilith«, sagte er diesmal laut und trat dann vor Chantu, den er viele Mondläufe lang nicht gesehen hatte. »Wie schön, dich wiederzusehen«, sagte er mittels Gedankensprache und schlang die Arme um den Hals des Riesenalps. »Leilith und ich haben dich sehr vermisst.«

… und ich habe dich so unendlich vermisst! Sanft und voller Liebe strich die unerwartete Antwort durch Tabors Gedanken, so vertraut und zärtlich, wie es nur eine einzige Stimme vermochte. Der wohl bekannte Klang brachte eine Saite in ihm zum Schwingen, von der er glaubte, dass sie auf ewig verstummt sei, und er zuckte erschauernd zusammen.

Naemy?

War das wirklich Naemys Stimme, die da zu ihm sprach?

Hoffnung durchflutete ihn wie eine heiße Woge, doch die Vernunft dämpfte augenblicklich die aufkeimende Freude. Nein! Das war unmöglich! Naemy war fort, nichts und niemand konnte sie zurückbringen. Vermutlich spielten ihm die erschöpften Sinne einen grausamen Streich.

Und dennoch …

Angespannt verharrte Tabor an Chantus Seite und lauschte mit angehaltenem Atem in die Nacht hinein, während er verzweifelt darauf hoffte, die Stimme noch einmal zu hören.

»Nun, willst du mich nicht begrüßen?« Diesmal erklang die Stimme nicht in seinen Gedanken, sondern unmittelbar hinter ihm.

Zögernd wandte sich Tabor um und riss ungläubig die Augen auf. »Mutter?« Das Wort entschlüpfte ihm als ein Flüstern, unsicher und voller Furcht, einem Trugbild gegenüberzustehen. »Mutter? Bist du es wirklich?«

»Ich bin kein Geist, falls du das denkst.« Wie zum Beweis zupfte Naemy an dem weiten, mit Fell besetzten Umhang, den sie über den Schultern trug. »Es ist alles wirklich vorhanden!«

Tabor starrte sie an, unfähig, etwas zu sagen. Noch immer konnte er nicht glauben, was er sah, und nicht verstehen, was vor sich ging, doch Naemys neckende Worte verscheuchten die Zweifel, und die Unsicherheit auf seinem Gesicht wich mehr und mehr einer unbändigen Freude.

»Mutter!« Mit zwei Schritten war er bei ihr und schloss sie so fest in die Arme, als fürchtete er, sie könne jeden Augenblick wieder verschwinden. »Mutter! Ich … ich dachte, ich würde dich nie wieder sehen.«

»Mir erging es ebenso.« Naemy erwiderte die Umarmung nicht minder stürmisch. Ein glücklicher Seufzer entwich ihren Lippen, als sie Tabor in die Arme schloss und die vertraute Nähe ihres Sohnes in sich aufnahm wie ein Verdurstender das Leben spendende Wasser. »Auch ich hatte Angst, dich auf ewig verloren zu haben«, murmelte sie mit erstickter Stimme, während sich die Sorge um ihren Sohn in einem Strom aus Freudentränen auflöste.

»Mutter? Geht es dir gut?« Besorgt löste sich Tabor aus Naemys Armen und trat einen Schritt zurück. »Ist alles in Ordnung?«

»Kein Sorge, es geht mir gut«, erwiderte Naemy mit belegter Stimme und wischte sich die Tränen von der Wange. »Ein wenig müde, ein paar Kratzer, sonst nichts. Ich bin hier und einfach nur glücklich.«

»Aber wie bist du aus der Dimension entkommen? Wo warst du? Was hast du in den vergangenen Mondläufen gemacht? Was ist geschehen? Warum …?« Hunderte von Fragen kamen Tabor in den Sinn, doch Naemy legte ihm beschwichtigend den Finger auf die Lippen.

»Später, Tabor«, erklärte sie lächelnd. »Ich weiß, es gibt so vieles zu besprechen, so viel zu berichten, aber zuerst … « Sie streckte den Arm aus und deutete nach Süden, wo sich im silbernen Mondlicht unzählige Riesenalpe näherten, auf deren Rücken ganz deutlich zwei oder drei Reiter zu sehen waren. »Zuerst möchte ich dir jene vorstellen, die seit fast dreihundert Sommern auf diesen Augenblick gewartet haben.«

Anhang – Personenverzeichnis

Menschen

- Anthork: oberster Druide von Thale, der den finsteren Herrscher bei seiner Hinrichtung verflucht
- Artair: Mitglied des Druidenrates von Nimrod
- Asco-Bahrran: Meistermagier des finsteren Herrschers und einer der Statthalter von Nimrod
- Bevan: Pairas älterer Bruder
- Bran: Kerkerwächter
- Fayola: Kriegerin in Nimrod, Sunnivahs Freundin und Waffengefährtin
- Fedeon: begnadeter Skalde (Dichter und Minnesänger) aus Nimrod, Pairas Gefährte
- Ilahja: Sunnivahs Mutter
- Jeroen: Druide
- Kiany: entfernte Verwandte von Sunnivah (Nachfahrin von Kjelt); hat von ihrer Ahnin Rojana die Sehergabe geerbt
- Kjelt: Sunnivahs Vater, Anführer des Rebellenheeres, Vorfahr von Kiany
- Liadana: Heilerin
- Maite: Pairas jüngere Schwester
- Okowan: Sohn eines Freudenhausbesitzers in Nimrod, später Sequestor
- Paira: Fedeons Gefährtin
- Sequestor: oberster Richter des finsteren Herrschers und einer der drei Statthalter von Nimrod (→ Okowan)
- Sheridan: Druide
- Tarek: ein Junge; später oberster Kriegsherr des finsteren Herrschers und einer der drei Statthalter von Nimrod

- YEMINA: junges Mädchen im *Haus der Sinne*
- YOVAN: Geschichtenerzähler

Nebelelfen

- GLAMOURON: Kurierreiter in Nimrod, Naemys Jugendliebe
- HAILOREN: Elfenkrieger
- ILUMYNHI: Tabors Freundin und Geliebte
- LYA-NUMI: Elfenpriesterin in Caira-Dan
- NAEMY: Sunnivahs Kampfgefährtin und Tabors Mutter
- SHARI: Naemys kleine Schwester
- SHEEHAN: Elfenkrieger
- TABOR: Naemys Sohn

Riesenalpe

- BANKIVAHR: letzter überlebender Riesenalp von Thale
- CHANTU: von Naemy aufgezogenes Riesenalpmännchen
- CHIRIGA: Riesenalpweibchen und Kuriervogel der Druiden
- DENKIVAHR: Anführer der Wächterkolonie des Riesenalpfriedhofs
- LEILITH: von Tabor aufgezogenes Riesenalpweibchen
- LETIVAHR: Glamourons Riesenalp und Kuriervogel der Druiden
- NUMAIR: Sohn Chirigas
- ZAHIR: von Naemy aufgezogenes Riesenalpmännchen

Sonstige Geschöpfe

- An-Rukhbar: finsterer Herrscher aus einer fremden Dimension und Eroberer von Thale
- Bulsak: hässliches fledermausähnliches Wesen, das den Magiern dient
- Cha-Gurrlinen: hünenhafte Krieger aus einer anderen Dimension, die nach dem Angriff An-Rukhbars nicht zurückkehren konnten und seitdem in der Finstermark leben
- Quarline: riesige, tigerähnliche Raubkatzen, Todfeinde der Nebelelfen
- Sucher: magische Flugwesen, die Asco-Bahrran benutzt, um Sunnivah und die Nebelelfen zu finden

Sonstige Begriffe

- To: Mond über Thale
- Yu: Mond über Thale
- ein Mondlauf: ein Monat
- ein Sonnenlauf: ein Tag
- ein Sommer: ein Jahr
- eine Länge: etwa ein Meter

Übersetzung des Sindaringedichts

Das Lied der Winde

Wenn die Bäume ohne Sonne sind
Wirst du keine Blüte finden
Wenn die Schwerter ohne Schwertträger sind
Wirst du den Feind nicht besiegen
Die Winde bringen silberne Tränen
Die Winde bringen keine Nachricht
Sieh, ich bin traurig und allein
Meine Nacht ist ohne jeden Stern.

Wenn Kristall und Licht zusammenkommen
Wird ein Regenbogen entflammen
Wenn die Idee und der Traum zusammenkommen
Dann wirst den Weg du wissen
Wenn die Zeit und das Schicksal sich verbünden
Wird der Barde ein Lied finden
Von allen Orten der Welt
Führt der Weg zur Liebe und zu mir.

Quellennachweis

Einige Wörter der Elfensprache entspringen dem Sindarin und wurden dem Sindarin-Lexikon (www.sindarin.de) entnommen.

Das Sindaringedicht »Das Lied der Winde« sowie die Übersetzung dazu entstammen mit freundlicher Genehmigung der Verfasserin Dagmar Baur der Seite

http://dombach.florian.bei.t-online.de.

Danksagung

Die »Saga von Thale« wäre ohne die Hilfe vieler Menschen nicht möglich gewesen. Mein Dank gilt vor allem meiner Schwester Sabine Streufert, die über viele Jahre hinweg endlos lange Manuskripte las und mir nützliche Ratschläge und gescheite Anregungen spendete, die in der Trilogie ihre Wurzeln schlugen.

Dank gilt auch Christian Buggisch, meinem Lektor beim Weitbrecht Verlag, der viel Vertrauen in mich setzte und mir als Newcomerin die Möglichkeit gab, mit »Elfenfeuer« meinen Debütroman zu veröffentlichen. Und er gilt auch vielen anderen lieben Menschen, von denen hier stellvertretend meine Lektorinnen Friedel Wahren und Angela Kuepper sowie mein Ehemann Harald genannt seien, die mich beruflich, privat und logistisch bei der Arbeit an diesem Werk tatkräftig unterstützten.

Ein besonderer Dank geht auch an Dagmar Baur, die Schöpferin des »Liedes der Winde«, die mir die freundliche Genehmigung erteilte, dieses wunderbare Sindaringedicht für meinen Roman zu verwenden, sowie an Ranjana Struck, die für einige der Namen in diesem Buch Pate stand.

FINSTERMARK
Cha-Gurrlinen
Lager
Kianys Dorf
GRASLÄNDER
Kuomis Dorf
Yunktun
YLMAZUR
GEBIRGE
Friedhof der
Riesenalpe
THALE
Himmelsturm
Kuriervogelhöhlen
WÄLDER von DARAN
Nimrod
In-Gwana-Thse
VALDOR BERGE
Daran
Bajun-
Gletscher
Ilahjas Dorf
N
W
O
S
Caira-Dan
SÜMPFE VON NUMARK

Inhalt

PIPER

Monika Felten

Die Nebelsängerin

Das Erbe der Runen
Roman. 459 Seiten mit CD zum Buch. Gebunden

Finstere Mächte, Unheil und Verrat haben die Magie der Nebel gebrochen, welche die Elben einst woben. Die junge Nebelsängerin Ajana ist eine Grenzgängerin zwischen der realen Welt und dem Volk der Elben. Als Erbin eines uralten Amuletts gerät sie in den Bann verzauberter Runen und wird hineingerissen in einen mächtigen Strudel geheimnisvoller Abenteuer.
Erfolgsautorin Monika Felten hat die junge Sängerin Anna Kristina dafür gewonnen, ihren Roman durch stimmungsvolle Songs zu bereichern. Mit der CD zum Buch erhält Monika Feltens phantastischer Kosmos neben dem geschriebenen Wort noch eine zweite Dimension – die der Musik. Ein bisher einmaliges Projekt in der deutschen Fantasy: der Zusammenklang von unerhörter Spannung und einzigartigem Hörgenuß.

01/1392/01/L

Monika Felten

Elfenfeuer

Roman. 476 Seiten. Serie Piper

Finsternis und Unterdrückung herrschen im Land Thale, seit Elfen und Druiden ermordet und die Gütige Göttin vertrieben wurde. Doch bevor er starb, prophezeite der letzte Druide die Ankunft eines Retters, der die dunklen Mächte besiegen und dem zerstörten Land Frieden und Freiheit schenken wird. Viele Jahre später, in einer einsamen Nacht, als sich die Monde verdunkeln, bringt eine Frau aus dem einfachen Volk ein Kind zur Welt: Sunnivah, ein Mädchen, das nichts von seiner großen Aufgabe ahnt. Noch ist sie ein wehrloser Säugling, der mit allen Mitteln vor den Soldaten und Kreaturen des dunklen Herrschers versteckt werden muß. Doch der Tag wird kommen, da sie als Kriegerin vor die Festung des Unbesiegbaren treten und ihn mit Hilfe ihrer Gefährten herausfordern wird.

»Märchenhaft gut!«
Flash Magazin

05/1498/01/L

Monika Felten

Die Macht des Elfenfeuers

Roman. 479 Seiten. Serie Piper

Seit nunmehr fünf Generationen gilt Asco-Bahrran, Meistermagier des finsteren Herrschers, als tot – doch in Wahrheit ist seine Macht unsterblich. Verborgen in den Gefilden der Finstermark, versammelt er ein Heer bestialischer Rächer, um ein Fürstentum des Grauens zu errichten. Die Gütige Göttin, seine erhabene Feindin, träumt derweil in den Gärten des Lebens – bis die Kunde eines schrecklichen Anschlags sie erreicht: Blutrünstige Bestien haben das Volk der Nebelelfen überfallen, und schon brennt das Grasland vor den Mauern der Festungsstadt …

»Spannende Unterhaltung ist garantiert!«
Kieler Nachrichten

05/1594/01/R

SERIE PIPER